网络文学
名作典藏丛书

JIANG YE

猫腻◎作品

精修典藏版

柒

"垂幕"之年

作家出版社

《网络文学名作典藏》丛书

总策划

何　弘　张亚丽

主编

肖惊鸿

统筹

袁艺方

主编的话

《网络文学名作典藏》丛书聚焦网络文学，遴选名家名作，工于精修校订，集于精品丛书，力图成为记载中国网络文学成长的历史见证，和致敬中国网络文学发展的一座里程碑。

网络文学名作的实体出版极为重要。这是扩大网络文学影响力、推动网络文学经典化的重要途径，也是展现网络文学成果、引领大众阅读和传播以及拉动文化产业发展的有力手段。

在中国作协的支持下，网络文学中心领导和作家出版社领导担纲总策划，落实主编责任制，确定经过时间验证和社会公认的名家名作，组织精修团队，在作家本人参与下，与责编共同负责精修工作。

回顾网络文学发展历程，这样的一套丛书是前所未有的。精修，意味着与作家的高度共识，意味着对作品的深度把握，完成去粗取精、去伪存真的过程，以实体出版的"固化"形式，朝着网络文学经典化、精品化的目标迈进。精修团队本着为作家负责、为读者负责的态度，重视作品的文学性、思想性，尊重读者的阅读体验，为新时代网络文学高质量发展贡献出集体智慧。

愿更多的读者阅读它、检验它。愿中国网络文学真正成为新时代文学的一座高峰。

肖惊鸿

2021 年 5 月 18 日

《将夜》精修成员

总负责人
肖惊鸿　袁艺方

修订
菜　籽　清　白　茹八一　当代贝克特　王　烨

校订
田偲堂　李伟元　程天翔　王　颖

1

唐率领的两千余名荒人青壮年战士，在冬天之后的这段时间里，一直在荒原上游荡，并成功地避过了左帐王廷和西陵神殿联军的追剿，直到最后在峡谷处完成了一次完美的伏袭。复仇这种事情永远是没有尽头的，左帐王廷和西陵神殿联军，必然会加大对荒人的清剿力度，唐带着荒人战士开始撤往北方，队伍里多了一辆黑色的马车。中原早已是盛春时节，荒原北方深处却还在飘着雪。过去数年间，南下的荒人与左帐王廷及西陵神殿联军连续作战，最终没有能够撑住，被迫向北退去了千余里地，来到这片苦寒地带。与已经冰封的热海还有极北寒域相比，这里的气候对荒人来说还可以忍受，甚至称得上温暖，但对于宁缺尤其是病重的桑桑来说，这里的气候着实有些严酷。

唐安排他们二人住进一个比较偏僻的兽皮帐篷，宁缺看着远处绵延十余里的荒人部落营地，问道："什么时候去见元老会里那些老人家？""这件事情我先处理，你们在这里等一个晚上。"唐把腰间系着的酒囊递了过去。北归的十余天里，天天喝这种荒人自酿的苦酒喝成了习惯，宁缺不以为意，喝了几口，觉得身体热乎了不少。桑桑从他手中接过酒囊小口喝着，看似秀气，实际上没有任何间断，片刻后，酒囊便瘪了下去。便在这时，她身旁忽然响起一声闷响，宁缺不知为何竟倒到了地上，看他不停咂嘴的模样，应该没有大碍，似睡过去了一般。

桑桑觉得有些奇怪，宁缺的酒量和她相比，确实极为差劲，但途中喝了这么多次酒，也没见他浅尝辄醉，忽然间，她不知想到什么，抬头望向唐。她的眼睛很明亮，细眉蹙得很严肃。不知为何，唐看着她的神情，忽然觉得身体有些寒冷，自嘲地一笑说道："只是放了些松散心神的草药粉，让他好好睡一觉，没有伤害。"桑桑说道："他现在身体很好，不应该中毒。"唐说道："我自幼修行明宗功法，对他的身体状况很了解，而且酒里混的是药粉，不是毒，所以他一样会昏睡过去。没有想到，这酒对你竟是没有用处。"他看着桑桑沉默片刻后问道："你真是冥王的女儿？"

桑桑"嗯"了一声。唐说道："我不知道元老会对你们的到来持什么态度，我知道宁缺是很危险的人，所以我不想让他干涉我们荒人内部的讨论。"桑桑说道："我明白。"唐又说道："如果长老会不同意收留你们，你们会死。"桑桑说道："我们来这里，本就是赌博。"唐说道："但这是他的赌博。"桑桑说道："我可以承受结果。"唐没有再说什么。

雪花不停落到荒人营地里，原本充满欢笑声与歌声的无数间帐篷，都变得安静起来，不是因为悲伤也不是因为生活的艰辛。荒人早已学会了平静看待族人的死亡，他们已经过了整整千年艰辛的生活。安静是因为营地中央那间帐篷里传出的争吵声，也因为停在营地外的那辆黑色马车。营地中央那间帐篷，与别处的帐篷看不出有太大的不同，只是帐篷缝线上系着数十根细长的彩带，平添了几分温暖和神秘的感觉。荒人部落的最高权力机构是元老会，而因为今天要讨论的事情实在是太重要，所以还有二十余名荒人战士首领也坐在场间。

"反正都是要与中原人打，收留冥女也算不得什么。""这几年西陵神殿一直没有真正地投入力量，那个隆庆皇子只不过是道门养的一条狗，如果让他们知道我们收留了冥王之女，你们以为战争还会以现在的模式继续下去？到时候我们要面对的敌人，将是现在的十倍之强！""等着中原诸国增兵，等着西陵神殿不停地派强者进荒原，和他们一起来有什么区别？终究是要血战一场，他们再强和我们也没有关系。""时间，最重要的是时间，如果没有冥女的存在，中原诸国和西陵神殿都还会想着保存实力，让别人死在我们手中，我们可以争取时间，让妇人们生出更多的孩子，让更多的孩子变成真正的战士，如果没有时间，我们是顶不住的。""可你想过没有，宁缺承诺只要我们收留冥女，书院便不会加入这场战争，如果书院二层楼里的强者们来到荒原上，那可比西陵神殿还要可怕。""宁缺随冥女一路逃亡，等于背叛了人间，书院凭什么会因为他就保持中立？我以为他说的话根本没有什么可信度。""最关键的问题是，我们荒人祭拜冥君千年时间，如今冥君的女儿流落世间，我们却不收留保护，那千年祭拜还有什么意义？""祭拜冥君千年，我荒人依然生活得如此凄苦，而且冥界入侵对我们没有任何好处，难道我们真要去为冥界前驱？我可不愿意当什么鬼兵！"收不收留宁缺和冥王之女，帐篷内的荒人们持两种截然相反的意见，争执一直在持续，始终没有得出结论，大元老和最强大的唐却始终沉默。

双方意见僵持不下，甚至开始互相影响，老成持重的元老们渐渐有了些热血，热血冲动的战士首领们却多了很多担忧，但还是没有什么结果，只是为了荒人部落的安全着想，渐渐地，有更多人倾向于杀死宁缺和桑桑。大元老艰难站起身，走到帐篷中间那张案前，被岁月和恶劣环境侵蚀多年的枯瘦身体，似乎随便晃两下便会散架。那张木案上乱七八糟地堆着一些事物，有金叶子，有厚厚一沓银票，有几块腰牌，都是唐从宁缺身上搜出来的玩意儿。大元老枯瘦的手掌在案上缓慢移动，说道："稍后把这些东西还给冥女，不管是杀还是留，应该有的尊重必须保持。"唐平静应下，然后走到案前，准备收起那些杂物。大元老的手指忽然颤抖起来，就像风中的老竹。

唐顺着老人的手指望去，眼瞳微缩，身体变得有些僵硬。沉默了很长时间，他明白原来所有这一切，都是冥冥中早已注定的事情。大元老看了他一眼，叹息说道："既然如此，那便让他们留下吧。"唐点头说道："我也是这样想的。"帐篷里的元老们和战士首领们很是吃惊，即便是那些愿意收留宁缺和桑桑的人，也有些错愕。他们不明白为什么大元老和强大的唐始终沉默，却在此时忽然表明了态度，而且还是如此鲜明坚定的态度。大元老拿起案上那样物事，让众人亲眼相看。

那是一块腰牌，非金非木非石，不知是什么材质，通体纯白，上面用浮雕手法刻着一个黑色图案，看边缘的新鲜痕迹，似乎是刚刻出来不久的东西。黑色图案是座雕像，仿佛是人类，又似乎是某位神明，纯白的外围看上去就像是万丈光芒，那人或神因为背对光芒，面容和身躯都沉浸在深沉的阴影之中，根本无法看清楚。帐篷里一片安静，雪花落在篷顶的声音变得极为清晰。大元老缓声说道："千余年前，光明大神官携天书明字卷入荒原传道，我荒人始信明宗，始祭冥君，千年之后，我荒人南归，遇冥君之女、光明大神官的传人，这大概便是所谓命运，既然如此，哪怕灭族，我们也要完成这件事情。"唐看着那些战士首领，神情肃然说道："当年我代师收徒，传你们明宗功法，令传承不断，如今传承再现，你们应该清楚要如何做。"战士首领单膝跪地，极为恭敬地行礼，齐声应道："誓死效命。"

宁缺醒过来后觉得有些头疼，刚开始以为是酒量的问题，有些惭愧，后来才知道是被唐灌了药，于是开始愤怒，然而当他知道荒人元老会最终的决议之后，喜悦兴奋的情绪，顿时代替了所有的负面情绪。只是有些事情他还想不明白。数年前在荒原上他听莫山山说过，魔宗和荒人信奉冥君，却又极为恐惧冥君临世，因为在他们的教义里，冥君临世便意味着黑暗到来，荒人同样不喜欢黑暗。所以他能明白荒人对桑桑恐惧敬畏，却又不愿意收留她，那么究竟是什么让荒人忽然改变态度，变得如此积极？

天启十八年，天降异兆，有厚云不散，鸦声难闻。自月轮国起，穿沼泽，过唐境，越贺兰，直到东荒，然后继续北上。整个世界都知道，宁缺带着冥王之女桑桑，进入了荒人部落。西陵神殿传书荒人部落元老会，命令荒人马上杀死或交出冥女。西陵神殿承诺停止对荒人的进攻，并且在东荒辟出大片牧场，助荒人复国。荒人元老会平静而坚定地拒绝了西陵神殿的要求。西陵神殿诰令天下，命令所有修行者进入荒原，本就源源不断输入荒原的辎重变得更多，各国开始征募兵员。西陵神殿在诰书里说，这不再仅仅是对荒人的战争，而是救世的圣战。真正的战争，马上便要开始了。

2

天启十八年，西陵神殿联军与荒人之间的战争爆发。没有任何铺垫，没有任何谈判。双方数十万的军队，在荒原之上开始了厮杀。每时每刻都有无数人死去，平日里那些清高骄傲的修行者，在风暴一般的战场上像普通士卒一般拼命。即便是洞玄境的强者，也随时可能变成草里的无名尸体。过往若干年里，显得有些低调的西陵神殿，终于展现出统领人间的风范与威严。西陵神殿掌教大人带领着天谕、裁决两位神座，以及强大的神殿骑兵，来到了荒原之上。南晋的皇帝或燕国的崇明太子，中原诸国的君王在震惊之余纷纷醒悟过来，用最快的速度集结兵员，亲自率领部队进入荒原作战。

数日后，又一个令世人震惊的消息从长安城里传出。大唐皇帝陛下李仲易，已于十余日前率领大唐铁骑北入荒原，将要抵达贺兰城。直到这个时候，亿万昊天信徒才终于真切地体会到原来冥界入侵不是传说。不然世间诸大势力，何至于因为那名冥王之女，便表现出如此紧张的态度，集结了如此恐怖的军队杀入荒原？大唐帝国进入荒原的军队超过了十万之数，东北边军在冼植朗大将军的率领下尽数开拔出土阳城，依着燕境直突北方。只用了很短一段时间，便来到了荒原深处的主战场上，与西陵神殿联军会师。大唐帝国最强大的北方军，虽然要负责监控震慑金帐王廷，却依然调出超过一半的部队，跟着皇帝陛下的御驾，来到了贺兰城。

"此番大战，不知有多少儿郎能够返回大唐。"大唐皇帝陛下李仲易，站在贺兰城东城墙上，看着峡谷底部骑道里正依序向东开拔的北方军铁骑，神情平静却有些极深的感慨。黄杨大师站在皇帝陛下身旁，合十默然无声诵经，没有说话。贺兰将军汗青，站在陛下身后。他认为自己是皇帝陛下最忠诚的仆人，所以有很多别的臣子将领不方便说的话自己应该说。"陛下，御驾亲征固然可以大振军威，但千里征伐，远在国土之外，实在是太过危险，尤其是国师无法随行，书院又没有派人来……"

皇帝挥了挥手，阻止汗青的进谏，说道："朝堂之上，奏章像雪片似的飞来，以许世为首的四个大将军恨不得写血书，就是不想让朕出长安，如果不是朕见机提前走了数日，只怕还真有大臣会撞宫墙，如今我算是听了你们的意见，留在贺兰城不继续东进，难道你这蛮子还觉得不满意?"汗青有一半蛮人血统,如果不是皇帝陛下信任,很难在唐军里坐到这么高的位置。所以他平日里最是忌惮别人喊自己蛮子,但皇帝陛下自然不同。他称汗青蛮子那是过往的习惯而已,汗青只会觉得亲近骄傲。但今天他哪里有心情骄傲,想着峡谷东面数百里外那片惨烈的战场,想着那些实力恐怖的修行强者距离陛下如此之近,他的声音都有些颤抖:"我依然坚持认为陛下就算是要坐镇大军,也应该退回北大营。"

皇帝微恼说道:"朕让你看贺兰城这么多年,难道你还觉得贺兰城不可守?"汗青闻言一凛,沉声说道:"贺兰城固若金汤……但陛下,如今荒原上强者云集。"皇帝说道:"荒人的强者,要应对西陵神殿里那几位大人物,都惨淡不堪,哪有余力和精神来刺杀朕?"此时城墙之上别无他人,汗青看了黄杨大师一眼,挣扎片刻后压低声音说道:"陛下,我担心的……便是神殿的那几位大人物。"此时东荒之上,西陵神殿掌教大人亲至,又有天谕、裁决两位大神官,还有道门在诸国里隐藏着的客卿高手。这种阵容岂止豪华,简直是近百年来声势最为恢宏浩大的阵势,除了书院没别的任何地方能派得出来。皇帝陛下闻言微怔,旋即放声大笑起来,说道:"道门看我大唐向来不顺眼,如今朕难得出次长安城,要说他们会不会有什么心思,还真说不准,你的担心亦有道理,只是朕却不信,神殿里那几位大人物敢真的对朕不利。"

汗青听着陛下这话里透着的豪迈气息,心头不禁一阵苦涩。他知道以唐人的性情,说到胆魄方面,那便再难劝说。但他依然有些不甘心,说道:"北方军调了半数进东荒,金帐那边不安稳怎么办?陛下还是应该去北大营……"皇帝陛下微微皱眉,说道:"有徐迟坐镇北大营,朕有什么好担心的?"徐迟乃是大唐帝国四大王将之一,向来沉稳低调。名气虽不如镇国大将军许世和当年的镇军大将军夏侯,但这名大将军的防守却堪称举世无双。大唐帝国与金帐王廷要保持平稳,所以他一直负责北方军。汗青没有办法诋毁徐迟大将军的能力,不由急得满头是汗。皇帝看他神情颓丧,忍不住笑了起来,挥手示意他退下。

落日西下,余晖照耀在贺兰城上。东向的城墙上略显幽暗,大唐铁骑已经尽数通过峡谷前往东荒,皇帝陛下却依然站在城墙上,手扶栏杆，目眺远方。他的鬓间已现花白，脸上却没有任何老态，只是比前些年瘦了不少。荒原上比长安要寒冷不少，此时野风穿峡而至，皇帝陛下微微蹙眉，举手握拳堵在唇边，强行把咳意镇压，然后从怀中取出一瓶丹药服了一颗。

"镇咳之药终究只能治表，无法治本，吃多了对身体没什么好处。"黄杨大师看着他担心地说道。他与皇帝陛下多年前便结识，自悬空寺学佛归来之后，二人更是义结金兰。所以说话行事与普通臣子不同，很是直接。皇帝陛下微微一笑，说道："这么多年了，还是治不了本，那便让自己舒服些。"黄杨问道："陛下，莫非你真的不担心？"皇帝陛下闻言，眉头微挑，说道："担心什么？是金帐王廷那位单于还是西陵神殿那些神棍？朕带着十余万铁骑在外，我就不信金帐王廷敢来。"

黄杨看着陛下言谈之间的淡然自信神情，不由微微一笑，心想自己竟是忘了陛下当年做太子时，曾是纵横北疆无敌的一代名将。金帐王廷在他手中不知道吃了多少苦头，哪里敢轻挑战衅。只是……皇帝猜到他的担心与汗青一样，摇头说道："西陵神殿若想让朕死，便必须全力出击，但他们现在的目标是荒人，是冥王之女。而且，他们哪里敢来刺杀朕。"黄杨沉默片刻后说道："其实我更担心长安城。"皇帝陛下微微蹙眉问道："你觉得公主监国不妥？"

黄杨心想何止自己觉得公主殿下监国不妥，大唐无数大臣甚至是街头的百姓，都觉得此事大为不妥，御驾远赴荒原，还把那两位带在身边，若一旦出事，长安城只怕会陷入动荡。没有待他回答，皇帝陛下淡然说道："我知道你们在担心什么，那些担心都没有意义，即便朕真的出事，遗诏谁敢不遵？"黄杨大师平静地说道："遗诏要让人看到才有效力。"皇帝陛下说道："若朕先死，夫子在，书院在，谁敢行大逆不道之事？汗青担心朕之安危，你担心国之安危，那是因为你们都没有想明白一件事情。要我大唐覆灭，须灭夫子，再灭朕，然后还要把书院全灭，如此方能做到，而这个世界上，哪里有人能够做到？"黄杨缓缓摇头，说道："但是夫子终究已经老了。"

"夫子永远不会老……"皇帝陛下这句话明显还有下半截。但不知道什么原因，可能是自己有所触动，沉默片刻后，他缓声说道："其实朕才是真的老了。"黄杨知道陛下的身体一直不好，明白他所说的老，其实是病，心情不禁变得有些低落，旋即想到生死本是寻常事，何必忧愁。知道黄杨已经想通，皇帝陛下笑了起来，伸手摸了摸他的光头，这是多年前他很习惯做的事情。但黄杨大师多年没有被人如此不敬地摸过脑袋，哪里能够习惯，高僧大德的模样顿时消失无踪，极恼火地瞪了皇帝一眼。皇帝笑容渐敛，看着他平静地说道："生死之忧多徒劳，但身后之事需要提前安排，朕已想好，皇位传给小六。"黄杨脸上的恼怒神情骤然凝结，过了很长时间才清醒过来，吃惊地说道："如此大事，怎么这般随意便定了，而且陛下为何要先让我知道？"皇帝说道："你先前不是担心遗诏的效力？你便是遗诏的执行人。"

黄杨声音微涩地说道："我哪里有这等能力，这本应是书院的事情。"皇帝摇了摇头，说道："书院不得干涉朝政，这是夫子定下的铁律，原先还有个宁缺，我本属意他来执行朕的遗诏，但现在这小子为了自己的老婆，正在和整个世界甚至包括朕作战，哪里还用得了他？"黄杨想起那个传闻，眉头蹙得越发紧，向后方楼台望了一眼。皇帝知道他在想什么，平静地说道："听闻书院余帘教授前年收了位女弟子。"黄杨说道："是，据说是魔宗行走唐的妹妹。"皇帝看着他说道："书院不在意此事，朕不在意，大唐便也不需要在意，至于你和青山的担心……回长安后，我会让小六拜大先生为师。"黄杨双手合十，真诚赞道："如此便没有任何问题。"

3

黄杨问道："可我还是不明白，陛下为什么要御驾亲征？""在世人眼中，在朝臣眼中，在你与青山眼中，朕此番御驾亲征，必然隐藏着很多想法，很多人都在猜，然而其实只是很简单的一个原因。"皇帝大笑说道，"朕当了十几年的皇帝，便在长安城里住了十几年，错过了人世间太多风景，若冥界真的入侵，永夜自北方袭来，那必然是千万年来最壮观的画面，朕自然不愿意错过。"黄杨闻言失笑，然后无奈一叹，心想陛下倒确实是这等人物，便在他正准备继续问些事情的时候，听着身后传来脚步声。

皇后娘娘牵着位小男孩从楼台里走了出来，不时轻声说着什么，目光落在小男孩身上时，显得那般温柔怜爱满足。皇帝陛下迎了过去。那名小男孩穿着明黄色的衣衫，继承了父母的优点，模样清俊，只不过神情显得有些微怯。这不是继承父母的性情，而是被父母性情所影响，不过看他脸上清稚的笑容，可以看出他很喜欢和父母在一起。黄杨看着其乐融融的一家三口，微微一笑，望向城楼外，只见落日照荒原，峡谷幽暗，风中的寒意却不再刺骨，看来夏天快要到了。

长安城，皇宫某座偏殿内。李渔看着正在写毛笔字的那名青年男子，神情显得那般温柔怜爱满足。曾经的少年皇子李珲圆，已经步入自己的青年阶段。与前些年相比，要显得稍微瘦了些，越发清俊，而且眉眼间颇有英武沉着之气。李珲圆这两年要比以前变得更加沉默，似乎多了很多想法，李渔以为这并不是坏事，相反，她觉得很好，觉得自己总算是对得起死去的母亲了。在这一时刻，她不再是大唐最有权势的公主殿下，而只是一位姐姐。

皇帝陛下御驾亲征荒原，她奉旨监国，每日在正殿里负责处理奏折，看似应该很繁忙，实际则不然，大唐帝国朝政自有定规，绝大多数事情，由宰相和各部朝臣便能决定，她更多扮演的是一位监视者，偶尔会当一下裁决官。"姐姐，你看我这字写得怎么样？"李珲圆像献宝一般，把刚写好的条幅举到李渔面前，得意地说道，"皇学的老师都说我写得好，父皇肯定喜欢。"李渔赞扬了两句，然后看着他说道："即便父皇喜欢书法，你也不应用驿路传书，如今前线战事将启，当心影响邮路。""一张纸又能费什么工夫？"李珲圆毫不在意地说道，"我要开宫里的传送阵给父皇寄信，又没有人会同意。"

"父皇喜欢书法，但更在意的还是大唐的未来，那传送阵何等重要，开启一次消耗颇巨，岂能任由你胡闹？"李渔声音微寒地说道，然后不知想起什么，神情显得有些黯然，轻声说道，"你看宁缺当初多得父皇宠爱，如今依然成了国之弃民。"李珲圆说道："我们是父皇的子女，宁缺哪能和我们相比？"李渔没有接这句话，看着弟弟极为严

9

厉地说道："如今宁缺已经指望不上，书院也不便再站出来支持我们，眼下似乎局势不错，你我越发要小心谨慎。"李珲圆见她神情严肃，心头微凛，连忙应下。只是眼神里却明显有不赞同的神色，微微扬起的唇角，似乎显示着他有着李渔都不曾有的信心。"我打算去南门观看看国师。"他说道。李渔眉头微蹙，她一直想不明白，这些年国师明明与皇后交好，为什么从一年多前宁缺出使烂柯寺路经清河郡后，却开始支持自己姐弟。大唐国师李青山，至少可以影响南门观和天枢处一半的倾向，无论怎么看，他态度的转变，对李渔姐弟都是极好的消息。她说道："国师如今重病卧床，我不便出宫，你是应该多去看看。"

天启十七年，长安城里丧事不断，白幡难撤。很多三朝元老、旧时重臣，都抵挡不住时间的侵袭，黯然告别尘世。镇国大将军许世和大唐国师李青山，也都患上了重病，令很多人都开始感到不安。"我一生修道，在别的方面没有太多长进，能够做大唐国师，那是陛下看在当年情分上，给我的面子。我唯一能够得意的，便是棋盘推演的手段。"南门观道殿乌黑地板上铺着厚厚的被褥，李青山斜躺在软被间，看着窗外的深春明景，脸上露出淡淡的笑容，对窗旁的何明池说道，"我一直有些不服天谕神座，甚至觉得歧山长老都不过如此，直到如今我才明白，天意不可测，那两位的智慧远在我之上，比我看得清楚多了，我强行以棋盘推演将来，咯血渐密，身体渐虚，昊天神眷渐退，早逝也是正常的事情。"

何明池微露戚容，却不知该说些什么。皇帝陛下御驾亲征，深入荒原，按道理，李青山身为大唐国师当然要在御前随行，只是因为重病，所以他留在了长安，替代他的是御弟黄杨大师。"我不担心自己的生死，黄杨和尚在陛下身边，还有那么多军中强者，所以我也不担心陛下的安危，我担心的是别的事情。"李青山脸上的笑容渐渐敛去，神情显得有些疲惫，说道，"陛下此番御驾亲征，竟是把皇后娘娘和小六都带去了贺兰城，却把公主殿下留在长安城监国，很多大臣甚至是长安百姓，都以为陛下是通过此举，表明皇位将传给李珲圆。"

稍一停顿后，他继续说道："然而有谁能比我更了解陛下？陛下不是那种靠所谓谋略手段统驭江山的枭雄君王，陛下是真正的英雄人物，有英雄气概。如果他定下心意要传位给谁，绝对会明诏公告天下，绝对不会试探，更不会用这种吹风的手段，因为这种手段太小家子气，他不愿更不屑于用。"何明池闻言身体微僵，低声问道："师父，您究竟在担心什么？"李青山看着窗外茂密浓肥的青叶，想着马上就要到来的夏天，缓声说道："我担心这是一场空欢喜，而空欢喜之后往往很容易出问题。"这时道殿外传来声音，何明池起身前去，片刻后带着皇子李珲圆走入道殿，和声说道："师父，皇子来看你。"李青山看着李珲圆那张越来越像陛下的脸，心头微温。

李珲圆探视完后回皇宫，何明池领受师命要入宫办事，便随他一道乘大轿而行。南门观距离皇宫极近，二人能够说话的时间不长。轿内很是幽暗，李珲圆清俊的眉眼，显得有些模糊，他看着沉默坐在对面的何明池，沉默片刻后说道："前年何先生曾经对我说过那件事情，后来我让人去查了很长时间，却没有查到任何证据。"何明池微笑不语，但依然看着李珲圆的眼睛，看神情并不是不想讨论这个问题，只是想要听李珲圆说得更清楚一些。李珲圆眼中微恼的情绪一闪即逝，问道："娘娘……真是当年的魔宗圣女？"何明池要听的便是这句直接明确的话，点头说道："虽说没有证据，但家师知道这件事情，书院也应该知道，而且总能找到证明，我知道殿下在想什么，南门观世代敬奉昊天，自不愿魔宗圣女的儿子成为大唐皇帝。"

李珲圆闻言神情骤松，眼中流露出喜悦兴奋的神情，又有些紧张地搓了搓手，有些烦恼无奈地说道："为什么国师始终不揭穿妖女的真实身份？""因为陛下不会同意。"何明池看着他平静地说道，"殿下，请您一定要记住，再强大的武器也只有在适当的时刻才能发挥出作用，所以请您当作根本不知道这件事情，不要告诉任何人，包括公主殿下在内。"李珲圆微微皱眉，想要说些什么，但此时皇城已至。何明池随他进入皇宫，先去拜见李渔，不知说了几句什么，出殿后便自行向宫中某处走去。这些年他时常随国师进宫，可以随意出入。而且那些太监宫女知道这名南门观道官很受公主殿下和皇子的尊敬，哪里会有人阻止他。片刻后，他走到御花园深处的一幢小楼前，伸手分开楼外茂密的青树枝丫，踩过那些无人理会的野花与野草，走进小楼里。

顺着小楼底部那条幽暗的通道，何明池走了下去，走到空旷的地底大殿间，举目四顾，只见夜明珠如繁星悬在空中，照亮整个空间。他知道这座地底大殿是什么，也知道需要什么才能启动，只是宁缺只怕已经把阵眼杵交给了书院保管，无论是国师还是他，都没有什么办法。何明池站在空旷无垠的地面上，想象着阵法启动后的画面，缓缓闭上眼睛，张开双臂，仿佛自己正站在夜空下，拥抱着整个人间。

4

何明池的脚下，便是惊神阵的阵眼。或者说，他的脚下便是惊神阵，所以他觉得自己只要张开双臂，便能够拥抱整个人间。然而只用了很短的时间，他便从这种情绪中清醒过来。先前经过那条幽深通道时，他本就应该被通道石壁上刻着的那些符纹击杀。因为除了身揣国玺的皇帝陛下和拥有阵眼杵的执阵人，没有人能够进到这里。何明池能够来到这里，自然有他自己的办法。他先前对皇子李珲圆说，再强大的武器也需要在正确的时刻使用才能发挥作用。此时站在世间最强大的惊神阵间，他沉默地想着，再强大的武器也需要掌握在正确的人手中，才能生出真正的意义。世间只有唯一真神昊天，长安城这座大阵名为惊神，那便是对昊天的亵渎，何明池认为，这座大阵唯一的意义，就是应该被毁去。

春意渐深，即便是荒原极北处，也终于有了暖意。山林渐绿，青草渐长，然而只有等盛夏到来，大概才会有青葱一片的景象。宁缺和桑桑在荒人部落里已经住了很长一段日子。在这些天里，除了照料桑桑的病，他最主要做的事情便是不停地写字写符和修行浩然气与刀法。荒人部落深处后方，数万名强大的荒人战士正在南方作战。即便是佛道两宗的强者，也没有办法来到这里对他和桑桑造成威胁。但宁缺知道荒人不可能获得这场战争的胜利，而且他向来不习惯把自己的生死寄托在外界，所以他越发刻苦地修行学习。

枯树枝在刚刚解凝的泥土里轻轻划过，挤出泥屑，留下深刻的痕迹。看上去和毛笔在纸上写过没有太大的区别，那是一个"二"字。宁缺静静看着那个字，又提起树枝。在很短的时间内，他至少写了三十几个"二"字。他写得越来越潦草，直到最后几个"二"字的两横竟似要连起来。他沉默地看着泥地上那些笔画，眉头微蹙，显得极为认真。"吃饭了。"一名戴着帽子、穿着兽皮棉服的荒人妇女走到他身后，低声唤道。宁缺醒过神来，跟着那名荒人妇女向帐篷走去。说来很巧，其实不巧，荒人元老会派来服侍他和桑桑的这名荒人妇女，便是几年前他和莫山山入荒原时见到的那名荒人妇女，只不过当年参加冬礼的那名荒人小男孩早已成为战士，并不在部落中。

荒人祭拜冥君，又恐惧冥君。所以他们对桑桑的态度十分敬畏，那名荒人妇女也不例外。尤其是随着桑桑而来的乌云和十几只黑色乌鸦，让留守在部落里的老弱妇孺更是恐惧。经常能看到有人对着天空和桑桑所在帐篷上的那些黑色乌鸦叩首，那名荒人妇女最开始甚至不敢回自己帐篷，直到看久了才稍微习惯了些。今天的午饭是肉汤加面饼。肉汤里有很多肉，只怕要比部落里所有妇孺碗里的肉加起来还要多一些。至于面饼，那更是只有宁缺和桑桑才有的待遇。宁缺盛了碗汤，拿了两张饼，示意荒人妇女把剩下的吃了，或是给邻居分了。然后他走进内帐，把刚刚醒来的桑桑扶起，撕饼泡入汤中，喂她吃了几口。桑桑的小脸不再像逃亡旅途中那般苍白，恢复了以往的微黑肤色。但她的病并没有好，反而变得更加沉重，她也没有什么食欲，摇头说道："不吃了。""那再喝几口汤。"宁缺把汤碗端到她唇边，小心翼翼地喂她喝汤。桑桑忽然咳嗽起来，不是被汤水呛着，她最近这些天咳得非常厉害。咳声回荡在帐篷里，久久未歇。宁缺的衣襟都是她咳出来的汤水，汤水混着她咳的血，变成了黑色。宁缺把她抱在怀里，轻轻地抚着她的背，低声说着话，又像是在哼什么歌。桑桑渐渐平静下来，喘息微定，然后渐渐睡去。泥陶盆里的火符助燃柴火，帐篷里的温度陡然升高，然后被寒气一压，又迅速变得黯淡起来。宁缺收回施符的手指，看着火盆边缘的寒霜，沉默了很长时间。然后他伸手进毛裤，握住桑桑冰冷的小脚，不停地搓揉着。

桑桑的病越来越重。无论是道门神术修成的昊天神辉，还是学习佛法领悟的佛息，都已经无法镇压或是安宁那道阴寒气息。越来越多的寒意从她瘦小的身体里渗透而出，无论是烈酒还是符火，都很难让她感受到温暖。被褥和衣衫都冷得像是冰屑，整间帐篷就像是冰窖一般酷寒逼人。宁缺现在最忧虑的最恐惧的最惘然的最无奈的，便是桑桑的病。如果没有办法治好桑桑的病，那么就算荒人能够战胜西陵神殿的联军，就算他能够天下无敌，也没有任何意义。所以他不停地刻苦修行学习，让自己变得更强大是一部分原因。更重要的是，他试图通过阅读佛祖笔记，寻找到消除桑桑体内那道阴寒气息的方法，又因为荒人有祭拜冥君的传统，他对这方面也做了很多了解。

在荒人的祭祀仪式上，冥君的全称叫广冥真君。他总觉得自己在佛祖笔记或是某本道门典籍上见过，但无论怎样回忆，把佛祖笔记翻到快要烂了，也没有找到。就这样，春天渐渐到来，冬天渐渐离开。夏天渐渐到来，桑桑的身体和宁缺的心情，却一直在向寒冬里行走，渐要被冰雪覆盖。

5

南方没有好消息，只有坏消息。隔一段时间便有名单从战场送回部落，名单上每个名字便代表一名死去的荒人战士。荒人的性格朴实坚毅，与唐人很接近。无论面对怎样的困境，可以沉默，但不会抑郁。随着时间的流逝，南方的战事越发残酷，名单送回来的频率越来越慢，长度却是越来越长。整片原野变得越来越安静，气氛越来越压抑。每个夜里，都能听到隐隐的哭泣声。再坚强的荒人妇女，在名单上看见自己儿子的名字，也无法忍住悲伤。有一天，负责照顾宁缺和桑桑的那名荒人妇女，终于在名单上看见了自己儿子的名字。

宁缺放下帐篷沉重的门帘，走回床前继续给桑桑喂药。桑桑喝了两口便停住，抬起头来看着他说道："我们藏在这里有什么意义？我终究是要死的。""不用内疚，荒人和我们一样，本就不容于世，就算他们没有收留我们，西陵神殿和中原的那些国家，也不会允许他们继续活下去。"宁缺说道。桑桑轻轻摇头，说道："但如果我们不来，他们不会死得这么快。"说完这句话，她摊开手掌，看着掌心里那颗黑色棋子开始发呆，这颗棋子是在烂柯寺最后一局棋上，她落的唯一那颗子。部落里死的人越来越多，她的病越来越重，帐篷里越来越冷，所有物事的表面都覆上了一层浅浅的霜，只有她手里的这颗黑色棋子依旧温润如故。宁缺把她抱进怀里说道："不用担心，就算荒人顶不住，我们还可以去北边，我们可以去看看热海的风景，大师兄说那片海虽然冻着了，但如果能破开冰下去，还能找到几条牡丹鱼，老黄牛都很爱吃，味道应该不错。"

　　桑桑说道："你知道我并不担心这些。"宁缺沉默。桑桑低声说道："从烂柯寺逃到悬空寺，从荒原逃到朝阳城，再逃到荒原，最后逃到这里，我实在是逃得累了……"宁缺想说些什么，被她阻止。桑桑说道："在朝阳城里，你对我说过一段话。你说未来和死亡其实很相像，如果已经注定，那烦恼便没有任何意义，如果可以改变，那我们更没有必要烦恼，只需要努力去改变。"宁缺说道："这是老师说的。"桑桑说道："世界很大，但真的没有地方能够让我活下去，我们都清楚，结局已经改变不了了，那我们为什么还要烦恼？死亡便意味着没有未来，在改变不了的时候，我们难道不应该试着学会接受？"宁缺笑着说道："这句话说得很好。"桑桑微羞低头。

　　宁缺说道："没想到我家桑桑现在很有大家小姐的风范。"桑桑说道："我就是个小侍女。"宁缺说道："且不提曾静大学士是你这身子的亲生父亲，只说你是冥王家的大小姐，人世间还有谁的身份能比你更尊贵。"桑桑没有接着宁缺的打趣话继续说下去，因为她知道他说这番话是想岔开话题，说道："我不想继续躲藏了。"宁缺沉默了很长时间，问道："为什么？觉得良心不安，还是觉得这样躲来藏去很像过街的老鼠？小时候我就对你说过，只要能活下去，不管是人人喊打的过街老鼠，还是人人畏惧的毒蛇，都应该去做。"桑桑说道："我知道自己不可能再活很长时间，既然如此，为什么要去做老鼠或毒蛇？如果说这是良心不安，那么便是吧。""也许我们命中注定就要这么辛苦地活着。""什么是命中注定？""机缘？""老师说，我是他的机缘，那么我的机缘是什么？""你的机缘当然就是我。""不要说笑话。不知道为什么，我总觉得自己这时候应该去南方。""去南边会死。""不去也会死。""有道理。"

宁缺其实很清楚，如果桑桑这时候出现在南方荒原的战场上，最有可能发生的事情不见得是死亡，却很可能比死亡更可怕。他说道："都说热闹地活，孤单地死，如果真要死，确实应该有个风风光光热热闹闹的仪式，而且往死路里去，也许还能寻到生的机会。"桑桑见他同意了自己的意见，开心地笑了起来。虽然不知道南方战场上的具体情况，但从荒人部落的气氛里可以明显感觉到，荒人面临的局面越来越严峻，甚至就连部落里的妇人，都已经在开始准备皮甲兵器，随时可能上前线加入战斗。按照宁缺最先前的计划，利用荒人部落挡住中原联军一段时间，看桑桑的病情能不能得到好转，然后他再带着桑桑去极北寒域，哪怕去热海畔做野人，也不能被佛道两宗的强者抓住，然而桑桑的病情非但没有好转，反而变得越来越严重，尤其是桑桑自己不愿意继续逃亡，那么一切便休。

做出决定之后，不知道是不是精神终于有了安放处的原因，桑桑的精神变得稍好了些，不再像前些日子那般恹恹地总想睡觉，体内的阴寒气息越来越重，她却有了些食欲，一碗肉粥被吃了大半才放下。宁缺烧了一大锅热水，替她洗澡。桑桑坐在大锅里，身上的寒气四溢，锅下的柴木继续燃烧着，加了火符，才能保证火焰不熄。"这让人看着，肯定以为我是准备把你炖来吃了。"宁缺搓揉着她的头发，笑着说道。桑桑有些憨憨地笑了起来，说道："臭臭的可不好吃。"宁缺说道："我家桑桑最香甜可口。"桑桑说道："那也没见你真把我吃了。"宁缺笑着说道："谁让你总不争气，一直在病着。"桑桑抬起头来，睁大眼睛看着他认真地说道："再不吃，可就真吃不着了。"宁缺把她的脑袋按下去，说道："你又不是不知道我不爱吃肉。"桑桑委屈地说道："小时候在渭城里，所有肉都让你吃了，在长安城里，你就喜欢腻在水珠儿姐身边，哪里看得出来不喜欢？"宁缺无言以对，只好不说话，拿起毛巾把她裹住抱到床上，然后仔细地把她身上那些已经凝成冰珠的水擦干，又拿出陈锦记家的脂粉，在她脸上均匀地涂着。桑桑看着镜中自己渐白的小脸，叹气说道："以前总觉得自己生得黑，后来病了就越来越白，如今又黑了，这黑白也没个定数，真是麻烦。"

宁缺替她擦完粉，又开始替她描眉，随口应道："我家桑桑，想黑就黑，想白就白，真真是浓妆淡抹总相宜的一个小美人儿。"桑桑说道："宁缺，你现在脸皮越来越厚了，撒这样的弥天大谎，也神情不变。"宁缺端详着身前这张干干净净的小脸，看着她如墨般的眉，如草叶般的短发，低头在她额上亲了口，又在她凉凉的唇上亲了口，说道："你本来就很美。"桑桑有些羞，却勇敢地看着他，回亲过去。宁缺笑了笑，替她穿好内衣，贴上火符，又套上几件厚厚的棉衬袭服，对着帐外吹了声口哨，然后静静地看着她，问道："这就走？"桑桑点了点头，说道："走吧。"宁缺说道："那就走吧。"说走就走，不需要什么理由，只是不再停留。宁缺和桑桑拒绝了荒人部落激烈的挽留甚至是拦阻，驾着黑色马车向南而去。千辛万苦而来，忽然而去，像极了当初他们在朝阳城里等大师兄等了整整一个冬天，然后相见便分手。这种行为看上去有些荒谬，近乎儿戏，实际上却是在绝对困境之下的无奈选择。潇洒都是假潇洒，心底里是无比寒冷的绝望。天下再大也没有容身之处，逃亡没有方向、没有终点，那也就没有意义。重病将死的桑桑不想再逃了，于是宁缺也不再逃了，于是他们挟着一身寒气，向南方那片战场而去。而正是在决定不再逃亡的那一瞬间，他和她在人世间仅存的这些时间，才重新获得了某种叫作自由的意义。

这些天的逃亡是被迫的，离开也是被迫的，在光明与黑暗的战争之间，他们所做的一切事情和应对，都是被迫的，只有此时平静赴死，才是他们主动做出的选择，因为唯有真正代表永恒的死亡，才高于光明与黑暗。桑桑已经看到了自己的结局，知道无法摆脱，所以她很平静，宁缺想明白了这些事情，看透了其中道理，或者说对于桑桑的病，他已经不抱任何希望，所以他不再恐惧悲伤，也开始平静下来。大黑马无法平静，蹄踏青草，鼻嗅野花香，它的臀上垫了厚厚几块兽皮垫，也无法阻止车厢里的寒气侵袭，双腿间早已被冻得失去了知觉，它很是惶恐不安。黑色马车离开荒人部落，天空里那片厚厚的乌云渐渐移动起来，笼罩着深春的荒原，让原野上的青草都变得暗淡起来。

十余只黑色乌鸦随马车南飞,不知道是不是桑桑体内的阴寒气息外溢越来越严重,以至于空气的温度变低了很多,它们变得安静了很多。

6

黑色马车行荒原,暗草飞寒鸦。前方遥远的荒原空中偶有剑光掠过,又有乱云渐碎成絮。宁缺感知着隐隐传来的气息波动,把手里的果子递到桑桑唇前,说道:"我从未见过如此剧烈的天地元气波动,不知有多少强者在那处战斗。"在月轮国朝阳城白塔寺中,他曾经见过大师兄和悬空寺讲经首座的战斗。那场战斗,大师兄以子曰对讲经首座的佛言,双方展现出高妙近乎神迹的境界,并不比此时远方荒原上传来的天地气息波动稍弱。只是当日无论是大师兄还是讲经首座,都不曾往生死里搏杀,此时宁缺感知到的远处风暴一般的天地气息变化要显得更加恐怖、更加令人震撼。

"我见过。"桑桑接过果子咬了口,唇齿所触之处,果肉颜色微变,瞬间冻凝,咀嚼时发出沙沙的声音,如同是在嚼冰。宁缺好奇地问道:"你在哪里见过这等阵势?"桑桑说道:"老师和颜瑟大师在长安城北山上战斗时,天地气息的变化也很可怕,不过当时被他们自己罩住了。"宁缺接过被冰冻的果子,啃了一口,牙齿没有被崩掉,却是被冻得打了个寒战,笑着说道:"如果还是在长安城,夏天时临四十七巷里的街坊肯定再不会买支冰泼井水,天天都赖在老笔斋里不走。"桑桑笑了笑,然后咳了两声。

自从离开荒人部落后,她咳嗽的次数少了很多,而且不知道是不是这两年咳得太多,如今咳出来的只是纯净的阴寒气息,没有痰也没有黑色的血。如今的桑桑很干净,没有污血汗水,也没有唾液,身体从里到外,都是极纯净的存在,就如同透明的琉璃,换句话说,她越来越不像人。宁缺把她抱进怀里,亲了亲,又把手伸进她的黑色裘衣里,抚摸揉弄着,虽然很凉,但依然很软,心里的感觉还很暖。"我从来没有想过,会娶个神仙当老婆。"他说道。桑桑抬头看了他一眼,伸手把他睫毛上的冰霜弹掉，认真地纠正道："我不是神仙，我是妖怪。"

宁缺说道："神仙？妖怪？你是桑桑。"

一路南行，二人说着闲话情话无所谓的话，偶尔会回忆岷山渭城与长安，不说生死与未来，也没有什么遗言交代——桑桑所有的遗言在瓦山禅院里已经说完，宁缺也没打算再活着，就算有遗言，也没有听遗言的人。乌黑的云层里忽然落下一个重物，呼啸破空而至，重重地砸到黑色马车前方数十丈外的原野上，击起一蓬泥土。马车行至那处，宁缺望去，只见原野浅坑里，是半具人类的尸身，看肤色和肌肉强度，应该是名强大的荒人战士，不由神情微凛。他很清楚荒人的身体强度，越强大的荒人战士抵御刀剑的能力越强，而这名强大的荒人战士，竟是被人用剑切断了身体，半具尸身被震到了此处，可以想见那剑有多快，那把剑的主人有多强。"是知命境的大修行者……西陵神殿的强者看来真的不少。"宁缺对桑桑说道。

不过片刻，荒原空中再次响起破空之声，只是这一次，破空声不像先前那次是呼啸作响，而是凄厉鸣啸，显得要锋锐很多。宁缺警惕地抬头望去，只见一道明亮的剑光，贴着黑云下缘高速掠来，没有刺向马车，而是斜斜刺入右前方一道微微隆起的草甸。那道飞剑威力极大，直接穿透整座草甸，从草甸另一面破土而出，带着一道黑土与草屑，然后落地，明亮的剑身骤然黯淡，显得极为颓败。这道飞剑威力如此强大，只有晋入知命境的强者，才能施展出来。宁缺看着草甸后方那道飞剑，发现剑后有柄，顿时想明白，这把剑的主人是南晋剑阁的强者，而且极有可能便是先前腰斩那名荒人战士的强者。一名知命境的剑阁强者，就这样败了。

宁缺抬头望向南方的战场，看着那处越来越强烈的天地元气变化，看着越来越盛的剑光符意，脸上的神情变得越来越严肃。黑色马车距离战场还有很长一段距离，便已经看到两名强者的离开，那么此时在这片荒原上，每时每刻都有多少人在死去？宁缺的眼眸里忽然闪过一道极细的亮线，然后紧接着是无数道。他正看着南方的战场，黑色眼眸里反映的光线，自然是那处的风景。远方的荒原战场上，开始电闪雷鸣，那些闪电并不如真实自然里的闪电威力大，但却与地面极近，不停闪烁着、瞬移着，似在追着某人。何等样境界的强者，才能召雷引电？宁缺自忖如果那些闪电追的是自己，自己根本没有任何办法应对，只能被劈死，而像那种境界的强者，此时在荒原上并不是一个两个，自己带着桑桑去那边，究竟能改变什么？平静赴死还是说真的如自己所料会有别的事情发生？

数十万人还有无数战马、车辆同时出现在一个地方，那会是非常可怕的事情，无论是长安城还是西陵神殿，都没有办法完成阅兵，但在广袤无垠的荒原上，不要说排成队列展示，即便是像现在这样混战的战斗，依然有足够的空间。荒原上刚刚生出来的新草，被热血浇淋、马蹄践踏，不得不提前结束生命，草根犹在，绿意尽消，原野表面覆着的泥土变成浮灰，四处扬起。荒人与西陵神殿联军的战争，已经持续了好些日子。虽然被称作天生的战士，虽然有很多强者，荒人部落依然没有办法抵抗整个人间，交战之始便落在下风，连战连败，然后连退，只不过凭着千年来在极北寒域打磨的精神气魄在苦苦支撑，但所有人都清楚，荒人已经撑不了太长时间。

大唐天启十八年、西陵大治三千四百四十九年的这场战争，与过往无数年间的无数场战争，都有很大的区别。在过往的战争中，修行者始终扮演着辅助的角色。无论是阵师还是符师，又或是那些甘于执行刺杀任务的剑师，都不能决定一场战争的胜负，而在这场战争里，修行者则显得非常重要。之所以如此，是因为这场战争是西陵神殿发动的圣战，中原诸国几乎所有修行者都来到了荒原，数量级的差异导致了战争模式发生了极大的变化。来自西陵神殿的神官，来自诸国道观的道门修行强者，来自南晋剑阁、大河墨池苑这些地方的道门客卿，珍稀的符师，各国军方倚重的阵师，纷纷参战，荒原战场之上，天地元气被无数道念力操控着，被无数张符纸扰动着，被无数阵法撼动着，急剧地变化不安，甚至让自然环境都发生了剧烈的改变。深春之时的荒原，暴雨大雪晨露暮风不时出现，然后消失，战场上混乱不堪，危险无处不在，如果不是荒人先天身体强壮，强大的战士首领暗中学会了魔宗的功法，只怕在中原修行者和骑兵的第一次攻击下便会崩溃。虽然荒人苦苦支撑了下来，但在这些场战斗中，不知有多少战士死去或者重伤，当然，有更多的中原骑兵死在他们的斧下，又不知有多少修行强者，被普通的荒人士兵杀死。

总之，如今的荒原战场，就像是一架水车，不停地从人类形成的溪流里汲水浇到原野间，只不过那些水是人类的血与肉。荒原战场上无形的血肉水车缓缓停止，交战双方暂时收兵。西陵神殿联军和修行者们疲惫地回到营中，荒人部落里的战士，则是支撑着更加疲惫的身体，行走在原野间，寻找着属于自己部落的同伴尸身，确认他们的名字。西陵神殿联军的中央，有一座巨辇。这座巨辇有三层楼高，一整块青铜铸刻为底座，辇上的栏杆是纯金的，在阳光下闪烁着圣洁的光辉，仿佛要夺去世间一切光华。辇上有座楼台，帘纱万重深锁，看不见楼中画面，只能隐隐看到一尊极为高大的身影。

整片荒原上，就是这座辇上的楼台最高，比远处绵延的草甸更高，甚至给人一种感觉，辇上的楼台仿佛比在天上飞翔的苍鹰还要高。最高的辇上，自然是最高的人。辇上那道高大的身影，便是西陵神殿掌教大人。修行界里最神秘的人物，一直是魔宗宗主二十三年蝉，但事实上还有一种说法，真正最神秘的人，是这位西陵神殿掌教。只不过没有谁，敢用"神秘"这个词来形容他。哪怕关于掌教大人的神秘传说，一直带着某种令人敬畏仰慕的神性。西陵神殿掌教，统驭昊天道门，拥有立废俗世诸国皇帝之权，以无上权威享世间信徒之崇拜，单以权力而论，他甚至要超过大唐天子。这样一个站在人间顶峰的大人物，却很少有人见过他的真面目。掌教大人也从来没有下过桃山，直到现在他出现在荒原上。

7

西陵神殿掌教所在的巨辇东西两方，约十里之外，还有两座神辇，东向的那座神辇色作黑红，肃杀之意十足，是裁决大神官叶红鱼的神辇。西向那座神殿里坐着位皱纹深若山川的老者，正是天谕大神官。就在那辆黑色马车驶出荒人部落南下之时，从开战到现在，始终沉默不语、低头默读教典的天谕大神官，忽然抬起头来，望向荒原北方，看着天边那道乌云形成的云线，轻声说道："真黑。"片刻后，巨辇楼阁里那道高大的身影微微一震，抬头望向北方那抹乌云，沉声说道："黑夜马上就要到来，尔等还在踌躇何事何时？"掌教大人的语气并不如何沉重，声音却是洪亮至极，就像是雷声一般，在巨大的神辇四周响起，辇畔的神官和强者们脸色骤白，当他们听到掌教大人话语的内容以及隐藏着的警惕意味后，脸色变得更加苍白。

荒原战场之上，能够像天谕大神官和掌教大人这般，看到远方那辆黑色马车的人极少，但随着黑色马车的移动，北方那片黑沉的乌云随之南移，却是极为醒目，没有用多长时间，所有人都注意到了天边那抹云。绝对的安静降临在战场双方的营地间，然后荒人方响起一阵巨大的欢呼声，西陵神殿联军方的气氛则是变得有些压抑，有些人的脸上露出了恐惧的神情。因为这场大战，西陵神殿神卫统领罗克敌离开了叶红鱼的身边，回到了掌教大人身前，他在朝阳城里被宁缺重伤将死，然而如今没有过多长时间，伤势便似乎已经痊愈，应该是掌教大人用神术替他治疗的缘故。听着掌教大人如雷般的谕令，罗克敌沉声应下，然后挥动手中的旗帜，向延绵二十余里的神殿联军诸营，发出攻击的命令。

刚刚停歇不到一刻的战斗，重新开始。疲惫的神殿联军在将领的指挥下，在红衣神官的神术祝福下，仿佛瞬间获得了力量与勇气，呼喝着向着荒人的战线冲了过去，无数马蹄踩踏地面，烟尘狂舞，大地震动不安。荒人战士也已经非常疲惫，但无论是头发微白的中年人，还是犹自带着青稚神情的少年，都站起准备迎敌，他们没有像中原联军那般呼喊，脸上也没有什么兴奋的神情，平静而且沉默地握紧手中的斧头。双方终于在荒原上相遇，斧与刀相遇，拳头与马首相遇，剑与身体相遇，符文与飞斧相遇，鲜血与鲜血相遇，无数沉重的撞击声在荒原上响起，无数战马惨嘶着倒下，无数骑士倒下，而当荒人倒下时，则有无数利器斩了上去。

侍奉在巨辇旁的罗克敌，用余光看着楼台里那道高大的身影，知道掌教大人非常不满意联军的进展，把牙一咬，厉喝着，带领着直属的神卫，和一千名无比强大的西陵神殿护教骑兵，向着北方冲去。停留在荒人部落后方的两千名荒人战士，一直没有参与先前的数场战斗，始终沉默注视着那座巨辇方向的动静，此时看着西陵神殿终于动用了传说中的护教骑兵，那些荒人战士也开始动了，唐冲在最前方。就在此时，荒原西方响起密集的蹄声，那些蹄声很沉重，可以想见骑兵与战马的重量非同寻常，蹄声又很整齐，如此密集竟没有丝毫混乱，不似暴雨，更像是数千人在同时击鼓，可以想象这些骑兵的纪律性和优秀程度。

一万余名大唐精锐骑兵，再次出击，在极短的时间内，荒人战线的右侧方，便开始承受不住压力，有了崩溃的迹象。唐以及荒人部落的战士首领们，猜到了神殿联军为何会忽然发疯一般再次攻击自己——那辆黑色马车是个变数，有可能没有任何意义，也有可能会直接改变战场上的局势，所以他们毫不犹豫地迎了上去，没有后撤。他们有信心在神殿联军的攻击下，一直支撑到那辆黑色马车到来，虽然肯定会死很多人，然而当他们发现万余唐骑开始冲锋，他们感觉到了危险。但此时的荒原战场上一片混乱，唐和部落最强大的战士们，没有办法去支援右侧的族人，而且就算此时赶过去，也没有办法战胜那些已经开始冲锋的万骑唐军。

所以他们沉默而强悍地继续向中腹地带杀入，希望能够重挫神殿联军的锐气，最好能够歼灭那支传说中的护教骑兵，如果能够做到这一点，说不定这场必败的战争，还能赢来一些转机，至少可以让荒人被灭族的悲惨时刻晚些到来。神殿联军的中腹地带，是南晋的军队。南晋向来自认为是世间第二强国，南晋骑兵也自诩为世间第二强军，直到他们来到荒原，与荒人开始战斗之后，他们才明白那是怎样令人羞耻的一种自诩，而此时，他们正面临着荒人最强大的两千余名战士的强硬攻击，阵形顿时大乱，有几名修行者甚至被乱蹄直接踩死。南晋剑阁强者程子清，穿着一件普通的南晋骑兵军服，骑在马背上，挥动手中的剑左右挥杀，目光却始终盯着数十丈外一名强大的荒人首领。

那名强大的荒人首领实力非常强悍，已经有三名剑阁弟子，被此人直接震死，至少有数十名南晋骑兵，被此人用一根类似铁棍的物事击倒。此时南晋骑兵的局势非常糟糕，如果任由那名荒人首领冲过来，肯定会引发慌乱，中腹被破，荒人便能直面西陵神殿的护教骑兵，看如今荒人的气势，对方的目的，便是要把那一千名护教骑兵生生吃掉。程子清的脸色骤然苍白，一道极为澄静的剑意，从他身上那件普通军服下方渗出，剑离手而去，化作一道长虹，直刺那名荒人首领。只听得咻的一声利响，这道蕴含着他毕生修为的飞剑，直接割断了那名荒人首领的腰腹，鲜血喷洒如雨，剑势却犹然未尽，柄端带着那名荒人首领的下半截尸身，斜掠而飞，向着极遥远的荒原后方飞去。

数名荒人面露悲痛之色，飞身向程子清扑了过来。程子清面色不变，以指为剑，轻而易举地将那几名荒人击倒，他身为南晋剑阁强者，修为境界仅在剑圣柳白之下，乃是知命境中品的大修行者，普通荒人岂是他的对手，先前的战斗中他始终低调隐忍，只是为了完成这惊天一击。如今目标实现，他自然不会恋战，再如何强大的修行者，肉身依然脆弱，在这充斥着飞斧、箭矢与天地元气震动的战场上，随时都有可能很莫名其妙地死去，更何况他施出自己此生最强一剑后，急需冥想休养。

程子清抬手指向空中，想要收回飞剑，然而就在此时，他听着战场远处传来如击鼓般的脚掌踏地声，脸色骤然剧变。脚掌踏地如击鼓，那人来得很快，但更快的是拳头，一道极为恐怖的炽热拳意，隔着数十丈的距离，击向程子清的面门！程子清此时念力枯竭，身体疲惫，本命剑不知飞出多少里地，哪里还有办法抵御这道恐怖的拳意，只有等死。咔嚓一声脆响，一道雷在他的身前炸开。那道拳意与那道雷声相撞，爆发出极强大的天地气息波动，程子清身下的战马被直接震死，他的身体也被震得斜斜向后飞出，重重摔在地面上。"噗"的一声，程子清脸色苍白，吐血难止，在那道雷的帮助下，他极侥幸地避开了那道恐怖的拳意，却还是被二者相撞时产生的天地元气波动震至重伤。最严重的是，他失去了与自己本命剑的联系。这名南晋剑阁强者，前年秋天在烂柯寺里，本命剑被宁缺一箭射毁，好不容易在师兄柳白的帮助下，再炼出第二道本命剑，威力更胜从前，此时再毁，对他的伤害更是可怕。

第一道雷声响起，便有第二道雷。雷声在荒原上不停响起，极细的电光照亮了烟尘，那些雷电并不是来自高空之中，而是在离荒原地面十余丈的空间里，突兀出现，然后突兀落下。这些雷电的威力不如自然界真正的雷电恐怖，但如果落在人的身上，依然会造成极可怕的杀伤力，就算是再强悍的荒人战士，一击之下都必成飞灰。但奇怪的是，那些生于虚空的雷电，并没有击向战场上到处都是的荒人战士，而是时而消失，时而出现，似乎在追着某人，就像是具有灵性的剑一般。荒原上有种在地面筑巢的苍鹰，有只苍鹰的巢，早已被无数马蹄践踏成了废墟，那只苍鹰惊恐地飞舞在空中，不舍得远去却也无能为力。当雷电响起后，它终于承受不住本能里的惊恐，再也顾不得巢里的稚鹰，凄鸣两声，振翅向更高的空中飞去。苍鹰不敢往北飞，因为北面有片乌黑的云，只能往上飞，往南飞，飞得越高，荒原地面上的人便越小，渐渐变成密密麻麻的蚂蚁。如果苍穹有眼，此时在荒原上舍生忘死厮杀的人类，大概是比蚂蚁更小的黑点，它或许会疑惑、或许会发笑于看到的这一切。

8

没有人知道，人类思考的时候，昊天会不会发笑，也没有人知道，人类战争的时候，昊天会不会发笑，但思考或者战争终究是人类自己的事情，无论昊天会否发笑，人类还是会继续做下去，或冥思苦想或抛头颅洒热血。苍鹰飞走了，黑云渐近了，荒原上的战争还在持续，每时每刻都有人倒下，都有剑折断，都有鲜血涌出，烟尘渐渐敛没，却不知道是因为骑兵无法高速冲锋还是因为大地被血浸湿、被尸体遮盖。战场中腹地带，强大的荒人战士们不停地前冲，南晋的骑兵已经被他们撕出一道极大的口子，传说中极为强悍的西陵神殿护教骑兵，都被他们冲得有些阵势不稳，当然他们也为之付出了极惨烈的代价，很多荒人战士倒在了冲锋的道路上。

皮衣衣袂在充满血腥味的风中颤抖，然后拖出道道残影，深深浴血的唐就像块燃烧的石头，在战场上横冲直撞，一路震飞十余匹战马，徒手撕碎数名西陵神殿的神官，然后终于来到了罗克敌的身前。血水从唐的身上淌落，像瀑布一般，那都是敌人的，不是他自己的，他的肩上挂着一名神官迸出的内脏，画面看着血腥无比。罗克敌知道他是谁，脸色骤然苍白，恐惧占据身心，本能里便想要闪避或者逃走，但他清楚如果自己躲避或者转身逃走，那么下一刻唐的拳头便会把自己砸成碎片，就算自己侥幸活下来，掌教大人也会赐给自己更悲惨的结局。

一声暴喝，罗克敌挥动神赐之刀，向着唐的头顶砍下，刀锋在空中带来尖锐的鸣啸，刀身上的金色符线骤然明亮，威势陡然增加。唐面无表情地看着落下的刀，平直一拳击出，像山般的拳头，砸在罗克敌的刀锋之上，刀锋顿裂，然后刀柄顿裂，罗克敌握着刀柄的虎口裂开，那道恐怖的巨大力量，顺着他的手臂向上侵袭。肩胛骨咔嚓一声断裂，罗克敌鲜血狂喷向后坠去，他左手化刀，猛地砍到自己的肩部，强行以劲冲劲，断绝那道力量的侵袭，才侥幸未死。就在他落到地面的那瞬间，唐的身体凌空而至，一脚踩向他的头顶，看着那道越来越近，满是血泥的鞋底，罗克敌的眼中流露出绝望的神情。他此时的情绪，就像先前感知到那道恐怖炽热拳意的程子清一样，然而也正如程子清一样，在死亡到来前的那一刻，有道雷电挽救了他的性命。

荒原低空里的那些雷电，追着唐的身影已经追了很长时间，始终无法追上，但在唐重伤罗克敌的这一瞬间，终于追来。唐重重一脚踏到地面，把那道雷电硬生生踩进地里，被血水滋润多时的荒原地面，无由地一震，断裂的草枝间，竟挤出了很多血水。雷芒大作，其间清幽出现一道剑，刺中唐的腹部。唐是魔宗行走，甚至有可能是魔宗最后一代行走，他很强大，无论是剑阁强者程子清，还是罗克敌，都不是他的一合之敌。在这个世界上，很难有剑刺中他的身体，但此时他被刺中了。即便被刺中，以唐的身体强度，也很难有剑能够刺入他的身体，但这把剑刺进了他的身体，而且刺得极深，有血从剑的边缘渗出。那不是一把锋锐无比的宝剑，也不是剑阁幽潭边那把无双之剑，只是一道单薄的木剑，木剑如十几年前一模一样，只是多了剑柄。

握着木剑剑柄的人，自然是叶苏。唐是魔宗天下行走，叶苏是道门天下行走，两个人就如世界的两面，终有一日，必会相遇相撞，然后生死相见。都是世间巅峰的人，各有各的骄傲，叶苏在烂柯寺里面对书院君陌，君陌转身，他便转身，今日荒原大战，亦是不屑于杀戮那些普通的荒人战士，而只是把精神气魄系在唐一人的身上。当然不可能有绝对的公平，唐除了要避开叶苏的剑，还需要保护自己的族人，与道门的强者不断厮杀，更关键的是，他带领荒人部落在荒原上已经与中原人战斗了很多天，更准确地说他已经战斗了好几年。精神气魄蓄养已久，正值巅峰的叶苏，对上疲惫的唐，这场战斗的结果不难想象，木剑深深地刺进唐的腹部，然后发出一声雷鸣。

唐的腹部绽开一道鲜红的血口，血水从他的眼睛和口鼻处淌下，这一次不再是敌人的鲜血，而是他自己的鲜血。甫一相遇，便身受重伤，唐的脸上依然没有什么表情，更没有什么惧色。他的双腿忽然燃烧起来，艳红的火焰就如同火山里的岩浆，炽烈高温却又有实在的重量。右腿以一种很怪异的角度离开地面，然后向下踹出！他明明站在地面，他的右腿明明只抬到半人高的高度，但当他的右腿向下疾落时，那只穿着皮靴的脚却像是从天上从云里踩下来！咔嚓一声脆响！唐的右脚狠狠踩到木剑上，木剑从中断裂！

木剑此时正深深插在他的腹中，唐的右脚踩断木剑，也等若是狠狠地击在自己的腹部，搅动自己的腑脏，但他的脸上依然没有任何表情！叶苏脸色微白，右手松开剑柄，毫不犹豫地弃剑，单薄的道袍在荒原风中轻舞，一道极其缥缈的天地元气袭来，随风疾退百丈！唐如山般的右拳已经握紧，悬在自己腰畔，将要击出却未击出，因为他的身前已经没有了叶苏的身影，击出也只能击空。鲜血不停地涌出，唐的脸上终于流露出一丝疲惫的神情，然后他伸手拔出腹中的半截木剑，缓缓地单膝跪倒，低沉地喘息着。荒人第一高手唐，被道门行走叶苏重伤，荒原上这场战争进行到了此刻，似乎终于可以清晰地看到结局。

战场上的厮杀声渐渐低沉，荒人搏命地突进，最终被南晋骑兵和西陵神殿的护教骑兵挡了下来，而西方万余唐骑的冲锋却是那般地势不可当。就在荒人部落面临灭族之灾前，有低沉整齐的诵经声响起，那些受了重伤无法再作战的荒人战士，随着数名元老一起，开始诵唱一段经文。那段经文并不长，但音节非常复杂，明显不是通行的中原文字（荒人用的也是中原文字）而更像是月轮国西陲久古以前的原始文字，荒人战士以及那几名领唱的元老，自己都不知道那段经文，来自传说中的天书明字卷。随着经文的声音回荡在荒原上，一股若有若无的气息，也开始在战场上生出，这道气息极为悲悯，又静寂异常，仿佛来自战场上的那些血水与扭曲变形或残落数截的尸身，通透地展现着死亡和轮回的意味。

荒人部落大元老在一名少年的搀扶下，艰难地站起，看着战场中央单膝跪地的唐，脸上深刻的皱纹里现出一丝决然的神情。大元老也开始诵经，念的是同一段经文，他的声音很沙哑，却又极为洪亮，就像是风一般，刮拂在荒原之上，近乎于呐喊。

西陵神殿联军中央，站在巨辇楼台里的那道高大身影微微一凛，掌教大人听着荒原上的经声，听着那名荒人元老的呐喊，默然想着，若不是悬空寺那些僧人不听诰令，不肯前来荒原助战，你便是连这搏命的机会都不会有。悬空寺的佛宗大德不在，那么便需要有人与荒人大元老以精神搏命，不然若由老人近乎呐喊般的诵经声在战场上继续飘拂，那么无论是中原诸国联军，还是西陵神殿自己的护教骑兵，都将付出极惨烈的代价。面对荒人大元老的呐喊诵经，即便巨辇上的高大身影都只能自保，那么谁有资格来搏命？西陵神殿联军里，只有那位老人有资格。天谕大神官脸上的皱纹也越来越深，他听着北方远处传来的诵经声，听着那位老人的呐喊声，平静说道："天谕以幽暗，明之始也。"然后他再说道："天谕以牺牲，善之始也。"最后他说道："天谕以光明，人之始也。"说完这三句话，天谕大神官脸上的皱纹，深得仿佛要刻进他的脸颊血肉甚至是骨骼，两道极为浓稠的鲜血，从他的眼角里流出来。

天谕大神官所在神辇的四周，七名红衣神官面容已然枯槁，黑发骤成白雪，瞬间苍老了数百岁，早已没有了呼吸。荒人大元老缓缓闭上眼睛，然后向后倒下。搀扶着他的那名荒人少年战士，不知道发生了什么，抱着他的遗体悲伤无语，四周的荒人伤员挣扎着站起身来，然后跪倒。大元老的精神力非常强大，较诸西陵神殿如今精神力最强大的天谕大神官，依然有极微小的差距，所以最终的结局是他死去。这是一场看似简单、实则凶险无比的战争，天谕大神官最终消耗掉了七名红衣神官的寿元，才获得了胜利，而荒人大元老直到死亡也没有利用任何一名荒人。从这个意义上来说，却不知究竟是谁更加强大。

9

西陵神殿联军方面，南晋皇帝停留在成京，开入荒原的南晋部队由南晋太子亲自统领，在先前的血战中，遭受了极惨重的损失，剑阁强者死伤无数，天谕大神官受了重伤。但联军真正的实力没有受到太大影响。还有很多像大河国墨池苑一样的道门客卿的力量沉默待发。血色神辇里的裁决大神官叶红鱼今天还没有出手，她在前些天的战斗中，杀死了三名荒人战士首领，展现出极恐怖的实力境界。要知道那些荒人战士首领的实力已经接近武道巅峰的水准。西陵神殿掌教的高大身影，一直停留在那座巨大的神辇里，大唐帝国的铁骑在数次冲锋里，也并没有展现出全部的实力。

而荒人部落元老死伤殆尽，大元老当场阵亡，第一高手唐身受重伤，十余名强大的战士首领或伤或死，此时西陵神殿联军方面还保存着如此强大的实力，还留着这么多的后手，荒人如何能不绝望？战场渐歇却歇不多时，神殿联军方面鼓声再起，军队再次集结，准备向北方的荒人部落发起最后一次攻击。数万名荒人战士死伤惨重，因为强韧的身体与意志，重伤居多，已经没有战斗的能力，族人们看着荒原战场中央单膝跪地的唐，知道灭族的时刻，终于将要到来，千年来的艰辛挣扎与梦想最终都将化为泡影。荒原间一片死寂，然后不知是谁领头唱起歌来，悲伤的歌谣在风中飘荡，粗犷的歌声在荒原上回响。

"天亦凉，地亦凉，苍鹰不敢望北荒。"

"热海落，热海涨，热海之畔猎雪狼。"

"雪狼逐，雪狼亡，握刀寻鹿终日忙。"

"何处生，何处死，何处能将白骨葬。"

"岷山雄，岷山壮，岷山才是真故乡。"

"踏过茫茫雪，踩破万里霜，终日南望。"

"踏过茫茫雪，踩破万里霜，不再南望。"

"我先去，你再来。"

"我先战，你再来。"

"我先死，你再来。"

"归途近，归途远，归途踏上。"

"我已去，你快来。"

"我已战，你快来。"

"我已死，你快来。"

"我已死，你快来。"

……

这是荒人部落流传了千年的故土之歌。历经千年风雪，他们终于离开了极北寒域，离了开热海与雪原，回到了故土，然而迎接他们的不是鲜花与热情，而是冷漠的眼光与血腥的厮杀，以致灭族的悲惨境遇。以往荒人唱起这首歌时，会有悲壮的情绪，甚至只是壮而不悲的平静从容，然而今天数万荒人战士或死或伤，坐卧在血泊原野上，声音或嘶或哑，歌声无法整齐，时起时落，显得格外悲怆，直冲天穹。忽然有马蹄声响起，然后是车轮声响起，辘辘之声融入荒人的悲歌之中，歌声的节奏没有被打乱——此时荒人的歌声已经没有节奏——反而被赋予了某种节奏，一种平静稳定显得非常漠然的节奏。

云层覆盖着原野北方的天空，一辆黑色的马车在云下缓缓驶来。荒人看着那辆马车，相互搀扶着艰难站起，无论是头发花白的老战士，还是面容青涩的少年战士，无论是断腿重伤的壮年男子，还是浑身是血的妇女，看着那辆黑色马车，神情变得敬畏恐惧，然后出现最后的希望。骄傲的双膝落在被血打湿的原野上，黑色马车所经之处，荒人纷纷跪倒，叩首行礼，有些身受重伤的荒人战士，一旦跪下便再也无法起来，就此死去。唐单膝跪在荒原战场中央，左膝头深深陷入泥中，挤出无数黑色的汁液，不知道是荒原的乳汁，还是部落同胞的鲜血，他沉默盯着远处那座巨大的神辇，看着楼台里若隐若现的高大身影，缓缓调整着气息。荒人面临着灭族之灾，他身为魔宗天下行走和荒人的战斗首领，不愿意接受这个事实，至少在死之前，他要让西陵神殿付出一些极沉痛的代价。在此时的荒原上，最尊贵的、对中原诸国来说最重要的人，自然便是那座巨大神辇里的西陵神殿掌教大人，那他便是唐生命最终的目标。就在此时，他听到身后远处传来的族人歌声有些微乱，然后他听到了马蹄声和车轮声，回头望去，看见了那辆黑色的马车。

黑色马车的表面覆着一层浅浅的霜，车厢内部覆着一层厚厚的冰，黄铜盆里的符火被寒意冻凝得有若鬼火，随时可能熄灭。桑桑体内那道阴寒气息早已苏醒，如今终于开始爆发，只是无论是她还是宁缺，都不知道她体内冥王的烙印，最终会演变成什么物事。宁缺的眼睫毛上挂着雪霜，从车窗处透进来的幽暗天光，被这些雪霜折射成七彩的光线，他听着窗外飘来的荒人歌声，说道："我先去，你再来。"桑桑"嗯"了一声，把脸贴在他的胸膛上，说道："我先死，你再来。"宁缺摇头说道："我先死，你再来，或者一起死。"

当看到黑色马车出现在荒原上，西陵神殿联军阵营顿时陷入安静，正在集结的诸国军队变得有些混乱，那些境界可怕的强者各自沉默。两年前秋天烂柯寺佛光大作开始，整个人间都在追杀那辆黑色马车，包括这些天荒原上惨烈到了极点的战争，都是由那辆黑色马车而起，然而今天这辆黑色马车终于出现在人们的眼前，人们却觉得有些无措。没有谁发号施令，巨辇上的高大身影自仰首沉默，西陵神殿联军几乎是下意识里停止了进攻的步伐，等待着最终的军令。黑色马车在荒人前方停下。咯吱一声轻响，车厢上冰雪微震而剥落。车门打开，穿着黑色裘衣的桑桑走了下来。她看着南方的西陵神殿联军，向前走了几步，每一步落下时，脚底与荒原地面接触的地方便会被冻结，形成一团冰雪，如同走在洁白的雪莲花上。

暗沉的云遮住了这片荒原大半边天穹，十余只黑色的乌鸦，在桑桑头顶上方的空中不停飞舞，盘旋不去，画面极为诡异。看着这幕画面，南方的西陵神殿联军所有人，心中都生出极为异样的情绪，那是惊恐敬畏厌恶毁灭综合起来的负面情绪。血红色的神辇里，叶红鱼以手撑颌，静静看着北方，眉眼间显得有些疲惫，她没有像那些普通军卒一般，被黑色马车和冥王之女震撼到无法言语，情绪复杂，她这时候只是觉得很疑惑：宁缺在哪里？忽然间，她的眼睛骤然明亮，如瀑布般的黑发锋锐至极地向后飘起，她毫不犹豫地腰身一折，随着狂舞的黑发，像被砍断的树一般重重倒下。

　　宁缺不在桑桑的身边，也没有在黑色马车的车厢里。不知道什么时候，他已经悄悄离开马车，借着荒人歌声的掩护，来到荒人战线的最前方，来到那些虔诚敬畏跪倒在地的荒人中间。当全世界的目光都被桑桑吸引住的时候，他单膝跪在地面上，右手扳弦，铁弓骤弯，瞄准南方数里外的西陵神殿联军方向，弓弦骤松。元十三箭凝结着书院的集体智慧和整个大唐帝国的资源，单以威力论，甚至可以与传说中的那些前代法器相提并论。元十三箭可以无视空间，无论飞行距离再远，威力都不会有任何损耗，所以在战斗中，与敌人相隔的距离越远，对宁缺来说越好。因为那些敌人很难从他的动作眼神里预知先机，生出警兆。因为这些特性，元十三箭是最适合战场偷袭的武器，可以说是无往而不利，唯一的限制，就是宁缺能不能够看到目标，能不能瞄准目标。此时两军相隔数里，极为遥远，普通的羽箭和飞剑无法掠过，但宁缺能看清楚对面连绵二十余里的战线上的所有细节，能够瞄准自己想要瞄准的任何人。铮铮铮铮铮！宁缺单膝跪地，藏身在荒人之中，连续横移，闪电般连射五箭。他知道今天留给自己的机会并不多，自己必须把握而且充分地利用这个机会，这也就意味着，他必须在第一次箭袭里，完成足够多的目标。第一箭最突然，最难以防范，成功的机会最大，选择的目标，当然是最重要的那个人，对战局最有可能造成根本性变化的那个人。这个目标很好选择，就如同唐决定燃烧最后生命也要杀死那人一样，宁缺也是毫不犹豫地选择把第一箭送给西陵神殿掌教。一切皆如宁缺所料，战场相隔甚远，和在烂柯寺、朝阳城里那些元十三箭的战斗不同，没有任何人能够提前预判到他的行为。至少在第一声弦响回荡在荒原之上时，没有人知道铁箭已经离弦，而元十三箭无视空间与时间，那么按照逻辑，便没有人能够避过。哪怕是西陵神殿掌教。

白色湍流在弦后骤生，尚未完全成形，黝黑的铁箭已经消失，下一刻出现在南方那座巨大的神辇上，出现在万重纱帘后的楼阁里，射中那道高大身影的头颅。纱帘万重遮清光。铁箭射中那道身影的头颅部位，却仿佛是射中了真正的影子，无声无息地穿掠而过，然后现出铁箭本体，贯穿无数重帘，消失在南方极遥远的天空里。那道高大身影微微前倾，向荒原北方望去，似乎没有受到伤害，反而是觉得很有趣，想要看看发箭那人究竟生的什么模样。

10

　　看似即将成功的第一箭落空，宁缺没有生出任何挫败情绪，神情平静似乎早已料到，后续四箭闪电般依序射出。西陵神殿掌教大人，哪里是这般好射中的？如果在战场上就这样被自己一箭射死，那么西陵教典上的那些传说，都会变成笑话。按照战场上的规则来说，宁缺既然没有信心，就不应该把宝贵的第一箭的机会浪费在西陵神殿掌教身上。但今天的战场与普通战场不同，如果不能杀死西陵神殿掌教，那么就算他杀死再多人，都无法扭转当前的局势。而且没有谁能够抵抗住把西陵神殿掌教活活射死的强烈诱惑，不试一次他不甘心。宁缺对目标顺序的选择很正常，越强大或者说威胁越大的人，便被他排在越前面，第一箭射的是西陵神殿掌教，第二箭射的自然是叶红鱼。
　　血色的神辇里，叶红鱼黑发如箭，身形如断箭，向后弯腰而倒。此时铁箭已至，只听得一声箭啸，神辇帷幔炸成无数碎片。数缕黑发飘落，一道血水自额间淌下，叶红鱼躺在神辇地板上，血红色的裁决神袍像暮云一般散开。本是极美的画面，却显得极为狼狈，再狼狈，终究她还是活了下来。只是想着先前那支离自己的眉心无比近的铁箭，想着无比近的死亡，即便是她，脸色都变得苍白起来。宁缺的第三箭射的是天谕大神官。天谕大神官先前与荒人大元老以精神力相战，战胜对方，自身也付出了极大的代价。此时正在神辇里冥想调息，意图尽快恢复。此时西陵神殿掌教终于来得及做出反应。只见巨大神辇楼阁里那道高大身影骤然挺直腰身，一道如雷般的厉喝响彻荒原。一道响雷在天谕大神官的神辇之前炸响，无数道极细的洁白电丝不停滚动，似乎能够吞噬进入雷团的一切事物。

铁箭射入雷团之中，逐渐变细，但最终没有被完全吞噬。变成一道细长的影子，咔的一声破雷而出，射入神辇之内。此时的铁箭，被西陵神殿掌教雷团削弱，威力大减。天谕大神官伸出右手，轻轻拈住射至面门前的那支铁箭，动作很轻柔，就像是拿筷子夹菜。但他的神情并不轻松，脸上深刻的皱纹再次加深，眼角开始淌血。直到皱纹里都开始淌出血水，指间的铁箭才安静下来。天谕大神官的冥想恢复被元十三箭强行中断，短时间内无法再战，今天的决战他已经无法参与。

宁缺的第三箭完美地实现了作战的意图。而谁都想不到，他的第三箭还有一个更重要的目的，那就是替第四箭做掩护。他的第四箭再次射向西陵神殿联军战线中间位置。箭镞所向，不是西陵神殿掌教站立的巨大神辇，而是神辇旁的罗克敌。在朝阳城中，罗克敌便被他一箭重伤，断喉将死。他不知道这个人是怎么活下来的，而且还能恢复实力修为，但他决定今天不给西陵神殿任何治疗此人的机会。西陵神殿掌教替天谕大神官挡了一箭，便没有时间再理会射向罗克敌的那一箭。铁箭准确地命中罗克敌的咽喉，血花微溅，铁箭消失于荒原之上。

罗克敌的眼神有些惘然，他不知道发生了什么。他想看看自己饱经患难的咽喉，一低头，头便落下。就像是石头从山顶滚落，落在地上，发出"噗"的一声闷响。西陵神殿神卫们围到罗克敌尸身前，看着统领大人就这样莫名其妙地断头死去，眼眸里涌出极强烈的恐惧。就在这时，不远处忽然传来震天般的惊呼与哭号声。他们愕然望去，只见南晋军营里一片混乱，不知道发生了什么事情。南晋军营的地面上，有一大摊血，还有半截尸身。看那双脚上穿着的金丝云靴，应该是位皇族。数名太监和几名南晋剑阁高手，脸色苍白地看着这摊血肉，震惊恐惧地浑身颤抖，有名太监更是哭得昏厥了过去。这就是宁缺的第五箭。代替皇帝陛下统领大军的南晋太子殿下，很透彻干脆地死去。

荒原上一片死寂。无论是西陵神殿联军还是荒人部落，在这段不长的时间里，都没有人说话，所有人都被震撼到难以言语，甚至失魂落魄。眼看着西陵神殿联军马上便要获得胜利，只需要策马向前，便能斩尽所有荒人的头颅，把荒人灭族。而此时荒原上飞来了五支铁箭，五箭分射五人。西陵神殿掌教、两名西陵大神官、神殿神卫统领罗克敌，以及南晋太子。过往这么多年，有谁敢同时向这样五个人发起攻击？如果以前有人听说这种情况，一定会认为那人的神智不清醒。然而这五箭最终的结果是，天谕大神官重伤，无法再战，等于被迫远离今日的战局。裁决大神官狼狈到了极点，才艰难避过。罗克敌和南晋太子身死。宁缺选择目标，不仅仅是在意目标的实力与权势，更多的是从战略角度出发。关键在于，他有实现这种战略的能力。罗克敌是西陵神殿掌教最信任的下属，代表着忠于掌教大人的直属力量，如此惨死，那些力量必然会惴惴不安，甚至生出一些别的想法。

南晋军队是西陵神殿联军的主力之一，一直随侍在掌教神辇之旁。统帅大军的南晋太子死亡，必然会给南晋军队带来极大的混乱，给那些将领和骑兵的心神造成极大冲击，南晋军队的战斗力会急剧下降。如果先前他的第一箭真的能够杀死西陵神殿掌教，哪怕只是重伤，今天战局的走向，都极有可能因为这五支铁箭而发生决定性的改变。单纯从战略出发，大唐铁骑的将领以及西陵神殿联军中境界最高的大河国王书圣，似乎比罗克敌和南晋太子更有资格成为铁箭的目标。但不知道为什么，宁缺没有那样选择。

西陵神殿联军东向某处，大河国墨池苑弟子们脸上的神情非常复杂。酌之华看着老师宽厚的背影，想要说些什么，最终还是什么都没有说。王书圣看着北方沉默不语，眉头微微皱起。他和墨池苑的弟子们，都看到了那五支铁箭，看到了铁箭的恐怖杀伤力。即便是入知命境多年的他，也无法确定如果铁箭射的是自己，会是什么结果。而且即便他再如何谦虚，他也清楚，在如今的联军阵中，自己无论如何也应该占据一支铁箭的份额。宁缺没有射自己，只有一个道理。天猫女左肩受伤，缠着绷带，清稚可爱的小脸苍白无比，她带着哭腔说道："难道我们真的要和宁大哥打吗？"

荒原西面，唐军阵前。接替夏侯已有两年的大将军洗植朗，看着北方那些死伤殆尽的荒人部落，想要找到宁缺的身影，却怎样也找不到。他沉默很长时间后，忽然笑了笑，举起右手，示意麾下逾万铁骑整队待命。一名偏将皱眉问道："收兵？"冼植朗摇了摇头，微笑着说道："当着全世界的面，我大唐怎好单独收兵，不过儿郎们也累了，总需要休息片刻。"

射箭是战斗，不射也是战斗，而且需要更多的智慧和对局势人心的准确判断。大河国的反应和唐军开始整队，证明宁缺的判断没有出错。荒原之上一片安静，西陵神殿联军紧张地看着北方，想要找到宁缺的身影。在那样一把铁弓的威胁下，向前便成了一件极可怕的事情。然而北方的原野上尽是伤或死的荒人，宁缺潜行于其间，很难被发现。于是现在留给联军的问题便是，他还剩几支箭？或者，怎样找到此人？或者，怎样逼出此人？便在此时，一道肃然响亮的声音，从巨大的神辇里传出，惊起万重纱帘，照耀黄金栏杆，如雷一般来到荒人阵前。

11

有很多事情看上去很复杂，做起来也很复杂。只有很少人有能力在复杂如麻的事物里看到简单的核心，然后做出简洁而正确的应对。西陵神殿掌教自然有这个能力。他知道想在莽莽荒原上找出宁缺，不是一件容易的事。因为人类不像苍鹰能够飞上天空俯瞰人间，更不像昊天一样可以从九霄云上平静而慈爱地看到人间的所有细节。既然找到宁缺不容易，那么最简单的方法，便是让宁缺自己现身。所以他对着北方那辆孤单的黑色马车说了一句话："冥王的女儿，你终于出现了。"掌教大人的声音很洪亮，又像天地一般宽阔。从巨辇楼阁间传出来后，却骤然凝结，变成如同实质般的雷声。雷声过处，万重纱帘无风而舞，荒原上出现一道笔直的无形气浪，掀起带着血腥味的泥土和无数草屑石砾，向着北方那辆黑色马车袭去。

一道身影从荒人群里掠出，用最快的速度来到桑桑身前，正是宁缺。他从身后取出大黑伞，想要撑开替她挡住这道如雷般的音浪。音浪太强，狂风呼啸，雷声轰隆。大黑伞还没有来得及完全撑开，宁缺便被刮到了十余丈后的地面上，身上的黑色院服多了无数道极细小的裂口，强韧的皮肤上也多了很多条口子，有的地方开始流血。大黑马看着扑面而来的雷声音浪狂风，惊恐地马蹄乱蹬，想要转身逃走，却又不忍心逃走，前蹄一屈，便把头埋进土里，装作什么都不会发生。雷音来到桑桑身前。桑桑脸色微白，眼睛却异常明亮，她不知道自己怎么能够撑过这道恐怖的雷音，但隐隐约约间，她知道自己应该不会怕这道雷音。

在她头顶空中盘旋飞舞的十几只黑色乌鸦，忽然冲了下来，对着那道挟尘携石而至的雷音，发出极为寒冷凄厉难听的嘎嘎叫声。黑鸦不停扑扇着翅膀，每次挥动，便会扇出两道劲风，带着桑桑身体里散发出来的阴寒气息，向南方拂去。无数道寒冷的劲风，从黑鸦翅底产生，就像无数根细绳，纠结编织在一起，最终变成一根极为强韧的粗绳。雷音与寒风在桑桑身前数丈之地相遇。黑色乌鸦的嘎嘎叫声变得越发凄厉，不时有黑色的羽毛脱落、飘下，然后粘在桑桑身体四周的冰雪面上，看着就像是白纸上多了些墨点。寒风渐息。雷音渐散。烟尘渐敛。十余只黑鸦重新飞回桑桑头顶，盘旋飞舞，只是飞行的速度要比以前慢了很多，似乎显得有些疲惫。掌教大人的雷音，就这样被十几只黑鸦扑散了。宁缺从地上爬起，走到桑桑身边，神情有些复杂。不是因为他的行踪已经暴露，而是因为黑鸦与雷音的相遇，证明了他的某种猜想。桑桑既然是冥王的女儿，那么冥王怎么可能眼睁睁看着自己的女儿死去？

民众恐惧桑桑，是因为桑桑体内的阴寒气息会让人间毁灭。那么西陵神殿为什么要排出这么大的阵势？因为他们恐惧？他们为什么恐惧？佛道两宗的强者们，应该很清楚桑桑自身的实力很普通。尤其是她病重之后，更是变得非常脆弱，很容易被杀死。他们恐惧只能说明，苏醒之后的桑桑，拥有令他们恐惧的能力，所以西陵神殿掌教才会亲赴荒原！冥王的女儿具有某种恐怖的能力，并不是难以想象的事情。只不过以往桑桑还没有苏醒，所以无法展现。直到她的病越来越重，她体内的阴寒气息越来越浓，她一天一天醒来，那种未知的能力便开始回到她的体内。

在月轮国的时候，宁缺就清醒地意识到了这一点。只不过他没有去利用这一点，而是想尽一切办法要治好桑桑的病，想要消灭或者镇压净化她体内的阴寒气息。哪怕再危险的时刻，他都不想她展现出那种未知的能力。正如桑桑曾经说过的那样，桑桑一旦真正苏醒，她就将变成冥王的女儿，那时的桑桑还是现在的桑桑吗？还是桑桑吗？

"果然是冥王的女儿。"掌教大人的声音，再次从神辇里响起。只是此时他的声音显得有些疲惫，看来先前那道雷音，也消耗了他不少念力。话音甫落，万重纱帘里的高大身影，忽然变得更加高大。不知何时，一根比这身影还要高的神杖，出现在身影的手中。看着巨辇帘后的变化，宁缺的心情骤然变得寒冷起来。他不知道稍后会发生什么，但总觉得要发生的事情很可怕。巨辇上的万重纱帘忽然燃烧起来。不是真正的燃烧，而是无数光与热，在那些帘布的细缝间像流水一般淌过落下。帘后那道高大的身影也开始燃烧，无数的光与热，顺着那道身影的边缘向四周散发。辇畔残存的青草，瞬间变得焦黄一片，然后化为黑灰。光是圣洁的光辉，热是绝对的热度。无数光热从掌教大人身上生出，他的身影仿佛变成了灯油。他手中握着那根长长的神杖，就像是油灯里的灯芯。光与热便是燃烧，灯油的燃烧传递到灯芯的燃烧，便变成了具体形状的火苗。火苗是一道光柱。一道圣洁的光柱，从神杖顶端生出，穿透巨辇顶部，照耀到天穹之上。南方的天空没有被黑沉的乌云覆盖，碧蓝无垠，上面飘着数朵白云，当那道光柱落在天穹上时，碧蓝的天空，瞬间变得一片光明。在天上飘着的几朵白云，遮蔽着天穹的光明，边缘仿佛被镀上了一道金边，无数的威压，自天而降，落在荒原上。碧空白云，只剩下一种色彩，或者说没有任何色彩，只有光明。

绝对的光明，是一种很单调的视觉感知。此时荒原上的数十万人，抬头望向光明的天空，却觉得自己看到了无限丰富的世界。那个世界不是真实的神国，只是一种精神上的感应。他们看到的无限丰富，并不是具体的事物，而是昊天神威之下无数种人类自身的情绪投影。此时的画面，已经超越了世人对修行世界的所有想象，超越了修行者对至高境界的想象。这已经不再是神术，而更像是神迹！西陵神殿联军数十万人跪倒在微凉的荒原地面上，对着光明的天空叩拜不停，膜拜着只在神话教典里出现过的画面。

人们脸上的神情震撼而敬畏、激动而恐惧，然后尽数变成绝对的虔诚与狂热。先前因为冥王之女出现以及宁缺五箭而变得有些惊恐不安黯然慌乱的他们，再次坚定了自己的信仰，获得了无数的勇气。与之相对应，当碧空白云被尽数化为光明之后，荒人部落的情绪低落到了极点。那些重伤将死的战士看着南方的天空，脸上流露出绝望的神情，再也没有人唱歌，即便是唐，脸上的神情都变得有些萧索。

"这就是传说中的天启吗？"宁缺看着光柱下端的巨辇，看着辇中那道高大的身影问道。"不是，当年老师的天启不是这样的。"桑桑说道，然后痛苦地咳嗽起来。南方天空投向荒原的光线，有很多落在了荒人部落附近，自然也落在了她的身上。几道极淡的白色烟气，从她身上的黑色裘衣里冒了出来，看上去就像是她的身体里在燃烧，但闻不到任何燃烧的味道。她看着南方天空的光明，眼眸里流露出怯怯的神情。

宁缺看着她紧蹙的眉头，心头微酸，伸手想要把她抱进怀里。就在他的手指触到她身体的那瞬间，指甲上忽然多了一道冰块。剧烈的疼痛从指尖传到识海里，宁缺闷哼一声，发现片刻间，自己的整只右手都被冰封，而且冰线正在向着自己的手臂蔓延。桑桑体内的那道阴寒气息，已经完全醒来，正在向外释放。宁缺此时应该松手，但他不想松手，体内浩然气疾运，化作昊天神辉，瞬间将手臂上的冰层融化，然后他把桑桑搂进自己怀里。桑桑的发丝在他脸上划过，瞬间多了道雪线。他的唇上覆着冰霜，声音颤抖，含混不清："如果太痛苦，就不要做。"

南方天空的光明，落在桑桑的身上，灼烧着她的身与心，以及灵魂。她体内的阴寒气息，不停冰冻着她的身与心，以及灵魂。这个过程非常痛苦。宁缺紧紧地抱着她，身上覆着的冰霜被体内的浩然气震碎融化，然后再次凝结刺骨，他也很痛苦，但他知道她更痛苦。桑桑的身子剧烈颤抖，显得十分痛苦，瑟缩着向宁缺的怀里躲去，就像以前的那些年一样，想要在那里寻找到安全和温暖。然而光明无处不在，她无处可躲，阴寒气息在她的体内，她躲无可躲，她只能在炽热与酷寒之间，继续承受着折磨。

12

桑桑哭出声来，眼泪滑过微黑的小脸，落在宁缺的身上，黑布骤硬，落在地面上，变成冰珠，每颗都是那样的晶莹浑圆，大小完全相同。一阵极细碎的声音，在她的身体里响起，就像是骨头被碾碎成无数碎屑，又像是血肉正在分解，更像是坚硬的冰在不停地被压缩。她体内那道阴寒气息，终于完全释放了出来。一道幽黑的圆球，以她的身体为中心，向着四面八方扩散而去，抱着她的宁缺，被瞬间击飞到数十丈外，气息所至之处，原野结冰，青草覆霜，生息全无！

宁缺重重地摔落到地面上，噗的一声吐出血来，鲜血瞬间冻住，直到第三口血才开始冒出热气。他被那道阴寒气息震飞，大黑伞却留在了原地，就在桑桑的脚下。桑桑蹲下身体，捡起大黑伞，然后打开。阴寒的气息还在持续不断从她的身体里向荒原上释放。那些无形无质的气息与真实的自然相遇之后，变成了寒冷的黑色气旋，卷起地面的沙砾，绕着她的身体不停地呼啸狂舞，看着就像是一道黑色的烟尘。从在月轮国朝阳城小院里落下开始，黑色乌鸦始终追随着桑桑，在她的头顶天空里盘旋飞舞。此时当桑桑发生变化后，十余只黑色乌鸦似乎感知到了些什么，嘎嘎乱叫而飞，扑扇着黑色的翅膀不停向着天空高处飞去，似乎想要离她越远越好，直至最终全部飞进了暗淡的云层。

那片云跟随桑桑的时间要更长，从西部荒原开始便一直没有离开过，越积越多越厚，光线穿透折射艰难，渐渐变成乌云，但云本身应是白的。十几只黑鸦飞进云层之后，便变成了小黑点，就像是有人在洗笔的水瓮里滴下了几团浓墨，云层的颜色渐渐变得越来越黑。荒原地面上，黑色的烟尘依然围绕着桑桑的身体狂啸舞动，那道阴寒的气息，则是顺着她手中的大黑伞，向着高远的天穹上而去。

如果说西陵神殿掌教手中的神杖是灯芯，把神术释放出来的光与热变成了真实燃烧的火苗，明亮了南方的天空，那么桑桑手中的大黑伞，就像是一根毛笔，蘸满了她体内的阴寒气息，染黑了北方的云层。十余只黑鸦只是落笔前滴落的墨点，真正的黑来自桑桑自己。暗沉的云层剧烈地卷动起来，然后骤然间静止，平静接受着来自地面那把大黑伞传来的阴寒气息，以肉眼可见的速度变得越来越黑，越来越像一张涂满墨的纸，直至最后变成了凝固的墨，除了黑色什么都没有。什么是黑？黑就是没有光。此时的荒原北方天空，就是一片没有光的黑色，除了没有星星之外，看上去就像是黑夜。黑夜不会在白天出现，夜穹上会有星星。那么在白天出现、没有星星的黑夜，自然不是普通的黑夜，或者会有别的名字。

"这是怎么回事？""怎么那边天黑了？""这就是永夜吗？"荒原地面上的人们，看着被光明与黑暗分割开来的天空，没有发出惊呼，没有发出尖叫，喃喃自言自语着，他们受到的震撼太大，大到连震惊恐惧的情绪也已经忘记，神情显得麻木而惘然，仿佛失去了灵魂。西陵神殿联军站在南方光明的天空下，看着北方的黑夜。不知道过了多长时间，人们终于清醒过来，开始惊呼，开始尖叫，开始痛声哭泣，有人试图逃走，但所有的战马都惊恐地瘫到了地上，一片混乱。

荒人站在北方黑色的夜空下，看着南方的光明，所有人都再次跪下，抱拳于胸口，闭着眼睛，平静而虔诚地祈祷着，等待冥君的来临。宁缺艰难地爬起来，再次向前方的桑桑走去。决定离开荒人部落南下之前，他便知道桑桑身上可能会发生些什么，甚至可能是比死更可怕的事情，因为她会苏醒，会被冥王看到。他不在乎冥界入侵，永夜来临，只在乎桑桑现在怎么样。

桑桑现在很好。来自南方光明天空的那些光线，再也无法落到她的身上。那些丝丝缕缕的炽热光线，每每照耀进她身前数丈，便会被那些幽黑的阴寒气息绞杀。而她体内的阴寒气息也已经无法再给她带来任何痛苦。桑桑现在很不好。她看着南方，虽然隔得非常遥远，但她现在可以把西陵神殿联军里的画面看得清清楚楚，甚至可以看到所有细节，包括每个人脸上的神情。她看到那些人脸上写满了惊恐，写满了不安，写满了懦弱，写满了憎恶，写满了悲伤，写满了所有的负面情绪，就是没有看到喜欢。如今的人间，没有人会再喜欢她。

桑桑低头看着探出裙摆的鞋尖，看着脚下那两朵盛开的冰雪莲花，低声说道："老师死之前，一直看着北方，我现在才明白，原来他当时看到的就是现在的我，原来那时候他就已经确定，我就是黑夜的影子。"宁缺走到她身后，伸手牵起她的手。桑桑的脚踩在冰雪凝成的莲花上，与地面似触非触，她的身体此时似乎已经没有任何重量，只是透明的无质的存在。

宁缺问道："现在感觉怎么样？"桑桑低声说道："感觉……好像很强大。"宁缺说道："喜欢吗？"桑桑摇头说道："不喜欢。"宁缺说道："忍忍。"桑桑说道："忍不住。"宁缺问道："为什么不喜欢？"桑桑抬起头来，看着南方，说道："因为没有人会喜欢我了。"宁缺说道："有点儿出息，至少也要清醒一些。"桑桑问道："怎么叫清醒？"宁缺说道："你长这么难看，脾气也不好，除了我，这个世界上本来就没有人喜欢你，现在就算没有人会喜欢你，只要我还喜欢你，那和以前就没有任何区别。"桑桑想了想后说道："好像是这个道理。"

13

无穷无尽的黑与寒从大黑伞注入天空，把荒原北方的天空染得漆黑一片，有如黑夜到来。无穷无尽的光与热从神杖顶端注入天空，把荒原南方的天空染得光明无比，有如神国降临人间。血色神辇内，叶红鱼看着被切割成截然不同两半的天穹，美丽的脸容上没有任何表情，然后她擦掉额上淌落的血水，望向北面的桑桑。桑桑是冥王的女儿，任何事情在她身上发生都可以想象，叶红鱼虽然震撼却没有投注更多的精神，目光最终还是落到东方数里外的西陵神殿掌教的身上。她的眉尖微微蹙起，因为她无法看清楚那道圣洁的光柱，究竟是从掌教大人身体里喷出，落到天穹之上，还是从天而降落到他的身上。

荒原南方数十里外的草甸间，有数十骑正在注视着北方的天空。银色面具上反映着诡异而令人心悸的天空，光明与黑暗在他的眼间相遇，隆庆的眼眸颜色变得越来越灰淡，情绪变得极为复杂，不知道在想些什么。如今的他不在乎什么是光明什么是黑暗，他只是嫉妒于那个撑着大黑伞的小姑娘吸引了所有人的眼光，连带着宁缺此时也成了世界的中心。站在那里的人应该是我才对，隆庆皇子如此想着，又想起两年前逃离知守观后，他以为自己才是冥王的儿子，于是越发嫉妒。

贺兰城内，大唐皇帝陛下看着天空，沉默不语，黑夜来临预示的冥界入侵，并没有让这位人间最强大的君主，产生任何畏怯的情绪，相反，他的眼眸被天穹上的光明与幽暗照耀得越发清晰，显得有些兴奋。黄杨大师站在皇帝陛下的身旁，对着天空里的光明与黑暗合十低头为礼，嘴唇微微翕动，不知道在说些什么。

书院后山，绝壁雨廊上的紫藤果正在开花，小楼的墙壁上爬满了青藤，幽暗的崖洞里没有人，人都在崖畔。大师兄带着所有的师弟师妹，站在悬崖畔，沉默望向北方被黑暗与光明切割开的天空，雄伟的长安城笼罩在金色的光泽里。"我们现在应该在那里。"二师兄说道。大师兄说道："就算在那里，我们也什么都做不了。"二师兄说道："但至少我们是在那里。"大师兄说道："老师不同意我们在那里，我们便只能在这里看着。"

南晋剑阁，幽暗的山腹空洞里一片安静，深春染绿了山后的树林，对崖洞里却没有任何影响，草屋前的那片水潭，依然透着寒意。剑圣柳白盘膝坐在潭边，低着头没有望天，因为崖洞顶端的开口太小，纵然抬头望云，也只能看见一片光明。一柄古意盎然的大剑，从潭水底部缓缓升起，和这柄剑相比，草屋架上搁着的那把柳白常用的剑，就像是稻草一般破败。没有人知道剑圣柳白藏身剑阁山腹，在潭畔静思悟道多年，除了因为心头那抹恐惧不敢现世，他一直在炼养一把真正的剑。那必然是人世间最强的一把剑。

天空笼罩大地，能够被所有人看见，所以人世间所有人都看到了被光明与黑暗切割开的天穹，只不过因为视角的关系，越往南边去，人们视线里的光明便越多，黑暗天空便越小，到了极南处，荒原上的黑暗天穹更是变成了地面远处的一抹黑色，看上去就像是一条被压扁了的幽暗通道。如果那条幽暗通道联通着冥界与人间，那么下一刻会有什么从那条通道里走出来？是冥界的大军还是冥王的身躯？

极南方的南海深处，潮生潮灭，巨浪撼礁，海底火山不停喷涌着岩浆，蒸发着海水，白色的雾气笼罩着小岛。小岛边缘的黑色礁石上，站着位青衣道人，他看着遥远北方如幽暗通道般的黑色天穹，微微扬眉说道："日落沙明天倒开？"说完这句话后，他沉默了片刻，然后摇了摇头，说道："还是不对。"

佛宗没有参与到荒原圣战之中。正如莲生大师当年对宁缺说的，以及后来夫子以及很多人都说过的那样，佛宗最终悟的法子，还是闭眼不看，闭嘴不言。因为佛祖的遗言，佛宗的僧人们尝试着要杀死冥王之女桑桑，从极大恐怖里拯救苍生，然而同样是因为佛祖传下佛法里的精要，当冥王之女没有被杀死，冥界入侵无法挽回，永夜即将到来，人间将要进入末法时代的时候，佛宗僧人们不再尝试做任何事情，而是开始躲避和隐藏。

极西荒原深处，那片巨大幽深的天坑里，云雾缭绕不散，无论是圣洁的光线还是幽暗的夜影，都无法穿透入云，落在人们的身上。数万名肤色黝黑的信徒奴隶，跪在天坑底部，对着天坑中央那座巨大的山峰不停叩首祷拜，脸上写满了虔诚与畏惧的情绪。悬空寺所有僧人都已经躲进了山峰间那些黄色的寺庙中，淡渺的诵经声，从不同的寺庙里传出，然后如水一般渐渐向下淌落，似要把整座山罩住。尊者堂首座七枚大师，站在一座寺庙外的古钟前，只剩下两根手指的左手，落在钟面时，不时轻击，以钟声助经声传播得更远。看着遥远东方的天空，看着那处光明与黑暗对峙的画面，他脸上的神情显得有些焦虑，往日里的坚毅平静，早不知去了何处。

佛祖预言的末法时代，终于要到来了，然而佛祖留下的法器，已经损失了太多，净铃毁坏，棋盘失踪，那么悬空寺还能躲开冥王的目光吗？一道平静而淡然的声音，在七枚的身前响起。"黑夜来临，诸法崩坏，是为大惊怖，然则昊天俯瞰人间，断不会任由此类惨状发生，如今光明已至，黑夜未见得会获胜，我佛弟子当诚心祈祷。"七枚凛然受教，手指离开钟面，盘膝坐于寺前，望向东方双手合十，诚心静意祝祷道："我佛慈悲，苍生当得佛祖保佑。"山峰间无数座黄色寺庙，渐渐传出祈祷的声音。"诸天神佛保佑。""不动明王保佑。""光明……"悬空寺讲经首座没有诵经，也没有祈祷，他手持锡杖，站在山峰的顶端，看着平行的荒原地面，看着远处的光明与黑暗，神情显得极为疲惫。

夜幕渐广，缓缓向南方侵袭而去，光明的天空边缘出现了无数道细密的裂痕，就像是蛛网一般，然后瞬间被夜色灌注进去，变成黑色。夜色与光明相遇时，没有发出任何声音，但荒原地面上的所有人，都觉得自己的心脏瞬间跳动得快了起来，然后产生一种极为剧烈的痛苦。人们看着光明的天空被黑夜一寸一寸侵蚀占据，心脏处的痛苦变得越来越重，他们捂着胸口，却不知那痛苦是来自身体还是灵魂。光明天空边缘的黑色裂痕，渐渐变得越来越粗，直至最终那些裂痕变成线条，变成条块，然后相融在一起，那便是新的黑夜。

如果任由这种情况继续发展下去，黑夜会变得越来越强大，光明会变得越来越孱弱，片刻后或者数百年后，整个人间都会被黑夜覆盖，生活在这片土地上的人们以及山林里的野兽，都再也无法看到光明。无穷无尽的恐惧占据着西陵神殿联军的内心，即便是荒人部落里的人们，看到这幕震撼的画面，都本能里生出恐惧的情绪。神辇楼阁间，西陵神殿掌教高大的身影忽然跪了下去，右手依然紧紧握着神杖，平静如水却响亮如雷的祷告声在荒原上响起。数十万西陵神殿军都跪到了地上，跟随掌教大人开始一起祷告，便是唐军也都跪到了地上，因为他们也是昊天信徒，他们也恐惧于永夜的来临。

数十万人齐声祷告，最开始的时候，声音还显得有些嘈乱，然后渐渐变得越来越整齐，越来越强大，越来越震撼。人们祈祷着昊天的神迹，祈祷着光明的强盛，祈祷黑夜退去。荒原南方的天空骤然间变得更加明亮，仿佛有无数的光明被重新注入到苍穹之上，正在沉默缓慢南下的黑夜渐渐被停止下来。夜色里响起凄厉的鸦鸣，如墨般的黑夜开始翻滚卷动，似乎那里有某种意识存在感到了被亵渎，于是开始愤怒狂暴。

桑桑脚下的冰雪莲花已经盛放。她闭着眼睛，紧紧握着手里的大黑伞，阴寒气息不停从她的身体里喷涌而出，卷动着荒原间的天地气息，化作幽暗的黑色，向着黑夜里不停灌注。宁缺站在她身旁不远处，沉默地看着她。光明与黑暗以天穹为战场，正在对抗，这种光与暗的对抗实际上便是有与无的对抗，远远超出了人类的层次，更不是他所能够影响的。

桑桑此时体内的阴寒气息尽数苏醒，便是一片雪落在她的身上，也会被震碎成最细微的结构，所以他无法再牵起她的手。他的手正在淌着血，血珠落地，发出啪啪的脆响。他这时候什么都不能做，做什么都没有意义，所以只能静静看着她。忽然，他觉得此时看到的一切有些眼熟。他望向南方，发现荒原战场上到处都是尸体。他望向天空，那里一片光明，似有一轮烈阳。而黑夜正席卷而去。宁缺确认自己曾经看到过这些画面。

14

在哪里，在哪里见过你？宁缺看着天空与荒原，看着光明黑暗的分野，看着倒卧在地上的无数具尸体，想起来，那是在一个梦里。数年前从渭城前往长安城，在旅途中他与吕清臣老人有过一次关于修行的研讨与学习，也就是在那个夜里，他做了一个梦。那晚睡觉的时候，他抱着桑桑微凉的小脚，不知道是不是因为这个，他所做的那个梦的开端很奇怪。他梦见了一片海，海面上是无穷无尽的白花——或许是莲花——白花散尽，便是绿色的海水，海底深处却是浓稠的血的世界。血的世界里有无数悲伤恐惧的没有五官的人脸，他在梦中惊恐无比，然后来到了真实的天地之间、荒原之上。他的四周倒卧着无数具尸体，大唐骑兵、月轮武士、南晋弩兵还有很多草原蛮子的精骑，无数的血水从这些士兵的身下流淌出，把整个荒原染红。三道黑色的烟尘稳定地悬浮在荒原前方，冷漠地看着他所站立的位置，就像是有生命一般。荒原上无数人惊恐地抬头看着天空，宁缺随他们望去，只见一轮烈阳当空，太阳光线黯淡，似夜晚将要来临，一片黑色从天地线的那头蔓延过来。

桑桑站在雪莲花上，掌心里握着一枚黑色棋子，看着对面那些惊恐的西陵神殿联军，阴寒的气息依然不停地从她的身体内向外界喷涌，仿佛永无止境。天穹上的夜色渐盛，南方的光明渐暗，光线变得灰暗很多，春日的荒原变得越来越冷，倒卧在荒原血泊里的尸体渐渐被冻凝。看着眼前这幕越来越眼熟的画面，宁缺的身体变得有些寒冷，越发确定自己当年旅途中那个梦里看到的，便是今天发生的一切，只是有些细微处的差异，比如当年在梦里，他没有看到荒人的尸体，那个梦里有轮烈阳。

然后宁缺想起，数年前书院二层楼入楼试登山之时，在最后那块巨岩间，自己还曾经进入一个梦境。在那个梦里，他也来到了荒原之上，随无数人仰头看着天穹，天穹那头，无边无际的黑暗正在侵袭而来，人们的脸上写满了绝望与恐惧。在那个梦里，他和某些人说过某些话。梦境里的画面，一直令宁缺记忆深刻，并且莫名恐惧，他甚至没有告诉过桑桑，把这当成自己最大的秘密，并且下意识里不想记起。直至今天，那些黑暗幽沉的梦变成了现实。

宁缺望向桑桑，看着她身周那些旋转飞舞的黑色气息，身体微微颤抖，到了此刻，他才明白，原来那些梦的征兆不是别的事情，便是桑桑。自己这辈子始终和桑桑在一起，所以那些梦便一直陪伴着自己。当年旅途马车里，他第一次做这个黑梦的时候，便是抱着桑桑的脚在睡觉。如今想来，那个夜晚大概便是桑桑苏醒的第一天吧？在那个黑梦里，他曾经看见过三道黑色的烟尘。此时的桑桑应该便是其中一道，那其余两道令世人恐惧的黑色烟尘在哪里？

宁缺向四周望去，没有看到任何黑色烟尘，冥思苦想很长时间，直到天穹上的夜色已经渐渐把南方光明逼压得节节败退，依然没有想出结果。忽然间他转身望去，只见大黑马前蹄屈起，像狗一样蹲在黑色马车之前，抬头看着天上光明与黑暗的战争，显得很是害怕。桑桑此时站在荒人部落前方，直面着西陵神殿联军，很是孤单，她的身边，只有他和大黑马，她身上喷涌而出的阴寒黑息，席卷着荒原地面的碎草石砾土块，把他和大黑马也笼罩了进去。

宁缺身体微僵，明白原来另外两道黑色烟尘，便是自己和黑色马车。当年那个梦里，他站在西陵神殿联军的方向，向北方望去，看到了三道黑色的烟尘，如今的现实中，他就站在北方，就是三道黑色烟尘的一部分。给整个人间带来恐惧绝望的三道黑色烟尘之一，原来就是自己。只是在那个梦里，他是站在南方的，为什么现实中自己会出现在这里？自己是从什么时候改变了阵营，从光明投身于黑暗，是何时做的选择？

当他还是个孩子的时候，在柴房里对管家挥出柴刀的那一刻，就已经做出了选择？在书院二层楼登山时，于幻境中他再次挥刀杀死管家和少爷，然后向着对面的夜色里走去时，他就已经做出了选择？在烂柯寺里知道桑桑是冥王之女，他毫不犹豫地走进佛光里，撑开了大黑伞，在荒原上逃亡，是在朝阳城里对着无辜的民众挥起屠刀……在梦里，他做出过选择。在现实里，他做出了同样的选择。

宁缺想起，这个黑暗的梦，还曾经出现过一次。那是在长安城里，他刚刚学会修行，能够感知到世间的天地元气后，感动得眼眶微湿，然后抱着桑桑美美地睡了一觉。每逢人生大变故时，便有梦境降临，那次甜美的睡眠里，也有黑暗的梦，在那个梦里，黑色逐渐占据荒原上空，纯净的夜遮蔽天空，眼看着永夜即将来临，寒冷战胜光热之时，天空上忽然响起一记雷鸣。那道雷鸣轰隆而作，瞬间传遍整个世界，荒原上很多人都被这记雷击倒在地，痛苦呻吟，还能站立的人们像雕像般，神情惘然地抬头望向天空。便在雷声响起处，圣洁的光辉瞬间照亮整个夜空，高远的苍穹之上，在圣洁光辉中心最明亮的位置，有一扇无比巨大的金色大门缓缓开启，隐隐能够看到一条巨大的黄金龙的龙首，缓缓探出。

是的，如果梦境意味着将要发生的事实，征兆着这场光明与黑暗的战争，那么桑桑带给人间的黑夜，不可能就这般简单地获得胜利。南方的天空光明已经黯淡，那颗巨大恐怖的黄金龙首还没有出现。一股极大的惊恐，占据了宁缺的身心，他愕然望向天穹，望向已然黯淡的南方天空，心想难道稍后真的会看到那幅画面？黑夜自北方而来，压迫得南方的光明越发黯淡，正在逐寸逐寸地侵蚀光明的国度，先前被光明吞噬的白云，重新现出了身形。

白云的边缘骤然明亮起来，要比先前西陵神殿掌教神杖发出光柱时，显得更加明亮，不似镶了金边，完全是在燃烧！看着就像是一轮烈阳，藏身在白云后极近的地方。一道雷鸣自高空响起！轰的一声巨响！天雷降落到荒原上，原野泥土里凝着的血，尽数被震了出来，弹起约膝盖高，然后落下，就像是上苍降下了一场血雨。那些倒在原野上的荒人战士和西陵神殿联军的尸体，也随之跃起，仿佛复活了一瞬间，然后重新重重摔落到地面上，发出骨折肉碎的恐怖声响。

荒原上的数十万人，同时被这道雷震得耳膜剧痛，双膝一软瘫倒在地，距离战场中心最近的逾千人，更是直接被震倒死去！这才是真正的雷声——天雷之声！与这道来自苍穹之上的雷声相比，先前荒原上血腥战争里不时响起的剑啸声、箭袭声、撞击声、惨叫声，都显得那般微弱。叶苏追杀唐时用木剑引的风雷，在这道天雷的面前，就像是孩童玩耍用的鞭炮，根本不值一提，相形之下是那么的可笑。在上天看来，人世间的一切事情，本来就是这般可笑。

雷声响于天穹，起于云后，那抹白云越来越明亮，不只边缘，就连厚实的中心都仿佛要燃烧起来，向地面散放着光与热。人们跪在荒原地面上，愕然抬首望着那处，看不到云后真实的画面，不知道发生了什么事情，或者将要发生什么事情。只有宁缺隐约明白白云后正在发生什么。他做过梦，这些事情曾经在那个黑梦里出现过。雷声，即是开门声。此时有一扇无比沉重巨大的金色大门正在云后缓缓开启。那道金色大门后面，便是昊天的光明神国。

宁缺浑身寒冷，然后开始颤抖，就像是冰雕一般，不停震落着冰屑，他的身体和灵魂，被无穷无尽的恐惧所占据。在这片荒原上，只有他知道将要发生些什么，只有他知道真相，所以他孤独，然后越发恐惧，直至陷入绝望。他望向桑桑，拼命地大声喊叫，但越来越盛的光线里，他的声音根本无法传播，桑桑依然一无所觉。他用最快的速度跑到黑色马车旁，拉起大黑马，驾车向桑桑冲去，想要带着桑桑逃走，然而就在这时，南方天空那抹白云忽然暗了起来。不是那抹白云变得黯淡，而是有个物事从云后出现，顿时压制住荒原上所有的光明，因为那个物事无比光明。

一颗巨大的黄金龙首，从云中探出，神情漠然，俯瞰荒原。

15

黄金龙首很巨大，远在高空之上，却像是出现在所有人的眼前，所有的细节都能看得非常清楚。似光镜一般的鳞片，如火山一般的龙角，有具体的形状，却难以形容。色若纯澄的黄金，却又仿佛透明，散出无穷的光与热，洒向荒原地面。随着黄金龙首出现，南方天空顿时大放光明，瞬间恢复先前的样子，然后又是瞬间，便远远超越西陵神殿掌教神杖所释放的光与热无数万倍。北方天空的黑夜仿佛感到了新生光明的强大，顿时变得凝滞起来。黄金龙首缓缓转动，如两道光柱般的双眼，带着远古静寂意味缓缓扫视着荒原地面上的人类，神情漠然地释放着恐怖的威压。

西陵神殿教典里有关于龙的记载，在佛经里也有关于龙的故事，在人世间里有关于龙的传说，但却从来没有谁亲眼看见过龙的存在，更何况是一条黄金巨龙，这种神话般的生物，居然会降临人间……

荒原地面上的人类疯了。尤其是西陵神殿联军，眼看着黑暗便要战胜光明，冥王即将现世，忽然看到了代表光明的黄金巨龙，人们激动得泪流满面，跪倒在地，不停叩首。更多人痴痴地看着天上，仿佛痴呆一般。黄金龙首释放着无限的光明，光明代表着温暖与慈爱，然而光明有时候也意味着惩罚，当人们敢于不敬地直视光明的时候。下一刻，荒原地面上的人类痛呼连连，捂着眼睛跪到地上，再也不敢向天空多看一眼，然而天穹上黄金龙首洒落的光明是那样地诱人，还有些虔诚信奉昊天的信徒，不畏死地泪流满面地望着那处。无尽光明落下，信徒脸上的泪水被瞬间蒸发，眼睛里的液体也被瞬间蒸发，变成两道青烟消失无踪，就这样变成了瞎子。

因为那些梦境，宁缺预知到黄金龙首的出现，所以他没有向天上看一眼。他撕下布带缠好大黑马的眼睛，拉着黑色马车来到桑桑的身边。桑桑的眼睛紧闭，小脸变得异常苍白，身体四周缭绕的黑色烟尘，在黄金龙首散发的无限光明照耀之下，正以肉眼可见的速度迅速净化消失，她的身体在逐渐淡渺的阴寒气息里剧烈颤抖，显得格外痛苦。

荒人们再次陷入绝望与无止境的恐惧之中，面对昊天降下的神罚，他们这些凡间的子民如何抵抗？人们跪倒在地低着头，不敢直视天穹。

唐也没有直视天穹，那颗巨大的黄金龙首所散发的光明与威压，根本不是人间能够抵抗的力量，但他也没有跪下，因为他是魔宗最后的行走，代表着魔宗的精神，而魔宗要反抗的，便是昊天对这个世界的统治。还有数名修行魔宗功法的荒人战士首领，强撑着重伤后的身体，站了起来，直视被光明笼罩的荒原，摇摇欲坠，却是不肯跪下。自天空洒落的光明越来越亮，越来越重，唐和那几名荒人战士首领的身体发出啪啪的轻微响声，那是荒人坚硬的骨头在与昊天的威压战斗。

感觉到荒原上居然有渺小的人类，敢于对抗自己的威严，高空上那颗黄金龙首缓缓转动，漠然望向那处，发出一声龙吟。龙吟低沉，落在荒原上便是一场飓风，风中仿佛有无数的神官在祈祷，有无数的护教骑士在怒吼，有无数的光明出现。荒原上被血水淋湿的草屑，瞬间变得焦黑，血水瞬间蒸发成腥臭的蒸汽，那数名荒人战士首领痛苦地闷哼数声，纷纷倒下。啪的一声脆响！唐的左大腿腿骨从中断裂，他发出一声愤怒和不甘的怒号，重重向后倒了下去，纵使喷血如泉，却依然是没有跪。

黄金巨龙来自昊天神国，代表着昊天的威严，向人间释放着昊天的意志，是神迹更是神罚，一吟之威，便是人间不能抵抗。荒原上数十万人类，集体跪下，表示自己的敬畏与臣服。西陵神殿阵中，透过无数万重纱帘，可以看到巨辇里的高大身影早已跪下，掌教大人握着神杖的手在微微颤抖，不知道是因为恐惧还是别的什么。另一座神辇里，天谕大神官也已经双膝跪倒，神情非常宁静，满是血水的深刻皱纹，反映着透帘而入的光线，如同涂抹了金粉。血色神辇里，裁决大神官叶红鱼也双膝跪地，向着天空里的黄金龙首表示敬服，从黄金龙首降临人间的那一刻开始，她便保持着这个姿势。只有她自己知道，她的膝头始终没有触到地面，直到黄金巨龙发出那声龙吟，昊天的威压扫荡荒原，唐和数名荒人战士首领喷血倒下，她的膝头才被迫与地面接触，震得她脸色骤然苍白，膝头渗血，唇角淌血。

黄金龙首向荒原地表洒落无限光明，在很短的时间内，便把桑桑身体四周缭绕的黑暗气息净化而空，那些蕴含着绝对光与热的光线，直接落到了桑桑的身体上，无数道青烟从她的身体里冒出来。光明中，桑桑显得无比痛苦，捂着胸口不停地咳嗽，此时咳出来的不是血，也不是阴寒气息，而是黑色的透明的像冰块般的事物。那些黑色的透明冰块，从她的唇间咳出，然后落在荒原地面上，发出沉重的撞击声，砸出极深的坑洞，然后消失不见。便在这时，黄金龙首喷出的龙吟，也来到了她的身前，那些黑色的冰块，尽数被碾碎为最细小的微粒，她的身体骤然扭曲，仿佛将要断裂。

宁缺已经把自己的速度催到最快，但怎样也不可能快过光的速度，快过龙吟的速度，他的手指刚刚触到桑桑的身体，昊天的威压便传到了他的身上。啪的一声，他跪到了桑桑身边的土地上，膝盖与地面重重撞击，仿佛瞬间碎裂，剧烈的痛苦清晰地传到他的识海里，令他脸色苍白，恐惧异常。黄金巨龙一声龙吟，人间便无人可以抵抗，在昊天之前，自己是那样地弱小，那么这些年自己所做的选择，又有什么意义？

这场光明与黑暗的战争，马上便要分出胜负，桑桑马上便要死去，他能做些什么？他能改变一些什么？如果自己什么都改变不了，那么为什么自己会做那些梦，为什么能够在梦中看到将来，看到此时的现在？宁缺双手撑地，用尽全身力气蹲起，然后脚掌向后重重一顿，从双膝跪倒的姿势变成坐姿，在光明的威压中站起身来，神情极为痛苦。只是这样简单的一个动作，便几乎要压榨光他所有的勇气与力量，他伸出颤抖的手，摸出一副黑水晶做出的眼镜，搁到鼻梁上。他此时的脸色异常苍白，戴上墨镜之后，变得更加苍白，墨镜相对应的也更黑，他眼中看到的世界，也变得很黑。荒原上的血与尸，已经占领大半片天空的光与热，此时在他的眼中，都变得暗淡了很多，凄冷了很多，与他黑梦里看到的画面，更加相似。

宁缺抬起头来，直视天上那颗黄金龙首。巨大的黄金龙首几乎要占据他的整个视野，所以瞄准起来非常容易。虽然有墨镜隔着，但光明透镜而过，依然让他眼睛刺痛难忍，眼泪不知不觉便流了下来。铁弓缓缓拉动，发出咯吱的绞扯声，黝黑的铁箭在弦上微微颤抖，锋利的箭镞迎着自天而降的光明，显得有些暗淡，似乎很恐惧。宁缺的脸上没有任何恐惧的神情，只有决然的神情，他看着黑色镜片里的黄金龙首，暴喝一声，松弦发箭，直射黄金龙首的左眼！神话中的生物，代表昊天降临人间，生活在人间的子民们，或者跪地膜拜表示敬畏，或者臣服，或者像石头般沉默不语，但绝对不会有人想着要去杀死它。因为那是不可能的事情。宁缺却这样做了。

白色的湍流，刚刚在弓弦后绽放，便被自天而降的无限光明净化成虚无，但铁箭已经离弦而去，刹那间之后，便到了极高远的天穹上。此时荒原上所有人都跪倒在地，没有任何人敢直视苍穹，直视天空里那颗黄金龙首，所以没有人看到这幕千万年来极罕见的画面。黄金龙首在极高远的天空上，人世间除了柳白的剑，大概也只有宁缺的元十三箭，能够接触到它所在的领域。黝黑的铁箭，在万道光线中变成一条极细的黑影，准确地命中黄金龙首的左眼，然后瞬间被光明净化。如果说黄金巨龙的眼睛就像是平静的光湖，那么令人间修行界闻之色变的元十三箭，此时就像是投入湖中的一片薄冰，瞬间消失，根本激不起任何涟漪。

对于这一箭的结果，宁缺并不意外，只不过他的字典里没有"绝望"两个字，不尝试到最后，他绝对不会放弃，既然要死，不射这一箭，他不会甘心。黄金巨龙俯瞰着荒原地面，看着执弓而立的宁缺，巨大的光湖眼眸里流露出一丝讥诮轻蔑的神情，然后回复成绝对的漠然，吐出一口龙息。龙首吐息，金晖凝成亿万粒碎屑，向荒原落下，如沙河决堤，但每粒沙都绝对透明，每粒沙里，都蕴藏着无穷的威压！

16

龙息降临，一股神圣的纯净的威严的气息，在荒原上回荡。宁缺手中的弓弦啪的一声断裂，随着这声轻响，他的识海骤然大乱，体内的气海雪山仿佛也有了崩垮的征兆。更可怕的是，小腹深处那滴浩然气凝成的液珠，似乎是感受到了龙息的召引，剧烈地旋转起来，释放出无数道气丝，向着他的身体各处灌注而去。如果仅仅如此倒算不得什么，问题在于，那些灌注到身体各处的浩然气，竟有了穿透肌肤离体而去的征兆！

天空中，黄金龙首缓缓前移，细长的龙身终于探出那抹燃烧的白云，细密如锦、明亮如镜的鳞片与云丝摩擦着，与空气摩擦着，绽出金色的火苗。随着黄金巨龙渐渐现出全形，笼罩着整片荒原的威压变得越来越沉重，越来越恐怖，甚至就连荒原空间本身都开始不稳起来。落向荒原的龙息，由无数万粒细小的金晖碎粒组成，很奇异的是，这些蕴含着无穷威压的金色的沙砾，落到地面后，并没有燃起熊熊的神辉，而是像真正的沙一般，被风吹拂得到处飘舞。没有燃烧不代表没有威力，黄金沙般的龙息，落在荒原上，落在无数荒人战士的尸体上，那些已经长眠的荒人战士尸体上忽然多出了很多极细微的裂痕。

数十粒龙息金沙落在唐的身上，兽皮衣裳瞬间绽裂，他坚硬如石的身躯上，忽然多出了数十道极细的血洞。宁缺的情况也好不到哪里去，他挥手试图将飘至身前的龙息之沙驱走，不料那粒金沙竟是浑不着力，轻飘飘地粘在他的手掌边缘。一道极细的血洞，顿时在他手掌边缘生出，体内磅礴待释的浩然气，便顺着那道血洞，向体外散去，瞬间消逝于空中。宁缺明白了这是怎么回事。他修行的是浩然气，早已入魔，唐和荒人战士，也是修的魔宗功法，他们的身体里，都有自己的世界，都贮存着很多天地元气。

按照昊天道门的说法，魔宗之所以为魔，除了因为修魔者自创世界，是为对昊天的大不敬外，最根本的原因，便在于修魔者，会不停攫取大自然里的天地元气，如果任由这种情况继续下去，终有一日天地元气会枯竭。黄金巨龙代表着昊天的意志，在它的眼中，宁缺和荒人，就像是偷窃昊天财富的无耻窃贼，它当然要把这些财富从这些窃贼的手上拿回来。如黄金沙一般的龙息，在荒原上飘拂，落在宁缺等人的身上，便是要夺走他们体内的天地元气，净化为世界本原的光明。这个过程便是昊天的神罚，也便是所谓救赎。

远处的贺兰城内，皇帝陛下看着神辉闪烁的天空，看着那颗黄金龙首，沉默不语，脸上的神情显得非常凝重。黄金龙首向荒原地面喷吐龙息，就像是一道金沙，像暴雨般落下，看到这幅画面，不知为何，皇帝陛下的脸色骤然苍白，显得极为痛苦。黄杨大师的神情非常严肃，右手腕自僧袖里探出，握住陛下的左手，手腕间一串檀香木念珠，像流水般滑过，戴到了陛下的手腕上。念珠上腕，一道慈悲的佛门气息悠然而生，皇帝陛下觉得体内那道折腾了自己很多年的气息稍微平静了些，面色微和。

黄杨大师却无法放心，不敢再由着陛下的性子，让他站在城楼上观战，强行搀扶着他，走进厚石砌成的城楼里。岩石砌成的城楼最深处的房间里，皇后娘娘正抱着年幼的皇子，她的脸色很是苍白，唇角还残留着血渍。年幼的皇子哭喊着对皇帝说道："父皇，你快看看母亲，这究竟是怎么了？"皇后娘娘看着皇帝温婉一笑，摇了摇头，示意自己没事。皇帝走到她身前，毫不犹豫摘下左手腕上的念珠，套到了她的手腕上。黄杨大师看着这幕画面，在心底叹息一声。

极西荒原深处。悬空寺所有僧人，都已经避进那些大大小小的黄色寺庙里，云雾缭绕，把整座山峰裹住，只能隐隐听到经声，却看不到具体的画面。只有巨峰最高处的一小片峰顶，在云雾之上，地表之上，可以看到极远处的画面，可以看到东方越来越明亮的天空。悬空寺讲经首座，手持锡杖观东方，双眼早已经被光明照得干涸一片，找不到任何水汽湿润，但却是没有受到任何伤害。东方光明渐盛，黑夜被照得相形失色，纵未消失，却已经被完全掩住，讲经首座的脸上却没有什么喜悦的神情，只是疲惫而凝重。

昊天降下黄金巨龙现世，光明普照人间。除了寥寥数人，整个人间没有谁能够抬头望天。光明并不仅仅是温暖，更代表着威严，需要的不是亲近，而是敬畏，所以光明允许人类知道自己的存在，却不允许人类看到自己的存在。荒原上的神辇里，叶红鱼曾经尝试望向天上的黄金巨龙，瞬间流泪刺痛，眼眸底部的神之星辉尽散，她只好再次面无表情低头。不能抬头望天，不代表不能知道天空上这场神战。无数座城市，无数乡镇，无数山河，无数村庄，无数人跪倒在光明之下，看着地面上的投影，紧张地注视着这场光明黑暗战争的走势。无数昊天的信徒会集到最近的道观里，不停地诵经祈祷，替荒原上的联军祝福，向昊天展现自己的虔诚，大喜大悲，如痴如狂。

随着光明逐渐压倒黑暗，人们幸福的哭声直冲天穹，不知有多少人兴奋得昏厥，甚至就这样不再醒来，回归了昊天的神辉国度之中。在西陵的深山中，有处极简朴的道观，这座道观大概是最少昊天信徒知道的道观，但却是昊天道门最重要的道观。在这座道观后方，有一座覆着青藤的红土山，山间有无数幽深的洞穴，在这些洞穴里居住着很多实力恐怖的道门强者。那些强大的气息，从青山里渗透出来，注视着天穹里的变化，享受着黄金巨龙洒下的光明，渐渐蠢蠢欲动，偶尔能听到低沉快意的笑声。

龙息是龙的呼吸，呼之后便是吸。高空里那颗巨大的黄金龙首张开了嘴，龙身忽然粗了一分，荒原地面上，忽然刮起了巨风，呼啸着盘旋着，席卷起那些洒落的黄金沙砾离开地面。远远望过去，天地之间仿佛生出了一道旋风，细的一端在黄金龙头处，粗的一端则是在地面，不停扫荡，所过之处，飞沙走石。随着那些黄金沙砾离地而去，荒原地面上荒人战士尸体里的天地气息，也被那道龙卷风吸噬而走。肉眼看不到这个过程，但宁缺能感觉到，因为他自己身上都有不少浩然气，被黄金巨龙吸走，此时他再抬头望去，墨镜里的黄金龙首，再也找不到任何威严光明的感觉，显得那般血腥恐怖贪婪。

北方的黑夜已然缓慢退却，大黑伞不再喷吐气息，桑桑与夜色的联系被中断，缭绕在她身旁的气息早已净化，烟尘沙砾不停狂舞。桑桑的双脚离开了地面，离开了像白莲花的冰雪，飘到了空中。黄金巨龙漠然地看着她。桑桑的衣裳在旋风中瑟瑟摆动。桑桑向天上飞去，向黄金巨龙的嘴里飞去。桑桑回头，望向宁缺，眼神很惊恐，神情很无助。宁缺跳了起来，抱住她的腿，想要把她拉回地面。但他做不到。桑桑依然在向天上飞去，带着他一起向天上飞去。

昊天要桑桑。昊天不要他。

所以桑桑的身体很轻，而他的身体却忽然变成一座山般沉重。只听得咔嚓两声，他抱着桑桑的两只胳膊完全碎了。但他依然没有放手。既然抓住了，那么就永远不会放手。哪怕手断了，也不放手。哪怕死了，也不放手。

极淡的金晖，在眼睫毛前掠过，大地似乎不再有任何吸引力，宁缺抱着桑桑，顺着龙息，向天上飞去，向黄金巨龙的嘴里飞去。两个人的头发与衣袂在空中飘舞着，看上去就像是两朵黑色的花，受到光明的威压，他开始不停淌血，血从黑色的花瓣上淌落，落到荒原上。荒原地面上，大黑马拖着车厢拼命地奔跑着，它似乎忘记了恐惧，追逐着天上飞着的那两个人，不时发出愤怒凄厉悲伤的嘶叫。宁缺看着它声音嘶哑地说道："真是头憨货。"

然后他向上望去，只见头顶的天空里是一片光明，除了光明什么都没有，显得那般地纯净，就像死亡那样纯净，于是他知道死亡马上就要来了。他这辈子做了很多次选择，如今看来，那些选择真的没有什么意义，就像最后这一刻，他选择跳到空中，抱住桑桑一样。不过有时候，选择本身就很有意义。他看着桑桑笑了笑。桑桑看着他笑了笑。就在这时，他们的身形忽然停止，不再继续向天空里、光明里飞去。

因为有只手伸到了天空里，抓住了宁缺的脚。

17

宁缺抱着桑桑向光明飞去，已经飞了很长一段时间，荒原地面的人已经快要变成小黑点，大黑马都已经快要看不清楚了。此时离地面已经极为遥远，按道理来说，除了飞剑或羽箭没有什么事物能飞到这里，更不可能有人伸手到天空里，便能抓住他的脚，除非那个人很高。

宁缺和桑桑穿过金黄色的龙息，轻轻落到荒原地面上，他把桑桑抱在怀里，抬头望去，发现身前这道身影确实十分高大。那人看着宁缺和桑桑，背对着天穹和那头黄金巨龙，面容笼罩在幽暗里，看不清楚，身体的边缘仿佛被镀上了一道金光，似在燃烧。那人站在荒原地面上，高大的身影却似乎将要触到天穹。那人笑着说道："选择本身也不见得有什么意义，但有时候，你我的选择能够影响到他人的选择，这便会变得有趣。"

在书院二层楼登山试的那个幻境中，宁缺和一个高大男子有过一番对话，当时他也一直没有看清那名高大男子的容颜。"在光明与黑暗之间，你会选哪边？""我为什么要选？""你以前是怎么选的？""我身在黑暗，心向光明。""想不到隔了这么多年，居然又能看到一株在墙头随风招摇的野草。""您看，我就说不是一定要选择。""可如果天塌下来怎么办？""天怎么会塌？""如果？""那自然有个子高的人顶着……比如您这样的。"

书院登山后过了段时间，宁缺知道了那名高大男子是谁，多年后在梦境变成现实的荒原上，他发现自己说的那句话，竟是那样的准确——就算天塌下来又如何？总会有个子高的人顶着，比如像老师这么高的人。宁缺跪在高大身影之前，恭恭敬敬说道："老师，您来了。""嗯，想来想去，终究还是想不明白，所以便来了。"夫子抬头望向天空上极盛的光明与渐颓的黑夜，用自己的身体在荒原上留下一道阴凉，遮住宁缺和桑桑，黑色大氅随风飘摇，似将燃烧起来。

"我想了一千多年，在光明与黑暗的战争里，我应该站在哪一边，问题是我没有见过冥王，和他没有什么交情，我不喜欢寒冷，不喜欢佛陀看到的那个静寂乏味的世界，我也不喜欢昊天，甚至有些讨厌它。"夫子说道，"所以我始终想做墙头草，风怎么吹便往哪边倒。这些年我一直在问你会往哪边走，其实也是在问我自己应该往哪边走，那年在梦里问你时，你说你也想做墙头草，真是令我老怀安慰，原来不选择比较重要。然而遗憾的是，墙头草并不那么好做，疾风能知劲草，也能断劲草。"

宁缺看着夫子担心地说道："但您最终还是做出了选择。"夫子看了桑桑一眼，平静说道："也许我的选择最终会被证明是错误，但至少现在，我想这样选，那么我便这样选。"宁缺不知该说些什么，他这时候很感动，又有些莫名的伤感，他幸福于自己有老师，自己和桑桑还活着，却开始担心老师怎样面对昊天的怒火。夫子看着他笑了笑，继续说道："不选择，确实是一种自由，但如果是因为胆怯而不敢选择，那就不是自由。做选择，不见得有意义，但可能有意思。我们在人间活着，本就不是为了有意义，而是为了有意思。"

这段话里的字句很简单，却极有深意。宁缺没有费什么思虑，便把握住老师想说什么，因为他是书院学生——意义是目的，意思是过程——书院不注重目的，只看重过程。当年小师叔拿着剑便要与天战上一场，大概也是因为他觉得这件事情很有意思。

光明威压人间，无数人双膝跪地，不敢直视苍穹，满怀敬畏默默祈祷，任何敢于站着的人，都已死去或将死去。然而在荒原上光明最盛的地方，却有一个高大的男子站着，还用他的身影庇护着冥王的女儿。这是对昊天神国威严的挑衅，是不可原谅的亵渎。黄金巨龙如光湖般宁静漠然的眼眸里，燃烧起愤怒的神火，一声悠远而严肃的龙吟，再次响彻在天地间，随之而来的是一道威力恐怖的龙息。

无数炽热的神辉混着晶莹剔透的黄金沙砾，从高空上的龙首处喷出，向着荒原地面袭来，这道龙息里所蕴藏着的威力，更胜先前，所经之处的空气都开始燃烧起来，荒原地表上显现出一道金白色的投影。宁缺的目光越过夫子肩头，看到了空中这幅奇异震撼的画面，看着那无穷无尽的龙息挟火蕴光而至，脸色微变，喊道："老师小心！"

夫子没有转身，依然背对着天空。金色的沙砾自天而降，来到他的身后，然后瞬间消失无踪，那些金色沙砾间的光与热，也瞬间消失，仿佛什么都没有发生过。夫子的身后仿佛有一面湖，火山将要喷发的热湖，有一面海，极北寒域未冻之前的热海，龙息就像是无数冰块，投入热海之中，瞬间融化无踪。所有袭向夫子的金晖龙息，都被一股无形的力量解构成了世界本原最细微的粒子，消融在这个世界里，是为净化。这幕画面看上去很简单，所以很诡异，没有人能够理解，本身就是最纯正昊天神辉、能够净化世间一切物事的龙息，会被人净化。

就算是超越五境以上的修行者，能够在昊天的世界创建自己的规则，拥有自己的世界，但他依然不能在昊天的世界里无视昊天的规则。夫子是怎么做到的？

荒原上的人们都跪着，没有人敢向光明的天空上望上一眼，但他们可以看到荒原上正在发生的事情，他们看到夫子现身，看到黄金巨龙向夫子喷出龙息，他们看到那股威压恐怖绝非人间能抗的龙息消失……看着这幕画面，所有人都震撼到了极点，以至不肯相信自己的眼睛，而那些坚信自己不会看错的人，则开始怀疑这个世界。

神殿掌教手握神杖，双膝跪地，身影依旧高大，然而此时，他的身影剧烈地颤抖起来，和荒原上那个高大身影相比，显得那般矮小，那般孱弱，那般卑贱。天谕大神官看着荒原上那幕画面，脸上深刻的皱纹，被震撼得扭曲起来，里面的血水与光明的金粉簌簌剥落，喃喃说道："这是什么境界？"龙息徒劳无功，甚至被净化，黄金巨龙的眼眸里流露出极为复杂的情绪，龙身骤然一紧，这一次不再是悠远威严的龙吟，而是暴戾愤怒的龙哮！

强烈的飓风在荒原天地间呼啸，无数黑色的泥土与草屑，被席卷而起，烟尘弥漫，渐渐淹没视野，竟似要比先前北方的黑夜还要更黑一些。黄金巨龙咆哮着，愤怒而吃力地把龙身挤出云层，龙身之上系着根数十丈粗的黄金绳索，黄金绳索绷得极紧，后面似乎拖着一件重物。片刻后，一辆由纯黄金打造而成的战车，在黄金巨龙的牵引下，渐渐驶出云层，出现在人间的天空里！那辆黄金战车极为巨大，如果落在地面上，只怕整座长安城都无法容纳，而那些黄金并不是人间的黄金，显得那般纯净透明，通体光明！天空里光明大作，荒原上的烟尘骤然敛没，被照耀得有若落了数十日大雪般洁白，空间开始摇撼不安，大地开始震动。黄金战车上，站着一名神将。这名神将身上穿戴着由昊天神辉凝成的盔甲，身量极为高大，仿佛就是一座高山，与之相比，曾经矗立在瓦山上的佛祖石像就像是个小石人。

这名神将面容完美到了极点，自有雍容气度，寻找不到任何问题，与之相比，曾经有西陵美神子之称的隆庆皇子，就像是个乞丐。这名神将的表情极为冷漠，眼眸里散发着炽白色的神辉，完全无情无识，站在战车里俯瞰人间，目光所触之处便化虚无。除了悬空寺讲经首座和南海上的青衣道人，或者还有知守观后青山蚁窟里的寥寥数人，整个人间没有谁能够看到这辆黄金战车和车上的神将。宁缺抱着桑桑坐在夫子的身影里，他戴着墨镜，虽然双眼刺痛无比，但依然睁大眼睛看着空中的这幕画面，震惊得无法言语。他知道老师很高，然而面对昊天神国的怒火，面对着这样一个身若山高、目光便是昊天神辉的神将，就算是老师，又能有什么手段应付？夫子转身望向天空里那辆被黄金巨龙拖行的黄金战车，看着战车上那个完美的光明神将，看着神将完美的容颜，忽然摇了摇头。

"世间没有完美的事物，只有我们以为完美的事物。"夫子负着双手，看着天空里那名光明神将，说道，"你的完美来自千万故人，所以你不是人，你更不是那些故人。"光明神将神情漠然，令黄金巨龙驾黄金战车自天而降，不知何时，一柄足有十余里长的光剑出现在他手中，向着荒原上斩下！

"你来自昊天神国，用的是光明神剑，一味光明，那便欠缺了真实，便如你之存在，今日，我便让你看看人间之剑。"夫子说道，然后把右手伸到空中摊开，对着人间南方。

云破天暗，有剑自南方万里外而来。那剑古意盎然，剑热如晓，惊天破云而至，落在夫子宽厚的手掌里，微微嗡鸣，表示自己的臣服敬畏，以及能被夫子驭使的骄傲。

18

这几十年里，夫子从来没有出过手，以至于渐渐要被世间百姓所遗忘，甚至就连修行世界里的人，也偶尔忘记他的存在。在只有极少数人知道的那些传说故事里，夫子用的武器是一根棒子，宁缺以亲身的惨痛经历确认，夫子的武器确实是一根棒子。夫子不用剑，既然他要让天空里那名光明神将见识一下人间之剑，那么他只有借剑，他伸手向南方，南方便飞来了一把剑。

那柄古意盎然的剑，来自南晋剑阁。剑圣柳白，盘膝坐在潭畔，看着身前已经干涸的潭水，想着先前破潭而出，疾飞而去的那柄古意，自沉默不语，神情复杂。柳白很虚弱疲惫，他在潭畔静思多年，就是为了炼养一把真正的剑，那把剑上寄托着他所有的剑意与精神气魄。换句话来说，那把剑就是他自己，所以才是人世间最强的剑，此时古剑离潭而去，他的剑意与精神气魄也随之而走，自然虚弱。

然而柳白的脸上没有任何愤怒神情，反而显得有些惘然。他是世间第一强者，他剑道无双，世上却有人能隔着万里之遥，随意取走他的剑，莫说阻止，他连表达反对意见的资格都没有。片刻后，柳白脸上的惘然神情变成了微微的激动。他已经感知到那柄剑落在了谁的手里，于是他像那柄剑一样感到了荣幸和骄傲。

古剑破云自万里外而来，落在夫子手中。夫子双脚离开荒原地面，飘摇而上青天。黑色的罩衣被风吹得呼啸作响，反射着天空里的光明，把那些圣洁炽热的昊天神辉，尽数耀成了无数细碎的金片。宁缺抱着桑桑，望向天空，脸上写满了震撼的神情。老师终于出手，一动便舞于九天之上。在他看来，这场注定会被载入史册甚至必然会成为神话传说的战斗，必然会无比神奇、凶险万分，甚至可能战上三天三夜甚至是数年时间。他只希望老师能够获胜，能够安然。而他没有想到，这场战斗和他的想象完全不同。开始得很快，结束得也很快，非常简单。黑色罩衣随风飘舞，夫子身形招摇而去，已在青天之上，他看着天空里的光明与黑暗，随意挥出手中那柄古意盎然的人间之剑。极盛的光明与渐颓的夜色之间，忽然多出了一道剑痕，那道剑痕极深，仿似要把天空刺破，如道深沟把光明与黑暗隔绝开来。夫子第一剑，裁天。

光明神将站在黄金战车之上，脸庞无情无识，手中那柄十余里长的光剑，斩向荒原地面，足有数十丈宽的剑锋，就像座山般压向夫子的身体。与天穹上那条黄金巨龙、黄金战车、光明神将巨大的体量相比，在凡人里显得特别高大的夫子，看上去就像悬浮在空中的一粒尘埃。与那道恐怖巨大的光剑相比，他手中的人间之剑就像根细毫。夫子举起手中的人间之剑，向着光剑迎了上去。人间之剑与光剑接触，就像是一支细毫，在天弃山上轻轻涂描了一下。

细毫安然无恙，山却垮了。光剑骤然崩裂，像雪崩般崩塌，向荒原四周散落。夫子手中的剑意未竭，似将永世不竭，穿掠过密集坠落的数十万块光剑碎片，袭向黄金战车，落在光明神将的脸上。光明神将那张完美的脸上，多了一道极细微的剑痕，于是变得不再完美，无情无识漠然的面庞，因为不再完美，无情无识便变得有些滑稽。咔咔咔咔，一阵极细微的声音响起，光明神将的面庞上多了数十万道裂痕，那些裂痕蔓延至他伟岸的身躯，由昊天神辉凝成的盔甲，也开始崩裂。光明神将就像座冰雕般，瞬间碎裂，变成无数透明的晶体，簌簌作响向着荒原地面坠落，如同下起了一阵冰雹，但声音更像是暴雨击打着雨檐。那些细碎的透明晶体里，依然蕴藏着威压恐怖的光明神辉与神力，但却再也无法合为一体，也无法对持着人间之剑的夫子形成任何威胁。光明神将与光剑的碎片，不停落在荒原地面上，就像是一阵密集的陨石雨，拖着火尾坠落，溅起无数烟尘，燃起无数高温炽烈的火焰。荒原上，无数人在神辉之火里痛苦地翻滚，然后死去，化为青烟虚无。前一刻漠然俯瞰人间的光明神将，此时也化为青烟虚无，就此死去。夫子第二剑，斩神。

夫子迎风而上，直入光明最盛处，站到黄金巨龙的头顶。黄金巨龙愤怒低吼，摆尾而打，云散雷鸣，声势惊人。夫子依旧站在它的头顶，黑色罩衣在高空罡风里猎猎作响。黄金巨龙回首去咬，夫子落剑。不知是夫子变得极其高大，还是黄金巨龙在他脚下变小，他手中的人间之剑刺进黄金巨龙颈间，竟是刺得无比之深。黄金巨龙凄啸一声，拼命地挣扎起来。夫子的剑在龙颈间游走，片片龙鳞剥落。黄金巨龙越发痛苦，挣扎得越发激烈，在高空上疾速飞翔翻滚，身周有云自生，有电自云中生，然而怎样也无法摆脱那把人间之剑。无数龙鳞剥离，就像无数光镜，在荒原上空缓缓飘浮，向着地面落下，反耀着天空里的光明，把整个世界都照耀成了暮色下难以安静的河水。每一片龙鳞落下，荒原上便会燃起一团天火。无数人在天火里惨号翻滚，然后死去，化为青烟虚无。人间之剑绕行龙颈一周。黄金巨龙身首分离，巨大的龙首和在天空上蜿蜒不知多少里的龙身，骤然静凝悬浮，然后像黄金沙河般崩落，洒向人间。夫子第三剑，屠龙。

夫子挥袖，黑色罩衣挟风而起。他的左袖把黄金巨龙的龙身挥至北方的夜色里，正在分解崩离的金沙，在那片夜色里狂舞不停，然后连绵不停地炸开。每粒金沙里都蕴藏着最纯净最恐怖的昊天神辉，如今彻底地燃烧起来，不知生出了多少光热，北方的黑夜顿时被净化。他的右袖把黄金巨龙的龙头压缩成纯净的光团，一掌灌进桑桑的头顶，桑桑体内残存的阴寒气息，就像是冰雪遇到了烈阳，骤然消失无踪。

南海深处，黑礁之前的海水，因为岩浆的烧灼而不停翻滚，向着天空喷吐着白色的水蒸气，显得格外不安，恰如青衣道人此时的心情。

他看着这个平整世界的北方，看着那处不停亮起的电闪，不停响起的雷鸣，沉默了很长时间后，叹息着摇了摇头。西荒深处，云雾之中的经声，因为异象的产生而略显混乱，那些习惯了安静的黄色寺庙，似乎不知道该表达些什么，恰如讲经首座此时的心情。他看着东方荒原上空的闪电，疲惫的容颜显得越发疲惫，不停地擦拭着额上的汗水，闪电渐渐停息，额上的汗水反而变得更多。知守观后的青山，此时一片沉默，充满了死寂和绝望的意味，一道苍老而凄厉的声音带着哭声喊道："这样还杀不死他，我们能怎么办？"

光明神将与黄金巨龙的鳞片，自天而降，化作炽热的昊天神火，将荒原地面上的人类席卷其中，极短的时间内，便不知道烧死了多少人。在这种层次的战斗前，人世间所有的力量都只能旁观，而今天根本没有人有资格旁观，他们只能被波及被牵连，不分阵营地死去。无论是荒人还是中原人，无论是西陵神殿还是魔宗，只要被那些天火接触到，瞬间便会变成焦尸，然后净化为青烟，归于寂灭虚无。夫子落到荒原地面上，挥手便有云集，袖动便有风起，看一眼便雨落，刹那之间暴雨降临荒原，浇熄那些天火，敛没烟尘。雨消风停，被光明与黑暗割裂的天空，恢复了正常，露出湛蓝的碧空，碧空上飘着朵朵白云，远处甚至出现了像云般的羊群。

"日落沙明天倒开？还是不对。"夫子看着碧空白云摇了摇头，随意地把手中的剑往南方一扔，然后负手于后，带着宁缺和桑桑向黑色马车走去。刺眼恐怖的光明威压消失，阴寒恐怖的黑夜消失，荒原上的数十万人渐渐清醒过来，他们看到了那个高大的身影，看到了渐渐远去的黑色马车。人们隐约猜到发生了什么，却不敢相信，因为哪怕是最绝密的教典和最邪恶的黑暗史书里，都没有记载过这样的事情。神国与人间的战争，最终以人间取胜而告终。

古意盎然的人间之剑，飞回到了南晋剑阁，自山腹洞口落下，安静地插入干涸见底的潭底，片刻后，潭水无由而生，把剑淹没。柳白看着身前的水潭，知道自己这辈子再也不能使用这把剑，哪怕这把剑是他亲手所铸，并且以精神气魄炼养多年。曾经沧海难为水，这把剑夫子用过，与昊天的意志战斗过，又哪里还会愿意被俗人所用，还会愿意在人间战斗？柳白的脸上没有任何失望颓败的情绪，只有平静以及敬畏，他整理身上衣着，捧潭水洗脸，然后向着北方荒原拜了下去。他是世间第一强者，骄傲的剑圣柳白，此生从不敬人，更不畏人。唯一生俯首拜夫子。

　　大唐书院院长夫子，是一个传奇的名字。虽然这个名字渐渐被世人、被很多修行者所遗忘，但在那些真正强大的修行者心目中，这个名字始终都是人间最强大的名字。很多人都在猜，夫子究竟有多高。知守观观主和悬空寺讲经首座，曾经惨败于夫子棒下，他们曾经以为自己大概能推算出夫子有多高，然后他们发现自己错了。柳白因为夫子多年不问世事，猜测夫子应该处于传说中的清静无为境界，但今天他震撼地发现，原来自己还是错了。

　　贺兰城头。黄杨大师看着远处的碧空白云，感慨说道："天启十三年春天，书院开学，陛下在书院主持典礼，我与国师在道畔离亭里下棋，我曾问他夫子究竟有多高。"皇帝陛下问道："青山如何答？""国师老师曾经说过，夫子有好几层楼那么高。我当时说，二层楼就已经很高了，夫子居然有好几层楼那么高，那可是真高……然而如今看来，我们还是错了。""夫子究竟有多高？"黄杨大师诚心赞道："原来夫子有天那么高。"

19

　　皇帝闻言微笑，然后转身向城楼下走去，羽林军统领和侍卫首领快步跟上，又有近侍递上盔甲与佩剑，看情形竟似要出征一般。黄杨大师怔了怔，随着陛下绕过贺兰城头的石道，向着城下走去，问道："陛下，你这是要去哪里？"皇帝在近侍的帮助下，穿戴着沉重的盔甲，头也不回说道："东荒之上马上便要有动乱，我要带兵过去镇压。"黄杨大师研习佛法多年，于俗世事务与谋略却不甚精通，闻言仍是不明，心想那片荒原上，刚刚结束一场神战，难道紧接着又有战事？

　　一名羽林军牵来一匹黄骠马，把缰绳递到黄杨大师手中。皇帝坐在马背上，看着他说道："如果你不放心朕的安全，那便随我一道去。"黄杨大师接过缰绳，依然想不明白陛下此行何意。皇帝右手伸到面部，确认盔甲无碍，说道："从这一刻起，大唐要面对西陵神殿联军的威胁，所以朕决意抢先进攻。"黄杨大师闻言神情骤凛，震惊说道："陛下，难道您想对昊天宣战？"大唐立国千年，与世间无数国度发生过战争，但即便是大陆战火连绵的那段岁月里，也始终没有与西陵神殿发生正面的冲突。双方都很清楚地知道那条界限在哪里。西陵神殿不愿意直面世间最强大的国家，而大唐也不愿意与整个世界为敌，要知道绝大多数大唐子民也是昊天的信徒。皇帝平静说道："夫子已经对昊天宣战了。"

此时，汗青将军从城楼里奔出，伸手紧紧抓住皇帝的坐骑缰绳，颤声说道："陛下，让末将去……金帐王廷处有异动，还请陛下坐镇贺兰城。"皇帝说道："金帐单于虽有雄心，却无胆魄面对朕，所谓异动，都是些日后之事，十数日内，他的精骑不可能抵达贺兰城，而那时，朕的军队必已归营。"荒原之上一片死寂，那辆黑色马车消失之后的很长时间里，依然没有人敢说话，只能听到数十万人沉重的呼吸声和战马的低嘶。光明与黑夜，金龙与神将，最终被一柄人间之剑结束，化为满天星火，落于荒原，然后云集风起雨落烟尘敛，青天重临。这些画面完全超越了人类最放肆的想象，这个故事完全超越了人类所有的经验，震撼与敬畏惊恐的情绪，在数十万人的心中久久缭绕不去。

越强大的人越容易醒来，西陵神殿联军营中那座巨辇上，万重纱帘里的高大身影缓缓站起，不再望向北方的荒人部落，而是望向西方的唐军。西陵神殿掌教大人握着手中的神杖，看着那些像联军一样震撼、脸上却多出很多骄傲神情的大唐骑兵，沉默不语。剑分天穹，再斩神将，后屠金龙，今日夫子展露了人间巅峰近乎神迹的能力，他是书院院长，是大唐帝国的精神支柱，所以唐人当然会骄傲，但在西陵神殿和世间亿万昊天信徒看来，夫子此举则是对昊天意志的极大不敬，是无法饶恕的亵渎。光明就要战胜黑暗，夫子却拦在了光明之前，救走了冥王的女儿，人间诸国为之而付出的牺牲，就这样变成了泡影。大唐因为夫子而骄傲，那么也要承受这种骄傲的代价。

神殿掌教大人低沉而严肃的声音，回荡在荒原之上。西陵神殿联军渐渐清醒过来，望向西方唐军的目光渐渐变得复杂起来，有警惕有厌恶有愤怒，最终变成了仇恨。烟尘渐起，厉啸声声，蹄声骤乱，西陵神殿联军，缓缓改变阵势，明显针对西方的大唐军队，开始布置攻势。在这片荒原之上半数东北边骑，还有三分之一的征北军，兵员数量已经是近些年来大唐帝国动员的最大数量，再加上唐骑举世公认的强悍战斗力，单凭这些唐军，便足以横扫像宋齐这样的小国。但这场荒原战争是西陵神殿发动的圣战，中原诸国派出了最强大的部队、最强大的修行者与武者，人数近乎四倍于唐军，还真有获胜的可能。烟尘渐敛，碧空白云下的荒原，被黑压压的骑兵所覆盖，西陵神殿联军，就此分裂成两个不同的阵营，气氛变得异常紧张。神殿联军原本的对手荒人部落，此时已经变成无足轻重的存在。

刺耳的哨声响起，战争毫无预兆地开始。人数占据绝对优势的西陵神殿联军，在付出了三万余人的生命之后，终于击溃了大唐东北边军防守的右锋，把唐骑围困在了荒原上。但无论是西陵神殿掌教，还是燕晋宋齐诸国的皇族将领，都非常清楚，想要把这支唐军吃掉，只怕神殿联军要付出死伤过半的惨重代价。可他们仍然必须这样做。因为大唐已经背弃了昊天，因为夫子令他们所有人都感到恐惧，为了抹除这股恐惧，他们必须坚定地站在昊天的一方，抓住眼前这个机会。便在这时，蹄声如雷响起。无数骑兵自东方而来，身着黑甲，气势肃杀，如一道黑色的洪流，冲入荒原之上，转瞬之间，便把神殿联军的阵形冲溃！闻名于世的大唐玄甲骑兵到了！大唐军旗飘扬，旗下是天子本人。

黑色马车在荒原上疾驶。已至深春的荒原并不荒凉，地面上长满了茂密的青草，放眼望去，绿色蔓延至天边，就像是一张绿色的毡子，上面点缀着白色的小花。白色的小花是羊群，在青草里亦有真正的小白花若隐若现。春风扑面而来，大黑马不停地摆着头颅，兴奋地奔跑着，马蹄踩乱青草，踢起黑泥与花屑，有花瓣飘至它的大鼻孔前，美得它直欲放声嘶鸣。想着身后车厢里的那位高人，它哪里敢真的放声嘶鸣，压抑着死里逃生的兴奋与激动，粗重地喘息着，看上去就像是在傻笑。

宁缺端起一杯茶，递到夫子身前，说道："老师，喝茶。"此时他的心情极为舒畅愉悦，如果把心间的笑意完全展露出来，只怕脸上会多很多个酒窝，笑成一朵花，他觉得那样会显得对老师有些不敬，所以强自压抑着，压抑到唇角都有些颤抖，于是反而显得笑得很傻。桑桑坐在车窗旁，有些紧张地攥着袖角，看着从上车后便毫不客气占据了软榻的夫子，笑得有些憨痴，也显得很傻。夫子接过那杯热茶喝了口，看着二人说道："傻笑做什么？"宁缺傻笑两声，老实说道："除了傻笑，这时候真不知道该做些什么。"桑桑点了点头，傻傻地笑了起来。

夫子把黄金巨龙的头颅凝成光团灌进她的身体里，她身体里的阴寒气息骤然消失，只残留了极少的几丝，已经构不成威胁。更奇妙的是，她清晰地感觉到，自己的身体里多了一道很鲜活的生命气息，那道气息并不像昊天神辉和冥王烙印那般纯净，显得有些繁杂。那道生命气息包罗万象，有花草鱼鸟，有风霜雨露，有柳湖雪莲，有包子铺里的热气，有酸辣面片汤摊子下的陈年油腻。这道生命气息里有人间的一切，自然也有很多杂质，甚至是污秽的东西，然而似乎正是因为这些杂质，所以才会显得那般鲜活。因为那是真实。

桑桑不明白夫子对自己做了什么，但隐约明白关键不在于那道灌注到自己身体里的神辉光团，正是这道鲜活的生命气息，能够治好自己。没有人能够治好的病，夫子一出手便好了，万里逃亡不知岁月，历经艰难困苦，最终绝望地看到了昊天的神罚，夫子一出手便好了。这两年，这一天，宁缺和桑桑的情绪大起大落，受到了太多的震撼，在这种时候，正如他所说，除了傻笑真不知道应该怎么做。过了段时间，他渐渐平静下来，也清醒了些，想着先前发生的事情，眉头微蹙，有些担心地说道："老师，西陵神殿不会就这么善罢甘休。"夫子把茶杯递给他，说道："不甘与我何干？再来杯茶。"

宁缺苦笑一声，把热茶倒入杯中递了过去，心想对老师您来说，西陵神殿的愤怒自然不及一杯热茶重要，但大唐肯定会受到波及。"老师，您难道不担心昊天迁怒于长安？""昊天会这么无聊吗？""那西陵神殿呢？""陛下如果不是陛下，现在或者还在书院后山里学习，按时间算，应该是你的六师兄，既然他现在在荒原，你觉得我需要担心什么？""但终究还是很危险，老师……您为什么不出手？""我会这么无聊吗？"听到这个极随意不负责任的回答，宁缺张大了嘴，不知该回些什么，如果是以前，有人敢把自己与昊天相提并论，他肯定以为对方不是疯了便是疯了……然而在亲眼目睹了今天这场神战之后，他知道老师没有发疯。

他想了想后说道："天道无情，但老师您是有情之人。"夫子问道："荒原上都是人吧？"宁缺点了点头。夫子指着自己说道："我也是人吧？"宁缺想着那个在高空光明里执剑屠龙的高大身影，犹豫很长时间后说道："您应该……也许……还算是人吧？"夫子闻言大怒，胡须乱飘，斥道："哪有什么也许，我就是人！不是人，难道我是什么东西？"宁缺苦笑说道："您说得对，但这和咱们讨论的有什么关系？"夫子说道："既然我是人，难不成我能把世间所有人都杀了？这种事情，着实没有什么意思，我可不愿把时间浪费在这上面。"宁缺认真问道："那您觉得什么才有意思？"夫子悠悠说道："与天斗，其乐无穷，其间才有大意思。"

20

宁缺说道："其实与人斗……也是件很有意思的事情。"夫子看了他一眼，说道："真没出息。"宁缺笑了起来，心想自己不是老师您有资格与天斗，这些年为了活着，不停地与人斗，早就习惯了其间的喜与怒。

春风入车，平静喜悦，终于脱离了死亡与分离，车厢里的人们，放松下来，然后便有了埋怨，学生对老师的埋怨。"为什么这些年你一直不肯出手？真是因为这些事情太无聊？如果您出手，大师兄不会累成那样，死的人想必也会少很多。"夫子端着茶杯，嗅了嗅茶香，看了一眼桑桑，说道："会死多少人我并不在意，只是不清楚，怎样选择才正确，才对人间有好处。"宁缺说道："既然您不在意死多少人，为什么又要关心人间怎样才能有好处？"夫子说道："如果有一两银子落在你身前地上，你会捡吗？"宁缺和桑桑对视一眼，看出彼此的坚决，说道："当然要捡。"夫子正在饮茶，听着这话险些喷了出来，本是设计好的课程，哪里想到在宁缺这里无法顺利推展，不由有些恼火，说道："我是不会捡的！"宁缺看出老师心情有些糟糕，不敢多话，说道："您想捡便捡。"夫子又道："但如果是一万两银票落在地上，我肯定会捡。"

宁缺明白了老师的意思，心想这种清晰计算生命和利益的态度，着实有些冷漠，感慨地说道："我知道自己极冷血，没想到老师原来也是同类人。"夫子说道："不是冷，只是淡，什么事情看的次数多了，自然也就淡了。我活了这么多年，亲友渐散，白发人送黑发人不知多少回，早已把死亡之事看淡，不过是自然的终结，早死晚死没什么区别。"宁缺问道："那您为什么在犹豫了这么长时间，甚至是这么多年之后，还是选择出手与昊天作对？"夫子靠在榻上透过天窗看着青天白云，说道："因为……最终我还是发现，自己很不喜欢，甚至有些厌恶昊天？"宁缺心想，人世间大概也只有您才有资格对昊天做这种情感层面的评价。

夫子收回目光望向宁缺，说道："当然，你是我的学生，在这件事情里陷得太深，这也是让我出手的原因。"宁缺闻言感动，只是习惯性地不想流露出来，强自隐忍。夫子如何看不出来他此时心里的感受，不满说道："我难得如此勇敢一次，你就不能感动到泪流满面？非得端着？"宁缺看着他诚心诚意说道："老师威武。"想着夫子言语里说难得勇敢，他微怔问道："您不是说与天斗其乐无穷？难得勇敢？难道今天是您第一次出手？""如果说出手是指打架……不错，今天是我对昊天第一次出手。"夫子放下茶杯，说道，"战斗有很多种方式，不是说只有打架才是战斗，我和昊天斗了一千多年，用尽了各种方式，只有你小师叔这种痴人，才会总想着和昊天打架，他也不想想，万一打输了可怎么办。"这句话的尾音拖得有些长，有些萧索和遗憾。

宁缺把空了的茶杯斟满热茶，取了手巾想要把夫子胡须上沾着的茶汤擦干，笑着说道："您今天可不就是打赢了？"夫子把他虚情假意的手打掉，怒其愚蠢，斥道："我今日赢的不过是昊天意志的一些显象，又不是昊天本身，如果这就算战胜昊天，你小师叔当年怎么会死？如果让他听到你的话，不得气到再活过来！"宁缺厚颜说道："弟子层次太低，还需要老师您来解惑。""黄金巨龙，还有那个黄金战车上那名光明神将，都是昊天神辉拟出来的幻象，看着吓人，实际上根本谈不上强大。"说完这句话，夫子把手指伸进茶杯，蘸了些热茶，轻弹至空中。茶滴飘散悬浮，反射着天窗外透进来的阳光，凝成了一条细小的金龙。

宁缺看着这幕画面，感知着眼前这条金龙里散发出的光明威压，震撼得无法言语，心想老师你究竟想给我多少震惊？然后他确认，夫子说的是对的，今日荒原天空上出现的黄金巨龙和光明神将，足以秒杀人间绝大多数修行者，但如果是跑得最快的大师兄，或者是那名金刚不坏的讲经首座，说不定还真的可以战胜对方，至少不会败得太快。马车奔驶在荒原上，青草碎折野花散，春风温暖入窗来，桑桑轻咳一声，宁缺微显忧虑问道："老师，接下来怎么办？桑桑的病没问题了吗？"夫子再弹指，车厢里那条活灵活现、仿佛有真实生命的光明金龙瞬间离散消失，变成茶滴落在地板上，譬如朝露。"光明是有，黑暗是无，以有化无，如闻道于盲。所以不能指望昊天神辉能压制她体内的冥王烙印，佛法讲究的是自悟，依旧是个盲便无视、聋便无语的自欺欺人法子，依然无法完全消除。"夫子看着桑桑，说道，"我思来想去，最终决定用人间之力，尝试把你体内的冥王烙印留在人间，和光同尘而令冥王无所察。人间最热最乱最真实，能让纯净的不再纯净，能让寒冷变成温暖，能让炽热化为炊烟，本身便是一个无中生有的过程。"

宁缺想了很长时间，发现以自己的智慧与境界层次，不可能想通这些话，诚恳请教道："老师，什么是人间之力？我们又该如何做？""该如何做？我已经做了。"夫子有些意外，说道，"先前我斩龙首，凝昊天神辉为光团入桑桑体内镇压冥王烙印，顺手便把人间之力灌了进去，你还想要我怎么做？"宁缺瞪大眼睛，问道："什么是人间之力？""我就是人间，我的力量就是人间之力。"夫子看着桑桑，开心得意地笑了起来。宁缺也笑了起来，笑得有些傻。

看着开怀大笑的老少二人，桑桑也笑了起来，但她的笑容显得有些怪异。她脸上的笑容很憨傻可爱。她眼睛里的笑意却很漠然。她明明是一个人，却有两种笑容。她明明坐在窗畔，却像是坐在天空之上，俯瞰着大地。

21

桑桑眼睛里的笑意很漠然。在字典里，漠然有很多种解释，比如清虚淡泊寂静的表象，比如冷淡，比如茫然无知无觉。这些解释，对于时常流露出天然呆特质的她来说，都很适合，尤其是茫然无知无觉这一条。此时她坐在窗畔看着夫子和宁缺，就像是先前荒原天空里，黄金巨龙从燃烧的云后探出身形，光明神将站在战车里俯视大地，只不过她的位置仿佛还要更高一些，于是她眼眸里的那抹漠然，便落在了另一个领域中。

漠然还有一种解释：抑制快乐和拒绝生命，远离美好之类带着人间气息的词汇，代表超越俗世的神圣与庄严。那抹带着漠然意味的笑意，在桑桑的眼眸底部生起，瞬间消失，不及弹指，刹那化为青烟，她自己都没有任何感觉，宁缺自然没有看到，但夫子看到了。夫子看着桑桑，沉默了很长时间，直到宁缺觉得有些古怪，桑桑的眼眸里流露出不解和无措的神情，他才笑了笑移开眼光。夫子的眼光，落在桑桑的手上。桑桑的左手紧握成拳。从烂柯寺开始，再到逃离月轮国朝阳城，一直到被荒人部落收留，她的左手经常握着。

夫子目光落处，桑桑的左手摊开，露出掌心里的东西。那是一颗白色的棋子。夫子神情宁静得仿佛是经历了无数秋冬的老松。他的眼眸却不宁静，有亿万颗星辰在黑色的眼瞳里浮现，然后开始无规则地移动，画出无数繁密的线条，最终凝结为一个明亮的光点。这是瞬间发生的事情，没有人能够看到夫子的眼睛里发生了什么，宁缺看不到，桑桑看不到，就算世界上所有人站在夫子身前，都无法看到。夫子眼眸深处的那个明亮的光点，忽然爆炸开来。

夫子闭上眼睛，然后重新睁开，眼眸回复正常，黑色的罩衣纹丝不动，神情依旧宁静，皱纹依然像是蕴藏着无数智慧。似乎什么事情都没有发生。又似乎所有的事情都已经发生。黑色马车厢壁上，刻着极为繁密的符阵，源自昊天南门观经典，由颜瑟大师耗半生之力打造而成，极为精妙难破。便在夫子重新睁开眼的那瞬间，马车厢壁上的符阵，忽然像是被灌注了无数多余的气息，澄净的符意骤然大乱，符线闪烁着金光，然后黯淡。车厢由精钢打铸，本身的重量极为可怕，此时符阵忽然失效，车轮顿时深深地陷进松软的春日荒原地面，皮索深深地勒进大黑马的肌肉里！

大黑马完全没有准备，哪里会想到身后的车厢会忽然间变得这般沉重，前蹄腾空而起，然后猛地跪下，重重地摔到地面之上！泥土四溅，烟尘飞扬，大黑马痛嘶连连，身下的青草被碾轧成团，青草里的野花散开，在烟尘里飘浮而上，渐要入云。荒原上晴空万里，只有几抹白云悠悠飘浮。黑色马车正上方的碧空里，有朵雨做的云，当野花碎屑飘起，便有雨落下，就像是道细细的水柱，恰好落在马车上，淅淅沥沥，就像是在哭泣，从荒原地面望去，此时太阳刚好移到这朵雨云后方，清澈的阳光，穿透云里的三道缝隙，微显明亮，那三道细缝，两道在上，一道在下，就如同人的双眼和嘴唇，细细眯眯，像是一张纯真的脸露出可爱的笑容。

夫子很烦，挥手便云散雨消，说道："又哭又笑，有病啊？"宁缺根本不知道发生了什么事情，说道："老师，有病的是桑桑。"夫子望向他，喝道："你有药？"宁缺哭笑不得，说道："您不是有药吗？"夫子越发不悦，说道："药都让她吃了，你提这事儿干吗？"宁缺无语，心想书院后山同门都知道老师不是那种不食人间烟火的高人，很有些脾气，但今天这脾气来得也太陡然太无谓了些。"老师，到底出什么事了？"他担心问道。夫子沉默片刻，忽然说道："有些饿了，你们想吃点什么？"宁缺望向车窗外微湿的原野，心想在这等荒凉地方，除了干粮还能吃些什么？

夫子看了一眼桑桑，说道："既然还活着，就得好好活着，对生活品质应该有所要求，怎么能随便吃，我带你们去吃些好吃的。"大黑马摆脱了撞击带来的眩晕感，确认车厢再次变轻之后，依照夫子的指挥，向荒原北方疾驰而去，一路只闻风声呼啸，只见青草成光。没有用多长时间，黑色马车便来到一处草甸间，草甸四周散放着数十只羊，侧后方支着几间帐篷，看上去应该是处牧民部落，只是实在太小了些。宁缺走下马车，看着日头的倾斜角度，竟看到远处还残着雪丘。他又看了看青草的长度，确认此地已经在荒原极北，有些无法理解，只用了这么短时间，马车怎么跑了这么远的路。

帐篷里走出几名牧民，肤色黝黑，警惕的神情里夹杂着慌乱，看情形，这些牧民很少能够遇到外来的旅客。宁缺不知道夫子带自己和桑桑来这里吃什么，正所谓弟子服其劳，他向那几名牧民走过去，准备看看帐篷里有什么食物，花钱买下来。他会荒原上的蛮语，甚至连一些很偏僻的部落方言都很擅长，然而今天他忽然发现，自己居然和荒原上的牧民无法交流。"少到处卖弄你那些雕虫小技。"夫子从马车上走下来，毫不客气地训斥道。

那几名牧民看见夫子后的反应很奇怪，有些感动，有些兴奋，更多的是敬畏，有两人直接跪倒在夫子身前，亲吻他的脚背，另几名牧民则是跑到各自的帐篷，把老婆、孩子还有老人都带了出来，然后对夫子行礼。宁缺这才知道，原来这些牧民见过夫子，不由很是好奇，这些牧民究竟属于哪个王庭，居然听不懂自己的话，更好奇夫子会怎样和这些牧民交流。他从来没有想过，夫子不能和这些牧民交流。因为现在他越发确定，夫子是无所不能的。

夫子开始和这些牧民交流。他指向远方草甸上的羊群，然后摊开双手，比画了一下大小，又用十指朝天乱动，模拟火焰的样子，嘴里还在不停念念有词。"羊可不能大了，就这么大。""要烤的……就你们最拿手的那种烤法。"宁缺再次无言，他哪里能想到，夫子的交流方式就是这样。夫子知道他在想些什么，说道："我一直在说，世上没有无所不能的人，就算是我，也不能通晓世间一切语言，但那又算什么？语言本来就是雕虫小技，你只要会比画，到哪里都饿不死，到哪里都能找着好吃的。"

宁缺知道要和老师讲道理，那是一种极其自虐的念头，于是他很坚定地放弃，问出自己的疑惑："这个小部落属于哪个王庭管？"夫子说道："不属于任何王庭，这些牧民千年以来，始终在这片苦寒之地游牧，不与外界交流，日子虽然过得苦些，倒也清净。"宁缺说道："只有这么些人，按道理很难繁衍下去。"夫子说道："当年屠夫在这里躲过一段时间，应该是传了这些牧民某种秘法。"宁缺听夫子说过屠夫、酒徒这两个人，闻言微惊。夫子又道："屠夫烤的羊腿是最好吃的，如今他不知道躲在哪里，很多年都不肯见我，所以现在人间最好吃的羊腿，就在这里。"

宁缺笑了起来，说道："您说的秘法，究竟是传宗接代还是烤羊腿？"夫子笑得直拍大腿，说道："都是都是。"桑桑分了两碗奶酒，端给夫子和宁缺。夫子饮了一口，赞了声好，然后对她说道："你也喝喝，味道不错。"便在这时，羊腿终于烤好了，牧民恭恭敬敬地捧了过来，便退了下去。

宁缺不知该用什么词汇来形容这根传说中人间最好吃的烤羊腿，闻着羊腿散发的香味，看着羊腿上令人失神的油泽，食指大动。但在这种时候，他永远不会犯错，依照陈皮皮和大师兄曾经指导过的那样，用锋利的小刀在羊腿最好的部位切下两片，然后送到夫子唇边。夫子咀嚼着羊肉，闭着眼睛，端着奶酒碗，神情十分陶醉，只待下一刻，用奶酒把嘴里的羊肉膻香味化为迷人的醉意。"不对劲。"夫子忽然睁开眼睛。然后他像端在道旁刚吃完面条的老农一般，吧嗒吧嗒嘴，仔细品琢了一番嘴里的感觉，脸色骤变，说道："这羊肉不对。"宁缺怔住，在烤羊腿上再切了一片，送进嘴里嚼了，只觉肉质鲜美愉悦到了极点，险些把自己的舌头也嚼掉，心想哪里不对？

他问道："老师，哪里不对？"夫子愤怒道："这羊肉吃着都不像羊肉了，还能叫羊肉吗！"宁缺完全不明白，这哪里不像羊肉。夫子忽然沉默，看着那根烤羊腿长叹一声。然后他望向桑桑，叹息着摇了摇头。桑桑不明白发生了什么事情，小声问道："您要不要来碗羊汤？"夫子恼火说道："肉都没法吃了，还喝什么汤？"

22

羊肉吃着不像羊肉，但终究还是肉，有肉吃，终究还是幸福的事情，所以夫子烦恼愤怒之后，还是只有继续吃肉，只不过吃的时候，不停唉声叹气，看着手里的羊肉叹气，看着桑桑叹气，看着天空叹气。桑桑不理解这是怎么了，宁缺也不理解，拍了拍她的肩膀，示意没有什么事，挪到夫子身旁，低声问道："老师，是不是这件事情很麻烦？"

他说的事情，自然是指夫子救下桑桑，与昊天战斗这件事情。夫子神情黯然说道："当然很麻烦。"宁缺闻言微惧，颤声说道："桑桑不会有事吧？"夫子闻言大怒，痛斥道："你只会关心自己老婆，就一点不关心我这个老师？孝顺是什么意思懂不懂？她都吃了药了还能有什么事？怕她会死？我死了她都不见得会死！我现在关心的是肉，我现在吃肉没滋味了！"宁缺抬起袖子，擦掉脸上的唾沫星子和油花星子，悻悻然想着，老师的脾气越来越大，莫不是先前和光明神将打那一架累着了？一念及此，他哪里还有什么不满，赶紧和桑桑一起小心服侍夫子吃肉喝酒。

盛汤的时候，桑桑轻声安慰他道："都说老小老小，人年纪老了，脾气就会变得和小孩子差不多，咱们多哄哄便是。"宁缺回头望向坐在草甸上一边喝酒一边骂天喝地的夫子，担心地说道："老师再大脾气我也能忍，只是总觉得有些问题。"烤羊腿没有吃完，虽然在宁缺和桑桑看来，这绝对是他们这辈子吃过的最好吃的羊腿，但他们的饭量着实有限，而夫子又不怎么爱吃。夫子是书院里饭量最大的那个人，宁缺和在书院里做过很长一段时间厨娘的桑桑，都很清楚这一点。宁缺甚至觉得，书院的实力排名其实和入门时间无关，完全看谁的饭量大，比如大师兄看上去温和平静，但如果真放开胃口吃饭，二师兄就算把裤带解了也比不上。

桑桑问夫子："院长，剩的这些羊腿怎么办？送回他们帐篷去？""他们天天吃这些烤羊腿，早就吃腻了，哪里肯吃剩下的，给他们也不过是浪费。"夫子示意她把剩的烤羊腿放下，然后对着北方的雪丘吹了声口哨，口哨的声音并不如何响亮，却传得极远，正在草甸间低头吃草的羊群纷纷抬起头来。没有过多长时间，荒原地面微微颤动，草甸里那些羊群仿佛感知到极大的惊恐，向南四散逃走，有几只羊更是直接被吓得晕厥假死。大黑马正在草甸下方啃食一根羊腿，忽然间，它霍然抬起头来，警惕地盯着北方，颈上的鬃毛随风而舞，似要竖立起来。

　　一只巨大的雪原巨狼和一只相对极为瘦小的普通公狼，从草甸北方的雪丘里缓缓走来，看都没有看一眼草甸里昏死的羊，继续前行。大黑马露出白牙，对着远处那两只狼发出暴烈的嘶吼，它很清楚雪原巨狼多么恐怖，也知道那只看似瘦弱的普通公狼则更加可怕。但既然夫子在旁，它便认为自己天下无敌。那只雌性雪原巨狼坐下，草甸上便像是多了座小雪山。

　　桑桑好奇地看着它，伸手去摸了摸，发现触手处的雪狼皮十分柔软。雪原巨狼没有任何反应，平静地任由桑桑摸着，神情显得极为温顺，当它嗅到桑桑身上极淡的一丝味道后，眼里竟似流露出想念和安慰的情绪。那只瘦弱的公狼，坐在夫子身前，两只前爪提在胸处，就像是弟子一般行礼，宁缺站在夫子身后，看着这幕画面，觉得好生有趣。夫子示意宁缺把剩下的烤羊腿递给它。那只瘦弱公狼接过羊腿后，没有马上进食，而是对着夫子恭恭敬敬行了一礼，然后用充满威严的目光，看了自己的妻子一眼。那只浑体雪白的雪原巨狼，有些不舍地离开桑桑身边，来到夫子身前行礼。

　　夫子看着这只公狼身上乱糟糟的毛皮，便知道这几年，狼群南下之后在荒原上的日子并不好过，伸手轻轻抚摸它的头顶。那只瘦弱公狼一动不动任由夫子抚摸，身体微微颤抖，显得非常激动、非常幸福。夫子看着说道："也不知道以后还能不能见到你，所以让你过来。"桑桑这时候走了过来，听着夫子的话，不知为何，觉得有些心酸。夫子看着她说道："这便是棠棠那只小白狼的父母。"桑桑这才知道，为何先前那只雪原母狼会流露出那样的神色，想必是思念远在书院后山的孩子，心中的酸楚意味变得更浓。

　　雪狼夫妻离开之后，黑色马车也离开了那个离世而居的牧人部落。带着羊肉香脂的马蹄，在青草原野上时落时起，留下的蹄印里，引来了很多蚂蚁。车厢里，桑桑在给夫子捶背，她现在身体似乎已经全好，做这些服侍人的事情很擅长，夫子也很喜欢被她服侍，眼睛渐渐眯起，似要睡着。宁缺看着桑桑笑了笑，用口型无声道了声辛苦，桑桑笑着摇了摇头，表示自己一点都不辛苦，自己很愿意服侍夫子。荒原地幅辽阔，虽然有很多蛮人生活在这里，但相对中原来说，依然是人烟稀少之地，奔驶其间时常好些天都遇不到一个人。

旅途很安静，宁缺都快要睡着了，忽然间窗外一片嘈杂，有叫卖声，有呼喝开道声，有小二迎客声，有马蹄声，有寒暄声。荒原上怎么会忽然变得如此热闹？难道大黑马找着了一个大部落？宁缺困惑不解，掀开窗帘向外望去，然后身体骤然僵硬。桑桑来到窗边，从他脸边探出头去，被看到的画面震惊得险些惊唤出声。黑色马车此时正停在一条热闹的长街上。街畔是拥挤的建筑，行人如织，商铺如林，小贩的叫卖声此起彼伏，有轿夫抬着轿子连声喝道，有骄横的青年打马而过。宁缺不知道这里是哪里，但他很肯定地知道，这里不可能是荒原。

夫子醒了过来，看着车窗畔发呆的小两口，问道："到了？"桑桑下意识里点了点头，然后忽然觉得不对，回头望向夫子，说道："我们到了一个地方，但不知道是哪里。"夫子往车窗外看了一眼，说道："没错，这就是宋国的都城。"宁缺很震撼，桑桑很震撼，他们完全无法理解，前一刻，自己这些人还在荒原极北深处吃烤羊腿，怎么下一刻就来到了宋国的都城？要知道宋国在东海之畔，距离荒原北方足有万里之遥！

真正最震撼的还是大黑马，要知道这一路都是它在拉车，宁缺和桑桑没有看到这个过程，它却是看得清清楚楚。明明眼前是一片青草，而当前蹄落下时，便落在了青石板路上，这种瞬间万里的转换，直接让它吓到四蹄发软。有很多在正常人看来，永远不可能做到的事情，只要夫子出手，那便没有什么不可能，比如桑桑病重难愈，宁缺浑身是伤，现在都好了。有很多无法理解的事情，只要与夫子有关，那便可以理解，现在的宁缺和桑桑便持有这种想法，因为夫子非常人也，甚至宁缺现在以为，夫子非人也。

黑色马车在宋国都城繁华的大街上缓缓行驶，道观周遭围满了黑压压的人群，在为荒原上的圣战祷告，他们还不知道那场圣战的结局，更不知道那场战争最关键的人，现在已经来到了宋国，来到了他们的身旁。当黑夜消退，光明渐隐，碧空白云重现之后，宋国的人们从地上站起身来，生活以难以想象的速度回到正常的模样，不是所有人都还在关心北方荒原上发生的事情，已经有人开始关心自己小摊子的生意、自己的事业。

黑色马车停在一座不起眼的酒楼前。酒楼里已然人声鼎沸，酒令拳声不绝于耳。夫子带着宁缺和桑桑拾级入楼，穿过那些食客与醉汉，来到相对清静的三层楼上。"先前还跪在地上瑟瑟发抖，这时候便开始饮酒吃肉，酒楼饭庄的生意如此之好，除了压惊之外，更是因为每个人都需要吃饭。"夫子看着楼下的食客，说道，"对普通人来说，吃饭永远是最重要的事情，因为吃饭是为了活着，而活着比荒原上那场战争重要，比律法重要，比道德重要，比信仰重要，比任何事情都重要。活着是最重要的事情，活着是唯一的目的，任何情感知识之类的东西，都是活着的附属品，必须把这个顺序弄明白。"

宁缺想了想后说道："但活着总得有些意义，不然也没什么意思。"夫子说道："当然得要有点儿追求，但你首先得活着，才有资格去寻找意义。""绝对的利己？反对所有牺牲？""我说的活着，不是一个人的活着，而是很多人的活着。""好像很复杂……老师您究竟想教我些什么？""我想告诉你，既然活着是最重要的事情，那么吃饭就是世间头等大事。"宁缺摸了摸肚子，心想才吃烤羊腿，又要吃什么？

还没等他把这件事情想明白，夫子已经拿起菜单，点了十八个菜。

23

夫子爱吃、擅长吃，只要他在场，点菜这种事情，当然轮不到别人，所谓冷热荤素，君臣佐使，搭配得极为清爽，光看菜单便足以令人流口水。那些菜看着简单，但食材其实都很考究，需要现做，离上菜还有段时间，夫子早已做好安排，一盆冰镇的芋泥搁到了桌上。"甜点追求的便是甜，我最瞧不起的，便是那些要求甜点也要清淡的食家，若要清淡，你喝清水便好，吃什么甜食？"夫子给桑桑盛了一碗冰镇甜芋泥，示意她多吃点，然后给自己盛了一碗，望着宁缺说道："与天斗其乐无穷，可为什么要与天斗？"

宁缺正在给自己盛甜芋泥，闻言不由怔住，心想前一刻还在说点菜的学问和饮食的道理，下一刻便转到与天斗这般壮阔的话题，实在是太突然了。夫子说道："在烂柯寺里，歧山小和尚没有与你说过这些事？"宁缺想起秋雨佛殿前，歧山大师与自己的一番对话。那番对话里，歧山大师提到五境以上的传说，提到人间顶峰的几种境界，比如魔宗之不朽、佛门之涅槃、道门之羽化、书院之超凡。当时歧山大师说道，数万年里总有人能够走到漫漫修道路的尽头，或者抵达彼岸，或者永世不朽，到那时，他们便会回归到昊天的怀抱。宁缺最关心回到昊天怀抱究竟意味着死亡还是永生，歧山大师无法回答这个问题，过往无数年间，曾经走到那一步的佛祖还有那些羽化成仙的道门前辈也无法回答，而这正是修道最大的诱惑及最大的恐惧。

在那场谈话的最后，宁缺问有没有修行者即便走到那一步，依然可以不升天，歧山大师的回答是，没有谁能够逃得过天理循环。那天秋雨里的佛殿很凄清，秋雨里的天穹很苍凉，宁缺觉得身体很寒冷，因为他再次发现，天道果然是很无情的存在。歧山大师已然圆寂，即便如今的他有所想法，也不可能再告诉宁缺，宁缺回忆着那场对话，隐约猜到夫子想要说什么，身体有些僵硬。

酒楼下人声嘈杂，楼上却在讨论人间之上的事情，这种强烈的落差对比，让他感觉很奇怪、很荒唐，直到有些茫然无措。夫子说道："为什么要与天斗？首先我们要知道天是什么。"宁缺想起自己在书院后山，看天书明字卷后，与老师在星夜下的那场谈话，在那场谈话的最后，夫子指着夜穹说了四段话。"昊天有没有生命，我们不知道，有没有具体的形态，我们不知道，昊天在哪里，我们依然不知道，但他有没有意识，师弟他以死亡为代价再一次做出了确认。""如果真有天道，它俯瞰世间，大地上那些艰难求存的百姓，甚至是那些看似可以呼风唤雨的修行者，也只能是些蚂蚁一般的存在。""如果真有天道，它根本不会对蚂蚁投予丝毫怜悯与关注，而当那些蚂蚁里有几只忽然抬起头来望向它，甚至开始生出薄如羽翼的双翅飞向天空，试图挑战它时，它的意识和意志又怎会允许这种事情发生？""如果真有天道，那么天道无形，更加无情。"

这四段话是宁缺对昊天或者说所谓天道最初的认知。如今他带着桑桑逃亡多时，见过云集鸦至，半天光明半天幽冥，又见过黄金巨龙探首，光明神将临世，再与夫子曾经说过的这四段话相互印证，对天道的认识自然变得更深了些，心中的恐惧却也更深了些。宁缺望向酒楼窗外湛蓝无云的天空，沉默不语。夫子拿着调羹，慢条斯理舀着芋泥往唇里送，靠着栏杆，神态颇为闲适，然后他用调羹指向窗外的天空，说道："昊天不是天空。"宁缺说道："那昊天是什么？"

天是一个很特殊的字，在人间的语言里出现的次数极多，而且往往代表着极为强烈的情绪，那些情绪或者是恐惧或者是敬畏，或者是愤怒。比如苍天有眼、苍天有泪，又比如天若有情天亦老，还有贼老天、天杀的、老天爷之类的称呼，就连最常用的感叹词也与此有关：天啊！天代表着至高无上，代表着无所不在，代表着不可抵抗，代表着仁慈博爱，又代表着冷漠无情，代表着所有的所有。

"天道是规则。两点之间直线最近，三角就是比四角稳定，光线跑得最快，水总是往下流，燃烧需要空气，这些世界的规则，便是天道。"夫子吃着芋泥，随意说着，然后他把手中的调羹从窗口处扔了下去，片刻后街上传来一声痛呼，应该是有行人被砸中了脑袋。"和水一样，任何事物都要往下面落，这也是规则。"酒楼下面传来争吵的声音，大概是那名被调羹砸中脑袋的行人，要进酒楼寻找肇事者，夫子就当没有这回事，看着宁缺继续说道："水汇集到最低处的海里，便不会再往下流，调羹落到地上……或者行人的脑袋上，也不会继续下坠，这不代表规则被破坏，只是有另外的规则开始发挥作用。如果没有受到外力影响，没有别的规则出现，那会是一个怎样的情况？那只调羹会不停往更下方坠落，一直坠到深渊里，说不定能够出现在冥王的餐桌上，当然，我现在越发肯定，没有冥界自然也就没有冥王。"夫子把空碗搁到桌上，推到桑桑的身前，桑桑接过碗，继续盛芋泥。夫子指着桑桑手中的碗说道："如果这张桌子足够大足够光滑，如果碗底足够光滑，如果人间没有一个叫桑桑的小姑娘会把这只碗捡起来，那么会发生什么事情？就像那只不停坠落的调羹一样，这只碗也会不停向前滑动。"

宁缺挠了挠头，说道："这不就是惯性？""惯性？这个词很好，不过我习惯称之为：事物或规则的天然存续倾向。"夫子说道，"这也就是我所以为的生命。""生命？"宁缺完全听不懂，疑惑重复地问道，"惯性就是生命？"夫子说道："人活着的时候，能走能跳能思考能吃饭能眨眼能拉屎，人死后变成腐尸白骨，而且这些事情都不能做，形状、构成和特质完全被改变。我们活着，便是要保证自己可以继续能走能跳能思考能吃饭能眨眼能拉屎，保证自己看着像人，也就是保证形状、构成、特质能够存续。这种存续就是生命。"

宁缺很是不解，说道："但动物也能走能跳能吃饭能眨眼能拉屎。"夫子说道："但它们不能思考。"宁缺说道："大黄牛和小师叔那头驴肯定能思考。"夫子说道："但它们的形状不像人。"宁缺说道："如果我们可以把它们变得像人呢？"夫子说道："如果你有这种本事，那它们就是人。"宁缺连连摇头，说道："这怎么说得通？"夫子说道："这怎么说不通？"宁缺愣了愣，然后终于想通了。一个长得和人类一模一样，能走能跳能吃饭能眨眼能拉屎能思考的生命，那不就是人吗？

"每个人都想活着，想要保持自己的形状和内在的存续，这就是生命。往宽泛些看，人类社会，也想要保持自己的形状和内在的存续，比如文字比如书画比如组织，所以这也是一种生命。"夫子说道，"石头也有生命，它也想保持自己的形状，它的手段是坚硬，想要毁掉它的生命，便需要克服它的坚硬。水也有生命，或清或浊，或汪洋一片或小溪无言，你要改变它的形状特质，毁掉它的生命，便需要去煮去晒。生命是本身形态的延续。天道既然是规则本身，那么如果它也有生命，它的生命便是保证这些规则永远有效，不被破坏。"

宁缺这时候已经完全不知道该说些什么，好在这时候菜上来了。三个人吃十八道菜，很丰盛的一顿饭。夫子不停给桑桑夹菜，然后不停地介绍劝说："这道菜你得试试，这可怜孩子，跟着宁缺这些年就没过过好日子，要知道人间不知有多少好吃的东西，有多少好玩的东西，这些天你就跟着我享享福吧。"才吃烤羊腿，又品宋国菜，宁缺和桑桑撑得有些不行，好在夫子果然不愧千年老吃货之名，竟是风卷残云一般，把十八道菜一扫而光。夫子端着杯双芽菜饮以清腹，看着很是享受。宁缺打了个饱嗝，想着先前夫子说的那些话，心情就像胃一般沉重，搓了搓有些麻木的脸，准备把话问明白。

夫子放下茶杯，说道："昊天有两面性，一是规则的客观性，二是它要维持规则的客观性，便会呈现出生物一样的生命性。"宁缺问道："所以？"夫子指着杯盘狼藉的桌面，说道："人活着要吃东西，它活着也要吃东西。"宁缺看着汤汁淋漓的菜盘，忽然觉得很恐惧、很恶心。

24

昊天要吃东西，吃什么是一个问题，不过想来，不管它吃什么都不用付钱，而人吃东西，总是要付钱的。夫子让宁缺结账，然后带着他和桑桑下了酒楼，在宋国都城里逛了会儿，看见一间陈锦记的分号，走进去给桑桑买了些脂粉。宁缺觉得老师对桑桑太好了些，不像是自己所认识的老师，只不过此时他的心神全部被那些问题所占据，所以来不及深思。黑色马车离开宋国都城，片刻后，又回到青草遍野的荒原上。

宁缺看着荒原上的野草羊群，想了想后说道："老师，能不能简单一些？"夫子走下马车，看着一望无垠的草甸说道："草生荒野间，得阳光雨露，吸土壤精华，所以能够生长，它吃的便是这些。"夫子指向不远处的羊群说道："羊吃的是草。"他又指向十余里外，说道："你看，那些狼正在吃羊。""那么昊天吃什么？"宁缺忽然想起莲生大师在魔宗山门里充满愤怒的那番喝骂，想起歧山大师在佛殿秋雨中的感慨，想起很多前辈高贤的疑惑，颤声说道："吃人？"

"羊不能直接吃泥土与阳光，所以吃草，狼不能直接吃草，所以吃羊，人相对要厉害得多，我们基本上什么都吃，但大体论之，饮食的逐层递进，都是能量利用效率的提高，最终造成上一层的生命只能食用下一层的生命。"夫子摇头说道，"依据我的猜测，昊天的生命补充，来源于天地元气，而它无法直接食用天地元气，就像羊不能直接吃泥土与阳光，狼不能直接吃草，所以他也需要一个过渡环节，那就是人。"宁缺说道："我刚才就是这么说的。"

夫子说道："普通的人都不知道天地元气是什么，如何能够改变天地元气？还是需要修行者，来炼养以及提升天地元气为昊天需要的养分。"宁缺说道："您是说，天地元气是草，修行者就是那些吃草的羊，把草里的养分，变成昊天这只狼可以吸收的东西？"夫子说道："大概就是这个意思。"宁缺说道："道门典籍里一直说，修行是昊天赐予人类的礼物，按照您的这种说法，这个礼物实在是有些阴森可怕。"

夫子说道："当然，昊天要比荒原上的狼群挑食得多，毕竟它是我们这个世界顶层的规则集合，普通修行者在它眼里，是食而无味的羊，越五境之后的那些修行者，开始拥有自己的世界，创建自己的规则，把自然里的天地元气纯化为他们独有的精魄，至此时，便成为昊天眼中的美味。"宁缺看着夫子问道："那您呢？""到了为师这种程度，当然就是美羊羊。"夫子笑着说道，"不过就像狮子与野牛群的关系，有的野牛太强大，或者野牛群太过强大，狮子也会感觉到威胁。"

宁缺一直很平静，和夫子讨论的时候，还有闲情逸致看看脚下的青草、如云的羊群，事实上他的心情震荡到极点，一时如将沸的羊汤锅，一时如冻凝的羊肉冻，早已濒临崩溃，不停自我催眠这是一场学术讨论不涉及现实，才坚持了下来。学术讨论终究要往现实的世界里落下，他沉默了很长时间后，问出了讨论至今最重要的那个问题："老师，您有证据吗？"没有证据，这就是一场学术讨论，他可以发散思维，往最深邃处、最不可思议处、最阴森恐怖处去想，而没有任何心理负担，如果有证据，那么这便是一个残忍而悲伤的故事，不忍听，何况讨论。

夫子很清楚他此时的心情，笑着说道："这不是什么悲伤的故事，更谈不上阴森可怕，无数年来，能够越五境的修行者数量，加起来也不如人类一天吃的羊多，真要说阴森可怕，人类要比昊天可怕得多。"

宁缺很难从这段话里得到安慰，因为他是人不是羊，所以他睁着眼睛，无辜而可怜地看着老师，还是想要听到答案。

"这种事情当然没有什么证据。"夫子说道，然后不等宁缺稍微松口气，便继续说道，"但你小师叔，还有我，都已经直接证明了昊天有意识，它是类似于人类并且高于人类的一种生命形式，所以它必然需要吃东西，这种推论你很难否定。"宁缺的表情很难看，和过年时被推到开水桶前的猪差不多。

"修行确实是件很艰难的事情，但放在如此大的人类数量之上，其实也不是太困难，总有些人能够修行，总有些人能够越过人间五境。"夫子看着他说道，"越过五境的修行者再罕见，无数万年累积起来，想来也是个很大的数字，那么你能否告诉我，他们去了哪里？"宁缺说道："生老病死寻常事，那些人也许就自然老死了，这也不足为奇。"夫子笑着说道："我已经活了一千多年，如果愿意，我还可以继续活下去，生老病死，对于五境之上的人们来说，确实是很不寻常的事。"宁缺感觉嘴有些干，有些苦涩，片刻后又说道："佛宗涅槃、道门羽化成仙，这些在神话故事里都有描述，那些人去天上享仙福去了？"夫子笑着说道："天上？天在哪里？昊天神国在哪里？回归世界本原后可还有你自己？如果连自己都没有了，那还是活着吗？"

这个问题宁缺和歧山大师在烂柯寺里讨论过，他知道这个问题没有答案，如果真往最深处思考，可能有的答案只能指向冰冷的那一面。"没有人去过昊天神国，然后再回来，你小师叔当年可能曾经看了一眼，却忘了留下几句话，所以我以前对这个问题也没有答案。"夫子望向荒原上空的碧空白云，悠悠说道，"直到先前看到黄金战车上那名光明神将，我才终于看到了答案。"宁缺问道："答案在哪里？""答案就在他的脸上。"夫子说道，"他的脸太完美，而世间没有完美的事物，所以他非真实，他的完美来自千万故人，所以他不是我的那些故人。"

夫子的情绪有些低落，有些感慨，似乎回忆起了很多往事。然后他收回目光，看着宁缺说道："我在他脸上看到了统一的昊天的意识，却没有看到个人的意识，我看到的是永恒，于是也看到了死亡。"这是一个简单的世界，这些是简单的道理，只不过在夫子说出来之前，宁缺哪怕二世为人，见过世间最离奇的事情，也无法想到这些问题。他沉默了很长时间，然后说道："难道别的修行者就没想过这些问题？"

"当年在书院后山，你曾经对我说过，人类一旦思考，昊天就会发笑，但事实上，不在意被昊天嘲笑的人类有很多，远在我之前，以及在我之后，有很多修行者都在不停地思考，很多人都产生了与我类似的怀疑。"夫子向草甸下走去，说道，"柳白那小子，为什么迟迟不敢跨出那一步，这些年一直躲在剑阁里不敢出来？千年之前那名光明大神官，为什么会叛出西陵神殿，到这片荒原上创建魔宗？都与这些怀疑有关。"

听到开创魔宗那名光明大神官，宁缺不由得想起西陵神殿，问道："道门与昊天最为亲近，道门里的高人应该对这方面的了解极深，难道除了那位光明大神官以外，数万年来，就没有别的人对昊天产生过怀疑？""道门追求羽化成仙。被接引至昊天神国，回归世界本原，便是他们最大的幸福，也是他们生存和奋斗的终极目的，这是他们的向往，哪里需要被怀疑？"夫子看着他说道，"只不过对于别的很多修行者而言，与昊天一道永恒，还是一个人孤独地死去，这始终是一个问题。"

生存还是死亡，这是一个问题。与昊天一道永恒，还是一个人孤独地死去，这也是一个问题。然而所有的问题都能找到答案吗？宁缺再次想起莲生大师在魔宗山门里说过的那些话。"你看这污糟糟的世间，活着不知多少庸碌如猪的蠢货，难道你不觉得呼吸的空气都那般脏臭？顶着一个沉默不知多少年的贼天盖，难道你不觉得呼吸极不畅快？人活天地间理所当然就要吃肉，吃猪吃狗吃鸡吃天地，哪有道理可讲！在我看来你我存在于这个世界的方式，便是自身对世界认识方法的集合，当年坟茔一夜苦雨，我便一直在苦苦寻求认识真实世界的本原，最终改变自己存在于世间的方式，最终想要奢望改变这个世界，寻找到那个已经不可能回来的世界。我只是追求力量，寻找改变世界的方法，并不在乎道魔之分，也不在乎谁胜谁败，我之所以愿意来魔宗，是因为我想看看那卷失落的天书。我去了南晋大河去了月轮国，最终我往西而去，前往那个遥远的不可知之地，在那座悬空寺中，终于听到了首座讲经，看到了那些清曼的佛光，听到了光辉间那些振聋发聩的佛言，然而过了数年，我终于发现悬空寺里的大和尚们也只是一些浊物，所谓佛言一味故弄玄虚，和宋国街上的算命先生无甚分别，更令人厌憎的是佛宗苦修己身，面对命轮转移只会卑微等待，似这般如何能够抵达彼岸？我本以为终于寻找到一个对的地方可以有机会认识真正的世界，然而没有想到，在桃山上待些时日，才发现西陵神殿全部都是一群怯懦胆小的白痴。都是一群狗，那座破观又如何？终究还不是昊天养的狗！哈哈……都是狗！"

过往宁缺一直以为，莲生大师的这些话只是一些疯言胡语，直到此时此刻，他才终于明白，这位学贯佛道两宗的魔宗高人，是何等样地了不起。莲生大师始终站在修行世界的最高处，生存的目的便是直指这个旧的世界，想要开创新的世界，他和夫子与小师叔并没有什么太大的区别，只不过选择的方法、所采用的手段要显得更血腥、更阴冷一些。宁缺知道自己这辈子，都可能没有资格去做这道选择题，因为自己可能永远无法达到莲生大师的境界，但他仔细想来，如果自己真要面临这道选择题，或者真会选择莲生一样的答案和方法。莲生大师很了不起，老师更了不起，他已经知道莲生是怎样选的，也猜到老师会怎样选，却不知道老师会怎样具体地去做。

"老师，您会怎样做？"他问道。夫子问道："莲生当年本打算怎样做？"宁缺说道："他打算毁灭旧的世界，创造新的世界，然后对抗天道。"夫子摇了摇头，说道："终究是吃与被吃的关系，天道既然不吃人，何苦要把世间亿万普通人拖入这场战争之中？"此时师徒二人已经走到草甸下方，锅里的清水已经煮沸，案板上堆满了新切好的鲜羊肉，桑桑抬起手臂擦掉额头上的汗，开心说道："可以吃了。"三人开始吃涮羊肉。"涮羊肉要吃鲜肉，冻肉要差很多。"夫子不知从哪里摸出来糖蒜，脆脆崩崩嚼了，满足地摸了摸肚子，然后看着宁缺说道，"我是一个喜欢吃东西的人。"

宁缺心想，如果用更简洁的词语来形容，那就是吃货。夫子拿起筷子在清水锅里捞了捞，发现没有羊肉了，有些遗憾，然后以箸指天，说道："我既然喜欢吃东西，当然不喜欢被别人吃。为什么要与天斗？因为它要吃我，那么，我就得想办法不被它吃。怎样才能不被它吃掉？"夫子夹了块冻豆腐到桑桑碗里，看着低头吃肉的小姑娘，叹息一声，说道："这确实是一个很麻烦的问题。"宁缺把凑到自己碗里来抢肉吃的大黑马推开，忽然想到一种可能，看着头顶那轮太阳，说道："昊天如果需要吃东西，吃阳光就好了，吃天地元气做什么？"

荒原地处寒北，虽至春日，阳光依旧无法炽烈，淡淡的如同假的画。夫子再次举箸向天，指着那轮太阳说道："如果这是假的怎么办？"

25

从烂柯寺落下佛光开始，宁缺一直处于极端紧张焦虑的状态之中，直到夫子出现在荒原之上，他才终于感到放松和安全，却没有想到，紧接着，老师便开始带他进入连续的玄妙而令人压抑不安的话题讨论。他的精神再次变得紧张焦虑不堪，好不容易想到一种可能，可以让这个灰暗的世界变得明朗些，不料老师的回答竟是这样地冷淡，而且隐隐要推演出更多可怕的世界阐述，他终于承受不住，当场崩溃了。他跳了起来，挥舞着手臂，愤怒地大喊道："怎么能是假的呢？它天天东升西落，长安城的夏天热得要死人，这怎么就能是假的呢！"

夫子被他的反应吓了一跳，说道："只是讨论一下，不用这么激动吧？"宁缺依然很激动，说道："怎么能不激动？昊天要吃人也就算了，您现在要我相信太阳是假的，那这个世界莫非也是假的？您千万不要告诉我，我在这个世界里活了这么多年，就是做了一场梦！就算您说出花儿来，我也不会相信！怎么可能是假的呢？我把她养了这么多年，难道白养了？"夫子心想，在如此激动愤怒崩溃的精神状态下，你还是只关心那丫头是不是白养了，果然不孝到了极点，恼火地说道："太阳是假的，又不代表你我是假的。"

宁缺指着荒原上空那轮有些清淡的日头，说道："这就不能是假的！阳光是啥？那就是昊天神辉！昊天为什么不能吃这个，非得吃什么天地元气？""你想过没有，太阳散发的昊天神辉，并不是昊天的食物，而是昊天的外显形态？就像我们的外显形态是人肉，难道我们还要以人肉为食？""真饿极了，什么事儿做不出来？昊天就乐意吃自个儿，谁管得着？""问题在于，它还有别的东西吃，为什么要吃自己？""它的口味有些独特？""就算昊天能以神辉为食，但神辉来自它自己，难道它能永远吃下去？这是一个最简单的计算问题。""我可没说过太阳就是昊天自身，那是您说的，在我看来，太阳能发光发热，正是一切养分的源泉，昊天凭什么不吃？"夫子和宁缺争吵得越来越凶，语速越来越快，唾沫星子在如毡的草甸上四处飞舞，桑桑不知道该怎样劝他们，只好低着头去收拾碗筷，浇熄火堆。

"太阳能一直发光发热吗？""几十亿年应该没有问题。""它为什么能持续发光发热？""这涉及一些比较深奥的道理，和您一时半会儿也说不清楚。""好好好，就算你说得有理，太阳能够发光发热几十亿年，那几十亿年后呢？""一顿饭能吃几十亿年，昊天还有什么不满意的？""那你能不能说清楚，为什么永夜的时候没有太阳？"宁缺不说话了，因为他这时候才想起来，这是在昊天的世界里，并不是在自己曾经熟悉、现在却已经渐渐淡忘的那个世界里。夫子见他无言以对，轻捋胡须得意地说道："你的推论设计终究是有漏洞的，不及为师的设计合理，我开始思考这些事情的时候，你还在李三娘的肚子里，所以你老老实实听着就好，争吵除了浪费时间还有什么意义？"

宁缺说道："别提我妈，虽然您是我老师，再提我妈，我也要和你翻脸。"夫子说道："为什么？"宁缺说道："我爸我妈被人杀的时候，您就在书院看着，也没说救他们。"夫子说道："世间每天死的人多了，难道我每个都要去救？""您明知道我将来会是您的学生，为什么不救他们？是不是想着救了他们，我便有可能当不成您的学生？这是不是太恶毒了些？""每个人都会死，你父母的死那是天意，我自不能妄加干涉。""老师，您这辈子在做什么？你是在逆天咧！怎么连天意都不敢干涉了？""因为我看不清楚真正的天意是什么，所以当然要小心一些，万一妄加干涉，结果天意就像现在一样落在我的身上，那可怎么办？"

"如此说来，您就是觉得自己的命要比别人的命更重要。""本来就是如此。""自私得如此光明正大？""我对人间太重要，我的自私便是大公无私。""我忽然明白了一些事情。""什么事情？""我明白了小师叔和二师兄骄傲自恋的源头来自何处。"

"不要吵了。"桑桑终于受不了师徒二人，看着他们认真地说道，"我听不明白你们在说些什么，我只想知道，接下来我们去哪里？"

黑色马车来到一片很寒冷的地方。寒风如怒，黑夜如幕，星光暗淡，正是极北寒域，热海之畔。只是热海海面早已冰冻，积着不知多深的雪，叫雪海更为准确。大黑马纵非凡物，也被此间的寒冷冻得够呛，瑟瑟发抖地躲在车厢一边，避着热海面上刮来的风雪。夫子带着宁缺和桑桑向热海上走去，脚步所触之处，近人高的积雪簌簌而解，然后被风吹拂着向两边掠去，现出一条通道。走了很远，直到海面深处，夫子才停下脚步。他伸手遥遥点向海面，只见一道约水桶大小的洞口，出现在坚硬的冰层里，幽深不知数十丈深，直抵尚未完全冻凝的海水底部。

桑桑把身上的裘衣紧了紧，跑到洞口边，端着木盆等待，呵气成霜。没有过多长时间，几尾肥嫩的鱼儿，从冰洞口处跃起，落到木盆里，也不知道夫子究竟使了什么手段，竟能让这几尾鱼穿过数十丈的冰层。夫子神情微凛，厉声喝道："还不出手！"宁缺心头一紧，左手二指轻拈，一道火符破风雪而起，准确地落在木盆之上，释放出一道炽热的暖意，把那几尾鱼与寒气隔开。见此情形，夫子满意地点点头，说道："牡丹鱼可以冻，解冻至七成，口感最佳，但如今海面温度太低，一不小心，便会冻过头，看你这符道本事，还真有了几分颜瑟的水准，也算是有资格吃这鱼了。"

桑桑做菜的水平很普通，但她的刀功就像她非人类的计算能力一样，非常精准，片刻工夫，砧板上便多出了很多片像雪花般的薄片鱼肉，堆在一处看上去，就像是木头砧板上，真的长出了很多朵白色的牡丹花。他们此时在一间荒人废弃的帐篷内，有宁缺的火符支撑，又捡了些粗壮的木头，帐篷里的温度还算是比较宜人。"桑桑这丫头的刀功，比慢慢要好很多。"夫子在旁表扬道。

宁缺布置好碗筷，便准备吃饭。他总觉得，这一天时间之内，吃得实在也太多了些，虽说跟着老师，吃的都是人世间最好的东西，可银票太多了也嫌沉啊。夫子调好酱油、姜汁，还有一种青色的调料，夹了片鱼肉，如柳枝拂湖般，在碗中一点即起，送入嘴里缓缓咀嚼。

片刻后，他睁开眼睛，感慨说道："这鱼没有往年肥嫩，只能将就着吃，说起来，热海已经快要冻到底部，也不知还有几条牡丹鱼。"

宁缺听着这话，有些不忍抬筷，又或许是吃得太撑的缘故，说道："老师，既然热海里没有几条牡丹鱼了，我们就这么吃了岂不可惜？"夫子训道："蠢货，正是因为没有几条了，所以才得赶紧吃掉，不然等牡丹鱼绝种了，想吃到哪儿吃去？"宁缺笑着说道："被冻死，也比被咱们这样生切着吃要好些。"夫子说道："作为这么好吃的鱼，被我们吃掉，当然是它们最好的归宿。"宁缺腹诽道，怎么不见你把被昊天吃掉当成最好的归宿？

牡丹鱼很好吃，分量却不多，很快便被三人一扫而空，绝大多数自然还是进了夫子腹中，大概是觉得有些惭愧，夫子很慷慨地动用神通，在冰冻的雪海某处坳口里，生生融出两洼温泉，供大家享受。热雾蒸腾，水温微烫，池畔便是山石残雪，这幕画面在星光之下显得格外美丽迷人，宁缺泡在热水里，觉得好生舒服。桑桑坐在他身边，轻声说道："你不要总和夫子吵架。"宁缺沉默片刻后说道："吵闹只是为了热闹……我总觉得有些问题。"

桑桑睁大眼睛，不解问道："什么问题？"宁缺说道："你不觉得老师的表现很奇怪？带我们吃这么多好吃的，又说了这么多话，为什么以前在书院的时候，他不说？"桑桑问道："你到底想说什么？"宁缺看着她，说道："我总觉得老师现在，就像当初你在瓦山时那样，是在向我交代后事，说的话都是遗言。"桑桑闻言微怔，然后轻声说道："你在瞎想什么呢？"宁缺眉头微皱说道："我也希望是在瞎想……身为书院弟子，我们坚信老师是最强的，尤其是这次之后，我更是确信，除了昊天，没有任何存在能够威胁到他老人家，但不知道为什么，我就是觉得事情有些不对劲儿。"

26

雪中温泉，发着汩汩的声音，微烫的水里不可能有鱼，那便是气眼正在吐着泡泡，宁缺想着老师融一温泉，居然连这种细节都没有遗漏，再想着先前心中的警惕不安，情绪变得越发复杂，沉默不语良久。桑桑感受到他情绪的变化，抱着他的手臂，把头靠在他的肩上，就像过去那些年里一样不说话，但确保他悲伤或难过时，能够确认自己的存在。她的头发剪短后，不再像小时候那般黄萎弱细，变得乌黑了些，此时被水打湿后沾在颊畔，看着添了几分秀丽。因为温泉里的沉默和异样的情绪，还有那抹不知从何而起的对别离的恐惧，宁缺觉得自己的怀抱很是空虚，想要拥抱，于是他把桑桑紧紧地抱进了怀里。两个人热泉中相拥着，然后开始亲吻、抚摸。

"你们还没有成亲吧？"便在这时，夫子的声音从隔壁那眼温泉里传了过来。桑桑被惊醒，赶紧离开他的怀抱，把不知何时滑落的毛巾提到微微隆起的胸上，面色微红，不知是羞的还是热的。宁缺转头望向雪后喊道："定亲的时候，您可是批准了的。"夫子说道："定亲和成亲可是两个概念。"宁缺说道："不就是差一个拜天地的程序？这时候夜天雪地，我和她拜拜便是。"夫子说道："有我在还用得着拜什么天地？而且昊天在上，它可不见得喜欢看你们两个人真的成亲。"宁缺笑了起来，心想桑桑是冥王的女儿，自己和她成亲，要获得昊天的祝福认证，确实是有些不妥当。然后他忽然想到自己先前和桑桑说的忧虑，沉默想着，莫非老师已经提前确认了那道不安的情绪，所以想在离开之前看着自己成亲？

夜穹里的星光变得明亮了些，雪海畔的坳湾里，白雾蒸腾，没有红烛，也没有知客，只有站在雪堆上的夫子，和跪在雪堆下的一对小儿女。此情此景，颇似仙境，稍微有些遗憾的是，仙境里的三个人，穿得都不怎么周正，看上去和那些传说中的仙人没有什么关系。夫子用一件大毛巾裹着，天寒地冻，他的身上依然热气蒸腾，就像是只白灼的鱼，从毛巾边缘滴落的水，落地而冰。宁缺和桑桑跪在雪堆下，对着夫子磕了三个头，便算是拜过了长辈天地。

他们直起身来，额上发端残着雪屑，却发现夫子已经不在雪堆之上，那里只剩下一张快要被冻成冰块的湿毛巾。夫子的声音混着马蹄声，从雪海深处传来。"好好洞房吧，没有人会闹你们，我骑马出去玩会儿。"

一夜无言。

宁缺醒来时，天还未亮，依然一片漆黑，他想了想才明白过来，如今的热海已经近乎永夜，想要看到太阳是件很困难的事情。桑桑还在睡，不知梦见了什么，在他怀里拱了拱，咧嘴笑了起来，露出两颗洁白的门牙，看着就像只小灰兔般可爱。帐篷外传来一股极香的味道。宁缺知道老师回来了，赶紧把桑桑摇醒，开始洗漱穿衣。夫子用昨夜剩下的牡丹鱼骨，熬了一锅鱼粥。桑桑掀开厚重的毛毡，走出帐外，寒风袭来，忍不住打了个寒战，她走到锅旁，接过夫子手里的活儿，脸上微羞的神色，渐渐变为平静。

与桑桑的平静相比，宁缺脸上的傻笑挂了很长时间，直到吃完鱼粥，桑桑去温泉收拾碗筷时，他依然还在傻笑。夫子拿着牡丹鱼的尾骨剔牙齿，一边剔一边看着他说道："你今年不过二十出头，怎么感觉像是一间着了火的老房子？"宁缺咳了两声，说道："一起过了十几年，哪有您说得这么夸张？"夫子忽然压低声音，好奇地问道："感觉怎么样？"宁缺看着他手里拿着的那根鱼尾骨，无奈说道："看看您现在这样子，哪里像是书院院长？人，不能为老不尊成您这样吧？"夫子把鱼骨扔进雪里，说道："我可没有窥淫癖，只不过你这事儿太罕见，要知道你和她的洞房，将来是必然要上史书的，所以细节你得记清楚。"

宁缺不明白夫子这句话的意思，而且他有些累，所以又去补了一觉。大黑马也在帐篷里补觉，它昨夜在雪海之上狂奔百里，也很疲惫，而且觉得很是羞耻，虽说夫子不是普通人，但被一个赤裸的老男人骑了一夜，终究还是羞耻。正午时分，热海畔依然一片昏暗，根本找不到太阳在哪里，一行人离开荒人部落放弃的定居点，继续向北进发。据宁缺所知，人类所抵达的世界最北端，便在这片极北寒域，也就是热海北缘，所以他很好奇，北面的世界是什么模样，而且有些不明白，历史上那么多强大的人类，为什么没有探索过热海的北面。

直到他看到那座雪峰。昨天在热海畔的时候，他也曾经往北看过，却什么都没有看到，然而今日离开热海不远，这座雪峰便进入了他的眼帘，仿佛是撞进来一般，显得格外诡异。那座雪峰陡峭高耸，星光散发着幽幽的光芒，高不知多少万丈，从雪原处望去，只觉得峰顶仿佛已经要刺到夜穹一般。宁缺去过很多名山大川，其中最著名最高险的，自然便是岷山北麓，或者说天弃山脉，然而和这座雪峰相比，天弃山要显得矮太多。"从南方任何一个地方往北走，只要一直不停走，都会走到这座雪峰下。"

夫子抬头看着星光下的雪峰，说道："当年热海畔日照充分的时候，这座雪峰会显得更加壮观，单凭人力，没有人能爬得上去，所以这里便是最北端。"宁缺注意到这句话里的两个重点，首先是任何地方往北走，都会走到这座雪峰之下，其次是单凭人力，没有人能够爬得上去。那么能爬过去的人，还能算是人吗？当黑色马车出现在雪峰的另一面，出现在一片黑沉的海前时，宁缺看着前方夫子高大的背影，心里想着这样的问题。那是一片汪洋大海。

之所以海洋的颜色是黑的，是因为这里没有碧空，没有任何阳光，虽然星星显得更加清晰明亮，但变得少了很多。宁缺知道自己看到的画面，是人类所有典籍上都没有记载过的地方，所以他很震撼，而更令他震撼的是，这片黑海里有一艘船。这艘船很大，大黑马可以在甲板上尽情奔驰。宁缺站在船舷旁，看着夜穹下那座雪峰，震撼得无法言语。夫子走到他的身旁，抬头看着漆黑的夜穹，说道："黑夜便是从这里开始，然后逐渐向南蔓延。"

宁缺望向他，问道："老师，这艘船是……"夫子说道："很多年前，我担心被昊天找到吃掉，一直想着怎么逃、怎么躲，我心想既然这里是黑夜的开端，应该离冥界最近，冥王的力量最强，昊天的力量很难延伸到这里，所以我在这里造了艘大船，准备若昊天来吃我时，我便逃到这里来，乘舟泛于黑海之上，然后再也不出去。"宁缺怔住了，通过这番话，便能推想过去千年里，老师始终活在昊天的世界里，那该是怎样的焦虑与不安。"后来我变得更强了些，不再时刻担心被昊天找到吃掉，这艘船自然没有了用处，不过我忽然发现这里的夜很干净，很适合观星，所以又过来了，而且真的乘舟往汪洋深处去旅行过一次，没想到那次旅行，却让我发现了一些很有趣的事情。"

"什么事情？""这个世界不是平的。""老师，我不明白您的意思。""我带你来这艘船上，就是要让你明白。""明白什么？"夫子说道："为什么要与天斗，当然是因为昊天要吃我，但像酒徒和屠夫这两个老鬼懦夫都能躲这么多年，我一样也能躲，大不了学佛陀那样闭眼去求。我之所以要与天斗，还有一些在我看来更重要的原因。""什么原因？""以前在书院后山，我说过我在这个世界很多地方看过日落日出，包括这片海洋，当时这里还有日出，在阳光的照射下，这片海洋是透明的，看上去就像是无尽的深渊，太阳便落在这片海洋里。当时你说过月亮是太阳的反射，我说太阳没有真正的朝升暮落，我还说如果这个世界是个球就通了，现在看来，至少证明了我先前说过的，这个太阳是假的。除了观日，我也观星，我在书院后山观星，也在这艘大船上观星，因为这里的星星比较少，而且明亮清晰，我对你说过，无论是多少年前还是多少年后，这些星星始终停留在它们原先的位置，没有发生过任何变化……你后来做了一个观星镜，在镜中观察，星星的大小依然没有变化，不像人与景物可以被放大。那么这说明，夜穹里的这些星星的位置是固定的，与地面之间无限远又无限近，无法用距离来做计量。""老师，能简单点吗？""简单来说，这是一个封闭的世界。""再简单点儿？""这是一个没有边界的世界。""您先前不是说封闭？""只有没有边界，始终相贯，才是封闭。""星星所在的夜穹不是边界？""没有人能够触到，那便不是真正边界，只是你眼里和心里的边界。""老师，越说我越糊涂了。""昊天不想被人打破边界，所以它不肯让人看到边界。""于是？""于是，这证明了这是一个封闭的世界。""您又绕回来了。""不错，就像这个世界一样。"

27

书院果然是天下第一，无论什么方面都是天下第一，就连耍贫嘴，夫子也能耍得如此平静高雅，时刻能让对话者产生吐血的冲动，却偏生吐不出血来。宁缺真切地感受到了这一点，于是他明智地不再继续与老师在言语上抖机灵、在道理上做较量，直指漆黑夜穹里的那颗星说道："如果星星所在的位置足够远，那么它就会足够小，在望远镜中就算变大，也很难被肉眼捕捉到，所以您的推论，并不是那么立得住脚。"

"如果足够远，便足够小，那为什么我们在地面上能够看到它？"夫子轻抚微寒的船舷，抬头望着那寂寥可数的几颗星，似乎想起了什么往事，微笑说道，"很多年前，我曾经向天空飞过。"宁缺第一次知晓老师还做过这样无畏的举动，想象着老师乘青风直上天穹的画面，极为震撼，问道："您为什么要飞？"夫子转身望向他，说道："你看见一座山，会不会想知道那座山后面是什么？如果你看见一堵高墙，你会不会想知道那堵墙后是什么？"宁缺想了想后，说道："总是会有好奇心的。"

夫子微笑说道："我也有好奇心，我想知道天空到底有多高，这个世界到底有没有边界，我想知道那些星星究竟有多远。"宁缺莫名紧张，声音微涩地问道："然后呢？"夫子说道："我飞了很长时间，然而天空还是那么高远，星星依然没有任何变化，更令我感到不解的是，脚下的地面，似乎还在原来的地方。""您飞了多长时间？最后发生了什么事？""天空上也有日夜交替，只不过当时的我自然没有心情去计算年岁，湛蓝的天空里先有雄鹰，还有白云，到最后什么都没有，只剩下我一个人。"

夫子说道："很是孤单，心里也渐渐没有底，而且感到累和疲倦，然后我便转身飞回，当我重新降落到人间的地面上，才知道已经过去了三十几年。"除了震撼和向往，宁缺此时心里无法生出任何别的情绪。在他曾经熟悉的那个世界的规则里，覆盖着地面的是大气层，夫子当年飞了那么长时间，早就应该飞出了大气层，甚至飞出了太阳系，然而夫子的经历却并不如此，那么这似乎说明夫子的猜测是正确的。这是一个封闭的、没有边界的世界，只是这样一个世界是怎样构成的呢？

"莫比乌斯环？"他自言自语说道。夫子没有听说过这个词，问道："什么环？"桑桑一直沉默站在旁边，听他们说话，这时候想起小时候听宁缺说过这种环，说道："一张纸只有一个面，怎么走都走不出去。"夫子微微挑眉，说道："一张纸怎么只有一个面？"宁缺醒过神来，说道："她的说法不准确，不过大概意思差不多。"夫子的眼睛微亮，看着他说道："你教我。"宁缺说道："好。"

大船离开海岸，驶入黑暗的海洋，继续向北方前进，那座据说是人间最北处的雪峰，渐渐消失在视野之中，更准确来说，是在视野中变矮。有别的事物在视野中出现，那是一轮明亮的红日跃出海面，就如夫子曾经说过的那样，太阳就这样陡然地出现，根本没有任何预兆。宁缺完全没有想到，在黑暗海洋的更北方，居然能够看到日出，被这幅画面震撼得无法言语，怎么也想不明白。大船继续向北前行，看到太阳的次数越来越多，太阳在天空里停留的时间越来越长，黑暗的海水，也渐渐变成美丽的深蓝。随着时间的流逝，大船四周不再只有汪洋一片的海水，开始出现积雪的海岛、游动的海鱼，甚至有一天，他们看到了海岸线。

夫子带着他和桑桑登岸，看看岸上的风光，然后再次登船继续北行，一路上，他们去过寒冷的高原，见到了满被苔藓覆盖的无人大陆，看到了各种奇形怪状的动物，还看到了像面镜子一般的大盐湖。这是不见于典籍的陌生世界，夫子带着他们环游，带他们去了很多美丽的地方，吃了很多没有吃过的食物，当然那些食物都是很好吃的。有一天，宁缺问道："老师，这些地方您以前都来过吗？"夫子说道："这些年来为了寻找冥界，也为了寻找世界的边缘，我去过很多地方，有时候带着你大师兄，有时候就是一个人旅行。"宁缺问道："为什么要寻找世界的边缘？"

夫子看了一眼湛蓝色的天空，说道："为了寻找世界边缘，我连天上都去过，难道我会不想知道脚下这片大地的真实模样？"宁缺这才明白自己问了个很愚蠢的问题，说道："世界的边缘在哪里？"夫子说道："这个世界没有边缘。"宁缺说道："宇宙无限，这很正常。"夫子看着他微笑说道："但你知道这个世界不是无限的。"宁缺只有沉默。

大船行于海上，从来没有遇到过风暴，钓鱼、喂海鸥、晒太阳，喝船舱里贮存多年的美酒，这种日子很幸福，但宁缺总觉得心里不安。夫子没有什么反应，每天除了享受人生，只做两件事情。他教桑桑做世界上最好吃的东西，教她享受人世间最美好的东西，然后便是命令宁缺教他很多这个世界上没有的东西。那些东西是知识，是不属于这个世界的知识。宁缺剪开纸带，讲莫比乌斯环，用笔在纸上画三维图，形容更多变形，还讲了很多物理学方面的东西，只不过毕竟他来这个世界的时候，年龄还小，就算当年的学习成绩再好，能讲的东西也都很浅显。

夫子没有问他是从哪里得到的这些知识，宁缺也没有说，师徒二人似乎形成了某种默契，又或者彼此早已心知肚明。在海洋上航行了数十日，海面上终于出现了船只。船只迅速变得密集起来，无聊了很长时间的大黑马，把头伸出船舷，看着那些熟悉的人类，欢快地嘶鸣，把那些船上的人吓得不轻。千帆行于碧波间，这是一幕很美的画面，宁缺看着这幅画面，却变得非常沉默，虽然他已经有心理准备，但依然觉得难以接受。通过和那些船上的人的对话，他知道再往北去数十里，便要抵达大河国最南端的一处海港，也就是说，他们已经回到了人间。

离开荒原极北寒域后，大船一直在向北行驶，怎么却来到了南方？夫子没有动用他的大神通，那么这一切究竟是怎么发生的？宁缺望向远处海面上的帆影，喃喃说道："不是先看见帆尖，再看见船身，说明这个世界确实是平的，那么我们是怎么绕回来的呢？"夫子端着一杯葡萄酒走到他的身边，说道："当初在书院后山，我们曾经讨论过类似的问题，我说过，如果是一个球，便能解释很多现象，但既然我们身处的世界不是一个球，又不是平的，那么只能说明它是扭曲的。就像你说的那个环一样。"

宁缺说道："我没有见过那样古怪的世界。"夫子饮了一口葡萄酒，说道："你见过的世界是什么样的？"宁缺看着老师眼中的深意，不知该怎么说。夫子说道："以前说过，你梦中看到过别的世界，能不能形容一下那个世界？"宁缺沉默了很长时间，然后说道："我梦中的世界……也有太阳。""那个太阳是什么样子？""和这个太阳差不多……但我可以肯定梦里的太阳是真实的，那是一个大火球，可以燃烧很多年，人间的能源、养分，基本上都来自于它。至于它为什么能够燃烧那么长时间，就是来自前些天我和您说过的那个公式。""噢，那个简洁而至美，却无限广阔的公式。""是的……梦里的人类，也是生活在一个球上。"

"之所以不会掉下去，是因为万物之间自有引力？""是的，老师。"时间就在师徒二人的讨论中缓慢流逝，这是夫子第一次接触到另外的世界，也是宁缺第一次向别人讲述那个世界，听的人感慨万分，说的人也自有感慨。夜晚降临到海面之上，繁星镶满了夜穹。宁缺看着夜空说道："我梦中的世界，夜空也有星星，但那些星星都在移动，在视线里的移动，主要是因为人们脚下大地的关系，事实上，在近乎无限的遥远宇宙空间深处，它们自己也在移动。"

夫子叹道："一个时刻发生着变化的世界，该是怎样地生机勃勃。"宁缺说道："最大的区别其实不是星星，而是月亮。"他指着夜空说道："夜晚如果无云，人们便能看见月亮，有时候它圆得像张饼，有时候它细弯得像根丝瓜。"他没有解释月亮为什么会有盈亏变化，因为他知道老师肯定能明白。

夫子抬头望向夜空，仿佛看到一轮明月出现在那里，微笑地说道："万古长夜生明月，那画面想来一定很美。"

28

桑桑很小的时候，偶尔会从宁缺嘴里听到什么月亮、桔梗小姐、狗之类的话，也会听他说一些关于什么环什么瓶的知识，只不过她不怎么感兴趣。后来宁缺渐渐不提这些事情，于是她也渐渐淡忘，但"月亮"这个词还是会三不五时被宁缺说出来，她总以为这些是胡话，直到今天夜里，她站在夫子身旁静静听了半天，才知道原来那不是胡话，而是梦话。她抬头把被海风吹乱的头发捋到鬓后，顺着夫子和宁缺的眼光向夜空望去，心想如果那里能有一个亮亮的东西，确实应该很美。

繁星映照下的南海，安静温柔，海风轻微温暖，海浪轻柔起浮，就像摇篮一般摇着如婴儿的大船，船舷畔一片安静。从荒原往北，继续往北便来到了世界南方，数十日来见过太多，吃过太多，也听老师说了很多，宁缺总觉得有哪里不对劲。他的眼睛忽然明亮，说道："我总觉得好像在哪里见过……好像叫什么的世界？"夫子微异，问道："什么世界？"宁缺摇头说道："我忘了在哪里看过，也忘了名字，只记得那个世界是个假的，然后故事里的男主角划着船拼命地往边上走……"

那个世界里的很多记忆已经变得很模糊，他尽自己所能回忆，然后把记得的那些细节全部说了出来，一一讲述给夫子听。夫子听完后，沉默思考了片刻，从袖子里取出一根短木棍，重重地在宁缺脑袋上敲了一记，教训道："蠢货，难道你以为我们是在演戏给人看？"宁缺第一次见到夫子是在长安城的松鹤楼露台上，当时他便被这根著名的棒子砸昏了过去，此时又被砸得生痛，不由好生恼火。他想不明白老师平时把这根棒子藏在何处，却顾不得研究这个问题，指着头顶的夜空，说道："说不定昊天就在天上看戏，这又不是不可能。"

"当然不可能。"夫子说道，"我们身处的世界没有你所说的物理学上的边界，世界内部的构造绝对稳定均衡，同样是你所说的熵那个东西，热力学第几定律，似乎在这里也是无效的，那么按照你所说的那些道理，我们这个世界，等于是一个独立的世界，不与外界进行任何交流。"宁缺点点头。夫子说道："这种推论是建立在昊天世界是唯一世界的基础之上，如果天外还有天，世界之外还有真实世界呢？"宁缺说道："也有可能，昊天世界就是漂流在时间轨道的独立世界。"

夫子摇头说道："不可能。"宁缺疑惑地问道："为什么不可能？"夫子说道："因为那样太没意思。"宁缺无言以对，心想如此理所当然的口气，果然是书院一脉相承的气质。"如果天外有天，昊天世界之外还有世界，或者说，昊天世界处于一个更大的世界之中，那为什么能够不与外界交流？"夫子继续说道，然后他伸出一根手指，指向夜空，有星光落在他修长的指尖，然后渐渐凝聚，变成了一个很淡的光泡。"根据这些天你说的那些道理，我猜想你梦中世界的大智慧者，如果知道昊天世界的真实情况，大概会认为我们身处的世界是一个泡。""一个泡？""或者说空间碎片？不，还是叫泡更妥帖。""飘浮在外部世界里的一个泡？""'飘浮'这个词并不准确，它在外部世界的空间里，又不在空间里。""老师，反正我听不懂，您请继续。""这个泡因为某种原因，与外面的世界并不相通，稳定、自洽、独立，甚至可以说是完美，可以永远这样生存下去。""然后？""我只是想证明你先前的猜想是错误的，昊天的世界没有旁观者，因为昊天也是参与者，如果我们在演戏，那么它也是演员之一。""为什么？""如果有智慧从外部世界观察这个泡，泡的内部与外界便会发生联系，每一次观察都会影响观察对象的状态，这不是你这几天说过的道理？如果那样的话，我们所处的世界便不再完美稳定，既然这种情况没有发生，说明没有旁观者。"

宁缺不知道该说些什么，这些天，他把自己记得的那些残缺的知识告诉了夫子，哪里想到夫子能够记住这么多，还能如此简易地推论出很多事情，虽然他现在依然不知道夫子的推论是否正确，但至少听上去很正确。夫子指尖那团镀着银辉的光泡凭空消失，他拍了拍宁缺的肩膀，说道："我知道你在害怕什么，你怕所有的这些都只是一场梦，或是一场游戏，那种情况确实让人很恼火，不过那种情形确实不需要担心。"宁缺说道："因为老师您的推论？""不仅如此。"夫子说道，"不管我们生存的世界是什么样的，只要我们是真实的，那么这个世界就是真实的。"

宁缺看着夫子诚心赞美道："老师，如果您生活在我梦中的世界，您绝对会是最优秀的哲学家、科学家、教育家、美食家、革命家。"夫子轻捋胡须，自矜地说道："原来不管我生活在哪里，都还算是不错？"宁缺笑着说道："哪里是不错，是强到不能再强。"夫子双眉微颤，难抑喜悦之情，说道："别的不好说，美食家还是有资格的。"

清晨时分，大海和海里的鱼儿被红艳的朝阳一道唤醒。吃完桑桑做的生蚝粥，夫子带着宁缺去船首吹海风睡回笼觉。宁缺靠在软椅上，把毯子拉了拉，侧头吸了口椰汁，觉得这样的生活真是幸福到了极点，如果能够一直不登岸，那便好了。然而终究还是会上岸，大船继续向北行驶，隐隐约约间，已经能够看到远处黑黑的海岸线，甚至有种错觉，能够闻到码头上的味道。上岸便是回到人间，便可能会面临很多事情，尤其是联想到一直笼罩着自己的那份不安，宁缺的情绪变得有些异样。

听着船首撞破海浪的声音，看到船上空碧空里的流云，他沉默了很长时间，想到荒原大战时，那条黄金巨龙吸取荒人战士尸体散发出来的天地元气的画面，心中昊天的形象越发变得贪婪起来。宁缺皱眉思考道："因为是封闭自守的世界，所以能量只能在其间源源不绝地流转，最终依然会趋向寂灭才对，昊天不会不明白这个道理。那他为什么不破开这个世界，去往更广阔的世界里寻找新的能量来源？""首先，昊天是这个世界的规则，如果这个世界破灭，或者是与外界相通，它有可能直接毁灭，其次，我想它应该是害怕。"夫子躺在椅上，手里拿着个五彩斑斓的贝壳在玩。

宁缺把椰子递过去，半跪在椅上，不解问道："它这么强大，害怕什么？"夫子接过椰子，用手在坚硬的椰壳上，掰下一小块椰肉，送进嘴里缓缓嚼着，叹息着说道："椰肉久嚼，香过花生。"宁缺正在专心等着老师的回答，没想到听到这样一句话，苦笑说道："可没听人说过，也没见谁把椰肉当花生吃。"夫子放下椰子，说道："你问昊天害怕什么？它害怕的就是未知。""未知？"

"人也会害怕未知，就像很多人没有吃过椰肉，把椰肉当垃圾一样扔掉，很多人没有吃过辣椒，觉得那就是魔鬼，但人同样向往未知，所以才会有第一个吃螃蟹的人，才会有我这样爱吃椰肉的人，才会有那些嗜辣如命的人。面对未知，永远不会缺少勇于尝试的人，因为人们会恐惧，但也会好奇。未知和好奇是相生相伴的两个概念，正是人类最显著的特征。就像那天夜里我与你说过的那般，看见一座山，我们总想知道山那边是什么，看见一片海，我们总想知道海底是什么，看见一片天空，我们总想知道天空之上是什么，正是因为好奇，所以人类才会不断地开拓进取，变得越来越强大。这个世界绕来绕去，起点便是终点，这真的很没有意思，人类对未知好奇的天性决定了，我们不可能在一个封闭的世界永远平静地生活下去，世界既然是封闭的，我们便想打开这个世界，去外面看一眼。但昊天不是人，虽然它有生命性，但归根结底，它是枯燥的、单调的、无趣的客观规则，它害怕改变，更没有勇气面对未知。这就是我们与昊天最大的区别，也正是我们与它不可能永远和谐相处下去的根本原因。强扭的瓜不甜，三观不同怎么成亲？被一个贼老天盖在头顶，呼吸如何能畅快？所以只好摘了瓜秧，休了老妻，掀开这片天。莲生是这样想的，你小师叔是这样想的，我，也是这样想的，事实上，古往今来有无数人都在这样想。我们当然清楚，就算天外有天，那个天或者也只是一个更大的囚笼，但至少我们可以多看一些风景，多经历一些事情。

"这些事情，或者很重要，或者不重要，但我以为值得为之而奋斗。"

29

大船在大河国南方一处海港登岸，黑色马车驶上陆地，悄然无声而去。此时距离他们离开荒原，已经过了七十几天，地处南方的大河国，也已经知晓了荒原战争的最终消息。黑色马车离开荒原后，西陵神殿联军，很突然地向唐军发起了攻击，然而唐军却似乎早有准备，北大营铁骑东出贺兰城，打了神殿联军一个措手不及。

战火再次在荒原上燃烧，只不过这一次的战争，与荒人再没有什么关系。战争一直持续了数十日，在兵员数量上明显处于劣势的唐军，最终在皇帝陛下李仲易的亲自指挥下，艰难地获得了胜利。因为后勤补给线拉得太长，而且西陵神殿方面还有很多位实力强横的大修行者，所以唐军在确定胜势之后，很冷静地没有继续前进，分两路撤回贺兰城和土阳城，其中东北边军的铁骑，此时应该快要抵达荒原边缘。令人有些不解的是，大唐皇帝陛下李仲易率领北大营铁骑撤回贺兰城后，并没有马上班师回长安，御驾留在了贺兰城中。

有人猜测是沉默安静了太多年的金帐王廷有些什么动静，更多人则认为，唐帝只是想带着皇后娘娘，在远离长安城的地方多享受一些美好时光。荒原上这场战争，虽然以唐军的胜利而告终，但以一国对抗天下，大唐国势再强，军威再盛，也付出了不小的代价，至于西陵神殿联军方面，更是死伤惨重，看上去至少在短时间内，无法再启战衅。本应震惊整个世界的夫子破天一战，因为西陵神殿最严酷的封锁，再加上当日世间所有人都跪在地面，不敢直视光明大盛的天穹，没有看到真实的画面，所以并没有流传得太广，至少在唐国之外如此。

在黑色马车穿行大河国的旅途中，夫子曾经问过宁缺，要不要去莫干山看看，如今王书圣带着墨池苑弟子去荒原赴战，还未回来，那么此时的莫干山上便只有莫山山，按照夫子的意思是大好的机会。宁缺明白夫子说的机会是什么，只是不明白夫子为什么越来越为老不尊，明明桑桑就在车里，还要用这些话来撩拨自己，所以很坚定地表示拒绝。黑色马车驶出大河国境，向着东北方向而去，穿过南晋东南方的丘陵地带，来到一片青葱满目的美丽国度，正是西陵神国。

小镇道殿对面，有个卖烤红薯的摊子，此时盛夏未去，即便是受到昊天眷顾的西陵神国，天气也很炎热，烤红薯摊子的生意应该很糟糕才对，但不知道为什么，摊子却始终开着，而且隔不多时便会有人来买。"严寒雪天围炉吃涮肉，酷热夏天抱冰吃雪食，这固然是极好的应时的享受，但有时候，人就应该和自己过不去，酷暑时吃火锅，汗如雨下，图的是个畅快，寒冬时嚼甜冰，图的也是一个畅快。"夫子说道，"想尝试这种刺激，图畅快，或者说自虐的人很多，所以这家摊子一直开着，而且已经开了一千多年，你们应该试一下。"

宁缺买了三个烤红薯回来，用手指头掐着撕皮，说道："真有烤红薯摊能开一千多年？那不做成了千古生意？老师，您可别是在骗我们。"夫子说道："一千多年前，我就经常从山上下来吃这里的烤红薯。"这间小镇在西陵神国深处，地近桃山，从镇外那道石桥上，顺着河流的方向望去，便能在青山里看到巍峨壮观的西陵神殿。夫子这句话里说的山，难道就是桃山？宁缺有些吃惊，忘了继续撕红薯皮。

夫子从他手里接过红薯，用很快的速度剥好皮，露出黄红软糯冒着热气的薯肉，递给桑桑，说道："我以前没有见过昊天，也没有与它直接打过交道，所以只能猜，但现在看来，猜测已经越来越接近事实。所以我才觉得，我有资格给你们讲昊天的故事，现在它的故事已经讲完了，接下来我想讲一些关于我的故事，就不知道你们两个人有没有兴趣听。"宁缺和桑桑当然有兴趣。

世间只知大唐有书院，书院有夫子，夫子最高，然而却很少有人知道夫子的故事，歧山大师猜测夫子已经活了接近两百岁，而宁缺现在知道，夫子已经活了一千多岁，一千多年的人生那该有多么精彩的故事？黑色马车驶出小镇，驶过石桥，顺着河流的方向继续前行，西陵神殿所在的桃山，随着道路弯曲，在视线里时隐时现。夫子吃完了烤红薯，接过桑桑递过来的湿毛巾，擦掉唇角和胡须上沾着的薯肉碎屑，又把微黏的手指擦干净，指着窗外东方某处说道："很多年前，就在西陵神国的东面，有一个叫作鲁国的国家。"

宁缺说道："我怎么没听说过？"夫子说道："那是一千多年前的国家，现在早就没有了。"宁缺说道："看来是个小国，而且不怎么出名。"夫子不悦道："那是你自己不学无术，一本史籍都没看过，你要问后山里那些师兄师姐，谁不知道当年的鲁国？"宁缺发现向来最擅长溜须拍马的自己今天竟连续犯了两个错误。首先是忘了替老师把胡须上沾着的食物碎屑擦干净，紧接着又没听明白，老师既然此时提到鲁国，想必他与鲁国之间大有关系，自己随口一句话，就像是一巴掌险些打到老师脸上。于是他赶紧道歉。

夫子不再理他，望着已经不复存在的故国，说道："我生在鲁国……"宁缺心想，果然是故国情怀不容侵犯。夫子又说道："我是一个很普通的人……"宁缺心想，您这句话等于是把全天下的人都扇了一记耳光。夫子不清楚这个学生在心里一直不停补着台词，继续说道："本来就是普通人，所以我像普通人一样，自幼读书，明理，然后考试，很辛苦地做了一个官员，不料刚审了一个案子，便得罪了权贵，被迫辞官。"宁缺好奇问道："什么样的案子？"夫子简单说了几句，看神情，明显对当年之事犹觉愤愤不平。"就这么直接把那人的头砍了？您有证据吗？"宁缺小心翼翼问道。夫子说道："没有证据，但所有人都知道他是个恶人。"宁缺嘲讽道："没证据就判案，也不知道唐律第一怎么成了书院的规矩，我说老师，你到底为什么杀那个人？是不是你看他不顺眼？"

夫子大怒说道："我说昊天也没证据，还不是一样要和它对着干？"宁缺有些紧张地说道："那是因为您看昊天也不顺眼。"夫子怔住，沉默很长时间后，忽然笑了起来，说道："也许你说得没错，当年我毕竟还年轻，可能脾气确实大了些。"宁缺得了一寸的便宜，自然不能忘了再进一尺的乖，大笑说道："老师，您现在活了一千多岁，其实脾气也没见得好到哪里去。"笑声戛然而止，宁缺摸着自己脑袋上被棍棒敲出来的大包，觉得自己好白痴，明知道老师脾气不好，自己还说这些有的没的做甚？

黑色马车驶到桃山之下。宁缺变得有些紧张，又有些兴奋和期盼，然而令他感到有些失望的是，那些行色匆匆的神官和神殿执事，没有人注意到黑色马车的存在，而夫子似乎也没有再上桃山斩桃花的想法，让马车停在一株大树下乘凉。"被人夺官去职，我无事可做，去操持族里的事务，总觉得有些不妥，而且当时世道纷乱，所以我只好隐居不出。记得那年我已经三十多岁，不知为何，忽然对道门典籍产生了兴趣。于是我开始看书，开始修行，很顺利地初识，然后感知。正如先前所说，我就是一个普通人，无论是悟性还是资质都很普通，如普通修行者一般，按部就班破境而上，到了不惑境界，便开始停滞不前。"

"在普通人看来，再普通的修行者都很了不起，所以当时我对自己的修行速度没有任何不满意，就算停滞不前，也觉得很正常。族里对我被夺官一事，本来有很大意见，但当我能够修行之后，他们对我的态度顿时发生了很大的变化，把我送到桃山来做执事。"夫子指着窗外的神殿说道，"到神殿之后，便有主事问我想做什么，我当时在想，族里肯定花了很多银钱，还不如把这些银钱给我买个官职。"桑桑连连点头，心有戚戚焉，心想用来买脂粉也是好的。宁缺也觉得有道理，更好奇老师当年的选择，问道："您选了什么？"

夫子说道："我想自己既然喜欢看道门典籍，便要了个藏书楼的管理职司。"宁缺重重一拍大腿，说道："好选择！"夫子有些不解地看了他一眼。宁缺赞道："但凡最强大的、最逆天的人物，都必然做过图书馆管理员。老师您看昊天不顺眼，想来从那时起便注定了。"

30

夫子对自己的大徒弟说过，对很多人都说过，自己不是无所不知、无所不能，在很多人看来，这很正常，在大师兄等无条件无道理信任老师的书院弟子看来，夫子对自己的这种评价明显过于谦虚，以至近乎骄傲。事实上夫子的认识很清醒，比如像此时此刻，他就无法听懂宁缺这句话里的笑点，也无从感受这句话里强烈的赞美情绪。他想了想，没有想明白，于是决定不再花时间思考，开始继续讲述自己的故事。

"从那时候起，我便开始在西陵神殿里当理书道人，我进藏书楼便是为了看书，自然不会错过这种大好时机，于是便开始不停看书。书看得多了，便莫名其妙地开了窍，破了不惑境晋入洞玄，然后继续向上走，境界修为变得不错。也就是在这个时候，我发现自己每天看书的时候，有个道人也一直在藏书楼里看书，要知道那时候的神殿和现在的神殿可不一样，道人们都喜欢去人间吃香喝辣，作威作福，没有任何人敢管他们，所以当时的道人都不爱看书，那个道人便显得很特殊。"

因为年代太过久远，夫子的回忆也有些模糊，他沉默着想了片刻，确认没有记错时间顺序，继续说道："我和那个道人在藏书楼里看了很多年，后来一直把藏书楼里所有的教典和书籍都看完了，两个人便开始觉得无聊。当时世道纷乱，各地门阀虽然也好藏书，但着实没有什么好东西，我和那名道人商量了一下，想着知守观里还有七卷天书没有看过，所以我们……""慢点儿。"宁缺吃惊地问道，"您是说，当年您和那名道人就因为无聊到想找书看，所以就跑去知守观看天书？"

夫子说道："我当时对修行依然没有太大兴趣，如果不是想着那七卷天书是绝对的孤本，哪里会想着去深山老林里找知守观？"宁缺无语，发现自己确实很难理解千年之前人们的思维方式。"然后呢？""西陵神殿里的人都知道知守观，却不知道知守观在哪里，我和那名道人本来以为很难找，哪里想到很容易便找到了。""那是因为您和那位道人……都不是普通人，再然后呢？""再然后？当然就是在知守观里看书。观里的道人肯定不会让我们看，所以我们就只好偷偷看，只要不被他们发现就好。""七卷天书您都看过？""如果有更多的卷，我自然能看更多。"

"您还是继续说故事吧。""七卷天书很有意思，但越看，我和那名道人心中的疑惑便越深，尤其是看完明字卷后，我们对这个世界都产生了某些疑问。"夫子说道，"但当时这些不是我考虑的主要问题，所以我等那个道人看完七卷天书以后，便结伴重新回到西陵神殿。""那个道人究竟是谁？""又过了些年，那个道人进了光明神殿，当了光明大神官。"夫子看了一眼桑桑，说道："就像她老师一样，都是有些值得佩服，又非常不值得佩服，执拗得令人哭笑不得的家伙。"宁缺想到某种可能，扳着指头算了算时间，问道："就是那位光明神座？"

"不是那个还能是哪个？"夫子摇头说道，"神殿让他去荒原传道，那便去吧，若是想叛教自立，那便叛吧，但他偏偏又跑到知守观去把明字卷给偷了，真是令人恼火。"宁缺说道："我记得是道门让那位光明神座把明字卷带去荒原的。"

夫子微讽说道：

"道门最擅长的事情，就是怎么不丢脸，便怎么说。事实上，知守观发现天书失窃，事情闹得很大，甚至查到了多年前我和那家伙一道去看书的事情，没办法，我便只好离开桃山，好在神殿真没注意到我这个小人物。

"离开桃山之后，我去世间巡游。前面我说过，当时世道纷乱，战争不断，黑暗不堪，比现在的世道要差太多，道门一统，神殿独大，却不理世事，修行者随意凌辱普通人，世俗皇权低落至极，人间就像是一盘散沙。唯一的例外就是荒原上的荒人帝国，因为荒人先天身体强壮，修行者不敢太过肆意妄为，那家伙偷天书明字卷，是因为他对昊天产生了怀疑，所以他选择荒原，并不是一个出乎我意料的选择。后来关于那个家伙的事情，你应该知道。他叛出了西陵神殿，靠着一卷天书，开创了明宗，也就是后来的魔宗。"

听着这些千年前的故事，宁缺很是震惊，直到此时他才完全理解，为什么书院向来没有什么正魔之分，无论是小师叔还是自己入魔，夫子都无所谓，甚至还让三师姐收了唐小棠当弟子，原来魔宗祖师爷是他的老相识。有份故情在此。"虽然直到今天，我仍然认为那个家伙是在胡闹，弄出来的魔宗不三不四，畸形得厉害，很没意思，但我必须承认，当时他的行为，在世间造成了很大震动，也间接导致了一些比较好的结果。""什么结果？""道门警惕他在荒人帝国的传教，那便必须让中原安宁一些，神殿稍微肃清一些，世间的庶民便能好过很多，当然所谓好过，只不过是能多活几年，身子能稍壮一些，万一将来有战争也好上阵，事实上，百姓的生活依然极为糟糕，并不比狗好到哪里去，穷山恶水间，到处都是死人。"

夫子沉默片刻后说道："没有经历过当年那番乱世的人，很难理解现在世道的美好，有时候我也觉得很不理解，这般混乱凄惨，人们是怎么撑下来的，还可以繁衍生息，只能说人类的生命力很可怕吧。但我觉得人不应该这样活着，不应该像野兽一样活着，不应该活得连条狗都不如，我们应该是吃狗，而不应该被野狗吃。"夫子的神情变得凝重起来，看着宁缺说道："我想要结束人间的纷乱，我觉得首先应该得有些规矩，然后讲些仁爱，如果能开启智力，识重信义，那便是更好的结果，所以我开始在乡间讲课，想要把这些道理告诉给世人。"宁缺沉默不语，平静而专注地聆听着。

"有些恼火的是，没有人愿意听我讲课，有些地方是因为太穷，人们每天愁的是'吃喝'二字，没心情听我讲课，有的地方，则是道观不喜欢让我讲课，还有些地方，则是民众不喜欢我讲课，因为我讲课要收钱。""您可以不收钱。""不收钱吃什么？我总是要吃饭的。""老师，您真是一位现实的理想主义者。""这个称赞我很喜欢。当年我在现实里不断碰壁，却也没有放弃这个理想，只是变得清醒了很多，渐渐明白，想影响整个人世间，我自己再强大也没有意义，必须要有一个强大的俗世政权，或者像道门这样的宗教帮助。"

"恰好此时，我在渭河之西的咸阳土围讲学，有个年轻人在听我讲学之后，半夜来找我，我以为他是要来拜师，便让他明天清晨去土围东铺割三斤肉再来，没想到他根本不是来拜师的，他是来招募手下的。简单一些说，那天夜里，那个年轻人讲述了他的理想，我发现他的理想，也是结束乱世，所以有些喜欢，便听了下去。""您就这么成了他的下属？""我可能成为别人的下属吗？我只是答应帮帮他。""老师，那个年轻人……姓李吧？""是啊。"

黑色马车不知何时离开了桃山，来到了长安城下。"荒人强盛，西陵神殿单靠修行者，无法对抗，所以开始整饬世间秩序，诸国兵甲渐盛，皇权渐起，唐国趁着这个机会积蓄实力，又遇着连续好些年风调雨顺，国力渐强，才有办法修这座长安城。"夫子看着窗外的千年雄城，想着当年建城时的画面，脸上露出怀念的神情，说道，"当年修这座城的时候，应该算是我这生最快乐的日子。"宁缺看着长安城墙上的巨砖青苔，想着自己曾经对此雄城发出的幽思感慨，想着自己曾经震撼于修筑长安城的那些前贤之伟大，不由无语。

自从夫子开始讲述故事，他便经常无语。当你发现，人间历史里最传奇、最伟大的那些岁月，风雨冲刷不去的荣光，原来就在身边时，你只能用沉默来表达内心的震撼。隔了很长时间，宁缺才醒过神来，喃喃说道："长安城是您建的，惊神阵，自然也是您建的。"夫子说道："颜瑟把阵眼杵交给你，南门观里有些道人还不服气……这阵本来就是我的，传给你是理所当然的事情。"宁缺说道："当然，理所当然。"

"后来呢？""后来唐国便开始征讨诸国，准备一统天下。""为何没有成功？""打遍天下诸国无敌手，但还有座西陵神殿。""老师您没有出手？""像为师这样的人，岂能随便出手，不出手才是最大的震慑……好吧，我承认当年的我虽然已经很强大，但还不够强大，至少没有把握，在不惊动昊天的前提下，把西陵神殿灭掉，把它的徒子徒孙全部镇压。""老师，能说出这样的话来，您已经足够强大了。""当时世间真正强大的是荒人。那家伙在荒原上传道多年，魔宗大盛，已经做好南下的准备，唐国地处北方，首当其冲，没有办法避开荒人的锋锐，被迫挥兵深入荒原，我也去和那个家伙打了一架。"

"谁赢了？""我不像你小师叔那样喜欢打架，打过的次数不多，但我没有输过。"

31

好久不见长安城，黑色马车在朱雀大道上缓缓行驶，宁缺和桑桑掀起窗帘，看着熟悉的街景，难免有些感慨。如同在桃山西陵神殿下一样，长安城里的居民，没有人注意到黑色马车，好像根本看不到它。

由朱雀大街向东，建筑渐矮，便到了东城，马车驶入久别的临四十七巷，停在了老笔斋门前，隔壁假古董店里，依然回荡着吴老板和他妻子的吵架声，巷口还残留着酸辣面片汤摊子留下的油渍。咯吱一声，老笔斋铺门开启，宁缺和桑桑把夫子迎入后院休息，只听得一声猫叫，墙头有影子一闪而过。他看着墙头笑了笑，走到井边打水，和桑桑一道清扫，准备做饭。这是夫子第一次来老笔斋，总要正经吃顿饭。

几盘简单的青蔬和家常肉菜，很快便做好，搁在前铺的桌上，夫子取筷子吃了几口，露出满意的神情，很是紧张的桑桑这才松了口气。用完饭后饮茶闲叙，桑桑站在夫子身后替他捏肩，气氛很是安宁惬意，只是盛夏的长安城总是令人恼火，宁缺拿了把扇子站到夫子身前。他一面扇风，一面问道："您为什么没有把明字卷拿回来？"夫子说道："当年在知守观里看书的时候，我就没有动过偷书的念头，这时候自然更不会拿，想着留给那家伙的徒子徒孙也好，直到后来你小师叔灭了魔宗，我不想让道门拿回去，才把它捡了回来。"

在老笔斋里没有坐太长时间，夫子喝完茶后便带着二人离开，继续坐着马车闲逛，逛着逛着，便逛到了长安北城，隐隐可以看到皇城。时值盛夏，长安城里酷暑难耐，街上行人不多，大树却很快活，郁郁葱葱，繁茂至极，显得极为浓郁，掩映宫墙，很是美丽。"唐国打败荒人帝国后，西陵神殿也不得不承认这个国度的地位，默允了它的特殊性，而俗世诸国受唐国影响，也开始修订律法，道门和修行宗派，渐渐把更多的权力，交还到普通人的手中。"夫子看着窗外不远处的皇宫，沉默片刻后说道，"这是一件很好的事情，普通人不会修道，敬畏较少，反而能够在利益争执之中找到平衡的方法。但普通人也有一桩不好，那就是他们太容易老，寿命太短。"

"李皇帝擅长谋略军事指挥，但他终究是个普通人，他也会老，老了之后很容易犯糊涂，有时候会和我的想法抵触。那些年，我在长安城南修了间书院，便干脆在书院里读书，懒得见他，免得生气。"宁缺很好奇这个大唐开国皇帝与夫子的故事会怎样发展，问道："后来呢？"夫子说道："后来李皇帝实在是糊涂得有些厉害，不知道从哪里听的闲话，说要长生不死，便需要吃我的肉，竟想要对付我。"宁缺担忧说道："那您怎么办？"夫子说道："昊天要吃我，我都不让它吃，更何况是李皇帝，就在他想对付我的时候，我进皇宫把他给杀了。"宁缺吃惊说道："就这么杀了？""不就这么杀了还能怎么办？难道还要三司会审，最终判他凌迟之刑？""老师……我说的不是这个意思。""我懒得理会你是什么意思，总之，大唐第一个皇帝就这样被我杀了，我虽然没有觉得伤心难过，但还是觉得有些遗憾，于是我想出了一个法子，我来教新皇帝，这样就算新的皇帝也犯糊涂，但总不至于想吃我的肉。"

宁缺心想这大概便是书院在大唐拥有如此超然地位的历史由来。"新皇帝是个很孝顺的孩子，皇帝做得也很不错。"夫子轻捋胡须，满意地说道。宁缺默然想着，老师你杀了人家的亲爹，随时可能再杀他，再立一个新皇帝，可怜的太宗陛下除了对你孝顺还能怎么办？"大唐后来的皇帝也都称得上优秀，老李家的血脉有值得骄傲的地方，一切走上正轨之后，像我这么懒的人，当然不愿意再去理会朝政之类的事情，从那之后，我再也没有踏进过皇宫一步。"夫子的目光穿过车窗，穿过茂密的青树，穿过泛着热雾的金河，落在朱红色的宫墙上，神情很平静，只有眼眸最深处能够看到一些感伤。

黑色马车缓缓启动，离皇城越来越远，至繁华热闹地，于满街商铺伙计慵懒的目光下前行，停在一间铺子前，铺子名为陈锦记。夫子走进陈锦记，给桑桑买了一大盒脂粉。"老师，您何必这般宠她。"宁缺看着桑桑均匀涂着脂粉的小脸，忍不住笑了起来，说道，"还别说，我家桑桑现在变得越来越白了。"桑桑微羞低头，对夫子致谢。夫子笑着摆了摆手，表示不用在意。黑色马车离开陈锦记，继续南行，行驶在笔直宽敞的朱雀大道上，这一次，马车经过那片著名的朱雀石制绘像。车轮碾轧着石板而过，那些自外郡外州而来的唐国游客，正顶着烈日，撑伞看着地面的朱雀绘像，忽然一阵风起，被眯了眼睛。风沙间，朱雀绘像的眼眸微微转动，仿似要活了过来，却在片刻之后，失去了所有灵动的感觉，就像是失去了灵魂一样。昏暗的车厢里，忽然出现了一只浑体通红的小鸟。小红鸟在地板上挪动，姿势显得有些笨拙，模样看着很是可爱，但朱红色的羽毛里却似乎蕴藏着极为恐怖的力量，令人不寒而栗。

"啾啾。"小红鸟走到夫子身前，叫了两声。夫子伸出一根手指，轻轻摸了摸它的脑袋。小红鸟顶着夫子的指腹，转动着，显得很是高兴。"这……就是那只朱雀？"一路以来，宁缺已经听到看到了很多震惊无语的事情，如今知道长安城乃至惊神大阵，都是老师的手段，此时看到朱雀忽然化出身形，出现在黑色马车里，虽然还是很震撼吃惊，但还不至于惊慌失措。他学着夫子的模样，伸出食指，小心翼翼地想要摸摸这只传说中的朱雀。小红鸟霍然转身，盯着宁缺的眼睛，神情显得格外威严，眼眸里流露出警惕、厌恶、轻蔑、不屑的情绪。

宁缺想起当年自己和桑桑撑着大黑伞在雨中观朱雀绘像时的感受，还有自己身受重伤躺在朱雀绘像上时的经历，赶紧把大黑伞塞到臀下遮住。小红鸟又转动脑袋望向桑桑，眼眸里的情绪忽然变得很迷惘。

黑色马车驶出长安南门，向着书院而去。这些年里的无数个清晨，宁缺便是沿着这条道路去书院读书修行，对道路两侧的景致非常熟悉，所以看了两眼便收回了目光。他本来想问夫子，千年以来书院的变革……然后他想明白了这个问题不用问，书院可以有很多任院长，但只有一位夫子。"老师，您是书院第一任院长，也是如今的书院院长，那么中间这些年您在做些什么？如果真是不想理会世事，为什么又会出山重新执掌书院？""这几百年里我很忙。我想着当年在西陵神殿我管藏书楼，自己又喜欢看书，有了书院，当然要去世间各处收集书籍，这事情很费时间。"夫子说道，"而且你不要忘了，我往天上飞了那么多年，为这件事情做准备，下决心则花了更多年的时间。在世间游历的过程里，我寻找传说中的冥界，寻找世界的边缘，寻找真正美味的食物，寻找一些人，也花了很多时间。"

宁缺问道："您在找什么人？"夫子说道："我想找到一些和我一样的人。"宁缺问道："您找到了吗？"夫子说道："我找到了酒徒和屠夫。我从他们那里，知道了关于昊天更多的事情，也知道了一些永夜的事情，于是我想邀请他们一道做些事情。"宁缺说道："他们没有同意？"夫子点头说道："不错。""那您怎么做的？""我和他们打了一架。""谁赢了……"宁缺摆手说道，"抱歉，我忘了老师您从来没有输过。"

夫子叹道："他们当然打不过我，恼火的是，即便这样，他们还是不肯听我的。""您究竟想做些什么？"宁缺问道。夫子看着宁缺说道："你先前不是问我这些年，我都在做什么？"宁缺点点头。夫子说道："这些年，我绝大多数时间，都用来思考一个问题。"宁缺问道："什么问题？"夫子说道："怎样才能战胜昊天。"黑色马车的车厢里变得非常安静，只有夫子的声音仿佛还在飘着，落在地板上，朱雀鸟踩出的爪印，如水般轻拂。

这趟修行旅程，早就已经揭示了真相，宁缺与老师甚至还讨论过更加具体的问题，然而当这句话最终如此真切而简单地出现后，依然显得那般震撼。宁缺沉默了很长时间，然后抬起头来，看着夫子问道："老师，您想出方法了吗？"夫子说道："如果想出了方法，现在我怎么会还在这辆马车里？"

32

黑色马车在地面上，地面是人间，如果夫子已经想出战胜昊天的方法，他此时必然早已离开人间，上天而战，自然不会还在马车里。

"我想了很长时间，都没有想出可行的方法。"夫子说道，"就这样过了好几百年，我碰见了一个人，他叫轲浩然，也就是你的小师叔。"听到小师叔的名字，宁缺本来有些黯淡的情绪，顿时明亮起来，有些兴奋，因为要知道小师叔的浩然气，现在便在他的身上。夫子说道："你小师叔资质出众，可以称得上惊才绝艳，无论是修行还是别的事情，都是一学便会，像佛宗说的什么知见障，从来没有在他身上出现过，相对应的，这个家伙的脾气也有些怪，有很多东西他都不愿意学。"

宁缺说道："我听莲生说过，小师叔这辈子就只会浩然剑这一种功法……但莲生又说，小师叔已经到了一法通万法通的境界。""不管什么名头，最终把自己整死的境界，在我看来，再强也有限。"夫子说道，"说回当年的事情，我见着你小师叔后，眼前便一亮，心想我的资质太过普通，所以想不出来战胜昊天的方法，他的资质远胜于我，如果接受我的悉心培养，那么或者真有可能完成我的夙愿。""然后呢？""先前说过，你小师叔脾气有些怪。""是骄傲吧？""骄傲不就是怪吗？""老师您也挺骄傲的。""我向来客观公正。""老师，我们扯远了。""是你扯的……你小师叔很骄傲，我想收他当学生，他居然不干，说我没有资格收他当学生，我便问他，我都没有资格，世间谁还有资格当他老师？"

夫子说道："当时你小师叔答道，世间本来就没有任何人有资格当他的老师，他的老师只可能是他自己。我最开始还有些不悦，后来一想也对，我不一样也是自学成才？但我还是想让他在修道路上少走些弯路，所以说要代师收徒，他问我们的老师是谁，我说我们没有老师，他才同意。"稍一停顿后，夫子继续说道："我始终想着，要你小师叔在修道路上少走些弯路，但后来发现，这种教育方法确实是有大问题的。"

宁缺不解问道："什么问题？"夫子说道："一点弯路都没走，他走得太快，随时可能飞起来。"这句话有些艰涩费解，但宁缺听懂了。"你小师叔的境界提升得太快，我开始感觉到不安，于是开始继续周游世间，在一个小镇上看见你大师兄，然后又收了君陌。然后你小师叔骑驴离开书院，先进长安城，闯荡世间，然后灭了魔宗，最后又回到书院，他以一种难以想象的速度成长着，世人都以为单剑灭魔宗是你小师叔巅峰的境界，实际上他回到书院后，变得更加强大。"

"他终于体会到与我一样的苦恼，对这片天空产生了相同的疑问，于是他决定去和昊天战上一场。我很反对，我告诉他你不可能打赢昊天。他却对我说，不打一场怎么知道能不能打赢，师兄，这种事情当然要先打了再说。"宁缺低头沉默，想着二师兄说话行事的风格，确实很有几分小师叔的气魄，然后他抬起头来，看着老师平静问道："然后呢？"夫子沉默片刻，说道："然后他就去打了。""然后他就输了。""然后他就死了。"说完这三句话，夫子笑了起来，笑容显得有些落寞萧索。

宁缺距离夫子和小师叔的精神世界很遥远，却能体察到夫子此时的情绪。越强大的人越孤单，酒徒和屠夫非同道中人，夫子好不容易在浊世红尘里遇到一个志同道合的师弟，结果却没有并肩而战的机会，便就此分离。

夫子情绪渐宁，说道：

"那之后，我便把全部的精神，放在教你大师兄和二师兄的身上，我以千年来在人间的经验与过往总结出一些道理，以仁义教慢慢，以礼法教君陌，他们也没有令我失望，学得非常好。遗憾的是，他们终究是在学我，就算学得再好，也只能是第二个我，或第二个轲浩然，想要战胜昊天，希望并不是太大。便是你三师姐，她的修行与众不同，但同样还是在昊天的修行世界之内。

"于是我开始思考别的可能，我在世间游历，寻找各个领域最天才的人，让他们回书院学习，比如你五师兄宋谦，比如王持，但这一次，我不再试图让他们在修行道路上辛苦地攀爬，而是任由他们自行研究爱好，试图在那些数字与线条的世界里，寻找到打破昊天世界的方法。在西陵的时候，我对你们说过，我这一生修行的起点，便是道门，于是最后我的目光又重新落在道门之上，你十二师兄陈皮皮是道门不世出的天才，拥有道门最美好的特质，却完全没有任何尘垢，所以我选择了他。可惜时间还太短了些，如今看来，我的这些尝试不见得能够成功，就算有成功的可能，我也看不到了，不过好在还有你。"

宁缺一直安静地听着，直到提到自己，才惊讶地抬起头来，说道："老师，我的修行资质可比陈皮皮差多了，如果要说符道数科或是弈道，更没有什么资格和师兄师姐们相提并论，您为什么会选择我？""首先，因为你是一个很自私的人。""老师，您这是在夸我还是贬我？"夫子说道："千年之前，我以仁义教化世人，以礼法固化道德，以律法减少纷乱，如今无论是唐国还是你两位师兄，都可以完美地实践这些，然而这些只能让人类社会平静地生存，却无法产生足够强大的破坏力，只有自私才能让人类前进。"宁缺说道："我只听说过爱拯救世界，可没听说过自私拯救世界。"

夫子说道："有时候，破坏旧世界，便是拯救新世界。"宁缺叹息说道："您这么说，我压力很大啊。"夫子大笑起来，然后笑声渐敛，静静地看着他说道："当然，我选择你作为关门弟子，最重要的原因，是因为我一直都看不懂你。卫光明在桃山上看到长安城里有一个生而知之的小男孩，我自然也看到了，他认为你是冥王之子，我并不这样认为，但我确实想不明白，世间怎能有生而知之的人呢？而且你显得那样地普通。"夫子说道："直到后来，直到最近的这些时日，我终于确定，原来你不是昊天世界的人，你来自另一个世界，才有了答案。"就像如何战胜昊天这个论题一样，宁缺是穿越者的事实，在这些天的旅程里，一直没有被提起，夫子和他却早已默认。

宁缺低头看着地板上那道朱雀留下的焦痕，沉默了很长时间，然后抬头望向桑桑，对于老师这种大智慧的人，他没有什么好担心的，夫子肯定不会认为他是什么妖怪，直接把他镇压，然而桑桑呢？桑桑会怎么想？桑桑什么都没有想，她有些吃惊，但没有任何惊恐或是排斥的情绪，只是好奇地看着宁缺，当宁缺望向她时，她笑了起来。宁缺心头微暖，他不在乎桑桑是冥王之女，只在乎桑桑是桑桑，桑桑也不会在乎他是哪个世界的人，只要他是他，这就够了。

"我暂时没有找到战胜昊天的方法，你小师叔没有成功，这个世界上从来没有人成功过，那是因为这本来就是昊天的世界。"夫子看着宁缺微笑说道，"但你不是昊天世界的人，至少你的灵魂、你的思想不是这个世界的原生物，如果这个世界是一个生死光明循环的死局，你从局外来，那么你就是那个破局之人，这很好。"宁缺先前说自己压力很大，这时候听到这番话，他才感觉到真正的压力，下意识里向车窗外望去，看着那片湛蓝的青天，忽然觉得整片天空变成了无比沉重的某种事物，压得自己的意识和心脏都快要破碎开来。要逆天哪？

弱者呼喊着"俺就是要逆天"，那是小说里的有趣故事，像夫子这样沉静人间千年，苦思冥想以身实践想着要破开这片青天让世界呼吸新鲜的空气，这便不是故事，而是最真切最生动最壮烈瑰丽的奋斗。宁缺是很自私的人，除了很有限的几样之外，他从来没有想过为什么而奋斗，然而此时，他忽然发现自己要为全人类的解放事业而奋斗。这关我什么事？他这般想着，却说不出口。就如同夫子说的那样，他本不是这个世界的人，却来到了这个世界，感受了如此多的悲伤痛苦别离愤怒以及喜悦快乐和幸福，为什么会有这一切？任何事情都应该有原因，生命总要有目的。只是这个原因、这个目的，实在沉重到他难以负担。

他抬起头来，静静看着夫子，沉默了很长时间。就在夫子和桑桑都以为他准备拒绝或者说逃避的时候，宁缺问道："我怎样才能像您一样强大呢？"

33

如何战胜昊天，和怎样才能像您一样强大，看起来没有什么关联。但在宁缺看来，修行者至少得像夫子这样强大，才有资格说逆天，有资格探索那些深奥艰涩的问题。夫子是怎样炼成的？这肯定很难简单模仿，或者学习，但可以请教，就像当年的小师叔一样，可以少走一些弯路。

"有人说活着就是一场修行，虽然酸臭，却是真话，因为活得越久，你修行得就越高，我的修行资质也很普通，就是活得长一些。"夫子说道，"怎样才能像我一样强大？先要学会和昊天最强大的两个规则之一的时间对抗。你要尽可能活得更长久一些，活的时间越长，你的境界便会越高，于是便能活得更长，如是循环不尽。"宁缺说道："老师，您这些话说了等于没有说。"夫子说道："我就是这么做的，所以也只能这么说。"

宁缺看着老师脸上的皱纹，心头微动，问道："老师……您是人间最强大的人，可以飞翔于九霄云上，近乎长生不死，如果严格来看，您非但不是普通人，甚至已经超出了人类的范畴，您完全可以像酒徒和屠夫那样，平静低调沉默地享受时光，为什么一定还要逆天？为了人间？""首先我们要厘清一个道理。如果世界是单调的重复，有限而无趣，那么如果你活的时间越足够长，你便会越无趣，只有无限的世界才能带来无限的乐趣，我已经看过世间所有风景，吃遍世间所有美味，我在昊天的世界里已经活得很无趣了，所以我理所当然想要破天而出，去看看别的风景，这是以前便说过的。"夫子说道，"其次你说我已经超出了人类的范畴，应该没有心情代替人间寻找新的乐园，满足人类的好奇心……很多年前，我也曾经疑惑过，自己究竟还能不能算人，为了确定这一点，我做了一件事情。"

"什么事情？"宁缺问道。夫子说道："我吃了一口人肉，然后发现很不好吃，更准确来说，我很恶心，一直不停地呕吐，甚至把胃肠里的清水都吐了出来。"宁缺低头说道："人肉确实不好吃，但这和您的疑惑有什么关系？"夫子说道："老黄牛喜欢吃牡丹鱼，大黑马喜欢吃羊肉，但老黄牛从来不吃牛肉，我相信大黑马也不会吃马肉，因为老黄牛是牛，大黑马是马，世间一切肉我都有兴趣尝试，唯独人肉例外，正因为我是人。"很简单却没有什么道理的说法，但充满了直觉的力量，不容置疑。

夫子又道："既然我还是人，活在人间，当然便要做人事。道门里的很多人不同，他们自认为是昊天的子民，在人间只是短暂停留，最终会回到昊天的怀抱，所以他们行的是天道，这便是我与他们的区别。"此时黑色马车已经驶抵书院，青色的草甸间，耐热的花树正在盛放，风景看着很是美丽，隐隐可以看到雾中的后山。夫子没有回书院后山的意思，让大黑马继续前行。宁缺长舒一口气，开心地笑了起来。夫子看了他一眼，问道："什么事情这么开心？"宁缺连连挥手，没有解释。

他之所以开心，是因为夫子没有回书院。没有回书院，便不会与后山里的弟子们告别，这也就意味着，他最担心的事情不会发生。黑色马车一路向北。宁缺与夫子的对话还在持续。"您已经如此强大，为什么还是不能战胜昊天？""我说过，这是昊天的世界，它是世界的规则，越五境的修行者，能够拥有自己的规则，但那些规则始终是在世界本原的规则之下。"夫子说道，"这个世界里的一花一草一树一木，一个微笑，一个念头都在它的目光注视之下，就连因果都逃不出它的计算。比如莲生自以为可以跳出三界外，但事实上，他始终都在此山中。"说此这里，夫子向宁缺腰间看了一眼，又看了眼桑桑，说道："至于我虽然可以无视昊天的规则，做到无矩，却无法超脱佛陀说过的因果，因果是事物发生的顺序，事物发生的顺序便是时间，时间代表一切。"

"在这个世界里，昊天无所不知，所以无所不能，它能计算安排所有，我们却无法提前预知而躲避，这便是所谓天意不可测，天意不可违。"宁缺问道："既然昊天无所不能，为什么始终没有办法杀死您？""它当然试过，雷电交加，暴雨滂沱，大海呼啸，我这一生所见的天怒，大概比所有修行者加起来遇过得都要多。"夫子说道，"不过我跑得比较快。"说完这句话，夫子轻挥衣袖，黑色马车周遭的天地元气微有变化。宁缺的感知本就极敏锐，如今已经晋入知命境，天地元气最细微的变化，也很难瞒过他，他瞬间察觉到，天地元气分成了很多层，其中两层之间，有一片极为幽渺澹淡的平滑空间。

　　"人间被天地元气所覆盖，天地元气自有分层。大概是因为这个世界是扭曲的，这些元气分层里，也有些扭曲的通道，可以让人瞬间抵达万里之外。"夫子说道。宁缺说道："这便是无矩？"夫子说道："不错，如果你晋入无矩境界，昊天想要杀死你，便会变得比较困难，问题在于，你不可能总逃，不然会累死，所以还是要想些别的方法。""我说过除了活的时间长些，我没有别的长处，不过正是因为活的时间够长，所以我的境界越来越高，高到无前者可以学习，只能自己摸索，好在还是摸索出来了一些手段，它要找到我变得越来越难。我舍了这身躯壳，不往三界外跳，直向人间去，把自己与人间融为一体，昊天要杀我，便要把这个世界毁灭，但它是这个世界的规则，世界不存在，它便会毁灭，所以它只能想办法找到我，邀我上天一战。这是一种很危险的方法，因为它只要找到我的一部分，便能找到我，但这也是一种最安全的方法，因为我到处都在，只要我本体不现，它便永远找不到我。"宁缺想了很长时间，然后说道："虽然还是不明白，但感觉很厉害。"

　　黑色马车来到泗水岸边。杨柳青青，对岸民舍颇新。宁缺和桑桑分坐在夫子身旁，借柳荫蔽日，看风景，暂歇息。昊天和夫子的故事讲完了，但有个非常重要的角色，始终没有被提起。宁缺问道："冥王又是怎样的存在？"夫子说道："没有冥王。"宁缺怔住，转头望向老师，重复说道："没有冥王？"夫子说道："我去过很多地方，看过很多风景，就是没有见过冥界，既然没有冥界，自然就没有冥王。"宁缺的思绪有些混乱，说道："怎么可能没有冥王？冥界不是要入侵人间？烂柯寺的佛光阵，佛祖留下那么多法器，不就是为了对付冥王？"

夫子说道："佛陀想镇压的是他所以为的冥王，从这个意义上来说，他涅槃前的应对确实有道理，只不过他到最后也不知道冥王究竟是谁。"宁缺越发听不懂，指着正在摘柳枝编小玩意儿的桑桑，说道："她是冥王的女儿，如果没有冥王，怎么会有她？"夫子转身望向他，笑着说道："痴儿，已经到了现在，你是真的不懂，还是一直不愿意朝那个方向去想？"老师的笑容很温和，眼眸里的神情很宁静，宁缺的心情却骤然一紧，眼皮开始不停地跳，双腿变得像柳枝一样绵软，似要瘫软。无数的汗水像浆子般，从他身体每一处涌出来，瞬间打湿身上黑色的书院院服，体内的浩然气因为情绪的极度紧张，竟有了崩溃的征兆。

宁缺觉得自己的嘴里一片干涩，想要说话，却发不出来声音。夫子看着正在编柳枝的桑桑，揉了揉她的脑袋，说道："不要忘记，在成为被人间追杀的冥王之女前，她是光明的女儿。"桑桑抬起头来，看着夫子，不明白他在说什么。"其实，她一直都是光明的女儿。"夫子轻拍宁缺肩头，平静地说道，"换句话说，她就是昊天的女儿，她就是昊天的分身，甚至你可以理解为，她就是昊天。"桑桑听懂了这句话，无法理解，却莫名感到不安，小脸骤然间变得极为苍白，甚至比脸上擦着的陈锦记家的脂粉还要白。

宁缺的脸色比她更苍白，他这时候终于能够说出话来，声音显得格外干涩嘶哑，颤抖得非常厉害："但都说她是冥王的女儿。"夫子说道："我说过很多次，没有冥界，自然也就没有冥王，如果非要说有，就像佛陀以为的那样，那么昊天就是冥王。"宁缺低头，埋在自己的双膝间，说道："这，没有道理。""这是最简单朴素的道理，哪怕是初入书塾的孩子都能想明白。其实我早就应该想明白了，只不过这道理实在是太简单。绝对的光明就是绝对的黑暗……"

夫子的目光透过柳枝落在湛湛青天间，赞道："大道至简。"

34

绝对的光明就是绝对的黑暗，这是很多人都懂的简单道理。当年隆庆皇子与宁缺入书院二层楼登山比试时，便曾经在夫子的幻境里有所感悟，设置幻境的夫子，又怎么可能不明白？只是正如他感慨的那样，大道至简而无形啊。宁缺看过天书明字卷，看过佛祖留下的笔记，在荒人部落里生活过很长一段时间。他曾经被人认为是冥王之子，桑桑一直被认为是冥王之女。他对冥王相关的知识有很深的认识，此时听到老师的话，以往看天书明字卷和佛祖笔记时，很多不理解的地方忽然便有了答案。

荒人部落献祭冥王的仪式上，称冥王为广冥真君，那就是光明真君，佛祖笔记到如今的佛宗，都有关于不动明王的记载，那实际上就是不动冥王。冥，就是明。冥王，就是明王。

但他依然不相信，或者不肯相信，目光在夫子和桑桑之间来回，眼眸里的情绪显得极为痛苦。他声音微哑说道："昊天没道理做这么多事，一时光明一时黑暗。它闲着没事做，还是想和人间开玩笑？""老天爷不开玩笑，它做事情自然有目的。"夫子看着他说道，"昊天做这么多事，撒弥天大谎，构惊天之局，除了永夜的需要，最主要的目的当然还是我。在荒原上的那一刻，它成功地让我相信，桑桑真的是冥王的女儿，让我把人间之力灌注到她的体内。我说过自己对抗昊天的方法是什么，我不往三界外跳，直向人间去，把自己与人间融为一体，这种方法很安全，又很危险。"宁缺说："但昊天并没有找到您。""我就是人间，人间之力就是我的一部分。现在我的一部分，便在桑桑的体内。从那一刻开始，它就已经找到了我。"夫子看着桑桑微笑地说道，"在这些天的旅程中，它一直在看着我，我也一直在看着它，所以我吃肉都没有味道，所以我带着你满世界地找肉吃。"

桑桑看着泗水里的柳影，瘦削的身子微微颤抖，惘然不安，然后就像最开始在荒原上看到夫子发脾气时那样，她开始悲伤。"其实我很早便隐隐察觉到，我的命运和你的命运会纠缠在一起。我身在红尘中，心系人间事，感知不够清晰，你大师兄身心皆净，所以比我的感知还要更加强烈。所以那年他从荒原回来之后，便一直试图让桑桑和我保持足够远的距离，只不过那时候的他，以为桑桑是冥王的女儿，却没有想到事实的真相竟是如此。我不相信命运，更不相信我的命运会注定与她的命运纠缠不可分离，然而事实上，在天意的安排下，这些事情早已注定。"夫子看着宁缺说道，"十八年前，我在书院后山看着你从柴房里出来，我也看到了她的降生，我看到了柴房里的血，也看到了曾静夫人房间里黝黑的小女婴，只不过当时我并没有想到，这意味着什么。她在烂柯寺里变成了冥王的女儿，然后你带着她被人间追杀，我有很多次机会都可以出手，但我始终没有出手，如今想来，是因为当时的我，已经隐隐察知到命运的走向，所以本能里只想与这件事情保持足够的距离。"

宁缺神情黯然地问道："那老师您最后为什么还是选择了出手？"夫子沉默片刻后笑了起来，摊开双手说道："我也不知道……大概是因为我在人间实在待得烦了，潜意识里想看看上天安排的命运是什么，于是顺势而行，借这个机会破除自己的心障，上天与那厮战上一场？""你不要急着批评我。"夫子看着宁缺微笑说道，"怪你小师叔吧，经过千年修行，我本来已经变得足够平和隐忍，他非要拿把破剑就去逆天，数十年前便已经挑起了我的火气，上桃山斩桃花只宣泄了一丝，积累到如今，终究是要爆的。"

宁缺声音微颤地说道："这一战……没办法避免了吗？"夫子指着桑桑说道："先前说过，我的一部分在她的身体里，它一直在看着我，我也一直在看着它，它知道我在哪里，我也知道它在哪里，那么我便无法再拒绝它的邀请，这一场战斗势在必行。"

宁缺一直在思考，一直在痛苦地思考，用尽自己所有的智慧与经验在思考，忽然间他想到一件事情，眼睛骤然明亮，看着老师说道："不对……如果冥王就是昊天，它为什么要让永夜降临人间？""这些天我也在思考这个问题。我在想，人间是土地，昊天便是辛苦耕种的农夫，一茬一茬收着庄稼，再肥沃的原野，种了很多年庄稼之后，也总是需要休息的，永夜大概便是休耕的时间。"夫子说道，"还有一种可能，人类在人间不断繁衍，数量越来越多，文明越来越发达，修行者的数量越来越多，越五境的强者也越来越多，昊天的食物来源虽然会更充沛，但它也开始恐惧，在荒原上吃涮肉的时候，我曾经对你说过，狮子固然强大，但如果野牛的数量足够多，它也只有死路一条。蚂蚁固然卑贱，如果有足够多的蚂蚁飞上天空，也可以把整片天空都遮住，如今想来，佛陀当年说人人可以成佛，或者便是这个道理。"

宁缺说道："您是说，昊天害怕人类繁衍生息强大，所以在人间发展无数万年，到了某种临界值的时候，它便会降下大灾难灭世？"夫子说道："应该便是这个道理，当然，这依然只是你我的推论，真相到底如何，看来只能等会我当面来问它。"宁缺忽然说道："我懂了。"夫子沉默片刻后说道："我也懂了。"宁缺说道："老师您错了，小师叔也错了，反而莲生是对的。"夫子叹息说道："不错，如今看来他才是对的。"宁缺说道："还来得及吗？"夫子回答："我此时已经在路上，自然来不及回头，而且这是我的故事，我要去试试自己的方法究竟能不能行，至于以后故事怎么写，那是你的事情。"

宁缺说道："我担心自己没有能力写这个故事。"夫子看着他说道："事实上，从你开始修行的那一天开始，你就有且一直有这种能力。你可以改变这个世界，现在或者以后，只看你如何选择。

"没有冥王，也可以说有很多冥王，昊天是冥王，因为它要降下永夜惩罚人类；我是冥王，因为我要逆天；她也是冥王，因为她就是昊天。你也是冥王，因为你来自另一个世界。按照你的说法，那个世界最广阔的区域，都处于极端的寒冷之中。如果我不行，那么你就必须行。"

宁缺看桑桑。他眼中的情绪很复杂，再如何精妙的文字都无法形容，有些陌生，有些熟悉，有些难过，有些悲伤，有些畏惧，有些挣扎。他似乎想说些什么，但最终什么都没有说。他望向头顶被柳枝分割成很多区域的天空，问道："老师，您有信心吗？"夫子随他一道望天，叹息说道："从来没有真正打过，哪里来的信心？"无数年来，夫子一直在思考怎样战胜昊天，他想过很多方法，不停地躲避，不停地在学术与精神层面上思考，却没有实践过。

桑桑这时候忽然抬起头来，安静望向天空。然后她收回目光，望向夫子，说了一句话："其实，我也没有信心战胜你。"

桑桑的双脚离开了河畔的草地。她飘到了泗水之上，微黄的短发，瞬间变得无比乌黑，然后渐渐变长，如瀑布般披散在她的肩头，又像是无数道光线。她黑色的眼瞳以肉眼可见的速度变白，然后与眼白相融，紧接着变淡，淡到仿佛透明一般，然后有淡淡的圣洁光团氤氲其间。两种截然不同的情绪，出现在桑桑的脸上，一种是人间桑桑的惶恐不安畏惧与痛苦，另一种则是在荒原马车上曾经出现过的漠然。绝对的漠然，排斥生命与喜乐的带有神性的漠然。

看着这幕画面，宁缺觉得自己的心脏忽然间被撕碎成泗水畔的柳枝，痛苦地唤出声来，唇角淌着血，伸手便要去抓她的脚。夫子悠然叹息一声，轻拂衣袖，把他定在河畔。静静流淌的泗水水面上，桑桑的身体不停发生着变化，瘦削的身子渐渐变得丰盈，黑色的衣裳被撑破，变成无数道丝缕，露出赤裸的肌肤。黑色的长发随风飘舞，她脸上的神情变得越来越痛苦，身体不停扭曲，像在一张网中不停挣扎，然后渐渐静止，只剩下漠然。

破裂的衣衫丝缕如水般滑落，露出温润光滑的肌肤。那个瘦削的、普通的、病弱的桑桑不见了，此时出现在人间的桑桑，是一个全身赤裸的美丽女子。无论是五官还是身体，都那样地不可挑剔，完美到了极点。完美的身体与容颜，配上圣洁而漠然的神性，给人一种不容侵犯的感觉，仿佛某些道门教派供奉的昊天女神像。此时的桑桑和天女像唯一的区别便是她的肤色，她的肤色依然显得有些黑，一如从前。

无论是渭城的桑桑，还是老笔斋的桑桑，她的身体一直都是黑的。她的双脚却很奇妙地洁白如玉，如两朵雪莲花。夫子看着这幕画面，感慨说道："身在黑暗，脚踩光明，原来如此。"

35

桑桑的身子是黑的，像炭一样。桑桑的双脚是白的，像玉一样。宁缺替她洗过澡，最喜欢抱着她的脚睡觉，很熟悉她的身体，熟悉她的双脚，熟悉她的一切，此时看着这具黑白分明的完美身躯，却觉得无比陌生。

小时候在河北道死尸堆里挖出那名小女婴时，他就像通议大夫府里的人们一样觉得奇怪，只不过后来抱着养了这么多年，于是见怪不怪，直到此时看到这幕画面，听到夫子的话，才终于明白了其中的道理。桑桑是黑的，也是白的，就像她在烂柯寺最后一局棋落下的那颗黑子一般，随着时间的流逝，最终在荒原马车里变成了一颗白色的棋子。至此，宁缺再没有任何侥幸的希望。这个世界没有冥王，昊天便是冥王。这个世界没有冥界，当昊天让末日来到时，人间便是冥界。

无数的光明从桑桑的身体里喷涌而出，平静的泗水水面像镜子一般，把那些光线凝成一道光柱，然后反射到高远的碧蓝天空之上。河畔也开始光明大作，无数光丝从夫子的身体里钻出，与桑桑喷涌出的光线系在一起，他的一部分在桑桑的体内，于是他便无法离开。夫子望向自己身体里渗出的光丝，觉得很有趣，甚至还伸手去摸了摸，就像弹琴一般轻弹，然后他问道："到时间了？"桑桑的脸上没有任何情绪，声音也没有任何情绪，分不出来男女，没有任何波动，却并不是机械的，只是透明空无的。而且那道从她身体里响起的声音，拥有无数多的音节，复杂得根本无法听懂，更像是大自然的声音。

夫子听懂了，于是他笑了笑。宁缺没有听懂，但他知道分离的时刻到了。一个是自己最敬爱的老师，一个是相依为命多年、生命早已合为一体的女人。毫无疑问，这是一个人所能想象到的最痛苦的抉择时刻。幸运或者不幸的是，他此时没有能力做选择，或者说可能不需要做选择。宁缺不能动，只能坐在泗水畔的草地上，看着被无数万道光丝联系在一起的两个人，望向桑桑的目光变得越来越平静，越来越淡漠。

昊天说的话，没有人能听懂，如风啸，如雷鸣，响彻人间。于是人间知晓了泗水畔正在发生的事情。于是整个人间，都开始回荡一句话："恭请夫子显圣！"西陵神国桃山最高处，庄严肃穆的神殿外，石坪上跪着黑压压的人群，往常骄横的红衣神官和神殿执事们，就像最虔诚的信徒，以额触地。西陵神殿掌教大人，也跪在白色神殿最深处的纱幔之后，在纱幔外，还跪着天谕大神官和裁决大神官。"恭请夫子显圣！"极西荒原深处，天坑中央的巨峰之巅，悬空寺讲经首座的手中没有握着锡杖，而是诚心诚意地双手合十，无比恭敬地祝祷着。巨峰云雾间若隐若现的无数座黄色寺庙里，不停响着诵经的声音，以及那句同样的话，静静地等待着夫子上天。"恭请夫子显圣！"人间无数道观，无数寺庙，所有皇宫，无数尊贵的大人物，都恭敬无比地跪在地面，不停重复着这句话。遥远的南海某处。青衣道人沉默地看着陆地的方向，脸上的神情显得异常凝重。他没有说那句话，因为他很紧张。他看到一道大幕正在缓缓落下。为了这一刻，他已经等待了太长时间，不到最后，他无法放心。没有恭请夫子显圣的还有很多人。真正的普通人，并不知道发生了什么，更不会知道泗水畔发生的这件事情，会对人间对他们的生活带来怎样的影响。他们像平常一样，买菜做饭喝酒聊天打牌种田。

"人间之事我管了太多年，有些累，也有些烦，有些厌恶，所以我不想再管了，你看，事实上人间的这些人也不想我管。"夫子把飘到眼前的一根光丝挥手赶走，看着宁缺说道。宁缺没办法动，只能看，只能哭，所以他大哭起来，泪水在脸上纵横。然后他又开始笑，莫名其妙地笑，神经质般地笑。夫子有些纳闷地说道："当时在荒原上，昊天终于找到我，所以它很高兴，才会又哭又笑，你这时候又是为了什么犯病？"宁缺忽然发现手能动，抬袖擦掉脸上的泪水，说道："我是在恨。""恨什么？恨你媳妇儿？"夫子大笑说道。宁缺看着夫子，说道："我恨老师您不负责任。"夫子怔了怔，说道："我哪里不负责任了？"宁缺说道："您就这样上天了，大唐怎么办？书院怎么办？"夫子说道："这种小事，我都不感兴趣，更何况昊天？"宁缺说道："就算昊天没兴趣，那道门怎么对付？"夫子微笑说道："如果你们连人间的敌人都对付不了，又怎么对抗昊天？再说，我又不见得一定会输。"

笑容渐渐在夫子的脸上消失，他看着飘在泗水之上，浑身大放光明的桑桑，忽然说道："在荒原马车里，我就知道是你，而在你找到我的同时，我也找到了你，你有没有想过，这些天我一直在做什么？"桑桑面无表情，像是没有听到这个问题，身上的光丝越来越繁密，渐要成流。

"我带你吃人间最好吃的烤羊腿、宋国最考究精致的十八碟，我带你吃草原最鲜美的涮羊肉，我还带你吃了牡丹鱼、生蚝汤。我带你去看了雪峰，泛舟海上，苔原镜湖。还让你和宁缺成亲洞房。我带你吃遍人间美食，带你赏遍人间美景，我让你体会到作为人最大的快乐，我甚至还顺手让你体会了一下更深的情感。"夫子看着桑桑说道，"在你眼里，人类都是蝼蚁。如今你却与蝼蚁成了亲，并且感受到了其中的美好。你充分感受到了人间的美好，那么你会不会有那么一丝想要留在人间的念头？这些年来，你想尽一切办法要找到我，邀我上天一战。但你有没有想过，其实我也很想邀你来人间做客？"

无限光明里，隐约可以看到神情若冰的桑桑，细而精致的眉头微微蹙了蹙，似乎夫子的这番话，对她确实构成了某种威胁。夫子微微一笑。然而片刻后，她蹙起的眉心便平伏如镜，光明再盛，与夫子紧紧相连，然后映于平静的泗水水面，再被折射成一道光柱投向碧空之中。光柱落在碧空的位置，渐渐出现一道光门。那扇门正在开启，门后隐隐可见光明的神国。

"你梦里的月亮……应该就是天书明字卷里的月亮，那真的很美。"夫子转身看着宁缺说道，然后把他从草地上拎起来，手臂一振，扔向北方。夫子飘身而起，离开泗水，飞向碧空里那道光门。

在"恭请夫子显圣这句话"响彻人间之前，夫子回去了一些地方。他回到鲁国，在一处丘陵间沉默了片刻。他回到唐国，在皇宫里行走了数步。然后他回到长安城南的书院。书院之前草甸如茵，花树如束，风景极美。他背着手，沿着石径走入书院，沿途遇到的前院学生，虽然不知道他是谁，依然极有礼数地躬身行礼，因为书院要求学生尊敬长者。夫子很满意。夫子走进前院的教舍，和黄鹤说了几句话，又对那名女教授说："青布大褂穿得太久便脱不下来，你将来怎么嫁人？"然后他离开前院，穿过巷道，走过湿地，走过旧书楼，看了一眼不远处的剑林。

余帘，正像平日那样，在旧书楼东窗畔写簪花小楷。忽然间，一滴墨从笔尖落下，污了金花纸。她沉默片刻，把笔轻轻搁在砚台上，对着窗外跪拜行礼。夫子走进书院后山。木柚在湖亭里绣花，看见老师不由得喜出望外，连声说道："您可算回来了，桑桑那丫头有没有带回来？这些天的饭菜可真难吃。"北宫未央拿着笛子，从密林里钻出来，埋怨道："您已经有六年没听我的曲子，做老师的不能偏心成这样吧？"溪畔的水车还在转动，铁匠房里不停传出打铁的声音，后山密林里偶尔会听到有人在大喊不能悔棋，有野花被人摘下送入唇中，嚼成香沫，小白狼被大白鹅啄得痛不欲生，夹着尾巴狂奔，四处寻找着唐小棠的身影。大师兄和二师兄，从各自的小院里走出来，沉默不语地随着老师走向后山之后，走上陡峭的石径，来到绝壁断崖上。

夫子站到崖畔。大师兄和二师兄在他身后跪下。夫子看着远方的长安城，笑了笑。泗水畔。黑色的罩衣在空中飘舞，夫子乘风而上。桑桑随之而去，无数光明金花，从她的身体里溢出，洒向人间。天空上的流云泛着异彩。"恭请夫子显圣。"人间传荡着这个声音。夫子高大的身影，渐渐消失在光明之中。

36

人间某座小镇，某处集市，热闹嘈乱，空气里弥漫着烂菜叶和鸡屎的味道。一个男人提着一壶酒，走进一间肉铺。屠夫关上铺门，带着那人登上二楼天台，对桌坐下，开始喝酒吃肉。酒徒望向天空某处，嘲讽道："他总说昊天飞得再高又有什么用，如今看来他再强又如何？终是要离开人间，向天空飞去。"屠夫说道："为了那些莫名的念头，便要放弃永生，去对抗永远不可能战胜的上苍，在有些人看来这或者很潇洒，实际上不过是愚蠢罢了。"

西陵神国深山老林里。陈皮皮跪在知守观里的湖畔，对着天空不停流泪，双肩塌着，身体不停颤抖，眼睛哭到红肿，就像被雪眯了眼睛的兔子。中年道人站在他身后，叹息安慰地说道："夫子既然已经显圣登天，那么你父亲便可以回来，至少这算是一件好事。"

陈皮皮的父亲是知守观观主。他叫陈某，无数年来身上都是一袭青色道衣，故号青衣道人。多年前，书院轲浩然遭天诛而死，夫子登桃山，入西陵神殿，知守观被迫全力出击，此一役，道门无数强者殒命或重残，青衣道人哪怕请动悬空寺讲经首座联手，依然无法在夫子手中那根棍子下支撑片刻。

那之后，他被迫飘零于南海之上，不敢踏足陆地一步。青衣道人在南海无数岛屿间流浪，跟随渔船漂泊。他不停修行，与南海取珠的渔女生下一个孩子，然后把那个孩子送到了夫子门下。即便如此，他还是不能踏上陆地。因为夫子不准他登岸。今日夫子终于登天，按道理来说，他终于可以登岸了。但青衣飘飘，依然在南海无数海岛间来回。

一座葱葱郁郁的海岛上，忽然出现他的身形。下一刻，他便消失。数千里外，他的双脚落在另一座海岛的沙滩上。然后他再次消失。在每一座海岛上，他都只能停留片刻，甚至无法停留，便要再次奔亡。青色道衣上染着血水，道髻早已凌乱，他很狼狈。那是因为，有根短短的木棍，始终在追着他。每当他瞬移到一座海岛上，那根木棍便会紧跟着出现。他的右肩已经被那根木棍击中过一次。如果不是他对南海上的无数岛屿非常熟悉，或者他根本无法避开这根木棍。他是道门最强大的人，晋入传说中无距境界。但夫子的木棍，亦有无距的境界。他只能继续逃亡，直到夫子真正离开人间。或者到那时，这根木棍才会落入海中。

知守观后方有座山。山岩与泥土都是红色的，似极了陈年的血，只不过山崖表面生着无数青藤，所以看上去像是一座青山。那些茂密的青藤，遮住了苍天，也遮住了青山里如蚁穴的那些洞窟，最重要的是，遮住了洞窟里那些强者的气息。数十道或沙哑或尖锐的笑声，从洞窟里传出，穿透青藤，向人间而去。这些笑声里充满了悲伤愤怒，又显得那般狠毒暴戾。青山蚁窟里，住着很多道门强者，其中绝大多数都已经是知命境巅峰，甚至有几个人已经越过五境，成为传说中的存在。他们都已重伤，都已重残，一半人是伤在书院轲浩然的剑下，另一半人，则是伤在当年夫子登桃山斩花一役中。

"书院"这两个字，是这些道门隐世强者的噩梦。轲浩然很多年前便遭天诛而死，今日夫子终于显圣登天。人间再也没有任何力量，可以让他们感到恐惧。他们终于迎来了重见天日的时刻。所以他们痛哭，所以他们欢笑，所以他们手舞足蹈，虽然基本上都少了只手，或是断了脚，他们放肆地释放着自己的气息，向人间宣告自己的强大。他们太过放肆。那些强大的气息，不只向人间四处散播，甚至快要触到天穹之上。

他们并不担心昊天会惩罚自己，因为他们是昊天最虔诚的信徒，最忠实的下属，昊天不会让他们这时候便回归昊天神国。但他们忘了此时的天空上还有人。那道高大的身影虽然渐渐消失在无限光明之中，却还没有完全离开人间。"我本不想再管人间之事，但既然你们愿意现身，那便善终吧。"夫子的声音响起。一只脚从天空里落下，踩向青山。青山里的笑声骤然变成了惊怖的尖叫与恐惧的呼喊。数十道极强大的气息喷涌而出，向着青山外逃去。然而哪里还来得及，那只脚落在青山上，青山平。道门隐世强者，尽灭。

天空之上，光明之中。夫子抖了抖脚，把鞋底的泥土岩屑抖掉。他看了人间一眼，又望向桑桑问道："想回去？你回不去了。"桑桑完美的脸上本来没有任何情绪，此时却忽然流露出极大恐惧。光明大作，然后散开。昊天神国的大门，就此崩塌。天穹开始震动，有些地方，甚至出现了极细的裂痕。天空里极细的裂痕，对人间来说其实已经无比开阔。无数非金非玉的白石，自天而降，呼啸而落，与空气急剧摩擦，变成数万颗流火的陨石，落在宽阔无比的海洋上。海上生起无数巨大的浪花。生出无数炽热的水雾。水雾里有无数死去的鱼与鸟。人间无恙。在数万颗流火陨石里，有一颗近乎透明如同水晶般的石头。当流火入海时，那颗水晶，折射着天穹散放的光明，在空中划出一道明亮的弧线，向着人间北方而去，最终不知落在何处。

书院后山。老黄牛无精打采地躺在草甸上。大师兄把一篮最新鲜的青草放在它身前，二师兄把一盘最鲜美的鱼脍放在它身前，老黄牛不肯吃草，也不肯吃鱼，显得很落寞、很疲惫。它缓缓闭上眼睛，有滴水从眼角淌下，又有水滴落在它的脸颊上，然后是越来越多的水滴。大师兄和二师兄抬头望天，才发现下雨了。夫子登天后，整个世界开始下雨。这场雨很大，延续的时间特别长，绝大多数时候都是暴雨如注，偶尔有几个时辰会细雨如诉，但中间完全没有断过。这场雨注定会被载入史册。这场雨注定会改变人间的很多事情。

夫子曾经说过，从世界任何一个地方，如果往北一直走，最终都会走到一座雪峰下，那座雪峰，便是这个世界最寒冷最北的地方。极北寒域从来没有下过雨，只下雪，当黑夜延长，荒人部落南迁之后，这片全无人烟的静寂之地，更是连雪都很少下。但就连这个地方都开始下雨。热海表面的雪层，被暴雨击打得千疮百孔。那座世间最高的雪峰上，也因为暴雨产生了几次滑坡雪崩。其中有一处最大的豁口，看上去就像是被天外飞石击中一般。

宁缺醒了过来，他发现自己在荒原之上。这时候雨已经停了，他只能从身旁青草上的水珠和泥泞的土地，判断出这里曾经下过好大的一场雨。他不知道过去了多少天，但想来已经是段很长的时间。很多天食水未进，他的身体虽然强壮，依然感到了虚弱，被夫子填饱的肠胃早已空空如也，但他什么都不想吃。他坐在雨后的草地里，坐在泥泞的原野间，抱着双膝，瑟瑟发抖，看着雨后的天空，瘦削的脸颊被天光照得非常苍白。

天还是那个天，没有任何变化。老师与昊天的这一战，应该是输了吧？老师死了。桑桑是昊天，回去了，也就是死了。他很痛苦。最令他痛苦的是别的事情。直到此时，他才想明白老师登天之前对自己说的那番话。他本来有可能改变这一切。但出于很多原因，他没有想到，或者说不想想到，所以他什么都没有做。他眼睁睁地看着昊天找到了老师。他眼睁睁地看着老师登天一战，然后失败。宁缺抱着双膝，看着天空。他就这样坐着。什么也不想说，什么也不想做，什么也不想想。他不知道自己该做些什么。就这样，从白天一直坐到日落，坐到黑夜来临。宁缺看着渐黑的夜空，忽然呆住了。他站起身来，摇摇欲坠。他放声而笑，笑声越来越大，因为声音很嘶哑，所以听着像是在哭。他躺到湿漉漉的草地上，纵情地笑着哭着，像孩子一样打滚蹬腿。

一轮明月，出现在夜空里。那当然不是真的月亮，或者说，不是宁缺熟悉的那个月亮。他的视力很好，没有看到环形山，只看到温暖的光明。荒原深处传来几声狼嚎，它们从来没有见过月亮，不知道这是什么。宁缺知道这轮明月是什么。夫子还活着，还在天上战斗，只不过换了一种方式。夫子说过，那一定很美。这画面真的很美。他对着夜空里那轮明月喊道："一定要赢啊！"

明字卷上面写着："日月轮回，光暗交融，生生不息，自然之理。自然之理谓之道。道以衍法。法入末时，夜临，月现。"佛陀观明字卷后，曾在笔记里写道："日月轮回，光明交融，月便应在夜里。然无数劫来，万古长夜不见月。"夫子便是月。天不生夫子，万古如长夜。

37

这是人类有文字记载的历史里，时间最长、覆盖范围最广的一场雨，从盛夏一直持续到秋意渐至，超出了所有人的想象。被雨水冲刷浸泡后，山崖开始崩塌，官道毁坏，河流决堤，洪水泛滥成灾。人类再一次在严重的自然灾害面前，展现出可怕的生命力与忍耐力，没有被击倒，而是平静接受然后努力抗争。

大雨同样落在荒原上。原野被浇灌得泥泞一片，酥软不堪，在上面行走变得异常困难。荒原战争结束后，大唐军队分两路回撤，其中东北边军一属，在雨落之前，便抵达了南方的土阳城。而跟随御驾的北大营铁骑，在贺兰城多停留了一段时间，然后便被这场绵延不绝的大雨强行留了下来。虽然帝国不惜人力物力，连续数百年不停投入，但贺兰城毕竟远在荒原深处，城中建筑有限。数万北大营铁骑，把所有的营帐和城中的住宅征调住满，还是有很大一部分被迫安置在城楼里。奈何大雨连浇了好些时日，秋意提前来到荒原，温度陡然降低，贺兰将军汗青为了这些北大营铁骑的保暖，这些天费尽了心思。

最麻烦的还是粮草给养的问题。贺兰城中储备着很多粮食，但多了数万唐军还有无数战马，承受的压力瞬间增大。眼下还能勉强支撑一段时间，但如果这场雨再继续下，南方的粮草运不过来，他们也无法离开，那么贺兰城便要面临断粮的危险。各种各样的问题、各种各样的麻烦，合在一处便成了各种各样的危险。然而无论是北大营的铁骑统领，还是汗青将军，都不敢用这个问题去请示他最应该请示的皇帝陛下，更不敢惊动皇后娘娘或黄杨大师。

因为皇帝陛下病了，病得很重。

大唐皇帝李仲易，是一个重情重义之人，但这并不代表他迂腐不通世务。做皇子的时候，他便是世间最强大的将军，登上龙椅之后的这近二十年，他显得很平静低调，但绝对没有谁敢轻视他。无时无刻，不知道有多少人在暗中祈祷他患上不治的绝症，诅咒他在重病中死去。事实上没有多少人知道，在很多年以前，李仲易便得了病，而且这个病很重，一直陪伴着他，入腑刻骨无法治愈。

夫子看过皇帝陛下的病，或者是这个病太麻烦，或者是夫子看到了这场病后的命运的深渊，所以只是开了个药方，而没有动用人间之力。这场病一直拖到了天启十八年的秋天，随着黄金巨龙降临人间，随着这场连绵不绝的寒雨，随着一记命中注定的流矢而暴发。皇帝靠在榻上，脸色苍白，手里攥着一块手帕，帕上有血渍。皇后低头无言，轻轻地揉着他的胸口，想要让他感觉更舒服一些。"这几年长安城里死了很多人，有很多陪伴过父皇甚至是祖父的老人，都走在了我的前面，如今便是院长也离开了我们。如今我也不行了。"皇帝握住她的手，说道，"天要亡我大唐，非战之罪……即便如此，我也没有任何畏惧之心，因为我坚信大唐必将获得最后的胜利。"

滚烫的眼泪，从皇后娘娘的眼里滴落，此时皇帝正握着她的手，于是泪珠便在两只紧紧相握的手上摔成了水花儿。"我是世间最有权力的男人，娶了自己最喜欢的女人，最后死在征战四方的路途上，这样的一生真的没有什么遗憾，所以你不要悲伤。"皇帝说道。皇后抬起头来，带着满脸泪水说道："但我有很多遗憾，我还没有看到你老后的模样，我没有让你看到小六子长大成人，我更后悔当年奉宗门之命南下长安，诱你骗你最终把你害成现在这样。"皇帝微笑地说道："诱我骗我害我，最终你还是爱上了我。"听着酸甜情话，皇后终于带泪而笑，问道："你有没有怪过我？""要说从来没有怪过你，那是假话，毕竟谁不想多活一些时间？"皇帝伸手，擦去她颊畔的泪水，说道，"不过后来想着，你我之间这场战争，终究以我的胜利而告终，那我负些伤也是光荣的痕迹。"皇后轻轻抱着他，喃声说道："从见到你的那一刻起，我就输了。"

皇帝满足地笑了起来，他这一生打过大大小小无数场战斗，但唯独是这一场最令他铭心刻骨，最为看重胜负。"我若不为帝，便是书院一学生，现在想来，那样的人生或者更有意思，不过我终究是把夫子当老师的。"皇帝疲惫地笑了笑，看着她说道，"如今老师去天上做事，我们还要在人间做事，我随老师去后，你知道该怎么做吧？"皇后娘娘说道："陛下放心，我知道怎么做。"皇帝说道："我让小六子拜大先生为师，是要他学仁爱之道，那两个孩子如果不乱来，便……留他们一条生路。"皇后娘娘不再流泪，非常平静地说道："我会把这些事情做好。""那我就放心了。"皇帝说道，然后缓缓闭上眼睛。

黄杨大师走进房间内。皇后看着仿佛熟睡的皇帝，看了很长时间，然后把手腕上那串念珠取下，套到他的手腕上，又低身在他额头轻轻吻了一口。黄杨大师双手合十。片刻后，房间里响起诵经声——《往生经》。

长安城里也在下雨。雨势很大，还夹杂着雷声，偶尔有闪电亮起，把寂清空旷的宫殿，照耀得有如白昼，哪怕有灯罩，烛火依然摇动不安。如果没有灯罩，大概那些烛火早就已经熄灭了吧？李渔坐在案后，看着柱旁如珊瑚般美丽的烛台，想得有些走神。她的黑发微湿，身上的宫裙也有些湿漉漉，应该先前是冒雨去了某处。她的脸色有些苍白，但不是因为害怕雷电暴雨，因为她认为自己做的事情都是对的，哪怕居于昏暗殿室，亦不亏心。

看着殿外的夜雨，两行眼泪从她的眼角淌下，滑过苍白的脸颊，落在案上的奏折上，把其中一行墨字洇湿。李渔醒过神来，命太监取来蘸水粗纸，仔细地将奏折上的湿痕抹掉，然后擦掉脸上的泪水，平静而专注地继续审看奏折。这封奏折是帝国各郡的水灾情况汇总，非常重要。她拿起毛笔，开始批示奏折。守堤，蓄水，赈灾，防疫，军力调动，盯住东荒上那些游骑。大唐很大，事务繁多，她已经适应习惯，处理得井井有条。随着审批奏折工作的继续，她的神情变得越来越平静，甚至显得十分坚毅。

深夜时分，结束了一天繁忙的政务，李渔披上大氅，在羽林军和侍卫的重重保护下，离开了皇宫。她去的地方并不远，就在皇城对面的南门观。笼罩在大雨里的南门观，显得格外凄清安静。李渔走进道殿，道殿黑色桐木地板深处，软褥之畔点着一盏油灯，照亮了大唐国师李青山憔悴而瘦削的脸。她走到李青山身前，双膝缓缓跪下，声音微颤地说道："父皇，走了。"李青山缓缓闭上眼睛，然后再睁开，眼眸里只有悲伤，没有震惊。

数百年来，贺兰城在连续数月内，连续动用了两次千里传书符阵。第一次是因为那辆黑色马车。第二次是要把皇帝陛下离开人间的消息传回长安城。

此时整座长安城里，只有寥寥数人知道这个消息，李渔依靠南门观的帮助，暂时守住了这个秘密。此时看国师李青山的神情，便知道对方已经知道。既然她是靠南门观才能守住秘密，自然无法瞒过南门观观主。李青山看着跪在自己身前的她，虚弱地说道："你要做什么？"李渔说道："我要看遗诏。"大唐皇位传承的遗诏，竟然不在皇宫里，而是在南门观中！李青山说道："按照唐律，遗诏应在文武百官之前当众公布。"李渔低头，看着自己湿透了的裙摆，说道："文武百官现在还不知道。"李青山说道："他们终究是会知道的。"李渔说道："我没想把父皇离世的消息隐瞒太长时间，稍后便会通知各处。"李青山说道："那殿下为何会提前来到这里？"李渔沉默很长时间后说道："因为……我不放心。"

李青山也陷入了长时间的沉默。李渔的头垂得更低，水珠从乌黑色的发端滴落。她的身体随着水珠一道下落，额头触到乌黑色的地板上。

38

"请您帮助我。"

"我为什么要帮助殿下？"

"因为我是唐人。"

"六皇子也是唐人。"

"但他母亲不是唐人。"

"我大唐开明包容，向来不在乎这些事情。"

"请您相信我。"

"我为什么要相信殿下？"

"因为您不相信皇后娘娘。"

……

李渔看着遗诏上熟悉的字迹，忽然很悲伤。那是父皇的笔迹，就如同传闻里那样，无论他怎样爱书法，怎样勤勉地练书法，都没办法把自己的字练得好看一些。不过从一丝不苟的笔迹里，可以看出，父皇在写这些字的时候，心情很平静很笃定，没有任何犹豫和挣扎。李渔捧着遗诏的手微微颤抖，手指用力，似要陷进黄色的布帛里，颤抖从小臂传到肩头，她整个人都颤抖起来。她感到了极度的失望与悲伤，然后开始愤怒，不只因为遗诏上写的内容，更因为遗诏上父皇的笔迹是那样地稳定。

"为什么会是这样？"她低声说道。然后她又重复了一遍，声音里满是委屈与不甘。"为什么会是这样！"她的声音比先前大了些，但依然无法传出道殿，无法穿透殿外的夜雨，被人们听见，甚至还不如她牙齿撞击的声音更响。李青山说道："这是陛下御驾亲征之前才写的，既然留下遗诏，说明他也隐约察觉到了天意的指向，不过你也应该看出来了，他很久以前便定了心意。"李渔沉默了很长时间，忽然抬起头来，用袖子擦去脸上的泪水，看着病榻上的李青山，颤声说道："遗诏能改吗？"李青山微微耷拉着眼皮，说道："一般不能。"李渔的眼睛里生出一道亮光，问道："何为不一般？"李青山看了她一眼，说道："国将不宁之时。"李渔问道："谁能改？"李青山说道："我能。"大唐皇帝陛下的遗诏，自然无法轻易地伪造，上面有御玺，有复杂的徽记，最关键的是，遗诏上还有独一无二的天地气息烙印。那份烙印一部分来自皇族的血脉，一部分来自遗诏见证人。皇帝陛下离开长安之前，在南门观里书写遗诏时，在旁见证的是他最信任的国师李青山。而御玺，此时便在皇宫里，在奉旨监国的李渔榻上。

李渔看着李青山苍老瘦削的脸颊，声音微颤地问道："您要什么？"李青山看着身前衣裙微湿的美丽女子，仿佛看到很多年前那个跟在母亲身边撒娇的小姑娘，脸上露出一丝怀念的微笑。然后他平静地说道："我要大唐千秋万代，我要昊天道南门发扬光大，我要唐人生活无忧，殿下，您能承诺我吗？"李渔离开了南门观。相信不久之后，那个令人震惊的消息便会穿过暴雨，进入长安城各座王公大臣的府邸，明日本不是大朝会之期，但必然会有一场大朝会。

雨中的南门依旧寂清，仿佛什么事情都没有发生过，油灯如豆，只能照亮道殿角落，却照不到更多的地方。何明池跪在油灯前，半个身体都在阴影里。李青山躺在病榻上，静静看着头顶，仿佛能够看到落在道殿上的雨，眉头缓缓蹙起，感慨叹道："我今日改了遗诏，违背了唐律，也违背了陛下的遗愿，不知死后史书上会怎样写，陛下他又会怎样看我。"何明池沉默不语，在这种时候，他说什么都不妥。"但我不会后悔，因为殿下说得对，与其说我相信她和珲圆皇子，不如说我怎么都不可能相信皇后娘娘，我怎么可能让魔宗圣女成为我大唐的主人？"李青山漠然说道，"如果不是她，陛下又怎么会英年早逝？"

何明池抬头看了他一眼，心想朝堂街巷里的官员和百姓，都以为皇后娘娘与国师关系亲近，谁能想到真实的情况？"这些年，长安城里办了太多场丧事，三朝元老，沙场老将，纷纷辞世而去，如今陛下也死了，甚至就连夫子也死了，这不是天意又是什么？"李青山转头望向何明池说道，"如果我没有记错，你是清河郡的人？"何明池低头应道："我家是清河郡何族的旁支。"李青山的眼睛微微眯起，说道："就是当年出过一任西陵大神官的何家？"何明池沉默片刻后说道："是的。"李青山看着自己最疼爱的徒弟，叹了口气，说道："看来我没有猜错，你果然是掌教大人的人，难怪你对惊神阵那么感兴趣。"何明池觉得自己的身体骤然间变得很冷，身体前倾，双手扶在乌黑色木板地面，微微颤抖，不知此时该说些什么。"掌教大人，这辈子最想做的事情，便是率领护教骑兵杀入长安城，把大唐重新纳回西陵神殿的光辉之内，所以他比谁都想破掉惊神阵。"李青山说道，"你在南门观修行奉天这么多年，目的自然是想找到阵眼杵，可惜的是，你在符道方面没有天赋，所以颜瑟师兄不能收你为徒，阵眼杵最终交给了宁缺，如今阵眼杵在书院，你更没有办法，所以这些天你只好经常去皇宫里那幢小楼，想要试试看有没有别的方法能够破阵。"何明池这才知道，这些年这些天自己做的事情，原来根本都没有能够瞒过老师的眼睛，说来也是，大唐国师怎么可能是如此易骗的人。

他声音微颤地问道："老师既然知道这些，为什么一直没有揭穿我。"李青山说道："因为你是我最疼爱的徒弟，因为我也在挣扎。""挣扎？""夏侯出身魔宗，却成为道门客卿，又是我大唐王将，他的一生都被夹得艰于呼吸，痛苦不堪。我信奉昊天，忠于大唐，何尝不痛苦？我以前不痛苦不挣扎是因为不用选择，我知道大唐按照现在的道路走下去，会走得很平稳很好，然而现在时局已经发生了极大的变化，我想替大唐选择一条相对更平稳的道路，所以我选择了公主殿下，而且没有揭穿你……"李青山说道，"世人都说长安城不可破，修行界都在传颂惊神阵的强大，但有几个人知道，真正不可破的是夫子？"

"如果夫子没有死，你这时候已经死了。"他看着何明池说道，"但夫子终究还是死了，这再一次证明昊天不可战胜，道门不会放过书院，也不会放过大唐。而这一次，没有夫子的书院，再也不可能像千年来那样，独自对抗整个世界，所以大唐必败。大唐要继续生存下去，便只能重新回到昊天的怀抱。我知道你和珲圆皇子之间有协议，但你不要忘记，唐人也是昊天的信徒，而你也是唐人，所以我希望你能让这个过程少流一些血。"何明池沉默了很长时间，然后重重磕了一个头，说道："我会用生命来争取。"大雨还在持续，长安城却像是下了一场雪。千年古城一夜之间变成了白色，无数的幡带在街上飘扬，站在檐下躲雨的百姓面带戚容，甚至有很多人披麻戴孝。这片寄托着哀思的白色，只有极少部分是献给夫子的，因为夫子本就不显，没有多少普通人知道人间的守护者已经离开了这个世界。长安百姓哀悼怀念的是大唐的守护者，他们仁慈而英明的皇帝陛下，深得民心的陛下辞世而去，换来无数民宅里的哭声，也算是值得。

文武百官跪在皇宫大殿前的雨中，大臣们身上的官服早已打湿，将军们身上的盔甲则是被雨水洗得明亮无比。一名太监，站在石阶前宣读遗诏。数位大学士以及诸部尚书、王卿重将，站在那名太监身后，脸上的神情各不相同，有惊讶有惊喜，但底色都是悲伤。大唐帝国还没有来得及从悲伤中醒来，便迎来了新的主人。李珲圆走向大殿正中央的椅子，然后转身坐下。从这一刻起，他不再是皇子，而是皇帝陛下。他的脸色依然有些不健康的苍白，但已经不再稚嫩，更没有那些不自然的尊贵，眼眸里的冷漠早已变成了威严，神情却是自然的温和。直到这时，大唐的臣子们才发现，原来皇子早已长大成人。看着椅中渐显英武之气的新帝，有硕果仅存的老臣，看着那张酷肖其父的面容，感怀得老泪涟涟。皇后一派的大臣和将军，随同僚一道下跪行礼，沉默无言，各自恭谨，心情却是十分沉重，甚至对遗诏产生了怀疑。然而遗诏无法伪造，他们的怀疑没有证据。他们只能等着皇后娘娘带着另一位皇子，陪着先帝的灵柩回到长安。在此之前，他们只能寄希望于两处地方，能够改变这一切。有大臣去了书院，书院闭门不见客。那名大臣才想起来，夫子已经辞世。有大臣去了南门观，事后朝堂之上的人们才知道，陛下的遗诏便是保存在这里，所以他们想要询问一下国师李青山。

南门观的门开了，走出来的是何明池，他的腰间系着根白色的布带。国师李青山病逝。从现在开始，他便是新的南门观观主，也就是昊天道南门门主。

39

雨忽然停了，就在世上所有人都以为这场雨再也不会停止的时候，这场连绵了很多天的大雨，在一个平淡无奇的秋日戛然而止。

开始的时候根本没有人相信。人们满脸惘然地抬头看天，直到发现确实再也没有水从云中滴落，才意识到发生了什么，于是欢呼声响彻田野与城市的每个角落。只不过整个世界被这场大雨浸泡了太长时间，人们的衣服和心情仿佛都已经发霉，惊奇与兴奋之后，疲惫很快来到。救灾的继续救灾，发呆的继续发呆，睡觉的转身上床睡觉，一切都显得那般麻木。雨停之后自然接着便是云散，入夜时分，人们围在饭桌旁议论着这场雨，做完家务之后，各自回房安睡，进入雨后的第一个梦乡。

在天空上覆盖了很多天的夜云，逐渐散去。街巷里响起一声狗吠，那只黑狗叫的声音显得很惊恐、很不安。田园里响起一声狗吠，那只瘦黄狗的叫声显得很惘然、很畏惧。紧接着是越来越多的狗吠，整个人间的狗，仿佛收到了某种指令，同时狂吠起来，吠声回荡在城市里乡野里，惊醒了无数人的梦。人们揉着惺忪的睡眼走出房门，有人拿着防盗的木棒，有人埋怨着儿媳妇儿今天又忘了给狗喂食，拿着食盆去寻找自己的狗。然后他们才发现，不是自己一家的狗在叫，而是所有的狗都在叫。所有的狗，都对着夜空在狂吠。

人们好奇地随着狗的目光，向夜空里望去，手中的木棒滑落，手中的食盆滑落，砸到他们的脚上，他们却像是根本没有感觉到疼痛。所有人都震惊了，他们的注意力，全部被夜穹里那个事物所吸引，不要说只是脚被砸，就算是身后的房子失火，他们都很难醒过来。时隔很多天，雨云尽散，露出干净的夜穹，然而今晚的夜穹之上，看不到往日的繁星，只能看到一轮白圆明亮的事物。那是什么？

天有异象，夜月临空。

这幕奇特骇然的画面，震惊得全体人类心生恐惧不安。不知有多少人被吓得昏了过去，更多的人则是跪在自家的小院或窗前，膜拜不停。各国皇室向夜焚香祭拜，祈求昊天原谅人类的不敬，各座道观和寺庙的香火大盛，人间开始流传这是冥界入侵前兆，顿时引发了比连绵暴雨洪灾更大的灾难，甚至有很多愚夫痴妇选择了自杀。

西陵神殿以最快的速度诏告天下，夜空里的这事物名为月亮，乃是昊天怜惜世间百姓忍受万古长夜所降下的神赐光明。随着神殿诰令的传播和各国皇室的强力镇压，那个名为月亮的东西引发的骚动稍微平复了些，随着时间流逝，人间的百姓开始习惯它的存在。人们发现，月亮与过往无数年里夜空里的繁星不同，并不是绝对地安静肃穆，而是依循着某种规律在运动、在变化。有晦明之别，有形状的改变复圆，变化的规律相对稳定，非常适合用来计算时日，安排农耕劳作。有人开始用月亮的阴晴圆缺来计时，简称为月。当然，这都是以后的事情了。

大唐长安城东南方向有座紫金山，此处地势相对较高，雨云气候相对较少，便于观星望天，于是钦天监便设在此处。虽然过去十余年间，帝国年号是天启，但唐人出了名地不信天不信命，所以钦天监便成为朝廷里最不重要的机构，也成为最清静的衙门，平日里门可罗雀，除了来紫金山赏景的青年情侣，很难看到什么客人。今天钦天监外却是十分热闹，数十名羽林军，拱卫着数名官员，站在石阶下方，断绝了内外的联系。偶有行人经过，看见这幕画面并不吃惊，也没有联想到别的地方。夜里多了个月亮，朝廷当然要问问钦天监的意见。

那几名礼部官员和羽林军没有进入钦天监，进入钦天监的是一位太监首领和几名身强力壮的杂役太监，奇怪的是没有人迎接他们。那名太监首领脸色阴沉难看地盯着房门紧闭的正堂，寒声说道："陛下等着你们的回话，朝廷等着你们的推演批注，你今日必须给个回话。"钦天监里的气氛显得格外压抑紧张。

钦天监正堂里，摆着很多观星所用的仪器，从侧门往后走，直上露台，还能看到书院去年刚送过来的一个极大的望天镜。此时堂间的小桌子上，只摆了几盘很家常的菜，数罐不怎么烈的酒，坐着两个情绪很低落的人，正在毫无滋味地对饮。其中一人是监正苗可持，另一人是监副徐良守，正是钦天监最重要的两名官员。太监寒冽的声音从门外透了进来："你们钦天监一向以为能够上体天心，当年不顾先帝盛怒，坚持批注，如今天有异象，你们却反而说不出话？"苗可持看了紧闭的大门一眼，脸上露出一丝惨淡的笑容，将杯中的酒一饮而尽，看着徐良守说道："听见没有，终究还是因为当年的事情。"

徐良守沉默不语，执酒壶替大人将酒杯满上。"当年夜观天象有所得，所以我在历书上批了八个字：夜幕遮星，国将不宁。陛下为了朝政平稳，下旨令我将这八字抹除，我却坚持不奉旨。"苗可持叹息说道，"谁能想到，这八个字竟起如此大的动荡，宫里朝堂上不知道死了多少人，公主殿下被迫远嫁荒原，皇后娘娘自此不问政事，不知多少人想要我去死，只是陛下看顾我，所以我才能活到今天。"他端起酒杯，发了会儿呆，然后端至唇边缓缓饮下，神情木然地说道："如今陛下已经离世，谁还能护得住我呢？"

徐良守看大人神情，便知其已萌死志，微觉紧张，诚恳劝说道："如今新帝登基，公主殿下依然监国，但皇后娘娘与六皇子未归，无论是陛下还是殿下，都不愿意在这种情况下引发议论，轻则引发反对声浪，重则动摇国体，理应不会对大人逼迫过甚，若殿下是要报当年之仇，何至于还要朝廷来问大人？"苗可持静静看着他，说道："公主殿下素有贤名，当然不会为了旧年之事便把我逼死，但你应该知道，对于这轮明月的批注，她只想听到什么。"徐良守沉默无语，公主殿下的心意，他这位钦天监副官很清楚，既然当年星晦之夜，钦天监批注那八个字直指公主殿下，那么如今夜月临空，钦天监为何不能像当年那样再做批注直指尚未归京的皇后娘娘？

"其实我看了这么多年星星，除了星星变暗的那个夜晚，我再也没有看到星星有任何变化，所以钦天监观星一职，实在是没什么意味。"不知道为什么，苗可持的心情忽然变得好了起来，连连举杯相劝，带着微醺之意说道："但这月亮不同，你看夜空之月皎洁无瑕，与人间如此之近，甚至仿佛能够看见上面有些什么，遗憾的是本官是没有什么机会再作观察了。"徐良守听见这话，不由又是好一阵紧张，连连劝道："既然公主殿下仁心厚德，大人何不借势而行，何至于如此？"苗可持闻言双眼一瞪，盯着他的眼睛，沉声说道："我钦天监最初，皆是由太史令兼任，正是因为天意人心史书皆不可欺！我为何要违心做那批注？依据唐律和吏部递补旧例，我若去后，你便是钦天监的监正，我如今被逼得无法自处，那是因为我有个不成器的儿子，被宫里那对姐弟捏住了把柄，但你不同，你身心皆正，而且无所羁绊，我走之后，你可不能让我钦天监蒙羞！"

徐良守沉默了很长时间，轻轻点了点头。见到他有此表示，苗可持稍舒了口气，缓声说道："先帝年号天启，很多人都不知道其间的真实原因，便是我也不知道，如今看来，夫子离世，陛下归天，一应老臣柱梁纷纷随之而去，这大概就是天启的原意。"

"天意不可违啊……"苗可持声音骤然严厉，说道，"但人心更不可欺！即便人不能胜天，但我们可以不从天而行，这天又能奈我何？"

钦天监正堂的门终于打开。看着饮毒酒自杀的钦天监监正苗可持的遗体，那名太监首领的脸色变得极为难看，说话的声音越发尖刻颤抖，难听到了极点。"好大的胆子……好大的胆子！竟敢畏罪自尽！"徐良守站在一旁，面无表情旁观着这幕画面，想着大人自杀前说的那番话，看着那名暴跳如雷的太监，不由露出一丝嘲讽的笑容。一个人连命都不要了，当然胆子够大，但连死都不怕的人，何谈畏罪？一个人连命都不要了，即便是昊天都拿他没办法，宫里那对姐弟又能如何！

40

那几名礼部官员得知钦天监监正苗大人的死亡之后，匆匆离去，脸上的神情显得有些复杂难言。那名太监首领示意徐良守跟着自己进了偏室，自行坐在椅中，脸色阴沉难看地说道："接下来你知道怎么做？"徐良守恭谨说道："请公公明示。"太监首领轻轻敲打桌面，说道："咱家不懂观星之术，全听你的。"徐良守沉默片刻后说道："公公真要卑职写？"太监首领这时候已经极为心急，喝道："啰唆什么，还不赶紧着把这事办了！"徐良守不再推搪，走到案前，挥笔写下了八个字。

"暗月侵星，国将不宁！"

多年前，大唐钦天监观星夜忽暗，批注了八个字。多年后，有月现于夜空，钦天监的官员看都未看，又写了八个字。太监首领的脸色难看到了极点，阴沉得仿佛要滴下水来，眼眸里的怒意，却像是火焰一般，咬牙说道："徐大人这是何意？"徐良守平静说道："本官乃是监天监监副，大人辞世之后，依据唐律及相关条例，顺序递补，不需经朝堂讨论，公公既然要我批注，我便批注，有何不妥？"太监首领气极反笑，指着他的鼻子干笑说道："好一个徐大人。"

徐良守神情骤肃，将这名太监干瘦的手指打掉，厉声喝道："我称你一声公公，说请你明示，自称卑职，不过是给宫里贵人一些面子！我乃堂堂四品朝官，你区区一个阉货，竟敢对我如此无礼！""大胆！放肆！"太监首领气得浑身发抖，"你想死吗！"徐良守面若寒霜，喝道："死？你真当唐律是摆设！告诉你和你身后那个贵人，我不是苗大人，我没有当街斗殴误伤人命的不肖子弟，也没有贪污受贿的妻家舅哥！我就是孤家寡人一个！想我死没那么容易！给我滚！"话音甫落，他重重一掌打在太监的脸上，掌声响亮。

大唐天枢处，负责代表朝廷管理修行者，在普通人甚至是一般官员的心中，这个机构都显得很神秘。但天枢处的衙门位置并不神秘，只是有些偏僻，就在朱雀大道东面四里外的一幢小楼里，和军部那片园林可以隔空对视。连绵大雨结束之后，看天色，短时间内应该不会再下雨，但今日天枢处三楼的案几上，却有一把黄油纸雨伞，伞面微湿。何明池拿着一块雪白的绢布，细致而缓慢地擦拭着伞面上的水滴，就像根本没有看到对面诸葛无仁额头上的汗珠。

诸葛无仁是大唐天枢处主管，世人皆知，他是皇后娘娘的一条忠狗，当新帝登基之后，他的境况自然难免变得被动惶然起来。"正所谓一朝天子一朝臣，诸葛大人对局势的变化，应该早就心里有数，为何还要徒劳地四处奔波走动，莫非你想推翻先帝的遗诏？殊为不智。"何明池把绢布收进袖中，抬起头来，看着对面平静说道。

诸葛无仁看着对面这名穿着道衣的年轻人，额上的汗水变得越来越多，他怎样也没有想到，这些天自己的行踪，竟全部都在对方掌握之中。他和何明池其实很熟，在过去这些年里，作为天枢处最主要力量来源的南门观，一直是由何明池负责与他配合。他对何明池一直很尊重，但那主要是尊重他的师门以及他那位贵为国师的老师，直到今天他才发现自己错了。何明池最值得尊重的就是他自己本身。

"何门主究竟想说什么？我只不过和一些故旧喝喝茶，聊聊天而已，如果你要栽赃我想推翻先帝遗诏，恕我不能接受。"诸葛无仁的声音有些沙哑。当何明池施施然走进天枢处，自己却没有听到任何警信时，他的嗓子便近乎哑了，因为他知道无论自己说些什么，都很难被人听见。"先帝当年之所以会同意皇后娘娘的建议，让你做天枢处主管，是因为你是一个普通人，没有对修行者的同病相怜之感，也没有别的普通人对修行者的先天敬畏，这是一个优点，但也是一个致命的弱点。"何明池说道，"如此多年来下，天枢处里的修行者，有谁会诚心服你，一旦你没有手中的权限，你根本没有办法命令他们。"

诸葛无仁觉得坐在自己面前的就是一条毒蛇，说道："我确实没有想到，你们南门观对天枢处的渗透竟是如此可怕，但你不要忘记，我依然是主管，那些人虽然不敢拦着你来见我，也没有胆子帮着你杀了我。"何明池用怜悯的眼光看着他，说道："我是一名修行者，虽然不像宁缺和陈皮皮那样了不起，但要杀你一个普通人，哪里还需要别人帮忙？"诸葛无仁厉声喝道："我不信你有胆子杀死一名朝廷命官！"何明池说道："我确实不敢，但诸葛大人不要忘记，如今新帝已经登基，他只需要一道旨意，便能夺了你的官职，到那时你还剩下什么？"

诸葛无仁额头上的汗珠瞬间变得更多，说道："既然如此，你们还等什么？"

"陛下刚刚登基，便要对皇后娘娘的忠犬动手，这落在满朝文武的眼中，并不怎么好看，而且大人执掌天枢处多年，相信手里也握着一些秘密，拥有一些不为人知的力量，陛下不想因为君臣之间的意气之争，而产生不必要的损失。"何明池看着他微笑地说道，"所以陛下想你辞官。"诸葛无仁盯着他嘲弄地说道："你觉得我会这么愚蠢？""这和愚蠢无关，只与时势有关。就算你还有些底牌不在我们的掌控之中，但大势已经在我们的掌控之中，你翻不了天。"何明池敛了笑容，说道，"诸葛大人心伤先帝离世而身患重疾，情真意切自请辞官。陛下和公主殿下会怜你劳苦功高，允许你在长安城里居住，如果要让陛下夺了你的官职，那么你会被派到外郡任职。"

诸葛无仁听着这话，双手微微颤抖起来。"看来诸葛大人也很清楚其中的差别。不错，你这辈子跟着皇后，不知做了多少阴私烂事，像猪狗一样使唤修行者，不知得罪了多少宗派，如果没有朝廷撑腰，只要你离开长安，你就只剩下死路一条。"说完这句话，何明池从案上拿起黄油纸伞夹到腋下，走出了天枢处。

今夜殿外没有传来风雨声，李渔反而觉得有些不适应，情绪也有些不宁，连看了几份奏折，心情也无法安定下来，甚至没有看清楚奏折里写了些什么。如今她的亲弟弟已经登基为帝，按道理来说，她的监国一职应当失效，但无论是新帝还是朝中两派官员，都极有默契地请求她继续监国。皇帝要她继续批改奏折，是相信皇姐的政务能力，表示自己的感恩与亲近，公主一派的官员坚持如此，实则是有些不信任新帝的政务能力。至于皇后一派的官员，谁知道暗地里又存着什么见不得光的心思？

李渔随手翻着厚厚的奏折，忽然她的手指微微一僵，神情变得凝重起来，因为在奏折最下面，她看到了诸葛无仁的辞呈。烛火照耀着案几与屏风，也照耀着她阴晴不定的脸，看着皇后忠犬的这封辞呈，她想起了最近朝堂上发生的很多事情。新帝继位以来，长安城看似平稳，实际上水面下则是暗流涌动，那些依然忠于皇后的大臣和将领，经常私下联络，说的内容不用打听都能猜到。朝堂之上也有一次大争执。宫中决意尽快改元，将新帝继位一事完全确定。皇后一派的官员，则以先帝灵柩未归，太后娘娘远在荒原为由，强烈要求将更改年号推迟，至少要等先帝入土为安。以孝为先的理由非常充分，无论是李渔还是皇帝陛下，都不可能阻止，只好同意朝臣们的建议，决定趁雨歇之时，派队伍前往贺兰城迎灵。李渔非常清楚更改年号一事对帝位的重要性，而且这本来就是新帝登基之后的第一桩大事，结果却被迫无功而返，所以她猜到弟弟肯定会非常愤怒，却没有想到在自己不知情的情况下，他便开始动手了。借着烛光的照耀，她细细审看着诸葛无仁的辞呈，想在辞呈的字句细节里，看出些更深层的东西，却一无所得。

因为先帝灵柩未归，所以新帝没有搬进正殿居住，还是住在往年的偏殿里，只不过如今的偏殿，却要比正殿热闹繁华得多。今夜的宫殿，忽然重新变得安静起来，除了两名最受信任的太监首领守在门口，幽静的殿内没有其余人，只有姐弟二人。"当年听父皇转述过院长的一句话：治大国就像煎小鱼，不要随便去翻动，要顺其自然，谨慎行事，万万不可心急。"李渔看着弟弟轻声劝说道，"你如今已然是大唐皇帝陛下，只要顺势而行，那些跳梁小丑根本撼动不了你，何苦贸然出手？"

李珲圆笑着说道："我还以为是什么事情，让皇姐你如此紧张慎重，原来不过是封辞呈。不错，是朕派人让诸葛无仁辞官，全大唐的人都知道，那个阴险小人是那女人养的一条狗，我可不想在宫里再看见那张可恶的脸。"李渔看他神情，便知道他没有把自己的话听进心里去，神情凝重地说道："你要清楚长安城是不可能从外部攻破的，唯一的危险便是来自内部。陛下你如今便等于是长安城，只要不自乱便可千秋万代。"

听到这番语重心长的话，李珲圆低头沉默了很长时间。然后他抬起头来，看着李渔说道："其实我也明白这个道理，但正如皇姐所言，长安城的危险就在内部。便在宣读遗诏的那两天时间内，礼部尚书去了南门观，诸葛无仁去了书院，他们想做什么难道皇姐你不清楚？"李渔沉默不语，关于南门观的事情，她并不担心。尤其是随着国师李青山病逝，那个夜晚发生的事情，再也不可能有别人知道。然而书院一直没有表明态度，这才是真正让她觉得不安的地方。书院一直封门，不要说那些忠于皇后的大臣无法进去，就是她派出的信使，也只能看到书院普通的事务职员，连一名教授都看不到。如果说是因为夫子仙逝，书院封门情有可原，但那些教授在做什么？书院二层楼里那些有资格影响朝局的人，现在又在做什么？"皇姐，那些人不可能甘心，他们死都不愿意承认，父皇选择我继位，对待这些狼心狗肺的东西，一味宽仁只会被他们视为软弱！"李珲圆看着姐姐，狠狠说道。李渔听着这话，心头微颤，其实直到此时此刻，李珲圆都真以为遗诏上的名字是自己，根本不知道她为此付出了些什么。此时李珲圆的理直气壮，在她的眼里就像是一种讽刺，对她自己的讽刺。她忽然觉得有些心酸，有些疲惫，本不想再继续这个话题，却又忽然想起先前行走在宫里时听到的那个消息，眉尖微蹙地说道："钦天监又是怎么回事？"李珲圆闻言微怔，不知该如何回答。李渔见此便知果然是真的，严厉训斥道："苗可持大人持身谨正，在朝野间名声极好，你居然派内官将他生生逼死，你是想与朝臣反目？"李珲圆低头沉默了很长时间，说道："这件事情，朕确实做错了。"

李渔知道弟弟的性情有很执拗的一面，没有想到他会这么快自承错误，不由怔住，然而就在她还没有反应过来之前，李珲圆抬起了头。他平静而坚定地说道："但我不会后悔，因为我就是要他死。"李渔怔怔地看着他，问道："为什么？这……究竟是为什么？""当年就是苗可持这个老贼批注了那该死的八个字，逼得姐姐被迫远嫁！我这辈子都永

148

远忘不了你跪在父皇宫前的那个夜晚，更忘不了你出嫁前那夜流下的眼泪。"李珲圆看着自己的姐姐，寒声说道，"……所以他必须死。"

41

李渔当然没有忘记，跪在父皇宫前，要求把自己嫁去荒原的那个夜晚。她没有忘记，出嫁之前那个默默哭泣的夜晚。只不过随着时间的流逝，她把那些悲伤都埋在了心里，甚至有时候以为自己真的忘记了。她没有想到，当时年纪还小的弟弟却一直记得那些事情，而且藏在心里藏了这么多年，最终在登基之后爆发出来。此时此刻，除了感动与淡淡的伤感，她还能有什么感触？自然无法把他再严厉地训斥一番。

"除了苗可持，还有那个女人！当初如果不是她在父皇身边添油加醋，如果不是她手下那些大臣推波助澜，钦天监的批注怎么会引起那么大的动荡？皇姐你又怎么会被迫嫁给荒原上那个可恶的蛮子？"李珲圆的声音越发寒冷，伸手握住李渔的手，说道，"皇姐你放心，如今我已经是大唐皇帝，再也没有人敢像当年那样欺负我和你。苗可持死了只是开始，那个女人我也要让她留在贺兰城，永远回不到长安！"

听着这话，李渔骤然惊醒，反手紧紧握着他的手，盯着他的眼睛，神情极为凝重地说道："贺兰城我早有安排，你一定不要乱来，毕竟在名分上，那个女人是我们的母后，如今是太后娘娘，若要对她动手，需要合适的时机和理由，她必然是要回长安的，我们现在要做的事情，只是让她回来的时间晚一些。"

李珲圆有话要说。

李渔摇了摇头，看着他认真说道："我知道现在长安城里有流言，说遗诏是假的，所以你有些不安，但流言永远只能是流言，清者自清。我还知道那位徐大人又写了'暗月侵星，国将不宁'八个字，那只不过是他激愤之下的行为，你不要因此而为难他，陛下你一定要记住，遗诏不是关键，那个女人不是关键，钦天监的批注也不是关键，关键在于朝廷里的文武百官和百姓究竟支持谁。"

李渔说的那番话有道理。身为帝王，便应当有这种胸怀与气度，即便执政需要手段，也不可能依赖于那些小家子气的手段。但她这番话并没有完全说明，遗诏、钦天监确实不是关键，但远在贺兰城的那位皇后娘娘，对于李珲圆能否坐稳帝位来说，却是最关键的一个人物，而除此之外，最重要的便是军方和书院的态度。李渔现在最担心的便是书院和贺兰城那个女人，在这种时刻，她忽然开始想念宁缺，如果宁缺如今还在长安，想来一切事情会变得顺利很多，不过……

父皇很喜欢宁缺，想来宁缺对父皇也有几分真感情，他如果知道自己篡改了父皇的遗诏，对自己的态度会不会发生什么变化？轻辇在皇宫夜色里无声前行，最后停在一座安静的殿前。李渔走下轻辇，挥手示意太监宫女不要跟着自己，走进这座宫殿。这座宫殿在皇宫里的地位很特殊，是皇后的寝宫。李渔觉得自己这时候有些软弱，所以来到了这里。她每次来到这座宫殿的时候，总会生出很多愤怒，而愤怒在很多时候都会变成力量。

这座宫殿的主人还远在贺兰城，没有归来，所以殿里没有点亮几盏烛火，显得有些幽暗。即便如此，也能看清楚殿内华美的陈设。殿里的宫女太监，都被人驱赶了出去，所以这座殿里，此时只有李渔一人。她静静站在那张绣锦镶玉的凤床前，脸上忽然露出一丝微讽的神情。她的母亲本应是真正且唯一的皇后，奈何身体多病，在多年之前便因病去世。这张本来应该属于她的凤床，她竟是一天都没有睡过。后来睡在这张床上的那个女人，很漂亮，也很温和，从父亲到叔叔，再到朝二叔，小时候所有人都诱劝自己叫她母亲。但她从来没有叫过。直到她渐渐长大，她反而开始叫了。她每叫一声母后，心里便会淌一滴血。

十余年来，她的心上多了很多道斑驳的伤痕，从来没有真正好过。她必须承认，父皇还有那个女人，对自己并不算太差，但她就是没有办法原谅他们，因为她一直记得母亲死的那天。那天她开心地问候了母亲，爬上床去逗弄刚刚出生不久的弟弟，然后不知道为什么，母亲痛苦地开始咳血，然后闭上了眼睛。太医不停地进进出出，母亲却还是没有睁开眼睛。父亲却不在。父亲在那个女人的身边……

李渔静静地站在地上，看着凤床，不知道是看到了自己的母亲，还是看到了那个女人，双拳缓缓握紧，身体开始颤抖。这就是愤怒的感觉。随着愤怒导致的颤抖，那股熟悉的力量重新回到她的身体内，她的神情渐渐平静下来，转身向殿外走去。那个女人就算回到长安城，也不可能再睡在这张床上了。

回到自己宫中，李渔开始继续批阅奏折，效率比先前高了很多，只是奏折数量实在太多，一时半会儿明显做不完。她有些疲惫地揉了揉眉心，吩咐太监奉上一杯浓茶喝掉，又令宫女用滚烫的水打湿毛巾，烫了烫脸，稍微恢复了些精神。

当她终于批阅完所有奏折，已有晨光自殿门外透入，她揉了揉有些酸疼的手腕，不顾太监的劝说，命人去请两个人入宫叙话。这几天朝堂上所发生的事情，都在她的意料之中，只不过没有想到皇帝陛下竟会如此心急。她虽然并不赞成皇帝的强硬手段，但也不会降低对皇后一派大臣的警惕，在当前情况下，她首先必须把长安城牢牢控制在手中。控制长安城，最重要的当然便是军队。羽林军最为重要，然后便是骁骑营，至于负责宫中安全的侍卫处，也是重中之重。如果一旦有乱，那么除了军队，长安城里还有一个地方非常重要，那就是拥有足够数量衙役捕头并且熟悉城中地势的长安府。

所以她要见的两个人中，有一个是长安府尹上官扬羽。还有一个人姓朝，叫朝小树。

42

上官扬羽是大唐开国千年来，长得很难看的一任长安府尹，有一种浑然天成的由内到外皆猥琐的感觉。以长相丑陋闻名于世，自然无法令人愉悦起来，只不过无论是他还是他的老妻，都无法否认这一点，所以站在恢宏肃穆的大殿里，他越发觉得自惭形秽，脑门上的汗水越来越多，三角眼不停地闪烁。

李渔见过上官扬羽数次，知道他生得难看至极，然而每次见他，总觉得这人的丑陋仿佛又丑出了一些新意，令人难以自禁生出厌憎的感觉。但她很好地控制住了自己的表情，言谈之间极为尊重，如春风一般和煦。之所以如此，是因为她很清楚这位府尹在如此不堪的外貌之下，拥有非常难得的实力才干，不然根本无法在这个要害又棘手的位置上坐这么多年。李渔很实际，只要真正有才，哪怕明知上官扬羽的品行就像容貌一般不堪，狡猾贪腐至极，她一样会大力接纳。而且上官扬羽哪怕诸多不妥，却有一桩美谈：他考取功名之后却是没有抛弃相貌平平的糟糠之妻，如今与老妻依然感情深厚。这一点令李渔非常欣赏，再加上长安府尹这个位置的重要性，所以在新帝登基后，她在皇宫里面见的第一位大臣便是此人。

按道理，对上官扬羽来说，这是天赐的良机。对于从来不知道"品德"二字的他来说，拜到公主殿下和新帝的门下，更没有任何心理障碍，面对殿下言语间隐隐透露出来的招揽之意，他应该马上当头便拜才是。然而令李渔和殿内寥寥数人觉得有些惊讶的是，上官扬羽态度固然恭谨，不停逢迎，甚至恨不得趴在地上去亲吻李渔的脚背。但只要谈话稍微变得深入一些，他便会像个白痴般瞪圆双眼，完全不知道该如何接话。

李渔微微蹙眉，她当然知道上官扬羽不可能愚蠢到连自己的话都听不明白，那么此人装傻，只能说明他以及某些朝臣的态度依然不够坚定。更令她感到郁闷的是，今日她想见到的第二个人，竟是不肯进宫！太监首领和嬷嬷在一旁不停地痛斥着那人的不敬，神情愤愤不平，似恨不得马上就派羽林军把那人抓进宫里来治罪。"都闭嘴。"李渔喝道，挥手把殿里的所有太监宫女还有最近身的嬷嬷赶了出去。朝小树不是普通人，即便她如今拥有如此的地位与权势，依然不敢稍失礼数，更不要说想着去动此人。他是长安城的黑道领袖，哪怕已有多年没有过问江湖事，去年回到长安城后，也没有理会过鱼龙帮的帮务，但所有人都清楚，长安城的黑夜世界，依然处于他的统治之中。然而如果朝小树只是一个江湖大佬，朝堂上随便一位大臣都不会多看一眼，自然更不会令李渔如此烦恼。

关键在于，朝小树是位知命境的大修行者，与她的父皇有兄弟情谊，她见着对方也要称一声朝二叔，还在于朝小树有很多愿意为他去死的好兄弟，而那些好兄弟在某些方面来说，甚至干系到长安城的安危。太监宫女被赶出去后，殿内并不是只剩下李渔一个人，还有一位中年大臣，正是四年前入阁的武英殿大学士莫晗。"殿下暂时先不用忧心。朝小树不肯进宫，不代表他对殿下有何看法，当年他拒绝陛下授予的官职，飘然出宫远去，就已经表明了他的态度，今日不过是当日的延续，想让殿下明白他不愿参与朝政的决心。"莫晗微笑说道。

李渔微微蹙眉说道："常三费六在羽林军颇得人心，刘五如今已经是骁骑营统领，陈七回侍卫处后更是成了徐崇山的左膀右臂，这些人唯朝小树之命是从。如果父皇在世，他们自然不敢有异心，可如今父皇已经离开人世，万一朝小树有何想法，长安城何其危险？本宫不想授命于人。"莫晗笑容渐敛，反问道："那殿下觉得要如何处理朝小树？"李渔沉默了很长时间，明白了大学士的意思，说道："这本就是父皇安排的旧事，只能靠时间来改变，无论是我还是皇后娘娘都无法处理。"

莫晗赞赏说道："正是这个道理，陛下当年在民间创建鱼龙帮，看似不起眼，甚至被御史直斥为胡闹。然而谁能想到，鱼龙帮当年的那些人，如今已经成了如此重要的人物？这些人只会忠于先帝，那么他们便必然会忠于先帝指定的继承人，也就是我们的皇帝陛下。殿下什么事情都不用做，只需要按照旧时惯例，维持通家之好便可，想那朝小树自然明白殿下的心意。"李渔说道："大学士所言有理，稍后本宫便做安排。"

"羽林军、骁骑营、侍卫处，除了先帝，没有谁能向里面伸手，包括皇后娘娘和亲王殿下都一样，当年春风亭雨夜死了那么多人，便是先帝对此做出的宣告，所以依臣看来，长安城的安全没有任何问题。"莫晗的神情渐趋严肃，说道，"臣担心的反而是国境之外。传闻荒原之上，院长拔剑与昊天战，才有西陵联军阵前反目，先帝虽率铁骑大破敌军，但如今院长已去，先帝已逝，西陵神殿必然不会错过这个机会。我大唐虽然强大，但已成举世公敌，四周强敌环伺，稍不留意，便会陷入风雨飘摇之境，据报那位隆庆皇子，已经率领左帐王廷的骑兵，打起伐唐的旗号，准备借燕道而南下。殿下应该劝谕皇帝陛下，多多思忖军马之事，而不是将心思放在朝堂上的这些小事上，外敌当前，切不可生出内乱。"

李渔知道大学士指的是钦天监及天枢处二事，神情微凛，很感激大学士能够直指陛下之过错，说道："大学士请放心，我会与陛下去说。"莫晗点头说道："如此甚好。"李渔又道："左帐王廷伐唐一事，大学士无须太过忧心，隆庆所谓借道南下，世人皆知其直指燕国皇位，崇明太子与我情谊深厚，对此早有预料，冼植朗大将军智谋无双，自然知道该如何行事。"莫晗身为公主殿下近些年来全力扶植的文臣，自然是心腹之中的心腹，当然知道冼植朗是殿下的人，闻言稍微安心了些。

"燕境边衅可以暂且不理，臣真正担心的还是北方。"莫晗担忧地说道，"如今因为皇后娘娘还在贺兰城，北大营地位更显特殊，既不能乱，又不能不管，不知殿下对此可有安排？"北大营镇守着大唐帝国北方绵延无数里的边疆，拥有最多最精良的骑兵，承担着最险峻的使命，与强大的金帐王廷对峙相抗，已经不知多少年。如今北大营的主帅，乃是大唐四大王将之一的镇荒大将军徐迟，这位大将军向来沉稳低调，不显山不露水，最不起眼。然而无论是李珲圆要坐稳皇位，还是大唐要对抗整个天下，徐迟其人，都是无法忽视、无法绕过的一个重要人物。

曾经的四大王将中，镇军大将军夏侯，是皇后的亲信，如今的镇北大将军冼植朗，是李渔的人，只有镇国大将军许世和徐迟，没有任何偏向。他们忠于并且只忠于大唐皇帝李仲易。莫晗大学士现在担忧的便是，徐迟大将军对先帝的忠诚，究竟能不能够顺利地过渡到对当今皇帝陛下身上，还是说会转移到另外一个皇子身上。李渔说道："徐迟将军，绝对不会参与到皇位继承一事之中，这是父皇很久以前便对我说过的事情，所以我相信他会保持中立。"莫晗摇头说道："陛下既然已经登基，大将军再保持中立，那便是不妥。"李渔说道："大学士此言有理，所以我已经派华山岳去了。"莫晗微微皱眉说道："华山岳将军对殿下的忠诚肯定没有问题，他与徐迟大将军家里也有姻亲关系，但这些……没有任何意义。"李渔平静说道："既然我把最重要的任务交给了华山岳，我便相信他一定能够完成我的嘱托，请您放心。"

上官扬羽从宫中回到家里，便闭门不出。老妻坐在床边侍候汤药，忧心忡忡问道："难不成又要打自己一棒子？"上官扬羽哀叹了一声，说道："这次只怕要拿白绫把自己勒死。"老妻吓了一跳，说道："新帝登基，公主殿下权势熏天，她既然看重你，你应了便是，何至于要寻死觅活？"上官扬羽把两只三角眼一瞪，训斥道："你这个无知妇人又懂得个甚？权势熏天也要看能熏几天，我若一头拜在殿下门下，自然可以大把捞银子，官位直上，然则等皇后娘娘带着那位皇子回到长安，我又能怎么办？"老妻听着这话反而笑了起来，说道："老爷整日里说唐律在上，怎么这时候偏忘了？皇帝陛下是拿着遗诏登的基，谁敢反他？谁能反他？"

"说你不懂便是不懂，遗诏固然无法作假，但公主殿下谁都不见，第一个就要见我，这是为什么？说明殿下也在担心长安城生乱。"上官扬羽说道，"什么情况下长安城会乱？自然是有人不满。"老妻越发不解，把汤药搁到桌上，认真问道："谁还能生出是非来？"上官扬羽嗤笑一声，说道："如今朝廷里那些大臣，不管是皇后一派还是殿下一派，都不明白一个道理，在我看来，即便是皇帝陛下和公主殿下都没有想明白，遗诏不是关键，长安城不是关键，就连那些大将军也不是关键。"老妻好奇问道："那什么才是关键？"上官扬羽说道："书院的态度，才是关键。"

43

在这种时刻，还能像上官扬羽一般冷静清醒、准确地在复杂的世界里找到最关键的那个点的人不多，不过总还有一些。朝小树的宅子在东城春风亭横二街上。他抱着孩子，坐在老父亲身边，低声说着话，又用筷尖蘸了酒水伸到孩子嘴边，不等孩子好奇去舔，妻子急忙抢了过去，狠狠瞪了他一眼。今天是朝老太爷的寿辰，朝宅没有大摆宴席，只请了些亲近之人，当初鱼龙帮的兄弟们，从各自衙门请了假，早早提着礼物过来。想着新帝登基，长安城暗流涌动，朝宅设宴必然是兄长有话要交代，大家给朝老太爷磕完头后，便安安静静等着听吩咐，不料朝小树在酒席上什么多余的话都没有说，就是这样一幅阖家安乐的画面。

便在这时，朝宅管事匆匆而入，低声说了几句话。酒席上的人们无不闻言微惊，朝小树却没有什么反应，淡然说道："殿下送了些什么礼物？"管事拿出礼单仔细报了一遍，不敢有任何疏漏。李渔送来朝宅的礼物里，很大一部分是赐给朝老太爷的：有黄杨木的手杖，还有一方寿山石，还有来自大泽的湖蟹，河北郡的九江双蒸，赏给朝夫人的陈锦记脂粉和宫绸，剩下的便是无数送给孩子的玩具。听着管事的声音，朝小树剑眉微挑，他也没有想到殿下会送这些家常的礼物，沉默片刻后，说道："继续吃饭喝酒。"于是众兄弟继续吃饭喝酒。

宴席结束，朝老太爷去后园听戏，朝小树夫人抱着孩子去休歇，所有的管事下人都被请出了花厅，剩下的便是鱼龙帮这些兄弟。朝小树端着茶杯轻轻摇晃，说道："你们现在不是当年的江湖男儿，行事要再低调些，尤其是陈七，这些天你不要理会侍卫处的排班，就算徐崇山怀疑你，你也不要理会，齐四你让帮里的兄弟也安静些。"他已经很长时间没有理过鱼龙帮的帮务，但他说的话，对于鱼龙帮来说仍然像是圣旨一样，常思威这些人，在明面上早已经离开鱼龙帮，在朝廷里任职，但也绝对不会反对他的安排，甚至连问都不会问。

唯一会问的人是陈七，因为他是鱼龙帮的智囊。"五哥那边怎么安排？"陈七看着坐在右首沉默的中年男子，说道，"殿下的应对很得体，我们只能承情，但五哥如今统管着骁骑营，宫里肯定不可能由着他继续沉默，总需要他给出一个明确的态度。"朝小树放下茶杯说道："兄弟们有很多如今都在朝中任职，既然为官，当然要替朝廷分忧，依照唐律旧例该怎么做便怎么做。"花厅里一片安静，虽然众人都承认朝小树说的话是对的，然而如今毕竟不是从前，有很多事情，大家都还看不明白。

陈七看着诸位兄长，微微皱眉说道："我明白大家心里在担心什么，但我觉得没必要担心。遗诏不可能出问题，因为这太容易被揭穿。要知道陛下离世之时，贺兰城里至少有数万人可以做证。"刘五始终沉默，他现在的官职最高，位置最要害，直到此时，才望向朝小树神情凝重地问道："大哥，陛下当年到底有没有对你说过，皇位会传给谁？"朝小树摇了摇头，想着那位鱼龙帮真正的大哥，想着那位曾经的友人，如今竟是再也看不到了，眉眼间不禁带上了一抹疲惫。

"这段时间，大家什么事情都不要做。"他说道。齐四有些头痛，问道："难道就这样等下去？"朝小树说道："我们要做的事情就是等。""等什么？""等皇后娘娘和黄杨大师回到长安。""如果他们回不来怎么办？""那就说明有问题。"……

马蹄翻飞，被雨水浸泡得极为酥软的草皮，被踢得片片飞起。十余唐骑驶入了北大营，无论是骑士还是战马，都显得格外疲惫，身上残着雨水和泥点，模样看上去很是狼狈。北大营的校尉，在比对文书之后，用最快的速度把这十余骑迎入军营，然后召唤役兵准备给这些客人安排热水和饮食。十余唐骑里领头那位将军说道："我要见大将军，别的事情稍后再说。"那名校尉闻言一惊，心想这么短时间，便从固山郡赶到北大营，想来疲惫痛苦得厉害，居然连休息都不休息便要面见大将军，究竟发生了什么事情？

那名来自固山郡的年轻将军，正是华山岳。此人家世背景深厚，又得到公主一系的全力支持，年纪轻轻便担任了三州镇军主管，麾下的军队驻扎在固山郡，无论是地位还是实力都不容小觑。他提出要尽快见到大将军，北大营竟是找不到理由推搪。将军府内，徐迟大将军看了一眼窗外阴沉的天色，沉默了很长时间，然后转过身来，看着华山岳说道："雨停之前，你便动身了？"华山岳恭谨回答道："是的，叔父。"徐迟说道："年轻人做事总是这般急躁，须知兵者乃大事，不可不慎，你身为三州镇军主管，孤身脱离本营，已是违反军例，若你在路上出了什么意外，且不提家中父母如何悲痛，又该如何向朝廷解释？"华山岳压抑住疲惫，说道："事情紧急，所以来得匆忙了些。"

徐迟大将军向来低调沉稳，即便听着"事情紧急"四字，依然面不改色，再次沉默了很长时间，然后缓声说道："你可知道我本来不想见你？"华山岳知道大将军早已猜到自己的来意，微笑说道："但叔父最终还是选择了见我，这表示您愿意听我说些什么。"徐迟说道："我知道你马上要说的话，便是公主殿下……或者说是当今陛下要对我说的话，但我仍然建议你不要说出来。"华山岳微微一怔，问道："为何？"徐迟说道："因为那番话必然大不敬，而我……不想亲手缚你。"华山岳说道："如果叔父听完我的这番话，依然认为是大不敬，那么莫说缚我，就算您斩了我的头颅，我也毫无怨言。"

徐迟静静看着他的眼睛，说道："北大营送往贺兰城的辎重，在大雨刚停的那一刻便出了城，你觉得你要说的话还有意义吗？"华山岳诚恳说道："大将军对陛下和殿下有所误解。从来没有人想过要断贺兰城的粮草，更没有人会无耻到对大唐的军人玩什么阴谋诡计，殿下对大将军的要求其实很简单，只是希望您后续的动作再慢一些。"徐迟眉梢缓缓挑起，声音渐寒，问道："为何要慢一些？"华山岳迎着目光毫不退缩，说道："叔父向来以沉稳著称，先帝才把北大营放心地交到了你的手中。如今新帝登基，长安城暗流涌动，并不太平，皇后娘娘晚回长安一天，大唐便能更稳一分，既然如此，为何不能慢一些？"徐迟沉声说道："陛下还在贺兰城，难道你要我毫不理会？"华山岳说道："陛下总有回到长安城的那天，长安城却禁不起一场动乱。""真是幼稚的说辞。"徐迟面无表情说道，"如果就是这些话，殿下很难说服我。相反，我却会开始怀疑殿下的用意到底是什么。"华山岳说道："遗诏当着满朝文武的面公布，如果有问题，我相信长安城早就有人暗中通知叔父。但既然到现在为止，包括皇后娘娘一派都没有人暗中报知叔父，那么您的怀疑便没有任何意义。"

将军府前忽然微乱，有紧急军情传来，华山岳说道："军情要紧，叔父先行处理，稍后我们再继续谈这件事情。"过了一段时间，徐迟处理完军情，回到屋内，看着站在书架旁拿着一本书在看、实际上神思不知飞到何处的华山岳，说道："金帐王廷有些动静。"

华山岳没有想到大将军会把紧急军情通报给自己知晓，皱眉说道："我自固山郡疾驰而来，途中换了四匹马，比谁都清楚，雨后的道路如何艰险，荒原上想来更是艰难。车队勉强能够通行其间，大批骑兵如何运动？草原骑兵相对轻盈，在这种气候环境里对我唐骑便有优势，既然如此，叔父应该越发谨慎。""总而言之，你就是想劝我接应贺兰城的动作更慢一些。"徐迟大将军盯着他的眼睛，说道，"你不要用金帐王廷可能会埋伏来影响我的判断，因为我的骑兵永远不会被人伏击。殿下是个聪明人，知道我只会听从陛下，依据唐律行事，想要说服我，你一定还有别的手段。"

华山岳从怀里取出用油布紧紧包裹住的几本卷宗，轻轻搁在桌上。"按照殿下的本意，不用拿出这些东西便能说服叔父，那是最好的结果，因为这些东西一旦流传出去，对大唐和先帝的名誉来说，都是极大的玷污。"徐迟听他说得如此慎重，脸上的神情也变得慎重起来，走到书桌后，缓缓翻开那些卷宗，随着阅读，眼神变得越来越寒冷。

44

徐迟读完书桌上这些卷宗后，最直接的反应便是不相信，他抬起头来，看着华山岳冷若冰霜地说道："真是荒唐至极！这手段太下作了！"对于大将军的反应，华山岳并不意外。因为就连他这个公主派的重将，在第一次听闻这个秘辛时，也根本无法相信。大唐皇后娘娘居然是魔宗圣女，这本来就是一件无法令人相信的事情，他就像此时的大将军一样，以为是公主殿下的阴狠手段。

"我一开始也不相信，但证据确凿，不得不信。"他神情黯然说道，"有国师李青山临终前的证词，最关键的是皇后与夏侯之间的关系，只要能够证明这一点，便可以证明其余的所有一切。"徐迟想着先前卷宗里，那些南门观从西陵神殿秘密取回的密档，再与那些宫中的旧年密档相对应所推导出的结果，双手忽然颤抖起来。

"这些年来，叔父您曾几何时听说过皇后娘娘得过病受过伤？当年皇宫清承殿失火，皇后娘娘带着贴身的太监嬷嬷闯火场救人，一时引为美谈，天下皆赞其坚良仁善果敢。然而有谁注意到，那些太监嬷嬷都被烧伤，却唯独三入火场的皇后娘娘只是被烧了些头发，身上没有留下任何伤痕？"华山岳神情凝重地说道，"叔父不要忘记，我们唐人也是昊天信徒，虽说帝国开明包容，但也没有听说过连魔宗的贼人也要包容。当年书院轲先生灭魔宗前后，魔宗余孽潜踪南下，钩织如此大的阴谋，夏侯和皇后，便是这桩阴谋里最关键的两个人，难道您要眼睁睁看着魔宗的大阴谋成功？"

徐迟脸上的神情变得异常严峻，忽然开口说道："如今西陵神殿意欲趁院长与陛下辞世之机伐我大唐，值此危险时刻，我并不怎么在乎正魔之分，只要魔宗能让我大唐强大，那又如何？"华山岳闻言微惊，他毕竟还是太年轻，不像徐迟等大将军，有过与世间诸国征战厮杀，在黑夜里与道门强者周旋的历史，所以他根本无法理解徐迟此时面对西陵神殿的压力，宁肯与魔宗联手的强悍思维。他厉声问道："难道叔父您要看着一名魔宗妖孽做我大唐的太后？"徐迟沉声说道："陛下何等人物，和皇后做了近二十年时间夫妻，肯定早就知道她出身魔宗，既然陛下没有意见，那么我也没有意见。"

华山岳忽然觉得疲惫到了极点，全然没有想到，自己代表殿下拿出的卷宗，居然无法起到意料中的结果，惘然说道："哪怕她的儿子可能统治大唐？"徐迟沉默。华山岳忽然想到殿下在密信里着重提到的那句话，急步走到书桌前，愤怒说道："哪怕陛下英年早逝，是因为当年中了皇后下的毒？"徐迟霍然抬首。华山岳盯着他的眼睛，说道："所有的一切将来都会得到证明，殿下请求大将军您做的事情，只不过是慢一些，大唐能否千秋万代，便在您一念之间。"

长安皇宫内。

当今的大唐皇帝陛下李珲圆，看着阴沉的天空，脸上的神情却毫不阴沉，微笑着说道："皇姐说过，流言不重要，那些乱臣贼子对遗诏的怀疑不重要，谁支持朕也不重要，重要的就是军权和长安城的稳定。"何明池夹着黄油纸伞，静静地站在他的身旁，沉默片刻后说道："殿下多年来熟悉政事，对于这些事情的看法自然值得倚重。"在某方面值得倚重，并不代表在任何方面都值得倚重，这句话如果再往深处推展，如果什么事情都要倚重对方，那么你还有什么用呢？

李珲圆是个很聪明的人，听懂了何明池的意思，脸上的神情迅速变得阴沉声来，寒声说道："不要试图挑拨朕与皇姐之间的关系，看在你最近立了大功的分上，今日朕就当是没有听见，如果还有下次，你知道会如何。"何明池微微皱眉，说道："明白。"

"皇姐前年把冼植朗送到了土阳城，如今东北边军便等若是朕的。舒成根基偏浅，大唐西军偏弱，他如果聪明，在局势未明之前，便不会开口说话。"李珲圆淡然说道，"按时间算，华山岳现在应该正在与徐迟谈话，有那件事情，北大营也不会再支持那个女人。"何明池很清楚陛下说的那件事情指的是什么事情，事实上，皇后娘娘隐秘的来历身世，正是他告诉李渔姐弟的。

"现在唯一的问题，便是在南方养老的许世。"李珲圆蹙眉说道。何明池说道："这也是最棘手的问题。"李珲圆用沉默表示认同。何明池说道："许世是镇国大将军，资历极老，权柄极重，就连羽林军都要听从他的调令，而且他威望极高，谁都动不了他。"李珲圆看着宫殿上方阴沉的天空，脸色阴沉地说道："这个老家伙养了多年老，却始终不肯真正归老，他在朝中，大唐的军队究竟是朕的还是他的？"

何明池沉默片刻后说道："陛下想如何劝说许世大将军？我愿替陛下分忧。"李珲圆微讽说道："当年青山叔叔看着许世都要避让三分，朕就算现在封你为国师，你又能拿他如何？南门观如果有这本事，还用得着屈居西陵神殿之下？"何明池说道："陛下所言甚是，但我相信，在陛下治理下，将来南门观一定会发扬光大，压过西陵神殿，不至令大唐蒙羞。"

"那终究是将来的事情。"李珲圆微微眯眼，忽然说道，"你们与西陵神殿毕竟是一脉所出，来往甚密……你有没有什么办法能够联系到西陵神殿的人？"何明池微觉诧异，状若凝重地反对道："陛下，此事……"

"朕知道这是在与虎谋皮，朕知道西陵神殿那些老神棍要什么，朕给得起。朕也很清楚自己要什么，朕却输不起。"李珲圆摆了摆手，阴沉说道，"正所谓攘外必先安内。我大唐太祖皇帝开国之初，也被迫与荒人签订城下之盟，受尽羞辱，但最终还是把荒人赶出了草原。朕将来必然也会率领大军踏平桃山！"

夫子和唐帝先后辞世，在当时看来，唐人很平静地便接受了这个现实。因为唐人见惯了生死离别，他们的精神气质一直在强悍的道路上狂奔。但事实上，唐人尤其是唐国上层的大人物们的内心，都在发生着潜移默化的变化。那种变化甚至连他们自己都没有察觉到，他们不再像夫子和陛下还在人世时那般自信，那般直接，开始依赖于谋划，甚至开始寻求外部的力量。对于贺兰城里的数万唐军来说，这种影响则更多的是体现在情绪方面，尤其是当军粮开始管制供应之后，城中的气氛变得越发低落。

"雨停之前，已经派出三批传讯游骑，雨停后又派了几批，根据时间推算，应该最迟在后天，北大营的粮草车队便会抵达，娘娘不用太过担心。"汗青将军低声禀报道。皇后娘娘面无表情地说道："如果传讯游骑都被杀了呢？"汗青脸色铁青，想要开口说话，强行压抑住说脏话的冲动，他的愤怒自然不是针对皇后娘娘，而是针对长安城里的某些人。当那天夜里，贺兰城试图再次传讯，却发现长安城皇宫里的符阵被关闭后，贺兰城里的人们，便明白发生了什么事情。

汗青沉声说道："明日便启程南归，娘娘请放心，没有任何人敢拦我们。"皇后说道："没有人敢断贺兰城的粮，徐迟不敢，李渔也不敢，粮队没来，不代表北大营出了问题，问题也许就在荒原之上。"一直沉默的黄杨大师开口说道："我绕东荒先回长安。"皇后疲惫说道："院长辞世，陛下离开，一朝大动，便天下皆动。东荒此时想来也不太平，李渔是个很聪慧的丫头，她不会没有想到这些，她很清楚东荒那边正在发生什么，只是她有信心可以解决，然而我却担心她低估了敌人。"

汗青皱眉说道："皇后娘娘，您说有没有可能……是公主殿下勾结金帐王廷，才断绝了贺兰城的粮道？"皇后摇了摇头，说道："李渔这孩子，虽然眼光格局稍嫌窄小了些，但她清楚自己是唐人，做不出来这种事情……金帐王廷的异动，依我看来，十有八九是西陵神殿的手段，不过相信她会很高兴看到这些。"

无数草原骑兵出现在燕境边陲的原野上。被大雨浇了很多天的原野，很是湿润，任凭大风呼啸而过，也没有任何灰砾飞扬。然而此时，荒原上烟尘滚滚，直冲天穹，可以想见骑兵的数量是多么惊人。隆庆摸了摸脸上的银面具，望向南方燕国故土，眼眸里没有近乡的情怯，没有游子归来的感动，也没有仇恨的火焰，只是漠然。

45

这场战争的起因是荒人南下与左帐王廷争夺草场，其后像滚雪球般越滚越大，直至把世间所有国家都拖了进去。谁也没有想到，左帐王廷却反而渐渐置身事外，在荒原大战里的损失最少，又有西陵神殿暗中的支持，保存了足够强大的实力。左帐王廷数万骑兵挟烟尘南入燕境，打着奉天伐唐的旗号，但在很多人看来，这只是一个相当拙劣的借口。绝大部分人都认为，隆庆皇子在完全掌握左帐王廷之后，终于想要借势夺取燕国的皇位，夺回那些他认为本来应该属于自己的东西。

知道又如何？燕国在大唐的打压侵袭下，穷敝积弱，根本无法应对这群如狼似虎的骑兵。再加上隆庆皇子在燕国内部本来就有很多支持者，各州郡无视京城的震怒，为了保存自己的实力，根本没有做什么认真的抵抗。于是数万草原骑兵轻而易举地不停南进，直到逼近成京城才遇到真正的战斗。燕军根本不是草原骑兵的对手，连战连败。再加上有隆庆皇子的族人与旧将从中联络，成京城北方的十余座城池，接连投降，随着京城北营的哗变，再也没有谁能够阻止隆庆皇子回到久别的京城。夜色深沉，燕国都城城墙上燃着无数火把，把城墙上照耀得有如白昼，戒备极为森严，根本没有人知道本应紧闭的南城门，此时已经悄然开启。数十名守城士兵对着夜色里的原野不停地挥舞着手臂。有蹄声在夜色中渐渐响起，穿出云层的月亮投下清光，显出黑压压一片的草原骑兵的画面，令人震撼异常。成京城破。

草原骑兵的战马马蹄都裹着棉布，但进入南城门后，行驶在相对狭窄的街道上，骑兵的数量太多，蹄声渐密，终究不可能瞒过所有人的耳朵。街道两侧民宅房门紧闭，有胆大的燕人隔着门缝偷偷打量着这些异族的骑兵，数了很长时间，竟也没有看到骑兵队伍走完。燕人震惊并且恐惧，直到此时他们才真切地感受到传闻的真实性，原来隆庆皇子真的成为左帐王廷的主人，今夜究竟有多少蛮人进入了京城？那些传说中残暴成性的蛮人，能够遵守皇子的军令不烧杀抢掠吗？

银面具反耀着火把的光线，变得就像是黄金铸成一般。隆庆皇子看了一眼远处的皇宫，露在面具外的脸颊上没有任何情绪变化，然后取出一张地图，看着地图上绘制的布防措施以及计划沉默不语。草原骑兵能够极为顺利地一路南下，轻而易举地杀进成京城，自然要依赖于他的母族在燕国里的权势，还有他曾经的部属对燕国朝廷无孔不入的渗透力。但他此时看的这张图纸，却并不是那些部属送过来的成京布防图。

这张图是他自己画的。在春天的时候，他带着左帐王廷的骑兵，去伏杀那辆黑色马车之前，他就已经画好了这张图，并且派人送回了成京，如今手上这一份图纸，是他后来按照记忆重新画的一份。想到当日伏击黑色马车，却反而被荒人伏击的画面，隆庆的眉头微微蹙起，如果不是当日损失了很多草原骑兵，他有信心让今夜变得更完美一些。不过胜利便在眼前，待解决掉燕国的事情之后，便率领大军继续伐唐。宁缺的那个国度终究会被自己一把熊熊大火烧干净，还有什么不满意的呢？隆庆看着被夜色笼罩的成京城，看着月光下繁密复杂的街道，与自己在图纸上所做的计划对应，唇角微微翘起。似是在满意地微笑，却又似乎有很复杂的情绪，仿佛他在等着谁，等着什么事情的发生。

成京城西北方向，有幢不起眼的酒楼，在酒楼四周，却隐藏着近百名身背朴刀的唐军，还有数十名唐燕两军的传信兵。酒楼上，冼植朗揉了揉有些疲惫的眉心，回思了一下自己所拟定的战略，确信应该没有任何问题，对一名燕将说道："希望合作顺利。"那名燕将恭谨说道："太子殿下非常感谢公主殿下伸出援手，只是隆庆叛逆声势浩大，殿下请将军一定要保重自己的安危。""隆庆此人有野心有能力，更懂得借势的道理，当初被西陵神殿通缉后，还能在荒原里另起一番气候。"冼植朗说道，"他如今重归西陵神殿，得到道门支持，更是气焰嚣张，但他却不懂一个道理，如果有了神殿的支持便天下无敌，我大唐如何能够生存到今天？"那名燕将说道："若太子殿下能感受到将军此时的信心，想必更加欣喜。"

冼植朗是大唐镇北大将军，本应在土阳城里坐镇，指挥以暴戾强大闻名的东北边军，谁能想到，他此时居然会出现在燕国的都城！他既然出现在这里，那么他的军队自然也在燕国的都城。荒原战争结束之后，大唐军队分两路回撤，东北边军表面上直接撤回土阳城，然而没有人知道，东北边军竟是悄无声息再次潜入燕境，来到成京城设伏。燕国对草原骑兵的抵抗如此无力，放纵对方一路南下，眼睁睁看着他们进入了成京城，都是为了这场隐藏在黑夜里的杀局！这就是崇明太子为自己远道归来的弟弟准备的大礼，这也正是为什么李渔明知道东荒局势有变，却依然信心十足的根本原因。

冼植朗走到酒楼栏杆旁，望向城市南方，看着越来越亮的天空，仿佛听到了那些草原骑兵的蹄声。隆庆率大军南下，对燕国皇位志在必得，而长安城却属意由崇明太子继任燕国皇位，且不论公主殿下与崇明太子的旧谊，只说为了唐国自身的利益，也不可能任由隆庆如此轻而易举地改变燕国的局面。冼植朗想着那些长安城传来的消息，固山郡处传来的情报，脸色渐趋凝重。他没有把自己的军队全部埋伏在成京城中，今夜城中只有四千余骑玄甲重骑，却已经是土阳城最强大的力量，决定性的力量。他不认为那些只有射御之术的草原骑兵，能够在平街上正面抗衡大唐天下无敌的重骑冲锋，但他的精神依然有些紧张。和燕国无关，只与长安有关。

新帝继位，长安城里暗流涌动，国境四方隐藏杀机，无论是为了朝政的安稳还是帝国的安危，这场仗都必须打。这便是新大唐的定鼎之战。一定要打赢，而且必须是完胜。

成京城东北有座王府，王府曾经的主人是隆庆皇子，如今虽然已经废弃多年，却依然能够看到当年奢华精致的残迹。谁都知道，隆庆皇子率大军南下的目标是什么，最安全的皇宫如今成了最危险的地方，所以崇明太子早早便离了宫。他带着忠于自己的下属和几名将领，来到了这间王府，然后把自己反锁在王府书房里，一个人待了很长时间。崇明太子看着书架上蒙着灰尘的书籍，忽然想起很多年前，自己抱着隆庆读书识字的画面，脸上露出一丝怀念的笑容。然后他渐渐平静下来，走出书房。

"谍报司还在计算入城的蛮骑数量，尚未完全计算清楚，但与入境时的数量相比，有很大的差距，蛮骑如今已经抵达教坊司，距离皇宫不远了。"一名官员向他禀报道。崇明太子说道："酒楼那边有没有什么消息？"有下属回报道："唐骑未动，正在等着烟花传讯。"

"看来最开始的牺牲总是难免。"崇明太子说道，"那便点燃烟火，通知城中所有人。"他的声音落下不久，一道艳丽的烟火，从街道对面的官衙里直冲夜穹，这道烟花飞得是如此之高，竟似要触着明月，相信城里所有人都能看得到。崇明太子看着渐渐消失在月光里的烟火，沉默很长时间后，忽然说道："大唐玄甲重骑号称天下无敌，从来没有败过？"

重甲骑兵是野战上最恐怖的战力，就算是实力强横的修行者，也根本无法抵抗，然而世间没有完美的东西，重甲骑兵也有它的弱点。装甲骑具过于沉重，无法长途奔袭，而且受到甲胄影响，在狭窄地域的灵活性，不如轻骑兵，这便是重甲骑兵最明显的弱点。最大的问题，还是在于重骑的养护费用实在是非常惊人。一个重甲骑兵需要配备大量的扈从辅兵，消耗极为可怕，当今世上，除了唐国和西陵神殿，再也没有任何国家，有能力组织起成建制的重甲骑兵。但重甲骑兵被称为战场重器，自然有其道理，这种从诞生之日开始，便被赋予冲锋再冲锋使命的骑兵，便是无数敌人的噩梦。

燕国都城街道长直繁密，按道理来说，并不适合重甲骑兵摆开阵势冲锋，但如今既然有燕国本土军队的配合，随隆庆南下的都是更需要机动灵活性的草原轻骑，这种环境，反而可以让大唐重骑充分发挥冲击力。无论是从战略上来说，还是从具体的战术安排来看，冼植朗都不负智将之名，如果没有意外情况的发生，打着奉天伐唐旗号南下的隆庆皇子和他的数万草原轻骑，在今夜之后便会成为史书上的一小段记载以及街头的一个笑话。

烟花照亮夜空。

酒楼附近的唐军，背着长长的朴刀，抬头看天，神情宁静自信。冼植朗看着那道烟花，轻声下令道："出击。"

隆庆也看到了这道烟花。他的唇角翘得更高了些，显得非常满意。

"冼植朗是在唐国四王将里智谋最出名的一人，习惯于用利益来计算人心，然而他却忘了最重要的一点，利益本身就分很多种，大的利益便是所谓大义。"隆庆望向王庭将领们，说道，"大幕已经开启，这是举世伐唐的第一战，昊天正在看着我们，那么就让我们把这些骄傲的唐人全部杀光吧。"说完这句话后，他轻提马缰，带着十余名堕落将领，驶入街畔一条安静的小巷，他要去做一件最重要的事情，那便是断了唐人的后路。

燕国皇宫在夜色下显得格外美丽，飞檐之下是满山的秋树，被月光照着泛着寒冷凄美的色泽，如同仙境一般。看着远处这幕美丽的景致，想象着冲入皇宫之后，掳掠宫女的快活，草原骑兵的眼睛都变得红了起来，待将领一声令下，只闻呼哨之声大作。骑兵们抽出弯刀挥舞，一夹马腹便向前冲了过去。数百名草原骑兵依次冲过长街，然后纷纷倒下，十余道绊马索，就像毒蛇般，撕裂了不知多少条马腿。在长街两侧埋伏了很长时间的燕军，开始射箭，箭如雨下，不过片刻工夫，那些骑兵便痛号着毙命。战斗开始便再没有终止的时刻，几乎同时，整座成京城都响起了厮杀声和惨呼声，鲜血不停地涂抹着夜色，断肢在月光里飞舞。

"应该没有问题。"燕国皇宫侧方的大直道里，没有一根火把，也听不到任何声音，漏树而过的月光，落在重甲唐骑的身上，让人与马的盔甲表面都泛起了寒光。这里是大唐东北边军玄甲重骑锋营。重骑锋营将领拉下面甲，缓缓抽出直刀，斜指前方的夜色，指向杀声震天的长街，沉声喝道："碾过去！"马蹄渐动，沉重的玄甲重骑踏着坚硬的地面，就像过去无数年间那样，又一次开始了冲锋，大地开始颤动起来。整座城市都开始震动起来。

这场针对隆庆和草原骑兵安排的致命伏杀，一切细节都有经心的安排和设计，唐军和燕军的配合做了很多次演练，非常娴熟。当大唐玄甲重骑如铁流般冲出皇宫侧方的直道，在直道后方牌楼下苦苦支撑的燕军，以最快的速度让开道路。左帐王廷的草原骑兵正挥舞着弯刀，四处寻觅着还活着的燕军，忽然感受到大地的震动，愕然发现身下的坐骑莫名变得不安起来，下意识里向北方望去，然后他们便看到了那些人马皆黑的大唐骑兵。

"唐人！""有唐人！""快撤！"大唐玄甲重骑根本不理会草原骑兵的惊呼，保持着最完美的速度，挟着恐怖的气势，继续向长街之上冲锋，所过之处便有草野渐偃。然而就在这时，有些令人意想不到的事情发生了。

46

街口处的牌楼轰然倒塌。紧接着，相邻数幢商楼接连倒塌，烟尘大作。无数砖屑木块，堆积成小山一般，堵住了长街的退路。

草原骑兵将领脸上的焦虑惊恐神情，变得狰狞一片，他握着弯刀，看着依然保持着冲锋阵势的唐军，不再后退。黑压压的草原骑兵也不再后退。混乱的街面上，忽然出现了更多的绊马索，缠绕住大唐重骑的马蹄。唐骑重重摔倒在地，沉重的盔甲与坚硬的地面相撞，发出沉闷的声音，血水从盔甲里流淌出来。街道两侧的楼里，出现了更多的燕军，他们开始向唐军射箭。箭雨骤然狂暴，有唐骑的盔甲边缘，竟同时射进了数支羽箭。不时有建筑倒塌，横亘在街面上，变成重甲骑兵难以逾越的障碍。有骑兵连同坐骑，整个被倒塌的建筑掩埋，再也无法站起。

这确实是一场伏击。但不是唐军和燕军联手对草原骑兵的伏击。而是燕军和草原骑兵联手对唐军的伏击。

大唐玄甲重骑，天下无敌。今日能否依然无敌？唐军将领看着不停倒下的部属，声音寒冷得就像是岷山上的雪，看着街道两侧的燕军和对面的草原骑兵，说道："把他们全部杀光，我们就能出去。"

伏袭在城市各处发生。唐军遭受了极为沉重的打击，然而他们依然无畏地冲锋着，带着被背叛的愤怒，带着同袍牺牲的悲痛，挥舞着手中的朴刀，突刺着手中的长矛，继续冲锋。东北边军锋营，在长街上面对最艰难的局面，数量最多的敌人，那些如潮水般涌来的敌人，那些射术恐怖的草原蛮骑，似乎怎样杀都杀不光。但世上哪有真正杀不光的敌人？所有的唐骑都有一个信念，就像将军说的那样，只要把面前这些敌人全部杀光，那么我们自然就能够出去。

凄厉的厮杀声、沉闷的撞击声，在长街上不停响起，像潮水般的草原骑兵和燕军，竟是硬生生被唐骑杀得怕了，在两街相交的宽阔地带，出现了一处豁口。锋营将领把已经砍出缺口的朴刀交到左手，沉声说道："继续冲锋！"只要冲出长街，燕国便再也无法组织起有效的拦截，那么他便可以依照大将军事先的计划，经由东城门带领儿郎们回去。他没有回头，也知道自己麾下一千多名重甲骑兵，如今只剩下半数不到。这是数十年来，大唐玄甲重骑所遭受的最惨重的打击。但他并不难过，因为他相信自己麾下的每一个骑兵，在死之前，至少都杀死了数倍于己的敌人。

这样就够了。这样可以挺起胸膛，骄傲地回去了。锋营将领提起马缰，纵马而前，一刀砍下，将一名草原骑兵从刀箭到身体砍成两半，然后穿过血雨，暴然向前。忽然，他握着马缰受伤的右手变得有些僵硬。已经有些疲惫的坐骑，随之停下蹄步。他身后的数百名大唐骑兵，也随之安静。草原骑兵早已被他们杀得魂飞魄散，阵势凌乱不堪，四散在侧。然而先前那个看似可以让唐骑离开的豁口，又已经被骑兵填满。

那些骑兵也穿着黑色的盔甲，只不过与唐骑相比，那些盔甲上绘着繁复的金色符文线条，在夜色中显得更醒目、更光明。在世上，只有两种骑兵有资格与大唐玄甲重骑相提并论。一种是金帐王廷的直属精锐骑兵。还有一种是西陵神殿的护教骑兵。传闻中甚至有神殿护教骑兵过千不可敌的说法。无数年来，大概是为了避免让俗世皇权感到不安，西陵神殿的护教骑兵数量，都被严格控制在千骑之内。然而如今看来，这明显是西陵神殿欺骗世人的说法。因为此时出现在长街对面的西陵神殿护教骑兵数量，便已经超过了千骑。

锋营将领微微眯眼，掀起面甲，望向长街对面。他抹掉脸上的血水，沉默了很长时间，然后忽然大笑起来。"我这辈子都想证明一件事情，你们这些西陵的骑兵，只配给我们提马靴，没有想到，在我临死前，居然迎来了这样一个机会。"锋营将领笑声渐敛，缓缓举起朴刀，说道，"谁愿陪我杀一场？"他身后的数百唐骑齐声应命，毫不畏怯，只有拼死的战意。

酒楼上。冼植朗看着夜色中的城市，双手紧紧握着微凉的栏杆，指节微微发白。他眯着眼睛，沉默了片刻，右手渐松，手指依序在栏杆上轻敲。当他敲到无名指时，便停止了敲击，然后他下达了三条军令。

"锋营散开，禁入民宅令废，随意杀人，务撑到天明。"

"各营半个时辰内突到东城门，路线战术与战前安排相反。"

"近卫营随我去王府。"

酒楼里的军官和传讯兵，怔住片刻，才开始分头行动。以唐军的素质，应该不至于出现这片刻的凝滞，只不过冼植朗这三条军令的内容，即便是他们也都需要时间来消化。让锋营散开，那便等于是让他们送死，来为其余的骑兵营争取脱困的时间。"我们已经败了。"冼植朗看着众人说道，"那就要败得漂亮一些，如果此战之后，你们当中还有活着的人，记得给公主殿下带句话。此战败在'信任'二字，如今已然举世伐唐，那么大唐除了相信唐人，再也不能相信任何人。"说完这句话，他看了那名燕将一眼。

那名燕将是燕国最重要的将领之一，不然也没有资格出现在这里。那名燕将惨然一笑，抽刀自尽。冼植朗向酒楼下走去。数十名身负朴刀的唐军，从夜色里走出来，警惕地注视着四周，他们很明白既然中伏，那么大将军肯定是敌人首先要除掉的人。不过冼植朗不想等着被燕人杀。他的第三条军令，已经表明了他的选择。他将带着近卫营去东面的那座王府。他要去见崇明太子。或者杀死对方，或者被对方杀死。

47

李渔信任与自己相交相识相知多年的崇明太子，所以才会有今夜燕国都城里的背叛与杀戮。冼植朗则信任李渔，但他是以智谋见长的帝国大将，在按照李渔要求配合燕国行动之余，没有忘记做出自己的安排。为了保险起见，他为潜入成京城的数千大唐玄甲重骑安排了一条后路，那条后路，便是在相对最不起眼的东城门处。

军令通过烟花与死骑，从酒楼处传到了成京城各处，大唐骑兵奋勇杀敌，拼命地向着东城门处杀去，渐渐要会集起来。如果任由唐骑合兵一处，再冲出城门进入原野，那么死地便会变成生地，再想把数千重骑歼灭，便会变得非常困难。用多年隐忍与伪装，崇明和隆庆兄弟二人才获得如此良机，怎么可能会允许这样的事情发生，便在战势初起时，四处城门便已关闭。燕人的手段非常狠、非常绝，城门不是像往日那般关闭，而是用万斤石和沉重的铁闸门直接封死，如此一来，战后重开城门，都要动用很多的民夫劳役，这样即便唐军杀到城门处，也根本无法出城。

唯一的变数便在东城门，这里是冼植朗为唐军留下的活路，自然在这里做了安排，数名军中强者带着一百多名唐军健儿，早已控制住了此间。沉重的铁闸门悬在半空中，万斤石距离离开坑道滚落只有数尺的距离，城门处的地面上到处是鲜血，燕国守城军的尸体躺在血泊里。可以想象先前的战斗是何等样的惊险与血腥。

唐军站在城墙腰间，远望着夜色里的城市，听着远处传来的厮杀呐喊声，听着建筑倒塌的声音，脸上写满了焦虑的神情。此时城中的燕军，都被强大的唐骑吸引，就算有人注意到东城门的动静，也没有办法调来足够强大的军队。但他们终究不可能一直撑下去。他们只希望能够尽快看到同袍们的身影。

蹄声渐起。唐军们的脸上流露出惊喜的神情。然而片刻后，他们脸上的惊喜变成了愤怒与失望。

很多穿着黑色神官服的人、骑兵来到了东城门。最前面的那人，戴着银色的面具。来者正是隆庆皇子和他的堕落统领。黑色的桃花盛开。一名唐军强者，拳出如雷，狠狠轰在那朵黑色的桃花上。黑色桃花花瓣微微颤抖。又一名唐军强者，自城墙处掠下。数名唐军强者，极有默契地齐攻隆庆。在他们的眼中，根本没有那些堕落统领的存在，只有这个戴着银色面具的人。

天地气息骤然湍动不安。坚厚的城墙表皮簌簌剥落。古老的城砖都开始颤抖。不知道过了多长时间。只听得轰然一声巨响。万斤石落下。铁闸重重地砸到地面。

"东城门失守。"有下属望着东方升起的那道烟花示警，脸色铁青。

冼植朗停下脚步，脸上的神情却依然平静。他沉默片刻后说道："既然走不了，那便不走了。传令所有营将，锋营现在对上了西陵神殿的护教骑兵，告诉他们，如果不想错过这么好玩的事情，那便都去牌楼坊，事情完后再去皇宫一趟。告诉他们，战事目标已经改变，现在我们的目标只有两个，第一件事情是全歼西陵神殿的骑兵，第二件事情便是烧了燕国皇宫，杀死燕皇。"冼植朗沉默片刻，然后说道："如果能够实现这两个目标，那么就算我们如此白痴地死在这里，对大唐父老也算有了个交代。"

整整一夜时间，成京城都在颤抖。东城门落下的铁闸也在不停颤抖，不时发出沉闷的撞击声，拳打脚踢刀砍之声，过了很长时间，才渐渐没有任何声音响起。天色渐明。白天的成京城，终于变得安静了很多，只有一些地方还偶尔传出追逐和厮杀的声音，官府开始组织民夫和衙役士兵清理街巷。东城门处的铁闸，到了正午的时候，终于被拉了起来。铁闸前到处都是死尸，有唐人的也有燕人的，还有好几具尸体穿着奇怪的黑色的神官服，随着铁闸升起，尚未完全凝固的鲜血像溪水般淌出。

看着这幕惨烈的景象，燕国民夫和士兵的脸色都极为苍白。尤其是当他们看到铁闸上那些深刻的掌印与刀痕时，更是心惊胆战，暗自想着这些唐军究竟是不是人，怎么可能在如此绝境中还有如此可怕的决心？燕国与唐国敌对多年，在战场上却从来没有获得过胜利，一直处于被羞辱被欺凌的一方。昨夜的这场战争，毫无疑问是有史以来，燕国在对唐战争中获得的最大胜利，值得大书特书，大抒燕人多年来的怨气。

面对这样一场胜利，按道理本应该举国欢庆，然而此时的成京城却根本没有这种气氛，胜利的人根本高兴不起来。人们恐惧恶心地收拾着街道上残破的尸身，用扫帚扫着零散的内脏，不知道有多少燕军和草原骑兵，被唐人的重骑踩成了肉泥。

有些街巷里还有零星的战斗，没有燕人敢靠近。只有燕军和草原蛮人拿着兵器，胆战心惊地四处搜寻。在街道一角，有名年轻的燕军发现了一个还没有完全死去的大唐骑兵，挥刀不停砍落，显得格外麻木机械。那名唐军早已不行了，此时身上被砍了这么多刀，也不觉得多么痛苦，看着那名年轻的燕军，眼眸里满是讥讽的意味。他向那名燕军吐了口唾沫，胸肺早已穿了无数个洞，呼吸将绝，唾沫带血，根本吐不了多远，便落在自己的胸上，然后死去。那名年轻燕军却吓了一跳，把刀扔掉，哭喊着逃开。

　　成京城东北方向。隆庆皇子旧王府外。数百名燕军和草原骑兵，把这里围得水泄不通。王府门前，倒卧了很多具唐军的尸体，绝大部分的唐军尸体上都布满了羽箭。有几名唐军已经攻到石阶之上，却未能再进一步。还有几名唐军站在街上，站在重围之中。他们把冼植朗护在中间。冼植朗的身上都是血，脸上没有任何表情。片刻后，又有几名唐军不支倒地。

　　现在便只剩下冼植朗和近卫营的将领二人。那名将领望向四周逼近的敌人，忽然问道："大将军，我们这时候死了，算不算是堕了大唐的威名？"冼植朗说道："所有的错，都是殿下与我的错，与你们无关。"那名将领说道："如此便好，还请大将军送我一程。"冼植朗笑着咳嗽起来，说道："不是你送我？"那名将领正色说道："依唐律军例，我必须死在将军之前。"冼植朗敛了笑容，抽出剑说道："你知道我的剑法很糟糕，请原谅。"将领说道："大将军来土阳城后，我们多有不敬，请原谅。"冼植朗点点头，一剑斩下。然后他望向燕国皇宫方向，脸上的神情显得有几分遗憾。

　　王府正门开启，崇明太子从府里走了出来。军阵渐分，隆庆皇子从外围走了过来。二人看着提剑而立的冼植朗，明明是他们成功地算计了这位以智谋著称的唐国大将，最终获得了胜利，却生不出多少欣喜的情绪。看着那个文弱的将军，隆庆甚至觉得有些寒冷。在昨夜的战斗中，他的肩上受了一道极重的刀伤。大唐骑兵的力量实在是太可怕了，最后暴烈而不讲道理的反击，竟是险些粗暴地破坏了他整个计划。便是战到最后，唐军大势已去时，冼植朗依然在极短时间内组织了一次斩首。如果那时他身旁不是有两名西陵神殿派来的武道强者，两名武道强者以命保护，他只怕已经死在了那次暗杀里，战局必然会再生变化。

冼植朗看着崇明太子，问道："做背叛者的感觉如何？"崇明太子依然风度翩翩，说道："谁都有资格说我背叛，但你们唐人没有。无数年来，我燕国备受欺凌。至夏侯时，我燕国更是苦不堪言，不知多少无辜百姓死在唐人铁骑之下，如果我与你们联手，那才是真正的背叛。"隆庆走到崇明太子身旁，看着冼植朗问道："唐军的悍勇确实非同一般，我现在不明白的是，你还不自杀，是想等什么？"

冼植朗说道："我只是想问几个问题。"

"什么问题？"

"和刚开始一样的问题，我不理解崇明太子为什么会和你联手设这样一个局，相信长安城里的公主殿下得知真相后，也会不理解。"

"你们唐人总喜欢标榜天下大同，以为接纳了一下异国人在朝中为官，在书院教书，便真可以无视国别。其实这不过是因为你们过往这些年足够强大，所以才会有这样的心态，你们根本不知道别人心里究竟在想什么。"

崇明太子说道："我在长安城里当了这么多年的质子，我与李渔妹妹交好，甚至有唐臣劝我就留在长安为官。但你们究竟有没有想过，在长安城的岁月对我究竟意味着什么？有没有想过，我终究是燕人？"

冼植朗沉默片刻后说道："之所以我会相信公主殿下的谋划，愿意信任你，是因为我很清楚，你与隆庆皇子不可能共存，无论是为了燕国皇位，还是为了生存，你都应该很想他去死。"

崇明太子说道："所有的一切都只是假象，我们兄弟二人其实小时候感情不错。后来双方母族对峙，却与我们无关，因为我们从小就很清楚地知道，彼此想要的是什么。我要的世俗皇位，他的目光却在世俗之上，而我们兄弟唯一都很想要的东西，那便是灭掉你们唐国。"

冼植朗摇了摇头，说道："欲望是无止境的，目光在世俗之上也不见得愿意抛弃红尘里的繁华，不然西陵神殿何必在人间搞三搞四？而且你们的族人已经结下血仇，根本无法宽恕，总有一天你会后悔今天的决定。"

隆庆一直沉默，直到此时才说道："不愧是以智谋著称的大唐智将，即便死到临头，也不忘在我兄弟二人心间留颗钉子。"

崇明太子说道："就算真有刀兵相见的那一天，我也不会后悔如今的选择。你们唐人千年以来都没有败过，不知道那种屈辱感是多么地令人疯狂。数百年来，你们施予我们燕人的屈辱感，到了今天便会变成毁灭你们的力量，为了这个目的，无论是我还是隆庆，都愿意付出所有的一切。"

"毁灭大唐？"冼植朗笑了起来，看着这对燕国兄弟感慨说道，"你们终究还是太高估自己，西陵神殿支援你们的护教骑兵全部死了，相信你们积攒了很多年的力量，也全部投在了这一役中，最终你们也只能做到和我们同归于尽。"崇明太子的脸色变得有些暗沉，他知道冼植朗的判断没有错误，为了把大唐东北边军的铁骑尽数歼灭，燕国付出了极为沉重的代价。经过昨夜一战，虽然那数千名恐怖的唐国玄甲重骑再也没有可能重现人间，但燕军和草原骑兵的伤亡竟已经快要十倍于敌人。

更震撼的是，被他和隆庆倚重为胜负手的那一千余骑西陵神殿护教骑兵，竟是在最后的决战中，被已然久战疲惫的唐骑全数歼灭！这样惨痛的胜利，真的能够算是胜利吗？

"我知道你想说什么，你想说东北边军还有很多没有进成京城，但我不得不遗憾地告诉你，我也没有把所有草原骑兵都带进成京，现在那些草原骑兵正和宋陈诸国的联军携手，在追杀你的部队。

"而且你现在也应该判断出，西陵神殿的护教骑兵绝对不止千骑之数，不错，护教骑兵的总数早在五年前便已经超过了一万。"

"如今我燕国军民一心，又有如此强援，如何不能灭唐？"隆庆皇子看着冼植朗说道，"千年以来，你们唐人仗着兵强马壮，四处欺凌弱小，享尽风光，有没有想过也会有败得如此惨的一天？"

"人总有一死，再强盛的帝国，也会有覆灭的那一日。大唐的历史会在哪一天终结我不知道，但绝对不会是在现在，更不可能由你们燕人来终结，"冼植朗说道，"世人皆称唐军为不败之师，其实这是错的。

我大唐军队也会失败，即便与你燕国交战也有输的时候，我们从来不如传闻中所说的那样永世不败，只不过，我们总能获得最后的胜利。"

48

像冼植朗一样坚信大唐必然会获得最终胜利的人，还有很多。有些人已经死在了昨夜的战斗中。有些人还要战斗。

一名唐将，挥刀把一名燕侍卫的脖子砍断一半。他是大唐东北边军锋营统领，姓胜名永利。他的名字很吉利，尤其是对于一名将军来说，无论是先帝还是夏侯大将军，都很喜欢在战报上看到他的名字，于是他的名字在战报上出现的次数也越来越多，牢牢掌握着东北边军最强大的重甲骑营。

当然，哪怕他是皇帝陛下的私生子，也不可能只靠一个名字，便在军中升到这样重要的位置，胜永利很善战善于胜利，这才是关键。他这辈子在战场上杀过很多敌人，有燕国的、有宋国的，有左帐王廷的蛮人，也有南归的荒人，但此时想来，加起来竟都没有昨夜一夜杀得多。

牌楼倒塌，锋营遇伏，他持矛上前冲杀，矛断便换了刀，右臂遭了一锤，肩甲都有些变形，于是他把朴刀换到了左手。朴刀不知与多少草原骑兵和燕军的骨头摩擦撞击过，出现了很多缺口，然后就在那时，他看到了西陵神殿的护教骑兵。他带领着自己的部属，继续向前冲锋，继续杀人。他不记得自己究竟杀了多少敌人。他只记得那些骄傲的西陵神殿护教骑兵，最后脸上只剩下了惊恐和绝望。他只记得所有敢拦在锋营之前的敌人，都变成了尸体。这一杀便杀到天亮。他也已经从牌楼长街，杀到了皇宫里。这段回忆很血腥，也令他感到很愉悦。

鲜血从头顶的伤口里不停淌下，漫过眼眸，胜永利的视野已经变成了血红一片，满是秋树的燕国皇宫，再也显不出丝毫美丽，只有血腥。他已经很疲惫，但想着大将军的军令还没有完成，所以他拖着受伤的右腿，用缺了半截的朴刀支撑着沉重的身体，继续向皇宫深处走去。胜永利没有回头，便知道跟随自己杀进皇宫的部属都已经全部牺牲。因为他没有听到身后有脚步声。胜永利不在乎，他继续向前。血色的视野里，忽然出现了几抹明亮，应该是别的唐军杀进皇宫，想趁乱点火烧宫。可惜的是，经历了连场大战，还能杀进皇宫的同袍人数实在太少，火势很快便被宫里的侍卫和太监扑熄。

胜永利摇了摇头，有些遗憾。然后他看见了一道朱红色的宫门。他不知道这里是哪里。他把半截朴刀夹到腋下，把沉重的宫门推开。门后是一座偏殿，偏殿前后很多惊慌失措的宫女和太监。看到浑身是血的唐军，这些宫女和太监都惊声尖叫起来，太监的叫声，竟比宫女的叫声更加凄厉，更加悲惨。胜永利怔了怔，把朴刀重新握回手中，看到太监宫女身后有个穿明黄色衣服的老头，下意识里觉得自己有些眼花，伸手揉了揉眼睛。手指离开眼睛时，指腹上全是血水。有勇敢的太监尖叫着拿起木棍向他砸去。胜永利想要挥刀，却发现自己所有的力量，都似乎在先前推开宫门的那瞬间使了出去，竟抬不起胳膊。砰的一声闷响，太监手中的木棍重重击在他的额头上。他的额头上已经有两道深的伤口，流了很多血，所以多了这一棍子，也看不出有什么变化，棍棒的力量，却让他眼前一黑，险些倒下。

胜永利摇摇欲坠，却盯着石阶上那个穿明黄色衣服的老头，不肯倒下。他死死地盯着那个老头儿。能在燕国皇宫穿明黄色衣服的老头儿，只可能是燕皇。杀了整整一夜，终于杀进了皇宫，找到了燕皇，眼看便能完成大将军交代的军令，然而他却已经没有了力气，马上将要死去。胜永利很不甘心。非常不甘心。燕皇已经重病多年，随时可能毙命，全靠着长安城派过来的御医和珍药维持，如今陛下已经死了，这个糟老头儿为什么还不死？

胜永利愤怒地吼叫了起来。然后他用尽全身力气，把手中的半截朴刀，向远处那个糟老头儿掷了过去。以身上的伤势来说，他早就应该死了，之所以不死，是因为胸口一直憋着那口气，身躯里所有的力气，加起来也没有剩多少。朴刀破空，歪歪扭扭地飞了过去，没有接触到燕皇的身体，便落了下来，在地面上弹了几下，险些砸中燕皇的脚趾。

燕皇重病缠绵多年，又遇着唐军围攻皇宫，早已骇得神思不清。此时看着那血魔似的唐军向自己掷来飞刀，根本没有看清楚那刀落在何处，只听得一声脆响，吓得脸色骤然苍白，嘴唇发乌，捂着胸窝软软瘫倒在太监的怀里。"惊煞朕也！"燕皇惊唤一声，双脚一蹬，便闭上眼睛，没了呼吸。偏殿里响起一片尖叫声和哭泣声，太监宫女们四处逃窜，哪有人还顾得了燕皇的遗体，慌乱间一名宫女推翻了一盏油灯，幔纱顿时燃了起来。

胜永利看着眼前这幕画面，过了半晌才明白究竟发生了什么事情，喃喃自言自语道："居然被吓死了？这也叫皇帝？"说完这句话，完成冼植朗交付的军令的他，这时候才真正感觉到疲惫和伤痛，缓缓坐到地上，带着一丝满足的笑容闭上眼睛。大唐东北边军锋营统领胜永利，获得了他军事生涯的最后一场胜利。

燕皇驾崩的消息，很快便从皇宫传到了王府前。看着黑烟滚滚的皇宫方向，冼植朗安静了很长时间，然后放声大笑起来，笑声显得格外放肆和快意。"就算是伏袭，就算是公主殿下和我中了你们的诡计，但要灭我东北边军，你们依然要拿一个皇帝的命和一座皇宫来换！"崇明太子的脸色铁青一片，隆庆沉默不语。冼植朗静静看着二人，眼神异常寒冷，说道："这还不够，我现在就可以告诉你们，日后成京城，必遭我唐军血洗。"

隆庆说道："世上再不会有唐这个国家，自然也就不会再有唐军。"

"殿下和我确实是大唐的罪人，但你们莫非真的以为，这场成京之战能决定一切？灭我大唐？就凭你们？"冼植朗看着众人微讽地说道，然后挥剑自刎而死。

49

崇明太子的脸色很苍白，笼在袖中的双手微微颤抖，他看着半为废墟半为焦土的皇宫，想要说些什么，却什么都说不出来。

这场伏击战，完全按照他与隆庆的想法和布置在进行。事前他们便预计到，陷入绝境的唐军必然会发起搏命反击，然而无论怎样想，都没有人能够想到唐军的反击竟是如此恐怖，燕国为之付出的代价竟是如此惨重。父皇驾崩，皇宫被焚，积蓄多年的精锐战力，几乎在这场战争中消耗一空，结果只换来了唐国的东北边军，敌人六分之一的实力，这样真的值得吗？

"我没有骗冼植朗，左帐王廷半数的骑兵，现在正在东方诸州郡里准备捕杀唐军的残余，西陵神殿的护教骑兵确实过万。"隆庆沉默片刻后说道，"我承认自己终究还是低估了唐军的战斗力，如果指挥这批重骑的不是冼植朗，而是原来的夏侯，或者我们现在已经成了阶下囚。但我依然相信唐国会灭亡，我们做的这些事情是值得的。"

崇明太子看着他说道："你为什么这么有信心？"隆庆说道："因为这不是我燕国一家一国之事，而是天下之事。奉天伐唐，这是昊天要让唐国灭亡，有谁能够阻止？"

冼植朗把除了重骑之外的大量部队，都留在了东归的道路上。相对应地，隆庆皇子也把很大的力量，投入到了这片区域。除了他麾下的草原骑兵，宋齐诸国的联军，还有燕国州郡厢军，更重要的是，又有一千多名西陵神殿护教骑兵，加入到这场战争中。西陵神殿护教骑兵和草原骑兵联手，成功地把大唐东北边军分割打散，唐军没有重骑掩护，决定打散编制，穿过封锁线回到唐国境内。如果说是在普通的战场上，唐军当前的将领所做的应对，并没有什么太大问题，问题在于这不是普通的战场，而是在燕国的土地上。

唐燕之间宿怨极深，如今唐国东北三郡的土地，便是多年前硬生生从燕国抢去的，两国之间，隔上一段时间便会爆发战争。最近这些年，夏侯大将军坐镇土阳城，行事风格越发暴戾冷酷，东北边军在燕境杀戮得太过血腥，在燕人的眼里，唐人都是万恶的侵略者；而在燕东的百姓眼中，每个唐人都是应该被打入冥界的恶魔。于是追逐战演变成了一场惨烈的全民战争。燕东所有的民众都被动员起来，哪怕明知道遇着唐军最可能的后果便是死亡，依然有很多青壮年拿着棍棒和农具，上山入田寻找唐军的踪迹，然后用最快的速度报告给官府，再转给西陵神殿骑兵和草原骑兵。

数万唐军，在被分割包围之后，自行打散，然后再被包围，渐渐变成无数的小队，在燕东的山林里艰难地向唐境穿行。有唐军坠入燕国猎户设置的陷阱，然后被冷酷地弃之不理。有唐军寻找食物被庄上的壮丁发现，被数百人活生生用棍棒打死。昆山郡某处峰顶，数名唐军看着逐渐向峰顶搜来的燕国百姓，脸上的神情由最初的愤怒和惘然，渐渐变成平静，然后开始整理装备。

有燕人隔着数十丈的距离，对着他们愤怒地喊道："当年你们杀我燕人妇孺时，可曾想到，你们唐人也有像丧家狗一样的今天！"一支羽箭飞来，准确地射中那名燕人的咽喉。一名唐军面无表情收弓，冷漠地说道："两国交战，不是你杀我便是我杀你，我这辈子杀了十七个燕军，你怎么把这笔账找回来？"围山的燕国百姓一阵骚动，然后是更加高涨的愤怒与仇恨，一名白发苍苍的老人厉声喝道："大家不要怕，他们的箭数有限，宋家庄昨夜打死了三个唐国骑兵，难道我们陈家村上百男儿，还奈何不了这几个没马的唐贼？"

先前射箭那名唐军，是这支小队的低级军官，队伍里其余的人，都已经死在西归的道路上，如今只剩下了他们四个人。他看着那些面带激动之色、手持农械逐步逼来的燕人，微微皱眉，带着下属，开始射箭，箭射完后，拔刀。直至力竭，他看着那些燕人说道："蠢货。"然后他带着下属，冲崖而死。

成京一战，大唐东北边军最精锐的玄甲重骑覆灭。这是世间很多人记忆中，唐国第一次遭受如此惨痛的重创，更是号称永世不败的大唐玄甲重骑，第一次成规模被歼灭。

整个世界都被震惊了。本来应该更加令人震撼的燕皇驾崩、燕国皇宫被焚，则完全被人们遗忘。在世人看来，毁掉大唐的玄甲重骑，付出再大的代价都值得。消息以最快的速度传到了西陵神殿。那座庄严肃杀的黑色裁决神殿里，回荡着一种极为诡异而压抑的气氛，红衣神官和裁决司黑衣执事们，跪在地面上，大气都不敢喘一声。唐军覆灭，对于西陵神殿来说，当然是件极好的消息，重归道门的隆庆皇子，替西陵神殿立下如此大的功勋，也令裁决司里很多人感到精神振奋。

然而如今裁决神殿的主人是叶红鱼。裁决神殿里的人们，不知道裁决神座对于这件事情，尤其是对于隆庆皇子立下赫赫战功一事，会持怎样的看法。叶红鱼坐在墨玉神座上，就像是一颗镶嵌在墨砚里的珍珠，她身上那件血红色的裁决神袍，就像是珍珠外裹着的红布。她确实没有想到，隆庆居然会做出这么大的事情来。她更没有想到，成京一战从开始到结束，自己都没有收到任何风声，这说明自己对裁决司的掌控依然有漏洞，而掌教大人还是不信任自己。

此时回想起两年前，她应宁缺的请求，千里北上追杀隆庆，当时崇明太子统帅燕国军方，却没有做出及时的应对和反应，令她很是不悦。如今想来，那兄弟二人在世人面前演了这样一出好戏，那便是自然之事。看着跪在殿内的红衣神官和黑衣执事们，叶红鱼的唇角微微扬起，她知道这些人的心里在想什么，也知道他们畏惧自己动怒。然而何怒之有？叶红鱼从墨玉神座里站起身来，看着众人说道："都准备一下。看来用不了太长时间，神殿的骑兵，便会出现在唐国境内了。"

50

成京一战，举世震惊。真正受震撼最深的，当然是大唐帝国。

朝堂之上的气氛格外压抑紧张，前些日子，一直沉默低调的皇后一派官员，挺直身体，盯着御椅后方那道珠帘。大唐监国，公主殿下李渔便在那道珠帘之后。那些大臣毫不掩饰自己眼神里的愤怒，大唐东北边军精锐尽没，多少年来也没有出现过这样的事情，这令骄傲的唐人如何能够承受？如今长安城里街头巷尾都是对此事的议论，对新帝和监国公主的指责，洗植朗是被殿下强力推到镇北大将军位上，而决意与燕军联手，也是殿下独断的谋划，如今惨败如此，殿下不负责，谁来负责？

大唐皇帝李珲圆，看着这些臣子的脸色和眼神，气得险些握碎御椅的扶手，恨不得派羽林军把他们叉出去，只是想着皇姐上朝前的交代，硬生生把怒意压了下去，然后望向文华殿大学士莫晗。"燕国皇宫被焚，燕皇被诛……我不是想替洗植朗大将军和东北边军的众将士分辩什么，我只想说，他们没有丢我们大唐的脸。"莫唅脸色阴沉继续说道，"如果在这种时候，哪位大臣想对壮烈殉国的将士有诸多指摘，请恕老夫当场便要问候他的贵亲。"这句话很粗俗，但其实很老辣。

皇后一派的官员们，即便暗地里把冼植朗和东北边军的将领骂得猪狗不如，但在朝堂之上，却没有任何人敢说三道四。英灵终究不可辱。

那些将士已经为国捐躯，但总还有活着的、需要负责任的人。礼部尚书出列，对着珠帘拱手一礼，平静而直接地说道："臣以为，成京一战的责任在殿下，不知殿下可有什么说法？"朝堂上一片安静。谁都知道皇后一派不会放过这个机会，但没有多少人，包括皇后一派自己的官员，没能想到礼部尚书竟是直接道破此事，不给皇帝和公主任何机会。半晌后，李渔的声音从珠帘后响起："所有责任，都在本宫。战事毕，本宫以命相抵。但在此之前，诸位大人应该想清楚，如今我大唐最紧迫的事情是什么。"

因为前线战事失利，尤其是很多唐人这一生都没有见过的惨败，长安城的气氛很是压抑，虽然没有什么愁云惨雾，唐人们议论此事时，更多的是愤怒，但总之没有太多人有心情去饮酒作乐。松鹤楼今天却依然灯火通明，因为有豪客早在数日之前，便包下了整座酒楼，待朝会散后，宾客渐至，热闹始回。

"成京城惨败，东北边军的将士正在异国拼命，你我却在酒楼相聚，虽说心正不怕道是非，美酒可怀英灵，但美姬则是万万不可。"

"曾静大人依然不肯来？值此危急关头，他怎能安心在府中养花锄草？"

"人各有志，莫要逼他。"

今夜松鹤楼上，是皇后一派官员的聚会，大概是自认为无事不可告人，光明正大，所以竟是没有做任何遮掩。礼部尚书看着席上众人，微微皱眉说道："今日相聚，最主要的问题便是东疆之事，不知诸位对殿下在朝会上的说法有何意见？"

有官员冷笑着说道："以命相抵？这话与市井泼妇赌命发誓之举有何区别？殿下在荒原上和蛮子待的时间长了，怎么学会了这招？"

礼部尚书斥道："说的什么胡话？赶紧闭嘴。"

那名官员道歉，却依然不依不饶，说道："我倒是想问问诸位大人，我大唐历史上，可有皇帝或监国因为前线战事失利而抵命的先例？既然没有，殿下说这话是什么意思？为了堵住世间众人悠悠之口？待战事结束之后，难道你我还真去逼宫问罪要她死？这实在是荒唐到了极点！"

太常寺卿轻捋胡须，沉思片刻后说道："不过殿下如此做法，至少可以消解一下军中将士的怨气……如今国势危急，皇帝陛下和殿下接下来的处置措施还算得当，把固山郡和北大营的兵力向东移动，算是稳妥。"

先前那名官员冷笑道："不过是头痛医头，脚痛医脚的法子。补锅匠谁不会做？若要我说，东疆空虚，也可以动用征南军，殿下决意动用固山郡三州，谁不知道她是想华山岳能够击溃燕军，好替她挣些颜面回来。"

礼部尚书听着这话，眉头皱得更深了些，说道："征南军远在森林边缘，与清河郡之间隔着崇山峻岭，只能绕行山南道，路途遥远，等征南军去往东疆，填补东北边军留下的缺口，燕军只怕已经打到了长安城下。"

那名官员闻言一怔，不再说话。

"李大人先前说到了一句话，本官以为那才是重点。如今国势危急，一应争执，都应该在朝堂之内解决，我大唐君臣，当齐心对外才是。"礼部尚书看着席间众人，殷切嘱咐道。

有人忧虑说道："然则皇后娘娘和六皇子究竟什么时候能够回长安？"

松鹤楼的聚会，很快便结束了，皇后一派的官员最终决定暂时安静，等着熬过这段艰险的时光，再来议及其余。

然而通过那些官员的态度，包括朝廷对东疆布防空虚一事的安排和长安城里百姓的愤怒，依然可以看出，如今大唐从君到臣再到普通百姓，虽然悲痛愤怒于成京一战的结果，却依然坚信大唐不会失败。诸葛无仁已经辞去了天枢处主管的职务，他也参加了这场松鹤楼的聚会。只是此人平时行事有些险厉阴狠，众人不愿与他多打交道，如今他已经辞了官职，请他与会已是看在皇后娘娘的面子上，谁会与他多说什么？诸葛无仁很清楚大臣们对自己的看法，他没有流露出什么怨恨的神情，只是比往常显得更沉默一些。在他看来，这些大臣只会夸夸其谈，根本都不知道眼下的重点是什么。

大唐军队为何会迎来一场惨败？国势为何危殆？正是因为如今皇宫里那对姐弟来位不正，愚蠢不堪，只要能够迎回皇后和六皇子，大唐必将河清海晏，所有的问题都将迎刃而解。离开松鹤楼后，诸葛无仁没有回府，而是向皇城方向走去，他知道辞官之后这些天，南门观里始终有修行者跟着自己，所以他也没有刻意掩饰他的行踪，反正他要去的地方，不是所有人都能进去的。他去的，是皇宫的侍卫处。

徐崇山如今已经是大唐宫廷侍卫处总管。这位与宁缺打过多次交道的沉稳长者，依然像从前那样憨厚可亲，直到他看到诸葛无仁那张像毒蛇似的脸。"诸葛，你现在再出现在这里，是不是有些不合适？"徐崇山看着诸葛无仁说道，神情略显凝重警惕。诸葛无仁说道："我想，再如何不合适，也不会比你出现在这里更不合适。"徐崇山皱眉说道："不知道你在胡言乱语什么。"诸葛无仁笑了笑，说道："我是说，没有什么，比一个魔宗高手在我大唐皇宫担任侍卫总管这件事情更奇怪的了。"徐崇山的眼睛缓缓眯了起来，有寒芒闪过。

诸葛无仁仿佛没有看到他的反应，径直走到椅旁坐下，掀前襟抖了抖不存在的灰，平静地说道："有时候想起来，还真的佩服你们这些人。明明修行的是魔宗功法，却怎么能瞒过这么多人的眼睛，变成一个武道修行高手？夏侯大将军当年好像从西陵神殿处得到了某种功法，莫非你也学了？"徐崇山到了此时，反而变得平静下来，倒了杯茶缓缓饮着，却没有理会他。诸葛无仁看着他继续赞叹地说道："魔宗真的很厉害，被轲先生剿了一遍，又被西陵神殿满世界追杀，居然还能保留下来这么些人……当年拟订这个计划的人，应该就是传说中的莲生神座吧？啧啧，如果这位大人物能活到现在，如果夏侯大将军不是被宁缺杀死，那么我大唐的宫廷岂不是会完全被你们掌握？"徐崇山微微一笑，说道："你明知道现在无论你说什么话，长安城里都没有人会信，那么你现在可以说出你的来意了。"

诸葛无仁缓缓敛了笑容，站起身来，盯着他的眼睛说道："我不知道皇后娘娘和魔宗有什么关系，但我可以很确定，无论是夏侯还是你，都是娘娘的人，而我也是娘娘的人，所以我们应该联手做些事情。"徐崇山闻言沉默，片刻后说道："你要做什么事情？"诸葛无仁说道："既然你是娘娘的人，那么……你应该很清楚要做什么事。"徐崇山缓声说道："你是要让我去死？"诸葛无仁说道："如今荒人即将灭族，大唐如果再覆灭，世间便再也找不到一个地方可以容留你们这些魔宗余孽，既然总是要死，为什么不死得有意义一些？"

马士襄站在土墙头观天色。荒原的天空很阴沉，连续好多天都是这样，看似要下雨，却始终未下。东北边军在燕境覆没的战报，早已经传到了渭城。先帝的灵柩还在贺兰城迟迟未归，皇后娘娘还有那位小皇子不知道什么时候才能回到长安，整个大唐帝国的天空阴云密布，就像渭城一样，风雨将至却不知何时至。

马士襄的神情非常凝重，却不是因为大唐现在面临的艰难局面，他只是边塞最普通的低阶裨将，没有资格也没有办法去忧虑整个帝国。他奉命驻守渭城，需要忧心的便是渭城。

51

如今渭城似乎像过去那些年一样太平，但有些事情，却令马士襄心忧。最近这些天，经过渭城的商队寥寥无几，虽说有那场连绵暴雨，让草原酥软泥泞难行的缘故，但还是透出了几分古怪。最令他感到警惕的是，据游骑回报，长年盘踞在梳碧湖的马贼群，忽然消失无踪，没有任何人知道，那些天杀的家伙去了何处。

宁缺还在渭城的时候，七城寨对梳碧湖的清剿收割最是频繁，打柴的收入最为丰厚，然而即便在那几年，马贼群依然不舍得放弃梳碧湖。马贼最近一次集体离开梳碧湖，是因为那辆黑色马车，是因为宁缺带着那丫头远远看了渭城一眼，那么这一次他们失踪又是因为什么？

马士襄走下低矮的土城墙，一面与城里的军卒摊贩打着招呼，一面走回简陋的军帐，看着昨日北大营发来的军情简汇，沉默了很长时间。时间渐渐流逝，军帐被掀开，一名满身灰尘的校尉匆匆走了进来。

马士襄双眼骤亮，霍然起身说道："怎么说的？"那名校尉摇头说道："开平那边说，军情早已快马送至北大营，而且其余的六个城寨，也都发现了些古怪，只不过北大营方面迟迟没有回音。"

"镇北军有一部分随陛下亲征东荒，现在还停留在贺兰城里，音讯全无，如今朝廷又要调兵去土阳城布防……"马士襄看着那份军情简汇，眉头皱得极深，继续说道，"大将军府现在主要精力都放在东进上，对下面报上去的军情，只怕有些怠慢。"那名校尉问道："那可怎么办？"

"我最担心的还不是这个。"马士襄忧虑地说道，"我最害怕的是，如果镇北军主力真的调到东面，金帐王廷精骑全力南攻，就算大将军府能反应过来，却也没有力量阻挡。"那名校尉的脸色顿时变得极为紧张，声音微颤地说道："这些年来，王庭的骑兵只敢侵袭骚扰……怎么会有这么大的胆子全帐南下？"马士襄淡然说道："院长和陛下先后辞世，朝堂不宁，如今东北边军又遭重创。王庭骑兵就像是一群饿狼，当我们强大的时候，它们不敢有任何异动，但当我们稍显孱弱的时候，它们便会亮出獠牙。"那校尉问道："将军，那我们该怎么办？""凉拌……今晚让厨子弄盘苦苣凉拌了吃，我这些天火气有些大。"马士襄站起身向帐外走去，说道，"另外告诉所有人，戒备等级提到最高。库房里记得还有十几把火枪，拿出来整整，小心明火。"

在风雨将来天色晦暗的时刻，大唐边境渭城最高军事长官，如过去这些年里一样，像交代杂事般交代着职司，寻常而细致。他明年便要荣休，回到故乡抱孙，他比谁都不想再遇到战争，但他比谁都清楚，当战争来临的时候，谁都无法逃开。好在他见过很多战争，见过很多死亡，所以虽然隐隐知道，这一场仗会与过去有很大的不同，但他依然很平静，睡得很香甜。

清晨时分，被紧急警信惊醒，马士襄还有闲暇洗了把脸，戴盔穿甲，拭剑紧弓，精神抖擞地在士兵们的护卫下，再次来到渭城城头。朝阳已经离开了地面，把荒原照得红暖一片，笼罩渭城多日的阴云终于散去，然而渭城里的人们，看着眼前的画面，却感觉不到一丝温暖。

无数金帐王廷骑兵，沐浴着晨光，像黑压压的狼群，覆盖着城外的原野，根本没有办法凭借肉眼，数清楚他们的数量。马士襄眯着眼睛，看着金帐骑兵深处那杆王旗，忽然得意地笑了起来，说道："我们居然正好是在单于的行军路线上，这下老魏他们不得羡慕死我？"渭城城头上的唐军，知道将军说的老魏是开平集的军事主官，这一辈子都把将军压得死死的，平日里将军没有少说此人的闲话。如果是平时，众人难免要迎合打趣两声，但今天没有人能够笑出声来。他们的脸色非常难看，握着刀柄的手都有些寒冷。

马士襄敛了笑容，神情肃然地问道："前天让你们备的马准备好没有？"有副官在旁应道："报告将军，都已经准备好了。"

马士襄问道："是不是最好的马？""是。""是不是最好的骑手？""是。"

"一骑向开平集报讯……老魏那边估计也差不多，派一骑去够了。"马士襄严肃地说道，"四骑往北大营报讯，另四骑南归长安城报讯，记住换马不停蹄，现在整个大唐都需要你们的速度。"已经提前被挑出来的九名唐军，大声应是。马士襄看着渭城外的画面，淡然说道："告诉长安城里的人，不要再管什么隆庆皇子，不要再管东边那些杂碎，我大唐真正的敌人出手了。"九名唐军从渭城后方离开，带着数十匹渭城最好的战马，开始执行自己的任务。

马士襄回头望向墙下面色如土的酒楼老板、洗衣大婶和人数不多的居民们，沉默片刻后说道："抱歉，士襄身负守土护民之责，但今日恐怕是护不住你们了。或者离开，或者进地窖藏身，相信我，我大唐军队总有回来的那一天。"副官问道："将军，敌人势盛，我们接下来怎么办？"渭城所有军卒，都望向马士襄。马士襄花白的头发，在晨风里轻轻飞扬。"为大唐守国门，那么总还是要守的。""遵命。"

渭城外的金帐王廷骑兵开始动了。整片荒原都开始震动起来。渭城的土墙不停地颤抖，簌簌落着积年的灰。黑压压的草原骑兵，像潮水般铺天盖地而来，渭城瞬间被淹没。

天启十八年秋，大唐东北边军覆没。长安城意欲调镇北军一部，前往土阳城抵抗燕军入侵。便在此时，安静了数十年的金帐王廷，调集所有力量，以雪崩之势南掠，入侵唐境。七城寨的唐军，奋勇抵抗，奈何敌人势盛，接连被破。草原骑兵继续南下，兵锋直指长安。

52

金帐王廷南侵的消息，就像是一场山火般，迅速烧遍整个世界，震撼了整个中原。

长安城的反应极为迅速，李渔以强大魄力，压制住朝堂上哗然的皇后派大臣，不顾自己事后可能成为笑柄，连续发出数道军令，命令正在向土阳城方向移动的镇北军马上回撤，与北大营成犄角之势，在河北郡外，连续布下两道防线。同时她命令镇南军立刻结束与原始森林里那些野人部落的缠斗，要求他们在最短的时间内赶到帝国北疆参战，同时令舒成分出征西军一部沿葱岭北上，从侧后方对入侵唐境的金帐骑兵进行骚扰游击作战。最令朝中诸臣感到震惊的是，李渔竟是毫不在意长安城可能脱离控制，把自己掌握最深的羽林军也调往了北疆！

紧急朝会上，诸位大臣都承认，殿下的安排没有任何私心，而且极为及时，但仍然有人表示了激烈的反对。在那几位大臣看来，镇北军无法支援土阳城，那么燕军和左帐王廷的骑兵，便可以长驱直入，殿下又把羽林军调往了北疆，到那时候兵临城下，长安城怎么办？镇北军连番周折，士气必然受损，还不如依先前决议继续前往土阳城，而抵御金帐王廷南侵的重任，则交给其余的军队。李渔只用了两句话便解决了这场争执。

"长安城不可能被攻陷。我都不怕死，你们凭什么怕死？"

新帝登基后，李渔一直表现得很宽仁温和，之所以此时，她会一反前态，展露出自己绝对强硬的一面，是因为她比谁都清楚，金帐王廷的可怕。她曾经嫁给过金帐王廷那位雄才伟略的单于，她在那片荒原生活过很长一段时间，她知道那些安静了很多年的草原骑兵，才是大唐真正的威胁。直到现在，她的护卫还是从荒原上带回来的那些蛮族汉子。她很清楚，金帐王廷就是一只怪兽，只是被大唐压制了数百年，如果大唐无法再压制，那么必将爆发出难以想象的摧毁力。和金帐王廷骑兵比较起来，左帐王廷的骑兵就像是还没有长大的孩子，燕军更像是只会哭泣的少女。在金帐王廷南侵的可怕压力下，李渔根本没有兴趣去理会隆庆皇子率领的那些军队，她很清楚只凭大唐广阔的疆土还有各州郡的地方军队，便会让那些人变得疲惫不堪，除了百姓会遭受一些损失之外，根本影响不了大局。所以哪怕皇后一派的官员反对，哪怕就连最忠诚于她的臣属，都小心翼翼地私下表示了质疑，她依然坚持调集整个帝国的力量，北上。

以后的事实，会证明她现在的决定是正确的。然而在当时，没有多少人能够理解她的决定。她自己在朝会散后，也感到了极度的疲惫，一抹隐隐的恐惧，在内心最深处缓缓浮起。难道这就是自己篡改父皇遗诏的报应？便在这时，殿外传来一阵喧哗，她眉头微皱，还没有来得及说什么，只见数名官员在太监的带领下匆匆而来。李珲圆带着何明池和天枢处的新任总管，也从侧门里走了进来，众人脸上的神情都异常凝重。李渔心头微凛，神情却没有什么变化，问道："发生了什么事？"何明池看了皇帝陛下一眼。李珲圆走上前，把手里的一封信递给了李渔。那位自宫外而来的大臣，声音微颤地说道："西陵神殿刚刚颁下诰书。"

西陵神殿的诰书，连同掌教大人的一封亲笔信，送到了长安城。在诰书中，西陵神殿揭穿了皇后娘娘的身份来历，指出唐帝庇护魔宗余孽长达数十年时间，乃邪恶污秽之国，书院前后两代遇天诛，全是因为不敬昊天，故神殿号召举世伐唐。又言金帐王廷南下，亦是奉昊天之令，劝谕唐国信徒不得抵抗，务以推翻黑暗皇室为要务。李渔看完了神殿的诰书，又开始看掌教的亲笔信。相对于神殿文辞华美的诰书，掌教大人给她的亲笔信要简单得多，上面只写了一句话："夜幕遮星，唐将不宁，殿下降了吧。"她沉默不语，握着信纸的手指不停地颤抖。

大殿里一片安静，李珲圆紧张地看着自己的皇姐，何明池微微低着头，太监宫女们脸色苍白，大臣们瞪圆了眼睛。如果说金帐王廷南下，是大唐帝国数十年来所遇的最强敌人，那么西陵神殿的诰书和掌教大人的这封亲笔信，便是所有唐人最忌惮的事情。是的，在这个世界上还没有能够击败大唐的国家，哪怕是金帐王廷，只要大唐帝国能够撑过最开始这段时间，最终还是能够获得胜利。然而如果整个世界都开始进攻大唐，大唐还能顶得住吗？很多年前，大唐曾经面临过类似的局面，但那时候的大唐有夫子，现在夫子已经登天。

以举世之力伐一国，换成另外任何一个国家，在这种恐怖的压力和绝望的前景面前，想来都会直接崩溃。大唐没有崩溃，整整一千年锤打出来的信心与强大气魄，让生活在这里的人们警惕不安之余，仍然没有生出放弃的念头。朝廷所有机构都以最快的速度行动起来，长安城里一片肃杀，各项军令从长安城发出，向广阔疆土的每个区域送去。相形之下，大唐政治军事权力中心的皇宫，却反而变得安静下来。该做的事情都正在做，那么除了等待还能做些什么？李渔站在石栏畔，看着夜空里那轮月亮，沉默不语。她想着西陵神殿掌教亲笔信里那句话，想着多年前钦天监做的那句批示，负在身后的双手缓缓握紧，指甲割破掌心，染了一抹血色。她深深吸了一口气，强行压住心头的那抹恐惧与惘然，转身绕过殿侧，行过那小湖，走进了御书房。

自篡改遗诏，让李珲圆登基后，她便再也没有进过御书房。因为这间并不大的房间里，满溢着父皇的味道，她觉得有些压抑。但今天她还是来了，因为这时候她需要父皇给予她精神上的安慰和支持。一名军部将领走进御书房，行以军礼。战争还没有波及长安城，但整个帝国都面临着战争，所以现在已经不是和平时期，而是战争时期。

"许世将军什么时候能抵达长安？"她看着这名将领问道。

53

这名将领不是李渔的人，也不是皇后的人，而是许世的人。他不知道公主殿下为何问出这样一个问题，沉默片刻后回答道："既无旨意，将军自然还在南方。"

"这种时候，还是坦白一些为好。如果我所料不差，父皇去世的消息传到南诏后，许世将军就已经踏上了归程。"李渔接着说道，"现在不是追究这些事情的时候，我要让你转告老将军，如今的长安城，如今的帝国正是最需要他的时候，西陵神殿诏令天下伐我大唐，定然会对他不利，请老将军务必小心。"那名将领没有想到公主殿下非但不怪罪军方自行其是，反而有这样一番嘱咐，说道："请殿下放心，大将军一定能平安返回长安。"听到这句话，李渔的心神终于稍微放松了些。

接下来被太监带进御书房的，是宋御史。御史与军政之事没有任何关联，李渔召见他，却是因为军政大事，因为这名宋御史是她与清河郡诸阀之间的联络人。"朝廷已经调回镇北军，西军一部及镇南军亦已收到军令，不日即将北上抵抗金帐王廷的骑兵，西陵神殿筹谋多年，南晋皇帝丧子之痛未消，必然有大军自南而来，想要挡住他们，便只能依赖大泽上的水师和清河郡诸阀。"李渔说的这些事情，都是朝堂上过了明路的安排，不存在泄密的问题，她静静看着宋御史说道，"本宫不会忘记承诺清河郡诸阀的事情，也希望诸阀在此时有所表现，对于诸阀在西陵神殿里的安排，本宫非常期待。"

宋御史毫不犹豫地双膝跪倒，大礼相拜，诚声说道："请殿下放心，清河郡十万州军还有诸阀合计三万庄军，定会与水师诸部配合，拼死也要把神殿来敌和南晋军队挡在大泽以南，即便最终不敌，也一定会为帝国争取到足够的时间。""很好。"李渔静静看着他说道。当宋御史离开之后，英华殿大学士莫晗从书架后走了出来。他看着御书房紧闭的大门，略带忧虑地说道："若有镇国大将军坐镇长安，无论是军心还是民心都会得到进一步的稳固。臣担心的还是清河郡，诸阀虽说臣服多年……"

"不用担心。诸阀耗费了如此多的资源，才把珲圆和我推到这个位置，即便他们有别的想法，也不可能在如此短的时间内，强行改变方向，不然那种强大的撕扯力，会让诸阀内部出现极大的问题。"李渔不等他说完，神情冷漠地说道，"而且诸阀后人，包括崔老太爷的二公子和几名亲孙都在长安，他们岂能生出异心？"莫晗思忖片刻，觉得殿下的安排，确实没有什么漏洞，但他脸上忧虑的神情依然没有完全消除，说道："书院还是没有什么动静？"李渔沉默，忽然拿起案上的一块镇纸摔到地上。

啪的一声，镇纸碎成无数块。她无法压抑心中的愤怒，身体微颤道："书院依旧封门不见客……我大唐养书院千年，现在帝国危殆，难道他们还不肯出手？"便在这个时候，有太监在御书房外轻声说了句话。李渔怒意未消，寒声喝退。那名太监声音微颤，却没有依言退下，仍然继续说道，有人要见殿下。听到那个人的名字，李渔怔住了。莫晗微微皱眉，说道："殿下自己见他便是，本官先行告退。"

连夜入宫，强硬要求面见公主殿下的人，是朝小树。难怪无论是侍卫还是太监首领都不敢斥退，连不禀报都不敢。李渔看着秋树下那名青衫中年男子，沉默片刻后说道："前些日子，我专程请朝二叔入宫，朝二叔不予理睬，为何今日却又要来见我？"朝小树说道："前些天殿下见我，是为了朝政之事，我当年便对陛下说过，我不会理会大唐朝政，所以我不愿意入宫来见你。"李渔微微蹙眉，问道："那为何今夜又愿来见我？"朝小树说道："因为这不再是朝政之事，而干系到大唐的安危。"李渔说道："朝二叔有什么事情，请直接说。"朝小树说道："我想请两道圣旨。"李渔有些吃惊，问道："圣旨？你要做什么？"

朝小树说道："一道圣旨给鱼龙帮，如果长安城被西陵神殿的道人挑弄混乱，帮中兄弟方便出面替陛下镇压。"李渔静静看着他，似乎想要看出他这句话里是不是隐藏着别的意思，说道："长安城不会乱，所以我想这道圣旨没有必要。"朝小树看着她，说道："殿下真有信心长安城不会乱？"李渔说道："城中有长安府，有侍卫处，还有骁骑营……"不等她把话说完，朝小树说道："我想请的第二道旨意，便是与骁骑营有关，我想陛下或殿下你授我临时之权，统辖骁骑营上下。"李渔的眉头蹙得更深了些，很不理解他的要求，说道："我已经承诺，长安城绝对不会乱，无论那些忠于皇后的官员如何讨厌，在解决外患之前，我绝对不会对他们动手，那么你还要骁骑营做什么？""我要带着骁骑营离开。""你要离开长安？"

"不错。"朝小树看着她说道，"你我都清楚，大唐如今所有的军力，都要用来抵抗金帐王廷，和西陵神殿北上的大军，还要留一部分盯着月轮国，如今东北边军已然覆灭，朝廷再也找不到任何军队去抵挡燕国来的大军。"李渔摇头说道:"固山郡和各州都还有厢军。"朝小树说道:"厢军行动迟缓,无法跟上草原骑兵的速度。"李渔说道:"那些东荒的草原骑兵,没有什么危险,即便放他们进入国境,也无法影响到整体的战局。""但大唐东部的子民,会被杀害,会被掳掠,会被活活烧死。"朝小树静静看着她,说道,"我知道你在想什么。放纵那些草原骑兵入侵,只要他们抢劫得越厉害,杀烧得越厉害,军纪越败坏,他们的行动就越迟缓,就像贪心的狗熊一样,最终会累得不行,甚至吃撑到根本再也没有吃饭的欲望,于是便无法威胁到长安和大唐最繁荣富庶的要害。"

李渔冷声反问道:"难道这样不对?""损失一些老弱妇孺,普通百姓,被烧的也是田野村庄,破落小城,却能节省一路大军,有可能换来大唐千世太平……如果这么来看,这当然是对的,甚至可以称得上是睿智的决定,冷静的应对。"朝小树沉默片刻后,接着道,"但大唐不只是长安城,那些老弱妇孺、普通农夫,也是唐人,那些田野村庄、破落小城,也是大唐。"李渔说道:"所以……你要带着骁骑营去东方?"朝小树说道:"不错,如果陛下还在世,他早就会做出这样的安排。"李渔说道:"哪怕你明知道,骁骑营根本无法改变东面的局势?"朝小树说道:"至少,我们要让那片土地上的人们知道,大唐没有忘记他们。"李渔沉默了很长时间,然后说道:"第一道旨意我不会给你。"朝小树说道:"多谢殿下。"

李渔在御书房里召见诸人的时候,她的弟弟李珲圆,也在自己的宫中与人谈话,只不过这场谈话进行得并不愉快。何明池看了一眼殿外漆黑的夜色,转过头来,看着脸色铁青的李珲圆,说道:"朝小树这时候正在御书房中,却不知道他与殿下在说什么。"李珲圆极为焦躁地挥动着手臂,呵斥道:"那些事情自然有皇姐安排,你关心那些事情做什么,我只问你还有没有办法联系到西陵神殿的人。"何明池微微躬身,说道:"陛下,这时候就算能联系到西陵神殿,也不可能再让他们改变主意,要知道神殿已经发出诰书,双方已经撕破了脸。"李珲圆闻言怔住,脸色变得越发难看,右手不停地颤抖起来,想要握住桌上的茶杯喝口茶,却险些把茶杯碰落到地上。"赶紧想办法。"他紧张地说道，"如果不能联系上西陵神殿，那么赶紧让人想办法联系上许世将军，告诉他，西陵神殿准备在路上对他进行伏击。"

何明池闻言微惊，说道："陛下……难道你想让这件事情曝光？"李珲圆缓缓抬起头来，狠狠盯着他，咬牙寒声说道："就算让军方知道朕曾经试图与敌人联手，诛杀镇国大将军，朕也要把这件事情挽回来！朕本来以为不过是隆庆带着草原骑兵扰边，哪里想到，最终竟变成了举世伐！朕要保住大唐，便要保住大将军，你马上去办！"

朝小树离开了皇宫。他没有拿圣旨，拿的是李渔的手书。如今李渔监国，有此手书，而且骁骑营统领是自家兄弟，所以他有信心，能够带着骁骑营离开长安。回到春风亭横二街后，朝宅开始大摆宴席，又请了戏班来热闹。值此大唐风雨飘摇之际，此等做派，实在是有些刺眼。但无论是参加酒席的宾客、抱着孩子默默哭泣的霖子，还是手持拐杖神情宁静的朝老太爷，都没有人提出任何意见。这是辞别的酒、壮行的酒。

宋御史离开了皇宫。他按照李渔的意思，先去了清河会馆，与清河郡诸阀子弟相见，与崔老太爷的二公子进行了一番长谈。然后他带着崔二公子回到府中，大摆宴席，请了十余名歌姬来热闹。酒席散后，宋御史酩酊大醉。御史夫人心疼地侍候着他，说道："醉酒伤身，而且老爷本身便是御史，这种时刻还做出这种事来，只怕会被人攻讦。"宋御史睁开眼睛，看着床顶的帷帐，沉默了很长时间后，自失一笑说道："酒席有很多种，辞别酒，壮行酒，今夜的酒席，我是让宫里看的，我是要让宫里觉得我们这是在杯酒祭家乡的故人。"

"朝廷怎么可能完全放心我们这些来自清河郡的人？无论是我还是崔二公子，就是清河会馆里每个门阀子弟，都有暗侍卫常年跟着。"

"所以到最后，都是一个死字。"

"今夜这场酒，其实喝的是壮胆酒。"

"但为了千世之业，便是断魂酒，也要一饮而尽呀。"

……

夜色笼罩着崤山。崤山下有军营，由十余军帐组成，想来人数并不多。其中一座军帐内，不停传出痛苦的咳嗽声。许世已经很老了，无论是脸上的皱纹，还是一日重过一日的肺疾，都在证明着这一点，但他却不容许自己倒下，尤其是在现在这种时刻。他是大唐镇国大将军，军方事实上的领袖，深受皇帝陛下信任恩宠，这些年大部分时间，都是在镇南军中，因为南方的湿热气候对他的身体有好处。崤山离镇南军有数百里地的距离，只不过稍北一些，恼人的肺疾再次复发，老将军的胸膛就像是破鼓一般，令营中所有近卫军都感到痛苦。

在皇位之争里，话语最有力量的许世大将军，始终保持沉默。当年因为对书院的警惕，很多人包括李渔姐弟在内，都疑心他暗中支持皇后娘娘。但事实证明，他谁都不支持，他只支持皇帝陛下。皇帝陛下辞世，他便支持皇帝陛下的遗诏，所以他现在支持李渔姐弟。然而当召他回京的圣旨，一直没有到镇南军时，他忽然觉得这件事情有些诡异。他带着一百余名近卫离开了镇南军，潜行山林，向长安城而去。

夜宿崤山下。王景略对于大将军的决定再次提出了质疑。许世把眼睛一瞪，厉声喝道："将在外，君命有所不受，更何况现在君都他妈的没了！"王景略后来回忆着这句话，总是有很多唏嘘感慨。人老了，总会容易变得像小孩子一样喜欢赌气，许世大将军急着回长安，有他忧心国事的原因，但再往深处想，大概只是他急着回去见陛下最后一面吧。

54

王景略把洗脚水倒到帐外，取毛巾替许世擦脚，用力擦着将军脚底的老皮。

"按照我的预计，圣旨这时候恐怕已经到了镇南军，您说我们这么偷偷摸摸地离开，违反唐律军纪不说，万一出点儿啥事怎么办？"

"我没有带着大军离开，这一百多名近卫，是当年陛下赏给我的私军，只是因病来山中休养，哪里违反了唐律军纪？就算违反了，谁敢治我的罪！"

"得得，您就当我没说，怎么现在脾气越来越大了。"王景略有些恼火地说道。

许世现在确实像孩子，见他恼火，自己反而开心地笑了起来，安慰说道："不用担心，我堂堂镇国大将军，走在大唐国境里，难道还能有什么危险？"

便在这个时候，帐外传来了紧急军情。

金帐王廷大军南下！西陵神殿诰令天下伐唐！

军帐里一片死寂，王景略脸色很难看，许世的脸上也早已没有了笑容，回复到大唐军方首领应有的威严与沉稳。

"你马上回镇南军。"许世看了一眼帐外黑沉的崤山，说道，"如果新帝和殿下没有犯糊涂，这时候让镇南军北上的军令，便应该已经到了。"王景略微微一怔，说道："那您呢？"许世说道："既然举世伐唐，我当然要去长安城坐镇，你不用担心什么，殿下肯定有旨意让我尽快北归。"王景略点了点头，但总觉得哪里有些不对劲，忽然想到一件事情，蹙眉说道："西陵神殿既然发出诰书，他们肯定想对您不利。"许世微笑着拍了拍他的肩膀，说道："先前就说过，这是在我大唐境内，谁敢来杀我这个镇国大将军？"王景略说道："现在还有什么事情是西陵神殿不敢做的？"

"我从军数十年，难道不比你清楚？如今我们在崤山之下，如果有人想要对我不利，便要从清河郡那边翻山越岭而来，清河郡那边的人又不是瞎子。"许世微笑说道，"而且你要弄清楚，我虽然已经老了，但不是那么好杀的，世上有资格来杀我的人，没有几个。"王景略心想确实是这个道理，扳着指头数来数去，还真找不出来谁能真正威胁到老人家，老人家虽然很老了，但还是很强的老人家。

军情要紧，王景略要带回许世大将军的最新军令，还要协同镇南军将领组织北上抗金之事，所以连夜离开了崤山下。就在他离开崤山后不久，许世穿好军靴，认真地戴好盔甲，然后走出了军帐，看着夜色中的山林，缓缓眯起了眼睛。营帐里的近卫们，听到了盔甲与剑鞘撞击的微声，极为警惕地走出帐来，来到大将军的身边，低声询问发生了什么事情。许世没有回答，只是静静看着夜山。他很想像先前支走王景略一样，支走这些近卫。但也正像他先前对王景略说的那样，这些近卫是皇帝陛下赐给他的私军，忠诚无双，无论在任何情况下，都不会离开他的身边。

"世上有资格来杀我的人，确实没有几个。"许世看着安静的夜林，缓声说道，"西陵神殿掌教大人，魔宗二十三年蝉，剑圣柳白，还有那几个年轻的天下行走……我总以为这些人不会以千金之躯犯险来杀我，更没有想到，居然是您来亲自出手。"

一道洪亮如雷的声音，忽然在夜山里响起。"夫子与唐帝死后，大将军你便是唐国最后的精神气魄，如果我不亲自出手，岂不是显得对你太过不敬？"话音落处，峭山一阵震动，山岩崩落而下。一座巨辇，碾林碎石而现。辇上幔纱万重，纵在漆黑夜色里，也能看到里面光芒万丈的那个高大身影。西陵神殿掌教大人亲至。辇畔是六十四名西陵神卫。

"荒原之战前，掌教大人多年不下桃山，如今竟为了我这个老病将死的老家伙深入唐境冒险，许某也不禁生出些飘飘然之感。"许世的声音就像寒冷的钢铁，一字一字破风而去，落在黑暗的山林里，在巨辇之前炸响，"但我还是想知道，今夜究竟谁能活着。"说完这句话，他忽然咳了两声。

王景略正在夜林里疾行。忽然他停下了脚步，抬头向上空望去。今夜有云，无月，天穹一片漆黑。此时忽然落起雨来，雨水落在他的脸上，啪啪作响。雨水流进他的嘴里，感觉有些咸与涩。王景略霍然转身，向来路奔去。当他冲出夜林，来到一处崖头时，只见远处山林崩飞，飞沙走石，即便夜雨再如何狂暴，也无法遮掩住那处恐怖的天地元气冲撞。王景略清晰地感觉到了许世大将军的气息。他感觉到大将军的气息越来越黯淡。他跪倒在雨水里，撕心裂肺地喊道："不！"

直到此时，他才知道，将军先前已经隐约看到了命运的走向，所以才会让自己回镇南军，实际上是让自己避开这场惊天之战。春风亭雨夜后，王景略从军，便一直在许世将军麾下。这些年来，他像子侄般服侍着将军，自幼便习惯了孤单的他，开始喜欢上军营的嘈乱，他甚至觉得许世大将军就像自己的父亲。他微胖的脸渐渐瘦削，他那颗游戏人间的心渐渐沉静，他渐渐明白相对于自由，世间还有很多别的美好，同样值得珍惜。然而在今天这个雨夜里。那些美好都被撕碎了。

王景略跪在滂沱的大雨中，失声痛哭。

不知道过了多长时间，他重新站了起来，抹掉脸上的雨水和泪水，神情渐显坚毅，转身向北方狂奔而去。他不回镇南军。他要用最快的速度回长安城。他要告诉长安城的人们。许世大将军死了。那个杀死大将军的可怕强者，正在向长安城而去。而清河郡……叛了。

清河郡的风景明秀雅致，民宅白墙黑檐，高低互现，清溪石桥，与大唐别处的壮阔风景，有着很大的差别。风景最好，还是富春江。清河郡诸阀的庄园，都设在富春江畔，为首的崔阀庄园，自然占据着江畔最美丽蜿蜒的一段石岸，和最清秀的一片山林。只是地处南方原野，山林虽秀，却远远谈不上险峻。崔园深处的小楼里，依然像从前那般昏暗。崔老太爷把热毛巾递给身后的儿子，看着椅中那六名皓首老人，叹息说道："昊天垂怜，在我们死之前，终于能够等到这场千年未有之变局。"

其中一名老人平静地说道："所谓心意，早在多年之前便已定下，各族祖训，时刻未忘复国之事，只是有些细节，仍须好生斟酌。"崔老太爷平静地说道："具体的事务，自然有族中子弟去执行，我诸姓在清河郡生息多年，断然不会出任何问题。""大兄所言甚是。然则各族子弟在长安城中为官求学者众，李家断然不至于让我们有机会接他们出城，这……该如何应对？""李渔殿下之所以信任我们这些老头子，除了认为我们承受不起临时转向的撕裂，便是相信我们舍不得那些族中的血肉。"崔老太爷淡然说道，"然而她不知道，我清河郡诸姓，从数百年前开始，便一心一意想着复国，根本不是临时转向，她也完全想象不到，为了完成复国大业，莫说那几百个族中子弟，即便是死再多的人，我们也在所不惜。"

看着那几名皓首老人复杂的神情，崔老太爷微微一笑，说道："你们也不用提前便开始伤感，只要战事进行得顺利，李家为了日后的打算，说不定非但不敢对我们族中子弟痛下杀手，甚至还要好好供养着。""只是战事真的能够顺利进行吗？""道门筹谋多年，唐人骄横奢浮，如今东北边军覆灭，金帐王廷南下，掌教大人亲自出手，许世必死无疑，只要清河郡大开方便之门，西陵神殿大军与晋军挥兵北上，且不说唐国会否灭亡，但长安城再也无法对我们颐指气使。""说起来，还要感谢那位书院十三先生宁缺，如果不是他要护着冥王之女，院长怎么会遭天诛而死，如果不是他在荒原上一箭射死了南晋太子，南晋皇帝此番又怎会像发疯一样，发起全国动员？"崔老太爷微笑地说道，"清河郡日后复国成功，当在富春江畔修一石碑，记载此番盛事，到时可千万莫要忘了加上宁缺的名字。"小楼里响起老人们欢愉的笑声。

清河郡诸姓的历史，要比世间绝大多数国家都要绵长，在千年之前，这里本来就是诸阀轮流统治的松散国家。依凭着宗族礼法，崔宋诸阀始终保持着强大的凝聚力，而清河郡更是被他们经营得铁板一块。无论长安城怎样试图分化剥离，都只能触及最外层的存在，而无法深入到清河郡的核心地带。如今的清河郡及阳关城，从城守到州军将领，再到逾千名中低阶官员，或者便是诸阀子弟，或者便是与诸阀有切身利害关系的人。

就连朝廷严厉看管的大唐水师，也被清河郡诸姓渗透得非常厉害，这也不能怪长安城警惕性不高，水师招募兵员，自然是清河郡百姓应征居多，而清河郡的百姓与其说是唐人，还不如说是诸阀的下人。随着时间流逝，那些曾经不起眼的普通水师官兵，熬着资历，积攒战功，渐渐获得了相对重要的职务，虽说水师的高阶将领，依然全部是长安城任命，由别处调来，但水师中下层则已经无法摆脱清河郡的控制。

天启十八年秋天的某一日。崤山西麓还在下着暴雨，东面的清河郡则是阳光明媚，秋风送爽。

阳关城守府召集诸衙官员，商议集军配合水师，抵御南来侵略之敌的重要事务。所有官员都应命而至。几道茶水过后，阳关城守府司兵参军钟大俊，面带微笑走了进来。城守府大门关闭。官员们面面相觑，不知发生了何事。钟大俊挥了挥手。城守府里响起暴怒的斥问声和痛苦的受伤声。鲜血染红了青石板。

几乎同时，清河郡诸姓，邀请大唐水师诸将，前往富春江畔某处，商议战事。鲜血染红了富春江。清河郡诸阀再如何势大，也不可能把忠于朝廷的官员和将领校尉一网打尽，所以在那个阳光明媚的秋天，清河郡和阳关城里，爆发了很多场战斗。根据事后统计，一共有三百多名大唐官员被斩首,大唐水师从主将到辅兵,死了一千多人,还有一千多人被押送到富春江下游的煤山做苦役。叛乱这种事情,一方筹谋隐忍等待千年,一方毫不知情,那么胜负之势早定,唯一可能影响结局的,便是民心。

清河郡的民心很复杂。他们习惯了诸阀才是真正的天,他们对于别的州郡唐人,有毫不掩饰的优越感和轻蔑感,他们对长安城没有任何好感。但毕竟在大唐统治下生活了这么多年,当唐人当了这么多年,他们无数次感受过大唐的荣光,并且为之而骄傲。现在……却要叛出大唐?尤其是那些年轻的清河郡民众,甚至包括一些年轻的诸阀子弟,都完全无法接受这件事情,无法相信眼前看到的画面。然而就在他们准备发出自己声音的时候,他们苍老的祖父、严厉的父亲,便出现在他们的面前,把他们拖回族祠,令他们跪在祖宗牌位面前,开始讲述很多年前清河郡亡国的悲痛历史,声泪俱下地怀念着旧日的荣光。

年轻的清河郡人,对那段历史没有忘记,但他们更爱大唐,他们更爱做一个骄傲的唐人,所以父辈们的话,对他们并没有什么力量。然而……难道他们能举起手中的刀剑,砍向自己的亲人?

大唐天启十八年秋。夫子登天。皇帝辞世。书院封门。东北边军于成京一战覆灭。金帐王廷南下。清河郡叛变。西陵神殿与南晋数万大军,浩浩荡荡,遮天蔽日而来。镇国大将军许世战死。紧接着,月轮国大军进入葱岭。举世伐唐。大唐,似乎已经注定要灭亡。

在这个时候。有个穿着黑衣的年轻男人,正行走在荒原深处。他刚醒来不久。醒来之后的每个夜里,他都在和月亮说话。他怀念着自己的老师与妻子。他不知道人间发生了什么。

如果他知道了,能够改变这一切吗?

55

看着夜空里那轮月亮,宁缺泪流满面,直到发现自己的哭声比远处传来的狼嚎还要难听,才有些窘迫地止住。清醒过后,饥饿的感觉瞬间占据他的身心，空荡荡的肠胃就像是书院后山崖洞口的天地元气，不停挤压折磨着他。通过清晰而可怕的饥饿感，他确认自己已经昏迷了很多天，难怪身体虚弱得厉害。从身边的草里找到几株可以食用的野草，和着雨水塞进嘴里，咀嚼至绵软的絮子，艰难咽进腹中，过了片刻才觉得好了些。这时候的他，并不知道夫子登天之后，整个人间落了好大一场雨，看着草甸上的水珠，并没有把这当成一回事。

待到清晨月亮消失，看着朝阳辨明了方向，宁缺开始向南行走。他现在的情绪低落无措，并不是很确切地知道自己要去哪里。那么便回长安吧。他的家在那里，书院也在那里，虽然现在无论是老笔斋还是雁鸣湖畔的宅院里都没有人了，虽然那个老家伙再也不可能回到书院。走了没有多长时间，他看到了远处天边蒙着白雪的山川，便向那边走去，这一走又走到了黑夜，走到了月亮爬上天空。这样的日子重复了一段时间，他依山南行，夜夜看月，偶尔会忽然发起脾气，又着腰对着那轮明月骂个不停。

宁缺知道老师应该还活着，只是换了一种方式存在，还在天上与贼老天战斗，那轮月亮在云间穿行，就像是战旗在招展。但他还是觉得很伤感、很愤怒。因为月亮怎么看，也不像是老师。

"面如满月，那是形容漂亮的公子哥，哪里像你？"宁缺抽出朴刀，一面嘲笑着夜空里的老师，一面把刚逮到的一只雪兔开膛剖腹剥皮。元十三箭和别的武器，全部随黑色马车一道，遗落在泗水河畔，现在他的身上，只有那把朴刀。有时候他偶尔会担心大黑马现在怎么样。把兔子清理干净以后，他举到身旁空中，说道："别烤煳了。"

他在喊桑桑去烤兔子。但现在没有桑桑了。他低着头，沉默了很长时间，然后又喊了一声："桑桑……"

清晨醒来，宁缺在山脚下继续南行。只要顺着山脚往南走，便能走到岷山，便能走到长安，便能回到书院。路上他遇到了一个很小的牧民部落。这个牧民部落属于金帐王廷，从他的服饰口音里认出他是唐人，非但没有请他吃饭，还试图把他杀死，抢掉那把明显不凡的朴刀。于是宁缺便把那个小牧民部落里的人们全部杀死了。事后，他饱饱地吃了一顿羊肉，喝了两袋马奶酒，找了个没有血腥味的帐篷美美地睡了一觉，这些天积累下来的疲惫与难过，终于得到了一些疏解。离开满是尸体的牧民部落时，他肩上多了一把黄杨硬木弓，身下多了一匹马，还用绳子牵着一匹马，那匹马上系着四根羊腿。

又过了数日。宁缺终于看到了山脉中那个著名的缺口，然而他喜悦的呼喊还没有来得及出口便咽了回去，他脸上的神情骤然变得十分凝重。贺兰城下全部是金帐王廷的精锐骑兵！看着那处黑压压的画面，至少有数千骑之众！真正令宁缺感到震撼的，是草原骑兵的后方的四辆马车。以他敏锐的目力，能够清晰地看到，那几辆马车上镶嵌的金银珠宝，还能看到车厢里那几块由精钢铸成的圆盘，那些圆盘上全部是密密麻麻的线条。每辆马车上，都站着几名全身披甲的草原强者，之所以能够确认那些蛮人是草原强者，因为他们身上的甲不是皮甲，而是草原上极为罕见的金属重甲！这些草原强者，并不是真正的主角。他们只是奉命保护圆盘，以及使用圆盘的人。每辆马车上都坐着位枯瘦的老人，其中三位老人穿着明亮的王庭贵族服饰，颈间套着用人骨磨成的项链，唯独最后方那辆马车上的老人穿着普通寻常的草原服装，身上也没有什么特别的装饰。

"大祭司！"宁缺看着这幕画面，皱起了眉头，他虽然没有在战场上面见过草原王庭的大祭司，但却听多了马将军和其余军官对这些人的形容。唐军作战依靠阵师符师，草原王廷作战依靠的便是这些能够用圆盘与天地元气交流的巫师，他们被王庭尊称为祭司。只有实力真正强横，能与草原直接交流的祭司，才有资格被称为大祭司，被赋予珍贵的金属圆盘。宁缺很难理解，金帐王廷为什么一次出动了三名珍稀的大祭司，而且看最后那辆马车里的老人，只怕地位还要在这三名大祭司之上！

难道说贺兰城里有什么长安城的重要人物？他不认为这些草原骑兵和大祭司是在攻打贺兰城，因为大祭司再如何强大，也很难攻破建造之初便做了相应符阵改造的贺兰城，至于那些没有攻城器械的草原骑兵，别说数千骑，就算来数万骑也没有意义。

大雨停止之后，还没有等贺兰城里的人们做出决定，金帐王廷的骑兵和那四辆古怪的华丽马车便来到了城下。贺兰城已经被围多日，城里的气氛很是低落压抑。此时城中还有逾万大唐铁骑，还有黄杨大师这样的高人，还有数名军中强者，按道理来说，怎么也不可能被数千草原骑兵便围住。但这却是事实。镇北军铁骑在金帐骑兵刚刚抵达城下的时候，便出城发起了一次强悍的突袭，那次突袭，也是事后数次尝试里最接近成功的一次。因为那次突袭时，四辆马车上的王庭大祭司，才刚刚开始施展手段。

草原早已被连绵大雨浇透，那四名金帐王廷的大祭司，不知使用的什么手段，竟是把贺兰城前的大片草原，变得更加松软泥泞。贺兰城的地基经过阵师改造，可以不受大祭司的影响，但城外方圆数里的草原，则是完全变成了沼泽一般的地面！大唐骑兵再如何能征善战，勇敢无畏，奈何马蹄陷入草原地面，根本无法冲到对方的阵营之中，只能眼睁睁与敌人对射而死。

"几年前荒人南下第一场战争的时候，左帐王廷的祭司便用过这一招，当时军部从长安城里发来军令，令诸军商议如何应对，众将想着，我大唐铁骑与荒人不同，走的便是机动路线，断不至于被一片草原便围死……"汗青将军站在城头，看着城下密密麻麻的草原骑兵，看着那四辆马车，看着那些唐军的尸体，脸色变得极为难看，说道，"然而我们却忘记了一件事情，这种妖法用来困住贺兰城，却是再合适不过，而且如今看来，这四名金帐王廷的巫师，明显要比当年左帐王廷的巫师强得多！"

如果是以前，贺兰城里储存着足够多的粮草，无论金帐王廷怎样围城，唐军都不会有任何惧怕，然而如今镇北军一部也在贺兰城中，城中的粮草本来就已经濒临枯竭，这时候被敌人围城，便显得非常危险。"依末将看来，必须早下决心，经由山缺折向东荒，然后绕行燕北，回到国内，只有这样，才不至于被生生困死在这里。"汗青看着站在城墙畔的皇后娘娘沉声说道。皇后娘娘摇头说道："金帐王廷单于既然敢对我动手，连隐世多年的国师都请了出来，那么他的主力骑兵已然南下入侵大唐。我现在担心的是长安城的安危。"皇后娘娘的神情依然十分平静，轻声说道："如果只是金帐王廷一家，给单于再添几个胆子，他也不敢南下放马。所以现在大唐面临的局势，必然比我们看到的、想象的更加艰难，说不定便是举世伐唐的局面。"汗青说道："那我们更应该进攻燕国。"

"东荒不太平，绕行燕北，要花太长时间，而且进攻燕国，根本无法拖缓别的敌人的脚步，我们现在最需要的就是时间，我们要尽快把镇北军带回去，因为大唐比任何时候都更需要这支骑兵。"皇后娘娘转身，看着汗青和镇北军的两名将领，微微一笑地说道，"我知道你们在想什么，想着镇北军如今粮草不济，就算赶回去又能起什么作用。你们错了。镇北军留在贺兰城，没有粮草，便是大唐的负担与牵挂，而如果我们能够南归，找到粮草，我们便是令敌人畏惧的力量。"她缓声说道："我不知道长安城有没有想到这一点，我也不知道北大营的粮队是被王庭烧毁还是根本没有来，但很明显，金帐王廷单于很清醒地看到了这一点，所以他才会付出这么大的代价，要把我们困在这里。"

汗青将军沉默片刻后问道："娘娘，那我们应该怎么办？"皇后娘娘说道："我们必须要趁着还有最后一些粮草，尽快突出贺兰城。"汗青微微皱眉，那两名镇北军将领的脸色也有些黯淡。娘娘说的道理，其实他们都懂，问题在于，城墙下唐骑的遗体证明了这件事情的困难度。"杀死那三名祭司就够了。"皇后娘娘看着城下，看着草原骑兵后方那四辆华美的马车，眼睛缓缓眯了起来，从唇间流出的声音，仿佛也变得冷了几分。

一直沉默在旁的黄杨大师，忽然微笑说道："或者，我去试一试。"皇后娘娘摇头说道："草原蛮人的射术太好，大师过去太危险。"一名镇北军将领咬牙说道："娘娘，末将麾下还有数名武道强者，今夜如果依然有云遮住那轮明晃晃的怪东西，让他们再试一次。"皇后娘娘依然摇了摇头，说道："前面已经试过两次，既然失败，便不要再试，这些将士的生命，日后应该有更重要的用处，不要白白牺牲在这里。"

贺兰城头一片沉默。究竟该怎么办？此时城中身份最尊贵的便是皇后娘娘，陛下辞世前遗诏已经说明由六皇子继位，将领们自然唯娘娘马首是瞻，然而在众人看来，娘娘毕竟是个弱质女子，她又能想出什么办法？皇后娘娘微微一笑，仿佛想起了很久以前的一些回忆。然后她轻声说道："我想试一试。"

无论是汗青还是那两名镇北军将领，都以为自己听错了。然而在他们还没有反应过来之前，只听得风声微起，城墙之上宫裙翩然飞舞，皇后娘娘竟是轻身一掠，向城墙外跳了下去！汗青惨号一声，伸手想要抓住皇后的裙角，却只抓住了一把空气。那两名镇北军将领，则是直接吓傻了，片刻后才冲到城墙边。城墙上的人们，都以为自己会看到皇后娘娘凄惨死去的画面。汗青大哭说道："我就该知道，陛下去得这么突然，娘娘她怎么受得了这个打击，只怕她早就想追随陛下而去，但娘娘啊……"

　　哭喊声戛然而止，他看着自己看到的画面，揉了揉眼睛，把眼睛揉到通红，也觉得自己看到的画面不是真实的。看着这幕画面，那两名镇北军将领瞪大了眼睛，落在城墙上的双手，快要把坚硬的石砖捏碎。只有黄杨大师的神情依旧平静。皇后娘娘从高高的城墙上跳下去，却没有香消玉殒。她这时候还没有落到地上。她还在空中坠落，下落一段距离，便会伸出手，在坚硬的石墙上轻轻一摁，下落之势顿缓，裙摆微起，她看上去就像是一朵飘舞的花。陛下辞世后，皇后的衣着一直很素淡，所以这是一朵素净的花。

　　皇后的双脚终于落到了地面上，裙摆渐渐飘落。贺兰城外的地面很松软，就像是沼泽。她的鞋底缓缓向下陷落。鞋边的草根也在随之陷落。她向远处的金帐骑兵走去，神情宁静，仿佛是要检阅大唐的骑兵。

56

　　越向前去，进入草地，地面便松软，皇后的脚便陷得越深。但同时她迈步的频率也越来越高，速度越来越快，双脚在酥软危险的草原地面上快速落下抬起，快到肉眼无法看清，拖出了一道残影！秋日荒原上微寒的空气，擦着她的脸颊向后掠过，震起凄厉的风声，吹得发丝微微颤抖，素色的裙摆变成一道坚硬如铁的线。

　　金帐骑兵直到这时才反应过来，他们带着对先前看到的那幕不可思议画面的震撼与惘然，拼命地拉动弓弦，射出锋利的羽箭。箭如雨下，准确地提前预断皇后的速度，把她的身影笼罩在其中。

皇后娘娘的唇角微微扬起，带着一丝微笑，继续向前。锋利的羽箭带着沉重的力量，重重地射到她的身上。只听得嘟的一声脆响，箭支从中折断！如暴雨般的羽箭，刺破了裙摆，割断了飘扬的发丝，深深地射进草原地面，然而却没有一支能够对她造成丝毫伤害！看着这幕诡异的画面，金帐骑兵们的神情变得异常骇异，双手下意识里变得僵硬起来，发箭的速度也随之渐缓。

在所有唐人的心目中，皇后娘娘就是国母。在长安人的印象里，皇后娘娘个温婉却极有手腕的女子，十余年来深受陛下宠爱。但无论是何种印象，皇后都是个弱女子。然而此时出现在贺兰城下，出现在所有人眼前的皇后娘娘，却是向着敌营发起无畏冲锋的大将军。汗青和那两名镇北军将领，从最开始的震撼中清醒过来，神情复杂地望向黄杨大师。他们是唐军的高级将领，自身都是武道修行者，眼光何其犀利，到了此时，哪里还会看不出来，皇后娘娘……竟然是魔宗中人！

黄杨大师看着他们叹息说道："你们还愣在这里做什么？"三人这才醒过神来，快速向城墙下走去。城墙上的唐军没有看出这个秘密，就算知道也不会关心。他们只知道皇后娘娘正在向那些该死的金帐骑兵冲锋。他们被娘娘震撼得大感振奋，挥舞着手中的朴刀，不停地呼喊着，替娘娘助威。

"皇后万岁！""娘娘万岁！"便在山呼海啸般的万岁声中，贺兰城厚重的城门缓缓开启，城洞里，早已做好出击准备的镇北军玄甲重骑，正在等待着最后的军令。

皇后娘娘的速度很快，快得就像一个妖魅。当她冲进金帐骑兵的阵营后，无论是那些锋利的弯刀，还是凄厉而至的箭，都无法接触到她的裙摆，连延缓她的速度都做不到。她向着金帐骑兵南方冲去，身体就像是一柄长剑的剑锋，轻而易举地刺穿了逾百名金帐骑兵组成的防线，落到了那辆华丽的马车上。她看似孱弱的香肩轻轻一触，那几名全身披着金属盔甲的草原强者，便像被铁锤砸中的石块一般，四溅激飞，落在远处的荒原地面上。车厢里那名苍老的祭司，脸上依然没有什么表情，看着近在咫尺的她，带着血腥味的嘴唇不停翕动，手指在金属圆盘上不停敲击。

皇后知道这名祭司想在临死前，把自己所有的精神力量，都通过圆盘施放到贺兰城前的地面上，自然不会给他这种机会。她伸出纤净如玉的右手，然后握紧。皇后的手很小巧、很柔软，纵使紧紧握住，看上去也很小，就像是玉兰果可爱的白色果实，没有任何威慑力。然后她的拳头落在了金属圆盘上。金属圆盘没有碎。金属圆盘跳了起来，重重击中那名大祭司的下颌。大祭司颈骨连同下颌骨遭到重击，尽数碎裂，极为干脆地死去。鲜血流到金属圆盘上，把那些繁复的线条染成了道道红丝。

皇后杀死一名大祭司后，顿时陷入了人潮的包围。先前那几名被她震开的草原强者，冲回马车边，带着更多骑兵，把她围了起来。黄杨大师站在贺兰城头，看着远方那幕画面，微微蹙眉，虽然他暂时还不怎么担心皇后的安危，但时间依然紧迫。要知道最后方那辆马车里的金帐国师，还没有出手。黄杨自僧衣里，取出自幼一直随身戴着的一串佛珠，咬破舌尖，喷了口血上去，然后手腕一扬，把这串佛珠扔出城墙。染着心血的佛珠，盘旋而飞，落在离城墙有数十丈距离的草原地面上。因为死了一名大祭司，贺兰城外的地面，虽然还没有重新变得坚硬，但松软泥泞的趋势已经变缓，当黄杨大师的佛珠落到地面后，一道极慈悲却又极暴烈的火性气息，迅速向着佛珠四周散播开来。

黄杨大师早年在西荒深处，与商旅结伴而行，遇到马贼无情冷酷的杀戮，同伴的鲜血流到他的身上，那些鲜血很烫，火辣一片，仿佛要燃烧起来。就是在那一刻，大师开悟。他悟的法门是：血与怒之火。此时贺兰城前的泥泞草地间，躺着很多唐军的尸体，被血浸染将透，黄杨大师不再以佛法平静心头的怒意，二者相遇便是佛火。火势燎过，水泽必干，便是稀融的黄泥，也能变成坚硬的砖。草原地面，以肉眼可见的速度干燥起来，然后渐渐凝结。

看着原野上发生的变化，汗青将军厉喝一声，高高举起手中的朴刀，一夹马腹，带领着数百唐骑，当先冲出贺兰城，向着金帐骑兵冲去，而在他们的身后的山缺里，还有数千唐骑正在等着随之而出！镇北军被那场恐怖的连绵暴雨滞留贺兰城多日，雨停后又被草原蛮人围困，士气低落而疲惫，然而此时当他们重新骑上熟悉的坐骑，握住朴刀的刀柄后，精神与士气瞬间重新回到他们的身体里。

蹄声如雷，唐骑气势如虹！汗青指挥着唐骑分成三道铁流，向着草原骑兵防守的其余三辆马车冲锋，而他则是带着自己的下属，毫不犹豫地选择冲向南方。草原骑兵南向的那辆马车已经废了，从战术上讲，向那里发起冲锋没有任何意义，然而对汗青来说，那辆马车意义十分重大。因为皇后娘娘还在那里，正在被草原蛮骑围杀。他哪里还顾得上去想皇后娘娘是不是魔宗余孽，他只知道自己是陛下的仆人，而皇后娘娘是陛下的女人，自己怎么能眼睁睁看着女主人出事？

皇后被前仆后继的草原骑兵拦住了去路。自从嫁给皇帝之后，她多年没有修行魔宗功法，但毕竟是前代魔宗圣女，身体里的真气足够充沛，在短时间，根本不会出现任何危险。那双洁白如玉的拳头，就像是两座小山，接触到的草原骑兵，或者马嘶坠地，骨折而死，或是被远远震飞。只有那几名真正的草原强者，能够稍做抵挡。但她并不满意，看着敌阵深处那辆华贵的马车，看着车里那个普通的老人，细柔的眉尖在荒原寒风中微微蹙紧。如果不能杀死那名传说中的金帐国师，或者逼退对方，那么万事皆休。皇后轻挥右手，将一名持弯刀跃下的骑兵击至空中，加快脚步，向着那辆马车走去，神情坚毅。

那名衣着普通的老人，正是金帐王廷隐世多年的国师。他看着大唐皇后向自己走来，猜到她的来意，苍老的脸上没有流露出任何惊慌的神情。然后老人伸手到身后，掀起一顶血色的帷帽，遮住了自己的容颜。帷帽掀起，国师的容颜顿时变得幽暗一片。没有人能够看到，他的容颜变得越发苍老，而且正在急剧地消瘦。只能看到他微微明亮的眼眸，是那样地宁静，那样地深邃。

国师望向朝着自己走来的皇后。皇后与他的目光相触，忽然觉得自己堕入一个无底的深渊，脸色骤然苍白，闷哼一声，强行镇压住识海里的狂澜，继续向前。但此时，她的脚步却变得异常沉重，身体也觉得虚弱起来。国师取下血色的帷帽，看着重新陷入围困中的皇后，微微一笑，然后不再理会南边的事情，向着贺兰城下遥遥一点，示意两名大祭司继续。两名大祭司加快了诵念咒语的速度，枯瘦的手指在金属圆盘上的弹动，变得越来越迅速，就像是击鼓一般，胸前的骨链，颜色变得越来越白。那串落在荒原地面上的佛珠，表面的血色也随之渐渐淡去。城头上的黄杨大师，噗的一声吐出血来，脸色变得极为晦暗。他的佛火，被那名国师与两名大祭司联手击破，顿时受了内伤。当佛珠上的心血最终完全淡去，荒原地表再次发生变化，刚刚凝结坚硬的地面，以肉眼可见的速度，再次变得松软泥泞起来！

大唐骑兵注意到了地面的变化，然而重骑冲锋根本无法停止，前列如果勉强停下，必然会被后面的同伴碾轧，甚至比陷进泥沼更加可怕！他们只能拼死继续冲锋，希望能够在地面完全软化之前，冲进金帐骑兵的阵营，然而谁都知道，这不过是痴心妄想。眼看着贺兰城的突围将要再一次以失败告终，而且极有可能会失去皇后娘娘和最精锐的将领骑兵的时候，战场外围忽然传来一阵骚动。十余名金帐骑兵手捂咽喉，接连坠下战马。

他们的手里，紧紧握着带血的羽箭。

57

箭啸声声，不停有金帐骑兵倒下。正在骑兵首领挥舞着弯刀，想要找到那个隐藏在暗中的唐军射手时，一道烟尘自北方而来，如闪电般杀入金帐骑兵阵中。马上那人手腕一翻，朴刀出鞘，在空中斩风而落，瞬间斩落数名金帐骑兵，然后他脚踩马镫，站起身来。也看不清如何动作，那人手中的朴刀便换作了一把普通的黄杨硬木弓，只见他双臂用力，弓身顿弯，一箭射向最北那辆马车上的大祭司。千骑之前，那人说射便射，竟是没有一个人能够阻止他，更令人感到震撼恐惧的是，那人以站姿骑马而射，羽箭竟是没有任何偏移！

嘟的一声闷响，羽箭狠狠地射进盾牌里！大祭司听着身前盾牌发出的声音，脸色变得有些微白，默然想着，如果不是有王庭勇士保护，只怕这一箭会直接把自己的胸口射出一个大洞。羽箭被盾牌挡住，那人却不罢休，只见他在马背上沉腰收腹，全身的力量尽数传到双脚，猛力向下重重一踏！马镫碎裂！皮绳绷断！那人身体巨大的力量传到那匹骏马之上，只闻得一声哀鸣，骏马四蹄撕裂，重重地摔到荒原地面上，震起一团烟尘！借着力量的反震，那人自马背上闪掠而起，冲向北方那辆马车，身体破空，激起呼啸的风声，速度竟似只比羽箭慢上些许！

箭尾还在盾牌上不停高速摆动，发出嗡鸣声。持盾的金帐王廷勇士还没有来得及收回手臂。盾牌后方的大祭司，脸色依然微白，还在恐惧这支箭的威力。射箭的人便到了。他握紧右拳，狠狠击打在那面半人高的盾牌上。盾牌上出现数道极深刻的裂痕。持盾的金帐王廷勇士，手臂咔吧一声扭曲变形。盾牌顺着拳势后挫，重重砸在那名大祭司的身上。大祭司胸骨向下塌陷，肺叶在重压下变成了肉泥，根本来不及念什么咒语，也来不及捏碎骨链，召出自己保命的手段，便被生生震死！

皇后娘娘听着北方传来的惨呼和悲痛的喝叫，霍然转身望去。她看到站在马车上的那个年轻人。黑色的发丝，在她温婉的脸颊上掠过，遮住讶异的神情。她根本没有想到会在这里看到宁缺。宁缺看到了皇后娘娘转身的那幕画面。不知为何，他的心头忽然生出一抹惘然的情绪，然后他转身望向最后方那辆马车，望向马车上那名衣着普通的老人。这时候的他，并不知道那名老人，便是传说中隐世多年的金帐王廷国师，但他从直觉判断，这个老人是战场上最重要的大人物。所以他决定首先杀死此人。

国师也不知道，这个突然从北方出现，瞬间便杀死一名大祭司，眼看着便要改变整个战局的人是谁，但他知道这个年轻唐人很强大。所以他也决定首先杀死此人。宁缺向着那辆马车疾掠而去。国师伸手到身后掀起血色的帷帽。宁缺距离马车还有百余丈的距离。国师显露在幽暗帷帽外的目光，已经落到了他的身上。两人的目光相触。宁缺的识海里，顿时生出惊涛骇浪。他这才知道，这名老人是一个恐怖的大念师。自幼冥想，念力之雄厚，本就是世所罕见，魔宗山门之行后，识海里更有莲生大师的意识碎片，对精神念力之战，根本没有任何畏惧。念力的战斗，宁缺还从来没有输过。无论是长安城包子铺前热雾里的道石，还是山道上的宝树，或者烂柯寺里的七念，这些以念力著称的佛宗强者，都无法在这方面击败他。他根本不相信，一个荒原上的蛮族念师，能够在这方面击败自己。宁缺毫不犹豫地调动念力，化作满天石雨，向着识海里的万丈狂澜轰了过去。两道极为磅礴的精神力量，在肉眼看不到的草原空中相遇。宁缺闷哼一声，从空中重重摔落于地，鲜血不停从口鼻里淌出。国师身体微微摇晃，然后复原如初。宁缺抬头，盯着那名看似普通的老人，眼中流露出惊骇的神情。世间居然有人能够单凭精神力量重伤自己！对方甚至能够镇压住自己识海里莲生的意识碎片！

在这次精神战中，宁缺落在下风，受了重伤，但他的念力也很强大，再加上识海深处莲生的意识碎片帮助，金帐国师也受了极大震荡。皇后娘娘的感觉最为明显，因为那道一直似有若无，始终在她的识海里回荡的精神力量，骤然间消失无踪。虚弱的感觉离身体远去，沉重的脚步重新变得轻盈，她微微挑眉，真气疾运，身形前掠，抽出素裙腰间的衣带，向前挥出。柔软的裙带里灌注入真气，顿时变得极为坚韧，迎风而去，破空而长，直刺另外一辆车中的王庭大祭司！车中的王庭勇士暴喝一声，持着大盾挡在裙带之前。眼看着裙带便要击中盾牌，皇后手指微颤，裙带前端忽然再次变得柔软起来，如同柳条般一弯，绕过盾牌边缘，在大祭司的咽喉上轻轻一点。那名大祭司捂着流血的咽喉，向后倒下。

三名大祭司都已经死去，贺兰城前的草原地面，渐渐回复正常，看着那些踏泥而至的大唐铁骑，金帐王廷的骑兵显得有些混乱。只听得一声极低沉的厉喝声，然后便是尖锐的哨鸣，金帐骑兵极为迅速地重新整队，不再与宁缺和皇后缠斗，掩护着最后那辆马车，向荒原深处而去。金帐王廷国师在离开之前，看着宁缺和皇后，说了几句话。宁缺与皇后都很忌惮这个老人的恐怖境界，没有追上去。大唐骑兵在二人身旁呼啸而过，向着撤退的金帐王廷骑兵追去。现在不是追击的良机，但至少要让贺兰城外，重新拥有一片安全区域。

"他走之前说了些什么话？"皇后问道，她看过很多遍宁缺的卷宗，知道他懂荒原上的很多种语言。宁缺沉默片刻后说道："那个老人说，草原是万物生死循环的地方，王庭祭司什么都不怕，就怕修魔之人，他隐世多年，听闻魔宗已然凋敝，却没有想到今天在贺兰城下，居然能看到两个魔宗强者。"两个魔宗强者，自然说的是他们二人。皇后与宁缺对视一眼。真的是同道中人？

58

"同道"二字中的道，不仅仅指魔道，或者修道。皇后当年看过很多遍宁缺的卷宗，是为了对付他，因为他杀死了她唯一的兄长夏侯，他们二人之间的关系很复杂，回荡在彼此间的情绪很微妙。回到贺兰城内，那种微妙的情绪，依然在宁缺和皇后娘娘之间回荡，直到他进入楼阁静室，看到那具灰色的棺材。

那具棺材很大，用数十根天弃山崖里的松木做成。松木上的树皮都没有来得及剥去，看上去显得过于朴素简陋。尤其是和躺在棺材里那个人的身份地位比起来。宁缺沉默了很长时间，然后走到松棺旁跪下，拜倒相见。皇后娘娘平静说道："在宫里见他的时候，你一向都不喜欢磕头，现在他已经死了，你磕再多个头，他也看不见。"

宁缺站起身来，伸手轻轻抚摩着松树粗糙的树皮，没有说什么。皇后本来以为他会像以前那样，笑着说死者为大的话，然后她便能顺便提到死去的夏侯，再继续深入到更严肃的那些话题。宁缺在松棺旁站立片刻，然后望向黄杨大师和几位将领，说道："现在到底是个什么情况？你们为什么会留在贺兰城中？"

"院长和陛下先后辞世，天降大雨，镇北军被迫滞留贺兰城，其后音信断绝，我们也不知道南方究竟正在发生什么事情，不过可以猜到一些……"黄杨大师缓声说道，然后把这些日子的情况说了一遍。

"金帐王廷既然敢围攻贺兰城，那么单于肯定已经带着大军南下。"宁缺从松棺上折下一小截被长明烛烤得有些焦的树皮，蹲到地上，画了一幅极简略的地图，在地图下方画了道横线，说道，"七城寨……"他忽然沉默，画线的手指也停住。

房间里一片安静，人们知道宁缺出身渭城，渭城便是七城寨里的一处边塞。宁缺脸上的神情没有什么变化，继续平静说道："七城寨肯定破了，金帐的骑兵甚至已经过了平陵关，直逼河北郡。"他扔掉手上的树皮，抬头看着众人说道："镇北军三分之一的骑兵，都在贺兰城里，北大营有没有足够的军力抵挡？长安城如果从固山郡甚至是土阳城调兵，东境怎么办？隆庆肯定不会错过这个机会。"

　　他的推测与实际情况发生的顺序稍有变化，但得出的结论，与实际没有什么本质上的差异，和皇后娘娘的看法也完全一致。"我们必须马上离开。"皇后说道，"以最快的速度南撤。"汗青说道："路途遥远，粮草怎么办？"一名镇北军将领说道："一路打柴，多抢几个金帐部落便够了。"宁缺摇头说道："金帐王廷肯定早有安排，他们的精锐南下，荒原腹部空虚，肯定不会给我们可乘之机，那些部落只怕在雨停之后，便向北方撤去，如果我们要追，路途会被拉得更长，无粮深入荒原，太过冒险。"皇后问道："你有什么办法？""没有什么好办法。"宁缺站起身来，说道，"首先，贺兰城里的所有粮食必须全部带走，而且一定要做好计算，所有的粮草必须先供给战马，人可以饿，饿上几天不会死，而且有马驮着还能继续前进，到最后如果还不行，那便杀马。"将领们沉默片刻，沉声应下。

　　汗青皱眉说道："把城里所有粮食都带走，守军怎么办？"宁缺说道："城中的守军跟着镇北军一道南下。"汗青吃惊说道："守军跟着一道南撤，难道不要贺兰城了？"宁缺正准备说些什么的时候，皇后说道："只要人还在，大唐还在，贺兰城就算丢了，将来总有一天能夺回来。"时间急迫，商议结束之后，将领们匆匆离去，安排大军南撤的各项事宜，黄杨大师去静修疗伤，皇后去看望受了些惊吓的六皇子。

　　此时的静室内，除了那口灰色的松棺，便只有宁缺和汗青两个人。"你和冥王之女坐着黑色马车过关的时候，我就在城头看着你。"汗青看着他说道。宁缺说道："现在没有时间去感慨，将军想说什么请直接讲。"汗青看了一眼灰色的松棺，说道："陛下当年对你宠爱有加，他的遗命你如今也已经知道，那么你是怎么想的？"宁缺说道："你继续说。"汗青继续说道："所有人都知道，你和公主殿下的关系亲近，和皇后娘娘却有旧怨，陛下传位给六皇子……我其实并不在意你支持哪一方，但我希望你这时候就表明态度，南撤之途艰难，到时再出问题……"

门外传来脚步声。汗青不再说话。皇后娘娘牵着一个少年走了进来。那少年穿着明黄色的皇子服饰，眼眸微转，打量着宁缺，显得有些好奇，又有些怯怯，像是不习惯见到生人。宁缺在松棺旁沉默了很长时间。然后他看着皇子问道："你想当大唐皇帝吗？"皇子有些惘然，抬头看了眼母亲。皇后轻轻摸了摸他的头顶，神情格外宠溺。皇子看着宁缺，认真地想了很长时间，说道："父皇让我当，那我便当。"宁缺说道："很好，是你的就是你的，谁也抢不走。"皇后静静看着他，说道："这算是书院的承诺？"宁缺说道："这是我的承诺，但一样有效。"皇后说道："我并不怀疑这一点。"宁缺问道："为什么？"皇后说道："因为你最终还是娶了桑桑。"宁缺看着她温婉美丽的容颜，记起先前在城下草原上，她转身望向自己时，黑发在脸上飞掠的画面，那画面很美丽，有一种惊心动魄的美丽。他发现，皇后娘娘很懂自己。于是他忽然明白了，当年陛下为什么一定要娶她为妻。

贺兰城内存贮多年的粮草被搬运一空，城前战场上倒毙的战马，被唐军割断四肢，堆在拖车里，作为候补的粮食。没用多长时间，数万唐军便撤出了贺兰城。一名镇北军将领请示要不要烧掉城内的守城弩与建筑，以免落于王庭蛮人之手，皇后娘娘和宁缺同时做出了否决的意见，在他们看来，大唐将来总是要回来的，这些都是唐国的财富。被暴雨和敌人围困在荒原深处的唐军，终于开始了南归的旅程。只不过来时，他们的国家还是世上最强大的国度，回归之时，他们的国家已然处于风雨飘摇之中，就像汪洋里的一艘破船，随时可能覆灭。于是回归的旅途，显得有些沉默压抑，还有些紧张。

宁缺脸上的神情看不出来任何异样，握着马缰的手，却时不时地毫无来由地握紧，紧得指节发白。暴露出他的心情比谁都紧张，比谁都压抑。经过艰难地跋涉，南归的唐军大部队，终于抵达了岷山中麓地带，视野之中的青色越来越浓，山上的秋树则是越来越红。此地距离北大营还有很远的距离，唐军已经很饥饿疲惫，粮草也所剩无几，但只要不发生大的问题，应该能够顺利南回。宁缺紧绷了多日的心情终于放松了些，一直深深藏在心底深处的恐惧和紧张，却也同时爆发，他再也无法控制自己的情绪，提出自己要往西边走一趟。

几名唐军将领都表示了强烈的反对，在金帐王廷南侵的背景下，他再如何强大，一旦落单被包围，也只有死路一条。大家都清楚宁缺为什么要去西边，只是时间已经过去了那么久，就算这时候赶过去又能挽回些什么？最终还是皇后娘娘同意了宁缺的要求，还派出一支精锐骑兵小队进行护送。"七城塞根本不可能坚持到现在。"汗青看着向荒原西方奔去的数十骑，蹙眉说道，"他这时候去看一眼，除了让自己徒增痛苦，没有任何意义。"皇后娘娘说道："很多事情，总是要亲眼看到，才能真正死心。宁缺他虽然不是普通人，但在这方面和普通人也没有什么区别。"

渭城就在眼前。荒芜的原野间，坐落着安静的土城，当风吹过的时候，城墙上的灰便会落下来，落到肉摊的砧板上，落到忘了盖布的酒瓮里。渭城还是那座渭城，简陋无比，城门像往年一样有些歪斜，但如果从里面关上，便是破城车都很难撞破。今天的渭城显得太安静了些，那些积在土城墙下的旧灰，里面隐隐可以看到黑色的痕迹，不知道是血凝之后的颜色，还是别的什么。宁缺挥手示意骑兵停下。他跳下马，走到城门处伸手一推，歪斜的城门应声而倒，烟尘微作。他站在城门处沉默了很长时间，然后抬步向里面走去。骑兵们坐在马背上，看着走入渭城的他，脸上的情绪有些复杂。不知道过了多长时间，宁缺从渭城里走了出来。他脸上的神情依然平静，背依然挺直，扶在刀柄上的右手依然稳定，看不出任何变化，似乎在渭城里什么都没有看到。

"里面的情况怎么样？"唐骑军官问道。宁缺摇了摇头，说道："什么都没有。"军官微微蹙眉，示意几名骑兵进渭城看看。宁缺低声说道："不要进去。"那几名骑兵看了军官一眼，看他没有什么表示，提缰向渭城驶去。宁缺没有转身，吼道："不要进去！"他的声音很大，很暴烈，就像是雷一般，在渭城外的荒原上炸响，那几名骑兵身下的坐骑闻声而惊，人立而起。渭城里一道残破的酒幡轻轻摇晃。听到宁缺愤怒的吼声，人们终于明白渭城里面发生了什么。再没有人试图进去看一眼。宁缺向自己的坐骑走去。每走一步，他的头便低一分，身子便佝偻一分。

"走的时候，我就对你说过，不要老，不要死，等我孝敬……结果现在呢？你这个老狐狸，总是喜欢说话不算话。"宁缺喃喃自言自语道。然后他笑了起来，笑容有些悲惨……

大军虽然没有经过渭城，但终于进入了战区。金帐王廷骑兵在边塞造成的恐怖破坏，还有那些变成废墟的唐人聚居城镇，接连在人们眼前出现。这是支疲惫之师，却被沿途所见的血与火，废墟与断墙，死难的族人，激起了近乎疯狂的战意。只需要经过一段时间的休整和粮草补充，他们便会变成恐怖的军事力量，甚至就连现在，很多将士都红着眼睛想要与金帐骑兵战上一场。幸运或者不幸的是，沿岷山南归的唐军大队，始终没有遇到金帐王廷的主力部队，在顺手剿灭了数十草原游骑之后，便近了北大营。

南归的唐军与大将军府重新获得了联系，因为人马众多，自然不便同时进入北大营，大将军府派出了精锐的一部骑兵前来接应，送来粮草补给，同时奉命将皇后娘娘与皇子，还有最重要的皇帝陛下的灵柩先接回北大营中。经过一番临时的商议，南归唐军没有对大将军府的军令提出任何疑义，大部队就地休整，皇后娘娘与六皇子则随陛下灵柩先行启程。陛下的灵柩很简朴，但很沉重，数十根整根松木的重量，需要数匹战马才能拉动，一路南归，唐军遇到的最大困难便是这个。

如今的北大营，担负着抵抗金帐王廷的重要责任，自然显得有些混乱，留守在将军府周边的唐军神情焦虑，然而当承着松棺的马车自城外行来时，无论是将士还是普通的民众，都纷纷跪倒在地，面露悲痛之色。没有多少人注意到，宁缺坐在马车里，坐在松棺旁。数匹战马拉动着沉重的灰棺，在街道上缓缓驶过，车轮碾轧着坚硬的石质地面，发出单调而令人心悸的声音。

街道旁忽然响起数声厉喝。"杀死妖后！""替陛下洗去耻辱！"杀声震天，一名唐将带着数百名骑兵，从街头冲锋而至，朴刀雪亮。前方那辆马车里，皇后娘娘抱着六皇子，神情平静。宁缺坐在松棺旁，微微垂着头，神情平静，仿佛什么都没有听到。

59

陡遇伏袭，宁缺和皇后没有什么反应。不是他们艺高人胆大，而是他们既然敢离开南归唐军大队来到北大营，那么自然便是对那位大将军有基本的信任。朴刀相撞之声大作，箭啸凄厉，负责护送皇后一行人的骑兵营，在最开始的震惊慌乱之后，马上开始组织防御和反击。街道两侧，不知何时已经埋伏了很多弓弩手，那些试图伏袭车队的唐军，在很短的时间内便被制服。在这个过程里，皇后娘娘脸上的神情始终没有什么变化，只是搂着六皇子，低头看着他的眼睛，轻声和他说着什么。宁缺也始终低着头，直到最后战事结束，那两名唐军将领中箭坠马，却是不肯投降，横刀自尽而死时，他才抬起头来向车窗外望了一眼。

马车终于驶抵大将军府。大唐镇荒大将军徐迟，率领众将领，早已跪在府前石阶下相迎。不等徐迟大将军请罪，皇后娘娘已然牵着六皇子从马车里走了出来。她看着跪在石阶下的徐迟，平静说道："想要走到将军府，确实有些不容易。"徐迟没有做任何辩解，也没有再行请罪，恭谨地将陛下的灵柩请入府中安好，然后将皇后娘娘与皇子请入后宅暂作休息。宁缺此时已经不在松棺旁，他坐在书房里喝茶。不多时，徐迟推开书房的门，走了进来。

大唐四大王将，宁缺见过其中三人，却唯独没有见过徐迟，但通过皇后的描述和汗青等将领的补充，他已经很清楚这位大将军的性情。"那两名作乱的将领，和固山郡没有关系，是我北大营的旧部。"徐迟开门见山说道。宁缺说道："和固山郡没有关系，不代表和华山岳没有关系，更不代表和公主殿下没有关系，除非大将军你硬要说这是你的关系。"徐迟沉默片刻后说道："听闻十三先生与公主殿下感情亲厚。"宁缺说道："我也听闻徐迟大将军最忠于先帝。"

徐迟说道："西陵神殿诰书传遍天下，想来如今十三先生也已经看到，军心难免有些不稳，所以才会有今日这场刺杀。我明白你先前那句话的意思，然而皇后既然真的是魔宗……中人，那么六皇子便不能继位，也不能回长安。"宁缺问道："为什么？"徐迟说道："因为西陵神殿不会允许一个魔宗后人，执掌我大唐江山。"宁缺说道："白痴，西陵神殿已经在伐唐了。"徐迟沉默无语，忽然问道："有一件事情，我想知道答案。"宁缺说道："大将军请讲。"徐迟说道："据闻……先帝辞世，与皇后娘娘有关。"宁缺说道："哪里来的白痴说法，陛下身染旧疾多年，你作为他最信任的大将军，不可能不知道这一点，就算当年与皇后娘娘有关，那也是多年前的旧事，陛下都不在意，难道你还有资格替陛下生出恨意？"

徐迟微微蹙眉，但明显可以看出来，神情轻松了些许。他思考很长时间后，看着宁缺神情严肃地说道："你劝皇后带着六皇子留在北大营，我可以保证，只要我还活一天，便保他们母子平安。"

宁缺静静看着他的眼睛，并不说话。徐迟平静回应他的目光，神情没有什么变化。宁缺忽然说道："虽然我先前便说过，但这时候忍不住还要重复一遍，我真的很想知道传闻是不是真的，大将军真的忠于皇帝陛下？"徐迟说道："我愿用生命来证明这一点。"宁缺说道："不用生命，用刀枪即可。你现在应该很清楚，先帝把大唐皇位传给了六皇子，长安城里那份遗诏肯定是假的。"

"那十三先生以为现在应该怎么办？"徐迟声音微寒地说道，"让皇后娘娘带着六皇子回长安与新帝争夺皇位？让大唐军队分裂，甚至陷入一场内战？如果是别的时间，哪怕让大唐陷入内战，我也会毫不犹豫地执行陛下真正的遗诏，辅佐六皇子登基，我不在乎皇后是不是魔宗的人，但现在不行。"徐迟的神情异常沉凝，说道："如今举世伐唐，金帐骑兵南侵，西陵神殿大军北上，清河已叛，东北边军已灭，大唐四面受敌，风雨飘摇，眼看便是千年基业毁于一旦，值此危急关头，大唐禁不住任何内部的斗争！"宁缺沉默片刻后说道："依大将军的意思如何处理？""外敌当前，大唐最需要的是团结。我不可能眼睁睁看着你和皇后，带着我镇北军数万将士南下长安。这些将士应该在北疆浴血，而不应该去消耗在内斗中，所以我想你劝说娘娘带着皇子留在北大营。"徐迟盯着他的眼睛说道，"如果你觉得这是对先帝的背叛，那么我还可以承诺你，一旦我大唐能够渡过此次难关，事后镇北军一样会支持六皇子。"

宁缺微微皱眉，他不得不承认，大将军的话有其道理，而且如今的大唐，确实需要数万南归的唐军马上投入抵抗侵略的战斗，然而……书房的门吱呀一声，被人从外面推开。皇后娘娘走了进来，看着二人平静说道："我要回长安。"徐迟毫不犹豫，咚的一声跪在她的身前，连连叩首，直到额头出血。他的声音显得极为痛苦，微微颤抖说道："娘娘，我一生忠于陛下，如今竟不敢执行陛下的遗诏，心中愧疚极生，后半生只怕寝食难安，然而值此危局，大唐真的不能乱啊，娘娘，还请您三思！"皇后看着他微微一笑，说道："我带着六皇子回长安，长安城就能乱起来？还是说大唐就能乱起来？将军太高估我们孤儿寡母的力量了。"徐世怔住，不明白皇后这句话的意思。

"南归的数万唐军，本来就是你镇北军的部队，当初只是随陛下御驾亲征而去，哪有随我一道返回长安城的道理。"皇后说道，"我会把这些带回来的骑兵留给你，回长安城的只是我们母子二人，我想这样大将军应该不会再担心什么了吧？"徐世震惊无语，心想如今新帝已然登基，公主殿下监国，在这种情况下，皇后带着皇子回长安，和送死有什么区别？宁缺忽然看着皇后说道："我陪你们回去。"

60

无论徐迟和汗青，还有镇北军里的其余将领怎样激烈地反对，皇后娘娘只是平静相对，却不肯改变主意，坚持要带着六皇子回长安。诸将实在是没有办法，如今金帐南侵，大唐北疆正处于危难之中，他们不可能派大军护送，最终决定抽调五百骑精锐随行。离开北大营之前的那个清晨，宁缺再次找到了徐迟，说道："皇后娘娘和我给你带回了数万人的队伍，我想我们有资格找你要几个人。"

徐迟想了想后说道："五百骑兵的数量确实少了些。""我说的不是这个意思。"宁缺说道，"我要的不是活人，我要的是死人。"徐迟明白了他的意思，微微蹙眉说道："那两名将军，在刺杀失败之后便当场自杀，你就算要了他们的尸首，也没什么用处。"宁缺说道："那两名将军死了，但参与刺杀的数百名骑兵却还没有惩治，我知道现在这些人都被你缴了械关在军营里。"徐迟的眉头皱得更深，说道："十三先生要大行株连？"

宁缺说道："如果是平时，胆敢惊动陛下的遗体，刺杀皇后与储君，这些人都是死罪，我知道你现在舍不得杀他们是出于什么考虑。所以我也不会要你把这数百名骑兵全部杀死，但我要你承诺我，这些骑兵必须被送到最前线、最危险的战场上。数年之后，当这场大战结束的时候，如果这些骑兵当中还有侥幸活着的，那么我便不再追究，如果他们死了，就算是赎罪。"说完这句话，他转身离开。

即将离开之时，又遇到了一个很棘手的问题。那具沉重的松棺。所有人都清楚，宁缺带着皇后与六皇子返回长安，要的就是时间与隐秘性，沉重的松棺如果随行，会带来极大的不便。徐迟建议暂时把陛下的灵柩留在北大营中，还可以激励将士三军用命。皇后摇摇头，轻声说道："陛下想回长安，所以我要把他带回去。烧了吧。"她看着沉重的灰棺说道。

场间一片震惊。皇后微笑说道："陛下这么潇洒的人，怎么会在乎这些。"宁缺想起当年皇宫里不停响起的痛骂白痴声，笑着说道："确实如此。"松棺在柴堆上渐渐燃烧起来。树皮噼啪作响，火星飘飞。最终化为一匣子灰。

屋漏偏逢连夜雨，远远不足以形容当前大唐遭受的连续打击，风雨飘摇不足以形容其险，一波高过一波的惊涛骇浪，呼啸拍打而来。如果说成京之战，对唐人来说是一次极大的震撼，但对他们的自信依然没有任何影响，金帐王廷南下，才算是真正地令所有唐人警醒不安起来。西陵神殿的诏书号召天下伐唐，让唐人第一次真切感觉到了亡国的可能性，而最近传来的清河郡叛国自立的消息，便成为最沉重的一次打击。因为不安所以愤怒，因为惊恐所以愤怒，因为愤怒所以愤怒，整座长安城都陷入愤怒的气氛之中，曾经为了国之大局而强行隐忍的皇后派大臣们，也再也无法忍受当前的情况，在朝堂上在舆论上向宫中的新帝和公主责难纷纷。

官员们质问宫中为何皇后娘娘和六皇子还没有回到长安，为什么迟迟没有贺兰城的消息，为什么清河郡这个公主殿下的盟友，会在朝廷最危难的时刻，做出如此大逆不道的无耻行径，质问陛下和殿下有何颜面去见先帝。书院封门后，前院新一期的学生被遣散回家，或进入朝廷各部衙做义工，他们和太学等处的年轻学子，是长安城里最热血最激动的那群人，当大唐被笼罩在乌云之中时，他们终于走上了街头，会集到皇城前开始请愿。至于请愿的具体内容是什么，其实这些学生也不是很清楚，但总之他们想要改变现在的局面，他们希望看到改变。

不知是从哪里来的消息，开始在请愿人群中流传，本应在数日之内归来的镇国大将军许世，竟然已经在南方崤山一带被西陵神殿暗杀！许世大将军的行踪，正是被宫里某位贵人出卖给了西陵神殿！至于那位贵人为什么会这样做，很明显是因为他来位不正，害怕一向以刚正不阿闻名的许世大将军回到长安，把他从皇位上掀下来！当这个消息从请愿人群里传到长安城各处后，上街表达愤怒和怀疑的人变得越来越多，整座长安城仿佛变成了无数条愤怒的河流。愤怒的河流往往都是混浊的，于是有人开始趁着水浑摸鱼，又有人试图趁着水浑变成鱼溜走，西陵神殿用了数百年时间，在长安城里埋下的那些暗哨与潜伏者，开始蠢蠢欲动，准备借此机会将局势变得更乱。

朝小树领了旨意，带着骁骑营前往东方抵抗入侵者，羽林军一部已然北上，加入到抵抗金帐王廷骑兵的战线中，如今的长安城看似依然固若金汤，可实际上算起来，只有八百余名羽林军还有数百名宫廷侍卫，再加上长安府的衙役，可以维持治安，镇压暴乱，局势岌岌可危。清河郡会馆设在长安城某处繁华地带，在诸阀投敌的消息传来之前，这里便是朝廷重点监视的地方，如今更是有重兵把守，被困在会馆里的诸阀子弟面色惨淡，等着未知的命运，然而却有数人看着渐渐混乱的局势，生出了些别的心思。

李珲圆也很愤怒，他甚至觉得自己比皇城前那些请愿的人群更加愤怒。他觉得自己很无辜，那种不被理解的痛苦，像毒蛇一样不停撕咬着他的心脏，是的，许世将军的行踪，是他让何明池花费了很大力气才查到，也确实是他让何明池想办法联络上西陵神殿的大人物。当时的情形和现在完全不相同，当时只不过是东北边军覆灭，大唐看上去依然强大不可撼动，而当金帐王廷南侵的消息传到长安城后，他在第一时间命令何明池去终止那个计划，甚至不惜暴露自己的阴险行径，也要想办法通知许世。然而……西陵神殿的大人物没有听自己的话，何明池和军部都没有联络到许世，许世居然真的就这样死了，这能怪我吗？那个老家伙如果真把我当成皇帝，怎么会在没有旨意的情况下，便离开了镇南军？他如果还留在镇南军，又怎么会死？结果现在怎么所有人都在怪我？怪朕！

皇宫里的大殿显得格外孤清凄冷，李珲圆坐在椅上，看着殿外的夜色发怔，无数的思绪在他的脑海里快速掠过，然后又再次闪回。太监宫女现在都很怕他，因为他很愤怒。这却让他更加愤怒，因为他清晰地从这些太监宫女的眼中，看到了冷漠看到了疏离，还看到了轻蔑。朕现在是皇帝，朕当皇子的时候，你们都可以那么亲近崇拜敬畏地看着我，为什么现在居然敢如此无礼地离我而去？李珲圆无法再忍受，从昨天到今夜，他已经使人暗杀了好几个太监和宫女，然而即便如此，他依然无法从这些人的脸上看到自己想看到的神情。所以他越发愤怒。

他忽然觉得这片孤凄的寒殿不是人待的地方，霍然站起身来，挥手把苦苦哀求他的一名太监推倒在地，带着始终守在殿外的徐崇山，向御花园深处走去。时值深秋，御花园里亦显萧瑟，但好在还有数种花朵在盛开，于夜色之中尽显娇媚，看着美丽的花树，李珲圆的心情终于平静了些。"你说这些人怎么就不明白朕呢？"他蹙着眉头说道。徐崇山看了一眼远处宫殿檐上的檐兽，沉默片刻后说道："因为你不是一个很容易让人看明白的人。"李珲圆没有注意到徐崇山对自己的称谓毫不恭敬，不解问道："什么意思？"徐崇山说道："不管你的皇位是怎么来的，但总之你现在是大唐的皇帝，只要但凡脑子正常一些的人，都不会做出你做的这些事情，但又很奇怪的是，你似乎总能给自己做的事情，找到一些合理的解释，这么看你的脑子其实很正常。正常的人却总在做不正常的事，你说谁能看明白？"

当他说出第一句话后，李珲圆便醒过神来，但没有任何反应，继续沉默地听他说着，只是脸色变得越来越阴沉。"看来你也要反朕。"他看着徐崇山寒声说道。徐崇山身体微微前倾行了一礼，直起身体便变成了一座山峰。"陛下对我有大恩，要杀你，我本有些心理障碍，但这些天看下来早就没了，因为你活在这个世界上，便是陛下最大的耻辱。"李珲圆神情略显紧张，却没有转身逃走，尖声说道："你在宫中已有多年，难道不知道在这里是杀不死我的？""所以我一直没有动手，直到你到御花园来散心。"徐崇山说道，"你或者不知道，这里是皇宫中距离诸殿最远的一个地方，殿上那些檐兽，再也没有办法保护你。"

61

"休想骗朕！当年父皇出宫便会有国师或黄杨大师随侍，在宫中却从来不担心安全，便是因为有惊神阵保护，根本没有人能够在宫里刺杀我李姓子弟！"李珲圆厉声呵斥道，"我倒要看看，你能怎么杀我。"看似冷静自信，但说到最后，他的声音终于开始颤抖起来。

徐崇山举起右拳，一拳击出，面无表情说道："杀死你很简单，一拳就够了。"然而破风而出的拳头重重落在了一把黄油纸伞上。轰的一声，黄油纸伞深深下陷，却没有撕碎。何明池一手持伞，一手紧紧抓着李珲圆，疾退十余丈。再往后一些，便是那座不起眼的小楼。

稍远些的宫殿和宫墙上，蹲着很多只石雕檐兽，当徐崇山击出那一拳后，这些檐兽缓缓释出极微渺的气息。徐崇山感觉到了那些气息，脸色微白，却并不在意。他在皇宫里当了数十年侍卫，从最普通的带刀侍卫，到如今的侍卫大总管，要论及对皇宫阵法的了解，当世不做第二人想。即便是奉颜瑟大师遗命执掌惊神阵的宁缺，在这方面都不如他。

他这时候更警惕于站在小楼前的何明池，他问："你为什么会在这里？"何明池没有回答他的问题，微微蹙眉看着他，说道："没有想到，居然还有一个魔宗余孽藏在皇宫中，而且藏了这么多年。"李珲圆闻言微怔，然后恨恨说道："你果然是那个妖妇的手下！"徐崇山理都不理他，看着何明池平静说道："这些年，你果然隐藏了不少修为，遗憾的是，真实水平的你依然不是我的对手。"

何明池看着他说道："君乃魔宗强者，我自然不是你的对手，但有件事情，你的判断出现了偏差，所以今天死的人肯定是你。"徐崇山忽然感觉到，那些来自檐兽的气息，骤然间变得强横起来。联想到此人深夜出现在小楼前，不由想到某种不可思议的可能，他看着何明池震惊说道："你居然敢下小楼！你居然能够触动阵眼！"何明池看了一眼李珲圆，微笑说道："这是陛下赐予我的特权，至于阵眼……我虽然没有阵眼杵，但启动宫中的杀阵却还能做到。"

徐崇山闷哼一声，脸色骤然苍白，觉得胸口越来越闷，心脏跳动得越来越快，快到要崩断肋骨，直接喷出来！他深深吸了口气，强行抵抗住惊神阵对自己的镇压，唇间迸出一声厉啸，强壮如山的身躯，轰然而前，出拳直击何明池身畔的李珲圆。何明池没有想到在杀阵之下，这名魔宗强者竟然还有如此神威，面色骤然一凛，急持黄伞遮在身前，把李珲圆拉到身后。徐崇山的右拳，甚至是整个身体，都重重地轰在黄油纸伞上。

黄油纸伞咔嚓数声，伞骨寸断。何明池噗的一声吐出鲜血，向后重挫，又撞到李珲圆的身上。李珲圆痛呼一声，不知断了几根骨头。徐崇山如山般站立，握拳欲再击下。夜色中的御花园里，响起轻轻一声。他的面色瞬间如雪，痛苦地捂胸弯腰，然后倒下。他的心碎了。

夜色中的宫殿地面上，到处是被砸碎的精美瓷器，几乎所有太监宫女的脸上都带着掌印或是伤痕，还有惊恐不安的神情。经过太医诊治，李珲圆伤势终于稳定，他看了眼赤裸身上紧缚的绷带，又看了眼脸色苍白不停咳嗽的何明池，心中的余悸尽数变成了愤怒。何明池轻咳两声，说道："陛下，这件事情应该马上通知公主殿下。"

"不要惊动皇姐。"不知道为什么，李珲圆现在很不想看到自己的姐姐，或者是不敢见到她，哪怕遇着这样的危险，下意识里也要封锁消息。他看着殿内的太监宫女，寒声说道："谁要敢多嘴，通通杖死！"太监宫女们赶紧跪到地上。

李珲圆想着先前的危险，越想越愤怒，双眼竟变得有些血红，没有受伤的右手微微颤抖，然后重重一拍案几，寒声说道："这些妖女的手下，果然还是不甘心，帝国将倾之时，居然还想抢走朕的皇位！"何明池轻声说道："陛下慎怒，此事还需要谨慎行事。"李珲圆大怒斥道："还需要什么谨慎？你和皇姐总让朕忍耐！让朕以大局为重！但你看现在那些人做了些什么！他们要杀朕！朕还怎么忍！"一抹阴鸷冷酷的表情，在这位登基不久的年轻皇帝脸上浮现，他盯着何明池的眼睛，说道："我不想再忍了，把他们全部杀死！"

诸葛无仁，在家里等待着宫里传来的好消息，很有耐心。在他看来，徐崇山在皇宫里隐藏身份这么多年，稳重可靠至极，只要出手，新帝李珲圆根本没有任何机会能够再活下来。然而他没有等到新帝暴毙的消息，却等到了数名黑衣人，诸葛无仁根本来不及说话求饶，便被这些极有可能是他曾经的下属杀死。紧接着，礼部尚书府和太常寺卿府中，都出现了刺客。今夜的长安城，谣言乱飞，杀声震天，民众大乱，又有谁趁乱放火，人群中不断出现莫名的冲突和死亡，混乱的局面愈演愈烈。皇后一派的官员，遭受到了极为残酷的打击，死伤惨重，这些大臣府中也都养着强悍的家丁，然而又哪里能够挡得住修行者。

曾经的大学士府，如今早已门庭冷落的曾府，今夜门前也变得重新嘈杂紧张起来，管事悬在墙上的灯笼，早已被人用棍棒敲落，在石阶下燃烧。不知从哪里围过来的人群，拼命地呼喊着，试图冲进府中。轰的一声，曾府大门终于被人群推倒，不知多少人涌了进来，见人便打，见东西便砸，府里的管事家丁拿着兵器，人数相对太少，连连败退，而刚刚赶过来的数名青衣汉子，还没有来得及动手，便被夜色里的一抹寒芒杀死。管事和家丁受伤流血，渐渐被打乱，人群向着曾府后宅涌去，或者愤怒或者兴奋地大声喊道："找到妖女的父母，把他们用石头砸死！"

后宅花园里，曾静与夫人听着前院传来的喊打喊杀声，看着秋日里早已不再结果的菜地，相看沉默不语，双手缓缓合在一处。"自从女儿出事之后，我便退了下来，不再理朝政之事，即便后来发生了这么多变故，新帝登基，娘娘那边的邀约，我也是从来不去，我本以为自己已经足够老实低调，没有想到宫里那对姐弟，仍然没有忘记我。"曾静看着妻子和声说道，"只是拖累了你，真是抱歉。"曾静夫人眼泪涟涟地说道："能与老爷一道去死，倒也真没有什么害怕的，只是想着我们那苦命的女儿，再也见不到我们，不知她该有多伤心。""如果不是那丫头，我们何至于……"曾静停了停，然后叹息说道，"罢罢罢，不说此事了，这大概就是我们的命吧。"

此时那些情绪已然近乎癫狂的暴民，终于冲进了曾府后宅，曾静看着那些人手里拿着的染血的桌腿和石头，把妻子搂进怀里，不再说话。便在这时，何明池腋下夹着黄油纸伞，出现在菜地旁。他看着人群里领头那个中年男子，微微皱眉。

愤怒而癫狂的人群，渐渐散去。曾府后园重新回复安静。曾静夫妇来不及去看府中管事家丁的伤情，看着何明池，生出很多疑问。如果不是此人，今夜他们夫妇定然会遭毒手。但很明显，此人便是今夜长安之乱的元凶，不然为何先前那些暴民，还有那个首领会因为他的眼神，便悻悻然退走？

"听说你会成为大唐国师。"曾静说道。何明池微微一笑说道："应该不会有这个机会了。"曾静声音微寒地说道："你做出如此血腥之事，当然没有资格。"何明池说的是机会，他说的是资格，表达的是不一样的意思。"我从来没有说过自己是个好人。"何明池看着他说道，"所以曾大人不用教训我，你也不用问我，为什么今夜我会放过曾府，因为……我自己也想不明白。"

"你们明明是冥女的生身父母，为什么却不能死呢？"何明池自言自语道，看来真的很困惑，只不过他也想不出什么因果，摇了摇头，便离开了曾府。人群离开，曾府大门却已被撞破，在这个混乱的夜晚，显得非常不安全，更麻烦的是，前院不知被谁点了一把火，现在火势变得越来越大。曾静夫妇还有那些互相搀扶着的受伤家人，依次走出府门，等着马车套好后，便去雁鸣湖畔，在女婿的那片院子里藏一夜。

便在这个时候，数十名青衣青裤的汉子，拿着短刀跑了过来，其中为首的那个头目，看着曾静夫妇无恙，不由大松了口气。"大人，齐四爷让小的接诸位去春风亭。"

62

夜色深沉，很多人影或掠或纵，翻过府墙，潜入花园。这些年来，何明池在昊天道南门和天枢处里，拥有了很多忠诚的下属，这些不甘寂寞的修行者，数量虽然不多，但造成的杀伤力却是十分可怕的。李珲圆遇刺震怒，把天枢处的腰牌也给了他，让他放手去做，这个夜晚，至少十几名官员倒在了血泊之中，更多的无辜民众在混乱里丧生。朝廷派去监视清河郡会馆的官员和军人，也被混乱弄得极为狼狈，竟是没有注意到，有好些清河郡诸阀的子弟，趁乱逃了出去。这些人离开会馆之后，很快便与清河郡诸阀暗中扶植的官员会合，据事后调查，当夜长安城的混乱，与这些人的推波助澜脱不开干系。

曾静全家被接到了春风亭横二街的朝宅，下人自有安排，受伤的也有鱼龙帮里的医师负责处理，曾静带着夫人前去拜见朝老太爷。朝宅正堂里灯火通明。

曾静还没有来得及诚挚表示感激之情，便被朝老太爷挥手止住。这位平日里只喜欢听戏逗孙的老爷子，看着满脸担忧紧张的霖子，极为不耐烦地说道："儿媳呀，你就不要担心了，只要你男人没死，就没有人敢来府里闹事，有胆子杀进咱家的人，早就杀到皇宫里去了。"曾静听着老太爷这话，不由微凛，心想老人当年毕竟是从战场上退下来的，待旁边有人行礼，他才发现原来堂内还有别人。朝老太爷看着常思威厉声斥道："宫里那对姐弟是白痴，难道你也是白痴？羽林军北上抗蛮你不去，那你就得把长安城给我护住了！还在犹豫什么？只要这时候还敢在街上的人，统统杀死！修行者只要敢露面，就集弩杀之！"常思威领命，匆匆而去。

齐四爷也在堂间。鱼龙帮是长安城的地头蛇，局面再乱，也能应付自如，他的帮中兄弟今夜没有受到什么损失，唯独在曾府门口，被修行者杀死了几人。齐四爷很是愤怒，却不敢在朝老太爷面前表现出来，问道："二伯，那帮里兄弟做什么？帮里兄弟总得做点什么吧？"朝老太爷轻捋胡须，还没有来得及指点，便听着堂外传来管事的禀报声，说是长安府尹上官大人来拜见老太爷，不由眼前一亮。"你要做的事情来了。"

上官扬羽大人匆匆走入朝宅正堂，以子侄身份向着朝老太爷拜了下去，然后才发现曾静也在，神情不由微凛。

"大人你比老头儿我狡猾，想来也没什么事情要问我，那便是要找齐四，你和他说去，我带着曾大人去后园逛逛。"朝老太爷说完这话，带着曾静便向堂外走去。上官扬羽看着朝老太爷的背影，猥琐的三角眼里闪过一抹亮泽，旋即恭谨无比再行礼说道："老太爷客气。"朝老太爷没有回头，说道："大人才是真客气。"

待朝老太爷和曾静的身影完全消失，上官扬羽再直起身子，望向齐四爷，沉默片刻后问道："看情形，诸位是准备倒向皇后娘娘那边了？"齐四爷笑着说道："大人这是说的哪里话？我们这些混江湖的苦哈哈，哪里有资格在这等大事上做选择？还不是朝廷怎么说，我们就怎么做。"上官扬羽冷笑一声，心想你们这些人混的可不是普通的江湖，却也懒得点破，想着时间紧迫，直接说道："齐帮主，我是来向你借人的。"齐四爷微微一怔，有些不明白对方的意思，试探着说道："大人开玩笑，想大人统管着长安府衙……"

"这种时刻，本官不愿与你说那些藏头露尾的话。"上官扬羽面色一肃，说道，"羽林军要开始镇压混乱，侍卫要护着皇宫安全，我手下的衙役和班头要去处理那些后事和命案，还要维持治安，我实在是抽不出人手，所以才会想着向你要人，你究竟给是不给。"齐四爷与上官扬羽打惯了交道，却是头一次看见这位大人如此严肃，那张猥琐的脸上竟然流露出几分正气凛然的感觉，不由也随之而严肃起来："为朝廷效力，义不容辞，只是我要清楚大人借人究竟要做什么。"

"清河郡会馆里跑了很多人。"上官扬羽的三角眼里闪过两道寒芒，说道，"这些长头发的和尚，庙在南方，若让他们跑了，可就什么都完了，幸亏如今外敌入侵，长安城门入夜即落，他们暂时还跑不出去，但现在到城门开启，只剩下三个时辰。"

齐四爷明白了大人的意思，稍一思忖后说道："没问题，您要多少人，我鱼龙帮便能出多少人，如果兄弟人数不够，我把小子们也派出去。"

"最好是能见到活人，如果实在不行……死人也算。"上官扬羽说道，"而且这件事情，最好多找些小子去办，你手底下那些带家伙的、真正敢杀人的帮众，还要替我去办另一件大事。"齐四爷问道："请大人吩咐。"上官扬羽沉默片刻后说道："今夜长安之乱，最主要是那些修行者胡作非为，羽林军就算能镇压住街面，却没办法把这些修行者揪出来。"齐四爷闻言骤惊，说道："我帮中兄弟也不可能是修行者的对手。"上官扬羽说道："我不要求你的人杀死或者抓住那些修行者，我只需要你的人让那些修行者不敢再对普通人动手。"

齐四爷皱眉说道："修行者不是在天枢处，就是在南门观，别说是我鱼龙帮，就算是大人您签了府令，派衙役去也不管用。""有很多事情，长安府不方便做，但你鱼龙帮做起来却相当方便。这些纸上是本官年前从军部调出来的，是天枢处的官员执事，还有南门观那些娶亲的道人的家庭住址，他们的老父老母、弱妻幼子应该都还在家里。"上官大人神情慈祥地从怀中取出厚厚一沓纸，说道："鱼龙帮是长安城的地头蛇，找到这些地方很容易，把这些妇孺老弱请到秘密的地方也很容易。"

齐四爷接过那些地址，片刻后才醒过神来，感觉身体有些寒冷，看着大人慈爱的容颜，颤声说道："这……太狠了。"上官扬羽感慨地说道："其实我也不想的，但做人嘛，最重要的就是一个'狠'字。"齐四爷这时候想起朝老太爷离开正堂前，与上官大人那番对话，才明白其中真正的意味，不由感到好生佩服，却又有些不安。

"无论是清河郡会馆，还是天枢处南门观……都不是大人的职司。"齐四爷不解地问道，"大人为何要冒如此大的风险来做此事？"上官扬羽轻捋胡须，便欲开口。齐四爷见他神情，便知道他想说什么，说道："朝野间，可没有一个人会相信大人是大公无私之人，所以您可千万不要用这个理由。""本官确实胆小怕事，贪财枉法，要说如何爱大唐，真说不过去，然而如果没有大唐，长得像我这么难看的人，能到哪里当官？还能坐到京城府尹的位置？"上官扬羽感慨地说道，"若大唐真的亡了，我还能到哪里贪钱去？这个道理并不复杂，所以我懂，但奇怪的是，有很多人却偏偏不懂。"

李渔缓步走进殿内。她的神情很疲惫，她的脚步也很疲惫，清河郡叛乱自立的消息，给她的感觉，就像是下了十余日暴雨后，忽然又下起冰雹来。而她刚刚知道的那件事情，就像是冰雹天里落下的闪电。她走到榻前，看着脸色苍白，明显还处于惊恐状态中的弟弟，不由有些心疼，旋即却是自嘲一笑，和声问道："是陛下动的手？"李珲圆见她语气依旧像平时那般温和，顿时松了口气，笑着说道："不错，那些乱臣贼子想杀朕，朕便把他们全杀干净。"李渔坐在榻畔，安静片刻后说道："许世将军也想要杀你？"李珲圆脸上的笑容顿时变得有些僵，说道："皇姐在说什么？"

李渔轻声说道："昨天王景略已经进了长安城，他去军部查到消息之后，今夜才进宫见的我，所以我才会想着来问你。"李珲圆的声音有些微微颤抖，强颜笑道："皇姐要问我什么？"李渔脸上的表情依旧很平静，淡淡说道："清河郡叛了，神殿掌教大人从那边绕行崤山入我唐境，天枢处和暗侍卫包括军部的眼线，都没有发现，这便是可以理解的事情，但掌教大人怎么知道大将军驻营在崤山下？"

"我都不知道大将军当夜宿在崤山，神殿是怎么知道的？"李渔看着他的眼睛，继续问道，"大将军是个自信骄傲的人，但在战场上他向来谨慎小心，那么我很想知道，你是怎么知道的呢？"李珲圆脸上的笑容变得越来越僵硬，甚至更像是在哭。

这个时候，安静的殿门外响起一道冷静的声音："这些年来，有很多昊天道南门的修行者从军，我如今是南门门主，那些人自然不会想着要瞒过，而天枢处与军部关系更为密切，我又恰好奉陛下旨意管着天枢处，所以很幸运地，我得到了大将军的回程路线。"殿门开启，何明池走了进来。他夹着已经有些变形的黄油纸伞，对着榻畔的姐弟微微躬身行礼。

63

李渔过了很长时间，才转过身去，动作显得有些迟缓，是因为疲惫。她看着何明池说道："看来今夜长安城的混乱，也是你一手造成的。""不错。"何明池说道，"如今长安城就像个虚弱的病人，我最忌惮的朝小树，也已经离开，这场混乱一旦开始，便谁也无法结束。"李渔说道："看来神殿确实不了解我们唐人的行事风格，我们不喜欢乱，所以这场混乱无论以什么方式结束，必然会很快结束。""殿下，这时候再做口舌之争还有什么意义呢？"何明池看着她微笑地说道，"就像掌教大人给您的那封亲笔信里所说，您是应劫之人，唐国的这场大劫便落在您的身上。您的私心和贪欲便是这场大劫的所有起因，您自己根本无法跳出劫前，那么便投降吧。"

李渔说道："你虽然假扮唐人这么多年，但还是和神殿一样不了解我们唐人……在我们的世界里，从来没有'投降'这两个字。"何明池鼓起掌来，掌声清脆，说道："掷地有声，却空洞无物。昊天不可战胜，道门永世长存，夫子都死了，先帝也驾崩了，就凭现在的唐国，还能做些什么？我答应过家师，要让唐人少流些血，所以我希望你们能尽快失败。"

李珲圆听着这番对话，才知道自己究竟犯了怎样的大错，情绪激荡不安，脸色苍白喃喃问道："你是神殿的人，你居然是西陵神殿的人……那你先前为何要在御花园里救我？你为什么要救大唐的皇帝？"何明池看着他怜悯说道："像陛下如此荒唐的皇帝，对我道门来说便是最好的朋友，您活着那当然比死了更有价值。"

"虽然最近殿下的表现，令所有人都感到有些意外，但您的能力还是让神殿有所警惕，如果有可能，我会尝试杀死您，只是在大唐皇宫中，想要杀死你们这些李姓的皇族，确实比较困难，徐崇山大人先前已经替我试过了。"他望向李渔，说道，"不过我想，殿下也应该没有什么能力留下我。"说完这句话后，何明池转身向殿外走去，他的速度并不快，似乎毫不担心李渔喊来侍卫，这种平静的姿态，无疑是对榻畔那对姐弟最大的羞辱。走出宫殿，借着黎明前最深沉的夜色，他走到了御花园深处，来到那幢小楼前，抬头看了一眼将落雨的天，将黄油纸伞撑开。

黄油纸伞先前被徐崇山连击两拳，已经破损得很严重，撑开之后，看着有些滑稽，但伞面此时透出的那道气息，却是那般地神圣庄严。

随着撑伞的动作，小楼地底深处，那片广阔无垠的石地面上，忽然显现出很多道纹路，那些纹路便代表着惊神阵，代表着长安城。神圣庄严的气息，渗进那些纹路里，光华渐至，片刻后又再渐渐敛去，如果有神符师或大阵师在场，大概能够看到最细微处的一些变化。有几道纹路中间多了些阻塞，就像是有马车堵塞住了长安城的朱雀大街。何明池站在御花园的秋树间，沉默感知着地底的变化，确认和预想得差不多，满意地点了点头。现在道门只需要再找到阵眼杵，便能破掉惊神阵，而惊神阵破，长安城便破，长安城破，千年唐国便会灭亡。如今惊神阵的阵眼杵在城南的书院里，他可以在禁卫森严的皇宫里闲庭信步，却没有任何自信能去书院里取东西。不过他取不到，不代表世上没有人能够取到。

安静的宫殿里，响起一声清脆的耳光声。李珲圆捂着红肿的脸颊，唇角淌下一道鲜血。他恐惧地看着自己的姐姐，哭着嘶喊道："我知道自己错了，但已经做了能怎么办！我怎么会知道他是道门的人！李青山那个老贼骗了我们！"李渔气得浑身颤抖，脑海里一片眩晕，险些昏倒。

"姐姐，姐姐。"李珲圆从榻上爬起身来，用没有受伤的手，紧紧抓住她的手，颤着声音说道，"现在没有别的办法了，我们只能向神殿投降。"李渔看着他，忽然发现自己根本不认识自己一手带大的弟弟，脸上没有任何表情，又是重重一掌打到他的脸上。李珲圆仿佛根本感觉不到疼痛，眼瞳有些放大，依然紧握着她的手，不让她把自己甩开，尖声喊道："院长死了！院长已经死了！连院长都死了！谁能和天斗！书院撑不住大唐，你没看里面的人都没有动静？我们现在只能靠我们自己，我们只能依靠道门，不然还能怎么办？"

"怎么办？"一缕发丝无力地垂落在李渔的额头上，她有些疲惫地摇了摇头，说道，"书院撑不住大唐，那我就只好继续撑着，一直撑到撑不住为止。""撑不住了。"因为紧张恐惧和惘然，李珲圆的声音就像是压扁了的麻布，极为嘶哑难听，"就算镇南军不去北方，也要绕过崤山才能到青峡，西陵神殿的大军现在已经过了大泽，马上便要过青河郡，马上就要直逼长安……"

李渔无力地低着头，说道："长安城破不了。"李珲圆颤声说道："他们不用破，只用把长安城围住，城里这么多人，哪里有粮食可以吃？"李渔抬起来，伸手轻轻把弟弟凌乱的头发理了理，凄楚一笑地说道："其实听你这几句话，你还是很聪慧，但前面怎么就……糊涂了呢？"她一直被朝臣赞为贤良慧德，即便是父皇也诸多宠爱信任，无论是治国还是谋略，都很有能力，但她这时就是个疲惫无助的女子。

夫子登天而别，举世伐唐，这是千年未有之大变局，即便是她的父亲还活着，面临这样的局面，也会极为困难，更何况是她。"我们是唐人，不能降。"李渔伸手轻轻摩挲着弟弟的脸颊，很认真地说道，"就算战到最后一刻，也不能降，就算死，你也要死在皇宫里，听见没有？"

便在这时，一名太监匆匆走进殿内，带来了刚刚从军部收到的消息。徐迟大将军派骑兵护送皇后娘娘和六皇子，已经到了梧州。李渔沉默不语，李珲圆震惊得睁大了眼睛。

64

何明池的出现和离去，让李珲圆的神志受到了很大冲击，此时又听到这个消息，脸色变得更加苍白，眼睛里流露出惊恐的神情。"怎么回来得这么快？"他声音微颤地说道。李渔面无表情，缓缓坐下。如果是前些天，她听到这个消息后，绝对不是现在的反应。贺兰城的唐军归来，她篡改遗诏的事情肯定已经曝光。她事先为此准备了很多手段，然而随着西陵神殿号召天下伐唐，那些手段已经失去了成功的可能性。

那名太监低声说道："梧州南边有司礼监的陈公公在，他应该提前收到消息，这时候正在往那边赶，应该能拦一拦。"李渔沉默了很长时间，然后疲惫地问道："镇北军有多少人随行？"太监低声回禀道："据报是五百精骑。"随行的人数不多不少，让李渔有些无法判断清楚徐迟大将军的心意。她的心头忽然莫名想到一种可能，问道："……还

233

有谁在？"

太监稍显迟疑，说道："听说，书院十三先生也在队伍里。"听到这个名字，李渔的眉微微蹙起，李珲圆眼中的惊恐情绪却是越发浓郁，他先前说夫子死了，书院没用。但事实上，身为唐人尤其是身为一名皇子，他哪里会不知道书院对唐国的意义？哪里会不畏惧？

"皇姐，我们必须做些事情。"他看着李渔紧张地说道，"宁缺已经表明态度，书院肯定会支持那个女人，在这种时候，除了按照何明池说的去做，我们没有别的办法。"谁能够抵挡书院？放眼望去，世间只有昊天道门能够做到。李渔缓缓摇头，说道："我不想再听到你说这种话。"

李珲圆咽了一口唾沫，仍然没有放弃劝说她的努力，急声说道："投降不代表大唐灭亡，道门需要有人替他们统治俗世，收集资源，灭了唐国对他们没有什么好处，相比金帐王廷的蛮人，难道不是我们更适合？"他越说越觉得有道理，兴奋地站起身来，挥舞着手臂说道："反对我们的人，已经被何明池杀光了，明日朝会之上，全部推到南门观身上，皇姐你再让忠于你的那些大臣站出来支持我们与西陵神殿达成和议，那么整件事情都能解决。"

"怎么达成和议？割土赔款，解散昊天道南门，封禁书院，还是说我们姐弟在桃山上叩首拜山祈求昊天的原谅？"李渔微笑看着他说道，"你说我们大唐比金帐王廷的蛮人更适合……更适合什么？更适合做道门的狗？"

什么叫心哀若死，便是她此时的心情，她的右手微微颤抖，却没有像先前那样扇到李珲圆的脸上，因为她发现那已经没有意义。"这些年来，因为母后，我总觉得你太可怜，所以我宠着你、爱着你、怜着你，没想到最终把你惯成了现在这副模样。"李渔站起身来，准备离开宫殿。李珲圆依然抓着她的手，被带着跌落榻下。他看着李渔的背影，惊恐地喊道："皇姐，你要杀我吗？"李渔惨然一笑道："你是我的亲弟弟，我答应过母亲，会好好照顾你，我又怎么会杀你？现在我终于懂了何明池那句话的意思……陛下你再如何无耻，只要活一天，我便要保护你一天，便不能让那个女人伤害你，处于风雨之中的大唐，还是要因为我的私心而陷入内乱，西陵神殿怎么会不高兴看到这一切？"

天下大乱，唐国势危，是因为夫子和皇帝陛下的先后离开，没有人会认为唐国现在还能像从前那般强大不可一世，但唐国在这场大战里的表现，甚至比人们设想得更加令人失望，尤其是长安城南的那间书院。书院是唐国的根基，是唐国的守护者，就算夫子已经离开，但书院里还有很多强者和精于谋略的大人物。令很多入侵者感到困惑不解，令所有唐人都感到失望愤怒的是，开战至今，书院始终保持着沉默。

在西陵神殿号召天下伐唐的诰书传遍世间之前，书院便已经封门，更准确地说，自从夫子登天那一刻开始，书院的大门便再也没有开启过。书院没有正门，只有侧门。书院的侧门直通后山，那才是真正的门。前院新招的学生，被就地解散，拿着书院教授们开出的书信，扛着行李从石坊下离开，去到长安城，进入朝廷各衙帮助做事。

至于书院的教习们，则是收到了后山传来的一封信，那封信里很平静地说到，愿意留在书院的便留下，想离开的便离开。礼科副教授曹知风是燕人，他选择了离开，数科两位教习来自南晋，却坚持留下，根据统计，来自异国的教习们有七成最终留在了书院。用他们的话来说，我们是南晋人，我们是月轮人，我们是宋人，我们是西陵人，我们都不是唐人，但我们是书院的人。在此之后，书院依然没有什么动静，后山也没有书信继续传出，有些教授不知去了何处，其余的教习只好留在封门后的前院里做着自己的学问。就算世界明天就要毁灭，该做的事情总还是要做。

深秋某日，长安城渐渐从混乱中平息，却还没有完全平静，羽林军骑着战马，警惕地注视着街头的动静，长安府衙役四处奔跑忙碌，鱼龙帮的帮众在背街的窄巷与暗娼楼里，寻找着他们想要找到的那些人。城门司奉旨意，落城门，除了近京诸州送粮的车队，严禁任何军民进出，长安城就此变成了一座孤城，再也顾不得城外的一切事情。书院在长安城南，自然是在城外。当长安城变成孤城后，书院也进入了孤立无援的境地。

一座巨辇，出现在书院门外的草甸间。万重幔纱，已经有很多层被撕烂，金玉雕成的栏杆上，有很多缺口，还有很多乌黑的旧血迹，但依然显得庄严肃穆。巨辇畔的六十四名实力强横的西陵神卫，现在只剩下了十几人，其余的人，都已经死在了崤山夜雨下的那场惊天一战中。辇上万重纱里，是一个高大的身影。那个高大身影的左手已断，却依然光芒万丈，甚至要把书院的光彩全部镇压下去。西陵神殿掌教大人，来到了书院。

崤山夜雨里，他杀死了大唐镇国大将军许世，为此牺牲了数十名西陵神卫，他也付出了一只左手的惨重代价。但此时的他，还是那般地强大，甚至要比以往更强大。许世死在他的手中，这就是理由。十余名西陵神卫抬着巨辇向草甸上方行去。因为人数变得少了很多，所以这些西陵神卫显得有些吃力，速度很缓慢。但越缓慢，书院石坊前的压力便越大。秋风仿佛都被挤压得开始哀鸣。

书院没有门，所以巨辇没有破门而入。书院有石坊，巨辇不停，石坊碎成无数段。听着巨响，前院的教习们纷纷放下纸笔，匆匆走出房间。然后他们看到了那座巨辇。他们虽然是前院教习，但都是学识渊博之人，不知看过多少书籍教典，马上便有人认出了巨辇里那个高大身影是谁！书院前坪响起一阵震惊的呼喊。所有教习脸上都流露出惊恐的神情。西陵神殿掌教，居然来到了长安城南，来到了书院！难道唐国已经灭了？

掌教大人宛若雷霆的目光隔着残破的重重纱幔，在这些教习的脸上缓缓掠过，脸上没有任何情绪，问道："黄鹤何在？"没有人回答他，因为黄鹤教授早在多日前，便消失无踪。掌教大人的声音再次在书院前坪上如雷般响起。"沐楚何在？"依然没有人回答。掌教大人接着又问了几位教授的姓名。那些人都不在书院中。

掌教大人没有看到任何唐军的踪影，说道："书院替唐国遮风蔽雨千年，如今竟被长安城遗忘，真是令人不胜唏嘘。"巨辇再次被抬起，向着书院后方走去。这些普通的书院教习，并不在道门的眼中。掌教大人非常清楚，真正的书院在哪里。

巨辇经过窄巷，窄巷向两旁倾塌。经过湿地，水草里的鱼儿惊恐躲避。经过旧书楼时，掌教大人抬头向二楼某处窗口望了一眼。然后巨辇继续前进，进入书院后山山腰里终年不散的云雾中。天地气息骤然大动。没有夫子主持的云集大阵，被巨辇强行突破。山清水秀疑无路，柳暗花明见崖坪。不似秋风的温暖山风，吹拂着巨辇上的幔纱。掌教看着眼前的风景，感慨无语。他筹谋一生，最想做的事情，便是灭了书院。今天，他终于来到了书院后山。

崖前有松，松下没有童子，只有对弈的二人。掌教的目光穿过幔纱，落在那张棋盘上，说道："没有想到，宋谦先生，原来真的在书院后山静修。"五师兄放落一颗黑子，然后站起身来，对着破雾而出的巨辇躬身一礼，说道："宋谦带着师弟，见过掌教大人。"八师兄恼怒地反对说道："我又不是没名字，为何要你带着？"五师兄说道："掌教大人都认得我，却不认识你，这说明举世公认，我的棋艺在师弟你之上。"八师兄闻言越发愤怒，把手里拈着的那颗白色棋子，重重扔到棋盘上，只听着一阵清脆声音响起，棋盘上的黑白棋子滚动不安。

书院后山的风景由此一变。远处的瀑布仿佛静止，崖畔上的镜湖泛着涟漪，满山青松似乎变成了无数士兵，而青草和花树，则像是冷漠的观众。书院后山变成了一张棋盘，杀意大作。掌教大人看着松下的二人，说道："以棋盘之道悟天机，二位先生已然超出烂柯寺，奈何你们却不懂什么才是真正的杀机。"他的声音很柔和，传出幔纱之后，却变成了无数道闷雷。雷声在书院后山里炸响，银瀑微颤，镜湖微荡，疾风拂过山野，松涛阵阵，青草花树畏惧弯腰，棋局便有了崩散的迹象。十余名西陵神卫，抬着巨辇继续向后山走去。

便在这时，山峰间忽然响起一声凄厉的狼嗥。打铁房后响起水花微溅的声音，水车辘辘转着，一只大白鹅站在水车之上，缓缓升出房檐，曲项向天而歌，歌声嘹亮。更远处的草甸上，一头老黄牛缓缓抬起头来，向松林间看了一眼。书院后山这片黑白棋盘，随着老黄牛、大白鹅和小白狼的出现，仿佛又落下了几颗棋子，顿时变得稳定起来，杀意越发凛然。那几颗棋子不是黑白分明的，而是特征鲜明的。卒，悍勇兵卒。士，骄傲国士。车，万乘之车。

松涛阵阵仍在持续，书院后山的天地气息化作无数杀伐之意，向着巨辇狂袭而去，辇畔的十余名西陵神卫，面色骤然苍白，鲜血狂喷。重重幔纱间，高大身影微微前倾，终于变得凝重了些："弃棋局之外形，融二者之弈意，二位先生果然好手段。可惜这局棋少了几个子。少了匹马，还少了帅与将。举世伐唐，我西陵神殿怎么会以为书院真的会束手不管？我甚至已经猜到大先生他们去了哪里，只是他们再也回不来了。所有的一切安排，就是为了让长安城空虚，让书院诸弟子疲于奔命，如此我才能够安心来到这座后山，拿走我想拿走的东西。我今日来书院，便要拿惊神阵阵眼杵！阵眼杵在手，长安我有，唐必灭于我手！"掌教喝道，然后快意大笑起来。笑声回荡在幽静的书院后山里。"书院现在是空的！没有主帅也没有将军，只有你们两个痴于棋道的愚人，再加上这几个畜生，怎么可能拦得住我！"掌教大人看着松下二人，厉声喝道，"你就算能把我困在这局棋里，又能困多久？畜生就是畜生！休想逆天道变成人，而人又岂能逆天！书院必将灭亡，唐国也将随之而亡！千年以来，道门无数先贤大能都没有做到的事情，便将在我的手中变成现实！我将成为昊天神国里最耀眼的神明！"

松下的五师兄和八师兄脸色骤然苍白。山野里的狼嗥变得虚弱起来，站在水车上的大白鹅不再对天而歌，有道血水从它的喙边淌了下来，草甸上的老黄牛眼里的神情显得越发疲惫。纱幕里，掌教的身影显得无比高大，光芒万丈。

65

大唐西方高原，正对着高耸入云的葱岭。镇西大将军舒成，指挥西军与月轮国来犯之敌进行了数场战斗。虽说在大唐军方，西军最不被重视，实力也相对最弱，但面对月轮国的骑兵，却显得那般强大，这些天来连战连捷。直到葱岭下走了一群苦修僧。

此时大唐西军已经包围了月轮国朝阳骑兵大队，眼看着便要全歼敌人，然而那群苦修僧，却像是看不到惨烈的画面一般，沉默地从战场里走过。那是来自悬空寺的苦修僧。为首的苦修僧只有七根手指，正是悬空寺尊者堂首座七枚大师。七枚大师向唐军帅营走去，脚步舒缓而稳定。无数支羽箭落在他的身上，却无法刺破他的肌肤，便断裂落下。无数把朴刀落在他的身上，却无法让他的身体颤抖一丝。七枚大师没有出手反击，只是沉默地行走，向着唐军帅营行走。他向着镇西大将军舒成走去。舒成觉得自己的嘴里有些苦涩，无奈地笑了笑。身为主将，他知道自己不能退。那么便战死在这里吧……

西陵神殿大军，乘坐着南晋水师的战船，终于陆续抵达大泽水岸。大唐水师的战船，泊在岸旁，没有任何动静，有几艘战船上，隐隐可以看见火烧的痕迹，最大的那艘帅船则已经沉到了水底。清河郡的民众，神情复杂地迎接着这些入侵者。用诸阀的话来说，西陵神殿的大军，则是神圣的解放者。西陵神殿大军的军纪，比清河郡民众想象中要好很多，哪怕是那些与清河郡有宿怨的南晋士兵，行走在街上也目不斜视。

两座神辇和数辆华贵的马车，在神殿大军的后方。天谕大神官亲自前往富春江畔的崔园，与清河郡诸阀阀主相见，施予神恩祝福。裁决大神官没有理会这些事情，她期待着与唐人强者的相遇。那几辆华贵马车则一直很安静。虽然没有亲眼看到，但所有人都已经猜到，世间第一强者剑圣柳白，大概便在马车里，另外数辆马车里又坐着的是什么大人物？西陵神殿的大军，没有在清河郡里做更长时间停留。铁骑的马蹄踏过安静的青石板路，越过精致的石桥，穿过白墙黑檐的民居，浩浩荡荡向北而去，终于抵达了那道著名的青峡外围……

世间无数强者，向大唐走去。大唐眼看着便要灭亡。似乎没有任何事情，能够阻止这件事情的发生。此时宁缺陪着皇后娘娘与六皇子，离开梧州，继续向长安城而去。他不知道南方的危险局面，但能够猜到，现在的大唐面临着什么，只是在滔滔大势面前，即便是他也没有能力改变什么。他能做的事情，就是尽快回到长安城。夫子修建了长安城，布下了惊神阵。颜瑟大师，把惊神阵的阵眼杵传给了他。他继承了两位师长的遗产，便要把这份遗产守好，只要能够回到长安城，拿回阵眼杵，至少他可以保证长安城不会陷落。

日夜兼程而行，过了梧州二百里，在良乡附近的一座桥上，皇后一行人被拦住。拦住他们的是来自凉山州的一队厢军，为首的则是一名太监。当朝英华殿大学士莫晗，便是凉山州人。那名太监姓陈名进贤，是司礼监的大太监，战前奉旨在凉山州公干，听闻皇后南归的消息后，竟是来不及请示长安城，便带着凉山州的这队厢军赶来拦阻。陈公公站在石桥中间，看着那辆马车，躬身行礼，然后傲然说道："陛下有旨，长安城险殆，太后请就地停下，择地暂避。"宁缺骑在马上，没有说话。马车里传出皇后平静的声音："陈公公，旨意在哪里？哀家要看一看。"陈公公神情微僵，声音却显得越发强硬，说道："这是陛下的口谕。"

"原来如此。"宁缺说道，"我就说宫里那对姐弟，不至于愚蠢如此。"听得这话，陈公公的脸色变得异常难看，厉声喝道："大胆！竟对敢陛下和监国公主如此不敬！"然后他望向马车，寒声说道："太后娘娘莫非想抗旨？"皇后说道："在名分上，哀家还是他们的母亲，口谕是不是太不尊重了些？也不合唐律，公公叫哀家如何从旨？"陈公公微微蹙眉说道："依唐律战时条例……"没有等他说完，宁缺的眉头已经皱了起来，回头望向马车说道："已经耽搁了些时间，我不想把时间浪费在这些破事上。"皇后轻声说道："唐律总是要遵守的。"宁缺摇了摇头，说道："娘娘你守就好，我不用守。"皇后说道："那你准备如何做？"宁缺说道："我把传旨的人杀了，娘娘自然便能过桥。"皇后沉默片刻后说道："有理。"

陈公公听着这番对话，不由愤怒到了极点，拿着马鞭，在桥上重重地抽打一记，喝道："你是何人！竟敢妄言杀害天使！"他在宫中时，便以朝鞭耍得好出名，当年陛下也正是看中了这点，才让他有了机会向上爬，此时一鞭抽出，抽得是响亮无比。宁缺向旁边看了一眼。一名镇北军骑兵统领纵马而前，伸手在这名太监脸上狠狠抽了一记耳光，耳光声异常清脆响亮，远远超过了先前的鞭响。陈公公被打傻了。那名骑兵统领劈手夺过他手中的鞭子，扔进石桥下的河水中，然后拔出鞘中的刀，指向石桥对面那几百名厢军，面无表情说道："冲锋。"

蹄声阵阵，五百唐骑挟着烟尘，一往无前向桥那头冲过去。那些凉州厢军，哪里能和这些如狼似虎的正规骑兵对抗，只闻惊呼阵阵，旗落马逸，片刻工夫便被冲散，四散逃走。石桥上那名太监，早已被乱蹄踩得浑身是血，昏迷不醒，不知是生是死。

宁缺轻拉马缰，来到车窗畔，看着桥下混乱的画面，说道："在书院的时候，我闲时也读过几本史书，每每看到那些王爷大将，就因为皇帝的一道旨意，便被太监或文臣羞辱，拥兵不敢过河，我便觉得不可思议。"皇后拉起窗帘，说道："这便是院长最在意的礼法规矩，没有规矩，这个世界便是混乱的世界，永远处于弱肉强食的黑暗时刻。"宁缺说道："我在书院学的第一堂课便是礼，当时曹知风教授对我们说，书院的规矩很简单，谁强谁说了算，这就是礼。"

66

回家的道路总是那般漫长，而且总是会不停遇到阻拦。当皇后一行抵达长安城北十四里地的驿站时，又被人拦住。这一次拦住他们的不是太监，也没有军队，是十余名白发苍苍的大臣，那些年老的大臣，跪在皇后娘娘的马车前，代陛下和监国传旨，请皇后娘娘暂时不要进城，且在西山别宫居住。看着眼前这幕画面，宁缺不禁有些佩服李渔，这几年很多老臣因病去世，也不知道她是从哪个地方找出这么多年老德高身体却像腐木一般的大臣，在跪在地上的这些老臣中，他甚至还看到了六皇子曾经的老师。

老臣们老泪纵横，白发随秋风乱颤，真是令见者伤心，闻者落泪，说天下之危局，道国势之艰难，发自肺腑，言出本心。负责护送皇后一行的镇北军骑兵统领犯了难，这些老大人没有做任何事情，也没有请出旨意，只是跪在车队前面，他们总不能真抽刀把对方砍了。宁缺却不在乎这些，向那些老大人走了过去。此时长安城里的人们，都已经知道，护送皇后娘娘和六皇子南归的，除了镇北军的骑兵，还有书院十三先生宁缺。陈公公在良乡石桥上的悲惨遭遇，证明了宁缺心如铁石，冷血无情，更不会被朝廷里的那些繁文缛节所限制，所以看着他走过来，那些正在痛哭劝谏皇后的老大人吓了一跳，便是连哭声都止住了。

为首那位老大人姓魏名节臣，年龄最大，资历最老，去年受陛下三番相请，才返回长安城，接替了老祭酒病逝后留下的官职。魏节臣老祭酒，站起身来，看着宁缺斥道："你要做甚？"宁缺说道："我在良乡做了甚，老大人难道不知。"老祭酒从袖中取出一张纸，像对待最珍稀的宝贝一样小心翼翼摊开，举到他面前，严肃说道："你看看这上面写的是什么？"那张纸早已发黄，不知有多少年的历史。纸上写着一行字。

　　"书院弟子严禁干涉朝政。"宁缺发现竟然是老师的笔迹，不由微怔。老祭酒厉声喝道："见着夫子铁律，书院弟子还不下跪！"宁缺像看白痴一样看了他一眼。老祭酒见他毫无动静，脸色变得异常难看，说道："难道你敢违抗师命！"宁缺伸手把那张黄纸夺了过来，唰唰两声，干脆至极地撕成四瓣，然后揉作一团，随手扔进官道旁的水田里。场间所有人都惊呆了。就连车里的皇后娘娘，都吃惊得说不出话来。

　　"我书院弟子，最擅长的就是违抗师命。"宁缺看着老祭酒说道。老祭酒哪里见过这等狂悖无行的人物，气得浑身发抖，伸出手指指着他的脸，悲痛说道："大唐怎么有你这样目无师长之人！真是气死老夫也！""我只不过撕了张老师随手写的便笺，皇宫里那位连自己父亲的遗诏都改了，怎么没见老祭酒您气死？还是说您主要气的是，手里再也没有夫子的墨笔？想要的话，过两天我从书院给您带一份，或者我亲自写一张，我的字可比老师强。"宁缺平静说道，脸上没有任何嘲弄的神情。

　　然而越是如此，他的这番言语显得越发尖刻。老祭酒收回手指，捂着胸口，痛苦地喘息着，断断续续说道："你这个小人！院长就算在天上，也不会饶过你这个孽徒。"宁缺喝道："那个老家伙把我们扔下自己上了天，你以为他还能管得了我？有本事你把他从天上叫下来，我感谢你一辈子。"

　　"够了。"皇后在马车里说道，"不要为难老大人，没见他身体难受？"宁缺平静地说道："那就赶紧气死，死了就不难受了。"一片哗然。官员们群情激愤，撑着老迈的身躯站起身来，扶着摇摇欲坠的老祭酒，连声痛斥，不知从哪里学的脾气，竟是宁死也不让皇后的马车过去。宁缺手落在刀柄上。皇后忽然开口说道："我在驿站歇息一日。"

宁缺明白了她的意思，说道："那我先进长安城。"

他翻身上马，准备离开。朝廷可以用各种方法阻拦皇后娘娘归来，却没有任何人、任何办法，能阻拦他。那些老臣见势不可挽，站在道畔，纷纷痛骂此人冷酷无情，不识大局。宁缺收缰停马，转身望着这些老臣，说道："我的冷酷，这个世界还没有看到，好好保重身体，以后你们会慢慢看到的。"

西陵神殿大军，已然抵达青峡。七枚大师，已然来到西军帅营之前。金帐王廷的铁骑，继续南下。大唐的东疆，已然快要变成焦土。正是风雨飘摇之时。宁缺背着一把朴刀，提着一个木匣。走进了落日下的长安城。

御书房是皇宫里宁缺最熟的地方。他看着案几上的镇纸，发现上面不知何时多了道裂痕。把木匣搁到案几上，拍了拍，说道："陛下，咱们回来了。"在这个房间里，他看到陛下写的"花开彼岸天"，于是写了"鱼跃此时海"五字，从那一刻开始，他便和这个皇宫拥有了很亲密的关系。长安城便是惊神阵。这座大阵是师父颜瑟交到他的手中，但实际上也是陛下的意思，事关国之安危，当然要由一国之君做最后的决定。换句话说，在很早之前，陛下便把长安城，把大唐托付给了他。这些年，宁缺在不停地成长，但距离能够承受这种重任，还有很远的距离。他以为自己本来还有很多时间，却没有想到，夫子先走，然后陛下也如此突然地离开，于是这份重任便提前来到了他的肩上。

御书房的门被推开。李渔走了进来，容颜有些憔悴。她看着案几上那个木匣，缓缓跪倒。宁缺站在一旁，静静地看着她。不知道过了多长时间，李渔站起身来，眼眶微红，越显憔悴疲惫。宁缺说道："如果陛下还活着，他对你一定非常失望。"李渔微微一笑，笑容很是凄清，说道："你呢？是不是也很失望？"

67

御书房里一片安静。宁缺沉默了很长时间，然后缓声说道："失望总是难免的，不过还没有到绝望。"

李渔笑了笑。与先前凄清可怜的笑容相比，这抹笑容里自嘲的情绪更浓。她说道："这还真是出乎我的意料，我以为你已经对我绝望透顶。"

"从梧州到长安，包括我进长安城，你都没有动用大军。"宁缺望向皇宫朱墙，说道，"我欣赏这点，又或者你现在已经没有军队可用，那便是我误会了你。"李渔说道："局势再如何艰难，真到了生死立见的那一刻，就算是挤，也能挤些兵力出来，你也知道我的性情，我总会有些牌留在最后。"宁缺说道："其实我很希望你能动用那些底牌。"李渔问道："为什么？"宁缺说道："那样的话，我可以把你那些底牌洗清，而且见到你的第一面时，便可以一刀把你杀了，而不会有任何心理障碍。"

李渔轻声说道："为什么想一见面便杀死我？因为我篡改了父皇的遗诏，还是因为你发现我不是你想象中的那种人，失望，所以愤怒？""虽然当年在篝火堆旁，你安安静静听我讲了一夜的童话，但我从来没有把你当成童话里的公主，一个远嫁荒原，还能安然回归的女人，怎么可能是简单的人物，这方面不存在失望，所以我不会因此而愤怒。"宁缺说道，"至于篡改遗诏，在别人眼中看来大逆不道，但其实我真不怎么在意，我的冷酷现实程度，要远远超过你和世人的想象。"

"如果你帮助李珲圆夺了皇位之后，真的能够让大唐千秋万代，黎民百姓幸福安乐，那么说不定我还可能支持你们，然而现实并非如此。"听着他的这番话，李渔的眼睛里渐渐重新流露出一些明亮，看着他认真说道："以前你答应过，在这件事情上……支持我。"宁缺说道："错，我当时答应你的是不支持皇后。"李渔说道："那现在你是在做什么？你带着那个女人和她的儿子回长安城是为了什么？你想要帮她争什么？"

宁缺说道："你又错了，我支持的是陛下的遗愿。"李渔的神情有些落寞，片刻后，坚毅的神情再次回到她的脸上，说道："这终究是我李家的事情，轮不到你和书院来管。"宁缺说道："这是你今天第三次说错话。首先，大唐不是李家的天下，大唐是唐人的天下，其次，千年前夫子一手创建大唐，所以现在就算要归某方所有，也应该归书院。"李渔微微皱眉。"千年以来，长安城从来没有被攻破过，如果要破，便是城里的人自己让城破。你和李珲圆想要皇位，我可以理解，但你们选择的时机不对，你们选择的方法很糟糕，正如先前所说，最令我失望的就是这一点。"宁缺说道。

李渔盯着他的眼睛，声音有些颤抖，说道："在现在这种局面下，你觉得有谁能够比我做得更好？你……还是那个女人？""我知道你的意思，在你看来，举世伐唐，大唐本就没有任何胜机。"宁缺说道，"智谋不如敌人，力量不及整个人间，这正常，但有些错不应该犯，比如许世不该死，很多将士不该死。"想起南归途中看到的那些惨烈的画面，想起如今已经安静无声的渭城，他沉默了片刻，然后继续说道："从小时候柴房杀人开始，我便变得自私冷酷，除了桑桑我谁也不关心。直到去了渭城，才有了改变，而后进入书院，有些变化一直在我的内心里悄然发生，只不过我自己没有察觉到。前年出使烂柯寺的路上，我看到了大唐南方的原野，那里的风景很美，那里的人很好。大唐真的是一个很好的地方，我喜欢它，我不想它受到伤害。但现在它被伤害的很重，甚至快死了。"宁缺看着她说道："我相信有很多愚蠢的错误不是你犯的，是他犯的，所以我想知道他准备怎样来承担这个责任。"

李渔双手握紧，身体微微颤抖，没有说话。宁缺看着她的眼睛，再问道："皇子在哪里？"李渔声音微沙地说道："陛下在休息。"两个人对李珲圆的称呼不同，这便代表着不同的态度。御书房再次陷入沉默。宁缺忽然说道："让他先退位，别的事情以后再说。"李渔摇头说道："我不可能让陛下退位，因为那意味着死亡。"宁缺说道："现在很多人都知道陛下把皇位传给了谁，你们姐弟二人，不可能再欺骗下去。"李渔寒声说道："你们没有遗诏，而且西陵神殿的诰书里说得很清楚，那个女人就是魔宗余孽，你以为朝中和军方还有多少人会支持她？"宁缺说道："你知道我，我不会在乎有多少人支持，我只关心有多少人反对。"

"然后你就会把反对你的人全杀光？完全不在乎，整个大唐会因为你的举动而陷入分裂，再没有抵抗外敌的力量？"李渔冷笑说道，"你说没有绝望，因为我没有动用大军对付你，那你就应该清楚，我为什么没有这样做！我是父皇的女儿，我再如何想要杀死那个女人，也不愿意大唐在当前局势下陷入内乱！那你呢？"宁缺沉默不语。

李渔看着他的眼睛，带着恳求的语气说道："现在大唐不能分裂，不能内乱，不然谁都承受不起那个可怕的后果。现在唯一的方法，便是你站出来支持我们姐弟，只要大唐能够重新团结，再加上书院的支持，也许我们真的可以力挽狂澜。"宁缺微微皱眉说道："那你有没有想过，完全可以反过来，你们姐弟带着忠于你们的大臣和军队，向皇后娘娘和六皇子表示效忠？"

"那以后怎么办？那个女人一定会杀死我们！而且你不要忘记，她是魔宗的人，就算我说话，有很多大臣和将军，也一样不会支持她！"李渔说道，"我知道你不甘心，你很愤怒，但我已经狠狠地责罚过陛下，明天朝堂上会颁布罪己诏……"

"狠狠地责罚？打了几个耳光？"宁缺看着她微讽说道。李渔被他的表情刺激得不轻，哭泣道："我只有这么一个弟弟，他是我一手抱大的，我怎么可能眼睁睁看着他去死？我让你进了长安城，冒险让你进宫说话，只是想求你放过他，难道这也不行？"宁缺看着她脸上的泪水，忽然想起很多年前的那些往事。

如果不是李渔，他也会回长安，却不见得能考进书院，如果没有她帮忙，要在部里拿到盖章的文书，都不是那么容易的事情。从某种角度来说，身前这个梨花带雨的女子，改变了他和桑桑的一生。李渔流泪说道："想想桑桑，她是被你从小抱大的，就算她犯再大的错，难道你忍心让她受到伤害？我这个做姐姐的，还不是一样。""所以你一直很疼桑桑。"宁缺若有所思地说道。

漫长的黑夜过去，清晨来临，长安城的混乱已经渐渐平静，晨雾里隐约传来香烛的味道，还能看到很多大臣的身影。今天不是大朝会的日期，却要召开大朝会，所有人都知道因为什么，那是因为皇后娘娘和六皇子已经回来，正在长安城外。有些大臣，更是知道书院十三先生宁缺现在便在宫中，而且在宫中与公主殿下长谈了一夜，至于谈的什么内容，不问可知。此时大唐面临着极为严峻的局势。相形之下，遗诏的真伪和皇位的归属，真的变成了不重要的事情。

正如李渔判断的那样，从宰相尚书到长安城里的普通百姓，所有人只希望双方能够尽快达成协议，不要让大唐陷入内乱。官员们在确认宁缺和公主殿下长谈一夜后，焦虑担忧的心情终于平静了些，没有宫廷流血夜，那么至少说明这件事情可以谈。即便是那些在何明池掀起的混乱中侥幸活下来的皇后派官员，腰身比往常挺得更直，脸色更加严峻庄肃，却也理智地保持着沉默。他们相信，就算书院不能让六皇子登基归位，至少也能为皇后娘娘和六皇子争取到足够的补偿，而且对当日的事情有所交代。

大朝会正式开始。李珲圆在确认皇姐说服宁缺之后，从被侍卫重重保护的偏殿里走了出来，坐到了冰冷的御椅之上，脸色却不免有些苍白。御椅之后是一方珠帘，李渔安静地坐在帘后。殿内的朝臣们，目光却落在珠帘与御椅之间。穿着黑色书院院服的宁缺，就站在那里的金砖地面上，沉默不语。由太监清音开朝。皇帝陛下开始宣读罪己诏。然后出乎所有人意料。皇帝走下御椅，对着殿中诸位朝臣跪下，叩首行礼。诸位大臣震惊无语，连忙跪下回拜。皇帝又对殿外叩首，向大唐军民谢罪。最后，他对御椅旁的宁缺下跪，沉痛认错，请求书院的原谅。

千年以来，有哪位大唐皇帝，曾在朝会之上跪拜认错？不要说那些忠于李渔姐弟的朝臣被感动得涕泪纵横，即便是那些皇后一派的官员，也感受到了陛下的诚意，脸色稍微变得好了些。珠帘微响，李渔从帘后走了出来。她对着朝中诸臣行了一礼，说道："我只有这么一个弟弟，他所犯下的过错，当由我这个做皇姐的承担，待战事结束，我自会给大唐军民一个交代。陛下会封六皇子为皇太弟，稍后十三先生出城禀知太后娘娘。"在当前局势下，为了避免大唐分裂，避免朝中诸臣、将士和百姓在两派之间做出选择，毫无疑问这是最妥当的安排。大殿上响起大臣们的颂扬声，说的无外乎便是这些内容。

就在这时，一道声音响了起来。于是整座大殿变得安静无比。因为说话的人是宁缺。"你说你只有一个弟弟。"他看着李渔说道，"……其实你错了。"李渔有些惘然，不知道他为什么会忽然说这个。"你有两个弟弟。"宁缺说道，然后抽出身后的朴刀，一刀斩向李珲圆。

极清脆的一声，李珲圆身首分离。鲜血从断口处狂喷而上，将至殿穹便无力落下。大殿的金砖地面，满是鲜血。宁缺望向李渔，说道："现在，你只有一个弟弟了。"大殿一片死寂。没有人相信自己看到的这幕画面。过了很长时间，才有大臣发出撕心裂肺的痛呼。数名年老的大臣，直接昏厥过去。

大唐开国千年。李珲圆是在位时间最短的一位皇帝。他也是唯一一位在皇宫里被人杀死的皇帝。当然，只有宁缺知道，太祖皇帝，也是被夫子在宫里杀死的。皇帝陛下，在大朝会上被砍掉了脑袋。这幕血腥的画面，这令人震骇难言的事实，让所有人都呆住了。李渔的脸毫无血色，雪白一片。她看着倒在血泊中的弟弟，瘫软倒下。宁缺不知从哪里取出一块雪白的手帕，擦拭着朴刀上的血。然后他看着依然处于极度震惊状态下的群臣，说道："刚才听诸位大人说了很多道理，比如选择，比如团结，很是忧虑，那么我便替诸位大人解忧。"

"皇帝陛下现在已经死了，那么先帝只剩下一个儿子，皇位只能由他来继承，除非亲王殿下对这张椅子也感兴趣。"宁缺望向站在勋贵队列之首的亲王李沛言。李沛言的脸色苍白至极，根本没听清他在说什么。"害怕分裂，害怕内乱，害怕做出选择会让当前的局面变得更加严峻，那么现在诸位不用再做选择，整个大唐也不用选择了。"宁缺把擦干净的朴刀收回鞘内，看着殿内诸位大臣，最后说道，"不用选择，这就是我以为大唐现在最需要的团结，与诸位大人共勉。"

68

大殿里一片死寂，没有人回答宁缺的话。这不代表他的这几句话没有力量，事实上那些话，就像无数道闷雷在大臣们的脑海里炸响，让所有人都处于惘然的状态中。一名大臣站出队列，伸出颤抖的手指向他，想要怒斥他冷血无耻的行径。宁缺静静看着那人，脸上没有一丝情绪。那位大臣的手最终无力地垂下，嘴唇气得不停哆嗦，却还是一个字都没有说出来。自从篡改遗诏一事曝光后，大唐朝野便分成了两派，而帝国眼看着便要覆灭，于是这种分裂和敌意，被强行压抑下来。很多大臣用大局为重，来说服自己暂时不要理会遗诏的事情，避免大唐正式陷入内战的泥潭，然而谁能想到，宁缺入宫与殿下长谈一夜，就在所有人都以为，事态即将被控制的时候，他……却一刀将陛下杀了！极度惊怖与愤怒，然后这些不知见过多少风雨的大臣，以难以想象的速度冷静下来，愕然发现正如宁缺所言，这竟是最好的结果。

皇帝陛下被杀，先帝的血脉便只剩下六皇子，文武百官除了拥立他登基，还能有什么别的选择？他们这些官员、在前线浴血奋战的将士和终究将会知道篡改遗诏之事的百姓再也不用选择阵营，大唐再也不会分裂。不用选择便是最好的选择。其实这个道理谁都懂，却不是谁都能替大唐做出这个决定，只有宁缺可以做，因为只有他敢这么做。篡改先帝遗诏，那便是叛国，人人得而诛之，即便是新帝和公主殿下，亦不能逃脱唐律的审判，然而真在现实中发生这种事情，谁敢随意诛之？只有宁缺，没有给李珲圆任何辩解恳求的机会，没有给任何人留下思考的时间，便一刀砍了下去，是为不教而诛。这个简单的挥刀动作，展现了他极为冷静甚至冷酷的思维方式，代表着书院对大唐皇权的极度漠视，令人不寒而栗。

现在大唐的大臣和将军们还能做什么？宁缺看似大逆不道的做法，可以在唐律上找到铁一般的依据，谁敢说他刺驾？最关键的问题在于，即便有人这样想，在如今的局面下，谁敢触怒书院这座唐国最后的大山？群臣看着御椅旁的宁缺，看着血泊中陛下的尸身，脸上的神情异常复杂，愤怒悲伤惘然警惕恐惧，不一而足。还是没有人接宁缺的话，死寂依旧在持续，因为情绪太激荡，更因为他们很难接受大唐就这样被冷血霸道的一刀给镇压住。书院不得干政，这是夫子留下的铁律，那么现在这算什么？

便在这时，皇后娘娘牵着六皇子从殿外走了进来。大殿里的官员们再度震惊，他们都知道皇后娘娘和六皇子被公主殿下拦在长安城外，她是什么时候入的城，入的皇宫？怎么没有听到任何风声？皇后娘娘没有盛装打扮，依然穿着素净的衣裙，神情平静——她在这里当了近二十年皇后，长安城怎么拦得住她？又怎么可能进不了皇宫？六皇子也是一身素衣，只是腰间系着根明黄色的腰带，跟着自己的母亲亦步亦趋，看着大殿深处的血腥画面，小脸变得异常苍白。他觉得自己的腿有些发软，手开始颤抖，但被皇后紧紧握在手中，却是不敢放缓脚步，也不敢露出任何退缩的意思。

　　皇后带着六皇子继续向大殿里行走，向御椅走去。殿里的大臣们，直到此时才反应过来，那些始终效忠皇后的官员，以最快的速度跪倒在地，伏地行礼，激动得满脸通红。李渔一派的官员，渐渐也跪了下去，只是他们脸上的神情依然有些愤怒。皇后牵着六皇子绕过御椅前那摊血泊，和那具身首分离的身体。宁缺微微侧身，让开道路。皇后看了一眼李渔。李渔此时因为极度的悲痛与愤怒，心神涣散，根本没有反应。皇后把六皇子抱到高高的御椅上坐好。然后她望向殿里群臣，平静说道："都还愣着做什么？难道我大唐现在歌舞升平？军部，先把最新的战报呈上来。"

　　数十名侍卫，神情警惕地注视着周遭的动静。他们身后的府邸里一片幽静，听不到任何声音，与过往年间，公主殿下李渔在里面招揽名士贤臣时的热闹感觉截然不同。李渔身边最忠诚的那些草原侍卫，加入羽林军多年，听闻宫中有变，试图冲击宫闱，被羽林军自行镇压，多人战死。没有随骁骑营离开长安城的副统领彭御韬，则还没有来得及有任何动作，便被制伏送往军部大狱。这些都是宁缺认识的人，多年前从渭城到长安的旅途上，他和那些草原汉子还有彭御韬曾经同生共死，有过交情。只是这么多年过去，听到这些消息后，他只是稍微沉默了片刻，便不再去想。

　　卧室里所有的金属物与尖锐物，甚至就连铜镜都被搬了出去，无数床绵软的被褥，铺在各处，即便想撞墙而死，都很困难。不过半天不到的时间，李渔的脸便急剧消瘦，而且苍白至极，看着十分虚弱，似乎随时可能倒下。她过往清亮的眼眸仿佛蒙上了一层霜，很没有光泽，透着刺骨的寒冷，看着宁缺颤声说道："我没有想到，你会骗我。"

　　"如果你是说御书房最后那番对话……我没有骗你。当时我只是沉默。你说无论桑桑犯怎样的错，我都不会忍心伤害她，这句话是对的，你不忍心伤害李珲圆我也能理解，但理解和同意是两个概念。"宁缺看着她说道，"你对他的怜爱以及悲伤，和我没有任何关系，正如我对桑桑的疼惜，也不会得到世间的认同，更何况我不喜欢你弟弟。"

李渔盯着他，满怀恨意地说道："但你有没有想过，你杀死的是父皇的儿子？父皇真的会同意你这么做？""那你有没有想过，为什么千年以来，从来没有人能够在皇宫里杀死李氏皇族的人？不错，正是因为惊神阵一直在保护着皇宫。刚才在大殿上，我一刀斩下的时候，宫中数座大殿檐上的檐兽，都有反应，只不过它们的气息在认出我后，被迫敛去。"宁缺看着她平静地说道，"为什么？因为陛下把长安城这座惊神阵交给了我，也就是把你们李家所有人的性命交给了我，任由我处置。"

李渔身体微震，脸色越发苍白。"原来如此，原来父皇他宁肯相信书院，也不相信我们这些儿女，在他看来，只有书院才是我大唐真正的保护者……"

她看着宁缺刻薄嘲讽地说道："大唐眼看便要灭国，书院却一直不动，像老鼠般怯懦地藏在山里，不知道父皇他会不会后悔当初的选择？"宁缺脸上的神情没有丝毫变化，说道："这就是你不如皇后的地方，她绝对不会怀疑陛下的决定，而且她当年曾经亲身感受过老师和书院，所以哪怕我与她仇怨极深，她在选择相信我的时候，没有任何犹豫，也没有丝毫保留。只有眼睛被树叶遮住的人，才会看不到书院的后山，才会真的以为书院会因为恐惧而选择躲避，虽然我不知道具体的情况，但我现在就可以告诉你，我的师兄和师姐们，这时候肯定正在准备战斗，为大唐和书院而战斗。"

李渔低头沉默不语，也不知道会不会相信宁缺的话。宁缺并不在意这些，看着她继续说道："我回长安城的目的，自然也是战斗，我要尽快平息长安城里的混乱，确保惊神阵没有任何问题，然后拿到阵眼杵，只要做到这些，那么无论西陵神殿如何强大，也攻不进来。"他很认真地讲述着自己的计划，像是在做解释，只是此时根本没有必要对李渔做解释，所以显得有些怪异。

"我说这些，是要告诉你大唐不会亡。"宁缺看着她的眼睛，看着她眼中那抹不吉的灰霜，继续尝试消解她的死志，冷漠地说道，"如果你要向我或者书院报仇，那么首先需要活着。"

李渔的眼睛终于有了些光泽。此时她已经猜到了宁缺的意图，问道："你为什么要我活着？""如果你活着，忠于你和李珲圆的大臣和军队，情绪能更安稳些，朝廷的军令政事能够得到更有效率的执行，在这种危急关头，任何有利因素我都不会放过，所以我需要你活着，为大唐继续奉献你的力量。"宁缺说道。李渔盯着他的眼睛寒声说道："你完全可以换一种说法。"宁缺说道："大唐现在需要你活着？我不认为这种言语上的修饰在当下还有什么意义，殿下聪慧，明白我的意思就好。"

李渔的身体微微颤抖，像是看着一个完全陌生的人，说道："你太冷酷了。"宁缺说道："长安城外当着你派去的那些老大人的面，我说过你们根本不知道我冷酷起来会是什么样，不过只要活着，你会有机会看到。"

69

在多年后，世间对那场波澜壮阔的战争记述中，唐国最开始的反击，便是从宁缺护送皇后和六皇子返回长安城，杀死李珲圆的那一刻开始的。但事实上唐国最开始的反击并不是来自宁缺，不是对金帐王廷作战的镇北军，甚至不是带领骁骑营孤军出长安，去直面东疆数万侵略者的朝小树，也不是让清河变红的誓死不降的水师官兵，而是来自一名农夫。

在大唐南方肥沃的原野间，有一个村庄。村旁有溪，溪畔有石磨坊，磨坊对面是一片隆起的草甸，上面搭着密密麻麻的葡萄架，架上的葡萄早已被摘走，只剩下一些发育不良的葡萄被人们遗忘在原处，蒙着秋天的寒霜与灰尘，看着很不起眼。这是一个美丽的村庄，但和唐国别的村庄没有什么太大的差别，看上去就和草坡上悬在葡萄架下的那些小葡萄串一般不起眼。

村子里有个农夫叫杨二喜，虽然他坚持认为自己是油漆匠，但在村民的眼中，这个使得一手好草叉，把猪喂得白白胖胖的家伙，当然是农夫，还是最好的那一种，杨二喜没法拒绝这种赞美，只好沉默认了账。就像很多大唐乡间的男人一样，杨二喜从过军，在边塞和燕人打过仗，砍过草原骑兵，便是一手刷漆的好本事，也是在边军里学的。

　　退伍之后的这些年，他娶妻生子，挣钱养家，生活过得平静喜乐，除了家家户户常见的一些争吵，再没有什么烦心的事。紧张跌宕的人生，都留在了多年前的边塞中，除了遇到过一匹喜欢喝大糙子粥的大黑马，生活里再没有什么新鲜刺激的经历。杨二喜有时候很怀念在边塞的那些日子。

　　某日，他提着树漆桶，正在公学里粉刷墙皮。忽然有衙役走进公学，往墙上贴了张白纸，然后行色匆匆而去。杨二喜闹了两年，最终衙门还是不肯涨漆钱。他被老父揍了一顿，又被女儿哭闹了半天，只好同意来刷公学，本就心情不好，这时候更加恼火，心想这些家伙难道没看见我正在刷漆，把这么大张白纸贴在这儿，那还怎么刷？当然，他不会承认自己最恼火的是看不懂那张纸上的字。唐人的识字率极高，他却自幼调皮捣蛋，从军后也没有改变，宁肯挨军棍，也不愿意参加识字班，于是现在便成了村子里为数不多的文盲，时常被邻居的孩子取笑，于是这便成为他最后悔的事情。

　　好在片刻后，公学里响起钟声，村子里的百姓听到钟声纷纷前来，准备听解律老师替大家解释朝廷又颁布了什么律文。公学的解律老师还没有出来，那些识字的百姓，已经看懂了白纸上的内容，因为上面写的不是什么新的律文，而是战报。所有人都沉默了，脸色变得非常难看。杨二喜却还不知道上面写的是什么，看着大家的神情，越发着急，抓着一名想要回家通知父母的孩子，挥了挥拳头，才终于知道了答案。

　　"东北边军，在燕国遇伏，败。"那张朝廷文书里还有很多内容，尤其是针对东疆的县村百姓，要求他们以最快的速度疏散，各州厢军就地组织防守，征调有从军经历的男丁……没有人注意这些内容，因为这里离燕国还有很远一段距离，那些话也不是说给他们听的，人们只是震惊愤怒于帝国的失败，议论纷纷。有人担心地询问，燕国的部队会不会攻到这里来，马上惹来好一番嘲笑，根本没有人相信，所有人都坚信，只要朝廷派出大军，东疆便肯定不会有事。

杨二喜一直很沉默，待人群散去后，他拉着公学里的解律老师，认真地把朝廷文书后面的内容请教了一遍。他没有心情再刷漆，反正县衙给的钱也不多。他回到家里，就着半盆猪蹄和一篮子蘸酱菜喝酒，越喝越闷。妻子在门槛外蹲着，从木桶里往外捞葡萄皮与渣，准备酿酒，忽然发现，很长时间没有听到男人说话，问道："怎么了？"

杨二喜说道："没事。"妻子说道："你也吃点饭，空腹喝酒哪是个事儿。"杨二喜"嗯"了一声，继续喝酒，酒喝得越多，越沉默，眼睛却越来越明亮。忽然，他对妻子说道："我要出趟远门。"妻子抬起头来，疑惑问道："怎么了？"

"东边出了点儿事。"杨二喜把朝廷文书上的内容讲了一遍，说道，"我想过去看看。"妻子愣了半晌，然后笑了起来，手上的葡萄汁到处乱飞，嘲笑道："东边出了点儿事……你家猪圈东边还是葡萄架子东边？说的好像大唐是你家似的，你是皇帝陛下还是皇后娘娘？你就是个种田的。"

杨二喜恼火说道："我是刷漆的，不是种田的！"妻子浑然没有把他的话当回事，以为他是在耍酒疯，低头继续劳作，咕哝说道："每次喝点儿酒，就喜欢说胡话。"杨二喜沉默片刻后，瓮声瓮气地说道："我说的不是酒话，朝廷文书后面写了，有过从军经历的男丁，只要不超过四十，便要被征调。"妻子这才发现，原来男人说的真不是酒话，把双手从木桶里拿出来，在衣服上胡乱揩了揩，紧张道："朝廷征调令是发给东疆的，和我们有什么关系？"

"我们这里离长安城近，东疆那边远，朝廷文书只怕要过好几天才能到，说不定那时候，燕人和那些天杀的蛮子早已经攻进来了，那还有什么用。""就算朝廷要征调……也得等着县衙组织，这不是还没动静？"杨二喜沉声说道："等县衙组织来不及。"

妻子颤声说道："但……你一个人去有什么用？"杨二喜说道："就算东疆被侵，朝廷肯定会在那里设战时衙门，我到了那边，自然会去投他们。"妻子越听越是不安，对着隔壁屋尖声喊道："爹，你快来！"杨二喜重重一拍桌子，蘸酱菜和啃剩的猪蹄全部落到了地上。他大怒说道："喊什么喊！平时让你喊爹过来吃饭，你声音咋没这么大！"

院门咯吱一声被推开，一个佝偻着背的老头走了进来。杨二喜站起身来，说道："爹，吃饭了没？"老头看着一地狼藉，吧嗒吧嗒嘴，说道："没。"杨二喜说道："那让您儿媳妇儿把腊腿剁了？"妻子泪眼巴巴地看着自己的公爹，心想平日里自己可没短了您老人家的吃食，也就上次炖腊猪腿肉没喊您，您可不能因为这就迁怒，如果您能把这个发酒疯的家伙留在家里，别说腊猪腿肉，我把自己的腿剁了孝敬您。老头半晌没说话。杨二喜有些紧张。

"你们吵吵的声音这么大，就隔着一堵墙，我怎么可能听不见？"老头说道。杨二喜很壮实高大，这时候却老老实实低着头，就像小时候犯错时那样，嗫嚅着说道："我是边军退下来的人，这时候不去，算什么事儿……"没等他把话说完，老头儿把眼睛一瞪，厉声喝道："当过兵很了不起吗？你亲爹我也当过兵！我还做到了小校！你在这儿显摆什么？"妻子闻言收了哭声，满怀企盼望着公爹。老头又沉默了片刻，忽然说道："想去那就去吧，如果我现在不是六十，还是四十，我就跟你一起走。"

杨二喜从箱柜里取出一把保养极好的黄杨木弓。然后他把磨到锋利反光的草叉扛到肩上，妻子把一根沉重的腊猪腿，系在草叉另一头，又问道："要不要再系一壶酒。"唐国乡间的媳妇，通常便是这种性情，见实在不能改变，便沉默接受，然后开始认真地替自己的男人打理。杨二喜说道："这是要打仗哩，喝酒违反军纪。"妻子把新酿的酒放下，心想又不是什么正经军人，哪里有什么军纪？

两个孩子这时候跑回了家，小些的弟弟跑得气喘吁吁，满脸通红，想要说些什么，却说不出来，大些的姐姐看着杨二喜，生气地说道："爹，公学的漆还没刷完，教习先生很不高兴，你是想让我们读不成书，都像你一样吗？"如果是平时，听着女儿这般说话，杨二喜肯定会发一通脾气，然后老老实实提着漆桶去公学把剩下的活儿干完，但今天他却只是憨憨地笑了笑。

"告诉先生，说我回来一定把漆刷完。"杨二喜又望向父亲，说道："爹，我走了。"老头点点头，说道："路上小心。"杨二喜在妻子脸上狠狠亲了口，很是响亮。两个孩子大概看多了这种画面，并不吃惊，只是好奇别的事情。儿子睁大眼睛问道："爹，你要去哪里？"杨二喜说道："去东边。"女儿问道："爹，你要去做什么。"杨二喜说道："去打仗哩。"女儿兴奋地说道："爹，一定要打赢啊。""当然会打赢。"杨二喜嘿嘿一笑，背着弓箭，扛着草叉，出门而去。

70

左帐王廷的骑兵以及燕宋齐诸国联军，在隆庆皇子的率领下，突破唐境，长驱直入，在最开始的这些天里，没有受到任何抵抗。大唐东北边军覆灭，虽说有不少唐军还活着，但那些人正在燕国军民的追剿下艰难求生，就算逃回唐境，也已经被打乱，无法发挥战力。这些入侵唐境的联军，尤其是那些来自荒原的草原骑兵，在唐国东方的疆土上肆意妄为，烧杀抢掠，无恶不作。草原骑兵的怀里塞满了金银，脸上带着兴奋的神情，催着身下的坐骑在官道上来回奔驰。

隆庆看着山坡下的这幕画面，眉头微微蹙起，寒声道："整肃军纪，不要在这些穷乡僻壤耽搁时间，我们要以最快的速度抵达长安城。"下属领命而去，但有些将领却有些不同看法。唐国千年不败的威名，在这些将领心中留下了无法抹去的恐惧。此时虽然战事顺利，但他们从来没有奢望过能够真的攻破长安城，包括那些草原骑兵也是如此。他们认为在唐国的土地上抢掠快活一番，便应该撤走，以防止唐人的反击和报复。

"如今的唐国不是曾经的唐国，长安城里那对姐弟接连犯错，当然就算他们一点错都不犯，也不可能坚持下去，因为这是天要灭唐。"隆庆说道，"如今唐国四面受敌，我们的身前没有任何唐军，长安城空虚无防，正是昊天赐予我们的机会，如果不把握住，是会遭天谴的。"一名将领说道："就算攻到长安城下……也没有意义，谁都知道，长安城是不可能被攻破的，到时候我们又该怎么办？"

"这个世界上就没有无法攻破的雄城。"隆庆没有做更多的解释，当今世间，只有包括他在内的寥寥数人，知道西陵神殿的真实计划，金帐王廷南下，举世伐唐，都只不过是障眼法，或是让唐军疲于奔命的手段，西陵神殿要的便是长安城无人防御。一切都是为了那根阵眼杆。西陵神殿有信心能够得到那根阵眼杆。唐国军民都以为长安城无法被攻破，把军队调往各地，西陵神殿获得阵眼杆，破了惊神大阵，长安城便将迎来一场屠杀。隆庆轻提马缰，向山坡下走去。

农田里的麦穗，沉甸甸地挂着，金色的海洋，随秋风起舞。景色非常美丽。农田畔的农舍，已经被火点燃，黑烟渐起，隐隐能够听到唐人的惨叫声。隆庆想起了多年前，自己登书院二层楼失败后，悄然离开长安城的那天。那天他看到了唐国美丽的田园风光，漆成诸色的农舍，平静幸福生活的唐人。当时他就发誓，总有一天会杀回唐国，把所有这一切烧干净。他让将领去整肃军纪，不是对唐人心生怜悯，只是行军的需要。事实上，他认为被焚烧被屠杀的画面才是真正美丽的风景。隆庆露在银色面具外的脸上，露出快意的笑容。

数万联军，在唐国的东部原野上肆虐纵横，哪怕是军纪再严苛，也不可能完全做到令行禁止，更何况联军里大部分都是散漫成性的草原骑兵。隆庆皇子的军令传下，大多数草原骑兵遵命集结，随军旗向西面的长安城而去，却还有逾千人的骑兵滞留在了后方。这些草原骑兵相信以自己的骑术，用不了太长时间，便能追上前面的大部队，所以并不着急上路，却是急着四处劫掠。

他们早就知道中原富庶，唐国百姓的生活更是优渥。然而直到进入唐境，他们才发现，站在荒原对中原的想象，原来是那样地可笑。一个寻常唐人村落里积蓄的财富，竟然便超过了草原上一个中等部落！那些精美的丝绸和金银财宝，让他们不舍离开，那些白皙美丽的唐国女子，更是令他们唾液横流，所以很多人决定在大战前再扫荡一次。

数十骑来自左帐王廷的草原骑兵，挥舞着手中的弯刀，嘴里发出尖锐难听的呼哨与笑声，冲进了山坳里的一处小村庄。这个小村庄远离官道，侥幸地避开了联军的大部队，周遭近处的难民，也走小道来到此地藏匿，如今竟是挤了百余人。这些难民绝大多数都是老弱妇孺，至于家中的男人，在他们的村子覆灭之时，已经全部死在与草原骑兵的战斗之中。草原骑兵把所有人集中，开始搜刮房间里的财物，只不过这个村子实在是有些偏僻，相对贫穷，所以他们的收获并不多。草原骑兵很是不满，恼怒地痛骂着什么。

被集中在村子中央的老弱妇孺们，听不懂这些蛮子在骂什么，都沉默地低着头，只有一个老妇怀中抱着的女童，死死地盯着这些草原骑兵。女童年纪还小，并不能确切地知道发生了什么事情。但她知道，自己的家便是被穿着这种破烂皮衣的坏人烧掉的，自己的爹爹就是被这些身上有难闻味道的坏人杀死的，所以她的目光充满了仇恨。一名草原骑兵正愤怒于今天的收获极少，忽然看着那个女童仇恨的眼光，顿时怒从心起，握着弯刀向人群走了过去。他举起手中的弯刀。人群里几名老人怒骂着站起身来，想要阻止他。但弯刀已经落下。那名女童没有被砍死。

因为弯刀落在了地上，发出一声清脆的撞击声。那名草原骑兵的眼窝里插着一支箭，直挺挺地倒了下去。那支箭的箭羽有些杂乱，不像是唐军的制式武器。草原骑兵们大吃一惊，呜噜呜噜喊着蛮话，在很短的时间内重新上马，取下肩上的短木弓，警惕地望向村庄后方的那片山林。嗖的一声箭啸。一支箭从山林里飞出，射进一名草原骑兵的肩窝，鲜血飙射。草原骑兵们非但不惊，反而露出喜色，厉声呼喝着，催马便向那片山林围去。通过那支箭的特征，他们确定山林里的箭手肯定不是正规唐军，更可能是猎户，在前些天，便有很多部落的兄弟，被唐人里的猎户杀死。猎户最多三两人结队，只要现出踪迹，哪里是他们这些精锐骑兵的对手？

杨二喜把身体藏在树后，紧握着手中的黄杨硬木弓，肩膀抵着树干，右脚脚掌轻轻踩着地面，显得有些紧张。和离开家的时候相比，他瘦了很多，也黑了很多，脸上乱糟糟长满了胡子，干枯的嘴唇上有几道血口，看上去很狼狈。蹄声渐至，那些草原骑兵向山林这边围来，他闪身出树，拉弓骤射，羽箭离弦而出，射中一名骑兵的腰腹。确认林子里只藏着一名射手，三名草原骑兵手握短木弓连射，逼得杨二喜只能藏在树后，根本不敢探头，其余的骑兵则是从斜处围了过来。树干上不时响起嘟嘟的声音，树皮飞溅，偶有箭支擦着身体掠过。

对付大唐的猎户，草原骑兵已经很有经验，杨二喜根本无法做出任何反击，只能眼睁睁看着敌人奔袭至山林外。虽濒临绝境，但他除了呼吸稍微急促一些，脸上没有任何害怕的神情。就在这时，破空之声密集响起，山林里落下一片暴烈的箭雨！冲锋在最前的二十余骑草原骑兵，顿时被射成了刺猬，从坐骑上坠落，浑身是血，当场死亡。紧接着，只听着踩草擦树之声大作，脚步之声大作，不知有多少人从山林深处冲出，如狼似虎般杀向草原骑兵！还活着的草原骑兵发出震惊愤怒的呼喊，脸上流露出恐惧的神情，拼命地拉动缰绳，想要掉转马头逃跑。如果能够听懂蛮话，就知道这些草原骑兵大喊的那个词是埋伏。他们以为自己中了唐军的埋伏。

一百多人从山林里冲了出来，有的人穿着普通的棉衣，有人穿着绸衫，大部分人都是农夫打扮，没有一个人穿着唐军的服饰。这些人年龄都有些偏大，手里拿着各式各样的武器，比如杨二喜手里拿着草叉，有人手里拿着锤子，大部分人的手里拿着直刀。锋利的直刀却又是唐军的武器。这些人到底是不是唐军？他们不是唐军。他们曾经是唐军。他们已经退伍，现在是商人，是镖局打手，是农夫。但当大唐需要他们的时候，他们就是唐军。

杨二喜把一名草原骑兵从马上砸到地面，然后健步上前，双手一翻，沉重的草叉在空中划了一道弧线，狠狠地戳进对方的胸膛。然后他走上前去，伸出右脚踩住那名草原骑兵的身体，双手用力向外一拔，只听得噗的一声响，那名骑兵的胸口上便多出了数个血洞。这一整套动作都非常流畅熟练，想来他已经重复过很多次。他握着草叉，向斜前方一名落单被同伴围住的草原骑兵跑去，有些恼火地在心里念叨着，今天怎么也得弄把刀。

"让开，我来！"他大声喊道。那名草原骑兵已经被乱刀砍得浑身是血，神志不清，倚着一棵树，纯粹本能里挥舞着手中的弯刀，哪里还有反抗的能力。围住这名骑兵的那些唐人，听到杨二喜焦急的大吼声，明白了他的意思，很有默契地让开一条道路，把这个敌人留给他。

杨二喜跑到那名奄奄一息的草原骑兵身前，往掌心里吐了口唾沫，抡起草叉砸了下去，自然得就像在家里做农活一般。

71

这场对草原骑兵的伏袭，取得了完胜。打扫战场时，杀敌三人、伤二人的杨二喜，获得了在死去敌人身上首先挑选战利品的资格。被这些骑兵搜刮的财富，自然要交由朝廷统一处理，所谓战利品，无外乎是盔甲和武器。只是草原骑兵用的皮甲，在这些曾经的正规唐军眼中，就像是破烂的遮羞布一样，实在没有人感兴趣，所以目标只能是那些刀箭。杨二喜想要换一把刀。草叉被磨得很锋利，完全可以杀人，经过很多次战斗后，他已经用得很顺手，但毕竟是用来锄草的农具，总还是有些不方便。

大唐军人在离开军营前，可以用从军年限和日常记功，获得把随身武器带回家的荣耀，没有人会舍得离开自己相伴多年的武器，绝大多数人都会选择交换，最后便成为唐军的一种传统。杨二喜在军中以善射闻名，所以选择把黄杨硬木弓带回家乡，把佩刀留在军中，如今发现同伴们都拿着从军营里带回家的刀，有些不舒服。所以他想换一把刀。最开始被射死打死的那两名草原骑兵，身旁的佩刀不知遗落到了何处，所以他才会让同伴把最后那人留给他。

杨二喜对那些善解人意的同伴拱手道谢，从草原骑兵尸体旁捡起那把弯刀，挽了个刀花，虽然还是有些不习惯，但觉得比草叉好多了。有了锋利好使的刀，再看草叉便有些粗笨难看，但他想了半天，还是舍不得扔掉，把草叉继续扛到肩头，走进林子里。片刻后，他从林子里走了出来，一个黑乎乎的东西在草叉上摆荡不停，仔细一看，才发现是离家时带的腊猪腿，被吃得只剩了个猪蹄。同伴们看了好些天，终于看不下去了，纷纷取笑道："我说二喜，你或者把这个可怜的猪蹄炖来吃了，或者扔了，成天挂在草叉上做什么？"杨二喜才不会听他们的，说道："媳妇儿给的，慢点儿吃，腌的时候，放了不少盐，熏的时候用的松柏枝，不怕坏。"同伴们大笑起来，绝对没有人对那根可怜的腊猪蹄有任何兴趣。

杨二喜觉得身边有动静，转身望去，只见一只小手正在轻轻扯动自己的衣角，正是先前险些被草原骑兵砍死的那个小女童。看着脏乎乎的小脸，他想起了自己的女儿，安慰说道："别怕，咱们明天就把那些坏人全赶走。"小女童不是来和他说话的，眼睛里也没有恐惧的神情，却泛着一道光泽，唇角淌下一道透亮的口水。杨二喜顺着她的目光望去，才发现她一直盯着草叉上挂着的腊猪蹄。小女童渴望的眼光随着腊猪蹄的摆动不停移动着，可爱又可怜。想了想，他取下腊猪蹄，塞到小女童的怀里。小女童高兴地笑了起来，擦掉嘴边的口水，对着他鞠躬行礼表示感谢，然后蹦蹦跳跳向奶奶跑了过去，一边跑一边喊着什么。一名同伴走到杨二喜身边，说道："她全家都被杀了，就祖孙两个躲在地窖里活了过来。"杨二喜看着小女童的背影，没有说什么。

他们把身上的口粮留了一半给村里的难民，然后画了张简易的地图，告诉他们在西南十七里外，有朝廷的一处临时衙门，负责收拢难民撤退。做完这些事情后，他们拉着二十几匹没有受伤的马，离开了村庄。第二天清晨，这些退役的唐军，和主力部队会合。"杨二喜，可以啊，这么快就搞了一把刀。"一名骑兵看着他说道。杨二喜得意地说道："这不算什么，主要是杀那三个蛮子的时候，费了些力气，说起来如果不是我不爱争功，被我重伤的那俩也应该算到我的账上。"那名骑兵笑了起来，说道："成成，我不会忘记报告统领给你记功。""别忘了，我可是天启二年的边军，你这什么态度？"杨二喜笑骂了一句，扛着草叉，跟着同伴向山林里走去。

那名骑兵轻夹马腹，顺另外一条道路，来到一处山坡上，来到统领大人坐骑旁，低声禀报刚刚得到的那些军情。骁骑营统领刘思，神情肃然地点点头，举手示意这名游骑离开，然后望向身边的中年男人，说道："隆庆加快了速度，刚好和我们错过。"那名中年男人一身青衣，神情宁静，在充满着肃杀气息的骁骑营数百铁骑中，显得格外醒目，正是朝小树。朝小树说道："隆庆显得太着急了些，州郡的防御也太无力了些。"刘思说道："州郡厢军用来步战还可以，对上这些年久经沙场的草原骑兵，确实没办法，他们打得很惨，也尽了全力。"朝小树说道："我没有任何责怪的意思。州郡厢兵，其实还是要数固山郡有些真实战力，华山岳这个三州镇军总管做得不差，只是他的兵大部分都抽调到北大营抵御金帐王廷南下，所以我们也不能指望他。"

刘思有些郁闷，他随朝小树带着骁骑营八百精骑，出长安来东疆，一路艰辛危险，也与草原骑兵打了好几场，却无法从根本上改变局面。因为他们的人数太少，甚至于根本不敢和隆庆的主力骑兵相遇。朝小树说道："不要想太多，虽然只能骚扰追袭，但至少可以让那些蛮骑不敢太过放肆，东疆的百姓也能少受几分荼毒。"说完这句话，他望向正在向山林里走去，身影渐渐消失不见的那些义兵，敬佩地说道，"如果不是有他们，局面才真的不堪收拾。"

像杨二喜这样的人很多。有很多农夫离开田园，离开自己的家，自己拿着路费，带着行李和当年从军中带回家乡的刀或弓箭，前往遥远的东疆。那时朝廷的征兵令还没有抵达他们的家乡，他们便提前动身，按道理这种做法并不理智，因为他们没有组织，连战场在哪里都不知道。但这场战争不同，这是关系到大唐存亡的战争。所以外敌入侵的消息便是军令，便是征兵令，在道路上和山林里遇见一个人，看到他腰间的旧刀或是老弓，便能确认是同伴，于是便能组织成为强大的力量。至于战场在哪里？敌人在哪里，哪里就是战场。这就是杨二喜的想法，也是他的那些同伴的想法。

据战后统计，仅仅大唐中部州郡，便有超过两万名退伍的唐军，在征兵令到达之前，自发加入到东疆抵御入侵者的战争中。这群大唐最早的、最可爱的反击者，最后能够回到家乡的不到半数。

72

能够拯救大唐的，只有唐人自己。比如像杨二喜，比如指挥镇北军与金帐王廷苦战三夜不眠的徐迟大将军，比如河北郡那些冒着严寒往前线运送辎重的民夫。但要挽狂澜于既倒，单凭勇气与强大的意志并不足够，因为这场举世伐唐之战，虽在人间的范畴内，却已经快要超越人间的层次。过往年间，很少会理会世事的修行者们，全部响应神殿诰书，加入到这场战争中，就连隐于世外的悬空寺都派出了自己的僧兵。

大唐西陲，葱岭下的高原上。七枚大师，正在向着唐军帅营走去。这位悬空寺尊者堂首座，已经修至肉身成佛的至高境界，人间的普通兵器，根本无法伤害到他，唐军里的武道强者，都无法停下他的脚步。面对这样的世外高人，除了勇气和意志，还需要真正强大的力量。以往的大唐军方，拥有像许世和夏侯这样的武道巅峰强者，如今却只剩下徐迟一人，帅营里的舒成将军有谋略有智慧，却不以武力著称。那么谁能让七枚的脚步停下？

一个穿着旧棉袄的书生，不知何时出现在场间。他的身上满是灰尘，却显得干净无比，无论身心皆如此。他的腰间依旧系着根木瓢，却看不到那卷旧书。此时场间一片混乱，当这名书生出现后，却如一道春风温暖和煦地吹拂过每个人的心头，嘈乱的军营顿时变得平静无比。唐军将士没有几个人知道这名书生是谁，但不知道为什么，看到他的身影，将士们便觉得无比安宁，充满了信任的感觉。果然，七枚停下了脚步。

谁能让他停下？自然是书院。大唐真正强大的力量，是书院。虽然那名书生神情温和，看似没有什么力量，但只要他站在唐军帅营之前，七枚便不敢再往前一步，这才是真正的力量。

"佛祖涅槃之前，留下无数法器，无数智慧，所求便是阻止冥界入侵人间，意图镇压冥王之女。如今世人不懂，但悬空寺想必是懂的，为何？"大师兄看着七枚大师问道，他的神情很诚挚，是单纯而认真的请教。七枚大师沉默了很长时间，然后轻宣一声佛号，说道："佛祖涅槃，夫子登天，不动明王光落人间，天意难违，此为明证。"大师兄有些意外，也有些遗憾，叹息说道："原来如此，没想到老师的离去，竟会对佛宗产生这样的影响，想必他也没有想到。"七枚大师说道："此亦为一明证。"

大师兄望着草鞋前一只被稠血粘住、不停挣扎的蚂蚁，想了想后抬起头来，看着他平静说道："我书院想试试。"七枚大师言简意赅地说道："佩服，请。"大师兄说道："你不是我的对手。"这句话，如果从二师兄的嘴里说出来，哪怕再如何毫无情绪波动，都会被对方认为是骄傲的流露，如果是从宁缺嘴里说出来，绝对会刻意平静，却一定要让对方听出自己的嘲讽轻蔑意味，从而愤怒欲狂。但他慢条斯理说出这七个字，却是真正的平静，只是在简单陈述事实，令听到的人，根本无法生出任何不悦的情绪。

　　"贫僧的境界，自然不如大先生。"七枚大师看着大师兄和声说道，"但大先生境界再高，想要拦住我却很困难。"这位悬空寺高僧的回答也很平静，而且很有信心，无距境界，对于世间任何一名肉身寻常的修行者来说，都是极恐怖的必杀技，但对于已经修到肉身成佛境界的他来说，却并不是无法应对的手段。大师兄若有所思，说道："我不会打架，这确实是个问题。"七枚大师说道："大先生已逾五境，超凡脱俗，或去南方，或去东方，或去北方，都能替唐国立解危难。但你却偏偏来了西方，遇到了我们这些佛门弟子，以此观之，这大概还是天意难测，天意难违的结果。"

　　大师兄神情认真地说道："虽说我不会打架，大师又修至肉身成佛境界，但只要打的次数多了，我想总会有些效果。"七枚大师沉默片刻，望向大师兄身后的唐军帅营说道："大先生此言有理，但在你杀死我之前，我能杀死帅营里的所有人。"说完这句话，他神情坚毅地向前踏了一步！此时他离唐军帅营，只有十七步的距离。大师兄站在最后那步之前，看着七枚坚毅的脸颊，神情渐渐变得落寞起来，问道："佛宗说慈悲为怀，大师真要逼我杀人？"七枚大师没有回答他的话，再往前踏了一步。

　　大师兄身上的棉袄微微颤抖，腰带上系着的木瓢，位置有些细微的变化。战场遥远的西方，葱岭之下的月轮国军营里，一名大将倒地而死。一片惊呼，人们围了过去。只见那名大将的身上看不到任何伤痕，神情宁静，仿佛睡着一般。七枚大师知道对方已经出手，左眉微微挑起。他再向前一步。大师兄静静看着他，有风拂起他的发梢。月轮国军营里，一名普通士兵倒地而死。

一步杀一人。七枚向前一步，月轮国军营里便有一人死去。那些人死得很快，所以不痛，身上看不到伤痕，也没有流血。没有人看到，这些死者的后脑勺都扁了，仿佛被钝物击中。大师兄一直站在原地没有动。只有他微微颤抖的棉袄，和木瓢上渐渐现出的裂口，表明他做了些什么。大师兄没有刻意地选择死者。有将军，有普通士兵。在他看来，人都是平等的，那么在死亡面前，何必挑选？

但很明显，不是所有人都像他这样看。七枚依然在向前走。他此时距离唐军帅营，还有九步的距离。这也意味着，月轮国还要再付出九个人的生命做代价。大师兄脸上的神情渐渐变得凝重起来。倒数第八步，月轮国主帅死。倒数第七步，悬空寺戒律堂继任首座死。七枚大师的脚步越来越沉重。每迈出一步所需要花的时间，也越来越多。在他还没有迈出第六步的时候，大师兄忽然说了一句话："月轮国皇帝死了。"

这是对战至今，大师兄第一次在七枚还没有迈步的时候，便以无距境界杀人。这意味着什么？意味着虽然只剩下六步，但将不会再只死六个人。有可能是六十个，六百个，六千个，甚至更多。再如何仁爱，只要杀的人多了，最终也就会不忌惮于杀人。七枚大师的脚，再也无法落下去。

就在这个时候，一双脚落在了地面上。那双脚上是很普通的青布鞋。但出现时，鞋底便踩死了在稠血里挣扎很长时间的那只蚂蚁。青布鞋的主人，是位穿着青色道衣的道人。一片安静。大师兄对青衣道人行了一礼，说道："观主来晚了。"青衣道人是知守观观主陈某。夫子离开人间之后，他和悬空寺讲经首座，便是这个世界上最至高无上的存在。如果他早些出现，大师兄自然没有办法杀死那么多人。大师兄不想杀人，所以说他来晚了。

青衣道人看着他淡然说道："因为想看看夫子以仁恕之道教出来的学生，究竟能杀多少人，所以出来得晚了些。"大师兄明白了他的意思。道门不在乎月轮国皇帝的死活，不在意佛宗今日会有多少人死去，哪怕佛宗与月轮一道覆灭，青衣道人都不会在意。大师兄叹息说道："原来都想我杀人。"然后他望向七枚大师，微悯说道："现在你还觉得天意不可违吗？"七枚大师沉默不语。大师兄望向自己腰间系着的木瓢，看着上面出现的裂痕。"君陌说得对，打架就是用坚硬的物事去击打敌人脆弱的地方，须尽全力，不可心怀仁慈，观主您……便是这样做的。"他抬起头来，看着青衣道人，微笑地说道，"那么我终于学会打架了。"

青衣道人眉头微挑，衣袂微飘。场间响起一道雷鸣般的巨声！大师兄腰间的木瓢不知去了何处。七枚大师的身后，散落着无数的碎木片。木瓢碎了，七枚大师的头仿佛被一座山碾轧过般，严重变形，即便肉身成佛，如今也只是座摇摇欲坠的泥胎佛像。七枚大师跌坐于地，重伤不能再起。鲜血缓缓从大师兄的棉袄里渗了出来，染红他的肩头。就在先前那瞬，他把真正学会打架后的第一击，用在了七枚大师的身上，而也就是在那瞬间，他也险些被青衣道人重伤。

青衣道人静静看着他，说道："你境界不如我，却没有想到，在无距的道路上，你走得竟然比我还要更平稳些。"大师兄说道："观主这些年来走得太快，自然不怎么稳当。"青衣道人忽然问道："传闻中，说你朝入洞玄暮知命，那你何时越的五境？"大师兄回答道："这次时间要花得久些，用了三天。"青衣道人沉默良久，负手于后，笑着摇了摇头。他的笑容很洒脱。他的双手虽然负在身后，却怀抱天下。大师兄沉默不语，离开。青衣道人随之离开。

人间第一次无距之战，就这样开始了。

73

一个小孩，正在瓦山镇外砸石头。那年石佛垮塌，烂柯寺被毁，盂兰节大会再也没有召开过，自然也没有什么游客来瓦山镇，街畔的石头鱼池早已干涸。人们现在主要通过修复烂柯寺的工程维持生计，寺里僧人出手大方，所以过得还算不错，满山满谷的石头，则成了孩子们最方便取得的玩具，同时也是很好的经济来源，石佛的材质很好，可以雕成各种小佛像卖钱。

小孩按照母亲的交代，想要把那两块石头沿着纹理砸开，但今天是他第一次开始干这个活儿，很生疏，砸了很长时间也没有砸开。他很是恼怒，不停地抹着鼻涕，不停地砸着，直到指甲被震得流出血。一个穿着棉袄的书生，出现在他身边，左肩上有道血渍。书生看着小孩砸石头，问了两声，便上前帮忙。也不知道他从哪里来的那么大的力气，两块石头在空中相撞，便整齐地分成了四瓣。小孩很高兴，向书生道谢，还想拜他为师。书生微微一笑，便消失不见。片刻后，一个青衣道人出现在镇外。他向那名小孩问了两声，然后也笑了笑，随之消失不见。小孩看了眼怀里抱着的四块石头，有些困惑，转身向镇里走去。

朝阳城内回荡着钟声。钟声不是来自白塔寺，而是来自皇宫，这是代表国王陛下去世的丧钟。窄街畔有名老妇，正坐在凳子上纳鞋底，听着钟声，揉了揉有些混浊的眼睛，咕哝说道："这又是怎么了？这又是怎么了？"一名书生出现在老妇身前，礼貌问道："棉袄破了能不能补？"老妇看着他身上那件棉袄左肩上的破洞还有那些血迹，恼火地说道："这又是去哪里打了架来的？年纪轻轻也不学些好。"棉袄补好后，书生离开。片刻后，青衣道人出现在老妇身前。老妇看着他青衣下摆上的那道裂口，摆手说道："这料子太好，我不敢补。"青衣道人再次离开。

西陵神殿大军已然北上。今日的桃山安静寂寞，只有两三名神官缓步走过。书生出现在神殿前，然后离开。青衣道人随后出现，又再次离开。在这个深秋的日子里，书生和青衣道人踏遍了人间的山川河流。一人在前，一人在后。瞬间万里，是为无距。每一次出现的时候，书生肩上的伤便会重一分。青衣道人却没有什么事。

南海深处的一座无名岛上。白色的沙滩上，有一根短木棒，棒身有一半已经被掩埋在沙子中。看上去是很普通的木棒，实际上很不普通。因为主人离开了人间，所以它才会被遗留在这里，显得很普通。书生出现在沙滩上，低身捡起这根木棒。青衣道人随后也出现在沙滩上，摊开手掌伸向碧蓝的大海。海面上飞来一剑，落在他的手中。

青衣道人说道："走了这么久，累不累？"大师兄说道："与观主相比，我还年少。"然后他反问道："观主不累？"青衣道人说道："我走得比较快。"大师兄说道："观主果然走得很快，若找不到这根木棒，我真不知该如何办。"青衣道人说道："就算找到夫子留下的木棒，你也只能再支撑七天。"大师兄看着他说道："能多撑一日也是好的。"青衣道人说道："天命已然注定，何必徒自苦恼？"大师兄说道："人间没有命中注定，谁也不知道七天后会发生什么。"七天的时间，足够大唐西军击溃月轮国的入侵之敌，足够宁缺掌握长安城这座惊神阵，足够书院做很多事情。青衣道人说道："七日之后，书院将不复存在。"大师兄说道："老师上天而战，我们这些弟子不会让这件事情发生。"

西陵神殿掌教已经亲赴书院，根据道门的计算，书院已经没有任何能力逆转，然而看大师兄此时平静的神情，似乎另有蹊跷。青衣道人微顿，说道："你应该知道道门真正的攻击方向在哪里。"西陵神殿的大军在大唐南方，在清河郡，在青峡外。大师兄平和地说道："我不如君陌，所以我在这里。"这句话的意思很清楚，君陌在那里。青衣道人说道："你不要自谦，君陌虽然潜力无穷，便是我也看不到，他在战场上能走到哪一步，但你依然是书院里最强的大师兄，你的境界最高，对道门的威胁最大，所以我会来看着你。"

大师兄说道："观主对大唐的威胁也最大，所以我一直等着您来看着我，而且观主境界远在我之上，如此算来，我书院总是占了便宜。"越五境，不等于无敌，比如天启境界的修行者，在昊天神辉灌入体躯后，可以拥有近乎无敌的力量，然而却不见得能够胜过天下人的围攻。唯有无距境界，高妙莫测，千里之外可夺上将首级，用在战场之上，那便是最恐怖、最难以防范的手段。青衣道人说道："我可以不理你。"大师兄脸上露出极为少见的自信神情，说道："您必须理我。"

青衣道人说道："何出此言？"大师兄看着他认真说道："我已经学会打架，观主若不理我，若不来看着我，我便可以杀死很多人，比如裁决神座、天谕神座、叶苏。除了柳白和掌教，我没有信心，其余的人，我都可以杀死。"青衣道人说道："我也可以杀死很多人。"大师兄摇了摇头，说道："您非常清楚，您杀不死长安城里的人，杀不死书院里的人，那么对这场人间之战，便没有意义。"青衣道人说道："我说过，你最多只能撑七天，七天之后我便可以放手去杀。"大师兄说道："我也说过，人间没有命中注定，谁也不知道七天后会发生什么。"

书院后山的风景，变成了一幅假的画。画中所有的事物看似在动，实际上一动不动，就像是棋盘上那些变化万千、实质却规整不变的线条。黑白的围棋世界里，双方阵营渐融渐凝，然后中间出现一大片空白，在那片空白边缘，一名悍勇兵卒，颓然倒在一侧。棋盘正中间的那名骄傲国士，满身灰尘倾覆。在那名国士的身后，万乘之车破损严重，无法再前进，只留下一道深深的车辙。风景渐渐重新活了过来，远处崖间垂落的银溪，与潭水相撞发出轰鸣的声响，满山遍野的树林，重新伸直了腰身。

辇畔的十余名西陵神卫早已死去，身上出现了无数道密集的直线。但辇上的身影依然高大，破局而出，没有受到任何伤害。后山某处山林里，小白狼蜷缩在一个洞中，不停地舔着受伤的前肢，鲜血染红了洞里的绸被，它的精神看着很是黯淡可怜。打铁房后的清溪上，大白鹅依然高坐于水车顶端，曲项向天，却没有歌之咏之，显得极为愤怒不甘，有血渐渐染红它白色的腹羽。远处草甸上的老黄牛，显得越发疲惫苍老。崖坪畔松树下的棋盘，已然碎裂成无数块。五师兄和八师兄看着桌上的碎棋盘沉默了很长时间，鲜血从他们的唇角淌落，他们受了极重的内伤。师兄弟对视无言，看出彼此眼眸里的淡淡悔意。真不该因为喜欢便把半生时光尽数耗在棋盘之上，若这些年随老师真心学些打架的本事，岂能容这道门老神棍如此嚣张？

掌教大人放声大笑。辇上的万重纱幔颤抖不安，有风自山间骤起，拂起一片松涛，响起哗哗的声音，流云一头撞向远处的瀑布，碎成丝絮。他的笑声极为豪迈，意满神足。先杀许世，再灭书院，后破长安，大唐再也不复存在！毫无疑问，这将是他人生的巅峰。而就在这个时候，山腰云雾里行来一人。正是书院三师姐余帘。她在山道上缓步行走。余帘很娇小，容颜很清秀，气质却很温婉成熟。如果只看她的人，你会以为她是个少女。如果你仔细看她的眼睛，你会以为这是一个阅尽世事的女子。

看着山道上的她，掌教大人的笑声渐渐敛去："三先生，我知道你的不凡，洞玄境界只是用来欺瞒世人的手段，只要你愿意，随时可以晋入知命，所以这时候不要在这里故弄玄虚。"余帘没有说话，继续前行，随着脚步起落，非常奇异的事情发生了。一头黑发渐渐要垂到她的腰下。但不是她的黑发在变长，而是她在变矮！余帘行走在山道上，每走一步便变矮一分，本就极为清稚的容颜，眼看着变得更加幼嫩，最后渐渐变成一个十二三岁的女孩！她身上的气息也在发生着变化提升，果然如掌教所言，轻而易举地突破了洞玄境的门槛，晋入到了知命境的层次！

隔着纱幔，看着余帘身上发生的变化，掌教漠然说道："我说过……"他的声音忽然止住。他的眉头忽然皱了起来。因为余帘晋入知命境后，气息还在向上提升！山道漫步，转眼之间，她便从洞玄境，来到了知命境巅峰！

74

书院后山在修行界里一直很神秘，三师姐余帘更是低调，没有多少人知道她的存在，西陵神殿知道得多一些，也只知道她是洞玄境的强者。天书日字卷上也是如此记载。但掌教大人以及那些真正的大人物，从来不相信这一点。书院是个很神奇的地方，大师兄朝闻道而夕入道，一天时间便从不惑连跃两级晋入知命境，二师兄初悟十四日便不惑，陈皮皮也只用了十七天。

道门也有很多天才。叶苏年纪轻轻便勘破生死关，叶红鱼不屑于和陈皮皮争夺晋入知命境最年轻者的名声，以极大毅心极明彻的道心，把自己的修行境界强行压制在洞玄境数年时间，直至圆融才在雪崖上随意踏过那道门槛。

余帘是书院三师姐，仅在大师兄和二师兄之下。虽然说书院二层楼按照入门时间排序，但大师兄和二师兄是何等样的人物，在烂柯寺秋雨里力压佛道二宗的天下行走，逼得世间第一强者剑圣柳白不敢出剑，她又怎么可能是弱者？所以看到余帘在山道上缓步走来，瞬间突破洞玄境，晋入知命，掌教大人也没有生出任何惊讶的神情，直到她的气息继续提升……知命境巅峰！掌教大人终于变得神情凝重起来，但声音依然显得威严自信："昊天赐我神力于人间牧羊，万丈光芒之前，即便你那两位师兄也不可能是我的对手，你今日即便展露真实实力，也只能成为祭品！"

掌教大人看着幔纱外那个稚美的少女，说道："道门尊敬夫子，看在你老师的分上，交出阵眼杵，我饶尔等三人不死。"余帘从袖中取出一根被布裹住的物事，放到山道旁的木凳上，望着巨辇平静说道："如果你自瞎双眼，看在你这么愚蠢的分上，我饶你不死。"掌教微微一怔，随即大笑起来。笑声震动重重幔纱，回荡在幽静的书院后山里："观你矮小如女童，说话的口气倒是不小。"掌教笑声渐敛，喝道："你真以为有实力战胜我？真是可笑至极！"他的声音寒冷而洪亮，就像是深冬的雷鸣。

余帘此时已经走到巨辇之前。看着纱幔里那个高大的身影，微笑说道："你比我还矮，有什么资格嘲笑我？"明明辇上的身影是那般地高大伟岸，但她却说他比自己还要矮，这是为什么？掌教大人忽然安静。他盯着幔外的青稚少女，缓声说道："你是谁？"掌教的声音十分凝重，甚至隐隐透着一丝不安。余帘淡然说道："我一直知道你是谁，你连我是谁都不知道。世称你我是修行界最神秘的两个人，如今看来这种说法实在可笑。"

安静的书院后山，忽然响起一道蝉鸣。此地四季皆春，并没有真正的秋天，随着蝉声响起，便到了秋天，有秋风起兮，黄叶落下，因为这蝉是秋蝉。松树下的五师兄和八师兄有些吃惊，又有恍然之感，对视而笑，然后向着余帘施礼，便悄然离开崖坪。掌教大人的声音显得越发不安，寒声道："你……究竟是谁！"他听到了蝉声，隐约猜出了一些什么，但却无论如何，都不能相信。余帘的气息骤然变得冷漠，稚嫩精致好看的五官上，仿佛蒙上了一层浅浅的霜，显得极为神秘，又有极高傲的意味。

她明明抬头望着辇上那个高大的身影却像是在低头俯瞰一只蚂蚁。一道极为冷洌的声音，从她的唇间迸起："熊初墨！你这个死矮子还不给我滚下来！"

话音落处，书院后山里响起无数蝉鸣。知了知了，它们知道了什么？满山遍野都是蝉鸣，秋蝉凄切而令人心悸的鸣叫。秋风渐盛，黄叶落。无数片黄叶，落到巨辇之上。辇上有万重纱，与许世一战没有尽毁、破书院棋局而无损伤，然而在片片落下的黄叶前，显得那般脆弱，被撕裂成了无数碎片！碎纱飘拂而去，辇上再无余物。西陵神殿掌教大人的真身，没有几个人见过。所以他才被称为世间最神秘的两个人之一。此时他的真身终于出现在光天化日之下。出现在万山蝉鸣之中。

辇上出现一名容貌很普通的老道士。但这老道士长得很有特点。他很矮，比八九岁的男童还矮。他很瘦，比饥荒年的灾民还要瘦。看上去就像是由数根枯柴搭在一起的玩偶。显得那般可怜，又那般可笑。这，就是西陵神殿掌教大人的真实模样。

掌教很不适应天光。他的脸上流露出恐惧的神情。当他发现再没有万重纱帘遮住自己的身体，高大伟岸的身影不复存在后，他变得很慌乱，就像是被剥去了衣服的赤裸女子，双手都不知道该往哪里安放。打铁房后水车顶上的大白鹅，看着这幕画面，不齿地嘎嘎叫出声来。而满山蝉鸣中，余帘身上散发出来的气息，竟然还在往上提升，瞬间越过五境之上那道高高的门槛，一片空明！掌教大人终于醒过神来，看着辇外那个少女，一道极凄厉愤怒的厉啸，从枯干的双唇间迸出："林雾！二十三年蝉！你居然藏在书院里！你居然变成了一个女人！"

书院后山有十三名弟子，最不起眼的便是三师姐余帘。其余的同门都是各自领域的绝世天才，只有她好像没有任何突出的地方，她很少与人们交谈，而且很少在后山里面待着。她天天坐在旧书楼二层楼的东窗畔，安安静静描着簪花小楷，似乎这个世界上没有什么事情能引起她的兴趣，她自然也很难引起别人的兴趣。不要说修行界里的人，就连宁缺和别的同门，有时候都会忘记自己还有这样一位师姐，因为她实在是太安静，太容易被人忘记。

值此危难时刻，大师兄安排书院同门奔赴各地做他们应该做的事情，却把她留在了书院里。不是他不担心书院会被偷袭，也不是像宁缺和皇后放弃贺兰城那样的心理，而是他相信只要三师妹在书院，那么书院便会安好。因为她曾经用过一个名字，叫林雾。她，就是二十三年蝉。

夫子曾经对他的弟子们说过这样一番话。极西干旱之地有一种蝉，此蝉匿于泥间二十三年，待雪山冰融洪水至，方始苏醒，于泥水间洗澡，于寒风间晾翅，振而飞破虚空。当时陈皮皮听得悠然神往。大师兄和二师兄微笑不语。当时余帘也在场，晚上她为老师煮了碗青菜面。

他是百年间，魔宗最天才的人物。莲生大师，一心一意想让他继承自己的衣钵。但他的父亲是死在莲生的手中，所以他平静地拒绝了这个机会。他选择走一条没有人走过的道路。他要练一种魔宗无数代来，都没有人练成功的绝学。他是魔宗历史上最年轻的宗主，也是最后的宗主。他收了几位学生，年纪都比他大。他继续修行。直到最终，他成功了，然后也消失了。从那一天开始，他成为修行界最神秘的人物。

就在那一年，夫子遇到了一个小女孩。那个小女孩粉雕玉琢，可爱至极，但眼神却平静至极。只有夫子才看得到她眼睛最深处的那抹惘然和恐惧。"有什么好怕的呢？"夫子对小女孩说道，"一切都是外象，这壳子对你来说就这么重要？"小女孩明白了，抱拳施了一礼，气度潇洒。夫子摇了摇头。小女孩有些笨拙地把双手放到腰侧，微蹲行礼，很是羞涩。夫子满意地点点头。

当时魔宗覆灭，西陵神殿满世界追杀魔宗余孽。小女孩就是小女孩，她没有自保的能力。她不知道要怎样度过今后的二十三年。但她没有求夫子。因为她有她的骄傲。夫子没有等她开口，说道："跟我回书院吧。"夫子说得很随意，仿佛她本来就是书院里的一个人。从那天之后，夫子有了一位女弟子。随着入门的弟子越来越多，她开始被称作三师姐。几年后，书院多了一位女教授余帘。女教授平静坐在东窗畔描簪花小楷，一坐便是很多年。窗外蝉声阵阵。她很不起眼，不问世事，世事也不来问她。她就是传说中的二十三年蝉林雾。好大一场雾。掌教大人震惊愤怒的厉啸声，还在书院后山里回荡不安。如冬雷般的啸声，却压不住满山秋蝉鸣叫。他看着那名稚美的少女，不可思议道："你怎么变成了一个女人？"余帘微讽地说道："昊天都能变成女人，我为什么不能？如果连外象都看不穿，我又怎么修二十三年蝉？如果现在是叶苏站在我身前，他就不会问这种愚蠢的问题，生死关都能勘破，自然能勘破这些末节。"掌教依然难抑震惊之色，说道："你虽为妖孽，但毕竟也是一宗宗主，何等样身份，居然会改换门庭，拜外人为师，真是无耻！"

余帘看向天空，说道："夫子堪为万世师，况我一人？"

75

掌教盯着余帘，寒声说道："一代宗主，居然还要自己的师弟和那些畜生先动手，这难道就是夫子讲给你的为人道理？"余帘淡然说道："虽然你不如我，但我杀你也要费些手段，只要能够对你有所消耗，哪怕多耗一分也是好的。"掌教怒极反笑，说道："你那两个师弟险些身死，你只为了让我消耗便冷眼旁观，真是阴险冷血至极，夫子若知道你会这样做，只怕会后悔当年收你为徒。"余帘说道："我是明宗宗主，阴险毒辣是自然的事情，夫子当年既然肯收我为徒，又怎么会不知道我是怎样的人？"掌教厉声喝道："那今日就让我代昊天收了你这个魔宗妖孽！"

余帘的神情很平静，她现在的对手，是西陵神殿的至高强者，这种平静，对对手来说，便是一种毫不掩饰的羞辱。"熊初墨，几十年前你就不是我的对手，现在你更不可能是我的对手。"她看着掌教如枯枝般的手臂，落在他的断腕处，神情漠然地说道，"还是那句话，如果你自瞎双目，我便放你离开书院。"掌教大人的左手，在崤山下被许世大将军斩断。从崤山到书院后山，他已经连续经历了两场艰难的战斗，然后面临魔宗最深不可测，又随夫子修行多年的二十三年蝉……但他依然有信心！

掌教神情骤然一肃，提起右拳，沉腰吸气，就这样一拳击了过去。他很瘦很短，所以他的拳头也很小，看上去有些可笑。但能打死许世、镇伏西陵神殿多年的拳头，看上去再可笑，也不可笑。这个拳头很可怕。平淡无奇的一拳，却仿佛要把书院后山所有的天地元气全部凝聚过来，指缝之间，更是散溢着纯白的光辉，仿佛拳中握着一轮太阳！余帘看着那个拳头，忽然低下了头。后山里蝉鸣更躁，声声凄切。修行界最神秘的两大强者，终于相遇，然后相战。

拳风如怒。拳重如山。拳威如海。山道上的青石板，像纸片一样被掀开，飞出极远，树木纷纷偃倒，韧性强的树干只是弯曲，更多的大树则是直接折断，发出无数道咔嚓裂响。余帘没有被击中，她身如蝉翼，飘然而逝，随风漫游于林间，仿佛真的和天地气息融为一体，根本无法把她找出来。秋蝉的鸣叫声还在持续，数千片黄叶簌簌直下。掌教身上的神袍上瞬间出现了数千道裂口，紧接着，他的身体表面浮现出一层极薄的莹光，那些黄叶顿时被震碎成丝絮。

这位西陵神殿的最强者，在此时终于完全冷静下来，看着满谷断树碎石的山林，厉声喝道："二十三年蝉！你真以为逾过五境便天下无敌？你如今最多入了天魔境，既然无法不朽，你又怎能与光明对抗？"他缓缓举起双手，残余的右掌掌心向天，脸上的神情异常坚定执着，声若春雷绽开，传向四野与天空："请昊天赐予我力量！"洪亮的声音，还在天地间飘荡，天空便已经做出了反应，西方的夕阳骤然间变得明亮起来，不再那般红融温暖，而是显得至高无上，令人心生敬畏之意。一股磅礴的力量，穿越天边的暮云，无视遮蔽书院后山的云集阵法，随着炽烈的阳光，落在掌教的身体上。掌教瘦矮的身躯，忽然间变得极其伟岸。

他的身体里仿佛拥有了近乎天道般的恐怖力量。只是呼吸之间，那些簌簌落下的黄叶，便被吹至高空，再也不敢落下，即便是满山的蝉鸣，在这一瞬间，仿佛也变得低落了些。掌教终于动用了天启神术。余帘的身影，出现在山林外。她清稚的容颜上，终于显出一丝凝重的神情。五境之上的战斗，她虽然有信心，却没有经验。事实上，这么多年来进行过五境之上战斗的至强者们，除了无距境界之外，其余所有人都回到了昊天神国，也就是死亡。

她看着西方降落的那道光柱，忽然微微一笑。她伸出右手，仿佛拿起了一支笔。她用这支不存在的笔，在空气中写了几个簪花小楷。静心，凝神，不理世事，不问天道，只是沉浸在自己的世界中。那便是你自己的世界。夫子当年是这样对她说的。书院后山的空中，仿佛忽然多出了一道透明的屏障，如同蝉翼。自西方降落的光柱，落在那道屏障上，被折射走了绝大部分，洒落人间。这是余帘的世界，她拒绝昊天神辉的进入。

"狂妄愚蠢之辈！以为自己再创一个世界，便能挡住昊天神辉？不要忘记这是昊天的世界，你的世界永远在昊天之下！"掌教怒喝道，继续迎接着昊天的神辉。余帘看着他说道："愚蠢，如今贼老天与老师正在战斗，它自顾不暇，还能一直顾着你的死活？不要忘记在它眼中，你比狗都不如。"说话间，她已经散了执笔的右手，五指如秋菊绽开。一道极为淡渺的气息，从她的指尖传出，传遍整座书院后山。书院后山所有的树木都开始颤抖，所有的树叶仿佛都活了过来。每一片树叶，便是一只蝉。

掌教根本不相信她说的话，然而忽然他发现，西方那轮落日，竟真的黯淡了下去，重新恢复红润平和，不由神情骤凛！他发出一声不甘的厉啸，身形一虚，便准备离开。余帘怎么会给他这种机会。掌教身在书院后山中，在数千数万只蝉里。他身形掠得再快，也没有蝉飞得快。他无法离开余帘的世界。数千数万只蝉飞了过来，发出嗡鸣震耳的声响，然后覆在他的身体表面，包括他的脸，黑压压一片，看着极为恐怖。其中一只秋蝉微微振翅。掌教的右眼瞎了。十余只秋蝉起舞。掌教的右手断了。

一声凄厉的号叫，从万千只秋蝉里响起。他的左手在崤山下被许世砍断。他的右手在书院后山被斩断。他的双拳只剩下了光秃秃的手腕。他双臂一抱。先前拳中握着的那团光明，还有昊天洒落到他身上的光辉，全部被他灌进了双臂间的怀抱里，身前一片明亮，仿佛生出一轮太阳。太阳炸开！万千只蝉凄鸣飞舞而散。其中一只蝉飘舞而回。趁着这个机会，浑身是血的掌教如丧家之犬般，滚地而走。余帘的身影再次出现，唇角流出一道鲜血，还有一道强大的笑容。

道门魔宗巅峰一战。西陵神殿掌教大人断臂瞎眼，雪山尽毁。纵然道门神术再如何厉害，也不可能治好他所受的重伤，他就此变成了一个废人。魔宗宗主二十三年蝉大胜。她是夫子收的第一个女弟子。书院依然天下无敌。

76

小白狼从洞里钻了出来，受伤的腿上，包扎着白布，大白鹅摇摇晃晃从溪畔走了过来，老黄牛睁开眼睛，五师兄和八师兄回到了崖坪上。余帘从袖里取出一把木梳，很仔细地把凌乱的头发梳整齐，又整理了一下衣着，确认没有什么问题，才把梳子收入袖中。老黄牛微微低首，大白鹅与小白狼身躯前倾，五师兄和八师兄揖手为礼，余帘肃容回礼，秋风停，秋蝉静，书院依然。"师姐路上小心。"宋谦说道。"书院就交给五师弟你了。"余帘从山道畔拿起布裹着的物事，向书院外走去。

宁缺离开公主府，来到大街上，准备去书院。虽然说长安城里也有很多事情需要处理，但他要去书院取阵眼杵，而且他很担心书院的安危。"不用去了。"一名少女出现在他身前，伸手递过来一个布包裹住的物事。宁缺很是惊讶。因为他认得那块布，那块布是桑桑去东门市场买的便宜货，被他用来包惊神阵的阵眼杵，那么这块布里就是阵眼杵。他接过阵眼杵，看着身前这名少女，眼神里流露出警惕的神情，然后变得迷惘起来，他确定自己没有见过她，但总觉得在哪里见过她一般。两条乌黑的马尾，清稚美丽的容颜，这个十二三岁的女孩，可以说是少女，也可以说是小姑娘，正在那个分界线上。宁缺看着她的眼睛，看到了那抹淡然从容的神思，终于猜到了她是谁，不由震惊得无法言语，其至险些把阵眼杵扔掉。

余帘用最简洁的语言，最精准地讲述了一遍书院里发生的事情，尤其是与西陵神殿掌教的那一战，她主要说的是对方长得很矮。宁缺这才知道，亿万道门信徒眼中高大伟岸的光芒身影，竟然只是个幻象，掌教大人原来是个死矮子。当初他在荒原上，用元十三箭连射五人时，无论是天谕神座还是叶红鱼都接得非常吃力，那位掌教却是躲都不躲，无动于衷。当时的那幕画面，给宁缺带来了极大的压力，心想不愧是道门的至强者，面对元十三箭也能如此轻松应对，高深莫测。这时候他才明白，原来那是因为掌教大人生得非常矮小，自己瞄准的是身影，铁箭从那人的头顶射过，自然不需要躲。

"为什么让他活着？"宁缺从震惊中渐渐平静下来问道。"有些人活着，比死了更有用。"余帘说道，"很多年前，熊初墨还年轻，随道门长辈去荒原试炼，我还年幼，相遇自然便是一战，我废了他小腹里的雪山，令他不能人事，却没想到，他反而因祸得福，虔诚修道不辍，竟有了今天，不过畸余之人，终究心理有些问题，如今他已经废了，你不用担心，反而西陵神殿里的人会觉得头疼。"就像掌教和很多道门大人物的看法一样，宁缺也从来不认为三师姐就仅仅是个洞玄境的修行者，所以先前得知书院在她保护之下依然如旧，并不觉得如何吃惊，直到此时他终于醒悟过来，惨败在师姐手下的不是普通强者，而是西陵神殿的掌教大人，他才开始震惊地思考三师姐究竟是谁。

当今世间，有谁能完败掌教大人？知晓答案后的宁缺很震惊。三师姐居然是魔宗宗主二十三年蝉！书院二层楼的弟子里，他最早认识的便是三师姐余帘，甚至还要在与陈皮皮通信之前，登旧书楼的时候，便认识了。这些年来，他与余帘说话不多，但每每在重要时刻，她都会出言点拨，而且这种情况，在他进入后山之前，还是普通学生的时候，便开始了。所以宁缺一直很尊敬三师姐，甚至要比对大师兄二师兄更加尊敬。

行走在城墙狭长的楼梯上，有风从墙外拂来，宁缺走几步，便忍不住看一眼余帘，看她稚嫩的脸，看她身后摆荡的双马尾，很难适应看到的这一切。"我脸上有花？"余帘问道。宁缺笑着说道："只是想多看两眼，师姐可是大名人。"余帘微微一笑。宁缺说道："难怪老师当初不肯收唐小棠为徒，原来是辈分问题……如此算来，我岂不是比唐要高了一辈？"余帘说道："如果要从明宗开派祖师算起，你已经比他高了几十辈。"宁缺又赞叹说道："二层楼的三师姐，可不就是二十三年蝉。"余帘微微挑眉，说道："巧合而已，老师哪里会在意这些小机巧。"宁缺说道："说不定老师就喜欢玩这些。"

说话间，师姐弟二人已经登上长安城头。宁缺想到一件事情，从腰带里取出一块腰牌。腰牌非金非木非石，通体纯白，上面用浮雕手法刻着一个黑色图案，看边缘的新鲜痕迹，似乎是刚刻出来不久的东西。黑色图案是座雕像，纯白的外围如同万丈光明，雕像背对光明的缘故，面容和身躯都沉浸在深沉的阴影之中，显得很是晦暗。宁缺问道："这块腰牌是当年去荒原前师姐给我的，上面刻的是什么？"余帘走到城墙畔，望着下方的长安城，说道："冥君，或者说是昊天。"宁缺走到她身边，顺着她的目光向下望去，说道："这是什么腰牌？"余帘说道："明宗的宗主牌。"

"荒人不惜灭族，也要保护我和桑桑，我一直想不明白是为什么，如今看来，便是这块腰牌的原因。在明宗山门里，莲生最后一击失效，现在想来，也是因为这块腰牌，仔细算来，这块腰牌救了我很多次，我却毫无察觉，真是愚蠢。"宁缺很自然地把腰牌重新放回腰带里，没有还给余帘的意思，然后对着她很认真地长揖及地，行了一个大礼，表示感谢。他所不明白的是，当年自己带领书院前院学生去荒原实修时，为什么三师姐会这么随便地便把如此重要的明宗宗主牌给了自己。

"记得当年你准备参加开楼试时，我对你说的话吗？"余帘问道。当时宁缺是个普通的书院前院学生，书院二层楼开启，他准备参加，精神压力极大，在剑林里与余帘有过一番对话。

"记得，师姐说要介绍一个不弱于柳白的强者给我当老师。"

"不错。"

"师姐当时准备介绍谁？"

"当然是我自己。"余帘说道，"你当时的雪山气海一塌糊涂，现在也一塌糊涂，而且符道上的天赋尚未显现，根本不适合修道，但骨骼清奇，毅力惊人，正是修行我明宗功夫的良材美质，我一时心动，便想传你衣钵。"

宁缺这时候才知道，当年自己错过了什么。余帘说道："虽然你拒绝了我，但我总觉得你将来必然还是会走上这条道路，所以在你去荒原之前，我把这块腰牌送给了你。果然不出我所料，你在山门里遇着莲生，又学会了小师叔的浩然气，依然还是入了魔。"余帘看着他说道："当年莲生要传我衣钵，我拒绝了他，我要传你衣钵，你也拒绝了我，最终你还是继承了他的衣钵，如此看来，倒也没什么差别。"宁缺想起那些往事，也不禁生出很多感慨，然后笑了起来，说道："这样也挺好，不然我岂不是要矮师姐一辈。"然后他笑容渐敛，说道："莫非真有命运的安排？"

"我曾经对你说过一句话：只需要从本心出发，便能轻松逾过。这指的不仅是登山途中的那些关口，也包括命运这种东西。"余帘说道，"当年见到老师的第一天，他便这样对我说，又说我做女孩更好看，应该接受，于是我当场实践了这句话，一脚踩到他那件黑色罩衣的衣摆上。"宁缺问道："然后？"余帘面无表情说道："我没有逾过去，但老师摔了个狗啃泥。"宁缺觉得很刺激，问道："感觉怎么样？"余帘想了想，说道："感觉很好。"宁缺说道："老师没有生气？""既然是女孩子，自然有撒娇发小脾气的权利。"余帘的脸上依然没有什么表情，沉默片刻后，继续说道，"后来自然明白，我当时心情非常低落郁闷，老师是故意摔那一跤，哄我开心。"城墙之上，安静了很长时间。

余帘看着下方的长安城，问道："看出了什么问题？"在当前紧张的局势下，哪怕是再令人震惊感慨怀念的事情，都不可能让宁缺和她浪费这么多时间来讨论，他们是来看风景的。余帘带着他看长安城的风景。宁缺看着比平常要显得冷清些的长安城，看着那些宽阔安静的街道，说了一句很奇怪的话："长安城现在变得有些堵。"余帘说道："不错，你现在要解决的问题，便是这个'堵'字。"宁缺说道："想解决这个堵字，应该很难。"此时长安城街宽人少，更是很难看到几辆马车，交通极为便利宽松，既没有马车相撞引发的事故，也看不到前些天请愿的学生队伍。

但余帘和宁缺师姐弟，都看出了长安城的堵。他们的神情很凝重。

77

余帘说道："道门虽然废柴，但还是有些手段，而且准备了整整千年时间，虽无法破掉老师留下的这座大阵，却亦不可等闲视之。掌教进书院，便是想抢阵眼杵，前期应该是何明池借着昊天道南门门主的名义在城中做了手脚，好在阵眼杵还在我们手中……"宁缺有些不解地问道："师姐当初为何不杀了何明池？"余帘回答："我要守着书院，而且颜瑟死了，老师走了，惊神阵自主启动，在他动手之前，我若显露境界，就算不被灭，也要与朱雀斗个你死我活。"

宁缺想着朱雀大街上的石制绘像，才明白是这个道理，自己当初和夏侯雪湖一战，那么多的强者进入长安，原来是被允许才能进入。余帘看了眼他手中的阵眼杵，说道："如今阵眼杵已经交到你的手中，你要尽快把长安城这座大阵重新回复原状。"宁缺听出师姐有离去之意，不由微惊，心想长安城现在可不能离开师姐这样一位真正的强者坐镇，除非她是要去……"师姐，你要去南方？"他问道。余帘说道："君陌他们在那边，我还去做甚？"

宁缺心想自清河郡北上的西陵神殿大军何等样恐怖，哪里是二师兄便能挡住的，又想起二师兄宁折不弯的骄傲性情，越发担心。余帘说道："担心也没有用，我必须留在长安城，因为有件很重要的事情等着要做，所以你必须在七天内把这件事情完成。"这件事情自然指的是修复惊神阵，重要的事情又是什么？宁缺觉得肩头有些沉重，问道："为什么是七天？"余帘说道："因为大师兄只能把观主拖住七天。"宁缺问道："那这七天时间，师姐要去何处？做什么？"余帘说道："我去逛街，好多年没有逛过街了。"

看着顺着石阶向城墙下走去的少女，看着她蹦蹦跳跳的青春模样，看着她身后摆荡的两条乌黑马尾，宁缺很是无语。先前知晓三师姐便是二十三年蝉后，他一直有个非常严肃的问题，只不过不敢问当事人：究竟应该喊三师姐还是三师兄？这时候他终于不再困惑，还是三师姐。不是因为她清稚好看，不是因为她蹦蹦跳跳，不是因为乌黑的马尾甩啊甩，是因为在这种时候，她还想着要逛街。

余帘真的在逛街。长安城的混乱刚刚平息不久，街角巷间的地面上，隐隐还能看到没有洗干净的血迹，那些被烧毁的府邸残墟，更是醒目。但在皇后娘娘的强硬手腕和朝廷官员的全力配合下，秩序已然恢复正常，那段历史再也不会重演，城中的百姓沉默等待着最后决战的到来。余帘很满意街道的安静，满意于商铺已经开启，或者她满意的是，让这座城市尽快走回正常轨道的那个女子。她去陈锦记买了一匣脂粉，又买了些酸酸甜甜的吃食，提着大大小小的袋子，就像走亲戚一样，很随便地走进了皇宫。

皇宫侍卫虽然警惕，但哪里可能注意到二十三年蝉这样的人物，如今惊神阵也出了些问题，皇宫里的檐兽虽然有所反应，却只能眼睁睁看着那个娇小的少女提着一大堆东西，经过御花园来到宫殿群中。皇后娘娘没有在御书房，也没有在正殿，而是在自己的寝宫里处理政务国事，她的神情有些疲惫，但眉宇间的神情还是那般坚毅。正是凭借着这种气质，她才能在如此乱局里，在朝堂上大多数官员仍然保有敌意的情况下，让唐国在半天的时间内，便有了重新振作的感觉。

殿里的帘纱微动。皇后搁笔于砚，看着殿外，沉声说道："谁在藏头露尾？"在旁侍奉的太监宫女面面相觑，心想根本没有听到脚步声，娘娘是不是太过紧张疲累，从而产生了错觉？便在这时，殿外传来一道清稚而威严的声音。清稚的声音，一般很难威严，但这个声音做到了这一点。"看来嫁给那个家伙之后，你过得不错，竟是不肯再修行一天。如果你稍微刻苦些，我走到御花园的时候，你便应该发现，而不用等到这时候。"帘纱再动，余帘提着一大堆东西走了进来。被提的那堆东西一衬，她显得越发娇小。皇后娘娘微微蹙眉，说道："你究竟是谁？"

余帘没有理她，把那些东西随意扔到地上，负手于后便走了过来。一放一负手，极简单的两个动作，她身上的气息便发生了极大的变化，行走间，竟走出了渊渟岳峙的感觉，就像是一位大宗师。皇后娘娘脸上的坚毅神情，变成惘然，然后忽然变得非常软弱，仿佛回到了很多年前，她还是那个怯怯的少女，声音微颤："是……老师吗？"

二十三年蝉在魔宗的时候收过几名弟子。那些弟子的年龄都比他大，其中有一位便是末代魔宗圣女，名叫夏天。也就是如今的大唐皇后。皇后直到今天才知道，老师竟然一直在书院后山，不由很是吃惊："陛下与书院关系极为亲密，他怎么没有对我说过？"余帘说："除了老师和大师兄，还有君陌，没有人知道我的真实身份，你那个男人自然也不知道……说起来，你男人确实不错，嫁给他你没吃亏。"

"老师，就算吃亏又能怎么办？"

"如果吃亏，即便我不好出手，我也可以请夫子说话。"

"当年陛下娶我，最终得到书院同意，是不是您帮着说了话？"

"书院从来不管嫁娶之事，我不用说话，也不会反对你们的婚事。"

久别重逢的师徒说着话，皇后娘娘极为谦恭地在旁侍候着茶水与瓜果，只是余帘此时看上去就是个少女，画面显得有些怪异。所以当唐小棠带着六皇子走进寝宫，看到这幕画面时，顿时被震住了。余帘看了她一眼，说道："不用猜，是我。"唐小棠惊叫一声，说道："老师，你怎么了？"皇后娘娘微笑说道："难怪宁缺进长安城后，小棠姑娘便出现，一直陪在我们身边，原来都是老师您的安排。"余帘说道："你们师姐妹今日正式相见，行个礼吧。"唐小棠上前行礼，皇后还了半礼。

皇后娘娘沉默了很长时间，终究没能忍住心头的疑惑，主要是太过震惊，低声问道："老师，您现在怎么变……""我以为你能一直忍下去。"余帘说道，"这种事情有什么好感兴趣的，我走了。"皇后娘娘无言，心想您忽然从男身变成了女身，自己怎么忍得住不问？她起身送余帘到殿门。余帘提着一大堆东西说道："不用送了，你出宫也不方便。"皇后娘娘心想，皇宫毕竟与家不同，我还真没办法把您送出宫门。她笑了笑，关切问道："老师，这些年，您过得开心吗？"

"平静便好，也找不出来什么特别开心的事情，只记得有一年，老师向诸弟子解说二十三年蝉，语多赞叹欣赏，我在一旁听得很是喜悦。"余帘安静片刻，微笑说道，"那天晚上，我下了碗青菜面给老师吃。"

宁缺向春风亭横二街朝宅走去。毕竟李珲圆是被他一刀杀死的，无论是站在朝堂之上，还是学娘娘坐在珠帘之后，都会显得有些不妥，所以他现在与宫里通过朝宅联系。先前有鱼龙帮众，传来宫中最新的消息，朝廷已经命令正在北上的镇南军，绕经崤山冲折向东南，向清河郡行军。而长安城里最后的羽林军，亦已整装待发，暮时便会出城，连夜赶向南方。通过这个消息，他便确认皇后娘娘已经知道了书院出手的消息，朝廷开始做相关的配合，他也觉得这么安排是妥当的。

如今大唐面临的最大危险，分别来自三处。自荒原南下的金帐王廷，由西陵和南晋北上的神殿联军，以及在夫子离开之后，可以称得上人间最强者的知守观观主。北方的金帐王廷虽然强大，但有宁缺和皇后从贺兰城带回的唐军补充，镇北军已经接近满员数量的九成，现在局势看似艰难，连场大战血腥惨烈到了极点，但毕竟这是在大唐的土地上，又有徐迟大将军亲自坐镇，只要能够撑过最开始的这段艰苦时光，最终一定能够撑住，待诸方局势缓解之后，甚至能够发起反击。

真正令宁缺感到担心的，还是知守观观主和南方的局势。知守观观主那是何等样的人物？西陵神殿联军太过强大，强者云集，修行者的数量都超过了千人，而大唐南方现在几乎没有一兵一卒。在过去这些年里，他对大师兄和二师兄有盲目的信心，然而在当前的局势下，那些信心早就不知去了何处。

尤其是南方。面对浩浩荡荡的西陵神殿大军，二师兄必须要撑住七天时间。因为镇南军和羽林军要用七天，才能抵达南方。大师兄只能撑七天，所以他也要在七天之内，修复长安城这座大阵。最后的胜负，便在七天之内，便在七天之后。

78

举世伐唐，有四个关键点，两点在明处，两点在暗处。暗处的两点，是道门不为人知的安排，明处的两点则在地图的北方与南方。西陵神殿掌教对书院的突袭，最终惨遭失败。知守观观主与大师兄的身影，还在人间各处名山大川里流连，却不会忘返。金帐王廷与大唐骑兵的惨烈厮杀，还在北方的原野上持续，那么现在能够改变僵局，决定这场胜负的战场，便在南方。

西陵神殿联军，才是这次天下伐唐的真正主力。大唐水师覆灭后，神殿暗中训练多年的八千余骑护教骑兵，南晋十余万大军，渡大泽而入清河郡。在清河郡，诸阀修行强者及强悍私军加入联军的队列，又有自偏远诸小国来的军队和那些隐在山中的修行宗派赶到会合。西陵神殿联军的声势越发浩大，行走在原野上，秋稻尽折，水田被踩干，两座神辇后方，马车的数量越来越多，最引人注目的，是其中最安静的一辆。和如今的联军比起来，春天时在荒原上与荒人作战的联军，要显得弱很多。当时的西陵神殿联军有掌教大人亲自坐镇，然而但凡猜到那辆安静马车里坐着的是谁的人，都认为有那人坐镇军中，比掌教大人更令人感到敬畏。

深秋某日，浩浩荡荡的西陵神殿联军，穿过清河郡，来到一片青翠山峦之前，在山峦中那道青色峡谷外停下整列。十余骑南晋斥候，飞奔而出，向青峡里疾驰而去。不多时，便传来表示安全的尖锐竹笛声，联军依然不动，沉默得令人感到十分恐怖。直待竹笛之声不断从青峡深处传来，将要湮灭不闻，神殿联军才确认，峡谷里没有唐军埋伏。担任联军主将的南晋元帅白海昕挥了挥手，身旁的传令兵双手持旗，在身前快速挥舞，向诸营传达了前进的军令。

根据唐境内传回的情报，神殿联军方面已经确认，如今的唐国根本找不出一支部队调来南疆防御。过往年间镇守在原始森林外的唐国镇南军，就算是不顾金帐王廷入侵，想来到此间也要绕行崤山冲。除非那些镇南军能够飞，不然他们根本不可能出现在青峡里。即便如此，白海昕元帅以及神殿的大人物们，依然警惕小心。如今大军碾轧之势已成，只需要安全北上，便可以一战平天下，实在不需要任何冒险。

南晋骑兵率先进入峡谷，各营之间的距离保持得非常好。紧接着混编步兵入内，因为速度被严格地控制，所以用了很长时间。之所以如此，是因为联军要拉长骑兵在峡谷里的队列，这样容易被唐军斩断合击，但对骑兵的应变也有好处，如果峡谷里真有唐军，想要把已经进入峡谷的近两万名骑兵和步兵全部吃掉，唐国至少要动用十万人的军队。西陵神殿联军，就是算准了唐国没有这么多军队。

浩浩荡荡的联军队列进入峡谷的速度很慢，慢到军营里有好些人都有些着急，某些修行宗派的修行者，更是等得火气都大了起来，然而却还有人觉得太快。"太快了，让南晋人再慢一些。"今日天气晴朗，碧空万里无云，炽烈的阳光穿透神辇上的重重幔纱，落在叶红鱼的眉眼间，更添美丽。辇畔的黑衣执事领命而去，片刻后回来，低声恭谨禀报道："白海昕请神座大人放心，有武道修行者正在上山，据回报应该没有问题。"叶红鱼的细眉微微蹙起。她知道联军的看法是正确的，唐人找不到任何机会。如果要让青峡变成埋葬大军的坟墓，就算集结世间所有的神符师都无法做到。因为那意味着要改天换地，那是昊天才能做到的事情。但她总觉得有些不妥。因为一切都太顺利，一切都太平静。她曾在长安城里生活过很长一段时间，她和很多唐人有过接触，她知道唐国绝对不会投降。那么这种顺利和平静，便透出了一分诡异。

仿佛就是为了证明她此时的感觉很正确，青翠的峡谷忽然发生了变化。无数的天地气息，从原野四面八方聚拢而来，凝聚到了山峦上方。叶红鱼神情骤凛，天谕神座眉头深皱，那辆马车里响起一声轻噫。西陵神殿联军里，最强大的三位大人物，最先感觉到危险，然而他们已经来不及做什么。青翠峡谷上方的天地气息波动太过剧烈，甚至较诸当初夫子在荒原上的斩天一剑，也不稍逊！

这些天地气息的数量是如此巨大，以至于青山上方的天空里忽然多出了一片云层！那片云层猛烈地绞动着，积蓄着能量，然后骤然间化作无数道丝缕，消散于青天之中。一道非人间的力量向地面碾轧而去！轰的一声巨响！大地震动，无数战马惊慌失措，鸣啸声声。

青峡垮了。西陵神殿联军一直防备着唐军，或是唐国的修行强者，在青峡里发起围袭，然而没有人能够想到，发起围袭的不是人。袭来的是，青峡自身。

青翠美丽的峡谷，变成了世间最可怕的地方。无数道浓烟，从峡谷里升起，向青天飘去。烟尘都能飘这般高，可以想象里面的情况。无数沉重的山岩石块，崩塌滚落而下，落到南晋骑兵的头顶，然后带着鲜血与压成泥的尸体，继续向前滚去。沉闷的撞击声不停响起，久久没有停歇。峡谷里传出南晋士兵的惨呼声，凄嚎声渐渐微弱，然后死寂一片。

这时候距离青峡崩塌，已经过去了很长时间。那些比马车车厢还要巨大的石块，终于停止了滚动，一直震动的原野，也平静了下来。清河郡原野上的西陵神殿联军一片安静。所有人的脸上都写满了震惊与恐惧。此时葬身在峡谷里的南晋将士，足足有两万人之众！白海昕的脸色极度苍白，握着缰绳的手不停地颤抖。他是西陵神殿联军主帅，但他更是南晋军方首领，麾下两万将士，就连敌人的面都没有看到，就这样死了！

神辇内，叶红鱼睫毛微微颤抖，神情变得极为凝重，甚至隐隐有些惧色，强行镇定心神，把被自己抓皱的裁决神袍前襟抚平。她道心坚定，无所畏惧，这种情绪，本不应该出现在她的身上，哪怕面临再强大的对手，亦是如此。然而如她先前所想，如此长的青峡瞬间垮塌，要比书院君陌在烂柯寺斩佛像，难上无数倍，这种改天换地是只有昊天才能拥有的能力！唐人是怎么做到的？谁在那片青翠的峡谷里？

与著名的岷山相比，这片在唐国南方原野间横亘而起的青翠群山，并不如何险峻高耸。然而这片山脉的体表是坚硬沉重的花岗岩，内部却大多都是石灰岩质，极易溶于雨水，所以滑坡崩岩的事情经常发生。正是这个原因，这片青山被自然改造得格外奇怪，极难攀爬。即便是武道修行者，都视之为险途。幸运的是，群山之中有道峡谷，这道峡谷把大唐的中腹地带与清河郡联系在了一起，不然若要绕行，不知要多走多少天。

为了加强对清河郡的控制，大唐在数百年前，耗资巨大对峡谷进行拓宽，再由符师和阵师把峡谷两侧的崖壁进行加固，又密密种植根系发达吸水固崖的树种，终于峡谷里的天然崎岖道路变成了平整的官道。从那一天起，大唐南北变通途，时人纷纷赞颂，有了这条极具战略意义的通道，大唐与清河郡便永远不会分离，成为真正意义的一家人。如今清河郡诸阀打出叛旗，向西陵神殿投降，甚至还派出私军，加入到攻打长安城的队伍中，家国已然分裂。那么这道青翠的峡谷，还有什么意义？于是，便塌了吧。把过去埋葬吧。

79

两年前的秋天，宁缺带着桑桑去烂柯寺看病，途经这道青翠的峡谷。当时他就想过，峡谷里既然有无数前贤设下的阵法刻符，那么将来若有强敌自南方入侵，只需要由符师把这些阵符消解，便可以令青峡垮塌。即便万骑来犯，也很难在短时间内通过青峡，入侵大唐心腹区域。但他马上否定了自己的想法。因为即便师父颜瑟复生，也没有办法以一人的力量，调动那么多天地元气，同时触发阵符。正如两年后叶红鱼在青峡外想的那样，这种改天换地的手段，实非人间之力所能实现。除非当年帝国开拓这道峡谷时，便已经在这些阵符里做了手脚。

如今瞬间垮塌的青峡，久久方才止歇的原野震动，埋葬在无数万块巨石底的两万名南晋将士，都证明了宁缺当初的判断。数百年前，大唐打通这条峡谷通道时，确实做了手脚，而且做的手脚很大，直接把这条峡谷变成了死地与坟墓。自开国以来，大唐便防备着南方来的强敌，这里的强敌指的不是清河郡诸阀，也不是自称强大的南晋，而是西陵神殿。耗费无数资源与心力，动用十余位神符师，最后由书院前贤设计，这条重要的战略通道，终于被大唐变成了一座非人间能有的杀阵，然后这座杀阵沉默等待了数百年时光，最终启动，变成了大唐南方最后的一道屏障。

青峡外的原野间，西陵神殿联军死寂一片，士气低落到了极点。天谕神座望着那片依然笼罩在尘雾里的青山，神情极为凝重。叶红鱼睫毛颤动的速度变快了几分。两位尊贵的西陵大神官，此时都在忍不住思考，如果先前神辇随着南晋骑兵一道进入青峡，那么自己现在还能活下来吗？唐人的手段，太狠辣了。

神殿联军队伍里，那辆安静的马车中忽然响起一道声音："黄鹤，沐楚……此时肯定在山中。这就是神符师对战争的意义，如果颜瑟那个老家伙还活着，唐国此番的胜算，至少会再添一分。"车旁有六名剑阁弟子，其中一人用白布蒙着眼睛，看来不良于视，恭谨听着师长的教诲，想着先前看到的可怕画面，心想果然如此。那名剑阁盲徒忽然说道："书圣书痴师徒都是神符师。"那人说道："举世伐唐，唯独大河国没有参加，神殿暂时不予惩处，算是给些颜面，当然这对师徒合在一处，也不配和颜瑟相提并论。"青峡里震起的烟尘，渐渐遮蔽天空，光线变暗，进入车厢之后，越发幽暗，落在车中那人的眉上，却照出一道隐在肌肤下的隐伤。那道隐伤，看上去更像是道笔迹。那是多年前颜瑟大师的笔迹。世上被颜瑟大师在脸上画了一道神符，最终还没有死的人只有一个。那个人叫柳白。

当年宋国东海畔那惊天一战，颜瑟抹掉了柳白半边眉毛，柳白一剑刺穿了颜瑟的手臂，看似平分秋色，实际上柳白还是更胜一筹。这位隐世多年的神殿客卿，世间第一强者剑圣柳白，终于还是来了。

"黄鹤和沐楚，这时候在山里，派人去杀死他们。"叶红鱼说道。柳白能够想到这一点，西陵神殿也能够想到。那名裁决司执事，低声说道："也有可能是宁缺。"叶红鱼说道："那个家伙还没有这个能力。"接令后，数名神殿武道强者，带着十余骑护教骑兵，向着峡谷处疾驶而去。

青峡是唐国集无数人力才修成的一座杀阵，神符师即便能够触发阵法，但体内的念力也必然枯竭，此时正是他们最弱的时候。群山深处，黄鹤教授和隐居多年的前院教授沐楚，正在几名唐国工部技术官员的搀扶下，虚弱地向山峰里行走。青山难行，他们只能暂时避进唐国设在某座峰下的工事。

西陵神殿的武道高手翻山追击，十余骑护教骑兵，则是驶向峡谷出口处，准备将被堵死的峡口进行一番清理，方便稍后神符师开道。神符师是世间最珍稀罕见的资源。便是南晋、月轮这样的大国，都没有一位神符师，事实上绝大部分神符师都在书院和道门。

书院有神符师，西陵神殿也有神符师。神辇里传出天谕神座平和的声音："辛苦四位师兄了。"一辆华贵的马车里响起一道苍老的声音："书院与神殿在符道上向来并称，但在颜瑟师兄死后，我们便不如对方，而且破坏易，建设难，想要开出一条通道，只怕需要些时间。"天谕神座说道："只需要一条小道，勉强通行。"那位神符师说道："为何不让大军绕行？"天谕神座说道："我们没有时间。"一片安静。神符师说道："那我们四人便死在此处吧。"天谕神座沉默片刻后说道："昊天必将赞许诸位师兄的德行，再过些时日，我与诸位师兄在神国重聚。"

便在西陵神殿方面正在思忖如何重新打通青峡的时候，负责前期清理工作的十余骑护教骑兵，已经来到了峡口，驶进漫天沙尘中。片刻后，只听得一道破空呼啸声响起，一名护教骑兵从尘沙里被震飞出来，像土块般从极高处坠落，重重摔在地面上，骨折肉碎而死。紧接着，破空呼啸声密集响起，进入青峡出口的十余骑护教骑兵，全部都被震飞出来，不停砸到坚硬的地面上，发出啪啪的闷响，尽数摔死。然后先前翻山追杀书院神符师的数名武道高手，也变成尸体被震了出来。青峡外的地面上，一片血水，满地尸骸。

西陵神殿联军方面，被这幕诡异的画面震惊，所有人都望向峡口。青峡出口处依然漫天尘沙，极为昏暗，像是冬天最重的雾，又像是夏天最湿的云，如夜色般涌出峡谷，弥漫在原野上。尘沙里，忽然响起一道悠扬的琴声。片刻后，一道低沉的箫声加入其间。有人伴着琴箫之声而歌。

> 明月出青山，苍茫云海间。
> 长风几万里，吹度南阳关。
> 天塞人间道，人窥泗水弯。
> 由来征战地，不见有人还。

歌声绝不婉转，平铺直叙，不停地重复着这些句子。"由来征战地，不见有人还。"歌声回荡在原野间，简单的词，竟被唱出夜穿明月照疆场的壮阔。曲声悠扬温柔，竟是被奏出了壮烈杀气。一顶高冠在如夜的尘沙间显现，一名峨冠博带的男子，从漫天风沙里缓缓走出。他的双手自然负在身后，广袖如云垂落。他神情严肃方正，仪姿无可挑剔。他每走一步，都是用心在走，所以每步的距离，都完全相同。一名穿着石榴红裙的清丽女子，跟在那男子身后走了出来，手里拿着一个绣架，肩上背着一个包袱，好奇地看着对面浩浩荡荡的大军。书院七师姐木柚。

北宫未央抱琴而出，右手手指头不时拂过琴弦。西门不惑执箫而出，眉头紧锁，深沉至极。四师兄拿着沙盘跟在后面，不时蹙眉，不喜欢乐声影响到自己的推算。走在最后面的是六师兄，他的肩上挑着个担子。扁担一头，是个正在熊熊燃烧的打铁炉，另一头则是沉重的箱柜，看扁担被压弯的程度，想来箱柜里东西不少。

如明月一般走出青山，照亮晦暗原野的男子，自然是书院二师兄。

80

在宁缺曾经的推演中，就算青峡垮塌，群山暂时挡住敌人，而战争中有胆量攻入大唐的强敌，肯定拥有足够多的阵师符师，甚至是神符师，他们完全可以强行破开一条勉强供骑兵驱驰的道路。所以就需要一位绝世强者守在青峡出口处，那位强者必须足够强，佛来杀佛，魔来杀魔。他不能休息，不能睡觉，没有时间吃饭喝水，甚至要连续和敌方的强者打上个三天三夜！

宁缺想到这些话的时候，不由失笑，心想世间哪有这样的牛×人物？就算有，这样牛×的人物又怎么可能傻到把自己陷进必死的局面？然而谁能想到，世事的变化总是这样令人意想不到。两年时间过去，举世伐唐，青峡成了大唐必须坚守住的地方，就算是宁缺自己也心甘情愿去做那个傻子。

二师兄君陌带着书院后山的师弟师妹们来了……他来做那个人，他微微皱眉，望向身后问道："王持呢？"琴箫之声戛然而止。北宫未央和西门不惑对视一眼，困惑地说道："先前还在。"风沙里，跌跌撞撞跑出来一人，正是书院后山排行十一的王持，只见他手里拿着数株青草，怀里揣着几个果子，嘴里还衔着一朵不知名的野花。

"你去哪里了？"七师姐把他手里怀里的东西接下来，训斥道，"明知道出场最重要。"王持满头是汗，说道："好些药草都被埋了，有些只有这里有，绝了种怎么办？"

沙尘渐渐敛去，秋日重复炽烈，青天之上没有一丝云彩。青峡外的原野一片清明。远处传来天谕大神官苍老的声音："夫子都无法逆天，更何况是你们这些弟子。"二师兄说道："老师与天战，我们这些弟子便与人间战，苍天能否逆，如今尚未知，至于你我双方之间的胜负，或许很快便能知晓。"天谕大神官说道："神殿大军在此，你们如何能拦?"二师兄没有正面回答他的问题，只说了一句话："唐人，动手。"

叶红鱼眉梢微挑，一指点出，正中一柄从神辇外透纱刺入的刀锋。只听得啪的一声，刀身碎裂迸射而散，持刀的一名护教骑兵被活活震死。一名裁决司执事，拿着柄喂毒的漆黑匕首，悄无声息地从神辇后方摸入幔帘内，刺向她的后腰，只要锋尖能够刺破她的一点肌肤，那便够了。叶红鱼没有转身，也没有出手，眼眸深处寒星乍现，如瀑布般的黑发，向后披散而出，击打在那名黑衣执事的脸上。天谕大神官，也遇到了几波刺杀，侍奉在神辇里的程立雪，险些受伤。但神座之前，这些刺客哪里能够得手，接连死去。那辆安静的马车畔，数名神殿护教骑兵不约而同取出长矛刺向车厢里，然而矛尖根本无法触到车厢壁，便被五柄飞剑夺走了性命。

当二师兄说出那句唐人动手后，西陵神殿联军阵营里，至少发生了数十起刺杀。数百名神殿的神官、执事，燕国的军官，向着身边最重要的角色发起攻击。这些都不是重点，这数百名在异国他乡潜伏多年的唐人毫不犹豫暴露身份，在联军营中掀起混乱，只是为了掩护最重要的几处行动。

符师本就是身体最孱弱的修行者，神符师的身体自然更加孱弱。黄鹤教授每年都要去南方疗养数月，沐楚教授更是常年服药。而在战场上，神符师是最令人感到忌惮的人物，于是神符师也就成了敌营最想刺杀的人，相对应，己方对神符师的保护也最严密。西陵神殿联军对四位神符师的保护不可谓不严密，距离两位大神官的神辇不远，而且有重重保护，只是再如何谨慎，也没有人能预料到此时的局面。

谁在战场上见过，数百名刺客，忽然一起出手的画面？谁能想到，你身边最忠诚的侍卫，忽然变成了最冷酷的刺客？这画面很冷！很硬！甚至比万骑冲锋还要壮观！一辆马车被点燃。一辆马车被射成了稻草人。一辆马车被长矛戳了无数个洞，流出来的血都是黑色的。这种局面，没有任何人能够预料到，就连叶红鱼都来不及反应，三名神符师就这样死在了唐人的绝命刺杀里。只有一名神符师，被世间最强大的那把剑保住了性命。

刺杀，或者更准确地说是阵前的这场叛乱，很快便被平息。鲜血染红了原野，死者里绝大多数都是叛乱者，现在已经可以肯定，都是唐人。叶红鱼面色微寒。天谕大神官脸上的情绪极为复杂，望向远处的青峡出口的书院诸人，说道："这真是出乎意料的一个局面。"

二师兄神情平静，即便数百唐人血染敌营，心不乱，眉亦不乱。"千年以来，你道门在我大唐埋下无数人，我大唐自然也在西陵在诸国藏了无数人。"天谕大神官说道："这些人或者来自天枢处，或者来自暗侍卫，或者来自南门观，彼此之间都不认识，事先你又如何联系上他们，布下此局？"二师兄说道："不需要事先联系，也不需要组织，他们知道自己是唐人，他们早有计划，他们知道今天这场战争，便是大唐存亡的关键。"

"我说唐人动手。他们便动手。他们就像这道青峡一样，是我大唐千年的积累。他们换了你们两万骑兵，三名神符师，够了。他们虽然都死了，但值得。"很平静的几句话，却像刚刚结束的这场刺杀一样，很硬很冷很壮观。"现在的局面简单了，你们如果想要通过青峡，便击败我。"二师兄平静说道，然后张开双臂。

七师姐走到他身后，替他解开外衣，露出里面贴身的素衣。北宫未央抱着古琴，西门不惑夹着洞箫，走到二师兄身旁，帮助六师兄把沉重的盔甲，认真地穿戴到二师兄的身上。四师兄看着沙盘里那些繁密复杂、如同人生般的线条，说道："师兄可能会死。"二师兄神情不变，说道："人总有一死。"四师兄看着沙盘里线条的变化，说道："也可能不会死。"七师姐抱着二师兄的外衣，狠狠地瞪了他一眼，说道："师兄穿的是你最强的盔甲，怎么可能有事？"四师兄有些伤感，说道："许世穿的也是我和六师弟做的盔甲。"七师姐急了，说道："这时候了，你还不会说些吉利话？"四师兄平静说道："天机如此。"七师姐说道："现在你还信天？"四师兄沉默片刻，笑了起来，伸手把沙盘里的线条拂掉。

六师兄替二师兄整理盔甲的细节。西门不惑看着北宫未央说道："师兄，平日里都是我操琴，你吹箫，为什么今天非得反过来？"北宫未央说道："琴乃圣物，我是师兄，当然该由我来操。"西门不惑叹息一声，举起洞箫轻吹，呜咽之声渐起。七师姐这次真的怒了："给谁奏哀乐呢？"西门不惑脸色骤变，赶紧换了曲调。北宫未央坐到地上，开始拂琴。雅乐渐起，中正平和，自有壮阔胸怀，沧海气度。

琴箫声中，一身盔甲的二师兄向前走去，英气逼人。他手握铁剑，遥指南方数十万敌人，喝道："来战！"

81

来战。青峡外的原野间，只有这两个字在不停地回荡。传到青山里，传到稻田中，传到西陵神殿联军每个人耳中。

联军阵内，一片沉默。白海昕的眉头挑起，看着远处峡口那数人说道："既然要战，那便战，让护教骑兵准备冲锋。"书院威名极盛，但对这位久经沙场的南晋老将没有任何压力。因为人类历史上无数场战争早已证明，面对重骑的冲锋和漫天的箭雨，再强大的修行者也只有死路一条。除非能够晋入无距境界，才能无视箭雨。

所有人都知道，书院二师兄很强大，具体有多强大却始终没有一个确实的评判。包括前年秋天烂柯寺一战，道门行走叶苏和佛宗行走七念先后出手，似乎也没有逼出他的极限。但所有人都知道，他还远远没有逾过五境，那么他就不是无敌的。

马嘶渐密，蹄声渐起。四百名西陵神殿重骑兵，向青峡处冲锋而去。这些强大的骑兵和身下坐骑，全部披戴着坚固的盔甲，非常沉重，马蹄落地便会踩出一个深坑，无数的泥土被踩烂然后撩起，烟尘大作。整片原野地面都开始震动起来。神殿重骑盔甲的摩擦撞击声，合在一处，便变成了海啸，显得十分恐怖。全身披甲的重骑兵，是在战场上对付修行者最强大的手段。这些西陵护教骑兵身上的盔甲，都有符师阵师刻好的符线，修行者的飞剑或其余本命物，很难破开盔甲，那么便更难伤害到骑士的身体。而挟着恐怖力量和速度冲锋的重骑兵，一旦与修行者相对孱弱的身体接触，便能在瞬间之内，把修行者撞得骨折肉碎而死。

神辇里，叶红鱼看着远处的青峡，脸上没有一丝多余的情绪，平静到了极点，只有眼眸最深处有些很隐晦的思索与不解。她和神殿联军里别的人的想法不一样。她知道书院弟子肯定不会这么简单就输，对于这数百骑的冲锋，她没有抱任何希望。但她想不明白，君陌除了以惊天剑道硬挡那数百骑重骑兵，还能有什么别的方法，而一旦他真的开始那样做，那么她便可以肯定他今天必败无疑。哪怕君陌的强大超出想象，靠一柄铁剑，便把数百重骑斩于原野之间，也必然力竭，即便犹有余力，要知道此时原野上的西陵神殿联军足有二十几万人……

西陵神殿重骑兵踏过原野，近了青峡，这时骑士们才开始真正地提速，蹄落如骤雨，声音激荡如雷，烟尘渐要腾空而起。一股令人感到无比紧张肃杀的气息，随着蹄声烟尘在原野间生起。令人有些意想不到的是，站在青峡出口处的那些书院弟子，根本看都没有看那数百骑恐怖的神殿重骑兵，甚至像是根本没有看到。六师兄在挖地砌炉，四师兄在地上钉着铁钉，不知道是准备结帐篷还是做什么，北宫未央和西门不惑相对而坐，手指虚按琴弦箫孔，似是在调音。只有七师姐的注意力在阵前，她想绣花来平静心情，目光没法专注在绣架上，而是落在前方的二师兄的背影上。阳光落在二师兄的身上，被盔甲表面反射，洒向身体四周，清丽而壮美。此时书院弟子在青峡出口，那么哪怕是数千骑兵同时冲锋，冲锋截面也只可能那么大，最多也只能容下十余重骑并列。

神殿重骑兵的战术素养非常优秀，随着正式开始冲锋，不需要指挥，四百重骑的阵形便自然发生着变化，渐渐变成锐突的冲锋阵形。烟尘大作，青峡口的书院弟子们此时已经看到这些骑兵身上盔甲的华美细节。看数百骑冲锋将至，二师兄神情平静不变，握着铁剑的手稳定依旧。七师姐拈着绣花针，脸色有些微白，开始紧张。"铮！"北宫未央的眉梢微扬，手腕如云袖般轻飘，指头离开琴弦。他没有看战场，没有看那些只需要片刻便能把峡口淹没的黑压压的骑兵，也没有看二师兄，他专注而认真地看着琴。他的手指离开琴弦，琴弦开始颤动，于是便有了"铮"的一声。他一直安静搁在膝上的左手抬了起来，细致而平静地落下，食指与拇指的边缘轻触还在轻颤的琴弦，开始很潇洒地捻了下去。

从开始学琴以来，这些年他无时无刻不在重复这个动作，不知道做了多少次，所以很随意，于是很潇洒，自有一番大家气度。看似简单的动作，实际上拥有无限丰富的细节，除了正在擦拭箫管的西门不惑，没有谁能够看清楚，他那一捻里的意味。琴弦的颤抖骤然加剧，排荡的幅度却被在弦上轻捻的手指，强硬地控制在非常微小的范围内，于是弦上传出的声音便变得越来越高亢，越来越锐利。铮！地面上的小石砾不停地颤抖起来，发出沙沙的声音。琴声传出十余丈外，便敛没无声。敛没不代表真正的没有声音。听不到，也不代表就没有声音。大自然里有很多声音，都是人类听不到的，但别的生命能够听到。比如马。

　　冲锋在最前面的那名重骑兵，忽然消失在人们的视野中。沉闷的撞击声响起，那名重骑兵身下的坐骑，不知因何前肢骤然失去了力量，重重地摔到地上，然后是更多的神殿重骑兵纷纷坠落在地。气势逼人的冲锋，随着这一幕画面的发生，变成了极为惨烈的撞击事故。冲在最前方的数十骑战马惨嘶坠地，肢断骨碎，鲜血四溅！不过片刻时间，距离青峡还有百余丈的原野间，便被冲锋的重骑兵，堆成了一座血肉与盔甲构成的小山，可以想象情形是多么地恐怖。

　　南方那座神辇里，天谕大神官睁开双眼，望向青峡处。他睿智而沧桑的眼眸里，流露出警惕和感慨的神情。"大音希声……何必弦动？"天谕大神官的双唇微动，这句话只有口型，而没有发出声音。

　　大音希声。北宫未央的琴声，便是大音，所以群马闻之而惧。天谕大神官的教谕声，也是大音，所以传到了青峡处。无声的琴声，遇着无声的谕声，便变成真正的无声。那些还在冲锋的重骑兵，骤然觉得心胸间一宽，猛夹马腹，催动坐骑绕过前方死伤惨重的同伴，向着峡谷发起最后的冲锋。北宫未央捻动琴弦的手指，被震开，指甲边缘，多了道极细的血线。他望向师弟西门不惑。西门不惑举箫轻吹，风息过箫管，出亦无声。北宫未央快意一笑，手指复落琴弦。青峡外。马蹄声声。马嘶声声。喊杀声声。坠地声声。惨呼声声。师兄弟二人神情陶醉，吹箫操琴，却无声。

　　此时无声，胜却有声。

82

青峡虽已垮塌，峡口处还算平整，并且颇为宽敞，但往里不远便被无数巨大的岩石堵死，就像是一堵恐怖的铁墙。

数百重骑自南暴袭而至，目的便是要借助恐怖的冲击力，直接把那些书院弟子生生推死，而在这样的地形下，就算他们成功，也不可能再有任何幸存。所以这些重骑兵早已做好了死亡的准备，虽然看着前方的同伴不断坠地，他们头盔下面的脸色变得有些苍白，却依然咬着牙继续前冲。过不得多长时间，青峡出口百丈外的原野上，便倒下黑压压的一片，战马惨嘶，重伤的重骑兵挣扎着想要站起，却不能，场面看着极为血腥凄惨，只有拖在最后的数十骑确定此次冲锋失败后，极艰难地绕行撤回。

南方西陵神殿联军营中，秋风轻拂神辇，天谕大神官停止了诵读教谕的声音，看着青峡方向，苍老的脸上流露出极复杂的情绪，感叹说道："音律乃末道，即便你二人修到知命境，也无法看到天道的尽头，这是何必？"天谕大神官的声音在青峡出口处响起。北宫未央听懂了这句话的意思，望着南方说道："世间万千法门皆是道，修音律便是修天道，只不过音律不是用来战斗的，而是用来体会的，知命境弹琴和普通人弹琴又有什么区别？本以为神座是雅人，却不想连这道理都不明白。"他与天谕大神官对话之时，青峡口处没有人理会，都在安静地做着自己的事情，七师姐在分线，四师兄端着沙盘指挥六师兄在插什么东西。

西陵神殿联军当然不会给他们任何休息的机会，在重骑兵冲锋眼看受挫之时，早有无数骑射兵掩出阵，向青峡处疾驰一段距离，然后挽弓搭箭。只听得一道军令，无数把硬木弓弦嗡嗡作响，不知多少支羽箭离弦而去，带着凄厉的破空声，直上青天，仿佛要把那片天空射穿。无数羽箭在空中达到最高点，然后开始下坠，凄厉的破空声越来越尖锐，越来越恐怖，最终变成一场黑沉的暴烈箭雨，向青峡口落下。

二师兄站在阵前，看着如雨般落下的密集羽箭，根本没有躲避的意思，只伸手把面甲放下，随着一声清脆的金属撞击声，盔甲遮住了他所有的身体。当当当当当，一连串清脆或沉闷的箭矢撞击声，连续甚至是几乎同时响起！至少有二十余支羽箭，准确命中了他的身体。锋利的箭镞，挟着强大的速度与力量，旋转着狠狠地与他身体上的盔甲接触，然而就在这时，盔甲表面下约三根发丝距离处，隐隐散发出一道光辉，密密麻麻繁复无比的符线启动，召引来青峡处的天地元气，化作武道修行强者体表类似的天地元气盔甲，覆在了金属盔甲的外层。

令人耳酸的摩擦声响起。那些羽箭的箭镞锋利异常，却连最外层的天地元气保护层都无法刺破，巨大的冲击力，最终传到箭杆身上，那二十余支羽箭有的从中折断，有的弯曲变形，颓然无力地落在二师兄的身前地面上，就像是没用的稻草。

远程箭袭基本上是覆盖打击，所以与中了二十余支箭的二师兄相比，书院弟子们承受的箭雨要更加密集磅礴可怕。而当西陵神殿联军射出的无数支箭，刚刚离开弓弦，变成天空里密密麻麻的小黑点时，书院弟子们便提前动了。在四师兄的指挥下，六师兄在方圆十余丈的地面内，插了十几根金属杆，每根金属杆的底部，都系着根红线。这些红线在地面随意搁着，中间打了很多结，又被系到每一个人的脚踝上，剩下两个线头。一头在七师姐的绣花针上，另一头系在二师兄的腰间。

箭雨将至，六师兄抬头望天，常年被炉火熏得有些发黑的脸上神情不变，因为挥动铁锤而格外粗壮的右手向前一抖，只见一卷物事从他手中翻开，如波浪般从东荡到西，瞬间在那十几根金属杆上铺开。那卷物事看色泽感觉应该是金属，却非常薄，而且很韧，竟可以像棉被一样被卷起，金属片边缘下方的机簧与金属杆自动搭连，然后扣死。咔咔脆响起，一片金属布篷出现在青峡外，十余丈方圆，把除了二师兄之外的所有书院弟子的身体都掩了进去，洒下一片青幽。

便在这时，漫天箭雨也到了。砰砰砰砰砰，密集而沉闷的撞击声在书院弟子们的头顶响起，就像百余名最优秀的鼓手，最放肆地敲击着紧绷的鼓面。没有一根羽箭能够射穿金属篷。哪怕那片金属看着是那样地薄，那样地软，就像是纸。北宫未央在调琴，西门不惑在贴膜，王持在煎药，四师兄在设计新东西，六师兄点燃火炉，任箭落如雨，安静如常。他们仿佛还是在书院后山，无心听檐雨，专心做着自己的事。只有七师姐微微蹙眉，看着绣布一言不发。因为红线的线头在她的绣针上。

金属篷的表面，也覆着一层极薄但却极凝缩的天地元气，就像是最好的防御盔甲，把落下的所有羽箭都弹开。这是一个阵。金属杆与众人脚踝上系着的红线渐渐飘起，然后变得稍紧了些。箭雨磅礴，书院弟子安坐其间。二师兄站在雨中，如沉默的高山。

看着这幕画面，西陵神殿联军营中，不知多少人生出绝望的情绪。但也有不少人早就已经猜到是这个结果，如果书院没有应对箭雨和重骑兵的办法，那他们凭什么面对浩浩荡荡的神殿大军？就在无数人的注意力被箭雨吸引的时候，有六名衣着简朴的剑客，离开了联军营中那辆安静的马车，向着青峡处走去。走在最中间的那名剑客，被人牵着才能行走，却不是不良于行，他的眼睛上蒙着一根布条，应该是不良于视。箭雨之后，这六名剑客越过骑兵阵营，走到青峡前不远处，缓缓停下脚步。其中那位盲剑客，被同伴指明方向，对着二师兄揖手一礼。

二师兄掀起面甲，看着那名盲剑客说道："你的双眼是我书院所毁，放你回剑阁是看在令兄的面子上，不用谢我。"那名盲剑客，正是当初宁缺后崖破关后一刀砍瞎双眼的南晋剑阁高手柳亦青，也正是剑圣柳白的弟弟。这位曾经骄傲自负的剑道高手，被送回剑阁以后，思及书院侧门的惨败，整个人的气质心性竟有了极大的提升，非但没有就此终止修行，反而在去年春天的时候，成功地晋入了知命境！柳亦青不能视物，听声音确定二师兄的方位，平静地说道："亦青谢二先生不是因为旧事，而是谢二先生给我们师兄弟六人一个出手的机会。"

他这句话说得很诚恳，因为这本来就是事实。修行者操控飞剑的能力与范围，与自身的修行境界成正比，这六名剑阁二代弟子的实力虽然强大，但哪里能与二师兄相提并论。先前他们向青峡处走去之时，二师兄完全可以提前出手，把他们斩于铁剑之下，而他们根本连还手的机会都找不到。二师兄望向联军营中那辆安静的马车，缓声说道："我只是很好奇，柳白先生为什么会让你们出战。"柳亦青说道："春时院长他老人家借我剑阁之剑，家兄深感荣幸，却不免觉得有些遗憾，自此之后，那柄人间之剑便再无人可用。苦思之后，令我等六人练了一个剑阵，以追忆前贤，此番想请二先生品鉴一番。"听得竟是这个缘故，二师兄的眼睛微微一亮，说道："可。"柳亦青说道："多谢。"言罢，柳亦青等六名剑阁弟子抽剑出鞘。

剑阁弟子，秉承柳白的大河剑道，最讲究的便是身前一尺之地，所以与世间任何剑术宗派都不同，不以飞剑闻名，而是执剑前行。过往年间，君陌最为欣赏柳白的，便是他执剑而行的剑道妙义，此时看见这些剑阁弟子抽剑出鞘，自然也不会觉得奇怪。令人意想不到的是，柳亦青等六名剑阁弟子抽剑出鞘后，并未执剑前行。他们手捏剑诀，清啸声中，六柄寒剑破空而起，在青峡之前的空气里，幻化出无数道残影，瞬间凝成一道剑，疾刺而出！春天时，夫子伸手向南方，隔着万里之遥，借了剑阁古潭里的那把剑，斩了昊天神国的神将，割了黄金巨龙的龙首。那次之后，那柄剑便不再是普通的剑，而是真正的人间之剑。即便是柳白也无法再用那把剑。

柳白苦思无数日夜，最终确认，既无夫子，那便再不可能有人能以一己之力，施出人间之剑，于是他选择了另外一条道路。他召集了六名最优秀的剑阁弟子，修行了一个剑阵。集数人之力，施一剑。柳白很清楚，哪怕集剑阁所有弟子之力，也不可能施出夫子的那一剑。但他要的不多，只要能有那一剑的皮毛之形、纤毫剑意，便足矣。千分之一的人间之剑，便足以横扫人间。这便是此时青峡外的这一剑。

看着破空而来的那一剑，二师兄赞道："好剑。"他把手中的铁剑，插到身前的原野中。面对如此强大的一剑，他竟似乎不准备出剑。他要做什么？

83

一只手伸向空中。那只手很稳，拇指有力，四指修长，适合握剑。但此时这只手什么都没有握，只是遥遥指向破空而至的那柄大剑。数缕极淡的气息，从指间释出。那柄大剑似乎感觉到了些什么，开始颤抖起来，然后上下左右不停地摆荡，幅度越来越大，如同被绳索缚住的人，在不停地挣扎。二师兄沉默地看着那柄大剑，脸上没有任何多余的情绪，只是平静。

那柄大剑则变得越来越不平静，原野间观战的人们，甚至隐隐从那把剑剑身的摆荡挣扎里，感受到了恐惧的情绪。大剑颤抖得越来越厉害，剑体渐渐出现裂痕，然后重新裂开！只听得咻咻数声，数道剑影在数十丈高的空中显露出身影，然后化作数道剑虹，依循着极圆融的轨迹，先后飞向二师兄的身体。剑速虽快，剑锋虽厉，却全无杀意。一道飞剑飞至二师兄身前时，忽然减速，最终悬停在他的身前，剑身微微颤抖，就像是很听话的乖孩子，做错事后等着被惩罚的模样。二师兄伸手握住剑柄，把这道飞剑摘了下来，把它插进身前的土地。

"摘"这个字非常准确，因为他不是在夺，也不是在抢，更不是偷，他只是很随意地伸手一握，便把那道飞剑从空中摘了下来。他的动作很普通、很自然，就像是在树梢枝头摘下一颗果子。第二道飞剑这时候到了。二师兄伸手把它也摘了下来，插进身前的土地。第三道飞剑。第四道。第五道……

二师兄站在青峡外。他身旁的原野间，插着一柄阔大的铁剑。在铁剑的旁边，插着五把剑。看着就像是剑做成的篱笆。那五把剑曾经是一柄大剑，来自南晋剑阁，由剑圣柳白打造而成，学的是夫子的风采，效的是前贤气度，威力自然不凡。但遇到二师兄后，这柄大剑只能重新裂开，然后乖巧老实地被摘下。然后做成了一堵篱笆。

那几名剑阁弟子，看着远处青峡处的画面，极度震惊，以至于有些惘然无措，稍后他们才发现本命剑脱离了控制，识海重创，哇的一声吐出血来。西陵神殿联军营中，亦是一片死寂。尤其是那些境界高深的大人物，脸色更是难看，只有他们才知道，二师兄摘剑为篱这看似轻描淡写的简单手段，究竟意味着什么。那柄剑阁的大剑被强行重新分开，已经是非常难以想象的事情，更令他们感到震惊的，反而是后面，二师兄取了那五柄剑的画面。

修行讲究的是操控，修行者对本命物的操控，始于天赋本心，而且每个修行者在他的修行生涯里，都会用最多的时间与精力来强化自己与本命物之间的联系，所以这种操控，是修行世界里最坚固的一种关系。就算是境界层次相差有若天壤之别，高阶的修行者，也很难断绝低阶修行者与本命物之间的联系，即便某些真正强大的大修行者，能够用强力的手段做到这一点，但也没有听说过谁能够如此轻而易举地把对方的本命物变为己有。二师兄先前伸手相召，大剑分裂，五道飞剑奉命而去，臣服而落，明显不是被他击毁，而是被他收服……他是怎么做到的？

神辇里，叶红鱼脸上的神情变得有些怪异，美丽的脸颊上出现两团不自然的红晕，眼眸深处的星辉越发明亮，显得又兴奋又警惕。"世上居然有人能看穿天地元气流转最细微的变化！原来在我和宁缺之前，这个世上早有已经有了天赋战心的人物！"面对南晋剑阁强大的一剑，二师兄没有选择出剑。他选择出手。他出了一只手。一只手就足够了。然而，青峡处的战斗，并没有就此结束。

南晋剑阁那柄大剑是六剑合一。此时有五柄剑插在二师兄身前的土地里，还有一柄剑不见踪影。柳亦青盘膝坐在原野间，一声清啸。血水渗出蒙着他眼睛的白布，念力疾出。一道极缥缈的剑影，出现在青天之上，然后瞬间消失无踪，下一刻出现时，已经穿过了二师兄的位置，来到了青峡前的金属篷前！

剑阁方面根本没有奢望靠这一柄大剑便能击败二师兄。从一开始，他们的目的，便是要用这柄剑隐藏最后的那道剑影。柳亦青双眼被宁缺砍瞎之后，剑心反而变得极为纯凝沉稳，不能视物让他对天地元气的感知变得极为敏锐，如今他的剑诡异如魅。那道诡魅的剑影，刺的是北宫未央！先前神殿骑兵的冲锋，已经证明，弹琴者北宫未央是这场战役的关键人物，柳亦青的目标一直是他以及他膝上的那张琴！感知到成功就在眼前，本命剑仿佛已经将要触到那些紧绷的琴弦，柳亦青难以自抑地兴奋起来，啸声愈锐。他的眼睛是在书院侧门被宁缺所伤，但他并不恨书院，因为那是公平较量，他只是很想战胜书院，哪怕只有一次，不管是什么人。

下一刻，柳亦青啸声骤止。他脸上流露出极为复杂的情绪。因为他感觉到，自己的本命剑触到了很多弦般的丝。但那不是琴弦。因为那些丝线的数量太多。多得就像是一张网。一张等着自己投去的罗网。

北宫未央的精神一直在琴弦之上。他没有理会战场上发生的事情，因为二师兄始终像座青山般站在那处，那么他认为自己肯定是安全的。所以当柳亦青诡魅难言的剑影，自青天陡然而逝，闪现于金属篷内，出现在他身前，眼看着便要刺进自己胸腹的时候，他吓了一跳。正如天谕大神官所说，他和西门不惑以音律修道，就算修到知命境，依然不会打架，所以面对这道飞剑，他没有任何应对的办法。北宫未央在这一刻以为自己真的要死了。下一刻他想起来，身边还有很多人，于是他知道自己应该死不了。他确实没有死。

七师姐木柚手腕微提，指间拈着的绣花针，在绣布上穿过。绣花针上的红线，一直垂落在地面上，系着所有人的脚踝与那些金属杆，随着她的动作，那些看着乱七八糟的红线，也动了起来。红线一动，篷内便有无数道细微如絮，坚韧如金的气息生出。那道诡魅的剑影，被无数道气息裹缚，顿时变作投入蛛网的昆虫，又像是陷入泥沼的野兽，再如何挣扎，也无法前进一寸。远处盘膝坐在田野间的柳亦青，因为本命剑相连的关系，比谁都清楚自己此时所面临的局面，他毫不犹豫地试图把本命剑召回。诡魅的剑影，因为陡然静止，终于显现出了本体，那是一道很黯淡细秀的飞剑，便准备悄然无声地退走。

四师兄正低头在沙盘上画着些什么。感觉到那柄飞剑意图离开，他抬起头来，手指一弹，一张微黄的符纸翩然飞起，落在剑身上一翻，便裹了起来。柳亦青的诡剑锋利无比，此时在他的念力操控下强行后退，只听得哧的一声，微黄符纸上出现一道裂口，符意还没有来得及尽释。但二者相持，总有个暂时静止的时间段。便在这时，一个铁夹从旁边的空中伸过来。铁夹开合，夹住那把飞剑，搁到熊熊燃烧的火炉上。幽蓝的高温火焰瞬间把剑身上裹着的符纸烧化。一把沉重的铁锤高高抡起，然后重重砸下。砰的一声脆响。那道黯淡细秀却坚韧无比的诡剑，被砸得跳了起来，就像是吃痛不住一般。这是六师兄在打铁。这是六师兄在炼剑。这是他重复了一辈子的动作。哪怕是世间最刻苦的剑师，也不可能比他的动作更纯熟更自然。所以那把诡剑，根本没有任何拒绝的机会，便被砸成了废铁。

噗的一声。柳亦青脸色苍白，胸襟前全部是吐出的血水。他的身体摇摇欲坠，险些摔倒。这时候他才明白，为什么自己的诡剑，能够瞒过二师兄的眼睛。那是因为这些书院弟子，根本不在乎自己的诡剑。

"你这把诡剑不错。能在这么短的时间内，晋入知命境，你也很不错，但真正不错的，还是先前那柄大剑。"二师兄说道，"柳白的想法很好，老师的人间之剑，只需要撷其剑意一缕，便能横扫人间。遗憾的是，你们这些人的修为境界稍弱了些，如果是六个知命境的剑师，我要应付起来会困难很多。"柳亦青在同门的搀扶下，艰难地站了起来，擦掉唇上的鲜血，听着声音的方向，诚挚地行礼说道："多谢二先生指点。""回去告诉柳白，既然最终总是要出手的，那不如现在便出手，何必让你们这些人来送死，趁我现在正在巅峰状态，也好战个痛快。"二师兄望着南方某处，面无表情地说道。

南方西陵神殿联军营中。那辆安静的马车还是很安静。半晌后，车厢里传来一道有些寂寥的声音："越战越强，这才是君陌，既然要战个痛快，自然要先等你战出兴致，不然岂不是辜负了你我之间这一战？"

84

无数箭支横七竖八搁在金属篷布上，厚厚积了一层，看上去就像是深色的干稻草，掩住了金属篷布的本体，就像是座草庐。微凉的秋风，吹着薄薄的金属篷布边缘，发出哗哗的声响，就像是在掀动着某座府邸闺房里的纸张，不知何时便会把那些纸翻破。书院弟子们没有担心头顶的篷布会被秋风所破，他们很相信六师兄在材料学方面的天赋，所以安静地做着自己的事情。

柳亦青的诡剑，在炉上已经变成焦黑无锋的细铁棒，六师兄还在举着铁锤不停地敲击，不知道他想把这把剑最终炼成什么东西。北宫未央调好琴弦，在十指上仔细地缠了一层软棉布，西门不惑贴的膜也已经干了，在指腹上形成一道保护层，正逐个箫孔摁着试手感。四师兄眉头紧锁，盯着沙盘里那些自行变化的线条，沉稳平静的眼眸里不时闪过几抹智慧的神识，不知道他此时在算着什么，是众人的生死还是此战的结局。只有七师姐的情绪有些异样。她是青峡出口处唯一的女子，她拿着绣架，提着手腕，拈着绣花针，低头看着绣布上的鸳鸯，余光实际上一直落在远处的田野上。二师兄站在那里，如青山一般。她的眉宇间有忧色，忧的不是当前的局势，不是篷下同门的安危，而是二师兄的安全，先前柳亦青的诡剑被阵法所缚时，只有她注意到，二师兄身上的盔甲表面，出现了一道极淡的白色湍流。那是剑意与符意接触的结果。

青峡出口处的篷是一座阵，由四师兄和她负责设计，然后由她和六师兄共同布置完成，展示了三人在书院学习多年的最高水准。这座看似不起眼的篷阵，能蔽秋雨，能遮烈阳，能不为秋风所破……最关键的是，这座篷阵，能够庇护篷阵下的所有人，能够将篷阵无法承受的攻击，篷下诸弟子所受的攻击，全部转移到……二师兄的身上。二师兄曾言，如果神殿联军要过青峡，便需要击败他。不是他没有把书院同门放在眼里，而是一句实话。二师兄代替所有师弟师妹承受西陵神殿方面的所有攻击，所以在他倒下之前，书院弟子便一定能把青峡守住。然而这也意味着，他要承受更多。

南晋剑阁出手，虽说没有人奢望，就凭那几个剑阁二代弟子，便能击败书院诸人，但最终落得如此惨淡无言的结局，依然令人感到震撼无言。西陵神殿联军营里一片死寂。"明明只有洞玄境……都知道那些书院弟子只是洞玄境……怎么却能布置出来如此绝妙的阵法？"西陵神殿一名造诣极深的阵师，看着青峡出口处那座简陋的篷阵，脸上难以自抑地流露出叹服的神情。这名阵师的声音传入神辇里。叶红鱼微微蹙眉，裁决神袍上如血般的颜色变得越来越重。她在长安城里生活过一段时间，与书院打过很多交道，然而直到此刻，她才发现书院的潜力原来比所有人想象的还要更高。

在轲浩然与宁缺这两代书院入世之人中间的数十年里，书院一直表现得很低调，甚至修行界没有多少人知道书院后山里究竟有些什么人。西陵神殿和南晋剑阁自然要知道得更多一些，但他们的注意力始终放在大先生、二先生以及最后入门的陈皮皮和宁缺身上，因为书院后山确认只有这四个人晋入了知命境界，其他人都停留在洞玄境很多年。今日在青峡口相遇，这种推测得到了确认，那些书院后山弟子确实只是洞玄境，如果放在修行界里也算是高手，但在当前人间之战的背景下，知命境强者层出不穷，这些洞玄境的弟子便显得很不起眼。就算那些书院后山弟子，旧年在某些领域里都是最天才的人物，但这么多年过去，谁还记得他们的名字？而且再如何天才对修行又能有何帮助？所以没有人在意他们。西陵神殿的目光始终停留在像明月出青山一般走到原野间的二师兄身上。直到重骑兵开始冲锋，直到柳亦青的诡剑被砸成废铁，他们才发现自己错了。同样都是二代弟子，但书院不是剑阁。书院不是任何地方。没有任何地方能与书院相提并论。

书院的洞玄境，不是普通的洞玄境。书院后山弟子，只凭一张古琴、一支洞箫，便能抵挡千军万马。更令联军里的大人物们感到震惊的是，书院后山弟子每个人都有自己最擅长的领域，而这些组合在一起，便产生了不可思议的效果。这便是有教无类。所以书院会收魔宗中人，会收道门天才，会出了轲浩然和宁缺这种人物。这便是因材施教。所以无论是下棋的还是嚼花的，经过在书院的学习后，都会找到自己的世界。

难道夫子多年前收徒，便已经想到了如今的局势？叶红鱼沉默想着，心中对夫子的敬畏仰慕之情越发浓厚。"我们不能被堵在青峡之外。"天谕大神官抬起头来说道，"昊天与夫子战，不知胜负，于是人间之战的胜负便显得格外紧要，而长安城便是这场人间之战的关键。"程立雪跪在身旁，端上一杯清茶。天谕大神官喝了口茶，润了润有些干哑的喉咙，说："如今惊神阵已经被掌教命人暂时破坏，长安城的关键，便是观主与大先生之间的胜负，只要大先生无法拖住观主，观主便可以打开长安城的城门。"程立雪的手指有些微微颤抖，直到此时，他才知道道门的全盘计划，才知道原来长安城现在正处于这样的危局之中。"六日之后，长安城便会开启，但即便是观主也无法完全破去惊神阵，谁也不知道那座雄城什么时候能够自行修复，所以大军必须抓紧时间赶过去。"天谕大神官望向北方那座横亘在原野间的青山，看着那道狭窄的青峡出口，面无表情说道，"继续吧，只要是人，那便总有累的时候。"

联军主帅营里竖起帅旗。无数道军令，从主帅白海昕处向各处军营里传去。片刻后，密集甚至显得有些暴烈的蹄声再次响声。两千余重骑兵，伴着战鼓的声音，行出队列，然后分成数十群骑兵，保持着彼此间的距离，就像无数团乌云般，向着青峡处冲去。青峡出口处，还躺着三百匹重伤难起的战马，还有些骑兵正互相搀扶着往回走，这些画面，都证明了冲锋对于青峡是无效的。但西陵神殿联军没有别的办法。

如果弃马步战，或者用重装步兵碾轧，那么只可能成为二师兄铁剑不停收割的尸体，他们唯一能与那柄宽直铁剑抗衡的便是冲击力。要正面撼动突破书院的防御，这是唯一的方法，那便是最好的办法。正如天谕大神官说的那样，只要是人，总会累的。西陵神殿联军有二十余万人，轮换上前，他们不会累。密集的蹄声一朝响起，便再也没有断绝。两千余名骑兵，保持着最有效率的阵势，分批向青峡处发起冲锋，每次投入的力量不多，但确保需要书院弟子全力应付。最重要的是，在严峻军令的逼迫下，这些骑兵要保证自己的冲击连绵不断，中间没有一刻间隔，不给书院弟子任何休息的机会。黑压压的铁骑构成的波涛，不停地拍打着青峡出口处，那里仿佛有一道无形的屏障，有一道看不见的礁石。一团乌云飘过去，撞到青峡上，碎成云絮，颓然散去。一道黑浪压过去，撞到青峡上，碎成水沫，无声落下。战马的惨嘶声、骨骼的折断声，清晰地在所有人的耳朵里响起，甚至要比密集如雷的蹄声更加响亮。但无论前面的情况如何地凄惨，后面的骑兵依然面无表情地发起着冲锋，他们今天的任务就是送死，他们的目的就是要用自己的死亡让书院弟子感到累。

北宫未央没觉得累，或者说他这时候根本不知道累是什么感觉。他的注意力全部在自己身前的古琴上，他低着头，专注地看着琴弦最细微的颤动，散乱的黑发在眼前不停地摆荡。他身上的衣裳早已经被汗水全部打湿，甚至就连头发都已经变得湿濡无比，随着他的弹奏，有颗汗珠自发丝间垂落。咻的一声轻响，那颗汗珠落在琴弦上，瞬间被烧灼成一道青烟。但他根本没有注意这一点，他仍然在不停地弹着琴。他的指头在琴弦上不停地挑拨捻摁，移动得有如闪电，奏着无声的乐曲，裹在指头上的棉布早已经碎裂，隐隐可以看到血迹。

西门不惑也没有觉得累，他只是觉得有些痛。他的手很痛。先前贴在指腹上的那些胶膜，早已经随着无数次摁孔的动作，被撕裂，剥落干涸成粉状的物事，在箫管旁飞舞，如雾如烟。光滑莹润的箫管上，早已出现了斑驳的血迹。和箫管本身的隐朱色融在一起，很是美丽。这对最擅音律的师兄弟，本是书院后山性情最跳脱、最开朗、最爱说笑话的人，一旦浸淫入音律世界后，却另有高山流水的清雅风姿。

然而此时，他们毫无风姿可言，更没有什么心情说笑话，脸色苍白，双唇枯槁，头发缭乱，憔悴得有如街头卖艺的那些老琴师。他们此时的神情很凝重、很沉重、很庄重。这种重，让他们的身上另外展现出一种令人心折的气息。

85

青峡之战第一日。天气晴。宜行丧，余事勿取。

相对于原野间不时响起的惨呼和坠落声，青峡出口前一直很安静，琴弦颤，箫管鸣，始终都没有发出声音。就在这时，安静的篷下，忽然响起一声呜咽。那是箫声。四师兄霍然抬首，望向西门不惑，看着他苍白的脸色，看着他额上黄豆般的汗珠，握着木笔的右手微颤，神情渐趋凝重。"铮"的一声。又有琴声响起。七师姐抬起头来，拈着绣花针的手指开始颤抖，看着北宫未央，看着他身前已经被血染红的琴弦，脸上流露出担忧的神情。

渐渐地，琴箫之声偶尔会再次响起。这代表着北宫与西门真的累了，再没有办法像先前那样，精神饱满地从头到尾奏出大音希声的乐曲，控制无法再精确，而越是如此，他们想要应对那些冲锋而至的战马，便越是需要消耗更多的念力与精神。篷下的人们都抬起头来，沉默地看着弹琴吹箫的北宫与西门，脸上写满了担心。站在篷外原野间的二师兄没有回头，他的右手伸向铁剑的剑柄。

北宫与西门并不知道同门的目光正落在自己身上，他们的精神与注意力，甚至是全部的灵魂都在琴与箫之间。他们自己最先发现了问题。他们不愿意撤出这场战斗。篷下的书院弟子们都清楚，西陵神殿联军不顾死伤惨重，也要不间断发起自杀式的攻击，为的便是要拖垮自己这些人，更准确来说是要拖垮二师兄。因为守青峡，最终还是要看二师兄。所以他们这些师弟师妹要做的，便是尽可能地替师兄多撑一段时间，让师兄能够多休息一段时间，去应对马上可能便要到来的真正的攻击。

北宫和西门确实已经累了，他们的身体很累，手指很累，自指间流出的血，涂染在琴弦与箫管上，便是琴与箫的声音都开始变得嘶哑起来。但他们的心不累。至少在这一刻，他们的心还足够坚定与坚强。北宫未央抚琴的手指忽然停住。他抬起头来，望向原野间正源源不断冲来的联军骑兵，哂然一笑。然后他一声清啸，手腕一挥。流血的手指，在琴弦上自后而前拂出，动作极为潇洒。一道清冽的琴声，如泉水般响起。西门不惑听到了真实的琴声，脸上露出一丝毅然的笑容，箫管顿时迸出一道真实的明亮有如牧童吹叶的箫声！

琴箫此时，不再奏无声之乐，而出了真音。泉水叮咚，渐成金击！牧童吹叶，渐成凄啸！琴箫声带着一往无前的壮烈气息，向原野间传出。那是金戈，那是铁马！

暴烈的琴箫声，让那些冲锋而至的战马都暴烈起来。而对于那些骑在战马上的神殿或南晋骑兵来说，这些乐声就像是无数把锋利的刀子，直接刺进他们的脑海！数名冲在最前方的骑兵惨呼着摔下马去，脚被马镫拖住，身体被拖着在原野间不停前行，片刻后便浑身鲜血，不知断了多少根骨头。他们的双手明明空着，却没有去解开自己的脚，只是死死捂着自己的耳朵。对他们来说，那道琴箫声带来的痛苦，要比此时被战马拖着在地面前行，断骨挫肉的痛苦大无数倍！更多的骑兵在听到琴箫声的那一刻，脸色骤然苍白，本能里把绝对不应该脱手的兵器全部扔了出去，然后死死地捂住自己的耳朵。然而即便如此，他们依然无法阻止琴音箫声，像冥王的呢喃般钻进自己的耳朵里，深深地钻进自己脑海里，把自己的意识割成了无数痛苦的碎片。痛号声、痛呼声、痛哭声，在原野间不停响起。本来极具纪律性的骑兵，此时全部变成了疯子，他们捂着耳朵，痛苦得面容扭曲。在这种情况下，骑兵自然无法发起什么冲锋，失去指挥的战马们，不安地停下脚跳，在原野间来回踱步，显得格外惶恐茫然。

琴箫先前无声，对的是马。此时北宫未央和西门不惑终于动了真火，于是琴箫之声渐现，开始对人。就在琴箫声响起的那一刻，篷下的书院诸弟子，脸色骤然一变。因为他们很清楚，对于北宫和西门来说，这种乐声需要付出怎样的代价。四师兄伸手，想要阻止北宫奏琴，但看着他不停挥舞的湿漉漉黑发，看着他如癫如狂，潇洒快意的模样，竟是不忍阻止。

青峡外有一片百丈的半圆区域。二师兄站在里面。在半圆之外，倒着无数西陵神殿联军的骑兵，黑压压一片，就像是宋国风暴海畔著名的防浪堤，只是这座黑堤里不停响着惨号与痛呼。不知道有多少匹战马坠地而死，不知有多少骑兵被沉重的战马压死，不知道有多少战马和骑兵还活着，却骨折肉离生不如死。隐约可以看到有些战马和骑兵的耳中塞着棉团，但很明显，这些棉团没有起到意想中的效果，染着红色的血渍，大概竟是耳膜都被震碎了。这真是一幕惨烈至极的画面。

过往无数年来，这个世界上不知发生过多少惨烈的战争，但都很少会出现这样的画面，而这些竟然只是因为一方古琴、一支洞箫。即便是篷下的书院弟子，看着这幕画面，都有些不忍。站在最前方，距离这些重骑兵尸骸最近的二师兄，脸上却没有任何表情，他的神情依然是那般平静，他的双眉依然是那般挺。西陵神殿联军的骑兵还在试图向青峡发起冲锋，然而此时的地势，已经被同伴和战马的尸体填满，很难找到空隙。

便在这时，那些惨号不断的尸体堆里，忽然响起一声闷响！一名身材魁梧的南晋军方将领，暴喝一声，推开压在身上的几具尸体，双手持着铁枪，向二师兄冲了过去。在后方，还有几名没有被琴箫声击倒的军中武道强者，听着那声暴喝，一踩马鞍便掠至空中，像飞石一般攻击二师兄。那名南晋将领的实力最强，到得最快，手中的铁枪暴烈刺出，在空中贯通一条笔直的直线，把里面所有的空气都逼了出去，枪头爆出雷般的巨响！

二师兄面无表情伸手，握住铁剑的剑柄。然后他对着那名南晋将领便砸了下去。不是砍，不是劈，不是切，也不是削，是砸。铁剑方正宽直，看上去就像是一块很厚的铁块，被二师兄握在手中，向前一砸，便有大风起兮，地面的沙砾畏惧乱滚而避。铁剑砸到了那名南晋将领的身上。这名南晋将领身上的盔甲，顿时变成了无数碎片。二师兄不再理他，抬头望向破空而至的那几名武道强者。他右臂一震，手中的铁剑从左向右挥出。这一次不再是砸，而是拍。拍苍蝇的拍。那几名像飞石般破空而至的武道强者，被铁剑的剑风触及，便变成了真正的石头，远远地飞向原野四处，然后重重落在地面上。二师兄浑身是血。全部是敌人的血。血水顺着盔甲的边缘向下滴着，渐渐汇成一条血流，流到插在原野间的那五柄剑处，然后顺着剑刺的地方，缓缓下渗。那几把剑是他的战利品。那些血也是他的战利品。不知道这一场青峡之战，他要在身前种几把剑，又要用多少敌人的鲜血来浇灌。他没有理会身上的血，只是静静看着前方的原野。因为西陵神殿联军的攻击还在持续。这真是一场无趣的战斗。

　　杀人，然后还是杀人。战马的蹄声是那样地单调，联军骑兵的惨呼是那样地单调，不再美妙的箫声与琴声也是那般单调，所谓单调，就是重复。天空上的日头渐渐西移，渐渐变得红润起来。洒向原野间的光线，也变得红暖了很多，青峡外的原野上，堆积着不知多少具尸体，尸堆里的惨呼渐渐敛没，四周死寂一片。暮色中的原野，如涂满了血。事实上，也涂满了血。从正午到暮时，西陵神殿联军至少填了一千名骑兵进去。琴箫声一直没有断绝过。因为北宫和西门很清楚，只要琴箫之声不停，二师兄便可以不动。二师兄确实没有动。他一动不动。他始终站在原地。没有向后退一步。因为他的身后就是青峡。青峡后面便是大唐。原野南方，忽然响起鸣金的声音。西陵神殿联军终于召唤骑兵停止冲锋。不是他们承受不起这种损失。而是西陵神殿联军里的将士们觉得很累。书院弟子们很累，累在指间。神殿联军很累，累在心里。这种累，叫作畏惧。

　　但也有人从来不知道什么叫畏惧。宁缺一直认为她很适合进书院学习。一抹血色衣影，出现在暮色中的原野间。原野间响起叶红鱼的声音："君陌，与本座一战。"二师兄看着南方那抹在暮色里仿佛要燃烧起来的血袍。"你不是我的对手。"说完这句话，他提着铁剑向青峡出口处走去。青峡出口处，篷上残箭如草。

篷下炉上的锅里烧着水。水快开了。要吃晚饭了。

86

叶红鱼站在原野上，看着走进篷内那个背影，眼眸里流露出有些复杂的情绪，然后她转身走回神辇。夕阳西下，骑兵归营，青峡处的琴箫声也渐渐敛去。

北宫未央与西门不惑停了演奏，情绪却依然沉浸在先前的氛围中，亢奋快意与疲惫的感觉糅杂在一处，直到被四师兄重重拍醒。北宫与西门只觉一阵剧痛，胸口受震，噗的一声吐出血来，正自惘然，还没有来得及恼怒质问师兄何意，便被王持塞了两颗丸药进嘴里。

一道清新的药意，瞬间在他们的胸腹间弥漫开来，先前那些烦闷躁狂的感受一扫而空。"像你们这样拼命，坚持不了多长时间。"四师兄说道，"夜里好生休息一下。"北宫未央说道："多谢师兄出手相助。"四师兄说道："我那一掌不是关键，十一的药才是真正的好东西。"

听着师兄们的赞赏，王持有些不好意思地摇了摇头。便在这时，二师兄走进了篷里。众人赶紧上前，帮助六师兄一道把他身上沉重的盔甲卸下。众人想着先前叶红鱼在阵前邀战，师兄只淡淡回了句"你不是我的对手"便让对方退下，纷纷赞叹师兄气度潇洒。二师兄平静地说道："那小姑娘厉害，要打赢她也要费些力气，能说句话便不打，自然是更好的选择。"七师姐微嘲地想着，原来你不像平时表现的那般二啊。

药丸在体内迅速散化，北宫未央觉得精神与念力恢复了不少，豪情壮志复生，说道："待好好睡一夜，明日再与他们打过。"西门不惑此时亦是逸兴未消，说道："正是如此。""今日你们辛苦了，明天换我来吧。"二师兄伸手在北宫与西门的肩头拍了拍。北宫的身体骤然僵硬。西门张大了嘴，眼角微湿。二师兄微微皱眉，问道："怎么了？"北宫叹息一声，没有说什么，西门不惑擦掉泪水，感动地说道："师兄，入门这么多年，今天还是你第一次表扬我。"二师兄沉默片刻，然后认真说道："以后我会多表扬你们。"

七师姐看着西门不惑像鸡爪般的双手，打趣说道："晚上炖鸡爪子给你吃。"西门不惑疑惑问道："为什么要吃炖鸡爪？"七师姐忍着笑，认真说道："以形补形。"青峡出口处响起一阵欢愉的笑声。水已烧开，米已淘好，七师姐开始做晚饭。

书院后山诸人，此番前来青峡做了些准备，带足了米食和咸菜，而且有现成的火炉，她和王持一道动手，做起来并不复杂。南方原野间，西陵神殿联军也开始收营垒灶做饭，看样子今日的战斗真的是暂时告一段落。

青峡出口处的气氛却反而变得凝重起来，书院弟子们看着南方那些源源不绝的粮车，脸上的神情变得非常难看。给西陵神殿联军输送粮食的是清河郡诸阀的民夫，那些粮食想必也是清河郡的存粮，而就在不久之前，那些都是大唐的粮食。

北宫与西门厉声说道："总有一日，要把这些叛贼统统杀干净！"四师兄举着沙盘计算了片刻，说道："如果将来要收复清河郡，至少要杀二十万人，才能把诸阀势力清除干净，才能真正把这口气出掉。"听着要杀死二十万人……篷下一片安静。书院弟子守青峡，为的是大唐，便是杀再多人，他们也无所谓。然而如果将来真有一日，需要他们举起屠刀……北宫忽然笑了起来，说道："不是还有小师弟嘛。"四师兄和六师兄也纷纷点头，心想书院若要杀遍天下，舍小师弟其谁？二师兄没有说话。

王持在菜板旁说道："凉菜拌好了。"二师兄说道："吃饭吧。"这时候众人忽然闻到一股淡淡的煳味。七师姐叫唤了一声，急忙走到灶旁，一看饭已经烧煳了。没有人指责七师姐，但她自己觉得很不安。青峡出口外的阵法已成，与二师兄和各有要务的师兄弟相比，她的主要工作便是负责后勤，结果这样都没有做好。片刻后，不安变成了恼怒，她嗔怒说道："六师兄这炉子是用来打铁炼剑的，温度太高，哪里适合做饭！"二师兄眉头微挑斥道："此言无理，无礼。"七师姐怔了怔，生气说道："嫌我做得不好，就不要吃啊！"

一顿简单的饭食结束，该休息的休息，该为明日做准备的准备。四师兄说道："柚子心理压力很大，那时候师兄你训斥她，她越发觉得委屈，所以才会对你嚷嚷，你不要怪她。"二师兄微微皱眉，说道："有什么委屈？"四师兄说道："她担心你才会失态，结果还要被你训斥，这就是委屈。"二师兄闻言微怔，沉默很长时间后说道："没有必要。"

四师兄转身望向篷后的青峡入口，看着里面若隐若现的石块，说道："如果神殿没有准备，我们还是应该在峡里守，这样比较省力。"二师兄说道："万事必求稳妥，那便是最大的不妥，今日战局明朗，神殿想把我们逼进峡内……虽然我不知道进入青峡后，他们会有怎样的手段，但不到最后关头，我不愿意退这一步。""为什么？""因为只要退出一步，便可能退更多步。"

和时而热闹，时而感伤，基本平静喜乐的青峡口不同，西陵神殿联军营中弥漫着挫败与郁闷的气氛。白海昕喝了一杯酒，然后他走出帐外，看着月光下的青山，陷入长时间的沉默。他是西陵神殿联军的主帅，但事实上，在联军里的排位连前五都进不了，难道他还敢对两位西陵大神官，对剑圣柳白发号施令？

这便是他的苦恼，因为他根本不知道神殿大人物们的想法，不明白为什么要牺牲那么多的骑兵，只为了把书院诸人逼进青峡。既然是要扼守要道，自然是要在峡里守更合适。他更想不明白的是，为什么书院诸人，宁愿在原野间与大军血拼，也不肯后退数步，进入青峡之中。

一名红衣神官走了过来，递给他一张纸。白海昕看了两眼，眉头蹙得越发深刻，心想明天还要继续送死吗？"让诸修行宗派和各军中的武道修行者，全部来大帐。"

87

联军大帐内此时坐着数百人，这些人都很沉默，于是偌大的军帐，竟然多了几分静寂的感觉。

"这是神座大人的命令。"白海昕看着这些用沉默表示抵抗的人，神情漠然地说道，"不要想着自己平日里在宗派中在人间享受的荣耀与尊重，要清楚现在是在军中，我们是在奉天伐唐，我们执行的是昊天的意志。至于琴箫之声……天谕神殿此时正在制符，稍后便会分发到你们的手中。"

人群后方响起一道愤怒的声音："这不是让我们送死？"白海昕脸色骤然寒冷，看着声音起处，说道："是谁在说话？"没有人敢回答，也没有人再敢说话。不敢说话不代表不去想。修行者们脸色十分难看。他们都知道先前那人说的是对的，西陵神殿就是要让自己这些附庸道门的小宗派去送死，用自己的死亡去消耗书院弟子的念力精神与体力。"想想你们宗派的千秋万代，想想留在家乡的亲人与弟子们，再想想苍穹之上的伟大存在。"白海昕说完这句话，转身离开大帐。大帐里一片死寂，沉默此时代表着接受，不得不接受。与青峡处的温暖气氛相比，此间好生寒冷。

绵延青山拦着南方大泽的温暖水汽，清河郡向来以四季如春闻名，然而毕竟已是深秋，入夜之后，原野间的温度渐渐降低。军营里燃起篝火。夜穹上的繁星被明月的银辉掩得黯淡难见，其中一堆篝火旁围坐着二十余人。这些人都是南晋剑阁的弟子。众弟子围着一名男子，神态恭谨无比。

那男子身着麻衣，梳了个简单的发髻，面容普通无奇，只是一双眉毛极有特点，浓郁得仿佛是用墨笔画出一般。在他的身边地面上，有一顶有些陈旧的金冠。这名男子不是哪国的皇帝。他是剑道的皇帝，他是剑道的圣者。他是柳白，所以金冠在旁。

"神殿的想法，必然不会有效。"柳白看着夜穹里那轮明月，沉默了很长时间。弟子们不敢发问，等着老师的下半句话。"书院寥寥数人，便来拦万千大军，看似极傻，但他们不是傻子，所以神殿想用人命去堆，想耗尽君陌的气力，不可能有效。"

柳亦青有些痛苦地咳了两声，说道："二先生虽然威武，但毕竟人力有时穷，而且以二先生如此骄傲霸道的战法，很难坚持太长时间。"

今日他再次惨败在书院弟子手中，受了不轻的伤。

"神殿就是像你这样想的，所以错都是一样的错。"柳白说道，"你们都以为君陌此人性情骄傲，战法霸道，所以每一剑出，他都要消耗更多的念力与气力，不能持久，实在大谬。"说完这句话，这位世间剑道第一高手，从篝火堆里，抽出一根还没有燃起来的细树枝，缓缓举至眉前一尺之处，然后随意挥下。

篝火堆旁的天地气息，随树枝挥出之势而动，数道轻渺薄虚的气息，粘在了树枝的枝头，随着挥动之势越蓄越厚，直至最后凝为一团。柳白的树枝，最终落到了篝火堆里。那团凝结在树枝前的天地气息，遇火而散。篝火堆轰的一声爆燃起来，四周响起一片惊呼，片刻后渐渐敛去。

柳亦青低着头，沉默思考了很长时间。他眼睛不能视物，念力却能清晰地感觉到那根树枝做出的事情。"二先生挥剑不需要力气，他借天地气息而运剑，又反过来调动天地气息助剑势，这不是武道修行，也不是魔宗手段，但……殊途同归。"他霍然抬起头来，看着自己看不见的青峡处，声音微颤地说道，"此种剑道，对念力和体力的消耗最小，他可以一直不停地杀下去！"

"你的看法，对也不对。"柳白将手中的半根残枝扔进篝火堆里，说道，"说你对，是你说出了君陌行剑时的手段，说你不对，是因为你还没有看懂他不是在借天地运剑……他是在用天地打人。"

篝火堆旁一片安静。二十余名剑阁弟子沉默不语，各有心思。他们追随世间第一强者修行，刻苦练剑，自有骄傲剑心，所以每每对书院多有不服，对那位二先生的骄傲更是不喜，然而此时他们才明白，那人骄傲自有骄傲的道理。

柳白问道："君陌的铁剑一直在什么地方？"一名弟子想了想，有些不确定地说道："他没有握剑的时候，铁剑在他身前。"柳白问道："身前多远？"没有人注意这个细节。柳白说道："只有我会注意这个细节，因为这本来就是君陌要让我看的，那把铁剑一直在……他身前一尺半之地。"

众人讶然。世人皆知，剑圣柳白最著名的剑道理念，便是纵剑万里，不及身前一尺。一尺半比一尺更长。那么身前一尺半便比身前一尺更强？柳白知道弟子此时的情绪，微微一笑说道："修行者必然自信，于是骄傲便是最常见的外显，我这一生见过很多骄傲的人，比如叶苏，比如死了的那位裁决老儿，但从来没有见过一个人比君陌更骄傲。"众弟子沉默不语。

"而骄傲，便是他的取死之道。"柳白敛了笑容，神情漠然地说道，"因为骄傲是情绪，真正的剑者，不能有任何多余的情绪。"一名弟子终于忍不住，问道："您准备何时出手？""神殿着急，我不着急，唐国要灭，必然不是一战能定之事。"柳白说道，"这场青峡之战，是你们向书院学习的大好机会，君陌也是我很喜欢的对手，便如白日所说，我必然要等到他最强的时候才会出手。"

众弟子心想二先生今日执剑守青峡，血染原野，一步未退，已然显得强大到了极点，甚至有了无敌的感觉，难道他还能变得更强？柳亦青问道："何时才是二先生最强的时候？"

"君陌是普通人，所以会有普通人的行为，所以今天会留你们几人性命，但他握住剑的时候，就不再是普通人。当他开始受伤，开始疲惫的时候，当他发现自己的骄傲受到了挑衅，开始真正愤怒的时候，当所有人都以为他将要失败的时候，那时候的他才是最强大的他。"柳白站起身来，望向原野那头安静的青峡，感受着那处传来的温暖气息，缓缓把双手负到身后，很长时间都没有说话。

剑阁众弟子也随之站起，望向那处，不知道他在看什么。"大军浩浩荡荡，强者云集。临此危时，却还有心情认真地做饭，嗯，饭有些烧煳了，但咸菜的味道真不错。"夜风徐来，柳白闻着风中传来的气息，感慨道，"这就是生活。无论是战争还是杀戮，都不能影响的过程，便是生活。"

"书院诸弟子为什么能这样平静？不是因为自信，而是因为他们在做自己想做的事情，在做让自己高兴的事情，所以他们做得理所当然。我的剑也可以理所当然，却无法活得像他们这样理所当然。"柳白看着青峡处微笑说道，"书院真的是个很神奇的地方，可惜夫子已经不在了，不然我还真想去里面住上几年。"

青峡之战第二日。天气阴晦，似要落雨。原野间的血腥味道变得越发浓郁。锅里小米粥的香味也很浓郁。众人赞美了一番桑桑当年在后山腌好的咸菜，开始低头呼啦啦喝粥。喝得气壮山河。喝完粥后，众人替二师兄披挂整理盔甲。

二师兄握着铁剑走到原野间。七师姐昨夜没有睡好，她揉了揉有些发涩的眼睛，说道："小心些。"今日粥饱神满。诸事皆宜。

88

天时尚早，青山前的原野上飘着薄雾。原野上插着五柄剑，那是二师兄昨日从剑阁弟子手中夺来的剑。他没有像昨天那样，站到五柄剑前，而是绕了过去。青峡之战持续了一整天，他没有退一步，反而向前走了一步。

薄雾深处，忽然响起一声断喝："三清山梁襄前来领教！"三清山乃东南名胜，是道门大宗，梁襄是三清山里天赋最高、境界最高的年轻弟子，深得宗派长辈喜爱，即便是西陵神殿也多有关注，他对自己的剑道很是自信。他想看看这位书院二先生究竟能不能接自己一剑。所以他的声音很是自信。随着这道声音而至的，是一柄流光溢彩的飞剑，锋锐细窄的剑身，轻而易举地刺破空气与薄雾，呼啸而来。

二师兄看着薄雾深处，没有什么情绪，没有看那柄飞剑一眼，伸出右手。薄雾里传来一阵撕裂的声音。青峡前的天地气息，随着这阵声音，被生生撕开。那柄飞剑拖着的一缕天地元气，随着无处不在的撕裂，自然断裂。

雾里响起一声痛苦的闷哼。那柄呼啸而至的飞剑，陡然失去控制，缓慢至极地落了下来。落向二师兄的手间。二师兄握住那柄飞剑，随意掷向身后。"铮"的一声，锋利的飞剑，深深插进微湿的原野地面。和昨夜那五柄飞剑并排而立。

晨光渐盛，薄雾骤消。原野间的画面变得清楚起来。一名年轻道士浑浑噩噩地站在那处，双手空空，胸襟前全部是鲜血，看他的神情，竟像是被吓傻了一般。他便是三清山骄傲的梁襄。两名三清山同门上前把住他的双臂，以免他倒地不起……

二师兄没有注意到这些细节。他甚至已经忘了那个骄傲的年轻道门修行者来自何方，叫什么名字。原野上出现了越来越多的修行者，还有数十名明显在武道修行上浸淫多年的军中强者，这些人共同的特点是没有骑马，而且身上都贴着符纸。这就是西陵神殿的应对方法吗？二师兄举起宽直的铁剑，指向密密麻麻的修行者们，左手负到身后。篷下的书院诸人，看到师兄这个动作，知道这是命令他们不得擅动。西陵神殿既然已有准备，那么琴箫之声，暂时不需要响起。

第二个向青峡发起攻击的修行者，是名来自小东山的散修。这名散修修的是武道，走的不是一般路数，多年来在山野里与狮虎搏斗，增进修为，境界已然极深，他举起那把屠尽小东山中狮虎的沉重大刀，暴喝如雷，势不可当地向青峡处冲去。这名散修的速度奇快，竟连空气都被震得嗡嗡作响。原野间的修行者们，只觉得眼前一花，那名散修已经掠至二师兄的身前，那柄大刀挟着无穷无尽的威势便斩了下去！

二师兄的脸上依然没有什么表情。他举起宽直的铁剑，挥了出去。覆盖全身的盔甲边缘，有一抹衣袂露在外面。当他挥剑的时候，那抹衣袖都没有一丝颤抖。正如柳白昨夜对弟子们讲述的那般，二师兄挥剑的时候，用的不是自己的力量，而是天地的力量，所以他的动作很自然。他的动作就是自然。就像挥一挥衣袖，没有卷起一丝云彩，却把青峡前的天地气息全部席卷而起。他的手臂与铁剑，便在天地气息之间，随之而去，用心而不用力。

铁剑与那名散修的大刀在空中相遇。曾经斩狮杀虎的刀锋，在天地之前，渺小脆弱得像是纸片。只听得咔嚓一声，沉重的大刀碎成无数碎片。铁剑继续前行，看似轻柔平静地拍在那名散修的胸前。轰的一声巨响。那名散修魁梧的身体，骤然离地向空中飞去，飞掠了数十丈距离，然后重重摔落到地面上，竟砸出了一个深坑……

接下来向青峡发起攻击的，是二十余柄剑。二十余柄来自各国各宗派修行者的飞剑。晦暗天色笼罩的原野间，只闻剑声凄厉，只见剑身如虹，竟变得明亮起来。这二十余人都是洞玄境的大剑师！世间修行者的数量并不多，洞玄境的数量更少，能够有能力在一个战场上，组织起这么多大剑师，只能是大唐和西陵神殿。

看着破空而至的二十余柄飞剑，二师兄把铁剑插进身前的泥土里，双手伸向空中随意而捉，因为动作太疾所以显得有些乱七八糟。只听得无数声脆响。二十余柄飞剑，都被他抓在了手里。然后他把这些飞剑掷到身后，那些剑插进湿软的原野里……

昊天道门统领世间，就连剑圣柳白和书圣王大人都是客卿，不知多少修行者为其附庸，这场青峡之战毫无疑问是百年来修行者参战数量最多的一场战斗。无数修行者和联军强者，涌过原野，像海浪一般攻击青峡，拍向那个沉默站在青峡前的男人，无论前面的同伴倒下多少，后面的人依然在继续。

数十只手臂伴着鲜血飞向天空。数十具尸体被震向远方。无数飞剑凄厉地破空而至，然后在那个男人的手中变成废铜烂铁。二师兄站在由一百多把深深插在原野间的飞剑构成的剑冢之前，不停挥动铁剑。他始终站在最开始的地方，一步未动。

他似乎根本不知道什么是累，从清晨杀到正午，每一剑都是那样地专注，所以显得那样地随意，而且感觉即便要杀到日暮，他也不会有任何变化。他的身上染满鲜血，血水淌过盔甲的位置没有任何变化，从盔甲边缘滴落的位置都没有变化，于是身前的原野上被血水砸出了几个清楚的血坑。

他就像过往那些年里一样，无论是姿态还是神情，都是那般地一丝不苟。一丝不苟地杀人。越是如此，越发令人心惊胆战，通体彻寒。原野上纵横的剑意，渐渐稀寥。很多修行者被恐惧占据了身心，下意识里停止了进攻。

人群里忽然响起一道哭声。不知道是哪个修行宗派的修行者，竟被吓哭了。没有人想着要去嘲笑那个人。因为看着那把正在滴血的铁剑……所有人都很想哭。

89

青峡之前，剑气纵横。原野南方的西陵神殿联军营中，一片死寂。

天谕大神官放下幔纱，缓声说道："我这一生，从未见过这般杀人的，当年轲先生入魔宗，大概便是这等气势。"程立雪跪坐在神辇一侧，不知该如何言语。神辇内外一片安静。

不知道过了多长时间，忽然辇外响起一声惊呼，然后是海啸般的声浪，联军将士的声音里充满了惊喜与欢愉的情绪。程立雪霍然抬头，望向神辇外，急声问道："赢了？"他的声音有些微微颤抖，因为他很紧张。

一名红衣神官来到神辇畔，喘息着说道："还没有。"程立雪神情微变，问道："那为何众人会欢呼？"那名红衣神官兴奋说道："他换手了！他现在是用左手执剑！"程立雪微微皱眉，不解问道："那又如何？"红衣神官喜悦地说道："说明那人也会累，他撑不了多久。"程立雪身体有些僵硬，想要说些什么，却最终什么都没有说，只是挥挥手让那名红衣神官离开，脸上现出一丝苦涩的笑容。

只要是人那便会累，二先生也是人。但那个男人只是把铁剑换到了左手，便让己方兴奋成如此模样，可以想象他站在青峡之前，给神殿联军造成了多大的心理压力与恐慌。另一座神辇里始终安静。叶红鱼眼帘微垂，如玉的双手安静搁在血色的裁决神袍上，沉默不语。神辇外响起的欢呼声，没有让她脸上的情绪发生任何变化，也没有下属敢用那些荒唐的理由来打扰她的静思。

片刻后，神殿联军阵营里忽然再次爆发巨浪般的欢呼。裁决神殿的下属终于难以压抑情绪。一名黑衣执事走上神辇，跪在幔纱之外，恭谨禀报道："宋国崔道人的飞剑，刺中了对方。"听着这句话，叶红鱼脸上的情绪终于有了些变化，因为她知道崔神官是谁，即便是她，对崔道人的出手也寄予了一些希望。她抬起头来，看着那名黑衣执事，问道："然后？"黑衣执事微愕，似乎没有想到神座大人会接着发问，有些紧张地回答道："然后……崔神官的道剑断了，那人好像没什么事。"

一柄锋利而华丽的道剑，此时变成了横卧原野间的数片残剑，不过这把剑还是应该觉得骄傲，因为它是开战至今唯一一柄没有被敌人夺走的飞剑。原野南方，一名穿着朴素布道衣的道人，正低头看着自己的胸腹处。他姓崔名荣，出身清河郡崔阀，自幼便离开家族，周游世间修道，曾在西陵神殿受礼，在宋国道观正式进入道门。

崔道人在修行界声名不显，境界却极为高妙，早在十年之前便已经晋入知命境，在强者云集的道门中，也拥有属于自己的位置。然而今天他只出了一剑，便再也没有任何其余的举动，低头静静看着自己的胸腹，因为他的剑已经断了，他的胸腹间有一道非常深的剑口。看着那道恐怖的大血口。崔道人静静问道："二先生之剑道乃世间最严谨的艺术，先前这一剑入贫道身躯四寸，不深一分不浅一分，自然是刻意为之。"

二师兄说道："正是。"崔道人说道："书院讲究仁爱宽恕之道，为何要我临死前还要受这多痛苦。"二师兄平静说道："因为我知道你姓崔。"崔道人明白了，说道："二先生应该知晓，我与族里来往极少。"二师兄说道："我要借你的死亡与痛苦来表达书院的态度。"崔道人问道："什么态度？"二师兄说道："清河郡七大姓，即便死，都不能痛快地去死。"崔道人叹息一声，痛苦死去。

满天的阴云遮蔽了阳光，天地间一片阴暗。二师兄浑身浴血，站在原野间，站在如乱林般的百余柄飞剑前，站在无数具修行者尸身前，望向南方的修行者们。他再次举起手中的铁剑。一句话都没有说。

原野间的修行者们，却似乎都听到了他在问还有谁。修行者的目光，全部被那柄如同有魔力的铁剑所吸引。那柄铁剑很寻常无奇，剑身宽直，暗淡无光。然而看着这把铁剑，所有人只想哭。修行者们再也无法鼓起战斗的勇气，终于退去。

青峡前重新变得安静。地面上的血水已然积成水洼，反照着阴暗的天空，显得有些发黑。书院诸人从篷下冲了出来。王持左手拎着一个凳子，右手紧紧攥着药囊，冲到二师兄身后让他坐下，把药囊凑到他嘴边，七师姐提着水壶直接用壶嘴凑到二师兄的嘴里，把水拼命地往里面灌。

二师兄不是寻常人，被忙手忙脚的师弟师妹们包围，情绪竟然依然保持着镇静，以水送药，转瞬间便吞入腹中。四师兄和六师兄这时候也已经跑了过来，蹲在二师兄身前，对着盔甲胸口某处，神情凝重地在查看着什么。

　　崔道人的本命道剑，正是刺中了这个地方。在那柄知命境界的道剑刺中盔甲时，盔甲里的符线自动激发，所以那一剑没有对二师兄造成任何影响。但隐藏在盔甲那处的符线，被崔道人剑意所震，稍微有些变形。

　　六师兄解下背后的匣子，取出一套工具开始进行修复。四师兄在一旁做着计算与图形指导，又望向二师兄问道："剑有没有问题？"六师兄望向二师兄，有些担心。铁剑是最重要的装备，为避免损坏，书院连铁炉都带了，随时可以修复，二师兄看着手中宽直的铁剑，说道："还能撑很久。"

　　北宫未央和西门不惑还在篷下，他们的琴箫是对付铁骑冲锋的无上利器，所谓使命在肩，必须要停留在阵法里。只是看着同门都在帮师兄做事，二人不免觉得有些寂寞，又有些惭愧，北宫冲着那边问道："我说这时候要不要听首曲子？"

　　没有人回答他。四师兄和六师兄在对盔甲进行最后的检查，王持在替二师兄把脉，以确定他的身体精神状态，好配制下一时间段的药物，七师姐显得稍微有些清闲，拿着块绣帕在替二师兄擦脸，但总之都在忙着。北宫喊道："师兄，这曲子慷慨激昂，最适合杀人。"二师兄站起身来，看着南方原野上依然浩浩荡荡的敌人，说道："自古杀人事，无关慷与慨，哪里还需要配乐。"

　　"不可豪迈，不可慷慨，不可潇洒，只能冷淡、冷漠、冷酷，只有真正做到这几点的人，才有本事杀尽所有敌人。君陌毫无疑问便是这样的一个人，我昨夜对他的点评，如今看来竟还是低估了他。"柳白微微挑眉说道，"他一直在用尽手段节省体力，追求更简单地杀死敌人，吝啬到了极点，冷静而专注，不肯放过战斗中最细微的变化，计算清楚到了极点，从这个角度上来看，他更像是个浑身铜臭味的商人。"

　　剑阁弟子们沉默地听着师尊的教诲。他们已经被青峡之前的那个男子震撼住心神，即便身处敌对阵营，也不禁心生敬佩向往之情。柳白的声音再次响起。剑阁弟子被这句话所隐指的意思震惊得错愕无语。"我非常尊重以这种态度战斗的对手。"柳白看着青峡方向，认真地说道，"我甚至有些后悔，不该让他在这一天一夜里杀死这么多人，或者我昨天就应该出手。"

90

　　柳白站起身来。剑阁弟子微凛，想到师尊先前说的那些话，知道他决定不再等待，那么这便意味着修行界巅峰的一场战斗，即将到来。

　　然而就在此时，神辇幔纱微拂，叶红鱼走到了原野间。气氛低落的西陵神殿联军，看到原野上的那抹血红身影，爆发出雷鸣般的欢呼声。叶红鱼是道门真正的天才，前些年压得隆庆皇子喘不过气，是宁缺最不愿意面对的对手。

　　当她想要做某件事情的时候，她总能做成，比如成为裁决大神官。看到叶红鱼的身影出现在原野上，柳白把双手负到身后，不再前行。对于西陵神殿里的那些大人物，柳白向来不怎么喜欢，包括掌教大人在内，但唯独，他一直很喜欢，或者说很欣赏叶红鱼。

　　不仅因为叶红鱼能够坐上裁决神殿的墨玉神座，与他有很深的关系，那封信里的纸剑便是柳白亲手画的。更是因为，他知道现在的叶红鱼从来没有局限在那柄剑的领域里，她的道门神术已然大成。柳白依然认为君陌要比叶红鱼更强，但他认为昨天傍晚，君陌留下那句你不是我的对手后，叶红鱼此时依然选择出战，那么便必有可战之理。

　　他很想知道，叶红鱼会怎样做。他更想知道，她和君陌这一战的结局。所以他再次选择观战。西陵神殿联军的士气，被青峡外那柄铁剑，斩杀得无比低落，直到叶红鱼的身影，映入众人眼帘，他们才重新振奋起来。

　　叶红鱼向青峡走去，走到原野正中才缓缓停下脚步。巨浪般的欢呼声，从她身后传来，越来越高，然后忽然静止。无数双目光落在她身上那件血色的裁决神袍上，无比紧张，更是期待。不知多少万人拥出军营，来到战场最前方，手持长矛铁枪，兴奋地看着原野间的画面。欢呼声、嘈杂的议论声已经停止，天地间一片安静。有敲击声忽然响起。那是长矛尾端，与原野的撞击声。最开始时，无数兵器与地面的撞击声密集而杂乱，然后渐渐变得整齐起来，节奏变得越来越快，最后变成最沉重的一声。

轰！

如同战鼓般的敲击声，最后凝作了一道雷鸣。就在雷鸣响起的那瞬间。叶红鱼出剑。面对君陌如此可怕的对手，她出剑便必然是最强的一剑。就在出剑的同时，她被黄金神冕束缚住的黑发，被大风吹拂向后狂舞。她的双眼骤然明亮，眼眸最深处的两抹神之星辉开始猛烈地燃烧，金黄色的火焰里能够看到最纯洁的灵魂在舞动。然而明明已经出剑，道剑却依然在她手中。那柄薄薄的道剑，没有化作一道长虹飞往青峡，也没有虚缈不见隐于风中，而是被她握在手里，遥遥指向青峡处那个男人。道剑没有出，但剑已经出了。天地间骤然出现数万道白色的湍流，直刺青峡。一道白色湍流，就是一道剑痕。她借神之星辉看穿天地气息分野，以昊天神术发出剑痕。无数道带着圣洁庄严意味的剑痕，从叶红鱼手中的道剑尖端发出，然后或静或逸，或直上青天或静依大地，直刺君陌！看到这幕不可思议的画面，西陵神殿联军营中，再次爆发出欢呼的声音。柳白的眉头却微微蹙起，有些不解。

君陌的盔甲，是世上最好的盔甲。纵使前一刻还染满鲜血与尘埃，只需要被风吹拂片刻，便重新变得洁净如新。明亮的盔甲，就像是镜子一般，反射着天地间的画面。青山之前的阴晦天空，被血染红浸湿的原野，还有那数万道圣洁庄严的剑痕。仿佛就像是一场盛大的烟花。盔甲上的烟花越来越明亮炽烈，代表着那些剑痕越来越近。

二师兄抬头看着天空，什么都没有做。在很多人眼中，这只是一瞬间，但事实上他已经等待了很长时间。他一直在等待，等待那数万道剑痕，最终变成一剑。然而他却始终没有等到那一刻的到来。

当他确认这数万道剑痕不会重新汇成一剑后，眉头微挑。交战至今，他的脸上始终没有任何情绪变化，这是第一次。因为他暂时没有想明白，叶红鱼为什么会出这么多剑。到了他和叶红鱼这种境界，都清楚什么才是真正的强大。美丽不是强大，比如盔甲上的烟花。圣洁不是强大，比如她眼中的神辉。壮观不是强大，比如横亘天地间、令万人惊叹的数万道剑痕。专注才是强大。这场由无数道剑痕形成的烟花，根基是叶红鱼境界高妙的西陵神术，看似盛大壮观，也因其如此，所以无法做到绝对的专注。

二师兄没有与叶红鱼交过手。但他通过宁缺，看过柳白画给叶红鱼的那把剑，同样也是通过宁缺，他知道叶红鱼是一个怎样的人。在他看来，这个刚刚领悟柳白剑意，便敢直闯裁决神殿夺位的小姑娘，毫无疑问是新一代里的最强者。她比皮皮强。比宁缺强。那么她就不可能不明白，什么才是真正的强大。她最强大的一剑，必然就只是一剑。不可能是这么多剑。二师兄一直等叶红鱼万剑合一。因为他决定在她使出最强的那一剑时，出剑击败她。唯如此，才称得上快意。然而叶红鱼没有这样做。他不明白她为什么没有这样做。即便她使出最强一剑，二师兄也自信能击败她，但此时她出剑便是万道，等于提前宣告失败，因为她根本寻找不到一丝胜机。二师兄忽然想明白了。叶红鱼今日出战，根本就没有想着求胜。"为了最终的胜利，竟能如此冷静地放弃自己的骄傲，这也是一种骄傲吧？"

二师兄想道，然后看着来到青峡处的万道剑痕，说道："这就是樊笼？"他举起手中的铁剑，斩向数万道剑痕构织而成的樊笼神阵，神情凝重。不是因为樊笼，而是因为叶红鱼藏在樊笼阵之后的心意。樊笼是西陵神殿最精深强大的阵法之一。以她如今的境界，这座以道剑凝成的樊笼阵，可以困死无数强者，但不足以困死书院二师兄，这也就意味着这场战斗她输定了。但她不怕输。正如二师兄最终想明白的那样，她今日出战根本就没有想着求胜。一名西陵大神官，在数十万信徒眼前败给对手，是很没有尊严的事情。但她不在乎。她的樊笼阵虽然困不住二师兄一世，至少可以困住他一时。她要的就是那一时。刹那辰光，足够西陵神殿联军做很多事情。比如千骑冲锋。

而当青峡处响起琴箫声时……神辇里，天谕大神官伸出手指，把身前的西陵教典翻到某一页。

91

礼者，理也。

二师兄重礼，所以明理，虽严谨肃然，却无碍识事之明。万道剑痕自天幕垂落，落于他的身周，构织成一道繁密的樊笼，他的目光已经看穿这座神阵，落在叶红鱼的裁决神袍上，看穿了她隐藏着的意图。

所有的一切，都在西陵神殿的谋算之中。更准确来说，都在叶红鱼的计算之中，无论是骄傲的君陌，还是冷静的君陌，都会选择直接出剑，击败最强的她。于是她成功地让君陌出剑的时间延迟了片刻。片刻时间过后，万道剑光已成樊笼，君陌即便想要变招，已经无法做到。

原野开始震动，剑幕外传来如雷般的蹄声，隐约可以看到，无数铁甲重骑自联军营中奔杀而出，声势震天！神殿联军的铁骑，如潮水一般向青峡出口处涌去。此时二师兄被困在樊笼阵中，青峡处的琴箫声，可还能像前几次那般强大？

青峡出口处的篷下，北宫未央与西门不惑静静看着身前的古琴与洞箫，听着越来越清晰的密集蹄声，双手缓缓落在弦上或是扶住箫管。北宫未央指尖微颤，一道渺茫的琴声，离弦而去，如箭。西门不惑身体微倾，一道幽暗的箫声，透管而出，如水。

就在此时，原野南方的军营中，那座神辇的幔纱微微飘拂。一道苍老的声音，在神辇里响起，那道声音瞬间穿过原野，来到青峡出口处，充满了神圣庄严的气息，令人心生敬畏："在旷野中，准备启程，凡要过去的必然能过去……"十余名境界深厚的红衣神官，盘膝坐在神辇四周，静心敛神，听着神辇里传出的声音，然后重复祝祷，声音回复不停。

天谕大神官又道："以声音惑乱心意，妄替昊天发出召唤指引的，都是罪人，与留下的罪民一道，必承受昊天怒火的惩罚。"神辇外的红衣神官们的声音，变得越来越整齐，越来越冷漠："……必承受昊天怒火的惩罚。"

琴弦上刚刚迸出几个声音，箫管里刚刚流淌出一小段乐曲，便被那道神奇出现在青峡处的苍老声音所打断。书院诸弟子都博览群书，只听了几个字，便听出那是西陵教典故盟书里的伐罪文，四师兄神情剧变，拿起手中的沙盘，准备扬沙把这段教谕打乱。

　　然而昊天的教谕是没有具体呈现的，西陵大神殿传道的声音，也没有具体的形状，除了声音本身，根本没有任何事物，能够打断这道苍老的声音。北宫未央的脸色骤然苍白，眼眸里生出几抹恐惧的神情，双臂无法控制地颤抖起来，古琴上的数根琴弦从中断裂！西门不惑境界稍弱，于是显得更加痛苦，闷哼一声，鲜血从唇间涌进箫管，再从底端淌出，他瘫坐到了地上！

　　正在原野间狂奔，向青峡处发起冲锋的西陵神殿联军骑兵，也听到了那道威严的教谕，他们没有受到任何影响，反而变得越发强悍无畏！铁骑形成的潮水，仿佛遇到了一场飓风，速度再次加快，直指青峡！

　　教谕声开始回荡在原野间时，二师兄便已经确认，这是天谕大神官的手段。青峡之战已经开始了很长时间，西陵神殿的两位大人物始终没有真正出手，却没想到此时这两位西陵大神官竟是同时出手！

　　二师兄脸上的神情变得越发凝重。即便强大骄傲如他，也不敢说独自一人面对两名西陵大神官，更关键的问题在于，今日青峡之战，不是强者之间的对决，而是一场大军之间的攻防。此时他正挥着铁剑，斩向那万道剑光构织而成的樊笼阵。每一道铁剑落下，便有数十甚至上百道剑光破碎消失，只要再给他一些时间，他可以很轻松地把这道樊笼斩破，然后击败叶红鱼。然而此时铁骑已至，青峡处琴箫之声已绝，如果他仍将心意放在樊笼上，那么青峡处的师弟师妹们，必然会被铁骑碾轧。他不能允许这样的事情发生。他不能在樊笼阵里再耗时间，不能再多停留一刻，他必须马上破阵。

　　然而他再如何强大，又怎么能够瞬间破开这道樊笼？就算他手中的铁剑再如何强大，又如何能够瞬间斩破万道剑光织成的剑幕？所以他收回了铁剑。他不再试图用铁剑斩破这座樊笼阵。他望着剑幕外的叶红鱼，沉默不语，把自己的所有气息全部收回了身躯内！此时的他不再是那个剑意纵横，骄傲无双的君陌。而只是一个普通人。

叶红鱼马上想到他要做什么，神情骤凛。这座自天垂落的樊笼阵，是由数万道剑光构织而成，阵法神妙而强大，然而剑光本身却依然带着独自的剑意。当二师兄收去所有气息，手中铁剑低垂，不再与这座樊笼阵抗衡时，数万道剑光构织而成的剑幕，陡然间向中心塌陷，直刺他的身体！他要用自己的身体，硬扛数万道剑光。

唯有如此，才能在最短的时间内，从樊笼阵里脱困而出！然而即便是唐或者夏侯那样的魔宗强者，要用身体来硬扛叶红鱼的万道剑光，也必然会落得个极凄惨的下场，二师兄的身体只是普通人，怎么抵挡？极短的时间内，二师兄身上的盔甲上释放出无数道符意，与自空中袭来的无数道剑光相撞，激起无数道恐怖的天地元气湍流，无比密集的摩擦声爆出，显得恐怖异常。二师兄双脚踩着的地面骤然下陷，十余块碎石被撕裂成粉末。

他整个人仿佛都燃烧起来，根本看不清楚火焰里的真实画面。下一刻，那柄宽直的铁剑，重新出现在人们的视野里。二师兄的身影也从火焰里显现出来。他没有向前走去。相反，他向后退了一步。他终于退了一步。一步不退，是因为无路可退。此时退了一步，是因为身后青峡出口处的师弟师妹，需要他的保护。

西陵神殿联军铁骑，已经来到了他的身前。二师兄抬头，举剑，再次开始杀人。他的脸上依旧没有一丝多余的情绪。叶红鱼脸色微白，唇角渗出一道血水。她用万道剑光拟成的樊笼阵，竟被君陌用这样的手段便破了。但她没有失落，相反却露出了一抹平静的微笑。她的目的已经达到。

书院守青峡的主力当然是君陌，但最令大军铁骑感到棘手的，却是琴箫之声。今日西陵神殿的计划，便是由她出战缠住君陌，再由铁骑冲锋诱出琴箫之声，最后由天谕大神官率领诸红衣神官，一举以教谕破音。

整个计划执行得非常完美。虽然君陌比她意想中更早脱离了樊笼阵，但她并不在乎，因为此时琴弦已断，箫管淌血，那两名书院弟子已经没有再战之力。而且她相信君陌虽然看着无事，实际上肯定受了很重的伤。因为那是她的剑。她的樊笼。

君陌再如何强大，但用这种令人意想不到的手段破阵而出，他也肯定为此付出了极大的代价，对于这一点，叶红鱼非常自信。她最自信的事情，便是战斗。

92

青峡之战的结局已经注定，琴箫声已绝，再也没有谁能够抵挡铁骑冲锋。君陌没有受伤也做不到，书院只能退入青峡暂避，而对于此，西陵神殿早有手段在等着他们。

已经确定结果，叶红鱼不再关注青峡方向的战况，转身向神辇走去，脚步稳定。在境界实力上，现在的她与君陌之间还有距离，但她擅于战斗，她非常冷静，没有因为骄傲而把这场战斗局限在两个人之间。这是西陵神殿与书院之间的战斗。

无数铁骑至，二师兄站在青峡之前，铁剑早已离手而去，变作一道暗色的剑芒，在身前百丈方圆的原野上来回穿掠。看似钝而无锋的剑身，与骑兵身上的盔甲一触，便把盔甲撕开，撕出无数鲜血。那些骑兵就像是被一座小山击倒，那些被铁剑带到的战马，更是不停翻倒。青峡前不时响起重物坠地之声，铁剑纵横间，不知多少骑兵坠马而亡。

然而人力终究有时穷。二师兄驭剑的速度和角度依然没有任何滞缓的迹象，但谁都知道，他识海里的念力正在以极恐怖的速度消耗。如果任由这样的情况持续下去，他的念力再如何雄浑，也终有消耗空竭的那一刻。

更令人感到恐怖的是，神殿骑兵们不知道是因为看到了胜利的前景，还是被天谕大神官的教谕声所激励，竟毫不畏惧那柄杀人无数的铁剑，悍不畏死地不断发起冲锋，拥向青峡的骑兵数量增长速度，已经超过了二师兄杀人的速度！数名骑兵成功地突破了铁剑，擦着二师兄的身体，向青峡处狂掠而去。二师兄右手一挥，没有召回铁剑，他看了那数名骑兵一眼。很久以前，宁缺曾经问过师父颜瑟，二师兄这个知命境巅峰到底是个怎样的境界，颜瑟大师想了想后说道："只要他看你一眼，你就死了。"二师兄看了那数名骑兵一眼，他识海里的念力便破空而去，同时进入那几名骑兵的脑海里，那几名骑兵虽然不是修行者，但他们有大脑，所以他们死了。

但这只是战场上的一个画面，只是狂暴海洋里的一处角落，并不能影响整个大局。当无数骑兵舍生忘死地冲锋而至时，什么都会被碾轧。许世和陈皮皮都曾经说过，世间没有能够挡住铁骑冲锋的修行者，除非他已经逾越五境，成为超凡脱俗的存在。

二师兄很强，他已经走到了五境的最高处，站在知命境巅峰多年，即便面对剑圣柳白，也有挑战对方的信心，但他毕竟没有跨过那道门槛。万骑之前，他挥着铁剑，身上的盔甲焦黑破烂，脸色渐渐苍白，看上去就像是狂澜里的黑色礁石，不知何时将会被冲垮。

谁也不知道夫子当年是有心还是无意，总之书院二层楼诸弟子，在各自领域的峰顶多年，在一起时便是最完美强大的组合。书院二层楼的组合，只要稍作变化，便能对战像知守观观主或讲经首座那样的至强者，又能像青峡之前那样，以数人之力令数十万大军不能前进一步。遗憾的是，如今举世奉天伐唐，书院不得不疲于奔命，被迫分成了数处。数人在书院后山，迎战西陵神殿掌教。大师兄在与书院最强大的对手周旋。出现在青峡之前的诸弟子，虽然组合起来同样强大，但终究不够完美，有漏洞存在，而这个漏洞，今天便被叶红鱼捕捉到了。

在青峡之战的具体局面中，北宫未央与西门不惑所扮演的角色最为关键，因为世间能以音律入道者，只有他们二人。所以他们便是漏洞。因为他们无可替代。

北宫未央与西门不惑坐在篷下，脸色苍白，身前全是血水。北宫的脸上满是不甘与痛苦的神情，他伸出颤抖的手指，想要重新把古琴上的琴弦系好，却使不出来一丝力气。古琴只剩了一根弦，即便能弹，又如何能够成曲？

王持拿着两把药丸，紧张地塞进两位师兄的嘴里，颤声道："没事。"六师兄拿着铁锤看着那些已经突破铁剑，冲锋而至的骑兵，双手缓缓握紧。木柚看着若隐若现，似乎下一刻便要消失不见的二师兄身影，清丽的容颜上写满了紧张与担忧，拉着红线的手指微微颤抖。如果那些骑兵冲过来，她主持的阵法，便是书院弟子最后的手段。但她清楚，铁骑数量太多，单凭这个阵法，根本挡不住对方。四师兄参与了阵法设计，也很清楚这一点，所以他没有看战场，而是在沙盘上不停做着计算，眉头蹙得极紧。他发现自己算不出任何方法来破解当前的危局。

绝望之坑的底部，往往就是希望。就在铁骑快要冲至青峡处时。就在所有人都以为琴箫之声再也不会响起时，青峡处响起了一道琴声。那琴声很清脆、很平和。但落在所有人的耳中，却是那般地惊心动魄。

秋风微起。一个书生，来到青峡。一件棉袄，满身灰尘。一双草鞋，千山万水。那只水瓢，在击倒肉身成佛的七枚大师后，破碎成块。他的腰间，只插着根木棍。他走到北宫身旁，拿起那方古琴，抱在怀里，右手轻拂。古琴上只剩下一根琴弦。他的手指便落在那根琴弦上。琴弦轻轻颤抖，发出一声嗡鸣。然后他的手指再落，琴弦再动。只是一根琴弦。却被他弹出了一首曲。此曲中正平和，雅极。

南方原野间。西陵神殿联军营中也听到了琴声。琴曲如高山，如流水。谁能想到，这只是一根弦弹出来的。神辇四周，十余名红衣神官闻琴声而面露惧意，诵唱之声骤然而止。华美的神辇幔纱深处，天谕大神官脸上的皱纹，随着琴声，以肉眼可见的速度变深。只听得一声咔嚓脆响，神辇底部断裂，重重地落在地面上。

青峡之前。无数铁骑伴着轰轰的声音，重重砸落在地面上。平和雅美的琴曲，没有任何杀意，却瞬间杀死了无数人。原野间一片死寂。西陵神殿联军所有人都震惊得说不出话来。还在原野间的叶红鱼霍然转身，望向青峡处，脸上露出不可思议的神情。

比先前要显得更加苍老的天谕大神官，看着幔纱外远处的青峡，喃喃说道："他怎么来了，观主呢？"安静的马车旁。柳白看着青峡处，感慨道："你们运气不错，居然能看到大先生出手，最令我感到震惊的是，他居然也学会杀人了。"

琴声缭缭，如飞鸿渐逝。直至此时，青峡前的原野上，才响起无数惨呼之声，不知多少骑兵与受伤的战马，纠缠在一起，拼命地挣扎。

大师兄看着这幕惨烈的画面，沉默不语。

叶红鱼没有犯错，北宫未央与西门不惑，确实是青峡前的漏洞，因为世间的确没有人能够替代以音律入道的二人。但她不知道一件事情。

书院弟子们在后山修行，并不全然是自修，虽然他们在被夫子收为亲传弟子之前，都已经是各自领域的最强者，但既然他们愿意进书院学习，必然意味着，他们确定自己能够在书院里学到更好的知识。这意味着书院里有人可以教他们。这也就意味着，那个人在他们最强的领域，比他们都要强。

那个人不是夫子。虽然夫子肯定懂很多，但他是个很懒、很不负责任的老师。除了亲自教老大和老二，从老三余帘开始，夫子便开始放羊，至于后面收的亲传弟子，他更是基本上没有管过。负责教这些弟子的人，另有其人。

那个人姓李名慢慢。他是书院大师兄。这些年来，书院后山一直是他代师授课。除了符道和打架，后山诸弟子会的，他都会。无论是琴棋书画，还是煮饭烹茶。而且他都很强，各种最强，世间最强。

93

大师兄放下古琴，双手轻拍，把两道气息传入北宫与西门的身体里，然后沉默低头，开始修古琴，清箫管。

君陌浑身染血，从原野间走回，对师兄行礼。书院诸人这才醒过神来，纷纷对大师兄行礼。大师兄还礼，说道："辛苦了。"众人注意到大师兄棉袄上的血迹，知道他与观主的千万里之战，危险与艰难程度，甚至还要超过自己经历的青峡之战，很是担心。

大师兄不想大家担心，抬头看了眼篷子，说道："这好像是后山用来遮太阳的，居然被你们用来挡箭，倒也不错，只是要小心飞剑。"然后他把青峡前的阵法与布置，重新整理了一番。

秋风再起，篷下没了大师兄的身影。青山之前的原野里，血色神袍呼啸而舞，叶红鱼召出道剑护住道心，脸上满是凝重的神情，她不知道下一刻那个身影会不会出现在自己身前。

　　原野南方，西陵神殿联军营中，剑阁弟子们如临大敌地看着四周空中。柳白平静地坐在昨夜的残烬旁，神情安然，膝上搁着的剑静在鞘中。所有人都不知道书院大先生去了何处。但所有人都能猜到，他肯定要来此处。

　　下一刻。大师兄的身影出现在西陵神殿联军阵中，他隔着重重幔纱，看着神辇深处苍老的天谕大神官，抽出腰间的短木棒。天谕大神官看着幔纱外那个书生，脸上的皱纹越发深刻。十余名红衣神官，厉喝声声扑向神辇。大师兄没有做任何动作。那些红衣神官便如石块一般被震飞，重重地摔落到地面上，每个人的额头上都有一个清楚的红肿棍印。

　　天谕大神官眼眸深处的星辉忽然燃烧起来，目光所及之处，重重幔纱也燃烧起来，拦在了大师兄的身前。大师兄举起手中的木棒。他的棉袄微微颤抖起来，拖出一道残影，他似乎依然安静地站在神辇外，站在燃烧的重重幔纱外。残影的尽头，却有另一个他，已经越过恐怖的神火，来到天谕大神官的身前。

　　天谕大神官看着身前的他，面无表情地诵道："凡信奉昊天……"大师兄说道："子不语。"天谕大神官不再言语。大师兄举棒便打。看着破空而至的那根木棒，天谕大神官看到了片刻后的四千八百九十二种可能。所以他避开了那四千八百九十二种可能。

　　大师兄站在他身前，举着木棒，仍然是简单地击下。这一棒看似简单，实际上在这短暂的片刻时光里，这根短木棒挥了四千八百九十三记。最终依然只是当头一棒。神辇里发出一声沉闷的撞击声。

　　无数天地气息湍流，像飓风般向四周喷射而出，天谕大神官盘膝而坐，浑身是血。大师兄的这一棒击打在天谕大神官的额头上，更击打在他的道心上。只是当头一棒，天谕大神官便已经受了无法挽回的伤势。但他的神情很宁静，因为从听到那声琴音开始，他便知道了自己的结局。

　　当初佛道两宗在月轮国白塔寺伏杀宁缺和桑桑，眼看着便要成功，最终也是因为一声琴音，而发生了难以逆转的改变。世间果然没有太多新鲜事。"大先生果然就是大先生，书院在青峡设伏，自然早就已经设了坐标，神殿没有想到这件事情，失败也是理所当然之事。"天谕大神官看着大师兄说道。大师兄知道他为什么此时还要与自己说话，但他觉得不回答对方有些无礼，回答道："所以观主会到得比我晚一些，我想抓紧时间做些事情。"

那辆安静的马车，距离神辇不远。当神辇变成燃烧的火车，神殿联军发出无比惊恐震撼的惊呼，剑阁弟子们的脸色变得有些苍白。柳白脸上的神情，也终于有了变化，不再像先前那般平静。剑仍然搁在双膝上，但正如他此时的心情一样，似乎也感到了某种威胁，从而变得兴奋警惕起来，嗡鸣微震，剑身半出剑鞘！两年前的那个秋天，他与大先生在剑阁里曾经相见过。当时他坐在潭畔，大先生站在他的身前。

大先生纵横万里，他的剑也能纵横万里。所以他虽然召回了那柄飞剑，但他很平静。因为他确信，大先生的境界再如何高妙，也无法威胁到自己。今日在青山之前的原野上，他再次看到这个书生的身影，有些吃惊于对方的进步，然而直到此时神辇化为废墟，他才确认——那个温文尔雅的家伙真的学会了打架！一个除了打架什么都会，什么都能做到世间最强的人物……现在连打架都学会了，那么难道说他连这方面也能做到最强？还有谁能够是他的对手？

柳白缓缓伸手，握住微微震动的剑柄，脸上露出愉悦幸福的神情。世间有如此对手，真是可喜可贺之事。然而令他感到有些失落的是，这一场战斗没有发生。大师兄离开了，他用一根琴弦弹了一首杀人的乐曲，用一根木棍重伤一名西陵大神官，然后悄然离去。

来也匆匆，去也匆匆。之所以如此。是因为一名道人出现在青峡之前的原野上。那道人一身青衣。

94

这两天在海岛上，在瓦山下，在小镇里，在城市中，在青纱帐里，在世间很多地方，总能看到两个身影一前一后出现。

前者穿着一身棉袄，后者穿着一袭青色道衣。这是五境之上的战斗，这是无距境的追逐。二人眼前皆无距，但境界依然有差别。大师兄今日在青峡前争取到了一些时间，是因为书院事先便有准备，但他知道这段时间必然极为短暂，所以他匆匆离开。

就在他的身形消失的下一刻，青衣道人便来到了青峡之前。原野上有无数双目光落在这名青衣道人身上。这是知守观观主，第一次出现在世人的眼前。叶红鱼对着远方青衣道人的背影跪下，恭谨低头。盔甲摩擦的声音，像麦浪的声音哗哗响起，不知道有多少人都跪了下来。

青峡之前的书院弟子没有跪，也没有拜。他们沉默看着这个道门的至强者，面色微白，但神情坚定。二师兄看着青衣道人，走出篷外，举起手中的铁剑。青衣道人看了他一眼，脸上没有任何表情。然后他转身向南方的原野望去，看着正在燃烧的那座神辇，双眉微皱，感知着天地气息里的细微变化，道心忽然有些不宁的迹象。令青衣道人感到不安的是，大师兄的下一段旅程会在哪里结束。

青衣道人知道自己必须马上离开，这意味着，书院方面把时间差算得非常清楚，根本没有留给他出手的时间。这是书院必须达到的目的。大师兄出现在青峡前，立刻挽狂澜于既倒，毁了西陵神殿最重要的一个战力。如果青衣道人有时间出手，那么青峡前的书院弟子还能有几人活着？这个时间差，是由大师兄和四师兄计算了数夜时间，才最终得出的结果。然而他们依然低估了青衣道人的境界实力。

道门的至强者，境界高深莫测。在事先计划中，书院确定青衣道人没有出手的时间，却没有想到，对方居然能够一边离开一边出手！青衣道人转身向南方原野间走去，右手随意向后一挥。

随着他的脚步踩在松软的泥土间，他身前的秋风骤然冻凝成薄雪般簌簌落下，其间隐约出现了一道门。那是天地气息湍流里隐藏着的通道。是只有无距境界才能看到的通道。青衣道人的右脚踏进门内，顿时变得虚无起来。

在青峡前无数人的眼中，他仿佛踏破了虚空。西陵神殿联军数十万人，看到这幕如同神迹般的画面，震惊无语。而就在此时，他向后随意挥去的右手间，多出了一道剑。一道空气凝成的剑。那道剑已经脱手而去，直刺青峡前覆盖残箭、如同草庐的篷。

青衣道人出现后，青峡前便变得很安静。最安静的是二师兄。他没有看青衣道人，因为他想保持最饱满的战意与信心。他也没有看手中的铁剑，因为剑不是用来看的。青衣道人随手掷出那道飞剑后，二师兄动了。

他霍然抬头，盯着那道空气凝成的飞剑，手中的铁剑微微颤抖。这把杀尽千军万马的铁剑，能不能挡住这道看似简单的虚剑？因为青衣道人施出的虚剑，在君陌的身前，忽然变成了真正的虚无，悄然无声穿过他所在的区域，在他身后恢复实质，继续刺向篷下！

面对着这样一柄莫测高深的飞剑，二师兄的眉头微蹙。这道虚剑确实高妙，这种选择确实精确，既然是离开之前的潦草一剑，青衣道人当然要确保自己这一剑能够创造最大的杀伤力。二师兄知道那道虚剑蕴藏着多么恐怖的威力，剑眉微挑。这道虚剑虽然让过了他，但一旦进入篷下，最终承受剑意的，还是他。

因为他的脚下一直系着根红线。红线的那头在篷下，与所有师弟和师妹相连。他已经做好了承受这道虚剑的准备。他准备好了受重伤。但他不准备去死。因为他若死了，青峡便守不住了。

七师姐木柚脸色苍白，手里紧紧握着红线的线头，用力地拉扯着，看着篷外那个男子的背影，手指颤抖得很是厉害。她和同门包括这座铁篷，所承受的所有物理攻击，最终都会由二师兄承受，然而这一次的对手不是南晋的剑阁弟子，而是像神一般的知守观观主，师兄他究竟能不能承受得住，他会受多重的伤，会不会有事？

忽然间她的余光看到了一幕令她震惊无比的画面。沙土间埋着的红线，不知道什么时候被人悄悄弄断了！四师兄的手指刚刚离开他的脚踝。他的脚踝上多系了一根红线。那根红线，本来连着二师兄，此时却系在了他的脚上，这也就意味着，要承受青衣道人虚剑的人，变成了他！

这座阵法本来就是由四师兄和自己共同设计，最后由大师兄修正而成，木柚知道四师兄这时候做的变化，不会出现任何问题。然而四师兄只不过是洞玄境，他凭什么能够抵挡知守观观主的一击？木柚的惊呼还没有来得及出唇，那道虚剑便到了。

渺茫幽淡的剑影，仿佛已经超出了速度的范畴。当它进入铁篷后，速度却是骤然变缓，变成人们肉眼可见的画面。铁篷下的阵法受激启动，系在所有书院弟子脚上的红线，开始剧烈地颤抖起来，无数道细微如絮，坚韧如金的气息生出。虚剑被无数道气息裹缚，顿时变缓。只听得刺啦一声！那道虚剑，摧枯拉朽一般袭破所有气息丝线！然后……深深刺进一片黄沙中。这片黄沙很细，比海畔的细沙要白，比河畔的沙砾要细，柔顺至极。

这样的黄沙，只在四师兄从来不离身的那个沙盘中才有。虚剑，刺进了沙盘。四师兄的脸色骤然苍白。他把沙盘高举在身前的双手颤抖得非常厉害。这个看上去很不起眼的沙盘，居然真的挡住了青衣道人的虚剑！

虚剑的剑身消失在沙盘里，消失在了黄沙之中。黄沙飞舞，便是数道大河。黄沙渐落，便成险峻山川。一沙便是一世界，沙盘里自有世界。那是一片极壮美的河山。那道虚剑，便在仿佛无边无垠的河山间飞舞。因为壮阔，因为宏大，所以那道虚剑很难接触到什么事物。所以虚剑上的恐怖威力，无法得到释放。这剑飞得很是寂寞。青衣道人的身形已经快要消失在虚空之中。

便在这时，他忽然轻噫了一声。这声轻噫，显得有些吃惊。薄雪渐落，天地气息通道关闭。青衣道人从原野间消失。他离开前说的一句话，还在空中回响。"居然是河山盘。"河山盘，是算师道古老传说里的事物。大唐开元年间，河山盘失落无踪，河山盘推演算法也随之断了传承。没有多少人知道，不到四十年后，大河国墨池苑七代祖师颖山人和书院前代著名数科教授晓风师太共同参详六年，重新创出了河山盘推演算法，其后二位先贤又穷毕生之力重铸了河山盘。其后河山盘便一直留在书院后山，随着时间流逝，渐渐被整个修行界遗忘，就算是墨池苑当代王书圣，也不知晓这个秘密。

多年前，夫子周游诸国寻觅冥界出口，或是寻觅美食之时，于隐仑小镇湿地外的当铺里遇着一少年学徒。夫子看那少年学徒打算盘，竟看了半天时间，因为他觉得那少年学徒算盘打得极美，打算盘的声音极动听。那名少年学徒叫范悦，后来成为夫子的第四个亲传弟子。夫子自然把河山盘交给了他。如今，除了书院后山诸人，便只有莫山山知道这件事。

青衣道人离开。他的虚剑还在。还在河山盘里飞舞。四师兄举着沙盘，脸色变得越来越苍白，鲜血渐渐从唇里淌出。二师兄回到篷内。木柚看着他颤声问道："怎么办？"二师兄沉默了很长时间，说道："我不知道。"六师兄说道："我用锤子把这沙盘砸了。"

四师兄的全副念力，尤其是与河山盘相连的精神，全部用在困锁那道虚剑上，本已虚弱得说不出话来，听着这话却是大怒："你先砸死我好了！"他愤怒地瞪着老六，一面说着一面不停地咳着血。六师兄有些无奈地放下铁锤。

王持看着高举着沙盘的四师兄，担忧地说道："难道要师兄总这么举着？师兄如果你举累了，我来替你举着，药我已经煎好了两天的分量。"四师兄听着师弟天真的话，欣慰说道："不用，我已经放不下来了。"此言一出，铁篷下变得死寂一片。

只是这么短的时间，便流了这么多血，四师兄还能支撑多长时间？就算他能支撑，难道他还能永远支撑下去？二师兄看着他问道："那剑会不会自行停下来？"四师兄摇了摇头，说道："河山盘里本就是虚界，那剑又是虚剑，没有空气，也没有外息影响，就算要停，也不知道是几百年后的事情。"

二师兄又问道："如果放下来会出什么问题？"四师兄沉默片刻，说道："会爆。"二师兄说道："那就让它爆。"四师兄摇了摇头，有些痛苦地笑了笑，说道："我不让老六来砸，不是因为真舍不得这盘，只是我一放手，这盘便会爆，所以就算要让它爆，你们也得让我走远点。"众人沉默不语。

"我当然知道你们不肯让我走远些一个人去死。"四师兄看着众人微笑说道，"所以我会尽可能多举一些时间。"二师兄转身望着南方的西陵神殿联军，说道："不用担心，还有别的方法。""什么方法？师兄你快说。"木柚焦急问道。"把观主杀死，只要他死了或者重伤，他的剑自然也就成了破铜烂铁。"二师兄说道。"老师不在了，现在还有谁能杀死观主？"木柚问道。

"要结束这场战争，便必须杀死他，所以不是谁能杀死他的问题，无论是这场青峡之战，还是别的所有，都是为了杀死他而做的准备。"二师兄说道，"长安城一直在等着他。"

95

安静的深山老林里，有座简朴的道观，道观后方有片明亮的湖泊，湖畔有七座草屋，屋顶覆着如金似玉的稻草。一袭青衫乍现于湖水之上，观主的身影在湖畔显现。

湖畔有座草屋已经坍塌了一半，金黄色的稻草到处都是，下面隐隐能够看到一本墨红色的典籍，还有一些笔墨纸砚。看着这幕画面，观主面色微寒。一名中年道人站在湖畔一块青石下，臂上搭着拂尘，脸色苍白而神情凝重，直到看到观主出现，才稍微变得放松了些，疲惫地说道："见过师兄。"

观主没有理会他，看着坍塌一半的草屋，沉默不语。簌簌声起。大师兄从草下钻了出来，头发里和棉袄上粘着草枝，唇角残留着血渍，看上去显得有些狼狈，应该是与那名中年道人交手受的伤。

修行界没有几个人知道那名中年道人的存在。多年前，夫子用一根木棒迫使陈某远离陆地。从那天开始，知守观的一切，便是由那名中年道人处理。中年道人是知守观第二高手，隐世不出，一朝出手亦是石破天惊。所以大师兄受了伤。

观主看着茅草堆里的大师兄，说道："你明知道师弟留守道观，却刻意来此，在我看来，殊为不智。"大师兄回答道："观主既然追着我来到这里，那就说明我的选择是正确的。"观主忽然问道："你来过知守观？"大师兄平静摇头。

观主微微蹙眉，问道："那你如何在识海里标注知守观的位置？""老师知道知守观的位置。"大师兄抬起右手，用食指指着自己的额头，微笑说道，"然后告诉了我。"观主说道："这两日你周游世间，却始终没有来此间，想来便是等的先前那刻。"大师兄说道："不错，因为唯有如此，我才能在青峡处争取到一些出手的时间，却让观主您不得不随我马上离开青峡。"

观主说道："我在青峡前留下了一道剑。"大师兄闻言沉默，片刻后说道："我相信他们。"观主问道："你因何能确认我一定会随你离开青峡？""因为我来到了知守观，您便必须跟着我来知守观，哪怕慢一刹那都不行。"大师兄平静说道，"事前，我与师弟们一直在思考，对于观主您来说，有什么事情会比灭唐灭书院更重要，能够让您舍弃在青峡处出手的机会，也必须全力去救援，我们想了很长时间，始终没有想出一个合适的答案。"

观主与中年道人沉默。大师兄看着身前被稻草埋着的墨红色典籍，微笑说道："后来我们终于想到，对于您来说，您对昊天的信仰或者说敬畏，胜却人间无数。天书是昊天赐予道门的圣物，千年以来已经遗失了两卷，昊天在上，自然会觉得不悦，如果剩下的五卷天书全部被我拿走，无论是毁或是藏匿起来，想必都会是很有趣的事情，所以您必须跟着我来这里。"

观主沉默片刻，说道："既然来了，那便不用离开。"这句话的意思很清楚，不是恐吓，是平静简单的说明，没有人会怀疑——不可知之地里，知守观最为简朴，然而昊天道门统领世间，知守观作为道门云端之上的存在，必然会有非常强大，甚至强大到超出想象的手段。

大师兄很清楚这一点，但他神情宁静。既然敢来，他自然早已做好了手段。观主道袖轻挥，青山明湖之间，天地气息骤然闭锁。知守观的大阵发动。道观便成了一个独立于昊天世界存在，却与昊天世界息息相关的小天地。没有人能离开这片小天地。哪怕无距境界也不行。大师兄若要以无距手段离开，便会撞到那道锁死的气息之上。但他还是离开了，施施然地离开。

棉袄轻颤，大师兄的身形骤然淡渺，消失在湖畔的秋风中。湖畔一片死寂。观主望向中年道人，面色微寒。这些年，知守观由中年道人主持，当初隆庆能够逃离道观，是因为他秉承观主的心意，刻意放纵，那么此时又是怎么回事？中年道人的神情变得有些黯然，叹息说道："他曾经回来过。"

观主轻拂道袖，破虚空而去，留下极为冰冷的两个字："孽子！"没有人知道知守观里发生的事情。青峡之前的原野间一片安静，西陵神殿联军已经鸣金收兵。今日神殿方面眼看着便要获得决定性的胜利，谁也没有想到，书院大师兄居然会出现在战场之上，一弦一棒便扭转了整个局势。

虽然观主的出现，给西陵神殿联军重新注入了信心与狂热的情绪，然而出乎众人的意料，观主随后便消失不见，青峡之前似乎没有发生任何变化。联军连遭重挫，让将士们的士气变得异常低落。虽然还没有绝望，却已经开始疲惫。

天谕大神官如今身受重伤，神辇被焚被秋风吹成无数飞灰，军心渐趋不稳，叶红鱼当即决定提前收兵，其时天色尚早。夜色渐渐降临，青峡出口处铁篷下的粥锅，已经只剩下了锅底，粥香早已散发到原野间，没有剩下一丝一缕。书院众人很安静，与昨天夜里意气风发，谈笑杀人事时的感觉截然不同，因为虽然才过去两天时间，但他们也已经很累了。

"都早些休息。"二师兄望向南方原野间的联军营帐，看着把满天繁星都比下去的密集灯火，沉默片刻后说道，"明天应该会比较辛苦。"师弟师妹闻声相应，却没有人去睡，还是围坐在四师兄身旁。此时观主留下的那道虚剑，还在河山盘里飞舞，四师兄必须以自己的念力发动河山盘，把那道虚剑困在黄沙之中。

他无法放下沙盘，无法休息，只能这般痛苦地撑下去。谁也不知道他要撑多久，不知道他能不能撑到最后。二师兄走到他身后坐下。自来到青峡之后，他便没有解过甲。所以他坐下时，铁甲撞击之声清脆无比，坚定而肃杀。正如他随后说出的话："互相靠着，总能轻松些。"四师兄微微一笑，疲惫地向后靠去，然后缓缓闭上眼睛。二师兄把铁剑自肩头递向后方，搁在他的小臂下。

夜空里有一轮明月。今天的月亮比较暗，所以能够看清楚夜穹里的繁星。叶红鱼静静看着夜空，脸上没有表情。天谕大神官已经被送回西陵神殿，却不知道能不能保住性命。如果大先生那一棍是击向自己的，自己应该如何应对？她思考了很长时间，最终得出的结论是，自己无法应对。不过她没有因此气馁，或生出挫败的情绪。她从来都不是那样的人。她从来都不是最强大的那个人。但事实证明，最后她总能战胜比自己强大的敌人。

此时她想得更多的是别的事情。她越想，眉头蹙得越紧。西陵神殿联军，所有人都在等着一个人出手。因为现在只有那个人出手，才能战胜青峡之前的那把铁剑。而且所有人都坚信，只要那个人出手，便一定能够获得胜利。然而，柳白还是没有出手。即便是剑阁弟子，都开始感到疑虑，非常不解。叶红鱼望向那辆安静的马车，眉眼间流露出极淡的讽意。她此时觉得柳白是个很愚蠢的人。在她看来，所有的骄傲与自矜，都是愚蠢。

这一场青峡之战，如果道门里的真正强者，能够听从她的指挥，她有无数方法能够直接碾轧青峡之前的书院众人。如果柳白愿意舍弃剑道的骄傲，配合铁骑围攻，世间有谁能够抵挡？如果观主愿意真正踏足红尘，以杀易杀，书院哪里是道门的对手？问题在于，虽然她现在是西陵大神官，在信徒心中有若神明，但这个世界上，总有寥寥数人，是她无法影响，更无法控制的。

观主和柳白，便是这样的人。昨夜观月未眠，静思之中，她忽然想起了宁缺。她和宁缺才是真正的同道中人。只有她和他才明白，不择手段便是最好的手段。便在这时，薄雾里传来一道偈声。

96

"哑巴开口说话，饼上放些盐巴。"薄雾里响起偈声。一道身影缓缓从雾中走了出来。那是一个穿着素色俗衣，却梳着一个道髻的男子。

一柄薄薄的木剑，悬浮在他头顶的空中，悄无声息破雾而行。正是道门天下行走叶苏，以及他的剑。二师兄缓缓起身。他与四师兄背靠背坐了整整一夜。他一夜未睡，眉眼间疲惫之色掩之不住。

听着雾中传来的偈声，书院诸人面露警惕之色，甚至有些紧张。"在饼上多放些盐巴。"二师兄对正在灶旁烙饼的木柚说道，"看来他的口味比较重。"这是一个不好笑的笑话。但他从来不说笑话，所以便显得特别好笑，众人笑出声来。然后便是安静。二师兄开始讲笑话了，大家觉得有些不安。

叶苏问道："什么事情这么好笑？"二师兄说道："只有你出现，自然是你比较可笑。"叶苏说道："看来对于我的出现，你并不感到意外。"二师兄说道："昨日观主已经来过，群蝇飞舞，何须在意多一只。"叶苏说道："在长安城里，我便想与你一战。"二师兄说道："如果不是师兄不允，你在长安城里勘破那座小道观时，我便已经提剑出山去寻你。"

"柳白一直在等你杀到真正兴起时，我不想再等下去。"叶苏说道，"因为到那时，或者才是最糟糕的时机。"然后他的眉头忽然皱了起来，说道："君陌，你现在有些糟糕。"二师兄的回答平静而认真："一夜未睡，精神自然有些不济。"叶苏说道："你要不要先睡会儿？"二师兄说道："不用。"叶苏眉头微挑，问道："为何？"二师兄说道："因为你还不是柳白。"

你不是柳白，那么哪怕一夜未睡，我也有信心击败你。这就是二师兄想要传达的意思。西陵神殿联军里的普通将士，并不知道那个人是谁。神殿里一些资历极深的神官，猜到了雾中那人的身份，面色喜悦难抑。叶红鱼的眉头却微微蹙起。她曾经视那人为偶像，为修行的目标。然而如今在她眼中，那人同样是个蠢货。就如同观主和柳白一样。

因为他们修道日久，太过骄傲，不食人间烟火。他们都是高人。但不是能获得最终胜利的人。生死立见的战场上，不需要风度。此时此刻，她再次想起宁缺。不知道多年以后，如果彼此都还活着，谁会成为那个胜利的人？

宁缺并不知道叶红鱼这位当代裁决大神官对自己有如此高的评价或者说期许，他这时候所有的心神都放在身前的地面上。宽阔的花岗石地面上，是由光雾与线条构成的无数立体形状，四周光线厚实的城墙里，是不足膝高的万雁塔，如鳞片般的坊市。这是微缩的长安城，便是惊神阵。

宁缺盘膝坐在这座长安城外，沉默而专注地进行着察看。他早就已经看出了问题。长安城堵了。不是真实的堵塞，而是这座雄城内的天地气息运转，变得有些不畅。宁缺用肉眼都能看到身前的长安城有十余处地方的光雾流转，明显受到了某种干扰，凝成一团乱麻。千年之前，长安城始建，夫子以无上智慧，借城中地势宫殿建筑，引天地气息于城中，布下这座能自我修复、生意循环无尽的惊神大阵。

此后的岁月里，本应自由流动的天地气息，在长安城里如清风一般吹拂，依然自由，却开始拥有了自己的规则。这些规则，便是惊神阵的本源。时光是最无情又最强大的武器，惊神阵虽然能自我修复，但如果要让它始终保持最好的状态，依然需要城中的人们进行维护。

大唐朝廷有专门的一笔资金，用来做这件事情，而工部清水司最重要的工作内容，便是负责浚清长安城里的天然水道与湖泊。雁鸣湖的清理，表面上看是民政工程，实际上是对惊神阵的一次例行维护。但惊神大阵当然不可能因为一些建筑改变或地形变化，便失去威力，事实上就算朝廷从来没有进行过维护，也不应该出现这种情况。

宁缺离开皇宫，来到城墙上。他看着城墙下的长安城，沉默了很长时间。长安城里的混乱已经平息，生活渐渐回复正常。街道上行驶的马车变得越来越多，大唐此时已经完全动员起来，唐人们认真专注地做着自己的事情。他们很清楚，只有这样才是对在前线浴血奋战的将士们最好的支持。

宁缺已经很久没有睡觉，非常疲惫，眼睛有些发涩。他闭上眼睛，开始感受这座城。他仿佛看到了唐人们平静而坚定的内心。同时，他看到了长安城的危机。他焦虑不安。他彻夜难眠。

97

长安城号称永不陷落，事实上也确实没有陷落过。更准确来说，大唐开国以来，它根本没有经历过一次考验。但没有人对此产生过怀疑，因为长安城是唐人最后也是最强大的信心来源，只要这座城还在泗水南方的平原上矗立，唐人的脸上便能保有笑容。

对唐人来说，长安城永不陷落是心理定式，根本不需要理由。没有多少人知道，最根本的原因是一座名为惊神的大阵。那是站在修行界顶端的人物才知道的事实。如今惊神阵出现了问题，长安城不再像千年里那般坚不可摧，如果有大军来到，如果有强大的修行者进入城中，那该怎么办？现在暂时只有极少数人知道这个问题，其中就包括宁缺。

三师姐给他留了七天时间，如今已经过去了两天多，他非但没有想出好的解决方案，反而注意到这座大阵的情况变得越来越糟糕。从北城外的大明宫开始，隐于秋林里的暗水行出弯山，汇在湖泊，再经由皇宫地底，流过南门观后，经由万雁塔，入朱雀大街，再从长安城南门而出……

所有的堵塞，都发生在这条暗线上。在惊神阵里，这条暗线的作用非常重要，名为息息，正是生死循环往复的关键通道。道门在皇宫小楼地底做的手段，早就被他发现并且清除，但是惊神阵所受到的干扰却已经无法逆转，甚至随着时间流逝，变得越来越糟糕。

他想了很长时间，也没有想到办法。最根本的问题在于，道门的手段直接作用在小楼地底的阵枢中，令阵法里的天地气息运转受到干扰，数处气眼被塞，便直接影响到了整座大阵。他此时脚下的南城门，受到的影响最大。宁缺不明白何明池没有阵眼杵，怎么能进入小楼地底，也想不明白，道门究竟用了什么手段，居然能够把惊神阵计算得如此清楚。

宁缺已经排除了道门在长安城里安置的所有干扰源，但他却没有办法修复阵法受到的堵塞，因为那需要难以想象数量的天地气息。放在和平时期，其实这种程度的破坏或者说干扰并不算什么，一段时间后惊神阵自身就可以修复。问题在于现在是举世伐唐的大战期间，敌人不会给唐人这么长的时间。如果夫子没有登天，这也是很简单的事情，但人间已无夫子。那么……这座大阵真的再也没有办法修复了吗？长安城就此洞开吗？阵眼杵在宁缺的怀里，硬邦邦的就像是石头，硌得他的心情有些慌乱。

这座城是夫子留给他的，阵眼杵是师父颜瑟和皇帝陛下留给他的，这便意味着，守护长安以至大唐，是他无法逃避的责任。这是无上的荣耀，也是世间最沉重的负担。但这整件事情最荒唐的地方在于……宁缺不是阵师。

如今四师兄和七师姐都不在书院，他便想问人都不知道何处问去，所以他越发觉得焦虑，双肩都快要被重担压垮了。秋风拂面生寒，他沉默片刻，向城墙下走去。长安南城门，正对朱雀大街，自开战以来，戒备森严。

在他的要求下，朝廷把城中最后的羽林军全部调到了此处，盔甲雪亮的逾百骑羽林军，神情严肃地在侧街里待命，气氛更显肃杀。数十名青衣鱼龙帮众，在街头在檐下，警惕地盯着出城入城的人，长安城周遭的部队，都已经调到了北疆，城防空虚，朝廷被迫起用了民间的力量。

城防司的军士，仔细地检查着入城出城的队伍，对每份文书都实行三人轮检制，确保没有任何奸细和违禁品过关。这种检查很复杂，工作量很大，好在现在这种时刻进出长安城的人极少，只有源源不绝的运粮车队，把城外的官道占得满满的。这些都是诸州郡运来的粮食。大唐已经做好了长安城被围困的准备。但没有人开始做长安城被攻破的准备，连心理准备都没有。

看着这幕画面，宁缺的心情越发沉重。就在这时，一名女子从城门洞里走了出来。那女子眉如墨，眸如点漆，容颜如画。双唇有些薄，平静地抿着，在白皙的容颜上，似雪地里的蜡梅。直顺的黑发披散在肩头，不再如当年的瀑布，直似极美的笔触。宁缺静静看着她，忽然抬头向天上望去。深秋的天空，高而辽远，清淡到了极点。他忽然觉得，昊天……不，应该是天上的老师，感受到自己此时的焦虑与不安，所以把她送到了长安城，送到了自己的面前。然后他收回望天的目光，看着那个如画的女子，微微一笑："怎么来了长安？"

"想来，所以来了。"莫山山微笑回答道，白色棉裙被城门里穿行的秋风微微拂动。宁缺想到一个问题，说道："墨池苑……"莫山山知道他要问什么，不等他把话说完，平静说道："我已离开。"宁缺没想到会听到这个答案，但其实他清楚，只能有这个答案。莫山山如果不想连累墨池苑，连累她的老师与同门，甚至大河国，那么她只有破门出派，才能来到长安城，来到西陵神殿的对立面。他沉默片刻，伸出右手，请她入城。

宁缺和莫山山行走在长安城里。再度并肩，一如当年，事实上却并不如从前。二人来到皇宫前，来到那座当年的桥上，看着同样是朱红色的宫墙，却看不到满天飞舞的雪花，只能看到铺满地的黄色银杏叶。"我没有时间，不然可以再次同游。"宁缺伸手到桥外的水面上，接住空中飘落的一片银杏叶，说道，"这里便是第四处堵塞，你感知一下箭楼正下方的天地气息。"莫山山闭上眼睛，疏而长的睫毛在白皙的肌肤上微微颤抖。片刻后她睁开双眼，眼眸里的情绪有些复杂，震撼而且不安。"好……强大的阵法。"

宁缺收手，那片银杏叶向桥下的护城河里飘落，河水流速极缓，此时河面上已经积满了黄色的美丽树叶，多了这一片，完全看不出来任何变化。他看着护城河上的黄叶，说道："正因为强大，所以麻烦，现在被道门用手段堵塞后，想要疏通，便需要更多的天地元气。"

莫山山思考片刻后，摇头说道："没有谁能够召引来如此多数量的天地元气，也没有人能布下可以修复这座大阵的阵法。"宁缺问道："能不能用符？"莫山山说道："如果说阵就是符，那么这座大阵，便是我此生所见的最强大的一张符，甚至可以说是真正的神符。"

宁缺明白了她的意思。长安城是个庞然大物，夫子的智慧是座高峻难攀的山峰。道门的手段看似简单，对这两点的利用却是暗契自然之理，天藏杀机。他说道："我希望你能解决这个问题。"莫山山说道："我没有这种能力。"宁缺说道："总比我强。"莫山山说道："那你可以把阵眼杆交给我。"

宁缺摇了摇头。莫山山微笑说道："我以为经历了这么多事情，你已经学会了信任。"宁缺想起泗水之上，那个双脚白如雪莲、身体黝黑的少女。那个脚踩光明，身在黑暗的桑桑。他说道："抱歉，现在除了书院，哪怕李三娘活过来，我都没办法完全信任。"莫山山问道："李三娘是谁？"宁缺说道："我母亲。"莫山山沉默片刻后说道："抱歉。"

98

银杏树叶，落得满地都是，就像那些言语。二人站在桥上，短暂沉默。宁缺说道："你是大师兄的义妹，我的朋友，书圣让你离开莫干山，却是因为他明白帮大唐便是帮大河，无论如何，要辛苦你了。"

莫山山有些惘然，问道："你准备做什么？""我要去好好睡一觉。"宁缺说道，"我不是那大师兄或二师兄，总不睡觉我会死的，我这两天看这座城已经看得想要呕吐，我需要放松一下心神。"莫山山说道："那便去休息吧……但请不要生出挫败逃避的情绪，想想那年，观海僧挑战你的时候，你为什么在湖畔坐了半天。"

宁缺想起那段往事，笑了笑。接下来，他给莫山山画了一份极详尽的图纸，把惊神阵讲解了一番，然后便极不负责任地离开了她，向东城春风亭走去。他没有真的去睡觉，也没有去雁鸣湖畔发呆。

朝堂刚刚平稳下来，李渔还被幽禁在公主府中，很多大臣对于宁缺依然抵触，甚至是极强烈的反感，所以他不便与宫里接触太密切。现在他要知道朝廷的安排，与皇后交流，都是通过春风亭朝宅。在朝宅里，他拿到了最新的几份军令和各州郡传回的军情，看着军情简报上记载的各处战事，他脸上的情绪变得凝重起来。

镇南军依然在路上，葱岭一带西军与月轮国的战事，还没有情况回报，担负着最艰巨使命的镇北军，正在金帐骑兵的攻击下苦苦支撑，虽然说镇北军的人数已经接近最初，但想要逆转战局，并不是那么简单的事情。现在最麻烦的还是东面以及南面的战局，尤其是南方。

西陵神殿率领着数十万大军由清河郡北上，宁缺坐在长安城里，仿佛都能看到旌旗漫天挥舞的画面，他很难想象对方如果杀到长安城该怎么办。后山里的师兄师姐们，现在应该就在青峡，他们可还安好？他们能不能撑得住？能撑多少天？

便在这时，长安府尹上官扬羽和齐四来到了朝宅。宁缺要见他们。

"长安之乱能如此快平息，大人手段了得，当记首功。"宁缺看着容颜猥琐的府尹大人，真诚说道。朝老太爷抱着一只猫从门口经过，听见这句话，看着上官扬羽正在向下弯倒的腰身，说道："这位大人就是太喜欢谦虚。"宁缺笑着说道："二伯说得有道理。"朝老太爷挥挥手，揉着猫肚子离开。

上官扬羽媚声说道："哪里哪里，全赖皇后娘娘和十三先生指挥有方。"宁缺说道："那时候我和娘娘还在城外，哪里能指挥你什么。"上官扬羽认真说道："人不在，正气长存，下官便是感受到……"宁缺摆手道："免了，我不是大学士，不习惯听这种话，大唐官场上也没有几位大人会像你这样说话，我们还是节省一些时间，直接入正题。"

上官扬羽清了清嗓子，直接说道："何明池应该是从东阳门逃出去的，城门司正在内部暗查，已经抓了十几名嫌疑人。天枢处和南门观变得老实了很多，清河郡会所逃出来的人，已经被全部抓获，现在暂时关押在会所里。"宁缺很清楚，天枢处和南门观之所以会变得老实，根本与何明池真实身份曝光没有太大关系，而是因为那些修行者的父母家人亲人，现在全部都被长安府衙与鱼龙帮携手软禁，这种情况下，除了那些真正冷血之辈，谁还敢有异动？

"清河郡诸姓子弟，逃不脱叛国的罪名，虽然尚未审判，但凭什么还让他们留在会所里舒服睡着？把他们全部转进府衙监狱里。"宁缺说道。上官扬羽显得有些为难，说道："府衙里根本关不下这么多人。"宁缺看着齐四，说道："鱼龙帮肯定有很多地牢。"齐四爷耸耸肩，说道："关几百个人没问题。"宁缺看着上官扬羽脸上的表情，说道："有什么问题？"

"我没有什么问题，但朝中有很多大人……或者会有问题。"上官扬羽说道，"现在如何处置清河郡诸姓，朝堂上有两种意见，一种意见是尽快审判诸姓罪行，给朝野以及百姓一个交代，还有一种意见则认为，应该让留在长安城的诸姓子弟活着，这样将来如果要和西陵神殿谈判，也算是个筹码。"

宁缺沉默片刻，说道："这些人都必须死的。"上官扬羽担忧说道："如果朝中那些大人反对怎么办？""就算将来要和谈，有几个问题也必然是不会谈的。"宁缺说道，"清河郡的问题，就是不能谈的问题，当然，现在这些人死了确实也有些可惜，所以先让他们受些活罪。"

齐四说道："这方面我比较擅长。"上官扬羽说道："还是府衙更专业一些。"宁缺说道："这些小事你们自己商量着办，今日叫你们来，是因为皇后已经决定，把城门司和临时执法之权全部交给大人，鱼龙帮暂时也归大人指挥，齐四爷你要好好配合大人把这件事情做好。"上官扬羽很清楚，只要自己能在这场战争里活下来，战后必然会升官授爵，却没想到自己忽然间拥有了如此大的权柄，兴奋之余不由生出几分惶恐。齐四爷也觉得有些奇怪，这个安排透着份诡异的味道。

"长安城很空虚，如果西陵神殿联军……无论是哪一方面的敌人，兵临城下，我们都没有任何办法，所以你们要提前做好破城之后的准备。"听着宁缺的话，上官扬羽和齐四爷震惊无语。就像所有唐人那样，他们从来没有想过，长安城也有被攻破的那一天。

说休息，但心里压着极重的石块，哪里能够睡得着觉？宁缺顺着朱雀大街向南门走去，感知着天地气息的细微变化，察看着沿途那些堵塞的区域，神情变得越来越疲惫，脚步变得越来越沉重。来到城墙前，他望向城头。宁缺的眼力敏锐，远超普通人，所以他能够看到那个穿白棉裙的女子。莫山山正在看着长安城冥思苦想。就像先前的他一样。宁缺默默说了声感谢。

"能识块垒，这小姑娘在阵法上的天赋确实远超过你，但老师既然把长安城交到你的手中，那么我想最终还是需要你自己来想明白这一切。"一名小姑娘走到他身旁，抬头向城墙上望去。小姑娘十二三岁，乌黑的双马尾在腰间摆荡，语气却是宁静温婉成熟，说莫山山是小姑娘，竟不令人感到不谐。她是当代魔宗宗主，有资格喊书痴是小姑娘。"师姐，我真的想不出来什么办法了。"宁缺说道。

余帘望向他，说道："所以你已经开始做城破的计划。"宁缺说道："不虑胜，先虑败，这是我的习惯。"余帘说道："如果是正常时节，这种思想自然没有什么问题，但眼下的局面是大唐必败，所以我们必须只考虑胜利，不考虑失败。"宁缺没有听明白。余帘说道："我们只能考虑怎样获得胜利，而不能考虑怎么面对失败。""可是……如果失败是注定的，怎么能胜利？""那就在失败之前，先获得胜利。"

余帘说道："一场战争最终的结局取决于很多方面，可能二师兄守不住青峡，可能镇北军被金帐击败，可能长安城会被攻破，但我们只要能在这些失败到来之前，取得某一方面的胜利，便能阻止这些失败的来临。"宁缺明白了，说道："最关键的胜利。"

"不错。"余帘说道，"在你看来，这场战争的结局会是什么？"宁缺很清楚，战争之初大唐连遭重挫，双方实力之间的差距已经被拉大，就算青峡能守住，惊神阵能修复，依然很难改变最后的结局。"大概还是会输。"他说道，"不过我相信，到了大唐亡国的那一天，世间也没有几个国家还能存在。"

"不错，这是世间所有人都能看明白的道理，各国的皇室还有那些将军，虽然都很愚蠢，但想来不至于连这个都想不明白。"余帘说道，"大唐和书院已经开始展现力量，到处都在死人，我相信月轮国很惨，燕国也把自己打废了，谁愿意与我大唐玉石俱焚？"宁缺说道："南晋皇帝听说因为丧子有些发狂。"

余帘说道："如果那皇帝想把整个南晋都拖进疯狂的泥潭里，皇族还有那些将军，都会出来阻止他，因为没有发狂的人终究更多。不惜任何代价也要灭唐的，只有西陵神殿。"她继续说道："熊初墨已经废了，天谕和裁决青峡之战后必然重伤甚至可能死亡，神殿还有什么？"宁缺若有所思。"前些天，我和大师兄一直在思考一个问题，怎样在必败里求得胜利，至少是暂时的胜利，谋求暂时的和平，直到我们想明白了这一点。"余帘看着他，说道，"杀死观主，这场战争便可以结束。"

宁缺不知该说些什么。这个推论是正确的，如果知守观观主被书院杀死，西陵神殿消耗惨重，对俗世诸国的影响力会变弱，那么还有哪个国家愿意与大唐一道毁灭？更关键的是，如果观主死了，道门对剑阁和柳白便再也没有任何约束力。然而问题在于……观主是夫子登天之后，这个世界上境界最高、最高深莫测的至强者，想要杀死他的难度与大唐打赢这场惨烈的战争，能有多大差别？

宁缺看着她说道："师姐留守长安，不去青峡，就是因为此事？"余帘说道："我没有信心能击败他，因为观主比你以及世间绝大多数人想象的还要强大，甚至是超出想象的强大。"宁缺知道大师兄此时正在以无距境与观主竞逐，在他印象里，观主就算强大，也很难配得上师姐的形容，不由有些不解。

余帘说道："等到观主出手的时候，你就会知道了。"宁缺说道："我能做些什么？"余帘说道："修好这座城。"宁缺至此终于完全明白了大师兄和三师姐的意思。长安城破，就是失败。长安城破前，书院能杀死知守观观主，便是胜利走在了前方。

当大师兄带着观主来到长安城的时候，他至少需要修好这座城的一部分——杀人的那一部分。如果他不能做到这一点，这座城以后便再也不用修了。这是黎明前的最后一抹夜色，也可能是深渊前的最后一步。宁缺心里的压力越来越大，沉重到他的呼吸都开始变得困难起来。

入夜。莫山山站在城墙边，被寒冷的秋风刺得脸颊有些微红。她细眉微蹙，继续看着这座城。宁缺也在看着这座城。他坐在雁鸣山上，看着湖对面。湖对面的画面是长安城的一个片段。他和桑桑的宅院也在那里，长时间无人居住，他看了很长时间，想起了很多往事。当年收到观海僧的挑战，他就是在这片湖畔沉思了很久，然后收获了很多。他很疲惫。在凄冷的夜色中，沉沉睡去。

宁缺醒来时，湖对岸依然没有什么灯火。因为天亮了。晨雾里传来吆喝贩卖的声音。晨雾散后，民宅街巷被包子铺的蒸汽占据。人气渐生。原来对岸并不是那般凄清。宁缺看着那处，隐约捕捉到了一些什么。

99

宁缺起身，拍掉身上的草屑与露水，沿着湖畔向对岸走去。湖东面有一片白色的秋苇，苇丛中隐着一道木桥，他从桥上走过，穿过自家宅院的侧门与偏巷，便来到了人声鼎沸的晨市里，尘世里。皇帝死了，人们还活着，战争在继续，生活也要继续，包子铺的热气像雾一样散布在街上，面馆的汤汁淋湿了青石板路。

当年就是在这间包子铺前，他遇见道石僧，看见了荒野间的一个土馒头，那是一座千年孤坟，开始入世之后最凶险的一次战斗。时光悄无声息地流逝，青石街道上再也看不到当年那场战斗留下的痕迹，人们甚至已经记不起那个早晨发生的事情。晨市还是那个晨市，包子铺还是那个包子铺，老板与白案师傅还是那两个人，只是买包子的孩子不再是当年的孩子。这就是时间的力量吗？

晨光因为热雾的折射，变得毛茸茸的，仿佛里面有无数的时光碎屑。街道上人来人往。宁缺站在街中，闭眼低头，感受周遭的所有。他看到了很多画面。旧年的血迹被清水洗走，还留下一些残余，然后被无数排队买包子的人用脚踩过，带离原先的地面，青石板上再没留下任何痕迹。无数年来，无数双脚在这些青石板上走过，青石板的表面都被磨得光滑无比。

他看到了一片生满了野草的荒原，看到农夫在草原间点燃了火，看到老黄牛在生田里迈着沉重的脚步，看着黑色的泥土被翻开，田地开始种稻种麦，到秋日结了金黄色的谷实……他还看到了很多画面，于是明白了一些道理。人在世间行走，必然会留下痕迹，但随着人的继续行走，这些痕迹便会悄无声息，在所有人都没有注意到的时候，便消失不见。这不是时间的力量，而是人自己的力量。

他睁开眼睛，看着晨市里川流不息的人们，脸上露出笑容。这座城很宏大，这座阵很伟大，所以当代表整个人间的老师离开之后，再也找不到谁有能力调集足够多的天地元气来修复这座城，这座阵。但人间还在。那股力量，还在人间。

宁缺不知道隐藏在人间的那道气息是什么。他能感受到那种强大，甚至隐隐触碰到了那些至高的规则，却不知道该怎样形容这种感受，该用什么词来描述……生活的味道还是烟火气？他不知道怎样才能调动那道气息，但至少有了头绪。

最重要的是，他第一次真切地感受到了那股气息。在那一刻，他与老师和很多前贤的心灵相通。所以他的心情很好。他看到街那头的莫山山。莫山山在城墙上看长安，一夜未睡，所以显得很疲惫。宁缺走到包子铺前，买了两个热乎乎的包子，然后向街那头走去。

"牛肉萝卜馅，两大钱的大包。"他把包子递到莫山山身前。莫山山双手接过包子。她的手有些小，棉裙做得有些宽大，袖口遮着小半个手掌。包子很大，她必须用两只手捧着。她仔细撕掉与包子皮粘在一起的纸，然后小心翼翼咬了口。她的神情很专注、很可爱。

来到南门前。登上城墙，临秋风再看长安。莫山山说道："我只看了一夜时间，但长安城在我眼里也已经不再是城。""是符还是阵？"宁缺问。"都不是，我觉得这座城是一个人。"莫山山看着城市里的道路与建筑，说道，"这个人叫长安，他的雪山气海诸窍被堵，正等着我们去替他医治，帮他把诸窍打通。"

宁缺沉默片刻，说道："这个说法很有意思，很像当年的我……但正因为如此，我知道想要把一个普通人的气窍打通，基本上是不可能的事情。""但你的诸窍最终还是通了。"莫山山看着他说道，"所以我打算用你当初的方法，来医长安。"

宁缺记得那些往事，但事实上直到现在他都不是很清楚，为什么自己的雪山气海会忽然开窍，自己为什么能够修行。莫山山看着天空，说道："长安的雪山气海便是天地，我们没有能力命令天地，便只能让天地自己来做。"

100

惊神阵里有一道暗线出现了堵塞，便干脆把这条暗线的出口处完全堵住，依阵法生死还复之理，迫使自北向南的天地气息流动完全停止，从而在城内郁积得越发严重，直至倒溯反冲，借用天地自身把那几处堵塞冲开。

莫山山给长安城开出的这个药方很简单，粗暴至极，实在很难想象出自这样一个清美温柔的少女手中，如果被她医治的是真正的人，在服下这剂药后，绝对会诸窍流血而死，但如果服这剂药的是长安城，会不会不一样？

宁缺沉默了很长时间，问道："堵在哪里？怎么堵？""这道线的出口是南门，此处也正好是惊神阵的生门，正对着朱雀大街，如果要堵死，自然便是要把这门封死，至于方法……"莫山山说道，"我想用石头把这道城门堵死。"

宁缺知道，单纯物理意义上的封堵，对长安城里的天地气息流动没有任何意义，所以他马上明白了她的意思，想起了魔宗山门外大明湖底的无数块顽石，想起那座名为块垒的阵法。"有没有把握？"他问道。莫山山摇头说道："没有把握，但想不出来别的方法，你对我说过，最后的方法就是最好的方法，所以我想试一试。"这确实是宁缺经常说的话。他想了想后说道："虽然有些冒险，但好像这法子确实有些意思。"

时间急迫，封死朱雀南门的工程，必须马上进行，宁缺让城门下的青龙帮众通知春风亭，再把这个安排知会到了宫中。唐国朝廷的行政能力，在接下来的数个时辰里，得到了完美的展现。没有用多长时间，由工部和天枢处领头，数名阵师和三千多名临时征调的民夫，便来到了南门处，尽数归由莫山山指挥调动。朝廷下旨，长安城南门就此封闭，粮队与民众全部经由其余诸门进出，数千名自愿前来的百姓与户部技术官员还有阵师，在莫山山的指挥下，开始铺设阵法，搬运巨石，南门顿时变成了一处大工地，热闹异常。确认没有什么别的问题，宁缺便与莫山山告别。莫山山微异问道："你要去做什么？"宁缺说道："最后的方法就是最好的方法，但现在还没有到最后那一刻，我想看一下，还能不能找到别的方法。"莫山山不再多言，平静说道："祝你好运。"宁缺揖手行礼，转身离开。当宁缺顺着朱雀大道向北走去时，有云自城外飘来，遮住了天空里的阳光，秋风微起，便有雨珠落下，寒冷的秋雨把街上的行人赶到了街旁。宁缺没有离开，依然站在原地。他伸手到背后，想要拿出大黑伞撑开，却只摸到了刀柄。这时他才想起来，大黑伞已经不在身边，大黑马也已经不在身边，马车已经不在身边。

桑桑，也不在。

宁缺想着当年和桑桑第一次看到它时的感受，想着自己浑身是血倒在它身前的旧事，沉默不语，心里的情绪非常复杂。夫子带着他和桑桑，在人间进行最后一次游历的时候，曾经回过一次长安，那时朱雀曾经现身，出现在黑色马车里。朱雀是惊神阵里的一道神符，宁缺是惊神阵的主人，再加上老师这层关系，所以此时二者之间虽然没有言语，却仿佛能心灵相通。相看无言，只有情绪和思绪在他与朱雀之间回荡。你只是知命巅峰。宁缺看着被雨水打湿后显得越发灵动的朱雀绘像，在心中默默想着，对观主这样的强者，又有什么用呢？

杨二喜喘息着收回草叉，拄着草叉站在原野间休息。他的身前是一座土坟，上面覆着的土很新鲜，是刚刚才堆好的。最近这些天，他开始用草原蛮骑的弯刀作战，但手里那根草叉却是越来越锋利，因为用的次数很多。草叉用来掀土挖坟，要比刀好用得多。这几天他挖了很多座坟，埋葬了很多同伴的尸体。

唐军从来不会扔下任何一个同伴，无论是生还是死。战争期间无法做到，也会在战后尽最大可能寻回同伴的遗体。不过这里本来就是大唐的国土，战士埋在这里，也等于是埋在家乡。听说皇帝陛下回到长安城的时候，都是一匣骨灰。这些死去的战士，没有什么不满意的。大战开始不久，朝小树便带着骁骑营出了长安，直赴东疆与草原骑兵作战，在随后的这些天里，不断有自愿前来的退伍兵会入他们的队伍，同时还有自燕境撤回的东北边军残兵被收拢，军员数量越来越多。现在这支军队的人数已经超过了三万人，被朝廷正式命名为义勇军，只是因为装备尤其是战马缺乏，相对草原骑兵依然处于弱势。就在昨日，东疆义勇军与草原骑兵进行了真正意义上的第一场大战，处于弱势的义勇军以难以想象的勇气，获得了最后的胜利。为此，在这片东疆原野上，数千名义勇军付出了生命的代价。

然而令朝小树和骁骑营诸将领感到警惕的是，在这场惨烈的战斗中，始终没有人发现隆庆皇子和那些堕落统领的身影，更令他们感到有些不安的是，入侵者里实力最强大的神殿护教骑兵与草原精锐，不知去了何处。朝小树看着西方的山林，想着先前平原郡紧急送来的军报，脸上仿佛蒙了一层霜气，说道："他们去长安了。"东疆义勇军连续作战，后勤支援困难，已经疲惫到了极点。此时就算知道隆庆皇子带着那批精锐直趋长安城，他们也已经没有能力做出任何应对，更没有可能抢在前面进行拦截。刘五听着朝小树的判断，神情变得异常凝重，却还是有些不解，说道："蛮骑多散于东疆，隆庆麾下虽是精锐，但绝对不可能攻下长安城。"这正是朝小树面若寒霜的原因。明明没有任何意义，隆庆为什么愿意舍弃如此多的部队，只为了争取时间直突长安？只有一种解释，隆庆坚信当他的骑兵抵达时，长安城必破。

青峡在莽莽青山前。青山之前是平原。这片平整肥沃的原野，除了草甸之外，还有很多耕种多年的田地。数日血战，万顷良田，被西陵神殿联军的千军万马，踩踏得泥泞一片。

今年秋天有太多的惨事发生，农夫四散逃亡，田地里的稻谷无人收割，颓然无力地在风中佝着身。青峡右前方，有一片相对平整的稻田，没有被铁骑践踏，田里的稻谷密密麻麻，一片金黄，看着非常美丽。叶苏便在这片稻田里，他向青峡处走去。有风随着他的脚步而起，金黄色的稻穗被吹动，四处微卷，然后弹起，就像是金色的海洋，然后稻海渐分，为他让开一条道路。

青山之前的原野间，所有的目光都看着那片稻田，看着那柄木剑。这两天多时间始终处于随时准备出击状态的骑兵们纷纷下马，因为他们知道这场战斗容不得自己这些凡人插手，那是只属于强者的尊严之战。

神辇里，叶红鱼沉默地看着青峡处，手指在血色神袍上轻轻点着。叶苏来到青峡前。他看了看那张铁篷，又望向二师兄身上焦黑色的盔甲。最后，他的目光落在那柄铁剑上，微微皱眉，准备说些什么。二师兄的声音先响了起来，依然是那样地严肃，那样地认真。他看着叶苏，说道："你站的地方不对。"

叶苏没想到当头便是这样一句话。他静敛心神，认真请教道："何处不对？""那是田，不是路。"二师兄说道，"路用来走，田用来种粮食。明明有路，你却不走，非要从田里走过来，那是糟蹋粮食，自然不对。"青峡前的书院弟子，本来因为叶苏的到来而有些紧张，此时忍不住乐了起来，感觉就像是这些年师兄教训自己一样。

没有什么废话，也没有皱眉，没有犹豫。直接见着你便是一句话，因为你错了，那么便要说你不对，二师兄就是这样的人。糟蹋粮食不对，站错地方不对，穿俗世衣衫却梳道髻，也不对，在二师兄看来，叶苏浑身上下都是问题，这让他非常不悦，甚至有些失望。叶苏感受到了对方此时的情绪，不禁笑了起来，心想君陌果然是传说中的性情，微笑说道："你那套早已不合时宜，更何况这是战争。"

二师兄说道："时宜者，宜于时也，种稻收粮，千秋事也，岂能因时势而移。"叶苏渐渐敛了笑容，说道："你又如何能控制别人？"二师兄说道："青峡之战两日有余，但凡纵马踏田之敌，我未留手，那些骑兵虽然不知，却知道趋利避害，所以才能剩下你所在的这片稻田。"叶苏放眼望向稻海四周，神情微凛。

如此惨烈的战斗，稍一失神，便是剑毁人亡的结局，但在这种情况下，二师兄居然还没有忘记用铁剑去执行他的规矩。这究竟是一个怎样的人？

叶苏站在稻田里，沉默了很长时间，伸手摘下一穗，轻轻揉着，看着脚下被血水浸透的土壤，说道："我不服教，你何以教我？"二师兄说道："你错，所以我教你，你不服教，我便打到你服。"

101

不服便打到你服。既然话已经说到这个份上，那便不用再说，像君陌和叶苏这样层次的人，说话只是闲聊或者说只是局限在话语本身，无关心理上的什么攻势，那没有意义。原野上观战的数十万人，紧张地看着青峡方向，不知道这场战斗会怎样开始，不知道他们会何时出手，谁会先出手。就在不知何时的那个时刻，叶苏出手了。道门天才对书院天才的出手，与所有人的想象都不一样，没有天崩地裂，没有山石滚滚，没有什么恐怖的威势，反而显得极为平淡。那道薄薄的木剑，从叶苏身前向青峡处而去，淡然平静沉默，剑前的稻浪随势而分，就像是湖水渐分，湖里一道柳枝起伏向前。无数道目光盯着那柄木剑，有些惊讶，有些不解，甚至有些失望。然而下一刻，青峡前便出现了一幕令人感到震撼的画面。随着木剑的飞行，青峡前忽然生出一道云层。那片云层厚约数丈，晦暗至极，里面隐约可见雷电渐蕴。

青峡被白云覆盖。西陵神殿联军阵中，有很多神官和修行者以及护教骑兵，曾经参与过春天在荒原上的那场战争，他们曾经见过这片云层，看着荒人最强大的战士唐，被这片云层弄得非常狼狈，所以看着这幕画面，他们震惊而兴奋起来。青峡处的云是白的，但因为离地面太低，而且太密太紧，所以变得很晦暗乌黑，就像是盛夏时节，那些会落下暴雨的乌云。木剑的颜色是淡白的，就像叶苏身上的衣衫，飞下暗云覆盖的原野后，顿时变得极为显眼，看上去就像是一道闪电，缓慢的闪电。

晦暗的云层里，忽然闪过一道亮光，然后无数道明亮从云层深处生出，变成无数道闪电，看上去就像是无数道淡剑，恐怖的淡剑。闪电不止一瞬，穿透云层，向十余丈下的原野间落下，紧随其后的便是雷鸣，无数轰隆恐怖的闷雷，向青峡处砸去！

二师兄的盔甲，在昨日的战斗中被叶红鱼的万柄道剑烟花灼得焦黑一片，此时映射着自天而降的无数道明亮闪电，就像是黑土上爬行着无数条光蛇。他握着铁剑，身姿挺拔，神情严肃。他的神态是那样地端正。黑云压顶，万道闪电万重雷。他却像是在赴一场盛宴。

看着远处稻田里的叶苏，他举起手中的铁剑，持平，齐眉，施古礼。一平剑，迎面吹来的秋风顿时为之一肃，雷电终于落了下来。青峡前响起无数声恐怖的轰隆巨响。无数道闪电挟着令人心惊胆战的威力，几乎瞬间便尽数落在了地面上。电闪雷鸣还在持续。焦黑的盔甲表面反射着闪电，渐热渐亮，无比明亮。

在南方原野间观战的联军官兵，觉得自己仿佛看到了一轮太阳，双眼被刺得剧痛无比，急忙遮住眼睛，有反应慢些的人痛呼出声。修行者也闭上了眼睛，用念力感知着青峡处的变化，感知着那些雷电里蕴藏着的精纯磅礴的天地气息，被那柄木剑震撼得无法言语。也许只是刹那，但在观战的数十万人感觉中，却像是过了亿万年时间。青峡处的白云终于消散，雷声不再，闪电自然也无踪影。烟尘渐敛，二师兄的身影缓缓显现。

在他身前的地面上，出现了数千道手指粗细的黑洞。每一道黑洞，就是叶苏木剑引至的一道雷电，黑洞深不见底，可以想见其威。令人感到震惊的是，这些黑洞都在二师兄的身前，他身后的地面平整如先。万重雷电，没有一道落在他的身上，也没有一道落在他身后的铁篷上！

数千道黑洞，在他身前排列得非常整齐，看上去就像是一道笔直的线！雷电拥有至上威力，来自天地，只臣服于自然的规则。然而却无法逾越二师兄身前的那道线。书院的礼，就是规矩。这道线，便是二师兄用铁剑守护的规矩，他的礼。

102

云消雷散。木剑微震，从青峡前飞回稻海，平静悬停。叶苏双眉微挑。他知道君陌很强，但没有想到会这般强。逾过五境之上那道门槛，才能在昊天的世界里创造属于自己的规则。二师兄没有越过五境，却在昊天世界的既定规则中，寻找到自己最强大的信念，从而让那些规则变成他专属的规则。从某种意义上来说，这种手段已经超出了五境的范畴。叶苏双眉渐平，意渐平。他已经出了剑，现在该轮到二师兄出剑了。他看着青峡处，挥动双臂，衣袖轻拂，负在身后，平静说道："请。"二师兄出剑。宽直的铁剑，离开他的右手，离开青峡。铁剑距离原野地面约一人高，缓慢地向着稻田飞去。从青峡到稻田，中间有一段距离，那片土地染满了血。不是鲜血，是前两日无数骑兵与战马淌出的陈血。

铁剑在血染的原野上飞过，没有染上一丝血腥气味，极为肃杀。今日青峡之前，二师兄与叶苏相见。相见不是相遇，因为两个人手中的剑始终未曾相遇。他的这道铁剑，便是要叶苏以木剑相遇。这道铁剑，已经斩杀了千百人。原野间的血，都是这道铁剑斩出来的。就是铁剑自己的血。铁剑与自己的血相遇，气势饱满到了极点，肃杀到了极点。才以礼相见，便以剑相见。即便是叶苏，在这样霸道的一剑之前，亦不能避。他只能举剑相迎。

远处南方原野间，柳白在马车畔缓缓站起身来，看着青峡处那道铁剑，说道："这一剑终于有些意思了。"青峡之战持续了两天多，这位当世第一强者始终没有出手，因为他一直等着君陌进入最强的状态，不然便没有意思。此时看着这道铁剑，他终于做出了有意思的评价，这也就意味着，他认为此时的二师兄已经进入最强的状态，他很想接这一剑。

这道铁剑确实很有意思。甚至比柳白以为的更有意思。铁剑代表的依然是二师兄的规矩。或黑或白，没有灰色。或生或死，不能两全。或战或败，不能逃避。面对着如此决然的一剑，无论是谁，都要做出最决然的选择与决定。你必须选择一条道路，必须选择一个方向。世间没有第三条道路，墙上的野草不可能倒向自己的位置。这道铁剑已经超出霸道的范畴，隐隐然散发着光明正大的感觉。给你选择的机会，然后碾轧你、斩杀你。这是王道。

这就是铁剑给叶苏所出的难题。叶苏没有接这道铁剑。因为铁剑是对方的规矩，一旦他接了，便等于是接受了对方的规则，那么无论此战如何发展，他都不可能再改变被动的局势。但铁剑要他接。他能怎么办？叶苏让稻田来接这道铁剑。这片稻田是他的规则。在铁剑出青峡之前，他已经负起双手，衣袖微拂。有清风自袖间出，金黄色的稻谷被拂得轻轻颤动，时而弯腰。宽直的铁剑，进入稻海。

沉甸甸的稻穗，随剑意而落。失去沉重负担的稻秆猛然挺直腰身，把稻叶弹至空中。稻穗向地面坠落，尚未坠到地面，稻谷便剥离而出，随稻叶一道飞舞。稻谷上的麸皮裂开，露出浑圆晶莹的米粒。米粒在秋风里四处撒扬，如珍珠反射着阳光，美丽异常。撒向空中的米粒被阳光灼得焦黄，散发出米香。落到地面的米粒被血水浸得发黑，悄悄潜入泥。泥土间，生出绿色的稻叶。稻叶向着空中伸展，似要结实。极短的瞬间内，这片稻田经历了收割、死亡以及重生。稻田的生死别离，就这样在人们的眼前上演。这个过程非常连续，生死循环变成完美的圆融，找不到任何清晰的分界线。

在稻田里飞行的铁剑，也没有找到那条分界线。铁剑依然沉默前行。稻海生稻，骤疾，哗哗而响。有飓风自铁剑发出，狂啸于稻海之上。木剑悬在叶苏身前的空中，被飓风吹得不停抛起落下。在狂暴的稻海里，就像一只不起眼的小船。木剑就是最简单的一块木头。在生与死的海洋上，木剑就这样漫无目的地漂着。它不求生，也不求死。生死也无法临诸其身。不知过了多长时间。风渐停，稻海渐静，似乎什么都没有发生。只有稻田泥土里那些新生的青苗，在证明着一些什么。叶苏伸手到稻田上的空中，接住数粒米。新稻初剥的米很饱满，被阳光灼烤至焦黄，散着香甜。他用手指拈起一粒米，放入唇中。他缓缓咀嚼，脸上露出一丝微笑，其中自有真味道。

"十余年前，我周游诸国，自以为勘破生死关，从此再无任何畏惧，所思便是剑所指，剑心通明……"叶苏将掌心里剩的几粒米撒到稻田里，微笑着说道，"如果是当时的我，面对你这一剑，必然要接，而且必然会败。直至数年前，在荒原雪峰绝顶上，我迎着满天阳光，以澄静剑意，隔空刺了大先生一剑，我才知道自己大错特错。"叶苏笑容渐敛，平静说道："因为我那自以为已然贯通生死的一剑，根本没有刺中大先生，就连潭里的水都没有激起一丝。因为大先生坐在潭边是在看书，根本就没看我的那一剑，他甚至想都没有想。那时我才明白……勘破生死，便是看不破。后来我去了长安城，在一座破落的小道观里住了很长时间，我看着那座道观垮了，看着街坊的雨檐破了，我不再在世外，而在世内感受，我开始替街坊修雨檐，一砖一瓦修道观，才明白破而复立的道理。"叶苏望向稻田边缘的血水，说道："血代表着死亡，浇灌出来的原野却极肥沃，在这片原野上生出血稻，明年想必非常美味。毁灭然后再生，如此不息，这就是生。世间根本就没有死。"

二师兄看着站在稻田里的他，忽然说道："有死。"叶苏说道："我承认，但至少在你我的时间范畴内，没有死。"二师兄说道："在你的观念里，有生死，你如何破之？""佛道两宗追求的便是最后的大平静。"叶苏说道，"勘破生死，为的就是平静，然而我现在明白死是永恒，生是幸运，其间自有大悲喜，为何一定要平静？"听完这番话，二师兄沉默片刻，说道："你已近道。"叶苏说道："尚未得道。"二师兄说道："然而你如今之道，与昊天之道，已然背离。"叶苏说道："道在天心，或者昊天让我悟的道便是如此。"二师兄说道："如果昊天说你的道不是道，你又该如何？"叶苏看着脚边散落的稻谷，看着泥土里新生的青苗，沉默了很长时间，然后缓缓抬起头来，平静说道："我还有我的剑。"他伸手到金色的稻海上。握住木剑。每个人都有自己的道。这与信仰无关，不代表不虔诚。只是像叶苏这样的人，必然会走上自己的道路。二师兄的问题，是真实的问题。叶苏的回答，也是真实的回答。他已经做好了准备。这代表着一个令人震惊的事实。如果昊天同意他的道，他便依旧虔诚。如果昊天不同意他的道，他还有剑。因为木已成舟，他愿意做那个刻舟求剑的愚人。叶苏是道门的天才，是最坚定的昊天信徒，不然观主也不会收他为徒。谁也不知道从何时起，他发生了这样的变化。是在荒原雪峰上，还是在长安城里的小道观里？总之他握住了自己的剑。

这一剑敢于问天。那该是多么地强大。现在，他还是昊天的信徒。道门的行走。他的这一剑不用问天。而是来问君陌。君陌能不能接得住？

103

君陌和叶苏都是骄傲的人，也都是强大的人，只是没有人知道，他们是因为骄傲而强大，还是因为强大而骄傲。两年前曾经有一场秋雨，他们曾经在烂柯寺里相遇，然后战斗，各自骄傲地转身，不看秋雨不看剑，因为佛宗，未曾尽兴。今天两人再次相遇，各出一剑，平分了青峡前的秋色。

即将到来的是第三剑。第三剑而已，看上去这场战斗刚刚开始，但无论是对战的二人，还是在原野间观战的数十万人，都感觉这就是分胜负与生死的一剑。十八年前在荒原上，在黑线的那端，因为冥王之子降世，叶苏道心受激，施出了少年时期最强的一剑，把那株小树斩成了五万三千三百三十三片。其后他周游诸国，境界再增，手中的木剑变得越来越慢，由瞬间万剑变成千剑、百剑，直至最后变成一剑。因为一剑就够了。

秋风大作，青峡前的天地气息，仿佛受到了木剑的招引，自四面八方奔涌而来，天空里洒落的阳光，被折射成怪异的形状，有若万马奔腾。受此震慑，无数金黄色的稻谷随风而偃，向北而去，原野间生出一片金色的波浪，木剑行于稻浪之间，如疾舟前驱。叶苏不再停留原地，衣袂微飘，随木剑而去。木剑是舟。他就是舟上的人。舟载着他。而不是他在推动舟。稻海里一阵狂风。叶苏消失无踪。下一刻，他便来到了君陌的身前。他的手握住了木剑的柄。屈膝，沉腰，直肘，不翻腕。木剑刺向君陌的左胸。无比明亮的圣洁神辉，在剑身上亮起。青峡上空的太阳，在他出剑之时，仿佛都黯淡了一分。不是天启，而是剑与天地融为了一体。他把昊天的意志，尽数化成了自己的剑意。这就是天意。木剑之中有天意。如何能避？生死可以无观，天意不可逃避。君陌记得老师重复了很多遍的那句话。没有无所不知、无所不能的存在，除了昊天。他知道自己无法避开叶苏的这一剑，所以他没有避。他看都没有看一眼刺向自己胸口的木剑，举起铁剑砍了下去。砍是一个很简单的动作。他做得也很简单，就这样砍了下去。君陌一直视小师叔为偶像，没有学过浩然气，但学过浩然剑，浩然之气，讲究的便是勇往直前。在这道简单而畅快的铁剑前，没有神佛，也没有天。君陌神情平静，自信自己的铁剑，能在木剑临身之前，把叶苏砍成两半。这不是同归于尽，玉石俱焚，而是考量彼此的勇气。勇气就是一种骄傲。

叶苏也很骄傲，因为君陌此时表现出来的骄傲，他越发骄傲。他也没有避。木剑前行，刺中君陌的左胸，看似钝而无锋的木剑，瞬间没入焦黑色的盔甲，盔甲下方隐着的符线骤然明亮，散发出强大的气息。铁剑下落，没有砍断叶苏的脖颈，因为被他背上的剑鞘挡住。在炽烈的光明里，那道看似不起眼的剑鞘，就像是狂暴海洋里的一面布帆拦截着风的力量，给舟以前行的力量。

铁剑不是铁剑，木剑不是木剑，剑鞘也不是剑鞘，这些事物里最细微基础的结构中，都注满了无数的天地元气。这不再是剑与剑的对抗，而是念力与念力的对抗，两个天地的对抗。青峡之前的天地元气被压缩到了极点，折射的天光变得更为扭曲，因为压缩得太过厉害，天地元气之间开始摩擦，泛出灼热的火焰！

一片光明中，君陌手中的铁剑继续下压。一声轻哂，叶苏背上的剑鞘被撕开了一道破口。叶苏神情漠然，手中的木剑继续前行。木剑一寸一寸缩短，一部分进入君陌的胸膛，更多的碎成最细微的粉末，然后剧烈燃烧起来。现在的局面，就是看铁剑先破帆，还是木剑先破甲。燃烧的木剑越来越短，却依然没有破开君陌身上的盔甲。炽烈的光线中，叶苏的脸变得仿佛透明一般，依然没有任何表情。他继续向前递剑。直至最后，只剩了一个剑柄，一个光秃秃的剑柄。一声清啸，叶苏一掌拍下，把整个剑柄拍进了君陌的胸膛！以前，他的木剑没有剑柄，也没有剑鞘。现在他的剑有柄，也有鞘。因为这些年来，他的修行一直是在后退。他在后退着前进。从万剑到一剑，从勘破到不看，从世外到世间。但今天这场战斗，他却一直在前进，没有一步后退。他的剑鞘，是在尘世里所悟的牵绊。他的剑柄，是他在剑道上的全部精神。他用剑鞘束缚住铁剑的锋芒，然后把所有的剑意拍进君陌的胸膛！

　　君陌这些年的修行，就像他的铁剑一样简单。前进，前进，再前进。有进无退，有去不回，他向着一座座高峰前进。就在叶苏把剑柄拍进他胸膛时，他却忽然松开了剑柄。铁剑太宽太直，如他的眉，不容于世，亦不容于鞘。至少在短时间内，他无法破开叶苏的鞘。就像解题一样，那么他便不再破。他松开剑柄，在修行生涯里第一次做出了让步。但他的左脚，却在满天光明中，向前踏了一步。他的右手紧握成拳，于秋风中握住无限光明，砸向叶苏。一往无前的君陌，第一次让步。以退为进的叶苏，决然地前进。两名修行界的绝世天才，在这场惊心动魄的战斗里，竟是不约而同，选择了对方最擅长的手段，却不知谁会获得最终的胜利。当剑柄没进焦黑色的盔甲后，整个原野间，都响起了一道撕裂的声音。仿佛是天空被谁撕开了。君陌的盔甲没有什么变化，上面残留着一些极细的木屑。他的身后却是荡起了一道极为恐怖的剑意。那道剑意直刺青峡，在崖壁上刺出了一道深不知多少里的剑洞！只是剑意溢出，便有如此惊人的威力。当面承受全部剑意的君陌，又该如何？

　　几乎同时。君陌的拳头，也落到了叶苏的身上。他的拳头里握着无限光明，那都是青峡前的天地元气。而这些天地元气里，充斥着难以想象数量的剑意。铁剑的剑意，甚至有叶苏自己的剑意。君陌松开了铁剑，然后握住了无数把剑。当他的拳头落在叶苏身上，便有万把剑落在了叶苏的身上。

不知道过了多长时间。叶苏忽然咳了起来，素色的衣衫上出现了无数道细密的血口。他看着君陌，感慨地说道："如果你没有这身盔甲，我不见得输。"

"世间没有如果。"君陌的脸上没有任何得胜的喜悦，淡然说道，"如果你要说如果，那么如果我无甲你无鞘，我赢。如果你无剑我无剑，我赢。如果是十八年前，我赢。如果是十八年后，还是我赢。"他最后说道："所以不管怎么说，都是我赢。"

104

叶苏问道："依凭外物，能在修行路上走到最后吗？"二师兄说道："道门讲究道法自然，这本就是错的。"叶苏微微一怔，请教道："为何这般说？"二师兄说道："什么是外物？如果说你我一身之余皆是外物，那么盔甲是外物，剑是外物，天地之间的气息都是外物，然则谁都在用。借车船行千里，凭刀火始耕种，人之异于禽兽者几希，唯善假于物也，这便是人之所以为人的根本，怎么能称之为外物？"

很简单的几句话，让叶苏思考了很长时间，他感慨地说道："我本以为你方正守礼，古板严谨，不识圆融，今日才知原来你才是真正的通达。"二师兄说道："礼者理也，经过审慎思考，确定某个规则有道理，那么就算千万人在前，也能够不退一步，这就是守礼。"

叶苏看着他认真问道："书院始终在做让自己高兴的事，那自然是因为你们坚信这些事情是对的，然而真理来源于昊天，道理经由人的判断，不同的立场会带来不同的是非。你们怎么判断这件事情是不是有道理？"

二师兄说道："你说得不错，不同的立场自然会带来不同的是非，但如果你选定了立场，自然是非也就可以确定，也就是所谓道理。书院的立场就是人的立场，我们对天地没有本发的爱憎，对人有好处的我们便去爱，比如稻田；对人没有好处的，我们便去憎，比如灾害。规则同样如此，有好处的便要去遵守，没好处的便要废弃。"

叶苏问道："书院的道理来自利弊？"二师兄说道："不错。"叶苏声音微涩道："未免太现实了些。"二师兄说道："人类所有的爱憎本就起于现实。"叶苏自嘲一笑，从袖中取出一块手巾，擦拭着唇角淌出的血水，血水很浓很稠，就像是在葡萄酒桶最下方沉淀的那层。

二师兄知道此人现在情况很不好，见他静思，想着先前他的生死观与道，本想说如果有事，不妨去书院暂避。但他知道叶苏的骄傲，所以只说了声："珍重。"叶苏闻言大笑，神情很是开怀，说道："周游诸国修道多年，最终破废之秋，能得君陌道声珍重，也算没有辜负自己。"说完这句话，他转身离开青峡。二师兄看着那个有些落寞的背影，手中的铁剑缓缓插进身畔的原野里。随着这个动作，他的盔甲上出现了无数道裂缝，然后片片崩落，焦黑色的金属碎片，看上去就像是长安城常见的碎瓦。片刻之后，二师兄的脚旁堆满了盔甲的碎片，衣裳早已被鲜血浸透。

原野北方是青山青峡，南方是连绵十余里的军营。叶苏没有往北走，也没有往南走，而是往东走，顺着青山不停行走，便会来到大泽畔，乘船过大泽，便能来到宋国，再过去便是大海。他不知道自己为什么要往那个方向行走，只是隐约觉得东海处或者说宋国方向，有什么事情或者人在吸引自己。在原野某处，叶苏被拦住了去路。拦住他的是一朵血花。墨红色的裁决神袍静静飘落，叶红鱼问道："你要去哪里？"叶苏看着她，微笑说道："我输了，所以去散散心。"叶红鱼说道："你应该清楚受了重伤，如果不赶紧医治，会很麻烦，知守观在南，神殿在南，你为何要往东去？"叶苏虽然没有看到，但也猜到裁决神袍里的那一双手已经握成了拳头，感觉到了她此时心里的愤怒，因此而觉得温暖。他笑着说道："已然成了废人，哪里还治得好？"叶红鱼的双拳确实已经握紧，她确实很愤怒，听到这句话后，她更加愤怒，甚至愤怒得身体都颤抖起来，血色神袍在秋风中轻颤。

他是她的兄长，是她这一生最敬爱的人，是她的偶像，是她从童年到现在一直苦苦追赶的目标，她永远望着他的背影，想追却始终无法追上，哪怕她已经成了裁决大神官，却还是那个跟在兄长身后哭喊的小姑娘。然而，此时他却说自己是个废人。你怎么能是个废人？你怎么能如此轻描淡写、平静地承认自己是个废人？"你就算不能修行，从此平凡，但你依然不凡，心灰意冷这种情绪，怎么能出现在你的身上，你的骄傲与自信都去了哪里？"叶红鱼脸上没有一丝情绪，声音却在颤抖。叶苏静静看着她，说道："我不是宁缺，也不是隆庆，我与冥王没有关系，昊天也不会赐福于我，我只是那个勤奋修行、平静度日的叶苏，所以废了就是废了，雪山气海皆毁的我，现在就是一个普通人。"

　　叶红鱼神情微变。叶苏忽然大笑起来，说道："都到了这种时刻，还想这些没有意义的事情做什么？这一战我打得很是快活，便足够了。"叶红鱼说道："只有胜利，才能让我感到快乐。""那是你和宁缺，不是我们这些人。"叶苏微笑说道，"像我和君陌这种人，终究还是有些老派。"叶红鱼不知该说些什么，她和宁缺大概这辈子都很难理解，这场青峡之战，为什么最终会演变成现在这种局面。叶苏望向不远处的青山，平静说道："失败并不可怕，这些年来，我也不止败过这一次，只不过今天的失败最为彻底，但我并不认为这很令人悲伤，反而我觉得这是好事。"叶苏收回眼光，看着叶红鱼微笑着继续说道："书院本质上还是入世之道，所以书院之道在于现实，我虽然输了，却隐约明白了一些东西。柳白马上就要出手了，你应该去青峡观战，因为这一战对你来说很有意义。""你呢？"叶红鱼声音微颤。"从今天开始，我就将是个普通人，'剑'这个字终于从我的生命里离开，对我再没有任何意义，我将有更多的时间去思考别的事情。"叶苏说道，"继续追求剑道吧，总有一天你会超越我，事实上这些年我一直等着你来超越我，只不过很遗憾的是，我现在自己落了下来，关于这件事情，我希望能够得到你的原谅。"说完这句话，他笑着伸出手去，摘下叶红鱼的神冕，然后把她的满头黑发揉得像鸟窝一样乱，显得很孩子气。叶红鱼的身体骤然紧绷，她非常不适应这个动作。这么多年，叶苏从来没有对她做过这般怜爱的动作。她很紧张，又觉得很温暖、很满足。于是她顺从地低下头来。叶苏离开了。直到过了很长时间，叶红鱼才抬起头来，依然留恋着先前的感受。

她看着渐渐消失的背影，眼眸深处的伤感一现即隐。十余名西陵神殿裁决司执事和数名西陵神卫，出现在她身周。"保护好他。"她面无表情地说道，然后转身向青峡处走去。她并不愤怒，因为这是一场公平的战斗，兄长得偿所愿，堪称快意，而且正如叶苏离开前所说，这时候柳白该出手了。

因为刚刚战胜叶苏的君陌，毫无疑问是最强大的君陌。二师兄坐在篷下，静静看着原野方向。残留在他身上的盔甲碎片，被木柚细心地拣了出来。然后她解下头盔，开始替他重新梳头，只是动作明显有些生疏。过了一会儿，发髻梳好，木柚拿着镜子在他面前晃了晃，便把镜子收了起来，替他把高冠系好。铁剑在炉上不停被敲击，六师兄挥汗如雨。木柚问道："要不要歇一歇？"二师兄站起身来，在她帮助下穿上书院院服，说道："歇不得。"歇不得，是不能歇，因为歇便泄气。歇不得，是歇而不得，因为对手不会让你歇。一辆马车从南而来，直向青峡。

马车很安静，没有车夫。人在车厢里。

105

马车停在青峡之前的原野上。这辆马车本可以不来，但还是来了。这句话有两个意思——车厢里的那个人可以不来，或者说那个人的剑可以不来，因为那个人的剑，可以至万里之外。车厢里的人是柳白。他是修行界公认的世间第一强者，被尊称为剑圣。当剑在手中时，他身前一尺的范围便是他绝对的领域，哪怕是知守观观主和大师兄这等层次的人物，也不能进。

在很多人看来，包括二师兄也是这样认为，以柳白的绝世天赋，只要他愿意，他早就可以逾过五境那道门槛，只不过他不愿意而已。

马车里传出柳白的声音："你要不要歇一会儿？"二师兄看着数百丈外那辆马车，用修长的手指把绳子在颈间系好，说道："我不知道歇一阵之后，还能不能像现在这般自信。"柳白在车厢中说道："如此那便不歇。"二师兄说道："若前两日与先生战，我必败无疑，感谢先生等到此时才出剑。"柳白说道："我也要感谢你留了剑阁不成器的弟子性命。"青峡前的对话与交流很平静，温和而且充满了善意，无论怎么听，也听不到剑拔弩张、生死立见的那种紧张味道。

书院与剑阁本来就没有什么仇怨，柳亦青虽然被宁缺劈瞎了双眼，那也是公平的决斗，以柳白的气度身份哪里会因此而动怒。这也正是书院所不理解的事情。二师兄看着原野间那辆马车，问道："先生为何要来？"车厢安静，过了很长时间才传出柳白的回答："夫子都不行，我又如何？"二师兄沉默片刻，说道："老师说得对，他果然不是无所不知、无所不能的人，他大概不会想到，他离开之后，人间的信心会因此弱很多。""再说我毕竟是神殿客卿。"柳白的声音从马车里继续传出，"举世伐唐，我身为晋人总要表明一些态度，能与书院战上一场，也是我的心愿。如今世间还值得我出手的，不过是你与李慢慢二人了。"这句话出自剑圣柳白之口，是对书院无比的尊重。二师兄却并不赞同，摇头说道："若有机会，我想三师妹一定很想向先生您请教。"听着这句话，柳白沉默，马车再次变得安静起来。不知道过了多长时间，车中才传出他有些震惊的声音："原来林雾一直在书院。"二师兄说道："三师妹如今已不叫这个名字。"不愧是当世第一强者柳白，无论是智慧还是思维，就像他的剑那样快，只不过听到一句话，便推论出那位神秘的二十三年蝉，原来在书院。毫无疑问，这是修行界二十余年来最令人震撼的一个消息，即便是他，在听到这个秘密之后，也不免觉得极为震撼。

"看来道门终究还是低估了书院。"柳白说道，"熊初墨那个蠢货去书院必败无疑，我却不知那个人居然也在书院，那么如今想来，他的结局必然比我想得还要惨。"这句话也有两层意思。柳白认为二十三年蝉比西陵神殿掌教强。至于他自己，当然也比西陵神殿掌教强。"然而世间大势，浩浩荡荡，有如滔滔大河，奔流而不复回，顺之则昌，逆之则亡，就算林雾在书院，书院亦无法逆天行事。"柳白的声音再次传出车厢，说道，"在观主手下，你师兄最多还能再撑三日，佛宗还没有出手，今日君陌你与我一战，无论结局如何，你必将不能再战，青峡洞开，大军北上，唐国与书院必然灭亡。"

二师兄面无表情地说道："先生不是世间庸人，怎会说出这样一番无理无趣的言语，若世间一切事由已经注定，你何必来青峡，我何必来青峡，你我何必站在青峡之前，青峡又何必来看你我？"柳白说道："此为善言，终究还是要以剑论事。"二师兄说道："何时开始？"柳白说道："你的剑还在修，待修好不迟。"便在这时，铁篷下传出一声闷响，沉重的铁锤与火红的铁剑相撞，然后热剑入水，发出咻咻无数声，白雾大作。二师兄伸手，接过修复如新的铁剑，说道："剑修好了。""很好。"青色车帘微动，被一只手掀起。那只手很大，指节修长有力，很适合握剑。柳白从车厢里走了出来。这位被无数剑师奉为神明的剑圣大人，外表上没有任何特殊的地方，五官稍微有些深陷，面部线条如刻，但只是个普通的中年人。普通不只是形容他的形容，也是形容他身上所散发出来的气息。他散发出来的气息也很普通，看上去和传说中没有任何相似之处。因为他的精神气魄，都不在自己的身上，而是在剑里。剑在身畔，在鞘中。

柳白看着二师兄手中的铁剑，说道："小说故事、传闻野史里，往往能够见到普通人对修行者的想象，甚至是修行者的想象，说什么万事万物皆为剑，强者摘一花一叶便能杀尽天下英雄。然而这些只会空谈的论剑者，只是徒惹人发笑罢了。我看人用剑，首先便看他用的是不是好剑。今日我看到了两把好剑，叶苏的剑用的是异木，单从材质上论，已是最好的选择，但与你的铁剑比起来，却还是差了些味道。"柳白望向篷下的炉火与憨实的六师兄，赞道："书院果然是个很了不起的地方，居然有人能够打铸出这样的好剑。"

二师兄向原野间走去，说道："但剑终究是人来用的。""你的剑法也很好。"柳白说道，"这些年其实我一直很想知道，你和叶苏究竟谁更强，此时看来，果然还是你更强，你的剑法也更强。"二师兄回应道："但你才是最强的。"柳白的神情没有什么改变，因为这样的评语，当年他听过很多次，直到世间再也没有谁敢对他的剑做出评价。在修行界尤其是剑道的历史上，柳白是一个无法被忘记的名字，因为他是第一个把近战提到绝对高位置上的大剑师。正因为如此，二师兄对他持有敬意。柳白说道："早年间，其实我一直在两种驭剑术之间摇摆，直到经过东海长堤一战，我才明白这种摇摆，其实已经违背了剑的本义。当时我一剑千里，伤了颜瑟，他对着堤外的狂暴海潮写了一道符，明明隔着那么远，那根秃笔却落到了我的脸上。"柳白摸了摸眉毛，微微自嘲一笑。"那一战之后，我才最终选择剑在手中。这两种驭剑法门最根本的区别就在于，修行者是要用天地元气控剑，还是用剑控天地元气，其间各有优劣，并不明显，但如果你仔细去想，就会发现剑就应该用这种法门。剑的形状就适合用来控制天地元气伤人。因为剑是直的，并且有锋，所以不能中庸，或者纵剑万里，或者身前一尺，你不能摇摆不定。"停顿了一下，柳白接着说道，"你先前与叶苏说了很多道理，我不懂那些道理，我只懂剑理，剑既然是直的，那就应该刺破，应该穿过，唯其至简，所以至强。"二师兄说道："道理本是人间之事，你本就不应该还留在人间，自然不需要理会。可如果你要留在人间出剑，有些道理，还是需要遵循。"

106

"能破，便不能遵循。"这是柳白的回答，也是强者们习惯的道理。二师兄其实也是这种想法，他的铁剑是自己的规矩，却最擅长斩破他人的规矩，所以他继续问道："既然要破，为何不破？"这句话里的意思，只有他和柳白两个人明白。柳白最开始的时候，已经做出了回答，只不过那个回答，不能说服二师兄。柳白望向天空，没有说什么。既然没有回答，那么便只能继续，最终还是要以剑论事。

柳白看着君陌说道："若是平日，你与我战，有败无胜，这两日，你剑斩千骑，血气渐旺，胜负之数当为九一，如今你又胜叶苏，剑意通达至极，当为八二，然则剑之一道，不以数论，所以你今日必输无疑。""既然不以数论，何必算数？"二师兄说道，"我始终以为，一场没有开始的战斗，便没有确定的胜负。"柳白大笑，赞道："好气魄。"君陌已经走到了原野之间，离青峡出口有一段距离，在他的身前，是一地零落如秋日枯枝的残箭，还有两百余柄剑。这些剑式样各异，唯一的共通点是，这些剑都已经没有了主人。青峡之战开始了两天多时间，他挡住了数百名修行强者的不断攻击，夺下了两百余柄剑，这些剑死气沉沉地插在原野间，像是一片剑冢。今日当他走到这片剑的坟墓里时，那两百余柄剑却仿佛感应到了一些什么，微微颤抖起来，就像是被风拂动的树枝，成了一片剑林。很像书院草甸深处的那片剑林。君陌站在这片剑林里，神情肃穆，举起手中的铁剑。

柳白静静看着那片剑林，看着剑林里那个身姿挺拔的男子，右手伸出宽广的衣袖，握住剑柄，腰间的那柄古剑沉默无声。他的手掌宽厚，手指修长，最适合握剑，与剑柄紧紧相握，看不到一丝缝隙，完美地结合在一起，仿佛这只手与剑柄原本就是连在一起的。鞘中的古剑微微震鸣，发出欢喜的呼啸。当他手握住剑柄后，鞘中的剑，变成了他身体的一部分，又或者说，他的身体变成了剑的延伸，二者再也分不出来彼此。无论他今日是剑在手中还是纵剑千里，观战的人们只知道他动剑，便没有任何人能够接住。因为他的剑最快。有一个放诸四海皆准的道理，柳白先出剑，便等于胜利。君陌没有让柳白先出剑，他选择先出剑。即便铁剑先出，依然不见得能行。因为柳白的剑太快，甚至可以快到后发而先至，所以君陌没有选择让铁剑破空而去，而是握着铁剑向身前挥出。就像这两天他每一次挥剑那样。他的脸上没有什么表情，院服没有一丝颤抖，宽直的铁剑随着袖子挥出，卷起了无数天地气息。

铁剑挥入剑林，击打在一柄废剑上。那把废剑深深地插在原野里，骤然受到重击，剑柄顿碎。剑身弯曲到了极点。从铁剑传来的磅礴的力量，就像是飓风一般，把它从泥土里抽了出来。凄厉的破空声响起，废剑化作一道剑光，向南疾飞。君陌继续挥动铁剑。他挥剑的动作依然是那样地自然。每一道铁剑，都带着天地的力量。每一剑挥出，原野间便有一柄废剑破空而去，劲逾强弩！无论是剑势，还是剑术，他的境界都在柳白之下。无论他使用何种驭剑法门，都不可能比柳白更强，比柳白的剑更快。所以他选择了谁都没有想到的手段。他没有握剑而前，没有飞剑而去，而是挥剑。挥动衣袖，他把青山间的天地元气，凝于铁剑，把地面上的废剑打出去。以青山之力，助剑破空而飞。唯如此，才能比柳白的剑更快。是为青山打。青峡之前，连绵响起无数声凄厉的剑啸。数十柄剑，像受到重击的石头般，自血染的原野间跃起，变成数十道剑光，瞬间消失不见，再出现时已到了马车之前！这些剑非常快，快到无论是肉眼还是感知，都已经无法捕捉它们的痕迹，就像消失了一般！就连柳白都没有信心，能在这些飞剑之前，纵剑而出。所以他没有驭起飞剑，而是拔剑。他手中的那把剑看上去很普通，甚至还能看到一些锈迹。没有人能够想到，柳白的第一剑，居然是守。

柳白也没有想到世间居然有人能够想出来比自己的剑更快的法门。如果是平时，他会赞叹甚至激赏于君陌的强大。但此时，他要面对这些剑，被迫防守。于是，他将古剑横于身前，不是施礼，而是一道剑意。这道剑意就像古剑本身，绝对地平直，在秋风中没有一丝颤动。只有修筑在坚固花岗岩上的雄城，才会有这种感觉。他的剑上有锈斑，平直于前，便坚不可摧，就像是承受了千万年风雨侵蚀的老城墙，看似破败，实则依然是那样地强大。

就在此时，君陌的第一剑已经到了。这把剑的锋尖，不知刺破了多少层空气，高速地颤抖着。仿佛是烂柯寺未毁之前的古钟集体鸣响。柳白身前的空中，响起了一道声音。那道声音很清晰，又很悠远。那柄挟着难以想象的速度与力量的废剑，进入柳白身前空中，骤然静止。没有与那柄横着的锈剑相遇，相差还有一尺。更没有触到柳白的身体。柳白身前，仿佛出现了一道无形的屏障。君陌以青山打来的剑，便插在这道屏障里。这道屏障，便是横剑的剑意，便是城墙。君陌以青山打的第二剑紧随而至。同样悬停在柳白身前，无法刺破那道屏障。紧接着是第三剑。第四剑……数十柄剑，连续破空如电而至，然后悬停在柳白的身前。每一剑至，柳白手中的锈剑，便会弯曲一分。直至最后，那把锈剑发生了明显的弯曲。然而却没有崩断的迹象。因为那把剑忽然变得柔软起来。他手中的剑，不再是斑驳的旧城墙，而变成了城下的河水。护城河。河水温柔，然而却能守住一座雄城。数十柄剑，没有一把能够刺透那道无形的屏障，静止在空中。这幕画面看上去很诡异，很令人震撼。但柳白脸上的神情还是那样宁静。因为他的剑在手中。那么这些剑便近不了自己的身体。不近。亦不远。将将一尺。这就是柳白的身前一尺。这是他的世界。这是他手中剑的世界。

风能进，雨能进。别的剑不能进。

107

剑不能进，依然在来，如风似雨。

君陌手中的铁剑挟青山之力而挥，他身前插在泥土里的两百余柄剑，连续不断地破空而飞，在秋空里划出一道道线条。这幕霸道至极的画面，震撼了所有人的心神。艰难战胜叶苏，让君陌的身体心神非常疲惫，但以此为契机，他的剑意却旺盛至极，正是最完美的时刻，此时的他便是最强大的他。然而，君陌却依然奈何不得柳白。柳白横剑于身前，神色宁静。谁也不知道他手中的剑到底动过没有。看上去这把锈剑一直横于身前，安静不动。也有可能已经动了无数次。此时他身前的空中，密密麻麻悬浮着两百余柄剑，因为剑的数量太多，显得有些拥挤。这个画面真的很令人震撼。柳白收剑。空中的两百余柄剑，再无受力之处，颓然向原野坠落，发出轰的一声巨响。然而不等柳白有下一步动作，君陌又出剑了。君陌这一次出的依然不是自己的铁剑，还是那些被他夺来的废剑。柳白身前刚刚坠落的剑，骤然弹起。两百余柄剑，瞬间化作两百余道剑光，狂舞而起，再次直刺柳白！柳白眉头微蹙，再次横剑。剑能飞舞，依靠的是念力操控天地元气，然后驭剑，想要驭使的剑数量越多，对念力境界的要求就会成倍数增加。如果要强行分出心神，消耗念力控制更多的飞剑，那是非常不智的选择，这种不智，更多是在于困难程度方面。

当年春风亭雨夜一战，朝小树以洞玄境驭五剑杀敌，事后在修行界里引发了很长时间的议论，众人赞叹其天赋之余，也不免有些疑惑。因为分神是剑道大忌，所以修行者很少使用这种手段。君陌今日却偏这样做了。群剑就像是鸟群一般在青峡之前的天空里飞舞，不停高速落下，被柳白身周的屏障震飞之后，在空中高速穿行，然后再次落下。

群剑在天空与地面之间来回穿梭，把洒下的秋日阳光反射到原野的四周，整个天空都在闪烁，画面美丽壮观到了极点。与战叶苏不同，君陌此时的表现华美纷呈，放肆到了极点。他的念力如狂风般疾出，隔着数百丈的距离，精确而强悍地控制了两百余柄剑，绘出了一幕令所有人都目瞪口呆的画面！南方原野间观战的西陵神殿联军，看着剑光纵横的天地，震撼得无法言语，尤其是那些剑师更是脸色苍白，心想这还是人吗？

柳白的剑势更强。不过他不愿意为多驾驭一些飞剑分出一丝心神，因为他只习惯用一把剑，因为只有绝对的简单才是绝对的强大，一剑便胜却万剑。他横剑于身前，毫不在意地重复自己的招数。天空与地面之间飞舞的群剑，便无法进入他的身前一尺。与别的人不同，柳白并没有被这幕绚丽的画面撼动心神，相反他有些不理解，君陌为什么要用这么多剑。就像君陌昨日不明白叶红鱼为什么要用这么多剑。即便到了他们这种境界层次，分神驭剑也许不再是剑道大忌，但柳白相信君陌不会不明白简单与强大之间的道理。一切不合常理，必然都有合理的原因。叶红鱼昨日万剑齐发，是因为她要布下一座樊笼阵。君陌想做什么？还是说他什么都不想做，只是想用这种手段，让柳白进行更长时间的思考，甚至希望柳白能够心神稍乱？柳白没有乱。他举步向前，向青峡处走去，脚步是那样地稳定。他在行走，手中的剑也在行走，于是他身前一尺的世界也在随之行走。青峡前的剑啸声越发凄厉尖锐，两百余柄剑不停地向着柳白轰击，原野间连绵响起沉闷如雷的撞击声。但柳白的脚步依然不乱。他是剑圣。他是当世第一强者。他横剑于身前，行走的模样甚至看着有些滑稽可笑。面对着君陌华丽的群剑飞舞，他的应对手段是这样地笨拙。却……无人能破。

就算是大师兄站在青峡之前，也只能避，而无法破。因为他带着自己的世界在行走，只要对手进入他身前一尺，便必败。柳白向着青峡，一步一步前进。他的脚步稳定而缓慢，动作显得笨拙。这种笨拙代表着慎重。以他当世第一强者的身份，这种笨拙更是尊重。对书院的尊重，对君陌的尊重。这种笨拙，也有可能还隐藏着更深一层意思。柳白的咫尺世界无法可破，却能避让，能够退走。这或者是书院诸人离开的最后机会，如果君陌和书院弟子愿意离开，那么便永远不用面对柳白的咫尺世界。但君陌不愿意退。他举起手中的铁剑。他此时的选择与大唐无关，与书院无关。兴正起，豪情正发。君子不行陌路，管它是咫尺还是天涯。闲事莫提，待我先砍了他。

108

走得再如何缓慢，总有走到的那一刻。柳白走到了青峡前，走到了君陌的身前，停下脚步。此时他离君陌的距离超过一尺，但已经够了。所谓身前一尺，只是模糊的概念。事实上，柳白的绝对领域，取决于他的手臂以及剑的长度。手持青锋所及之处，便是这位世间第一强者的世界。此时的距离非常完美，不远不近，正适合一剑斩下。

距离是相对的概念，对二人来说非常公平。君陌自然也会觉得非常完美，所以他想都没有想，提起铁剑，便向柳白斩了下去。没有说话，没有蓄势，他就这样一剑挥出，干净利落。柳白不再横剑，因为此时他出剑，也是在身前一尺。这是他真正意义上出的第一剑。柳白的剑，必然就是一剑。当他手中的锈剑落下时，斑驳锈痕瞬间消失不见，剑身骤然明亮。这一剑仿佛夺走了天地间的所有光彩，自然里的无数造化。这一剑，让原野间观战的人们沉醉其间。人们沉醉在这幕美丽动人的画面里：如青瓷般的天空，丝般的云絮，温暖的阳光，美丽的原野，还有一条滔滔大河。这条大河起源于荒原，本是一条涓涓小溪，承接无数雨水支流后变成了一条大河。它裹挟着南方的泥沙，河水被染成浊黄的颜色，气势越发磅礴。浊浪滔天，黄色的河水不停地拍打着黑色的崖石，激起如泥浆般的千重浪。黑色崖石间，有位少年正在练剑，他神情宁静，涛声无法进耳，崖石的震动无法让他的脚步有丝毫偏移，专注而无余物。少年便是柳白，当他步入修行道，初识便见到一条滔滔大河，故而被修行界认为是绝世天才。其后他在大河畔悟出自己的剑道，所以他的剑法被称为大河剑。柳白的剑就是大河。当他出剑，这条大河便会出现。所有看见这条大河的人，最终都会被汹涌的河水吞噬。君陌的眼睛骤然明亮。看着浊浪滔滔的大河，他的眉梢也挑了起来。所有这些细节，都证明他这时候开始兴奋。他向来是个很难兴奋的人，先前战胜叶苏，他脸上的情绪自始至终都没有任何变化。但这时候他真的兴奋了。因为当看到这条滔滔大河时，他发现自己竟然生出了恐惧的情绪。这种情绪对他来说很陌生，所以他很兴奋。他终于看到了这个世界上最强大的一把剑。他挥动铁剑，向着这条大河斩了下去。宽直的铁剑，重重地砍在了混浊奔涌的河水里。河水骤然分开，向着两岸奔涌，露出满是泥沙礁石的河底。下一刻，河水再次涌回，把泥沙与礁石掩住。君陌再次挥动铁剑。河水再次分开。他继续挥动铁剑。河水继续分开，然后复原。有好些次，铁剑斩到了河底。铁剑在河底的淤泥里砍出极深的剑痕，砍碎千堆乱石。剑与石相遇，发出沉闷的巨响。君陌继续挥剑。一息之间，数百铁剑出。却无法阻止滔滔河水向东南。面对这样一条滔滔黄河，人类下意识里会生出仰望的情绪，然后沉醉其间，即便醒过神来，也会因为绝望而生不出抵抗的勇气。这正是大河剑法最强大的地方。他的剑便是天地里的一部分，而且是最壮观的那部分。在大河之前，君陌能够站立不动如松，沉默挥剑相抗，已然超出世间绝大多数修行者远矣，然而河水难断，如此远远不够。

　　柳白的剑意至。河水咆哮。风吼。冠落。髻散。君陌黑发飘舞。他身上的院服，早已被割出了无数道细口，浑身是血。青峡之战，从一开始君陌便清楚，自己最终要面对的，必然是柳白。正如柳白先前所言，无论是剑势还是剑术，他都不如柳白。他不是柳白的对手，只能另觅出路。柳白曾经写过一封信给叶红鱼，信纸上画了一把剑。宁缺看过这把剑，然后以浩然剑诀为交换条件，临摹了一份放到了书院后山。此番南下青峡之前，君陌对着那张纸看了很长时间，才定下剑意。这种剑意，与他的性情完全相反。但这是他经过审慎思考后，得出的唯一方法。就像宁缺说的那样，书院里的人们，向来信奉一个道理，如果只剩下最后的方法，那必然就是最好的方法。而且他对叶苏说过，经过审慎思考，确定某个规则有道理，那么就算千万人在前，也能够不退一步，这就是守礼。所以哪怕他自己都想要反对，却依然坚持。为了战胜柳白，君陌做了最充分的准备，由刚猛而至极细微处，把自己的剑术发挥得淋漓尽致，这确实是他最强大的时刻。

然而黄河终究是黄河，柳白毕竟是柳白。君陌的剑意再如何挥洒自如，在这条大河之前，依然稍逊一筹。只是那么一丝的差距。柳白的剑破开铁剑，来到君陌身前。唰的一声轻响。二师兄的右臂齐肩而断，远远落入青山中，不知落在何处。柳白手中的剑，同时断成两截。如果能再快一瞬，那么便是柳白的剑断在先。君陌无法再快那么一瞬，所以他握着铁剑的右臂断了。他身上出现了无数道细微的剑口。这些细口全部来自柳白的剑意。他身上的书院院服全部被打湿，不停向地面淌着血水。鲜血像奔涌的河流般，从断臂处向外涌出。看着身前的柳白，君陌的脸色很苍白。此时他的右臂已断，铁剑飞走无踪。

柳白手中的剑，也只剩下了半截。断剑亦是剑，依然能杀人。柳白没有收手，因为他不能收手。他的剑是大河剑，落下的是河水，去势未尽便不能收。覆水难收。柳白手握断剑，斩向君陌。大河再现。滔滔黄河奔涌之势，更胜先前。见大河者，必死。人间没有谁能抵抗这条大河。因为，黄河之水天上来，奔流到海不复回。断剑越来越近。甚至能够看清楚断剑处的金属纹路。

君陌知道自己错了。从青峡之战开始他就错了。更准确来说，在书院的时候他就错了。他不该看那张纸，不该看那把剑。他不该思考柳白会怎样做，然后才确定自己怎样做。那样会让他失去自己最强大的东西。也许那个东西叫信心，或者叫骄傲。他应该就像过去的这些年一样，只思考自己应该怎样做。至于对手是柳白或者别的谁，那又有什么关系？看着河水扑面而来，君陌如此想。若不看那把剑，便不见。这把剑令世人见大河而沉醉，而心生绝望。那么，便不见。知错便要改，不拘何时何地。所以面对这把世间最强大的剑，他闭上了双眼。

大河奔涌，自天而降，似要冲毁青山前的整片原野。只有没有看见这幕画面的他，没有感受到这条大河的威严。浊黄的河水无处不在，不见便不在。柳白手中的断剑斩空。这是大河剑自问世以来，第一次斩空。因为，君不见，黄河之水天上来。

109

再如何壮阔的大河，也不可能漫过整个世界。君陌没有看河，却能感觉到这条大河，于是他在奔涌的河水里，找到了落足处，身形微转，脚便落在那处。他再次睁开眼睛，看着河水像时光一样在脚下流淌，眼眸深处散发出一抹极明亮的光泽。他的脸颊苍白，神情却依然是那样地宁静。一声清啸，从他的唇间迸出。

秋风渐狂，君陌黑发飘舞。他张开手臂，衣袖在风中拂荡。他的鲜血从断臂处不断喷涌。他的念力向着周遭的天地间狂肆地喷涌。青峡铁篷下，炉架里的一柄剑，感受到了那道狂肆念力的召唤，哧的一声，刺破箱柜，破篷而飞，向原野间飞去。

南方原野，西陵神殿联军营中，忽然爆发出无数声惊呼。各宗派的修行者们，忽然发现本命剑，脱离了自己的控制！清脆的摩擦声，在军营里此起彼伏响起，那是剑与剑鞘的摩擦声，无数飞剑自行出鞘而飞，向着青峡前疾掠。青山深处，数片落叶轻轻覆盖在一柄宽大的铁剑上，一只断臂还紧紧握着剑柄，忽然间，铁剑剧烈地颤抖起来，然后冲破松涛再次飞起！

原野四周的天地里，充斥着君陌狂肆磅礴的念力。无数柄剑，受到这股念力的召唤，自四面八方而来，疾逾闪电，瞬间穿越遥远的距离，来到青峡之前，直刺柳白！柳白神情凝重，收回断剑横于身前，再次布下咫尺世界。千百剑，骤然静止于他身周的秋风里，悬停在空中。剑的数量太多，形成一个极大的剑球，遮蔽住天光，杀意十足。这是被剑包围的世界。柳白便在千百剑间。他看不到对面的情形，甚至与天地元气的联系，仿佛都要被中断。他只能去计算。君陌于千百剑里握住自己的剑。他用的是左手。

青峡之前到处都是剑，剑意纵横，天地气息混乱不堪。他却能准确地找到自己的铁剑。因为他的右臂还在铁剑之上，不舍离去。他握住铁剑，就是握住了自己的断臂。他抽出铁剑，然后向被千百剑包围的柳白刺去。柳白看不到，也无法算清楚。但他感觉到了这一剑，这是他此生所见的最强一剑。甚至比当年成就他剑圣之名的南海剑神手中的剑，更加可怕。柳白不再犹豫。他不再横剑，在最关键的时刻，他只信任剑本身。此时的君陌，成功地激出了他所有的战力与傲气。他自信当世无敌，君陌的这一剑，再如何可怕，也不可能是自己的对手。柳白出剑。大河疾涌平野间。千百剑骤然崩散，向着青山原野疾飞而坠。再没有什么能够阻挡柳白的视线，阻挡他的剑。但青峡之前，还有一把剑。那把铁剑被握在君陌的手中，然后被君陌握在手中。这句话没有重复，是准确的现实情况，握着剑柄的是断臂，君陌握着自己的断臂。这幕画面看上去很血腥，但没有任何意义。除了铁剑仿佛变长了一截。君陌出剑，专注而严谨，哪怕浑身浴血，却依然毫无动摇。柳白出剑，后发而先至，世间依然没有谁的剑比他更快。

　　然而柳白手里只剩下半截断剑。君陌手里的铁剑，却比平时要长出一截。青峡前响起一声极轻微的声音。像是有滴水落入炉里，触着高温的红炭。铁剑刺进了柳白的胸口。柳白的断剑，离君陌的咽喉还有一段距离。不近亦不远，正是身前一尺。柳白弃剑。断剑再断，变成无数明亮的碎片。青峡前的原野开始震动，一声长啸，柳白疾退。借天地气息，他如鬼魅般后掠数十丈。然后他停下。他开始咳嗽。咳出来的都是血。他看着胸口那道剑伤，眉头微蹙。此时他终于明白了，君陌为什么要驭如此多的剑。因为君陌要他算。他虽然是当世第一强者，但毕竟不是桑桑这种天算之人，他再如何强大，也不可能算尽所有变化。君陌不用算，因为千百剑都是假的，只有他自己的铁剑是真的。但即便如此，君陌的铁剑，还是无法进入他的身前一尺。直到断臂重伤，君陌很痛，怒极，很不甘。他严谨守礼多年，被自己的规矩束缚了这么多年的放肆，终于在这一刻爆发了出来。他闭眼，不见黄河天上来，避开柳白致命的一剑。他清啸，青山原野震动不安，无数剑至。柳白的剑意终于出现了缺口。君陌的铁剑，便从那个缺口里刺了进去。那个缺口，也许是柳白故意为之。因为他相信在这么近的距离内，他的剑最快。但他没有想到一件事情。

剑道分为剑与法，又分为势与术。而且除了快慢，还有长短。低头看着不停淌血的伤口，柳白笑了笑。他的笑容并不落寞，只有淡淡的自嘲和感慨。他怎么想，也想不到最后的结局竟是这样。两败俱伤，他可以接受，但他真的很难接受这个原因。败在长度，这个原因实在是有些荒谬。

这是初学剑法的普通人，才会想象的战斗场景。他与君陌是世间剑道最强的两个人。最终却真的用这种方式，为这场战斗画上了句号。

110

君陌身后响起脚步声。除了举着河山盘的四师兄，书院其余的人全部从铁篷下冲了出来。六师兄举着铁锤，警惕地盯着十余丈外的柳白。北宫未央和西门不惑拿着琴与箫，站在君陌身体两侧。他们都知道，即便柳白身受重伤，但只要此人挥剑，离开铁篷后的他们，依然是死路一条，但他们依然冲了过来。因为二师兄这时候需要他们。

王持拿着药匣，脸色苍白地做着准备。木柚拿着针，准备替君陌止血，但手颤得有些厉害，看着他的断肩，她觉得仿佛是自己的手臂被砍断一般，很痛。君陌看着她眼睫毛上那颗泪珠，伸起左手在伤口处轻拂而过。手指轻拂，泪珠落下，数道精纯的天地元气就像是最美妙的医道圣手般，在他的断肩上覆了道无形的网，血水瞬间止住。王持精神微安，像填堤般在他的伤口上倾倒着伤药，准备包扎。

柳白看着十余丈外的场景，什么都没有做。忽然间，他对书院之所以强大，有了更深一层的理解。他说道："我有几个问题。"君陌让六师弟让开，看着不远处的他说道："请讲。"柳白问道："开始时我给过你机会，你为什么不退？"

君陌说道："当年你挑战南海剑神，明显不是对手，当时的你为什么不退？"柳白稍一沉默，说道："有理。"君陌说道："有理，所以不退。"柳白叹息一声，说道："付出如此惨重的代价，最终还是没有杀死我，此时想来，便是我也不禁有些替你不值。"君陌说道："一条手臂换你重伤无法再战，怎么看也是值的。"柳白说道："剑伤再重也能好，断臂却不能复生，我此时不能再战，只是一时之事，你没了握剑的右手，却是一世之事。"

"用一世之事，换一时之事，我确实输了，但放在这场青峡之战里，却是我赢了，因为就算我只剩下半条命，依然可以守青峡，而你却必须离开。"君陌看着他继续说道，"因为你太强大，所以你想做很多事情，所以你很看重活着，所以你身受重伤，必然要回剑阁养伤。"

柳白静静看着他，忽然微微一笑，没有想到在两败俱伤的时刻，对方居然看出来了自己在追索什么，说道："你也应该看重才是。"君陌说道："为何要看重？"柳白说道："千年唐国，不及修道途中一瞬。既然如此，那么除了自身，我们还能看重什么？"

"每个人的承诺，就是他自己，看重自己，便是看重承诺。"君陌的目光越过柳白的身体，越过那辆安静的马车，落在南方原野浩浩荡荡的神殿大军上，说道，"我承诺过，只要我还站着，便不能有一人过青峡。"柳白说道："最终你若死在那些宵小手中，实为憾事。"

"尽力而行，不问前路，没有遗憾。"君陌说道，"而且你都没能杀死我，谁能杀死我？"柳白看着浑身浴血、手提铁剑的他，忽然觉得自己看到了另一个人。"我此时仿佛看到了当年的轲先生。"柳白说道，"昨日我曾经生出悔意，应该在青峡之战一开始便出手杀死你，此时却有些庆幸，你死前，在这片原野间散发出更多光彩吧。"说完这句话，他转身向那辆安静的马车走去。

目送马车渐渐远离，君陌收回目光，望向自己的左手。左手无名指上系着一圈红绳，被鲜血打湿，有些发紧。他的目光继续下行，落在断臂上，落在铁剑上。不知道是因为失血过多，还是念力耗损过剧，他的脸色很是苍白。看着断臂与铁剑，他沉默了很长时间，不知道在想些什么。

青峡之战至此，书院弟子和道门强者或死或伤，局面僵持紧绷，到了最艰难的时刻，但神殿大军在南，谁都能够看到最后的结局。

联军军营，看着那辆缓缓驶出军营的马车，神殿联军的人们神情非常复杂，有些敬畏，更多的却是对此后的惘然无措与恐惧。即便是西陵神殿里的神官们，此时也有相同的心情，己方最强大的柳白，就这样受了伤，就这样离开，那么青峡处怎么办？

隔着重重幔纱，叶红鱼看着那辆离开的马车，没有说话。青峡之战最后的高潮，便是柳白与君陌的这一战，她相信此后甚至今后很多年，都不可能看到这样两把剑的战斗。她现在关心的是高潮之后的余韵，她很想知道，如今只剩下半条命的君陌，还能撑多长时间。

马嘶渐起，骑兵再次整装待发，然后像流水般分列行出联军军营，在原野间会合，变成平静却蕴含着无穷力量的潮水，涌向青峡。联军骑兵没有提速，缓缓驶向青峡。他们忌惮恐怖的琴声与箫声。而那个最令他们感到恐惧的男人已经重伤，所以他们可以刻意放缓速度，就像移动的群山般碾轧而去。这是最好的机会，联军方面必须抓住，所以这一次攻击竟是由主帅白海昕亲自领军，几乎出动了所有的精锐骑兵，志在必得。数千骑兵在青峡前停下，锋营距离铁篷已不远，正是一次冲锋最合适的距离，而且如果琴箫响起，骑兵们随时可以下马步战。

白海昕掀起面甲，看着不远处的青峡，看着那个浑身是血的男子，看着那道铁篷，如霜般寒冷的脸上露出一丝嘲讽的神色。"你现在就是一个残废。"他看着君陌说道，"所以我不接受投降，死吧。"听着这句话，君陌的脸上没有什么表情变化。木柚却极为愤怒。

白海昕身为联军主帅，本不应该亲自来此。但他认为再恐怖的强者，刚刚被砍掉一只手臂，都会虚弱到极点。这是西陵神殿联军最好的机会，必须把握住。问题在于，西陵神殿联军的士气此时却最低落。剑圣柳白亲自出手也没能杀死这个男人，这让联军的士气低落到了极点。所以白海昕才会亲自率领精锐来攻打青峡。才会刻意说出这句羞辱意味十足的话。当然他为此也做了极缜密的准备，身周有数十名强大的军中武修，又有近卫持大盾警惕，并不担心会被那道恐怖的铁剑杀死。

君陌看着大军里那位将军。他不认识对方是谁，但知道对方应该是个很重要的人物。所以他决定杀死这个人。如果是平时，他肯定想都不想，提着铁剑便走过去。但他此时身受重伤，念力损耗加剧，他很疲惫。所以他只是静静地站在原地，静静地看着白海昕。他开始思考这个问题。怎样能杀死此人？

如果是以前，他可以有无数种方法。但现在，他必须找到新的方法。他忽然想到柳白退走的那一瞬间。那个画面在他的眼前快速回放，然后变成极缓慢的无数画面叠加。他看清楚了。他举起左手，铁剑在青峡之前召唤秋风。天地气息不安，寒风劲吹。大河决堤，洪水泛滥。他的身体就像是一片羽毛，在水面上浮沉，瞬间飘掠至数十丈外。他看着身前的白海昕，挥剑。然后他飘然而退，落在原先的地面上。

白海昕看着青峡处，微微蹙眉，他不知道发生了什么事情，他只觉得眼前一花，根本不知道自己的颈间多了道血线。然后他望向身边的下属。就是这么一个简单的转头，他把自己的头转了下来。他的头颅与身体分离，落到地面。鲜血喷溅。惊呼声起。

君陌身体微晃，脸色更白。他的精神与念力，在这简单的一掠一退间，消耗更剧。他随时可能倒下。他已经杀死了敌人的主帅。他从来不会给人一种威猛的感觉。但他是真的猛士。真正的猛士，哪怕只剩下半条命，也要于万军丛中，取上将首级。

悲怆的惊呼声后是如暴雨般的蹄声，黑压压的骑兵开始冲锋。琴箫之声已经响起，泉水叮咚。不时有骑兵从马背上坠下，不时有战马惨呼倒地，然后被后面的同伴践踏成肉泥与血水。骑兵不是修行者，无法用符，只能用生命硬撑。

北宫未央与西门不惑也在硬撑。古琴上的弦被大师兄修好了，洞箫被大师兄疏通了，他们被天谕大神官教谕所伤，虽然得到了大师兄的治疗，却没办法在这么短的时间内痊愈。他们低头操琴吹箫，神情专注认真。琴弦染血，箫管开始滴血。

木柚站在铁篷檐下，手里拿着数根羽箭，看着像潮水般冲来的骑兵。六师兄站在篷外最前方，紧握着沉重的铁锤，手臂上的肌肉快要把衣衫撑破。四师兄举着河山盘，双臂颤抖，脸色苍白，他知道书院此时面临着最大的危险，甚至有可能全军覆没，但他却无法帮助师弟与师妹。

君陌挥动着铁剑。铁剑的剑柄被他握在左手里，依然威武无俦。鲜血狂飙，蹄断首级飞。不知有多少骑兵，倒在了铁剑之下。但向青峡冲来的骑兵数量太多，他刚断一臂，身受重伤，虽在黑潮之中如礁石不退，却无法阻止潮水渐渐上涨，淹没礁石。君陌的身影，渐渐被如潮般的骑兵所吞没。

数十骑越过那道渐渐黯淡的铁剑，来到青峡之前。木柚看着那些骑兵有些扭曲的面容，双手微微用力，折断手中的羽箭。一道精纯的天地气息，从铁篷里向原野间溢出。满是残箭血水的原野地面上，忽然出现了五道极深的沟壑。五道沟壑，恰好围住了青峡的出口。

那些沟壑极深，黑不见底，却并不宽，将将能容下马蹄。一匹战马的前蹄，踏进沟壑里，顿时被前冲的巨大力量折断。惨烈的马嘶声接连响起，瞬间便有十余骑战马重重砸到地面上。神殿骑兵里响起几声厉喝，然后继续冲锋。他们知道这是阵法的力量，必须尽快杀死那名主持阵法的女子。

六师兄握着铁锤，默然站在最前方，魁梧的身体把师妹完全挡住。有十余支冷箭射来，他面不改色。锋利的箭镞射中他赤裸的胸膛，只在黝黑的肌肤上留下几个小白点。有一名骑兵勇敢而幸运地越过那五道沟壑，冲到了铁篷前。战马速度极快，劲风扑面而至。六师兄举起铁锤，砸了下去。他这辈子，都在做这个动作。即便是魔宗的强者，都不见得能避开他的铁锤。更何况是名普通的骑兵。

沉重的铁锤，准确地砸到战马的头颅上。只听得咔嚓一声，马首顿时爆裂，鲜血迸射。战马重重地摔倒在地面上，溅起一蓬烟尘。六师兄再次举起铁锤，迎向下一个敌人。青峡之前这场战争，不知道持续了多长时间。秋日渐渐西移，寒风越来越寒。琴箫之声越来越弱。北宫与西门脸色苍白，不停咳血。木柚的脸色越来越憔悴。

王持紧张地躲在打铁炉后，不时抬头看一眼天，似乎在祈祷什么。只有六师兄的铁锤依然不停挥动，满地都是被爆头而死的战马。潮水般的骑兵之中，已经看不到铁剑的寒光，只有不停飞起的残肢与鲜血，证明那个握着铁剑的男人还活着，还在战斗。

夜渐渐黑了。西陵神殿点燃了火把，继续攻击青峡。无数火把映照之下，黑夜仿佛白昼。青峡前的琴箫声越来越乱。北宫与西门的脸色不再苍白，双颊泛着非常不祥的红晕。他们不再咳血，因为他们已经咳不出血来。木柚的头发蓬乱不堪，念力已将枯竭。即便是六师兄粗壮的双臂，也开始颤抖，铁锤甚至有些变形。四师兄盯着河山盘，沉默不语。

他们已经很长时间没有看到二师兄的身影。但他们知道二师兄还在战斗。铁剑依然在。因为青峡还在。整整一夜时间过去。这一夜所发生的故事，那些坚持，很难用言语去叙说清楚。守青峡的书院弟子，和攻击青峡的神殿骑兵，都已经到了崩溃的边缘。

清晨，当一名南晋将领借着天光看到眼前战场的种种惨烈的画面，忽然觉得非常疲惫。这夜死了太多人。他知道如果再继续冲锋，书院诸人最终必然守不住青峡。但他没有命令下属继续冲锋。因为所有人都已经心寒，都已经绝望。

潮水拍打礁石，可以拍打亿万年。但没有人能够承受。将领注意到，自己麾下以勇武著称的几名校尉，正在望着南方的大营，他知道这些人和自己一样，都在等着鸣金收兵的声音。但始终没有声音。他们想要提缰再战，却没有勇气。不知是谁开始，也许只是一个不起眼的骑兵，马蹄微响，离开被血染红的青峡，向着南方走去，然后越来越多的骑兵沉默地离开了青峡。

君陌单手执剑，站在青山之前。他浑身都是血污，脸色苍白，神情却依然宁静。蔚然深秀，是用来形容山林的词语。有时候也可以用来形容一个人的气质与容颜。比如此时的他。看着渐渐离开青峡的万千骑兵，他手中的铁剑终于缓缓落下。他转身望向铁篷下的孩子们，平静颔首致意。然后他抬头望向青山。

晨光中，只见青山多妩媚。料青山见他应如是。

111

大唐北方三郡，笼罩在腥风血雨之中，这里才是真正的主战场。

自荒原南下的金帐骑兵，与大唐骑兵在原本肥沃的原野间厮杀不停，战场绵延数百里，每时每刻都有人死亡。战场上，金帐王廷的祭司和大唐军中的修行者不停出手，天地气息震动不安，无数重装骑兵舍生忘死地冲锋，原野早已被涂成了血红的颜色。

在葱岭一带，舒成大将军指挥的大唐西军，在付出了两万余名将士的生命之后，终于在高原上击溃了月轮国大军，获得了决定性的胜利。因为路途遥远，尤其是辎重补给问题，大唐西军没有就此回援北方三郡，而是选择进入葱岭，冒着逐渐严寒的天气，直袭月轮国。

已经多年没有发生过战事的大唐东疆，此时也处于血火之中，数万草原骑兵在原野间肆虐，八百骁骑带领着数万义勇军和东北边军自燕国归来的残兵，在进行着最惨烈的抵抗，并且逐渐扭转了极度被动的局面。在本土作战，能够得到临时官衙和唐人们的大力支援，除此之外，唐军能够在东疆如此迅速地扭转局势，更重要的原因，还在于此时的草原骑兵缺乏指挥，隆庆皇子早在多日之前便甩掉了这群下属。

隆庆不是一个人离开的战场，他带走了最精锐的近千名神殿骑兵，还有绝对忠诚于他的两千余名左帐王廷精锐骑兵。举世伐唐之战已经开始了一段时间，清肃的秋天渐渐过去，冬风渐起，大唐肥沃的原野被冻得干硬，每当马蹄踏过，便有烟尘大作，三千余名骑兵，奔驰在大唐中部的原野上，远远看上去就像是一条黄龙。此时隆庆和他的骑兵已经近了长安城，他顾不上休息，因为他知道长安城马上就要开启，而且这座雄城无人防守。

长安城四周的官道上，满是灰尘与脚印，还能看到很多被遗弃的箱柜行李，这些都是周边地区难民留下的痕迹。令人感到庆幸或者说佩服的是，在唐国朝野合力之下，近百万避战难民，竟在短短的两天时间之内，便被接入了城中，道路上看不到一具死尸。各州郡运来的粮草，在更早的时间便已经入城，周边县乡完全放弃，坚壁清野，所有城门已经关闭，只剩下朱雀大道正对的南门供人进出。

国境已破，山河犹在。无论是大唐朝廷还是城中的百姓，都以为他们即将面临的敌人，应该是自青峡之处北上的西陵神殿大军，没有人想到在东面的官道上，隆庆皇子正带着那支骑兵突进，更没有人知道长安城真正的敌人是谁。所以他们不明白为什么朝廷始终没有关闭南门，为什么在这样危急的关头，还要调动如此多的人力物力搬运那些巨石到南门外。

只有书院和宫里的皇后娘娘知道真实的原因。惊神阵受损，如今的长安城能够抵挡各路大军，却没有办法抵挡那个真正的敌人。那个让长安城陷入危险的敌人，不是金帐王廷的骑兵，不是隆庆和他的骑兵，不是南方浩浩荡荡的神殿大军，而只是一个人。一个非常可怕的人。

一名清稚少女站在南门外，看着原野间满地的巨石，感受着那股熟悉的味道，双马尾在寒风里轻轻摇摆，有些怀念当年。宁缺站在她身后，因为思虑过盛而憔悴的神情，终于变得放松了一些，虽然惊神阵的堵塞依然没有好转，但有了这片块垒，想要入城便会变得困难很多。

少女自然是书院三师姐余帘，她没有任由自己在这种感怀情绪里沉浸更多时间，平静说道："终究还是要把长安城修好。"宁缺说道："依然不行？"余帘说道："老师离开了人间，这个世界里，便只有四人能称得上超凡脱俗，其中两人不问世事，讲经首座法随厚土，那么能够威胁到长安城的人，就只有观主一人，这片块垒顶多能拦他一时，如何能阻得了他一世？"莫山山闻言眉头微蹙，显得有些忧虑。

宁缺没有见过传说中的知守观观主，心想大师兄一人便把此人拖了数日，没觉得那人有多么强大，闻言不由微微皱眉。余帘说道："惊神阵既破，如果不是大师兄以命相制，我们所有人，此时只怕都已经被观主给杀了，这场战争早已经结束。"宁缺说道："大师兄和师姐你也已经破了五境。"

余帘说道："五境只是一道门槛，破了五境也不代表就绝对强大，正如同我虽然破了五境，却不一定能胜过柳白，但观主不一样。"宁缺问道："哪里不一样？"余帘说道："你可知道有史记载以来，最年轻破五境的修行者是谁？"莫山山想了想，问道："我义兄？"余帘说道："大师兄三日无距，但那时他年龄已不算小，如果以年龄论，我明宗开派祖师还有六百年前那位光明大神官，都在他之前。"宁缺想到一种可能，但没有说话。余帘说道："最年轻破五境的修行者，姓陈。"宁缺看着南门前那些残留着湖水湿意的石块，震撼无语。"所以陈皮皮最早进入知命境，我对此并不意外。"余帘说道，"因为他也姓陈，他是观主的儿子。"宁缺沉默片刻后问道："观主究竟是一个怎样的人？"余帘说道："观主当年只是宋国某道观的一名普通道人，根本没有什么修道天赋，甚至连西陵神殿都没有进过，所以他给自己取了一个最普通的名字。"

宋国是东海之畔的一个小国，虽然历史文化军事，都没有什么令人称道的地方，但这里出过很多名人，很多了不起的大人物。千年之前的光明大神官，出自宋国，卫光明出自宋国，莲生大师出自宋国，即便是二师兄童年时居住的小镇，也应该算是宋境之内。宁缺此时才知道，原来知守观观主也是来自宋国，原来他有一个很怪的名字。"陈某？既然如此了不起，为什么？""没有什么名气，甚至给人很普通的感觉？如此不普通的人，却能给人如此普通的感觉，便正是陈某最可怕的地方。"余帘说道，"至于客观上的那些原因，除了知守观神秘不可知之外，这些年陈某悄无声息，最主要是因为这数十年的历史有些不同。"宁缺问道："这些年的历史与过往无数年有什么区别？"余帘说道："这些年的历史与史册上最大的区别，就在于书院开始入世。"书院后山，只有她不称小师叔，而称轲先生，因为她是魔宗的宗主，而魔宗毕竟是灭于轲浩然之手。

莫山山轻声说道："那年荒原之行后，我问过老师，老师才知道原来莲生大师还活着，于是和我讲了些当年的故事，说观主曾经与轲先生战过。""不错。"余帘说道，"轲先生与观主之间的那一战，没有旁观者，除了老师，现在世间再没有谁知道当时发生了什么，只知道最终还是轲先生胜了。"

"其后道门高手强者尽出，在荒原伏袭轲先生，轲先生纵情斩之，连破数境而不肯收，于是拔剑向天而去，遂被昊天诛杀。因此事，老师极为悲愤，便去了西陵神国，上桃山斩尽桃花，杀伤道门无数强者，观主邀悬空寺讲经首座联手，亦惨败。"余帘说道，"书院入世，所以观主无名。"

宁缺听懂了师姐这番话。作为最年轻破五境的人，陈某毫无疑问有资格在修行史上留下自己的名字，但因为这些年的历史里，多了两个人的名字，所以才会衬得他没有一丝光彩。一个人是夫子，一个人叫轲浩然。但这也从侧面说明了陈某的强大。

因为他输给了小师叔，输给了老师，但他没有死。他被迫在南海之上漂泊流浪，但终究没有死。也许是老师惜才，也许是老师真的杀不死他。无论是哪一种，都证明了他的强大。小师叔早已逝去，老师也已经离开人间。人间再没有人是观主的对手。那个人被压制多年的光彩，将要得到最放肆的绽放。

长安城将要面临的敌人，便是这样的一个人。人们知道他要来，却不知道他什么时候来。宁缺觉得自己的双肩变得有些沉重。他的视线越过那些嶙峋巨石，落在官道旁的树林里。长安城已经入冬，草木不深，风雪将至。

112

余帘继续说道："此人至南海后又有奇遇，虽然无人知晓细节。因为老师见到还是小孩子的皮皮时，曾经感叹光明有后。"宁缺微怔，说道："六百年前在南海失踪的那位光明大神官？"余帘说道："不错，我始终认为他从这件事情里获得了很多。"

宁缺看着南门前那些石头，沉默了很长时间，还是觉得有些不甘心，问道："师兄和师姐联手，难道还不能胜过他？"余帘说道："老师说过一句话，人生就是一场修行。那么修行有时候比较的便是年月，他活得比我和师兄长，自然也就比我们强，师兄虽然天赋过人，但性情太温和，就算学会了打架，最终也不可能是他的对手。"她没有对自己做出评价，亦是一种默认。

宁缺还想到了一个很麻烦很关键的问题，三师姐现在身上还带着伤，可能是很重的伤。西陵神殿掌教乃是逾五境的至强者，虽然她是最神秘强大的二十三年蝉，但要彻底击败那人，也必然要付出些代价。

在当前这种局面下，人间还能击败知守观观主的，便只剩下惊神阵。

　　宁缺转身向城门内走去，继续这一场破题之旅。随着时间的流逝，又因为南门外多了一片块垒，长安城内天地元气的流转越来越凝滞，尤其那道生死往复之间的暗线，堵塞得非常严重。宁缺走在朱雀大道上，走在这条堵塞的天地气息间。南门外的块垒大阵能起的作用非常微渺，虽然可以对观主进行一些拦阻，但已经确认不可能在短时间内，把堵塞的惊神阵冲开。那么他还能从哪里调动如此多的天地元气，来修复这座惊神阵？这个问题已经困扰了他很长时间，他数日数夜不眠不休，苦思冥想，偶有所感，甚至有了具体的想法，却找不到实行的方法。

　　"那些虚无缥缈的气息，怎么才能变成真实的力量？"宁缺看着街道中央的朱雀绘像问道。朱雀没有回答，因为它也不知道。宁缺转身继续行走，想着那天清晨在雁鸣湖畔看到的包子铺，青石板上的热雾，想着那时的感悟，心情变得越来越低落。他走到一条静巷外，忽然听到墙后传来读书声。不知何家的塾师，在给学生们讲授唐律疏议。听声音，那些学生年龄应该还很小，清稚的声音背诵着繁杂的唐律疏议，参差不齐，却非常专心，有趣之余令人心生感动。

　　眼看着国将破，家将亡，街巷之中依然有读书声，依然能够听到唐律。这种平静很令人感动，甚至令人敬畏。因为这种平静里，有一种力量。宁缺站在墙外，静静听着墙内的读书声，听了很长时间。这就是人间的气息，只是怎样才能让这种力量具象化？把人间的气息，转变成真实的力量是宗教最擅长做的事情。这也就是所谓信仰之力。虽然道门的信仰之力，用于向昊天祈祷，贯通天地神人，和他现在想做的事情截然相反，但他想看看能不能得到某种启发。宁缺在长安城四周行走，就像当年那个夏天，他悟符之初那般。所以他再次来到万雁塔寺，登上了万雁塔。站在塔顶小窗旁，看着安静的长安城，他请教道："人的思想，真的可以变成具体的力量吗？如果可以，需要经由怎样的途径？""思想本身没有力量，但一旦展现出来，便可能显现出某种力量，正如皇帝陛下的圣旨，如果只是脑中的一个想法，便没有任何效力，只有当他说出来，或者用文字写在纸上，他的想法才会拥有效力。"黄杨大师走到他身旁，看着空中渐向南去的最后一群秋雁，说道，"你所问的途径，如果等同于手段，语言便是手段，文字同样也是手段。"宁缺说道："信仰呢？"黄杨大师说道："信仰本身没有力量，需要一个具体的指向，当无数人的信仰集中在那个指向上，力量便会体现在那个指向上。"

"佛祖严律诸弟子不立偶像，便是因为这一点。"黄杨大师看着他继续说道，"你师父颜瑟当年曾经说过，每个人的想法其实都是一道符，只是太过弱小微渺，所以无法感受得到，而当所有人同时写一道符时，这道符便有可能显现出来，甚至变成伟大。"宁缺明白了些什么。

原来还真有可能寻找到一种手段召集能够与天地相抗衡的人间之力，如果他能够寻找到那道力量，便能疏通惊神阵。他来到雁鸣湖南岸，坐在霜草间，伸指到空中，临摹了几篇碑帖，待心平气和之后开始写字，开始寻找那个字。已经晋入知命境的他，此时随意写出来的字便是符，写字便是写符，他寻找的那个字，实际上也就是一道符。太阳逐渐西移，然后落到城墙下，黑夜来临。他坐在湖畔继续写字写符，寻字寻符。几百字。几千字。最后只剩下一个字。那个字由两条直线构成。正是他会的唯一神符：二字符。他不停地写着二字符，写到疲惫不堪，双眼明亮复又黯淡，然后再次明亮再次黯淡，最后变得麻木起来。宁缺叹息一声，一道白雾。他举起手指，继续书写，继续寻找。他在白雾里书写，在落雪里书写，在渐渐积雪的地面上书写。因为疲惫与紧张，他的手颤抖得越来越严重。二字符的两个笔画，有时候会变得有些歪斜。

长安城下了一场雪。这是天启十八年的第一场雪，初雪。黑夜渐退，晨光渐至。城中的街道与檐瓦，都被白雪覆盖，好生洁净。昨夜风从北方来，城南安静。因为没有寒风的干扰，南面的城墙上覆着浅浅的一层薄雪。看上去就像是一片白色的幕布。忽然间，城墙薄雪间，出现了一只脚印。此处距离地面约有数十丈，苍鹰能筑巢，人不能至。但却多了一只脚印。瞬间后。数百丈外的城墙薄雪间，又多出了一只脚印。紧接着，有一双脚印出现在其后。这两个脚印分别属于两个人。

熬冬的老鹰，被城墙上的脚步声惊醒。它警惕地望向遥远的空中。明明那两个人的脚印在城墙之上。它却望向空中。一望无尽的长安城墙上。那两个人的脚印不时前后出现。看不见人，只能看见脚印，仿佛仙人在人间留下的痕迹。脚印渐至南门。轻扬的雪花里，出现一抹青衣。知守观观主在南门外，显现身形。一柄道剑，负在他的身后。

七日不眠，在山河间纵横无数万里，他依然神清气朗。雪中忽然出现一根木棍。木棍很短、很硬。木棍砸向观主的后脑。观主挥剑。剑与木棍相遇。迸发出一声巨响。响声悠扬洪亮，黄钟大吕。长安城醒来。城内钟声大动。不知是被钟声震动，还是被剑与木棍的撞击震动，还是被那个人所震动，十余里长的南城墙上覆着的薄雪，簌簌落下，露出黑色的城墙颜色。城墙之下积了很多的雪，如同落下的幕布，堆积在了一处。

113

雪如大幕落下，在南门前垒出一道约半人高的雪线，一名书生不知何时来到了此间，沉默站在雪线之前。他还是穿着那身旧棉袄，只不过现在棉袄上全部是被剑割开出来的口子。此时的形象虽然有些狼狈，但他神情依旧宁静，依然给人一种由内至外非常干净的感觉，就如此时缓缓飘落的初雪。他看着观主说道："长安城是书院选择的最后决战地。"观主看着他，说道："我首先选择了这里。"大师兄请教道："为什么？"观主说道："因为这座城现在已经拦不住我。"大师兄问道："那为何您现在才来？"

"因为直到此时，这座城才拦不住我。"观主手握道剑，看着面前这座雄城，说道，"你们书院在等，我也在等，你们在等这座城恢复，我则是在等这座城衰弱。"大师兄说道："看来是您等到了您想要的结果。"观主说道："对于这个结果不需要感到意外。我为了破这座阵，准备了很多年时间，夫子离开人间，便再也没有人能够改变这个进程。无论顺之逆之，天意总是难违。"他看着雪线之前的大师兄，说道：

"这道雪线拦不住我，书院也拦不住我，杀死你，然后毁了惊神阵，一切便结束了。"说完这句话，他向长安城走去。

南门外的官道地面上覆着一层浅浅的雪，当观主的右脚刚刚落到地面，甚至还没有在浅雪上留下痕迹的时候，他便停下。他只走了一步，更准确地来说他只走了半步。观主低头望向地面。他穿着布鞋。布鞋的旁边有一颗很小的石子。他看着那颗石子微微皱眉。然后他收回右脚，重新站回原先的地方。观主向四周望去，注意到长安城南门四周，不知何时多出了千百块石头，那些石头或大或小，或棱角锋利，或浑圆如卵。但无论是何等形状的石块，都在散发着一股极为强烈的倔强不平之意，那股气息显得那样地沉默而不甘，直似要充斥整片天地。

因为这些石头的存在，天地之间自然存在的那些冥渺的通道，都像呼吸一般变得无法畅通，换句话说，在这片石头的世界里没有无距。观主看着这些石头，忽然笑了起来。他去过荒原上的大明湖，而且不止一次，自然知道块垒。用块垒来破除无距，书院行事果然有意思。然则他哪里会惧？他没有向前踏步。他静静站在这些石头里，等着书院的下一步。大师兄向前走了一步，便在微雪间消失。观主知道他没有进入无距，在这片嶙峋石阵里，彼此都看不到彼此，所以他什么都没有做，只是安静地等着，等着书院向自己发出攻击。就在这时，有一片薄雪顺着黑色的城墙落下，便落在了城外的观主身上。随着这片雪落下的，还有一根短木棍。木棍破风无声，就连天地间那些阻塞难受的气息，都没有受到任何影响，依循着自然里风雪的流动，无迹可循而至。

观主的眼眸微亮。这记木棍看似简单寻常，在他看来，却要比块垒大阵更令人惊艳。七日前才学会打架，如今居然能够施展出如此境界。论到学习的速度，这个世界上有谁能够和此人相提并论？观主举剑迎向身前的风雪，心想如果夫子登天再晚上十余年，以这种恐怖的学习速度，只怕自己再难像现在这般压制对方。道剑破风刺雪而去，便在看似空无一物的落雪间，点中那根木棍。这是来到长安城后，剑与棍的第二次相遇。与第一次相遇时，满城落雪如幕的震撼画面截然不同，这一次剑与棍的相遇，显得那般地宁静温柔，当剑棍相遇之时，一道极轻柔的气息，瞬间把块垒阵的气息冲淡。剑棍相遇在空中，相遇在一个点，静止不动，在那个点周遭的数丈空间里，所有的事物都静止，无论是风还是雪。雪花不再落下，静止在空中，画面显得格外诡异。然后那些雪花片片破碎，从边缘开始碎起，直至雪花中心，碎成最细微的粉末。如粉般的碎雪，纷纷扬扬落下，洒在观主和大师兄的身上。大师兄的棉袄上又多出了无数道裂口，鲜血再次流出。有风雪自地面起，在他的身周吹拂，如同一双无形之翅，推动着他满是伤痕的身体，如流雪骤退，退出块垒，进入长安城内。观主微微皱眉，有些意外。

城南有块垒，眼中无距却有距。这对他有很大的影响，对对方的影响更大。但既然书院想到破除无距的方法，那么必然还会有后续的手段，所以他任由粉雪临身，准备迎接书院的下一个动作。然而书院什么都没有做，直接退入长安城内。既然如此，他便要进长安城。要进长安城，需要先破身前这片嶙峋乱石。观主挥袖，卷起千层雪，又如流云。官道旁，一块重数万斤的巨石，随袖风而起，远远落在极远处的田野里。他再次挥袖，又有巨石飞起。他举步向城门走去。一路行走，一路卷袖如云，一路石飞阵摧。

何以浇块垒？当年轲浩然入魔宗山门，以剑破之。他则是以袖卷之。这不代表现在的观主比当年的轲浩然强，最重要的是，城南的块垒大阵，远不如大明湖底的块垒大阵强大。城外落石声声，风雪渐骤，青衣渐近。城墙上，莫山山鬓间夹着雪花，唇角溢着鲜血，脸色微白。观主随意挥袖，闲庭信步，块垒阵破。走进南门，便走进了长安城。朱雀大道上没有一个行人，安静无比，只有雪在不停落着。观主行走在笔直的朱雀大道上，神情悠闲。他看着道旁的建筑，看着街道中央没有被积雪完全掩住的雕刻，看着那些黑色的檐角，积雪的旧瓦，就像一个普通的游客。"原来长安城是这样的。"很多年前，还是孩童的时候，他曾经随家中长辈来过一次长安城。后来他开始修道，便再也没有来过长安城。因为他一朝修道，便很强大，在没有受到邀请的情况下，长安城不会允许他进来。更关键的是，夫子一直在长安城南的书院里。得不到的，就是最好的。所以他很喜欢长安城。遗憾的是，这座城不是他的，所以他只好把这座城毁了。他想这座城想了很多年。他想毁这座城想了很多年。今天他终于走进了这座城。不免有所感慨。

他抬头望向不停落雪的天空，说道："如果你在天上看到这幕画面，会不会后悔离开这个人间太早了些？"便在这时，朱雀大道上忽然响起蝉鸣。从高空落入城中的雪花，仿佛也多了一层明亮，变成了薄薄的蝉翼。时已入冬，初雪已至，哪里来的蝉？观主微微偏头，侧耳倾听，眼中终于流露出凝重的神色。确认块垒拦不住自己，便当机立断放弃，让书院撤入长安城内，利用这座城本身的力量，能够做出这种决断的人，自然不是普通人。他知道长安城里肯定有些很有意思的人在等着自己。但他没有想到，居然这么有意思。原来这才是书院最后的底气。

"西方有蝉，匿于泥间二十三年，待雪山冰融洪水至，方始苏醒，于泥水间洗澡，于寒风间晾翅，振而飞破虚空。"观主看着长街那头的风雪，平静说道，"原来你也在这里。"雪云渐厚，遮蔽天光，寒蝉凄切，响彻长安城。一名小姑娘从风雪里走来。

114

如观主这种层次，虽不能掐指便知未来，但心意微动便知吉凶，普通意义上的偷袭没有意义，除非宁缺手中还握着铁弓。

余帘没有隐藏踪迹，就这样从风雪中走了出来。"在这座城里，无法与昊天沟通。"她看着观主说道，然后把双手伸到空中。二十三年蝉大成，一双小手稚嫩幼美，在风雪中就像是两片稍大些的雪花。随着这个动作，满天雪花骤然一静，然而继续下落，只是不再轻扬微飘，每片雪花都开始剧烈颤抖起来，破风而舞。片片雪花高速震动，发出低沉而密集的声音，就像是无数只蝉在同时振翅。

"没想到你已经通了天魔境，成了魔宗百年来第一个破五境之人，要知道莲生都无法破除心劫，至死不敢踏出那一步。林雾，你果然不凡。"观主抬头望向天空，看着自天而降的亿万朵雪花，想着夫子，脸上露出佩服的神情。任何能把二十三年蝉收为弟子的人都值得佩服。

"好在我用了一生的时间，才让这座城终于有了一道缝隙。"他感慨地说道，然后向空中伸出手掌。他的掌心向天，仿佛是要承接那些纷纷落下的雪花。然而落下的不是雪花，而是一道磅礴的力量。厚实的雪云覆盖着长安城。那道磅礴的力量来自天穹，来自云层后方的太阳。

非人间的力量降临人间，惊神阵在最短的时间内做出了反应，数十道极为雄浑苍劲的气息，自长安城街巷之间生出，灌入雪云之中。然而惊神阵受损，朱雀大街上的天地气息流转有些凝滞缓慢。那道磅礴的力量落在了长安城上。天穹里厚实的雪云瞬间被撕开一道笔直的裂缝。雪云裂缝的下方，便是笔直的长街。

此时站在朱雀大街上向天空望去，便能看到一幕神奇的画面，覆盖苍穹的雪云中间出现了一道裂缝，缝中是湛蓝的青天。清丽的阳光从青天洒落，照耀在长街上，把街道上的建筑与雪花照耀得清晰无比，甚至还涂抹上了一层圣洁的金光。满天雪花都变成了金色，然后以肉眼可见的速度融化。云层间渗落的阳光和那道磅礴的力量，便要落到观主的身上。这就是五境之上的力量。这就是真正的道门神术：天启。

余帘站在风雪里，黑色的马尾辫轻轻摇摆。她觉得雪花有些微寒。她也已经逾过五境那道门槛，她见过熊初墨使用天启神术。但她想不到这个世界上居然有人，能够如此轻描淡写地施出五境以上的手段，仿佛信手拈来一片雪花那么简单。她看着雪街对面那个犹自感慨的道门第一人，忽然低头。她看着鞋前的积雪，开始用自己的目光写字。她写得非常专注。夫子让她写字写了很多年，写的便是自己的世界。一道极淡却极强大的气息，随着雪花的飞舞，笼罩了整条雪街，在昊天的世界里，割据出一个崭新的世界。没有一片雪花落下，没有一丝阳光落下。雪花也不再融化。雪街恢复寒冷清幽。清影笼罩着观主的身体。观主静静看着那个风雪中的小姑娘。直到此时，他才知道她的真实境界，已经到了这种程度。他举起右手遥遥指向雪街那头的她，四指渐屈。然而他的食指还没有来得及点出，风雪中忽然传来一道极暴烈的呼啸声。那是某种圆形物事与空气高速摩擦所产生的声音。有一物自长安城北呼啸而至，高速旋转，破风震雪，势不可当。万雁塔在城北，破空而来的是一串佛珠。黄杨大师的佛珠。佛珠在风雪中高速旋转，隐隐可见上面还有血迹，应该是大师的心血。很多年前，黄杨在西荒深处开悟，起因便是同伴的血，滚烫的血。所以染着他心血的这串佛珠也很烫。烫到燃烧起来。一道极慈悲却又极暴烈的火线，随着佛珠的旋转，向着周遭的风雪不停喷吐，所接触到的一切事物，都被燃烧起来。

雪花触着佛珠，没有融化成水，而是直接变成虚无。黄杨大师是佛宗大德，世间有数的强者，而且这串佛珠上染着他的心血，焚心以火，对于道门强者最脆弱的道心威胁极大。朱雀大道上空出现一道火线，风雪骤剧。呼啸破空，然后骤静。燃烧的佛珠，套在了观主的手腕上。余帘抬头，清稚的眼眸深处有雪花飘落，她身上的院服轻飘。雪街上的天地气息发生了一丝颤动，某人也即将出现。此时观主被蝉翼世界隔绝了与昊天的联系，又被黄杨大师的燃烧佛珠羁绊，再没有办法通过无距离开这条雪街，哪怕他眼中无距。这就是书院的安排。下一刻便是真正的攻击。然而观主的神情依旧宁静。他望向自己手腕上的那串佛珠。佛珠正在燃烧，却连他的青色道衣都没有点燃。他的目光落下，便是心念一动。无数劫前，来自远古的那道寂灭寒意，随着他的目光落在燃烧的佛珠上。佛珠上的火焰骤然熄灭，仿佛变成了枯死的木球。此为寂灭。五境之上。

须臾之间，雪街上便出现了两种五境之上的境界。二者都来自观主。但他依然在雪街上，在满天风雪之中，在余帘的世界里，无法离开。数百丈的雪地上，出现一对脚印。雪花落在棉袄上，然后消失。是棉袄在风雪中消失。大师兄出手了。观主双眉微挑，右手如苍松迎风而回，握住腕间那串佛珠，在原地消失。半道雪街，是一个小世界。棉袄与青色道衣，在风雪中时隐时现，观主和大师兄，便在这半条雪街上以无距境界追逐。在如此小的范围内，以超过思维的速度移动，只是片刻时间，其间的凶险，却比此前几日二人在山河间追逐加起来还要恐怖！

风雪再起，余帘垂在腰间的乌黑马尾辫再次摆荡起来。她的神情平静而专注，清亮的眼眸深处雪花渐密。无数片雪花在朱雀大道上空飞舞，每一片雪花便是一只蝉，满天雪花满天蝉，无数道恐怖的杀意纵横于雪街之上。这半条雪街是她的世界。观主的身法再快，也无法快过世界本身的规则。一片雪花在户部清水司衙门前缓缓落下。那里本来什么都没有。但当那片雪花落下时，却响起了撕裂的声音。观主被满天风雪逼出了身形。他的青色道衣前襟上，多了一道锋利的裂口。万雁塔顶。黄杨大师盘膝而坐，合十吟诵着经文，身前滴滴鲜血如浊泪。石塔下，数十名寺中僧人跪坐在雪地里，同样不停吟诵着经文。

观主右手腕上那串佛珠不再燃烧。却也没有落下。佛珠变得殷红无比，就像石榴子般好看。风雪中隐隐有经声传来。佛珠正在不停缩小。衙前石阶上覆着白雪。大师兄出现在雪阶下，当头一棍击向观主的头顶。观主神情微肃，噌啷一声拔剑斩之。大师兄的双脚陷进雪地里。一道鲜血从唇角渗出。但他不退，挥棍再击。观主举剑再斩。看似简单的动作，实际上非常不简单。突然，观主随意一掷，把道剑掷入风雪之中。然后下一刻，他出现在大师兄身前，格住那根木棍。他只用了一根拇指。木棍震动不安，天地气息大乱。大师兄退回雪街那头，抚胸咳嗽，痛苦不堪。观主重新望向自己的右手腕。那串殷红的佛珠，还在不停缩小，将要楔进血肉里。他眉头微蹙，似有些不喜。

风雪骤宁。观主的身躯仿佛瞬间变大了无数倍。事实上，他只是静静地站在风雪里。但却有一道宏大如海、无边无量的气息，瞬间充斥了整个空间。佛珠骤然崩断。数十颗佛珠，哧哧破空而去。万雁塔顶。黄杨大师痛苦地抚着胸口，手掌间全是鲜血。他看着南方那条雪街，声音微颤道："居然是无量！"佛宗绝学：无量。亦五境之上。

115

万雁塔的石窗上有道被剑刺破的破口，雪花从破窗处飘入，落在黄杨大师染血的裂袈上，那把剑却已经消失无踪。余帘感受到身后空中那道凌厉的剑意正在回来，眉头微蹙，挥手拂雪入高空，抵御住不停落下的天启神光，然后终于向前踏出了一步。此时的她看上去就是一个可爱普通的小姑娘，然而随着这一步踏出，气息顿时发生了极大的变化，仿佛变成了千军万马。她的双脚仿佛不是踩在街面的浅雪上，而是踏在空旷的荒野间，落足如槌，大地如鼓，南城的地面随着她的脚步而震动起来！风雪消散，余帘破风炸雪而去，只是向前踏了一步，便来到数十丈外的清水司衙门前，一拳击向观主的面门。她的拳头很小，看上去就像棉花糖一样可爱，但观主的神情却骤然间变得极为严肃。观主很清楚，那个破雪而至的小拳头，看上去是那般地无害，但如果让这个拳头落在实处，可以把一座山击倒。掌起无风，绵柔有若薄雪落湖。观主伸出右掌，挡住了余帘的拳头。

看着拳头前的手掌，看着近在咫尺的观主，余帘稚嫩的脸上没有一丝情绪，平静冷静至极。啪的一声，长街地面上覆着的浅雪被震得离地弹起，坚硬的青石地面上，出现了无数道裂痕，就像是一张蛛网。余帘落在后方的右脚，便踩在这张蛛网的中央，敛伏了整整二十三年的力量，仿佛无穷无尽，从娇小的身体里向着长街间涌出。

她没有再造一个小世界，没有用任何玄妙的法门，只是把自己最简单也是最可靠的手段冷酷地砸将过去。那就是力量，最极致的力量，最绝对的力量。雪街之上，只有力量在呼啸，在这种情况下，观主只能正面迎接她的拳头，正面抵抗她的力量。她是当代魔宗宗主，看似弱小，实际上拥有这个世界上最强大的力量。雪街之上，绝对而纯粹的力量纵横呼啸，观主的道髻瞬间被割散，长发飘舞在青色道衣之后，看上去有些狼狈。发丝在观主的眼前飘落，他静若古井的眼神没有一丝被扰乱。紧接着，有一片雪花在他眼前飘过，掠过睫毛，越过黑色的眼瞳。纯白的雪花仿佛进入了黑色的眼瞳。黑色的眼瞳颜色渐渐变淡。或者说，那抹误入眼中的雪花开始变深。那便是灰色。观主的眼眸变成了灰蒙蒙的一片。不惧风雨的深井，变成了枯井井底的陈年尸骨。观主的眼眸渐渐变灰。余帘感受到力量像风一般流失，脸色微微变白。

在这一刻，她想到了某个传闻，眼眸骤寒，生起一股难以遏制的怒意。她不准备收拳。她入书院后，夫子只教了她一门功课，那便是写字。写字是自成世界，也是清心寡欲，是慎怒。因为夫子知道她很喜欢生气，尤其是变成女生之后。所以二十三年来，她没有动过怒。但她这时候很愤怒。她一直都很厌憎道门里的这些杂碎。观主毫无疑问是道门里最杂碎的杂碎。当这个杂碎用改造过的明宗功法来对付她这个明宗宗主时，她的怒意到了极点。观主静静地看着她的眼睛。他的眼睛是那样地灰，那样地死寂。在街上飞舞的雪花，仿佛失去了气流的支撑，惨惨然向地面坠去。就像是被人撕掉了双翅的寒蝉。如果任由情况这样发展下去，或者是观主先用灰眸获胜，或者是余帘在力量没有消失之前，把观主杀死。后者发生的概率，大概只有两成。但余帘被老师压制了二十三年的怒火，一旦燃烧起来，可以燎原。所以她想赌这两成。更关键的是，她非常清楚自己顺情随意，借二十三年积蓄战意，才能有这两成的机会，一旦错过，她不知道还能不能有这种机会。有一个人，不愿意给余帘赌这两成的机会。因为他是大师兄，如果真到了绝境时刻，要拿性命去赌，他认为也应该是自己去赌，而不能让师妹去做这件事情。

风雪微飘，那件旧棉袄便出现在余帘的眼前，也出现在观主的灰眸前。那件旧棉袄上血迹斑斑，却依然干净。就像穿着棉袄的这个书生，行千山万水，满身灰尘，依然干净。唯洁唯净，没有涂抹颜色，便无法被你染色或是夺色。旧棉袄在风中轻飘，大师兄气息宁静，没有一丝溢出体外。他举起手中的木棍。观主向后退了一步。大师兄拿起木棍，向覆着浅雪的街面敲下。每一棍都是一道木栅。他是夫子首徒，对惊神阵的了解，远在世人之上。敲击之间，他借了长安城里的天地气息。数棍落，便是一堵历经千年风雨的厚实城墙，出现在雪街上。观主在城墙的那头。他和余帘在城墙的这头。观主伸手至雪空之中，握住自万雁塔飞回的道剑。然后他举剑刺向身前的城墙。他的这一剑，就像先前余帘的那记拳头一样。纯粹至极，没有力量，只有道。道剑挟着他浸淫一生的剑道。城墙顿时破开。木棍上出现一道清晰的剑痕。剑锋如风雪般卷过，漫过木棍，哧的一声刺进大师兄的左肩。剑锋入棉袄三分，鲜血始现。余帘伸手抓住大师兄的腰间，就像抓猫一般。她的力量极大，所以速度极快。剑锋渐前。却渐渐从棉袄里抽了出来。因为她的手比观主的剑速度更快。大师兄的草鞋在雪地上滑动。他举棍再打。观主神情平静，举剑再刺。余帘清啸一声，檐雪崩落。娇小的身躯里，迸发出来的啸声，就像是天降的雷霆。她收回了所有的力量，然后集中到自己的右拳上，向前轰出。漫天风雪，像蝉翼一般，始终覆盖着惊神阵的那道缝隙，折射着阳光，散发着金色的光泽，就像是无数片金叶。此时余帘收回气息，她的世界自然崩塌。长安城上空那片金色的雪花，暴烈地燃烧起来，美丽得令人心悸。

　　雪在烧。雪终于被烧融，出现了一道裂缝。那道来自天穹的磅礴力量，终于落在了雪街上。一片光明，无限光明，遮蔽所有。三道气息，挟着自身无敌的力量，或是磅礴的天地元气，冲撞到了一起。风雪怒啸，墙倾檐破，沿街的屋宅尽数被震成废墟。风雪渐静，大师兄和余帘已退至百丈之外的北街。大师兄浑身是血，尤其是肩部那道剑创，显得格外恐怖。余帘的身上没有伤，只是脸色有些苍白。余帘看着街道那头，观主的身影再次出现。他把手中的剑柄扔进了街旁的雪堆里。先前那一刻，他的道剑被大师兄的木棍敲碎了。但除此之外，他没有受任何伤。青衫已湿，可惜那不是血。观主走在浅雪上。长安城之上，那道如线的雪空，还在不停燃烧。

116

　　观主入长安。面对书院的至强者和黄杨，他一眼敛灭佛珠上的心血之火，挥袖乱风雪破天魔境，伸手一召便有天启降下，一剑便破千年城墙。街畔废墟处处，天空里的雪在燃烧，雨点在不停落下，所有的这些画面，都只证明了一件事情，那就是他的强大。

　　今日在雪街上，观主挥手卷袖连施无量、寂灭、天启、无距这四种五境之上的神话境界。观主展现出来的层次，已经超出了西陵教典以及诸多修行典籍记载的范畴，超出了修行者最放肆想象的上缘，甚至显得那般地不真实。落雨仍在持续，他向朱雀大道北方走去，神情宁静。自天穹落下的那道磅礴力量，注入他的身躯内。他每一步踩破积水，荡破天光，身上的气息便会强大一分。微寒的雨水在余帘的脸上滑落。她看着从雨中走来的观主，说道："传闻十八年前，你曾经登陆上岸，亲手把卫光明打落凡尘，除了他的光明神座之位。"观主说道："不错。"余帘说道："我当初并不相信你有能力把一个天启境界的强者强行打回原形，直到现在我才明白，你比传说中更加强大。"观主缓步前行，说道："强大只是一个相对的概念，我比你强，比卫光明强，不代表我就强大，正如你比熊初墨强，也不代表真正的强大。"余帘说道："那什么才是真正的强大？"观主说道："把相对变成绝对，那就是真正的强大。"余帘问道："比所有人都强，才是真正的强大？"观主说道："不错，如果天下无敌，自然便是真正的强大。"余帘问道："观主莫非以为自己已然天下无敌？""轲疯子死了，夫子走了。"观主抬头望向落着雨水的天空，说道，"我只好天下无敌。"他回答这个问题时的情绪很平静，所以显得特别理所当然。

　　长安城高空燃烧的雪，已经快要燃尽。所以雪街上的雨，在此时渐渐小了。观主此时走到了一道侧巷旁，巷口有井，井沿上积着的雪，极侥幸地避过了雨水的侵蚀，看上去洁白茸松，很是好看。余帘直到此时，才松开手。她一直抓着大师兄腰间的棉袄。她与观主对话时，大师兄一直没有参与，因为他在不停咳嗽、不停流血，重伤之余的身体，显得那般屠弱。余帘之所以一直抓着他，是因为她知道，如果自己松开手，师兄一定会冒着生命危险，强行进入无距与观主继续战斗。现在她松开了手，是因为师兄得到了片刻休息的时间，更主要的是因为观主已经走到了近处，胜负之间的生死已经来到眼前。就在此时，街畔已经变成废墟的宅院里，忽然走出来了一个人。那是一个年轻男人，戴着一顶草帽。他自西陵狂奔而回，回长安，回书院。数千里路的云和月、尘与土，让他变得瘦了很多。他无法再被形容为胖乎乎，只能说是魁梧。这大概便是所谓男人应有的形容。

　　在很多人看来，知守观观主已经是传说里的人物。今日长安城的雨与雪，证明观主确实是个传说。但传说中的人，依然还是人。当他看到自己唯一的骨肉，坚定坚毅地站在自己对立面时，他说出来的第一句话，和那些故事里的普通妇人没有任何区别。观主说道："我怎么就生了你这么一个儿子？"陈皮皮掀起倒在身前的一根木梁，走到街中央，双膝跪倒，声音微颤地说道："父亲，但我也是书院的学生。"观主看着跪在雨中的儿子，说道："你如此孱弱，有何资格选择立场？"陈皮皮自幼便被认为是道门天才，也是晋入知命境最年轻的修行者，但此时街中的三人，境界实力都远在他之上，观主的说法并没有错。他说道："儿子总想试一试。"观主的目光越过陈皮皮的头顶，落在街那头浑身鲜血的大师兄身上，说道："就为了让你师兄能多休息片刻，值得吗？"陈皮皮说道："尽心而已。"观主说道："书院值得你尽心，道门不值得？"陈皮皮没有回头看大师兄和三师姐。但他知道大师兄经过七日最艰苦的追逐，以弱敌强，早已疲惫不堪，伤势颇重，师姐现在的情况也好不到哪里去。他沉默片刻后说道："既然是尽心，当然要从心意出发。"他没有正面回答自己父亲的问题，却已经做出了回答。正是心意让他破了知守观中的阵法，让大师兄可以轻松来去，也正是心意让他从西陵千里驰援而回，然后在街上与自己的父亲对峙。观主脸上的情绪越来越平静，说道："我可以不给你这个机会。"陈皮皮说道："请父亲赐儿子最后这个机会，我别无所求。"观主说道："尽完心意，便无二心？"陈皮皮说道："正是此意。"观主说道："很好。"

　　陈皮皮站起身来，抹去脸上的雨水和污水，然后缓缓举起双臂。他的手指在微微颤抖。因为他准备用天下溪神指，因为他的敌人是自己的父亲。大师兄想要阻止这场战斗，因为他认为父子相残是很错误的事情。余帘只用了一句话，便阻止了他的阻止："如果书院要毁灭，你至少要给皮皮一次尽心的机会，不然他的后半生该如何度过？"陈皮皮用书院不器意驭天下溪神指。指气纵横于微雨之间，明明一指向东，天地气息却凝如锋刃，自西方斜斜刺来。陈皮皮上一次施出天下溪神指的时候，是在某个新年的某一天，那天桑桑抱着被褥，站在长安府衙的后花园外。这是他真正意义上的第二次出手。也是他最强的一次出手。面对破雨而至的指意，观主的眼中流露出欣慰的神情。这是他教给陈皮皮的。他很满意，陈皮皮现在所展现出来的境界与能力。所以他很欣慰，决定对陈皮皮不要过于严苛。他伸出食指，虚点而出。只听得一阵风雨声，在街间纵横的指意，瞬间破碎成无数碎片。噗噗数声闷响。陈皮皮倒在了雨水里，浑身是血。他的四肢关节，都被指意所伤，血洞森然，看上去极为凄惨。观主用的，也是天下溪神指。这才是真正强大的天下溪神指。陈皮皮无法动弹，像临刑前的男人般箕坐在雨水里，号啕大哭。他哭得非常伤心。

117

雨停了。天上的雪也烧光了，不再继续落下。街上一片安静，只能听到哭声。陈皮皮就像是个受了委屈的孩子，坐在地面上放声大哭。在父亲和师兄师姐面前，他就是个孩子。他哭得如此伤心，原因很复杂。他的父亲和师兄师姐却很明白，因为在这种情况下，他除了哭还能做什么呢？观主负手从他身旁走过，没有看他一眼，脸上也没有什么表情。大师兄感慨地说道："能哭出来也好，不至于抑郁。"余帘却眉头微蹙，看着街那头说道："我们还没死，书院还没亡，哭什么哭？"

观主正在缓步走来，来自昊天的力量灌注到他的身躯里，让他变得越发强大，但余帘说得也没有错，她和大师兄终究还没有死。只要没死，这场雪街之战便没有结束，书院就依然存在。书院必须把观主留在这条长街上，才能保住惊神阵的阵枢，保住这座长安城，遗憾的是，大师兄真的很不擅长打架，只擅长别的。洒落雪街的清光落在他朴实可亲的脸上和满是血迹的旧棉袄上，让他看上去就像是乡间刚刚杀完年猪的塾师。事实上，在书院后山他一直都是老师。

无论是琴棋书画还是阵道音律，那些在各自领域都拥有至高地位的师弟师妹，全部都是他的弟子，所以他在这些方面拥有普通人难以企及的能力。看着缓步走来的观主，他就像教书先生遇到难题时，总习惯于用手里的粉笔当武器那样，他自然也想起了这些年里自己时常接触的那些事物。大师兄动念，便有风从城北呼啸而至，卷起街道上的残雪，拂动街道两旁的宅院废墟与垮塌的檐，拂动能够遇到的一切事物。

瓦片颤动发出低沉的撞击声，如石钟，有酒楼的破幡在寒风中飘舞，刺啦作响，如断弦的琴，风从断垣缝隙里穿过，呜咽如箫。这些残破的感伤的悲伤的声音，合在一起，便是一首如泣如诉的曲子，曲声并不悠扬，只是幽哀不尽地来到了观主的身前。观主停步望向街对面，神情微凝，出指。大师兄伸手向街旁的巷坊，把城南无数道街巷，变成了棋枰之上的纵横棋路，他便是棋枰畔的弈道高手，瞬间把那道指意切割成无数碎片。观主拂袖一卷，把那些纵横棋道卷乱，再出指。大师兄松手把木棍扔到身前的湿街上。他不通符道，所以没有继承惊神阵，但他能够运用这座阵里的天地气息。当木棍落下时，那堵千年城墙没有再次出现在街上，只是发出啪的一声轻响。朱雀大街上空的云层里，也随之发出一声轻响。然后是巨响，无数声巨响。无数道闪电，从云层里钻出，然后劈落长街，向观主的身体劈去。

这些闪电非常密集，威力无比巨大，即便观主用无距进入天地气息的空间夹层，也无法确保不会受到伤害。观主的身形忽然变得淡渺起来，一道闪电劈中他原先站立的位置，烟尘弥漫，隐有焦煳味道，却劈了个空。无数道闪电接连落下，观主的身影再次显现，然后消失，就像清渺淡然的云雾一般，在电闪雷鸣中不停飘掠，根本无法捕捉。余帘从原地消失。长街上再次响起蝉鸣，数千只数万只蝉的怒鸣。风雪再起，其间隐着的怒蝉鸣啸，有如搏命的山虎。数十道街巷的积雪，全部悬浮起来，向着朱雀大街里灌注。街上的世界，变成了风雪的世界，很难看清楚里面的画面。只能听到指意破空的声音，闪电斩落的声音，还有越发凄厉的蝉鸣。风雪如烟尘，长街是战场。闪电与蝉鸣再如何强大，却依然无法压制住那些纵横其间的指意。一指便是寂灭如深渊。一指有如大海之无量。指意纵横，能守世间一切，能敛世间一切。电落渐缓，蝉鸣渐哀。这道充满了自然恐怖威力的长街，对观主来说，仿佛闲庭。他信步而出。风雪渐静。最后一片雪，自观主身侧飘过。观主的左手断了三根手指。鲜血正在向街面滴落。他看了一眼断指处。血渐止，断指处一片光滑，晶莹如玉。他取出手帕，将手掌上粘着的血水擦净，然后放回怀中，望向街对面。不知何时，余帘重新出现在街上。她脸色苍白，虽然看不到明显的伤痕，亦是受了极重的内伤。大师兄浑身是血，疲惫不堪，摇摇欲坠。胜负已分。

知守观是道门圣地。这座道观的名称，来自西陵教典里的一段真言。知其雄，守其雌，为天下溪。陈皮皮的天下溪神指，亦是因此而得其名。由此可以想见，这套指法在道门的无上地位。在西陵教典那段真言里，还有这样几句话：知其黑，守其白，为天下式。知其荣，守其辱，为天下谷。观主的指意，不仅仅是天下溪神指，堪为天下式，为天下谷。他多年前便迈过了那道门槛，他做到了真正的万法皆通，堪称千年以来的道门最强者。不幸的是，他和夫子轲浩然二人生活在同一个年代，而那两个人则是万年难遇，所以他才被迫沉寂低调了这么多年。现在的人间已经没有夫子，早已没有轲浩然，他便是人间最高崛的那座山峰，最强大的那个人，他便是天下无敌。风雪再起，只是这一次的风雪来自天地，不能杀人。

余帘看着风雪那头的观主，想着先前看到的那幕画面，脸上的情绪有些复杂。大师兄借破宅之音，街巷之枰，雄城之威，暂时困住观主，然后她怒蝉勃发，眼看着便要击杀对方，却不料局势骤变。观主目光落处，断指伤口顿时如玉。她很清楚这是怎么回事。这是魔宗的手段，虽然不是不朽，亦不远矣。如果不是如此，她最后那片雪，一定能够把观主的身体切成两半，不会只削下了对方三根手指。她看着这个普通的道人，想着那个普通的名字，神情渐肃。道门领袖把魔宗功法修行得比自己这个宗主还要强大，这究竟是一个怎样的人？"这是昊天的世界，我遵循昊天的规则，于是所有昊天的规则便能为我所用。除非你们现在拥有了挑战昊天的能力，不然永远不可能战胜我。"观主看着风雪对面的二人，平静地说道，"你们二人能够给我带来如此多的麻烦，已经超出我的想象，甚至让我觉得有些佩服。现在想来，我对夫子的敬佩越发深重，居然能够教出你们这一对师兄妹，如果你们两个人是一个人，我还确实不是你们的对手，于我而言幸运的是，你们两个人终究没有办法变成一个人。"余帘说道："我想尝试一下能不能用两条命换你一条命。"观主说道："你虽说修行二十三年蝉变了女身，又在夫子座前学习多年，但终究是魔宗宗主，说得这般慷慨激昂，实在可笑。"余帘说道："这和慷慨激昂无关，只和高兴有关，老师一直教育我，活着就是为了寻找快乐平静，如果能够杀死你，我一定非常快乐。"观主平静地说道："有理，所以我不会给你们这种机会。"即便是天下无敌的他，也不愿意在胜局已定的情况下，和书院的这两名强者以生死相见，因为生死之前有无数种可能。他进长安城，不是为了杀人，而是为了毁阵。只要能够毁掉惊神阵，这场大戏便将落下帷幕。风雪中，蝉鸣骤起然后渐敛。观主的身形消失在风雪中。惊神阵受损，书院二人重伤，再也没有谁能够阻止他。

118

观主的身影，消失在风雪中。大师兄微微摇晃，欲坠又似欲行，旧棉袄上顿时渗出了更多的血。便在此时，余帘伸出手钩住他腰间的衣带，摇了摇头。"他说得对。"余帘说道，"就算你此时拼命追上他，我没有办法追上他，依然没有意义，你就算想要和他一起离开长安，都做不到。"大师兄疲惫地说道："那该如何办？"余帘说道："既然追不上，就只有等着他被人拦下来。"大师兄说道："现在还有谁能拦住观主？"余帘说道："长安城。"

大师兄说道："让小师弟承担这么重的压力，不妥。"余帘说道："虽然他现在还很弱小，但老师既然把这座城交给了他，这座城便是他的，那这就是他应该承担的压力。"大师兄说道："那我们就等着？""歇着。"余帘松开大师兄的衣带，挽着他的胳膊，扶着他向道旁走去。陈皮皮蹲在街畔的瓦砾堆上，两眼红肿如西陵上的烂桃。余帘说道："还不过来扶着？"陈皮皮赶紧擦掉脸上的泪水，上来侍候。街道两旁尽是废墟，有座银楼修得坚固，只垮了一半，还留了些残檐可以遮雪蔽雨，三人坐在檐下等着最后的结局。

漫天风雪中，观主的身影渺渺若飞鸿，又像是一片不起眼的雪花，但长安城毕竟是夫子留下的惊神阵，很快便捕捉到了他的踪迹。

东城三百六十五道街巷里的无数宅落，无数青砖青石，都感觉到了观主的到来，一道古老悠远的气息从砖缝青苔积雪里散发而出。西城五片湖泊也感应到了长安城来了敌人，被冰雪覆盖的湖面微微震动起来，湖水深处的石块间开始有热泉涌出。当长安城墙上的薄雪如幕布落下时，这座雄城便感知到了敌人的到来，这是千年以来，它遇到的最强大的一个敌人。

雄城上空的天地气息骤然发生了极为剧烈的变化，低沉的雪云滚动不安，把朱雀大道上空那道云缝瞬间覆盖，完美地屏蔽了自天穹投下的那道磅礴力量。观主抬头看了一眼天，确认天启再次被阻，然后他望向长安城的四面八方，感知到了那些气息里所蕴藏的恐怖威力。但他的神情依旧平静，继续北行。因为他走在朱雀大道上，走在这座城的破损处。朱雀大道上的积雪早已被吹拂到两旁，积成膝高的雪堆，就像是燕国旧时抵御东荒的千里城墙，街道中央的朱雀绘像非常清楚。观主从朱雀绘像旁走过。朱雀忽然睁开了眼睛，眼眸灵动而暴戾，似要变成活物。观主转头望向朱雀绘像，说道："孽畜。"朱雀绘像的眼睛里，流露出挣扎的情绪，最终因为恐惧而黯然。

观主继续前行，飘然若仙。沿街的民宅都大门紧闭，有人从门缝里看着街上的动静，看着那个像神仙般的青衣道人，那些人的眼睛里流露出恐惧和绝望的情绪。从清晨开始，长安城万钟齐鸣，天雪燃烧，城中的所有人都知道正在发生什么，只是面对着这种越五境的战斗，世俗的力量没有任何意义。进了北城。街畔骤然开阔，观主静静看着北方的那片建筑，那片巍峨壮观的皇城。他的目的地是皇宫里的那幢小楼。他要毁掉小楼地底的惊神阵阵眼。能做到这件事情的，只有他。观主抬步，准备继续前行。忽然，他的脚步落回原处。他看着身前的风雪，微微挑眉。风雪骤起，然后渐凝，形成两道痕迹。观主的神情渐渐凝重。那两道风雪凝成的痕迹很奇妙，悬停在空中，不散不坠。就像是有人在空中写了两道笔画。不是墨字，是雪字。宁缺在雁鸣湖畔静思一夜，早已醒来。醒来时，他的衣衫和四周的湖山，已被初雪覆盖，白茫茫一片。他起身，雪簌簌落下。他站在崖畔看雪湖。他手中握着阵眼杵，看着雪湖，便看着这座长安城。他看到长安城南落雪如幕。他看到天穹上雪花燃烧如火。他看到冬日的雨街。他看到青衣道人飘然若仙，须臾将至皇城。他忽然把手伸到肩后，握住寒冷的刀柄抽出。然后斩下。朴刀随意而斩，咻咻两声。雪湖之上出现了两道清晰的刀痕。下一刻，那两道刀痕，瞬间从雪湖上消失。于天地间遁走，不知所终。他在雪湖上斩出的两道刀痕，来到了朱雀大道上。

来到了观主的身前。观主神情凝重。停下了脚步。两道刀痕，一撇一捺。构成一个简单而凌厉的字，是为"乂"。形似刀剑相交。意指割草无声。还有一个连小孩都能看懂的意思——此路不通。

119

　　观主看着身前街上那两道风雪凝成的痕迹，神情微凝。寒风微拂，那两道痕迹上附着的雪絮剥落飞走，只留下痕迹本体，这两道痕迹透明无形，却自有锋芒，就像是两把刀。两道刀痕向街畔蔓延，覆盖了整条朱雀大道，没有留下一丝空隙，街畔的草甸冬林有所感知，纷纷偃倒，似表示臣服与畏惧。

　　宁缺在雪湖畔写字，长安城里的天地气息凝成两条无形的痕迹，以最绝对的锋利，像刀一般把天地分割，像栅栏一般把雪街堵塞。两道痕迹没有静止不动，缓慢向南移去，街旁的行树咔嚓倒塌，积雪簌簌震飞，露出黑色的地面，地面上随之出现深刻的沟壑。这是神符的力量，更是惊神阵的力量，这两道刀痕出现在朱雀大道上，恰好把惊神阵的缺口堵住，把铁幕上的那道裂痕修补完善。面对雪中缓缓飘来的那个字，观主也无法应对，哪怕他进入无距也不行。因为那两道痕迹可以切割天地，便可以斩开天地元气里的夹层，所以观主选择暂退。他一退便是数百丈，须臾之间，便从城北飘掠而回朱雀大道中段，退回到朱雀绘像之前。朱雀绘像猛然睁开双眼，眼眸明亮，刻在石制地面上的羽翅线条剧烈颤抖，似乎将要飞起来，就像是跃跃欲试的雏鸟。"蠢蠢欲动，终究是蠢。"观主的右脚落在朱雀的翅膀上。街面气息乱喷，雪尘四散。一声哀鸣，朱雀欲起之势顿时平息。观主抬头望向长街那头，微微眯眼。长街上静寂一片，不见一人。风雪中只见那个简单的字缓缓而至。

　　一片雪飘落在宁缺的虎口上，融化成清水，向下流淌，湿了衣袖，不是因为他的体温很高，而是因他手中握着的阵眼杵正在微微发热。他握着阵眼杵，看着身前的雪湖，便看见了长安城，能够清晰地感知这座城里的每条街巷，每道天地气息的变化。那个字已然飘然遁去，却还在他深深的脑海里。他清楚地看到那个字出现在朱雀大道上，令冬林臣服，然后逼退了不可一世的观主。

莫山山不知何时下了城墙，来到了雁鸣湖畔，安安静静地站在他的身后，白色棉裙上染着斑斑血迹，先前观主破块垒时她受了伤。她没有看到那两记刀痕，作为一名天赋异禀的神符师，却能感觉到雪湖上的符意残留，在这一刻，她想起了当年和宁缺在大明湖底那些满是青苔的石头上看到的那两道剑痕，因为激动而睫毛轻眨。魔宗山门前的块垒阵，被轲先生用两记剑痕斩破，宁缺先前斩出的两刀，与那两记剑痕拥有非常接近的气质，但事实上却是截然不同的。宁缺斩向雪空，不是用刀斩开身前一应障碍，而是在用刀写字。他和莫山山现在是神符师，他写的字便是神符。过往他只会一道神符，那就是二字符。书院在长安城严阵以待观主七日，他便苦思冥想七日，昨夜初雪，他在雪地上写了无数个字，最终于晨光熹微时，学会了另一个字。

宁缺不知道这是不是自己寻找的那个字，是不是师父颜瑟寻觅了一生的那个字，但他很喜欢这个字。因为那个字叫"乂"，有治理安定的意思，还有割草的意思。更因为那个字看上去就是一个叉，出现在书院的试卷上，便代表错误，如果出现在某处道路的路牌上，便代表禁止通过。这个字很适合出现在此时的长安城，仙人般御风而行的观主身前。因为宁缺要让这座城安定，要禁止观主通过，他甚至很想像割草般割掉对头的头颅。最合适的就是最好的，当乂字符从宁缺脑海最深处的黑色海洋底部浮起时，他甚至认为自己受到了老师在天上施下的赐福。一道神符并不足以抵抗天下无敌的观主，不然朱雀也不会哀鸣。但此时的宁缺拥有整座长安城，他可以调动近乎无穷的天地元气。这意味着，他挥刀便是一记神符，只要手臂不会酸麻，他可以斩出无数道神符。

那些神符就像是无数道针线，把惊神阵的裂缝重新缝好，把观主拦在雪街上，甚至有可能把他困死在万道神符之中。宁缺忽然向雪湖里走去，在他的感知世界里，观主是最夺目的一团光明，此时那团光明却消失无踪，不知去了何处。他拥有惊神阵，可以对长安城里的一切做最细微准确的观察，通过晨时的战斗，他确定观主可以在长安城里进入无距，在一个特定的范围内瞬间移动，但却没有办法直接用无距的手段穿越整座长安城。夫子留给人间的长安城，虽然被道门用千年的时间撕开了一道口子，但对天地元气的运用之妙依然远远超出人间的范畴，观主要在阵内进行长距离的无距瞬移，便要承受随时可能被天地元气湍流撕碎的风险。宁缺相信老师，相信这座城，所以他确信观主不可能真的消失不见。观主此时应该还在朱雀大道周遭，寻找惊神阵的漏洞。他想到了一种可能。如果说他的义字符是针线，可以缝补长安城，那么便会留下针眼，普通的修行者，不可能看到这些针眼，更不要说利用。但观主不是普通人。观主是能在针眼里作画的画师。所以他向雪湖里走去，要离朱雀大道更近一些。他要继续挥刀写符，继续落针，密密缝之，才能把观主留在原地。只是有一个问题。宁缺停下脚步，转身望向莫山山，问道："我们的下一刀应该砍在哪里？或者说下个字应该写在哪里？"这是一个很重要的问题。在这样关键的时刻，他连这个问题都没有弄明白，不免显得有些可笑。莫山山没有笑，她伸出手握住宁缺递过来的阵眼杵另一端，感受着掌心传来的温热感觉，眼前出现了一个截然不同的世界。

那是惊神阵，也是长安城。不是真实的长安城，或者说，这才是真实的长安城。莫山山取出眼镜戴在鼻梁上，看着眼前的雪湖，看着这座长安城，思考片刻后试着说道："我觉得应该是这里。"她指着雪湖上的一蓬残荷。

120

莫山山的双唇很红很薄，抿在一处就像是女孩闺中的胭脂纸，疏长的睫毛，在寒冷的雪湖风中微微颤抖，表面凝着浅浅的霜。当她戴好眼镜，镜片遮到眼前后，那些霜渐渐融化，就像眼眸里的光影，圆圆的镜框被她微圆柔润的脸部线条一衬，显得很是可爱有趣。

她的目光落在雪湖上，看到了一枝残荷，便指了过去。那枝残荷是城中某道小巷，那道小巷后方有片小池，还有座坊市，坊市贩卖各式杂货，以池为名，叫作荷花池。她在阵法上的天赋造诣非凡，这些天随宁缺了解惊神阵，此时握着阵眼杆的另一端，便把这座长安城看得清清楚楚。那枝残荷，或者是猜测。但宁缺也愿意相信。他看着她清丽的容颜和那副可爱的眼镜，想起这是自己在烂柯寺送给她的，却又想起当时车厢里坐的是桑桑。他握着朴刀向身前斩去，两道锋利的刀光斩断镜片里的反光，斩断不可追的回忆，斩断风雪，斩断了那枝残荷。

荷花池坊市卖的是杂货，或者说是便宜货，距离朱雀大道不远，往日里人声鼎沸，小商贩吆喝的声音从清晨便开始。今天因为朝廷的严令，因为有神仙进了长安城，所有人都留在了自己的家中，所以此间变得异常安静，一个人都看不到。忽然间，坊市某处房檐出现了一道豁口，咔嚓声响中，破碎的瓦片纷纷落下，砸得地面积雪一片狼藉，但那座房却没有垮塌。坊市空中什么都没有，落下的雪片却向四周避去，仿佛那里有某种无形的存在，让所有的事物都不能进入那片区域。

覆着雪的地面上出现两个漆黑无底的洞口，两记刀痕来自雁鸣湖上，借惊神阵之力，须臾而至荷花池。刀痕无形，肉眼无法看到，但刀痕的威力，却通过坊市的毁坏展露无遗。坊市里看不到那个字、那道符。雪花飘落然后避散，屋檐垮塌，地面有洞，如果有人从远处望去，便能看清楚那两道纵横其间的夸张刀痕，看清楚那个字——"又"。

风雪中响起一声很微小却又清晰的声音，那是衣料撕碎的声音。有一片青布缓缓从空中飘落，落在地面上。观主现出身形，神情漠然地望向远方，不知在想些什么，青色道衣在雪风里不停摆动，前襟已然缺了一片。下一刻，他再次踏入风雪中，消失无踪。宁缺和莫山山已经走过雪湖，来到了湖的北岸。两个人握着阵眼杆的两端，看上去就像不想分开的玩伴。

莫山山白皙的脸上现出不健康的红晕，然后咳了起来，指向湖畔的垂柳。冬时天寒，夏日青青如衣带的柳絮早已枯干，无力地垂在寒风里，显得格外衰败，有些像被冻至僵硬的细蛇。宁缺再出刀，两道刀痕把岸畔的垂柳切成数道碎片，然后破风撕雪而去，遁入天地之间，去往长安城的另一处地方。这里是朱雀大道旁的某道偏巷。

这道巷很普通，与里头数千条窄巷没有任何区别，巷口有一座常见的井，井沿积着茸茸的雪，很像一种甜点。两道刀痕来到了巷口。义字符在整座雄城的帮助下，向四周延伸。井沿上积着的雪，忽然离开青石，悬浮到了空中，看上去很诡异。啪的一声轻响，雪圈忽然从中断裂，变成了一道笔直的雪绳。雪凝成的绳索，拦在了巷口。窄巷幽静，落雪无声，只有当风从巷中出来时，偶有呜咽。

风雪里出现了一只脚。那只脚穿着青色的布鞋。那只脚踩在雪绳上，然后踢出。雪绳崩散而碎。观主借反震之力飘然而退，避开那两道刀痕。风雪轻落，他的双脚落在小巷深处。他的眉头终于挑起。

莫山山随宁缺走入雁鸣湖北岸的院落。这是她第一次走进宁缺这个家。宁缺的情绪有些变化，变得更加沉默。顺着梅园旧径，走过花厅，来到前室。莫山山望向厅外，那里有盆蜡梅，因为无人修剪而格外茂盛放肆，看上去显得野意十足，她问道："砍在这里怎么样？"

宁缺笑着说道："叶红鱼喜欢这些梅花，我和桑桑并不在乎。"说完这句话，他挥刀便把这盆野了的梅花斩成了无数碎末。片刻后，长安城某处府邸后院里的柴堆，变成了坚不可摧的栅栏。一袭青衣险些被栅栏困住，然后像梅花般被切碎。

宁缺和莫山山一路行来，一路落刀。落刀便是写字，便是书符。他用朴刀斩出无数道神符，替代了朱雀大道沿线被损害的阵意，又借用了长安城别处的无竭天地气息，硬生生把观主拦在了皇宫之外。

书院三人坐在朱雀大道南段的废墟旁，他们感知着长安城的变化，在坊市侧巷里时隐时现的犀利符意，脸上的情绪有些复杂。小师弟还没有把惊神阵修好，但现在这种替代手法已经足够了，问题在于，这种足够对于书院和大唐的要求来说并不足够。

"无论今日结局如何，我都会回道门。"陈皮皮低着头说道。大师兄和余帘明白他的意思，没有就此表达什么意见。二人站起身来，平静地对视一眼，然后并肩向某处走去。既然并不足够，那他们便必须去。宁缺就算能够借助惊神阵把观主拦住，甚至把观主逼出长安城，都没有任何意义，如果今天不能杀死或者重伤观主，书院便是输家。

121

观主入长安的目的也非常清楚，他就是要毁了这座城。想要毁掉长安城，观主只能走一条路。他只能沿着道门在惊神阵里撕开的那道缝隙，明面上顺着朱雀大道，实际上踏着惊神阵里的那些黯淡处，直入皇宫入小楼。然而这条路上出现了无数道刀痕，惊神阵调动长安城里的天地元气磅礴而出，依自然之力而循，把他不停从无距境界里逼将出来。那些刀痕是文字，告诉观主此路不通。

从坊市到偏巷，风雪如怒，观主的心意如身上的青衫一般渐趋寒冷，确认在解决掉拦在路前的这些神符之前，无法进入皇宫。要解决眼前的困局，有一个最直接最简单的方法，那就是杀死施出神符的宁缺，于是观主御风而去，向雁鸣湖而去。大师兄感知到那抹青衣在窄巷之间飘拂不安，时隐时现，以无距境界前行，知道他要去哪里，心情变得像伤后的脚步一样沉重。

在如此小的区域内施出无距境界，就像是在针眼里绣花，在一粒沙的世界里飞翔，即便他没有受伤，也无法再次追上观主。即便如此，他依然要追，因为他不可能让小师弟一个人面对观主，所以他一脚踩在积雪上，留下一洼血水，棉袄颤抖起来。然而他没能进入无距境界，因为余帘的手再次落在他的腰间，抓住了他的衣带。"观主要去杀小师弟。"大师兄看着她的眼睛。"是的，这是他现在必须做的事情。"余帘平静回答道，没有别的任何表示。

观主出现在雁鸣湖畔的雪桥上，他穿过冬苇，步行至雪湖南岸的雁鸣山，于积雪里寻径登山，来到崖畔，然而却没有看到一个人影。雪地上有很多杂乱的痕迹，脚印和坐痕，最多的还是潦草的笔迹。观主看着雪地上的那些字迹，明白了昨天夜里这里发生了什么。只是昨夜写下这些字，然后悟出那个字的宁缺，现在去了哪里？

他望向湖面，看着湖面上那两道清晰的脚印，那枝被刀斩破的残荷，那枝被斩断的柳枝，那盆被斩碎的蜡梅，眉头缓缓挑起。他的视野与识海里，都不再有宁缺的踪迹，这是违反常理的事情，因为那个小子就算有惊神阵的帮助，也不可能完全避开昊天的眼光。有人在帮助他隐藏气息。大概便是雪湖上的另一道脚印的主人。

几颗浑圆的小石头落在了街面上，把积雪砸出坑洞，骨碌碌一路前行，撞到街畔的石阶上，发出清脆的声响，才缓缓停下。那些石头只有指甲大小，一个鹿皮袋子里便能盛放很多，如果节省些去撒，或许可以铺满整座长安城，当然这是夸张的形容。淡渺的气息从那些小石头上溢散而出，与街道周遭的瓦檐石磨合为一体，顿时产生了魔宗山门前那座块垒大阵的感觉。只是那些石头很圆，没有什么棱角，与块垒阵意有些很有趣的区别，并不一味充天塞地，而是很柔和地遮掩着一切。

宁缺和莫山山从这些小石头里走过。他们已经离开雁鸣湖，经过关着门的包子铺，来到了南城。"只怕创出块垒阵的那位光明大神官，都没有想到，千年之后有位符道天才少女，竟能另出机杼，把块垒改造成这等模样。"宁缺笑着说道。莫山山的脸上没有什么笑意，只有忧虑："接下来怎么办？"宁缺说道："现在的局势看似复杂，其实很简单，以观主的智慧，只怕早已经想明白了破局的方法，他现在已经来杀我了。"莫山山说道："观主也可以退出长安城。"宁缺说道："我们书院不想让他完好无损地退出去，一个天下无敌的强者在长安城外，代表着书院和大唐的失败，幸运或者说不幸，观主自己也不想就此退出长安城，因为对于他来说，这也是最好的机会。"

莫山山望着不时踢出棉裙下摆的鞋尖，欲言又止。宁缺知道她在想什么，说道："大师兄自然是想来救我的，但三师姐断然不会让他过来，因为那没有任何意义。"莫山山抬头望向他，有些不解。"除非我能用惊神阵困住观主，或者说寻找到一种方法，把观主从昊天的世界里择出来，三师姐才会出手。我不会怪三师姐，因为换作是我，我也会这样做，书院只有一次机会，必须要好生珍惜。"宁缺说道，"我现在首要先藏好自己，然后找到他脚步落下的那些地方，希望能够困死他，就看我和他谁能更快一些。"

莫山山没有再说什么，伸出食指，把眼镜向上顶了顶，看着前方一条安静的巷子，说道："写在这里吧。"宁缺看着那条巷子，举刀再斩，刀痕随风雪而逝，了无痕迹，就像他脸上一闪即逝的那抹复杂情绪。这条街巷里曾经有两座府邸对门而邻，一文一武，一家是通议大夫府，一家是宣威将军府，一家是他的，一家是她的。

某座府邸内某座布满蛛网灰尘的旧房塌了。宁缺听到了房屋垮塌的声音，没有向那边望一眼，继续握刀举步前行。莫山山跟在他的身旁，向街面上撒落石子。从雁鸣湖到南城，再到东城，二人一路落刀，一路撒石，躲避着观主的眼光，寻找着困死观主的方法，沉默不再言语。松鹤楼的二楼垮了，陈锦记的匾断了。宁缺不再需要莫山山指明方位，他握着阵眼杵的一端，感知着现在飘行在长安城里的青衣，回忆着当年穿行在长安城里的黑伞，不停斩落。

终于，他回到了熟悉的临四十七巷，他推开老笔斋紧闭的木门，看了看墙上那些久违的书帖，走到了后院，抽出朴刀斩了下去。墙上响起一声凄厉的猫叫，积雪被猫脚蹬得到处乱飞。小院里的井断了，墙垮了。

122

隔壁传来吴婶的叫喊声，还有吴老板压抑的训斥声。宁缺看着眼前的断井颓垣，神情莫名地笑了笑，带着莫山山转身离开老笔斋，走回临四十七巷，向着下一处地方去。

他和莫山山行走在街巷里，就像是远道而来欣赏长安的旅客，神情平静，但其实很清楚当前的局势非常危险。主动权直到现在，依然完全掌握在观主手中，当观主觉得惊神阵能够威胁到他时，可以轻身退走，宁缺却只能被动地等待。他感觉到观主已经越来越近，他需要得到帮助，幸运的是他路过的地方有很多人。

观主的身形再次显现，望向风雪中，他身上的青色道衣已经破损严重，甚至手臂上多了几道伤口，只是没有血流下。乂字符出现的次数越来越多，惊神大阵的裂缝，渐渐要被缝补成形，最关键在于，那些隐在最深处的地方，先后有刀痕出现。看着老笔斋方向，观主流露出赞赏的神情，说道："没想到你身在局中，竟能如此快猜到一切的源起，可惜晚了些。"宁缺踏雪寻落刀处，施施然而行，神态闲适，眼底深处却有些黯然，偶尔还会抒发几句与旧事相关的感慨。

莫山山对战斗的所有认知，都是宁缺在荒原上教给她的，她知道他在战斗时是怎样冷酷冷静的人，所以她觉得他此时的表现有些奇怪。如此紧张的战斗过程里，任何触物生情，感慨沧桑，都是很没有道理的情绪，如果是以往的宁缺，绝对不会允许这种情绪出现在自己身上。

"老笔斋是我们一起租的，雁鸣湖的院子是我们一起买的，湖上的荷花是我们一起种的，她最喜欢用湖畔那些柳条编小东西，当然那也是我小时候教她的。"宁缺说道，"她喜欢去荷花池买衣服，因为那里的东西都便宜，她只有最开心的时候，才会同意去松鹤楼订席面，无论是开心或是不开心，她都很喜欢去陈锦记买脂粉，这些都是她经常去的地方。"

莫山山不知道他为什么要说这些，联系到先前一路走来，一路斩断的残荷寒柳匾额老井旧墙，隐约明白了一些什么。"现在，我和她在这座城里留下的大多数痕迹，基本上都没有了。"宁缺看着前方那座青楼，说道，"只是有些可惜。"莫山山问道："为什么要这样？"

宁缺说道："这些天我一直在思考一个问题，道门究竟用的什么方法，把惊神阵撕开了一道裂缝？何明池擅于阴谋隐藏，境界太低，就算有观主的指点也不可能做到，我又曾经猜测道门用了一千年的时间，想出了什么方法，但看观主入城之后的举动，发现他也没有这种能力。想不明白源起，自然想不出来修复的方法，直到刚才……你说要砍那残荷寒柳，我才忽然想到一种可能性。"他面无表情说道："也许她自己都不知道，但总之她在这里走过，留下的痕迹便是我们现在所面临的问题。"

莫山山有些惘然，说道："我听不明白，你是说……桑桑？"宁缺说道："是的，桑桑。她是昊天的一部分，甚至从某种意义上来说，她就是昊天。这座城就是老师用来对付她的，结果我带着她来到了这座城市，我和她在这座城市里生活了很长一段时间，有意无意间，她已经做了很多事情。"莫山山很是震惊，声音微颤地说道："这……只是猜测。"宁缺没有就这个问题继续探讨下去，看着前方那座青楼，说道："只有把她留在长安城里的痕迹与气息完全斩去，才有希望把惊神阵完全修复。"

"只是早知今日要斩去这些过往，当日我与她何必来长安？"说完这句话，他笑了起来，笑得有些酸楚。莫山山看着他脸上的神情，不知为何，心头也觉得酸楚起来，二人的手握着阵眼杵的两端，看似牵手，其实不然。红袖招里那张刻着鸡汤帖的桌子被砍成了一堆废柴。宁缺带着莫山山来到了春风亭横二街朝宅。

朝宅里戒备森严，齐四爷带着数十名鱼龙帮好手于园内各处警惕布防，前厅里支着一桌麻将。朝老太爷摸了张臭牌，却带不住，眼看着便要点了下家，正为难的时候看见宁缺走了进来，极爽快地把身前的牌推倒说道："来客了，别打了。"坐在朝老太爷下家的是长安府尹上官扬羽，他眼睛贼尖，看着混在牌里那张万字牌，心顿时痛得滴下血来，却无可奈何，随老太爷起身见礼。宁缺说道："没别的事儿，只是来告别。"他对朝老太爷施礼，说道："二伯，侄儿可能要先行一步了。"

朝老太爷没有什么反应，坐在桌旁的曾静大学士夫妇却是顿时变了脸色，曾静夫人担心地说道："一切要小心些。""岳父大人，岳母大人请放心。"宁缺长揖行礼，便带着莫山山离了朝宅。朝老太爷说道："看来你们女婿要娶新媳妇儿了。"曾静夫人啐了一口。然后是一片安静，没有人有心思继续说笑话。厅内众人猜到宁缺为什么要专程来朝宅一趟，她现在人间唯一的亲人就在这里。

"我本以为自己找到了那个字，可惜现在才知道，还是没找到。但我已经看到了那个字，可惜我看不懂，所以写不出来。可惜我明白过来的时间太晚，不然我可以把惊神阵修好，可惜那个字实在是太骗人了些，不然我这时候可以试着杀死他。可惜长安城这么大，还是让他看到了我。"宁缺看着风雪舞动的长街那头说道。观主的身影从风雪中显现出来。

123

昨夜初雪持续至今，长安城变成了一块黑白相间的大布，上面绣着宫檐观寺，画着湖光山色，其中一路雾瘴深重，很是黯淡。宁缺在那处落了很多针，密密缝之，想要缝好那些裂口，或是重新绣上一朵崭新的花，让那片黯淡重现光华。可惜的是，他明白得有些晚，落的针数不够，观主始终能够寻觅到落脚处，然后在他修好惊神阵之前，看到了他。

宁缺和观主隔着一条十几里的、被风雪笼罩的长街，遥遥相见。在长安城里穿行，观主受了很多伤，道衣染血，但没有倒下。他们并没有相遇，但已经相见。一朝相见，便已经分出了胜负。宁缺知道自己输了。莫山山看了他一眼，将鹿皮袋里的石子撒在街上，然后离开。宁缺接过阵眼杵，握紧刀柄。如果是从前，一旦确定失败，他肯定马上转身离开，但今天他没有这样做。这与勇气无关，只与信心有关。因为他相信自己能够获得最终的胜利。因为这里是长安城。

隔着十几里的风与雪，观主向街那头看了一眼。宁缺手中的阵眼杵，忽然变得滚烫无比，掌面与杵面接触的地方，发出滋滋的响声，伴着青烟生起，有焦味刺鼻。从晨时到现在，这一眼是宁缺和观主的第一次真正接触，只有凭借惊神阵的力量，他才能不被观主的目光敛没心神。惊神阵的力量经由阵眼杵散发至街道中，护住他的身与心，阵眼杵是通道，承受了难以想象数量的天地气息，急剧升温。这种灼烧的痛苦，不只落在他的掌心里，也落在他的心上。但他神情依然平静，不吭一声，因为既然滚烫，那么便可战。

"就算在长安城内，你依然太过弱小。"十余里外传来观主的声音，风雪掩之不住。宁缺看着风雪那头说道："在长安城里，我无所不知，所以你一直追不上我。我现在想试一下，可不可以做到无所不能。"话音落处，他抽刀斩落。他识海里的念力散溢出身，经由手中紧握的阵眼杵，传到长安城的四面八方，来到那些经历了无数年风雨雪霜的青砖旧石间，来到西城五片湖泊，来到那些亭榭楼台。一道沧桑苍凉的气息，从那些砖缝石隙间散发出来，从冰雪覆盖的湖水深处、从亭榭楼台的地基深处缓慢升腾而起。陈旧的梁木吱吱作响，青石板碾出积年的灰尘，五片湖泊底涌出的热泉越发高温，无数珍珠般的气泡汩汩涌出。

惊神阵感应到了阵眼杵散发的念力召唤，回赠以无穷无尽的天地气息来到朱雀大道上，来到他的身前，来到他的刀锋前。宁缺一刀斩落，便把这座城斩了出去。雪街之上，出现了无数道刀痕，这些刀痕成双成对，每对刀痕便是一个"乂"字，一个威力强大的神符。这些刀痕里凝结着长安城的天地气息，强大无比，每一记刀痕都在五境之上，把整条朱雀大道封死。

观主青衣微颤，便在原地消失。一道刀痕落在街面上，咔的一声脆响，青石板破。大街上的空气也破了。观主落回街上，脚踩残雪。他的左腿上出现一道伤口。他一眼望去，鲜血顿止，伤口如玉。无数刀痕，从十余里外的长街那头破空而至。观主再次消失，在方寸间施展无距手段。

观主不时消失，不时出现。他重新出现时，在巷口，在坊门，在破衙，幻若神像。每次他重新出现时，他的身上都会多一道伤口。他是千年来道门的至强者，如今的天下第一人，但面对整座长安城的力量，他依然只能被动地防御。宁缺想知道自己能不能在长安城里无所不能，至少在现在看来，他做到了。观主再次被刀痕从虚无里斩将出来。他的额角出现一道极细微的伤口。他看着长街那头，神情渐趋凝重。他忽然抬起手掌，缓慢自面前拂下，似古佛拂面自哀，又像是宋国古戏里那些变脸的戏法，想要把这张脸抹去。观主缓缓落下的手掌，没有把那些鲜血抹掉，也没有让细线般的伤口变成一道金线，只是让断眉与睫毛上多了一层寒霜。一道寂灭的气息，笼罩了他的身体。长街那头，又有刀痕破雪而至。寒风先至，观主青袖拂动，身躯迎风便涨，仿佛瞬间变大了无数倍，要冲破天穹。事实上，他还是站在街上，还是那个普通道人。只是他的身上散发出一道宏大如海、无边无量的气息。宁缺的刀痕到了。长安城到了。天地气息狂暴地变化着，朱雀大道的风雪中，呜咽似有无数人在哭。一瞬间，他中了数十道刀痕。

宁缺的刀痕，都在五境之上，拥有斩山破河的威力。但此时观主已寂灭，无情无识，无痛无怖亦无惧。宁缺的义字符，拥有五境之上的威力，携带着惊神阵的力量，在朱雀大道上，就像是宋国风暴海上的狂澜。但此时观主已无量，无论是气息还是体量，都有如浩瀚的海洋。再强大的刀痕，斩不痛不痒之人。再恐怖的狂澜，落在汪洋里，只是一隅的画面。寂灭以及无量。观主同时施出两个五境之上，并且让二者形成完美的统一。

风雪再静。观主平静前行。宁缺的刀痕，在他的身上，只留下了一些极细微的痕迹。有睫毛落下，有衣袂断，布鞋上多了条小口子。除此之外，再没有任何伤口。宁缺看着走来的观主，说道："原来你是只飞蚂蚁。"

124

极西荒原天坑底部，生活着很多农奴，他们侍奉着悬空寺里的僧侣，维系着那个社会的存在。在昊天的眼中，生活在地面上的人类其实也就是些农奴，都是类似于蚂蚁般的存在，任劳任怨地重复着乏味的人生。只是千万年间，蚂蚁群中总有那么特立独行的几只出于种种原因或没有原因，而决定暂时把目光脱离腐叶泥土向湛蓝青天望去。

看见青天，那些蚂蚁的生命便会发生极大的变化。有的蚂蚁因为看见所以向往，有的蚂蚁因为天空的遥远而愤怒，有的蚂蚁因为看见所以恐惧，于是颤抖着臣服在泥土里，因为得到天空的恩赐而感激。但无论是哪一种结局，那些蚂蚁已经不再是普通的蚂蚁，从某种意义上来说，他们已经离开了蚂蚁的范畴，因为他们可以飞。夫子和轲浩然，毫无疑问是无数年来最不可思议的两只飞蚂蚁。宁缺说观主是飞蚂蚁，并不是在嘲笑对方，而是表达自己的尊重。"其实有件事情我一直没有想明白，观主你早已超凡脱俗，眼光不在人间，那你为何不把眼光再投到青天之上？"宁缺看着长街那头认真请教道。观主的声音从风雪中传来："道门与书院的理念，从来无法相通，我与夫子的看法，也不相同。就像夫子留在人间的这座长安城，自绝于天，纵使再如何强大，也不过是一潭死水。又像你现在写的乂字符，狰狞勃发，却无归途，所以谈不上圆融，也就没有选择，那么又怎么拦得住我？"

宁缺看着风雪中说道："没有选择，难道不是自由？"观主说道："没有选择不是不选择。"观主的声音在风雪中近了几分，他说道，"就算有惊神阵加持，弱小如你，也不可能守住这座城。按照你的性情，你应该早在前些天便逃离，结果你依然在街上，这让我有些意外。"

"老师把这座城留给我，我只好留在这座城里。而且如果我明白得更早一些，也许前两天便已经把惊神阵修复如初。"宁缺说道，"而且很遗憾的是，这几年她在长安城里待的时间太长，我自己太懒，什么事情都让她去做，结果她走过的地方太多，留下的气息太多，从这个角度上来说，长安城现在的危险是我们夫妻的责任。你说得对，如果是以前，我可能早就已经逃出长安，但既然是她和我的责任，而她现在已经死了，那我只好留下来扛，因为她是我的妻子，这个账总是要认的。"观主知道他说的是谁，说道："哪怕明知守不住？""因为知道，所以要守，知道守不住，还是要守。"宁缺说道，"这是我的知守。"说完这句话，他看着风雪中越来越清晰的那道身影，双手紧握刀柄，左膝微屈，身体紧绷如弓，挥刀砍落。

他明白观主说的是正确的。他还没有找到那个字，他还不能完美地调动惊神阵。但他还是想试一试，因为他不相信真的有人能够对抗这座千年雄城。两刀破风雪而去，呼啸渐厉。观主神情宁静，再次以掌拂面，青衣飘摇，气息直冲天穹。无量与寂灭的完美结合，让他把这场战争融入另一个尺度里。宁缺手中的阵眼杵，滚烫得像是火山里的熔岩。他看着长街那头观主飘摇而起的身影，体内的念力不停疾出，向着观主狂涌而去。

一座城的威压，轰击到观主的身体上。几乎同时，自天穿落下无数道雷，轰击在这座城里。观主的身影在风雷中缥缈不安。昊天的愤怒与人间的力量，借由观主和宁缺的身体，真实地碰撞到了一起。整座长安城笼罩在暴烈的天地元气冲撞里，无数建筑的墙体表面被震出了裂缝，除了恐怖的风雪声，根本听不到任何别的声音。

风雪渐停，散向四野的云又回来了些，长安城上的那轮日头有些黯淡。朱雀大道安静无声，观主和宁缺相对而立。他们之间的距离，已经没有十余里，只有十余丈。宁缺能够清楚地看到观主的脸。他看到了观主脸上的伤痕，那道断眉以及断指。

观主向他走来。街面上的圆粒小石头簌簌而动，向两边避去。宁缺低头咳嗽起来，显得很是痛苦，唇角溢出血丝。然后他霍然抬头，看着观主，毫无预兆地一拳击出。他此时的眼眸很冷静，所以很残忍。就像是草原上盯着猎物的年轻公虎。他站在原地挥拳，拳头来到十余丈外，来到观主的面门之前。自修行浩然气入魔以来，他的身体强度便越来越可怕，他的力量越来越可怕，所以他从来不担心近战，他一直等着观主来到身前。蕴藏着磅礴浩然气的拳头，就像是夜色里探出的虎爪。锋利，而且致命。观主举起手掌，握住宁缺的拳头。宁缺现在的拳头，可以击垮一幢小楼，但击在观主的掌面，却像是击中了荒原深处那片大泥沼。就连余帘的拳头，都无法威胁到观主，更何况是宁缺的。

观主笑了笑。宁缺左手握着的阵眼杵，忽然间大放光明。长安城的天地元气，尽数经由阵眼杵涌入他的身躯，从他的拳头里爆发出来！

125

朱雀大街上响起一声雷鸣。观主与宁缺拳掌相交。无数道气息，从他们的身体之间爆散而出，向四周射去，所触之处，砖石尽毁，梁木折断，街畔的房屋尽数倒塌。

难以想象的磅礴力量，从宁缺的拳头中砸进观主的掌心。他此时就像是一道桥梁，把长安城和观主连在了一起。狂暴的天地元气，从他的骨骼血肉里奔涌而去，让他承受极大的负荷。他承受得很辛苦，关节咔咔作响，睫毛微焦，身体剧烈地颤抖，鲜血从他的唇角不停向外淌涌，落在雪上。但他在笑。观主的手掌断了三根手指，断处洁莹如玉，此时骤然迸破，有血丝渗出，然后飘射出三道鲜血，落在雪上。

他脸上的笑容微凝，但并未退去。有一片雪花在他眼前飘过，掠过睫毛。他眼瞳的颜色渐渐变淡。或者说，那抹雪花的颜色开始变深。是灰色。观主的眼睛变得灰暗起来，仿佛深渊上的雾霾。这是今天他的眼睛第二次变灰，第二次使用道门秘法：灰眸。灰眸这种道门秘法，专门吸噬修行者的念力以至精神，很是邪恶恐怖。隆庆皇子当初便是从天书沙字卷上学了这种异法，然后吸收了半截道人一身绝世功力，才从一个废人变成如今纵横荒原的强者。观主的灰眸，更是不知道要比隆庆强大多少万倍，面对他如同幽深枯井底的灰色眼眸，强如余帘也觉得愤怒和心悸。

宁缺能做些什么？他感受着观主身上如黑色旋涡般的恐怖吸噬力量，感受着颊畔拂起的风，脸上的情绪没有任何变化，平静如常。他什么都没有做，因为观主的灰眸对他没有造成任何影响，无论是识海里的念力还是胸腹里的浩然气，都安静地停留在原处。

观主不能从他身上夺走一丝气息，哪怕是味道。观主的眉毛挑了起来。宁缺深吸一口气，胸膛高高鼓起，就像是被劲风吹拂的战旗。他身前的寒风雪粒被尽数吸入肺中。观主断指喷出的血水，化作血雾，嗖的一声被他吸进唇中。他的唇角多了些血渍，除了自己的，都是观主的。

这个画面看上去非常诡异。宁缺知道自己不是观主的对手，哪怕有一座长安城在他的身后。从最开始他就没有奢望过战胜对方，只希望能够把惊神阵修好。所以他在街巷里行走，却最终还是被观主看到，所以他在雪街之上挥刀斩符，遥遥而战，只想着御敌于十余里外。如是种种迹象，明确地表露了他的畏惧，更不可能逃过观主的眼睛，所以观主平静微笑着向他走了过来，步步靠近。

事实上这正是宁缺需要的。在以天地城池为战场的大尺度战斗中，他找不到一丝战胜观主的机会，相反，如果距离足够近，或者他能在绝望中觅到一丝希望。因为他擅长近身战斗，他入魔后的身躯坚硬如石，拥有恐怖的力量，最关键的是他的手中有阵眼杵，晨时他在雁鸣湖畔看到了观主与三师姐的那场战斗。

灰眸是道门不传之秘学，宁缺却很了解这种功法，因为他与隆庆在红莲寺外战斗过，因为灰眸来源于魔宗的饕餮大法。饕餮大法早已失传，在莲生死后，这个世界只有一个人会饕餮，那就是宁缺，而知道这件事情的只有叶红鱼和桑桑。所以他一直在给观主近身的机会，他等着对方近身。

看着观主平静走过来，他紧张而且期待。看着观主的眼睛变成灰色，他开始兴奋并且喜悦。灰眸对他没有任何效果，他的饕餮则开始释放，就像传说中那个贪婪的怪物一样，拼命地吞噬着身前的一切。满是雪粒的寒风，以及血散作的雾，进入他的唇里。

此时的他，仿佛变成一个生吞血肉的野兽，拼命地吸噬着观主的血，吞噬着观主的念力与精神，甚至连呼吸都忘了。一道淡渺微红的通道，出现在他与观主的身体之间，观主丰沛的念力与精神气息，从那条通道里快速消逝，进入他的体内。宁缺满脸红晕，似醉酒的汉子，似清晨的朝霞。他的眼睛明亮得就像是金色的池塘，要把观主的身影吞噬。他清晰地感觉到，一道至纯至净，就像是水一般的气息，不停地涌入自己的雪山气海，把自己的身体洗涤得无比干净。他知道那是观主最本质的生命气息。饕餮大法远比灰眸强大，一旦施展，几乎不可逆转。宁缺看着近在咫尺的观主，露出一丝笑容。看起来，他似乎真的将要迎来一场不可能的胜利。然而就在下一刻，他的笑容变得有些僵硬。因为观主还在笑。观主的精神与念力正以恐怖的速度消逝，但他还在笑。他的眼神不再灰暗，只是平静如湖，里面荡着微嘲的意味。他的笑容依然平静，仿佛洞悉世间一切变化故事。宁缺忽然觉得那道如水般的气息……变成了寒冰。这不仅仅是心理上的变化，而是客观现实里真实发生的事情。先前像清水般洗涤着他雪山气海骨髓的那道气息，骤然寒冷成冰，此时变成了无数冰碴雪屑，布满了他身体最细微的每处区域。不是他用饕餮大法吸噬的观主气息发生了变化。而是因为观主身上另外一道气息，被他噬进了体内。那是一道绝对寂灭的气息。

看着观主，宁缺知道自己错了。在强大的实力差距之前，任何战斗意识都没有意义。哪怕他利用饕餮反击灰眸，但只要观主赠自己一缕五境之上的寂灭，自己便无法应对。他的身体骤然僵硬寒冷，无法动弹。他的身心变成了一片寒冷死寂的世界。他与长安城心意相通，却依然无法破开这个寂灭的世界。

甚至，整座长安城都开始冰封。

126

晴空万里，忽然间有雪飘落，这便是万里雪飘。城市里的温度急剧降低，寒冷至极。宁缺站在风雪中，黑色院服上积着厚厚的雪，就像是一座雪桥，因为承载了太多雪的重量，随时可能断掉。在这场战斗中，他就是一座桥，长安城借他的刀攻击观主，此时，来自观主的寂灭，被饕餮吞噬，进入宁缺的体内，再通过阵眼杵，得到了无数倍的放大或者说具象化，笼罩了长安城。

雪片带着的寒意，穿透厚重的院服，直抵皮肤，瞬间把宁缺冻僵。此时他的身躯里，只有腹部那滴晶莹剔透的液体还在缓缓转动，虽然转动的速度已经变得极为缓慢，似乎随时可能停止。那滴液体散发出来的气息，拥有挣破一切束缚的骄傲，无论是寒冷还是寂灭。此时他的识海已经变成冰雪覆盖的海洋，只有海底最深处的淤泥里，有块碎片还在散发着光泽，面对着自天降落的寒冷，不甘而且暴戾。

宁缺的浩然气继承自小师叔，意识碎片继承自莲生，这两个人都是那个年代巅峰的存在，都能与观主分庭抗礼不落下风。此时他陷入了有生以来最大的危险，在距离死亡最接近的时刻，已经无数次拯救他的浩然气和意识碎片，再次爆发。宁缺忽然开始颤抖起来，睫毛上的霜和脸上的雪片片碎裂，然后如利箭一般激射而走，露出真实的容颜。一口鲜血从他的唇间喷出来，向下洒落。

血水很混浊，因为里面有很多被低温凝结的碎血冰粒。混浊的血水淌落在衣襟上，落在他的左手上，阵眼杵被鲜血一浇，骤然发烫，血水被蒸发成雾气，拂面而过。宁缺发出一声喊叫，显得极为痛苦，黑色院服上的冰甲被震碎，就像是石桥上的雪被拂落，露出了真实的模样。他霍然睁开眼睛。双手微微颤抖，发力握破冰雪，然后弃刀。

他必须抓住醒来的这一瞬间。他双手分执阵眼杵两端，在身前的风雪中横直扫出。一扫便是两道线，两道绝对平行笔直的线条。凌厉的符意在风雪中骤然迸发。二字符。借着符意遮掩，宁缺脚踩冰雪，纵身后掠，暴趋数十丈外。观主已经证明他天下无敌，他哪怕拥有一座城，依然不是对方的对手，甚至险些一眼身死，所以他此时只想离开。离对方越远越好。

朱雀大道上，出现两道凌厉的符意，就像两条精钢炼成的锋刃。观主举起右臂，手指轻点。知其雄，守其雌，为天下溪。知其黑，守其白，为天下式。知其荣，守其辱，为天下谷。观主用的是天下指。指意完全无视雪街之上的二字符，遁空而去。宁缺还在后掠，膝上出现一道血洞。他向后挫倒，肩上出现一道血洞。噗噗数声轻响，他的身上出现七道血洞。观主用了七指，暗合天意，便断人道。断了人的求生之道。鲜血汩汩流出，染红了宁缺身下的白雪。他此时只能以一种极难看的姿势勉力坐着，再没有什么力量挥刀。

就在此时，观主感知到身后的风雪里，有两道身影正在高速前来。他知道那是书院那对强大的师兄妹。他并不在意。这座城都已经被他冰封。城里的人又能如何？

朱雀大道西侧不远，有一片朴素甚至可以说简陋的宅落，在长安城里，这是很常见的画面，往往某处官衙旁边，便有数百年失修的老房子，繁华与破旧总是相偎相依，倒也说不出是好是坏。这片街巷叫三元里，住着长安最普通的百姓，其中一家后院的柴房里，忽然响起一个少年恼火的声音，还伴着拍打桌子的声音。"凭什么只给一壶热水？凭什么只给一壶热水？喝都不够，娘的脚冻着了，也没办法泡一泡，那个家伙还天天黑着张脸，给谁看呢？"妇人坐在被褥堆里，抱着一个三四岁大的丫头，看着愤愤不平的儿子，脸上满是担忧的神情，说道："有住的有吃的，挺好了。"

少年穿着破旧的棉袄，看打扮神情，应该是个乡下孩子。他坐在柴房漏风最严重的门口，青稚的面容已经被寒风吹得有些发青，恼怒地说道："就多要一壶热水，又有多难？"今天特别寒冷，屋檐上挂着冰凌，就连灶房的热气都飘不了多远。少年担心母亲的老寒腿，向前院讨要热水，结果只端回来了一壶，还被前院那个少年说了几句，想着如今的遭遇，他的情绪非常糟糕。

便在这时，柴房门被咯吱一声推开。一个少年出现在门口，只见他穿着一件紧实的棉袄，神情有些闲散傲气，看来没少在街巷里厮混。寒风从门外涌入，妇人受激开始咳嗽，她却顾不得自己，赶紧把怀里的小女孩抱紧了些，又把被褥扯到小女孩身上。乡下孩子看着那个城里孩子，愤怒不已，却紧握着拳头不敢动手。

因为城里孩子手里提着两把刀。一把柴刀，一把菜刀。

127

战争开始以来，唐国四野处处烽烟，但大唐最富庶最核心的渭泗流域，暂时还没有被战火波及。以效率著称的唐国朝廷，却早在数日之前便开始准备迎接最恶劣的局面，各郡的存粮被车队源源不绝送入长安城，同时开始疏散百姓，京郊的百姓早已撤入城内。

虽然疏散进行得很有秩序，被疏散的百姓并不是那般凄惨，但终究是战争的难民，也不可能拥有太好的生活享受。进入长安城的数十万难民，有亲友的都选择投靠亲友，在城中没有亲友的则是被府尹衙门强制安排进城中百姓的家中。

天宝郡海川县与长安城极近，乡下少年和他的母亲幼妹便是海川人，在城中却没有什么亲友，便被官府安排到三元里的一户人家里。此间邻近朱雀大道，住户一般都有空闲的房间，这种安排应该说是比较妥当的。乡下少年在这户人家已经住了数日时间，每天有两顿热饭吃，住的虽然是柴房，主人家也拿了好几床被褥，但毕竟是寄居他人屋檐之下，总有诸多不便，逃难在外，谁不思念家中的热炕酸菜与肥肉？

妇人很理解儿子的心情，却还是劝说他，住在长安城里，至少有口热饭吃，有地方住，不用担心被那些蛮子伤害，还能指望过怎样的日子呢？乡下孩子本已被劝服，不料昨夜一场突如其来的雪，从晨时长安城便开始降温，直到此时已经是冷得难以禁受。他去前院找主人家讨要热水，不料那少年竟吝啬地只给了一壶，便再不肯多给，他想着母亲的老寒腿，便再难压抑怒意。没想到他还没去找那个家伙麻烦，那个家伙便闯进了柴房。

"张三，你要做甚！"乡下孩子看着拿着两把刀的那个家伙，神情有些紧张，以为对方真的生出什么歹念，不敢出手反抗，脚却悄悄向后挪动，右手伸向火盆旁的板凳，在心里默默发狠：如果对方真想欺负自己，那便拼了！那名提着两把刀闯进柴房的城里孩子，确实姓张，但自然不可能叫什么张三，他的大名叫作张念祖，便是排行也不是第三。"李四，我有事情找你。"张三看着那名乡下孩子说道。乡下孩子姓李，叫李光地，排行也不是第四，两个少年之间的称呼，其实只不过是延续着前些天的互相嘲弄与斗嘴。

李光地警惕地看着张念祖握着刀的手，但下一刻，他发现情形并不是自己想象的那样，因为张念祖的手在颤抖，脸有些惨白。李光地很瞧不起懦弱没用的城里孩子，但这些天斗了这么多场，他知道张念祖并不是那种人，不管是行凶还是恐吓自己，他都不至于脸白。因为那明显是被吓的。张念祖看着李光地说道："我看见了一个妖怪。"他脸色苍白，菜刀和柴刀在手里颤抖得很厉害，甚至有些风声。张念祖有些艰难地咽了口口水，看着李光地继续说道："家里人很害怕，也没有人敢上街去打那个妖怪，但……我想去试试。"李光地有些糊涂，问道："什么妖怪？"张念祖说道："一个穿着青衣的家伙，左手只有两根指头，但他一步能走半条街，而且能呼风唤雨，怎么看都是个妖怪。"听着这句话，李光地知道他在说什么，脸色顿时变得难看起来。

从前些天开始，长安府衙及各坊里正还有鱼龙帮的汉子，往各家各院里发警告，他虽然和母亲幼妹住在柴房里，也知道今天会发生什么。晨雪落下，并没有炊烟，今天长安城看似空无一人，但事实上所有人都在家中紧张而不安地等待着这场战争的结果。李光地醒得很早，他站在后院的风雪里，看到了很多他以往只在故事和传说里听说过的画面，他看到了雪云撕开的缝，他看到天穹落下的无数道雷，他看到了深冬里降下的那场雨，也看到了燃烧的云。他很害怕，所以没有继续看，开始向母亲抱怨没有热水，想用自己对前院城里少年的痛恨，来压制住自己的恐惧。

虽然只是一个少年，但他是唐人，他觉得那种恐惧很丢脸。李光地没有想到张念祖的胆子这么大，居然敢偷窥街上的那场战斗，想到自己先前的恐惧，他觉得自己的脸有些发烧。"你对我说这个做甚？"为了掩饰羞愧，他恶狠狠地望着张念祖说道。

张念祖很不喜欢听他的海川口音，但想着自己接下来要做的那件事情，压抑住取笑对方的冲动，咽下因为紧张而不停涌出的唾液。"那个青衣妖怪很可怕，书院的先生好像都打不过他。"他说道，"我准备过去，但前院那些老男人胆子太小，不敢跟我去，也不让我去……我觉得你至少还是有些胆量，你敢不敢跟我去。"

李光地问道："去做什么？"张念祖说道："去帮忙。"李光地问道："怎么帮忙？"张念祖举起手中两把刀，说道："柴刀和菜刀，你先挑。"

128

李光地愣住了，看着对方手里那两把刀，不知道该做何表示。张念祖焦急地说道："我们就要输了，你还愣在这里做什么？"妇人这时候才明白过来，吓得不轻，说道："你们年纪这么小，能帮什么？"张念祖挥动手中的刀，说道："有刀就能砍人，这些年我在长安城里见过好多场决斗，见过血，知道怎么砍人。"

李光地有些犹豫，回头望向母亲。他自幼便没有父亲，事母极孝。张念祖有些恼怒，说道："乡下人果然没胆。"说完这句话，他转身便往院外走去。李光地喊住他，从柴房角落里摸出一把钢叉，走出门外，说道："我在瓜田用叉打獾的时候，你连西瓜都不敢杀。"张念祖看着他喜悦地说道："李四，我果然没有看错你。"

风雪如怒，极度严寒，街面上积着厚厚的雪。长安城已然被冰封，朱雀大道上静寂得仿佛是雪湖最底，没有任何声音，只有雪片深处隐隐传来几声咳嗽。大师兄在风雪那头咳嗽。当宁缺挟城而击却依然失败，眼看着便要被观主杀死，他没有办法再继续等待，于是和三师姐余帘来到了这片风雪里。宁缺还没有能够用长安城把观主从昊天的世界里隔绝出来，这绝对不是余帘等待的那个机会，所以他们再次失败。

观主向街道那头的宁缺走去，脚步还是那样地稳定，踩在街道如绵的厚雪上，只留下极浅淡的脚印。街道旁的铺门紧闭，不远处的坊市幽静得有若坟茔。宁缺坐在雪街上，浑身鲜血，身下的雪都被染红，已难站起。

张念祖和李光地藏在一座宅子里，他们隔着门缝，看着街上的情形，这时候的天气太过严寒，雪花落在他们的脸上身上，仿佛把他们冻僵了。两名少年已经偷窥了一段时间，却始终没有什么动作，并不是真的被冻僵了，而是因为他们觉得很孤单，而且很害怕。街巷里没有一个人，整个世界是这样地安静。

他们没有帮手，没有看到平日里横行市井的流氓，没有看到平日里无比艳羡的游侠，没有看到所有唐人少年视为偶像的羽林军，也没有看到传说中南门观的那些修行者，他们只能看到彼此苍白的脸和写满紧张恐惧的眼神。他们很勇敢，但毕竟只是普通的少年，当他们看到书院的先生被那个青衣妖怪接连击败后，被热血冲淡的恐惧再次占据了他们的身心。

"怎么办？"张念祖的声音有些颤抖，听上去下一刻就会哭出声来，只是想着这是自己的提议，而且他不想让乡下孩子看低，所以强自忍着。李光地相对平静，但苍白的脸也暴露了此时真实的心情，他隔着门缝，看着那个像神仙一样走在雪街上的青衣道士，颤声说道："我听你的。"

张念祖想咽口唾沫平静一下，却发现因为太过紧张和害怕，唇舌干涩至极，根本没有什么口水，不由觉得好生羞愧。羞愧是勇气最真实的来源，尤其对于唐人来说。张念祖抓起一把雪塞进嘴里，胡乱嚼了两下，说道："我先去。"因为嘴里有冰雪，他的声音有些含混。李光地没有听清，下一刻，他忽然发现张念祖踹开木门，提着刀往雪街上跑去，这才明白发生了什么，赶紧抓起钢叉跟了过去。

来到雪街上，看到那名青衣妖怪，张念祖凭借冰雪刺激提起的勇气，忽然间消失了大半，双臂绵软无力，手里握着的菜刀和柴刀，拖在了身体后方，姿势显得非常滑稽可笑，但他依然在奔跑。"妖怪，拿命来！"他喊道。李光地提着钢叉，跟在他身后冲了过去，他的脸色比街上的雪还要惨白，他的双臂不停地颤抖，看上去叉子随时可能落到地上。"拿命来！"他跟着喊道。

他们并不知道青衣道士是谁，但他们知道对方是书院先生都打不过的妖怪，所以他们知道对方很可怕。他们很害怕，但依然冲了过去。因为他们的胸腹间有一股气。他们自己大概都不知道那股气是什么，因为他们已经没有力气，但他们知道如果自己这时候不冲过去，他们会瞧不起自己。风雪中的长安城，静寂无声，观主无敌。在这时，有两名来自三元里的少年，提着菜刀与柴刀，拿着守瓜田的钢叉，一路骂着脏话冲了出来。他们的声音很颤抖，听着就像是在哭一般。他们大哭着冲向难以想象的敌人。这个画面看着很可笑，但并不可笑。长安城很安静，但当然有人。晨雪之下的街巷，有无数双眼睛在关注着朱雀大道上的动静。观主很清楚，一路踏雪行来，更清晰地感受到那些门缝后的敌意。他并不在意，因为这场战争虽然发生在人间，但早已超越人间的范畴，没有任何普通人有资格参与到这场战争中。今日之战，书院和唐国朝廷没有动用任何军事力量，便是明证。所以当他看到两名少年拿着刀叉向自己冲来时，他有些意外。

观主神情微凛，然后明悟，像冰雪融化一般恢复平静。他看着那两名少年，微微一笑。不是嘲弄，而是怜悯，但也没有什么敬意，因为那是俗世的价值。他是昊天的代言人。他看着那两名少年，就像是高高在上的昊天，看着地面上的蝼蚁。蝼蚁的抗争，不会让昊天生出太多感慨，只会觉得有些趣致。雪街上还有一个人。

坐在血雪中的宁缺，神情微变。他的神情发生了很微妙的变化。不是微小的变化。这种变化突如其来。看着那两名少年，他觉得原来世间还有意义这种事物。他为长安城做的这些事情，是有意义的。换句话来说，这座长安城以及生活在城里的人们，值得为之而努力，比如这两名脸色苍白、脚步跟跄的少年。

129

雪花落在少年们的脸上，有些寒冷，就像他们最开始的心情。但随着奔跑，他们的身体开始发热，于是心中的恐惧也渐渐退散。他们看着街道上那个青衣道人，觉得对方也不过是个普通人。

他们的呼吸变得急促，血开始变得滚烫，觉得无所畏惧。张念祖心想，我要一刀砍死你，不行我就两刀砍死你。李光地心想，我要像扎猹一样扎死你。柴刀与菜刀来到了身前。钢叉也举到了空中。然后他们的人到了天空之上。看着雪街在脚下变得越来越遥远，看着那个青衣道人的身影越来越小，两名少年很惶恐，不知道究竟发生了什么事。

张念祖和李光地像两条破布袋一样被震飞。寒风呼啸，擦着面颊而过，他们从数丈高的空中坠下，重重地摔在雪街上。啪啪两声，积雪四溅，两名少年喷出鲜血。此时再望向街中那名青衣道人，他们眼中的恐惧神情越发浓郁。他们浑身剧痛，不知有没有摔断骨头。他们互相搀扶着站起身来，感觉彼此的身体都在颤抖。他们真的哭了起来，因为真的很痛，他们真的很害怕。他们想擦掉眼泪，却发现怎么也擦不干净。这让他们觉得很丢人，所以哭得越发厉害，越发觉得丢人。于是他们举起刀拿起叉，哭喊着再次冲到街上。

没有人会长时间看鞋边爬过的蚂蚁，没有车夫会注意到官道畔挥舞着爪子的螳螂，最开始看了一眼那两名唐人少年后，观主便没有再怜悯地施予丝毫注意力。他在雪街上平静前行，翩然若仙亦如鹤，不染雪花不染尘。

宁缺看着那两名不要命奔跑的少年，心跳莫名地加速，仿佛看到了一只螳螂苦苦挡着车轮，看到一只蚂蚁正撑着巨人的鞋底。他知道那两名少年什么都改变不了，更不要说长安城的命运，就如同此时的他也什么都改变不了，包括那两名少年的命运。对于这场风雪里的一切，他疲惫无奈，非常地不甘心，这种不甘心就像猛兽的利爪撕扯着他的精神，让他紧张并且痛苦。稍一用力，他的身体便开始溢血，但他忍着痛苦，颤抖着双腿慢慢站起，因为他知道这两个少年马上就要死去。他想至少要站着看着这两名少年死去。

张念祖和李光地没有死，因为他们一瘸一拐，奔跑的速度有些慢，于是有一样事物在他们之前，来到了观主的身前。那是一块青砖。一块斑驳杂色、表面带着青苔，不知道在墙里塞了多少年、承受了多少年长安风雨的普通青砖。那块青砖来自朱雀大道旁一个普通的院子，呼啸破空而至，飞出院墙，砸向观主的身体，最终却只是颓然落在观主身前。

一声闷响，青砖摔碎成了四截。张念祖和李光地停下脚步，看着那块青砖，心想难道朝廷的修行者终于出手了？难道这块青砖就是传说中的法器？接下来发生的事情，冷酷地摧毁了两名少年对故事峰回路转的企盼，因为随着青砖摔破，一个满脸络腮胡的男人，不知何时出现在院墙上，那人在寒冷的冬天里依然敞着衣裳，浑身油污，怎么看都不像是个正经人。

张念祖认识此人是三元里一带著名的泼皮，这辈子只擅长五样事情，那就是坑蒙拐骗偷，虽然谈不上无恶不作，但绝对不能说是好人。他对鱼龙帮和其余帮派的汉子有些敬畏向往之心，对这泼皮则是没有任何好感，不知为何，今天看到对方出现，在失望之余又有些温暖。大概是泼皮的出现，让他和李光地两人不再感觉像先前那般孤单无助。

泼皮没敢下院墙，姿势难看地分腿坐在墙上，怀里抱着十几块砖头，对着街道中央的观主不停地砸去，随之而去的还有一连串脏话。张念祖醒过神来，和墙上的泼皮一道破口大骂，声音顿时嘶哑，把手里的那把柴刀，向观主砸了过去，李光地把手里的钢叉也掷了过去。带着残雪绿痕的青砖，不停从墙头飞落，两把刀与叉破雪而去，自然没有一样能够挨着观主片角衣袂，纷纷摔落在地面上。

物不近身，话不入耳，观主平静前行。然而又有一把菜刀从空中飞了过去。有一个黑锅从院墙那头飞了过来。有晾衣的竹竿从楼上砸了下来。有滚烫的茶水连着价值不菲的茶壶被扔了过来。街边的院墙上，茶楼上，出现了无数唐人。有茶博士，有豆腐摊的女老板，有顽童，有泼皮。他们拿着手里最沉重的东西，向街中那个道士的身上砸去。他们用最污秽的脏话，问候着那名身份最尊贵的道士以及他的双亲。

前一刻还寂静无声的朱雀大街，忽然间人声鼎沸。前一刻还仿佛是死城的长安，忽然间活了过来。前一刻不知道藏在哪里的唐人，忽然间来到了此间。他们曾经恐惧，所以沉默地留在家里等待着道门与书院战斗的结局，他们甚至现在还处于恐惧之中，因为他们是凡人。

但当他们发现书院败了的时候，他们就像那两名三元里的少年和那名泼皮一样，压制住心头的恐惧，来到了需要他们的地方。他们想要保护书院的先生，想要保护长安，因为书院是唐人的书院，家国是唐人的家国，身为唐人当然要为之而出力，哪怕出命。

鱼龙帮的青衣汉子们从街巷里拥了出来。数十名最后的羽林军从朱雀大道那头纵马而至，天枢处的修行者们从风雪里暗中藏匿而至。老妇带着家里的老少走到朱雀大道上。一个拄着拐棍的老者走在人群后方。离老者不远有一名瘦道士。瘦道士带着观里的小道士，手里拿着祭天用的香炉，神情凶狠，好似歹徒。所有人都满脸凶神恶煞。

慈眉善目的唐人，急公好义的唐人，虔诚奉天的唐人，在这一刻都变成了歹徒，长安城变成了一座罪恶的城。因为这座城里的所有人都要拼命，都要杀人。

130

稍早前，宁缺离开春风亭朝宅，向朱雀大街走去，留下神情忧虑的曾静夫妇还有仿佛什么事情都没有发生的朝老太爷。

朝小树带着刘五还有骁骑营的骑兵离开了长安，朝宅却始终热闹，因为无数道政令便是通过这座宅子，颁布到城里的各座坊市，加上收留了数十名难民，这些天的朝宅就基本上没有安静过。

今天朝宅很安静，因为从清晨开始，宅院里的仆人和难民们便听到了很多震耳欲聋的声音，听到了城里传来的那些大动静。人们先是听到了满城的钟声，接着听到风声与刀声，紧跟着又是雷声雪声雨声爆炸声，直至看到那满天燃烧的雪云。恐惧渐生，因为没有人知道发生了什么事情，当宁缺来了又走，他们知道了这场战斗已经不属于人间，于是越发惘然生寒。

朝宅里有朝廷官员，有避战的难民，有骁勇的鱼龙帮众，但他们都是普通人，他们没有资格加入到这场战斗里。庭院被笼罩在长时间的安静中，难民们紧张地抱着孩子，生怕不懂事的他们发出一点声音，朝老太爷和曾静夫妇坐在桌畔，神情各异。终究有人会忍不住，最先站出来的那个人，也没有超出朝老太爷的意料，他看着对方说道："你应该很清楚，去了就是送死。"

齐四爷回应道："二伯，你什么时候见过我怕死？"一直安安静静站在花窗畔的陈七回过头来，看着自家四哥，眉头微微蹙起，显得并不赞同，正准备说话阻止，老太爷却挥了挥手说道："想去就去，送死这种事情，难道还要我这个糟老头子同意？"

齐四爷笑了笑，转身带着数十名青衣帮众，走出了朝宅。陈七沉默片刻后说道："没有意义。"朝老太爷知道他说的是什么，此时在朱雀大街上发生的战斗，早已超出五境的范畴，非俗世力量能够影响，书院无法战胜那个强大的敌人，那么就算鱼龙帮甚至整座长安城的人都死光，也没有办法阻止对方。

"人总是需要被帮助，或者说希望被帮助。"朝老太爷说道，"十三先生虽然不是我们这些普通人，但我想他也是希望能够看到我们这些长安人能够来帮他一把。"陈七说道："如果帮助没有效果，那便没有意义。"

"观主就算真的是神仙，只需要看一眼，我们这些凡人就会死去，但只要能够让他在人群里多看一眼，谁又能说这完全没有意义？"朝老太爷脸上的皱纹里写满了平静与洒脱，说道，"就算如你所说，我们的出现没有意义，但只要我们出现在那里，其实也就有了意义。"

桌旁的曾静大学士最先明白了这句话的意思，赞同地点了点头。"书院是大唐的书院，大唐是书院的大唐，大唐朝野对书院尊敬有加，全力供奉，但你何时见过哪个唐人对书院低声下气，自视为仆？同样是受庇护，但与周遭那些被神殿欺凌的国度却是截然不同，为什么会这样？自然是书院和夫子立下的规矩，但更重要的则是我们这些唐人自身的态度。"

朝老太爷说道："我们不是燕国南晋宋国那些被道门圈养起来的猪狗，我们是这片土地的主人，所以我们需要出现在那里，哪怕死去。"陈七是鱼龙帮的军师，长于谋略，却极少真的上战场，判断局势，往往以行动的效果为先，此时听着老太爷这番话，若有所触。

"既然要死，当然是老弱妇残先死，我已经活了七十多岁，也该死了。"朝老太爷颤颤巍巍扶着桌子站起身来，从身旁接过拐杖，在一名老仆的搀扶下向外走去。曾静大学士说道："我也老了，当与二伯随行。"曾静夫人说道："我是个无用的妇人，我最应该去那里。"

朝老太爷示意陈七带人把曾静夫妇二人看住，微笑说道："如果让宁缺看到自己的岳父岳母被我骗去送死，我还真怕他一怒之下撂了挑子。"春风亭今日无春风，只有寒冷的雪花飘舞，朝宅正门大开，朝老太爷带着家中老弱仆人还有难民里的一些老者，走到了街上。朝老太爷手里拿着拐棍，一路行走一路敲门，呼朋唤友，招人引伴，把这几十年里熟悉的街坊邻居全部喊了出来。"只要老不死的，不要年轻的。"朝老太爷说道，神情并不严肃，也没有什么风萧萧兮的悲壮感，反而带着笑容，就像是喊这些老家伙去西湖喝茶下棋。街坊里的那些老家伙，也没有觉得如何，唐人尚武，他们当年都是当过兵的人，此行往朱雀大街，对他们来说就像是当年出发去战场。这是很寻常的事情。他们甚至仿佛感觉自己回到了当年的军营，很是兴奋。

陈七处理完曾静夫妇，疾步迈出朝宅去追老太爷，看到的便是数十名皓首老人和他们的子侄辈们满是剽悍意味的身影。看着这幕画面，他露出一丝苦涩微嘲的笑容，心想人流如此浩浩荡荡，却只是为了让那个神仙多看一眼，真是愚蠢而白痴的行为。想虽然这般想着，他脚下的速度并没有变慢，不多时便赶到了人群的最前方，替下那名老仆，搀住朝老太爷的身躯。没有办法，谁叫他也是唐人，唐人有时候就是这么愚蠢而白痴。某条街上有座道观，主持道观事务的是位瘦道人。瘦道人最喜欢吃面条，这辈子做得最多的事情，除了煮面条便是替街坊修被暴风雨掀坏的屋檐。因为他只会做这个活计，如果不想这么干，便需要存很长时间的钱，才可以买些美酒，诱惑街坊邻居过来听他宣讲一次西陵教谕。这座道观很不起眼，但这里发生过很多将来会写在历史上的事情，比如道门行走叶苏，曾经在这里当过宣教道人，书院大师兄和叶苏曾在石阶前进行了一场辩难，叶苏曾在这里悟道，他把道观弄垮了然后又修了个新的。瘦道人是个普通道人，他只知道叶苏道髻所代表的地位，却不知道对方的真实身份，他也不知道自己的小道观里曾经发生过这些事情，不然或者他不会像现在这样烦恼，又或者他可能比现在更加烦恼。"我很烦恼。"瘦道人看着身前的弟子们，满脸愁苦不堪，说道，"我是真不知道该怎么做了，你们有没有什么主意？"小道士们每天背诵教典，哪里能出什么主意。瘦道人抬头看着天上燃烧的雪云，说道："我确实听说过知守观，那可是咱们道门的不可知之地，那观主就等于是我们的祖师爷。"一个小道士说道："但听街坊说，祖师爷准备把长安城给拆了。""所以我很烦恼……你说我们是应该去帮祖师爷，还是应该去阻止他？"瘦道人唉声叹气。忽然间，他泄恨似的重重一跺脚，对着天上燃烧的雪云大声嚷嚷道："我管他是祖师爷还是什么，我这辈子都在打理这座道观，就算是昊天要拆了我这座道观，我也要跟他拼到底！"瘦道人带着小道士们离开了小道观，他们抱着沉重的香炉，扛着一直堆在墙角没有用上的旧木头，准备去对抗自己的祖师爷。和春风亭横二街的那些百姓不同，他们心里的挣扎更为剧烈，但一旦做了决定，他们便再没有任何犹豫，一心一意要去做些什么。因为他们都是有信仰的人。与道门为敌，这似乎严重违背了信仰，但无论是瘦道人还是那些小道士，他们早已说不清楚自己究竟信仰的是什么。他们是唐人，在长安城里生活了一辈子，他们曾经以为自己信仰的是昊天，但当他们端起香炉扛起木棍走出道观时，才发现自己信仰的就是信仰本身。总之，他们都是有信仰的人。在西陵神殿的教义中，自杀是一种严重的罪行，身为道士却与道门为敌更是大罪，都必将受到昊天最残酷的惩罚。朝老太爷带着他的同伴出现在朱雀大道上，是送死也是自杀。瘦道人带着小道士们拦在观主的身前，是叛教也是亵渎。换句话说，他们的身上都有洗不净的罪恶。

这样的人还有很多。三名南门观的道人在布置着阵法。他们是天枢处的高手，是昊天最虔诚的信徒。他们的脸色苍白，内心痛苦万分。但他们的动作没有任何迟疑。楚老太君，带着满府妇孺，横刀于长街之上。老太君是十六卫大将军楚雄图的遗孀，满头银发在风雪中飘拂。她这辈子生养了七个儿子，三十七个孙子。数十年来，有两个儿子，三个孙子，死在保卫大唐边疆的战斗中。这一年在燕京，在七城寨，在葱岭，她又有十一名子孙战死。如今楚府的所有男丁，都在大唐四野的战场与侵略者厮杀，她身边只有十几个老弱妇孺，只有几把刀。明知前来便是送死，但她神情漠然，毫不在乎。楚家满门忠烈，都死光了，还是满门忠烈！如果昊天真的有眼。那么这条风雪长街上，每个人都犯着不同的罪。今日的长安城就是一座罪恶之城。

好一座罪恶之城！

131

寂灭散出观主的眼，被宁缺的饕餮吞噬，经由阵眼杵，笼罩了整座长安城，于是风雪越发狂暴，寒意无处不在。

朱雀大道也很寒冷，但随着出现在墙头以及街上的唐人越来越多，街道上的温度渐渐升高。他们并肩站在一起，肩与肩相摩，他们拥挤在街道上，鞋后跟不时互踩，冰雪渐融，甚至令人觉得有些热。

唐人的心很热，所以他们的血变热，直至身体都滚烫起来，他们握紧拳头，挥舞手臂，不停地宣泄着自己的愤怒。朱雀大道四周不停响起喊杀声和脏话，人们不停地砸着砖块，还有人把夜壶、残茶、剩饭、童子尿砸向观主。唐人信奉昊天，却很奇妙地相信人定胜天。这是因为夫子虽然不理世事多年，但他那股与天斗其乐无穷的悍劲儿，却通过书院、通过皇族、通过朝廷以及军队散播到唐国的每个乡镇，融进每个唐人的血液。

所以明知道街中的青衣道人是普通人难以想象的强者，是真正的天下无敌。在此人面前，普通人就像是蚂蚁一般弱小，但两个三元里的少年拿着刀叉就敢来杀，就算观主是吃人的妖怪，人们也要试着整一下。我们这么多人打不过你难道我们这么多张嘴还骂不过你？就算这个家伙厚颜无耻骂不痛，我拿屎尿泼你，难道你不会狼狈？

先前的雪街看上去就像是圣洁无比的琼宫，有了一分非人间的美丽，风雪同样洁净，没有一丝尘埃，就如同昊天的脸。此时随着人群的进攻，长街顿时变得污秽不堪，亵渎的喊杀声和脏话，还有那些来自人间的臭味，随着风雪渐起，飘入高远的天空，把昊天的脸涂抹得极为难堪。观主看着那些飘向天空的污秽的属于人间的气息，微微挑眉，那些屎尿秽物自然染不得他一丝衣袂，却令他有些微怒。在他的视野范围之内，雪街上便至少有数千名唐人，他还能感知到有更多的唐人正朝着朱雀大道赶来，前来赴死。看到这么多唐人出现在长街上，观主略微有些意外，但他并不在意，他在意的是执行昊天的意志，终结夫子留在人间的千年历史。此时的长安城里满是风雪，风雪里隐藏着无数道宁缺先前写的义字符，那些符成功地填补了惊神阵的很多缺口，只有一条路，和先前的局面相比没有任何改变，观主必须杀死宁缺，宁缺在朱雀大道之上，而此时他与观主之间，是浩浩如汪洋的人群。于是观主向人群里走去。观主叫陈某，拥有一个最普通的名字，看上去是最普通的人，当他走进人群，就像是一滴水，融化在人民的海洋里。然后便有风暴起于海洋之中，无数道人影被震飞，就像是拍打在礁石上的海浪，带着白色的雪，消散于凶险的自然环境里。那些拿着刀冲杀过来的青衣汉子，纷纷倒在血泊之中，纵马冲锋的十余名羽林军，距离观主还有数十丈远，便坠马不起。观主的身影，渐渐在人群的海洋里显现出来，在他的身后是一片狼藉，恐怖的气息压迫之下，人海渐渐分开一条通道。便在这时，唐国的修行者终于出手了。天枢处已悄然潜伏至四周的坊市里，数名阵师启动了天罗阵，朱雀大道间天地元气骤然剧烈变化，无数道元气湍流，变成无数道无解的元气锁，出现在观主四周的空气里，锁死了他的所有去路。

几乎同时，十余名隐匿在普通民众间的军方剑师，暴起出手，只闻喤啷清鸣，明亮的飞剑破空而起，直刺观主的面门。观主的神情没有任何变化，轻轻地拂了拂衣袖，然后继续前行。随着衣袖一拂，纵横长街的剑意，顿时变成被雨水打湿的稻草，绵软颓败无力消散，而那无数凶险的元气锁，在这一拂间，就像是秋日熟透的苹果摔在了地面上，破碎成泥，溅出无数汁液。隐藏在坊市里的大唐阵师，受到元气反震，当场流血身死，而那十余名军方剑师的本命剑被观主一拂毁之，亦是身受重伤，生死不知。

观主继续前行，寻找着人群后方的宁缺。人群一阵扰动，飞舞的砖头稍一停歇，然后继续如暴雨般落下。只是修行者的飞剑都不能及观主其身，何况砖头？黄杨大师的念珠，都无法困住观主一瞬，更何况污水？观主平静前行，拦在他身前的人们就像蚂蚁一般被踩死，被震飞。勇敢的唐人们，继续向他扑去，然后继续死去。雪街变成了一条血街，到处都有鲜血喷洒。勇气在人间是一个值得尊敬的词语，但在代表昊天的绝对力量面前，却显得那般弱小可笑，甚至很难形容为壮烈。面对无法抗衡的差距，长安城里的人们，本应该像昂首望向青天的蚂蚁那样，感到绝望，然后放弃。但难以想象的是，此时在唐人们的脸上，可以看到悲痛，可以看到愤怒，可以看到不甘，但却看不到一丝绝望的情绪。人们没有绝望，没有哭泣，甚至连脏话都不骂了，他们只是沉默地继续战斗，哪怕是无望的战斗，但也要战斗到底。一名苦力挑夫拿起扁担砸向观主，然后死了。一名从外郡来的商贩，拿起在深山里保命的匕首，然后死了。一个看不出什么身份的男人扑向观主，然后死了。人们拿着砖头砸，拿着菜刀砍，拿着家传的弓箭不停射着，然后死去。这就是在送死。

送死是一个不怎么好听的词，显得有些愚蠢。但人就是这样一个很奇妙的生物，明知道有很多事情无法改变结局，却依然有很多人出于这样或那样的原因，坚持去做。人们甚至为此还专门创造了一个意思相近的词：赴死。唐人今日在赴死，纷纷赴死，慷慨赴死。

他们想要拦住观主。长安城高耸入云的城墙没能拦住敌人。于是他们用自己的血肉之躯，筑起了一座新的城墙。

132

街上的人，拦在观主身前的人，倒在血泊里的人，组成这片新城墙的所有人，其实都很清楚，他们的死亡不见得能改变什么。但他们依然这样做了，因为千年之前，夫子和他们的先辈在渭泗水畔创建了唐国，拥有了书院，从那一天起他们至少改变了自己。宁缺先前对观主说过这样一句话，明知守不住还是要守，这便是他的知守，此时正在死去的唐人，仿佛就是在证明他的这句话。然而看着被血染红的长街，看着不停倒下的人，宁缺的心却开始颤抖起来，睫毛上残留的冰霜发出细碎的声音。远处传来一声清啸，他知道大师兄终于赶来，并且出手。这并不是书院寻找的时机，书院的时机在宁缺身上，然而面对着喋血的长街，大师兄无法再等待沉默下去，就像此时的他也快要忍不住一样。来到这个世界已有二十余年，他依然坚信自己是非典型唐人，遇见过太多黑暗的他，向来信奉冷血的生存法则，只要能够活着，付出怎样的代价都可以，他的心就像先前被观主寂灭意冰封的身体一样冷酷。

冰雪剥落大半，宁缺的身体依然寒冷，此时他却觉得自己的身体渐渐变得滚烫，血管里的血液开始蒸腾，体会到一种久违的感受。那种感受叫作热血。他不喜欢悲壮之类的词汇，更是忌讳热血这种感受，但看着无数人死在观主身前，从伤口里流出的血怎能不冒出热雾？只是热血代表着希望与渴望，宁缺渴望活着，希望能够战胜观主，面对着这个寻找不到一丝希望的故事结局，热血又有何用？不时有人从他的身边跑过，向着不远处的观主冲去，他从雪地里捡起先前落下的朴刀，艰难地撑住自己的身体。朴刀的刀锋刺破积雪，刺进坚硬的青石街面。

大师兄再次败了，鲜血从棉袄的破口里向外汩汩冒着。他站在朱雀大道的南方，佝着身子不停咳嗽，痛苦而且落寞。余帘不知道去了哪里。观主继续向前行走，杀死了很多人，震飞了很多人，越过了很多人，无视很多人，步步行来，身后尽是鲜血。朱雀大道上到处都是死伤的人群。观主走到了宁缺身前不远处。此时在二人之间，只剩下了最后的数百名老弱妇孺。瘦道人这辈子都生活在长安城里，从最普通的小道士变成现在的道人，却依然只是在那个小道观里生活。他没有见过西陵神殿的红衣神官，数年前天谕大神官出使长安城，他跪拜了整整一夜也没有机会聆听神座的教诲。此时此刻，他终于见到了昊天道门真正至高无上的那位，他的身体难以控制地颤抖起来，他想跪倒在青衣道人的身前，虔诚地亲吻对方的脚背。他忽然大喊一声，从小道士手中接过香炉，朝观主砸了过去。香炉是小道观用来祭奉昊天的，真材实料，青铜打铸，非常沉重，瘦道人心情很沉重，而且很瘦弱，哪里能够掷远。只听啪的一声闷响，香炉砸到了瘦道人的脚上，脚上顿时冒出血来，他连声痛唤，在小道士的搀扶下才没有摔倒。楚老太君从三媳妇儿的手中接过马刀，拦在观主身前。朝老太爷拄着拐杖，从后方走到人群最前面。观主神情平静，眼神极为淡然。他的眼睛里仿佛有亿万颗星辰湮灭，然后只余空寂。令人心悸，令人敬畏。在这道空寂目光的注视下，一切都将结束。赴死的唐人，不屈的长安，伟大的唐国，千年的书院，所有的荣耀与血腥，壮烈或罪恶，光明或黑暗，都将在这里结束。

长街凄冷。宁缺看着观主那张普通的脸和那双眼睛，忽然想起了自己的生命里曾经遇到或者感受过的那些了不起的人。无论是夫子还是小师叔，或者是莲生，都是真正大彻大悟，自我解脱然后明白自己究竟想要什么的人，所以他们强大得难以想象。观主也是这样的人。

今日书院败在观主手中，是理所当然的事情，书院信奉理所当然，那么便应该像长街上死去的那些人一样平静而从容。但他做不到这点。因为他，不甘心。

向晚原是一片水草极佳的牧场，在大唐的北方。如今这片牧场早已变成最惨烈的战场。金帐王廷的骑兵与镇北军的精锐骑兵，为了争夺牧场边缘的一处要害骑道，在这里连续厮杀了三日三夜。骑兵数量占优的金帐骑兵，在付出极惨重的代价后，终于把唐军压制到了骑道北方的数座丘陵之间，正在发起最后的攻势。战马撞击发出沉闷而令人恐惧的声音，弯刀与直刀的摩擦发出令人牙酸的声音，厮杀声和战鼓声却相对低沉了很多，因为双方都疲累到了极点。骑战已经变成了步战，最后的近千名唐军，用最后的力气与生命，抵挡着金帐骑兵的攻击，只是眼看着已经快要支撑不住。一名大唐军官带着十余名下属，被金帐勇士们团团包围。这名军官有些矮小，不像一般的唐军那般强壮有力，但在这样危急的时刻，他却爆发出来难以想象的战斗力，连续砍倒了三名敌人。数柄弯刀破空而至。矮小的军官举刀相格，被压得单膝跪下，苦力支撑。他听到丘陵四周传来的痛呼声，越过眼前飘拂的发丝，他看到很多同伴战死倒下，看着那些蛮人在同伴的遗体上残忍地补着刀。真的撑不住了吗？他这样想着，真的撑不到主力骑兵回援了吗？他苍白而秀气的脸颊上，看不到绝望的情绪。他想不到自己应该绝望。因为他，不甘心。一支队伍在东疆的原野上狂奔。他们是骁骑营的骑兵，他们离开长安城，去东疆厮杀。这时候，他们要急着赶回长安城。骑兵和坐骑早已疲惫不堪，但没有任何人要求休息。因为他们终于确认了隆庆皇子和那两千草原精骑的去向。

　　隆庆正在向长安城进发。这意味着伐唐联军，确认长安城能够被攻破。朝小树的脸，瘦削得像是被切开的硬石，黝黑而憔悴。寒风吹拂在他的脸上。晚了很多天，他和他的骑兵才去追，应该追不上了。就算追上，又能如何？但他依然要求部属继续向着长安城狂奔。因为他，不甘心。

133

　　火舌在银色的面具上和黑色的眼眸里狂舞，就像是夏雨里的电芒。现在是寒冬时节，雪片片落着，又不是天地元气震动不安的长安城，自然没有什么闪电，那是真的火焰。

　　白雪覆盖的田野，官道畔美丽安静的村庄，本应是极美的画面，被凶猛的火焰烧过，顿时变成焦黑凄凉的废土。隆庆皇子静静看着眼前的画面，神情淡漠，看不出有任何兴奋，只有紧握着缰绳的手才暴露了他此时的几分真实情绪。

　　带领东荒蛮骑杀入唐境后，他只命令下属放了两把火，一把在遥远的东疆，另一把火便发生在此时的村庄里。他带着两千名最精锐的骑兵下属，不惜一切代价奔袭长安，无论是唐国的义勇军，还是那些难缠的骁骑营骑兵，都已经无法追上他。离长安城已经很近。

　　当年他在书院登山试里输给宁缺，带着西陵神殿使团和护教骑兵，黯然离开长安时，走的便是这条道路。在当年的官道上，他想起当年看到的那些画面，回忆起当年的那些感受，然后再次想起当年自己曾经发过的宏愿。"我要把这些难看的唐人民居全部推倒，把田间的油菜花全部铲除，然后一把火全部烧掉，烧掉那些罪恶与肮脏，让这里的天地只剩下一片光明。"

他即将回到留给他无尽羞辱和痛苦、从某种意义上改变了他命运的长安城，他的修行境界和实力远胜当年，他的眼眸却已然不再纯然光明。道旁的田野，油菜花还没有生长出来，被唐国农夫漆成各色的民宅，却还像当年那般美丽或者说难看，那么，便一把火全部烧掉吧。顺便告诉长安城里的人，我来了。

长安城在落雪，崤山北在落雨，却是同样的寒冷，雨水浸泡着盔甲皮袄，渗进棉衣，直抵身体，显得更加难熬。在寒雨中，全体镇南军在向北行军，崤山的山林间，到处都是唐军的身影，密密麻麻，就像是林子里落了几千年的树叶。

行军非常艰苦，严寒的天气和雨水，腐烂的落叶和被踩踏凌乱的山道，都是他们的敌人，沿途有很多人已经掉队。更多的人还在继续前进，哪怕脸色苍白，身心俱疲，依然咬着牙，低着头，跟着前面的人在泥泞的山野间爬行。

只有咬着牙才能继续支撑下去，只有沉默才能节约最后一丝体力，只有低着头，疲惫的人们才能看清楚行军的方向在哪里。十余万唐军行走在山野间，竟是没有发出太多声音，只有军靴踩着泥土的啪啪声响，偶尔还会听到重物坠落的声响。这种沉默令人心悸，也正是他们最令敌人害怕的地方。

从唐军将领到普通士卒都坚信，哪怕西陵神殿联军真是传闻中的百万大军，只要他们能够赶到，就一定能够把对方拦住。他们要赶到青峡北方，西陵神殿联军留给他们的时间不多，他们没有时间睡觉，没有时间吃热饭，他们所有的时间都在路上。他们在白天行走，在夜晚行走，他们在雪里行走，在雨里行走，在充满瘴气的密林里冒险寻找捷径，他们一直行走在路上。

然而路途毕竟太过遥远，镇南军拼尽了全力，此时距离青峡北依然有一段距离，离军部要求的抵达日期已经过去了几天时间。按道理来说青峡应该已经失守，镇南军再赶过去没有任何意义，反而危险，他们这时候最应该做的事情是打探敌情，然后回撤待援。

但镇南军依然在拼命地赶路，因为他们没有接到新的军令，他们的任务依然是赶到青峡，就地防御，因为他们近乎盲目地相信书院诸位先生的能力。因为他们，不甘心。

在青峡的那一面，则是云薄雨稀。雨淅淅沥沥地下着，洒在平静的原野上，瞬间被土壤吸收，根本没有可能洗掉这七天积累的血污，只是添了几分湿意。青峡前的地面，因为连续禁受了三场绝世强者天地元气的碾轧，相对较硬，雨水渗得比较慢，在杂乱的马蹄印里积了起来。

原野南方远处传来轰隆声，大地开始震动，蹄印里的浅水开始晃动。"南晋的投石机终于运到了。"六师兄看着远方显现身影的事物，感受着脚底传来的震动。他如生铁打铸的身躯上面血痕无数，铁锤上面都被砍出了深刻的印子。四师兄坐在铁篷下，举着河山盘，与数日前观主留下的那道虚剑苦苦抗衡，除他之外，其余的书院弟子都已经身受重伤。

王持鬓角插着一朵花，染的血早已乌黑。西门不惑前襟染血，脸色苍白得像纸。北宫未央的双手落在满是斑驳血痕的琴上，抽搐着就像鸟的爪。君陌换了一身新衣衫，素色无血，右边的袖子在寒风中轻拂，承接着天上落下的微雨，低着头，很是疲惫。他看着身前的蹄印里的水，沉默不语。青峡前到处是残肢与尸体，只有他身周比较空旷。

柳白退走后，青峡前又是连番大战，神殿联军每每眼看着便要吞噬这些书院弟子时，却总有剑光琴声起于血泊之间。叶红鱼站在对面远处，裁决神袍被血染成了真的血色。七日后，她终于看到了胜利的曙光。书院终究不是昊天，不能无所不能。

君陌缓缓躬身，拾起落在地面上的高冠。自与柳白一战落冠后，他便一直没有理会过，因为没有时间。冠上染着血与灰。他缓缓蹙眉，想要拂掉这些血与灰。但他左手执冠，已经没了右手。木柚走到他身边，接过冠帽，用手中的绣帕很仔细地擦拭了一遍。君陌身体前倾，似对她行礼。木柚眼睛微湿，微笑回礼。这便是对拜。木柚说道："我同意嫁给你了。"君陌平静说道："如此甚好。"木柚把冠帽戴到他头顶，认真地理正。

这便是正冠。君陌说道："正冠而死，合礼。"木柚说道："一起死，也很合理。"青峡前响起哭喊声，哭得撕心裂肺。北宫未央拍断琴弦，鲜血四溅，纵泪喊道："不甘心啊！"

134

宁缺低着头站在雪街上，血水从指洞里不停向外流淌，被严寒冻凝的血块，不时被新的血水冲开，看着很是凄惨。他一手握着阵眼杵，一手握着刀柄，却写不出符来，也没有力气挥刀，如果不是朴刀支撑着他的身躯，也许他随时可能再次倒下。他没有看观主的眼睛，因为只要与观主的目光相触，便有可能死去，他只能看着观主的脚，目光卑贱到积雪下的尘埃里。他浑身鲜血，除了自己的，绝大多数都是先前死在观主手下的普通人的鲜血，他觉得这些新染的血要比自己的血更加滚烫。

他看着观主的脚，仿佛在观主的鞋底下看到了密密麻麻的蚂蚁的尸体，这些蚂蚁都是最勇敢也是最无畏的，只是现在都已经死了。令人惊叹的勇气都不能改变天与人之间的差距，那么人间的万姓，除了对昊天表示臣服还能做什么？不甘心又有什么意义？

观主一生修道，修的便是昊天无情，而且他妙算无碍，最善隐忍，能忍之人，惯能忍人，绝对没有什么不忍之心。今日在雪街上争先赴死的唐人，虽然没有改变这场战斗的结局，但一幕幕不可思议的画面，却让他感到有些意外吃惊。不是不忍，而是不解。观主曾经见过很多能够平静面对最后终结的人，但那些人无一例外都是超凡脱俗的大修行者，普通人却是极少。

在长安这座城里，居然同时出现了这么多平静迎接死亡的普通人，这一点出乎了他的意料，或者说超出了他对普通人的评价。"唐人……

或许真的有些特殊。"观主负手看着面前这些老弱妇孺，看着风雪中那一张张没有任何恐惧神情的脸，忽然问道："像蚂蚁一样地死去，能甘心吗？"

　　回答他这个问题的是朝老太爷。朝老太爷拄着拐杖，颤巍巍地走到人群之前，说道："甘是甜，甘心就是舒服，怎么能让自己感到舒服？我不知道外面的人会说出怎样的答案，但对于我们这些老长安人来说，只要死的时候不感到羞愧，就会感到舒服。""原来甘心可以如此解释。"观主看着朝老太爷说道，"老丈不凡，怎么称呼？"朝老太爷说道："我姓朝，一般晚辈都称呼我为二伯。我觉着我的年龄要比你大，那你就叫我朝二伯好了，也不算我占你便宜。我没有什么不凡，我们只是些普通人，只不过无论是最普通的人，还是像您这样最不普通的人，归根结底都是人，只要是人都会死。"老太爷这句话的意思很清楚，不管你是知守观观主还是昊天的信徒，待死之后，终将变成一抔黄土或一捧骨灰，那么我们便是平等的。"所以才会有这么多人争着来送死。"观主看着朱雀大道上到处都是的唐人尸体，若有所思道。"我唐人向来有赴死的传统。"朝老太爷神情渐渐变得严肃，说道，"与诸国首战，风雨飘摇之际，唐人无降者，与荒人战，唐人无降者，自渭泗水畔揭竿，我大唐开国至今已有一千余年，慷慨赴死之辈数不胜数，唐之所以强，强在敢死。当年太祖皇帝为一使者，不惜冒灭国之灾，耗尽国力，使大军远征北荒，直至屠尽敌酋才肯归师，书院为一孤苦幼女，敢与佛道两宗相争，二先生斩破烂柯佛祖石像，才稍宣恶气，唐之所以强，强在敢恨。唐之所以强，在于唐人。"朝老太爷看着观主，用苍老的声音说道："我大唐从古以来，就有埋头苦干的人，有拼命硬干的人，面对不公与欺凌，有人敢拍案而起，面对侵略，有人慷慨赴死……"

　　镇南军在崤山的山林间，艰难地向着青峡进发。寒冷的雨水，顺着衣领钻了进去，带走了温度，带来了病患。不时有士兵摔落山崖，同伴们站在崖畔沉默站立片刻，然后继续前进。他们疲惫地低着头，哪怕明知道已经晚了，却依然不肯停下自己的脚步，冒着生命危险，蛮不讲理地奔跑着，拼命地赶着路。杨二喜砍翻了一名东荒蛮人。他很珍惜这把从战场上得来的弯刀，把刀收回鞘中，从肩上取下草叉，然后重重地砸了下去，确认那名蛮人死透。田野里的厮杀声渐渐平息。他擦掉额头上的汗水，喘着粗气向四周望去，然后看到了几个相熟的同伴，倒在了覆着薄雪的冬田里。战事结束，他站在那几个浅浅的新土堆前，沉默了很长时间，然后望向家乡的方向，他很怀念妻子炖的腊猪蹄。向晚原牧场的战斗，依然惨烈。那名矮小的军官被蛮人的几把弯刀压得单膝跪下，情势极为危险。他在苦苦支撑。一道黑影从旁边飞了起来，重重地砸在那几名蛮人的身上。弯刀雪亮，在仿佛燃烧一般的草甸上划过。那道黑影摔落在地，胸口中了两刀，鲜血淋漓，眼看着便是不行了。军官认出那是自己的近侍。他悲愤地大喊一声，手里的朴刀离了头顶，向着对面斩了过去。在这一刻，他根本不去想头顶的弯刀，会把自己切成两半。他很幸运。围攻的蛮人被他杀死，而他没有死。他的肩头中了一刀，他的头盔被敌人的刀打落。敌人的刀锋，打落头盔之后，还切开了他的发髻。黑色的发丝披散在肩头，原来这名军官竟是个女子。她是司徒依兰。她提着沉重的朴刀，带着满身的伤与怒，带着最后的下属，重新开始战斗，她不知道要战斗到何时，但知道要战斗到死亡或者胜利时。"长安有这样一句话，可托六尺之孤……"朝老太爷看着观主继续说道。此时远处的皇宫被笼罩在风雪里。唐小棠站在殿前的雪地里，静静看着南方。皇后娘娘牵着小皇帝的手，站在槛后，看着宫外越来越疾的雪。宁缺站在雪街那头，亦是浑身鲜血。他握着阵眼杵，血水把杵与掌面都凝结在了一起。这根杵，这座阵，这座城，是老师们和陛下托付给他的。那么直到死，他都不会放下。

朝老太爷握着拐杖的手微微颤抖，声音骤然激昂："可寄百里之命……"

青峡前。君陌衣衫已正，冠已正。他单手执铁剑，望向原野间如铁流般的敌骑。他面无表情，开始燃烧最后的念力。仿佛天地都感受到他生命燃烧所带来的炽热，淅沥的雨水骤然间停止，原野上方的雨云渐渐消散，露出一线湛蓝的天空。阳光从云缝间洒落，落在他的身上。落在书院诸同门的身上。

朝老太爷看着满街的唐人尸体，忽然间老泪纵横，然后又笑了起来，看着观主大声喝道："……临大节而不可夺，君子也！"苍老的声音在朱雀大道、在风雪中回响，在冬柳雪湖上回响，在青峡前回响，在崤山里回响，在东疆、在北疆，在唐国的每一寸土地上回响。可托六尺之孤，可寄百里之命，临大节而不可夺，君子也！"我大唐从来都不缺少这样的人，大唐就是君子国。"朝老太爷盯着观主的眼睛，厉声说道，"如此美好的国度却要被你们这些贼老道从人间毁掉，你还问我是否甘心……"他举起拐杖便准备砸过去："我甘你奶奶！"

135

慷慨激昂、掷地有声的热血宣言，忽然间变成语带双关的脏话，朝老太爷大喊一声，便一杖砸了过去。

普通人和不普通的人都是人，死后都会化土成灰，但在他们活着的时候，毕竟还是有很大的差别，老人家的拐杖，自然没有办法打倒观主。雪街上的人们都以为朝老太爷死了，但事实上老太爷并没有死，因为观主什么都没有做，平静地从他身边走过。

大师兄隐约猜到观主的用意，道门要破长安城，也要破长安城里的人心，观主杀戮于长街，便是想用最强大的手段，砸碎唐人最坚硬的壳，把唐人的骄傲踩进泥土，既然杀人不能解决问题，那么他选择无视。观主微微皱眉，然后继续前行，向宁缺走去，稍后便是皇宫。大师兄说道："这样是不对的。"观主说道："唐国虽强，天要亡唐，你能奈何？"

青峡前。叶红鱼看着对面的君陌，知道君陌此时正在燃烧最后的念力乃至于生命，即便面临最后的死亡。看着君陌依然毫无表情的脸，看着他身后那些浑身浴血的书院弟子，回想着这七日来青峡之前惊心动魄的连番战斗，想着就是这样几个人便把浩浩荡荡的神殿联军挡在了唐国的南方无法北进……

像君陌这样的人，苦战将死，即便是她也不禁有些动容，眼眸最深处除了神之星辉，还有几分怜惜敬佩。"天要亡你书院，你能如何？"她看着君陌说道。君陌抬头望向天空，此时雨已经停了，云没有完全散开，只有几处青天可见，就像是碎瓷一般。而且就算雨消云散，天空完全放晴，现在是白天，也没有办法看到那轮明月，他在战死前的那刻，只是想看一眼老师。他没有直接回答叶红鱼的问题，而是说道："朝小树是个极不错的人，如果当年没有意外，他本来应该是我的师弟。"叶红鱼知道朝小树是谁，只是不明白为什么君陌会在此时提到他。君陌看着天空，寻找着那轮明月在前七个夜晚留下的痕迹，继续说道："只是他喜欢跟着先帝，所以才没有进书院。当年先帝决意清肃朝堂，于是有了春风亭一夜。"

叶红鱼知道著名的春风亭一夜，"朝小树"和"宁缺"这两个名字，都是在那个雨夜之后，才进入西陵神殿的视野。君陌收回目光，望向她说道："在那夜之前，朝小树在红袖招与对方谈判，曾经说过两句话，事后在长安城流传甚广。当时他那两句话是这样说的。"君陌说道："天若能容，我便能活，人不能容，我便杀人。"叶红鱼忽然觉得身体有些寒冷，因为她知道接下来会听到什么。虽然现在举世伐唐，昊天道门与唐国已然势不两立，但她依然没有想到，在昊天的世界里，有人会如此平静而坚定地提到这个问题。果不其然，君陌轻震右臂，宽直方正的铁剑洒下一道血水。他握着铁剑，看着叶红鱼，又像是看着她头顶那片天空，说道："我一直认为这两句话不妥，因为天不容我，我也要活。如果这贼老天，真的不能容我活下去，那么……我也不能让它活。"他最后说道："至少不能让它活得太痛快。"

长安城的雪街上。大师兄看着观主说道："老师曾经说过一句话，人心所向，天必从之。"观主停下脚步，望向不停落着雪的天空，停顿片刻后，若有所思地说道："天若不从，天若不容，那你又如何？你们可以抬头看看，苍天可曾饶过谁？"一片安静，没有人说话，因为没有人能够回答观主的问题。在绝对强大的实力面前，勇气值得赞赏，却没有力量，在天穹冷漠的眼光里，人类的意愿，似乎从来都不是什么重要的东西。瘦道人沉默，楚老太君沉默，受伤的人沉默，死去的人无法再说话，即便是朝二伯的嘴唇翕动片刻，也没有说出话来。最终，有一道声音打破人间的沉默。这道声音很沙哑、很干涩，应该是很长时间没有喝水，而体内的血水又流失太多的缘故，让人听着觉得有些刺耳。这道声音显得很疲惫，甚至有些虚弱，但却透着股极坚定的意味，所谓刺耳不是类似锐物摩擦镜面的声音，更像是打破镜面的声音。那道声音说的是："那便灭了它。"观主望向人群后方，看到了宁缺满是血污的脸。然后他看到了宁缺的眼睛。他们的目光第一次如此真切地对视。宁缺看着他说道："人心所向，天必从之，天若不从，那便灭了它，我想这是一个很简单的道理。"观主看着他眼睛里流露出来的坚定与信心，缓缓挑眉。

天下溪神指，让宁缺身受重伤，信心遭受极大的挫败，但那时，他的精神世界依然坚定，而后来，他却渐渐开始变得有些恍惚。他看着那两名少年一边哭喊着，一边去做人间最难以想象的一次尝试，于是他决定站起来，他真的站了起来。但他只能依靠着朴刀支撑自己虚弱的身体。然后无数的普通人从他的身边跑过，然后奔向死亡的黑色海洋。他看到很多人在自己的眼前死去。他觉得这是不对的。因为以往的他，总是把自己放在局外。今日的他，在这条街上，便在局内。他的身体和灵魂，随着那些鲜血的喷洒，随着那些身体的倒下、那些灵魂的离散，终于缓缓降落在这个世界上。以前他愿意为长安城死去，那是因为责任和情感，对书院对夫子对师父颜瑟对陛下的责任和情感，他坚持认为不是因为热血。他认为自己的血是冷的，当身体里的血液开始变热，甚至沸腾之后，他开始惘然，精神状态变得有些恍惚。他隐隐约约感觉到一种力量。他曾经见过那种力量，并且不止一次。但没有一次比此时此刻在雪街上所感受到的更真切。便在这时，一道苍老的声音，开始在他的耳中响起，在他的心里响起。他不知道那是朝二伯在说话。那道苍老的声音，在唐国各地回响，他的意识仿佛也随之而飘到这片大好河山里，在各处，看到了各种各样的人。那些人在战斗，在行军，在拼命，在赴死，在坚持，或者只是在等待，但那种等待也充满了一种令人感慨的韧度。他看到了很多人，都是很了不起的人。接下来又有很多画面，在他的眼前快速掠过。他仿佛回到烂柯寺石尊像前入定，仿佛还在魔宗山门的白骨山间与莲生做着最后的谈话，他仿佛看到那年夏天入符道时看到的原始部落里的那名符师。最早的人类在荒野间与野兽搏斗，开始穿兽皮，吃肉，住洞窟，然后开始耕地，饲养家畜，吃更多的肉。人类继续吃肉，并且想了很多煮肉的方法，确保肉很香，可以吃更多的肉，因为吃肉可以让人变强。他看到人类修筑房屋，有了村庄与道路，最后看到了一座雄城，矗立在平原之上，似乎要把天空给捅穿——那是长安城。他行走在长安城里，看到了前些天曾经看过的包子铺，那些青石板，想起那日曾经感悟到的那道气息，那道只属于人间的力量。

这种力量可以改天换地。这种力量可以战胜时间。这种力量最普通也最不普通，最耀眼也最不起眼，是包子铺的热雾或城墙里一块青砖，但也是智慧的传承和不屈的反抗。宁缺忽然间觉得非常感动。这种力量是如此地伟大。他却距离对方如此地近，能够拥有如此真实的感受。他感觉到自己的渺小，却不像面对昊天时，会因为自己的渺小而愤怒，只会因为自己的渺小而心生敬畏向往。

因为再渺小的他，也是这道力量里的一部分。这道力量再伟大，也来自无数个渺小的他。

136

这种力量就是人间之力。宁缺不是第一次感知到它的存在。在荒原上夫子伸手自万里之外的南方剑阁召来古剑斩金龙杀神将，用的就是这种力量，在雁鸣湖对岸的民宅间，他感受到的也是这种力量。

他的不解在于，这种力量怎样才能为己所用。他曾经向夫子求教过这个问题。夫子说我就是人间，我的力量就是人间之力。这个解答很简单，对他没有任何意义。他看着夜穹里的那轮明月，想起老师，看着崖畔那棵青松，想起小师叔，看着血水泛滥的烂柯寺前坪，想起莲生。他想起在泗水畔与老师最后那段对话，原来莲生才是对的。

小师叔骄傲而自由，他以强者的姿态，代表人间想要把天捅穿，夫子则认为自己就是人间，他要带领人间向昊天发起挑战。然而人间是人的居所，人间的力量来自居住在里面的每一个人，这种力量不能被代表，也不需要被带领，必须所有人在一起，才能真正发挥出这种力量。

夫子兴唐建书院，其实已经走在一个正确的道路上，但夫子依然想的是通过教化和引导，从而带领所有人来做这件事情。

因为执念，莲生所达到的境界，距离夫子和小师叔还有一段距离，但同样是因为执念，他想事情想得更加极端。

在夜雨中，看着妻子的孤坟，他想要掘开那座坟，却最终放弃，飘然远离，从那一刻起，莲生便已经疯了。其后无论是自毁魔宗，还是血洗烂柯，都是他在发疯。他要毁灭这个世界，在他看来生存与死亡没有任何意义，包括他自己。他这一生都在追求以魔遮天，以道顺天，最终以佛法抵达彼岸，跳出三界之外，不在众生之中，从而在崭新的世界里抹去旧世界那层太上无情的天道，寻回一些他想穿越时光寻回的东西。

换句话说，他想要破除这个世界最根本的规则，他要毁掉昊天，而他选择的方法，是让整个人间随他一起疯癫，甚至毁灭。这种方法很血腥很残酷，但却正确。如果昊天知道曾经有这样一个人，只是因为想要复活墓中的妻子，便想出了这样一个疯狂的念头，大概也会颤抖起来吧？

宁缺小时候带着桑桑在世间流浪，谈不上有太多耐心，所以当桑桑稍微能做些事情的时候，他就不停地教她一句话："自己的事情自己做。"那么人间的事情也应该人来做，大家一起来做。宁缺睁开眼睛，发现自己还站在风雪长街之上。他不知道是已经醒来，还是说依然在梦中。他看着街上那些咬牙不肯发出惨呼的伤者，看着那些普通人的尸首，看着那两名身受重伤却倔强坚狠的少年，想明白了很多事情。

长安城不是城，是人，是生活在城里的每个人。人间的力量，来自生活在这里的每一个人。数人，数十人，数百人，数千人，数万人，千万人。每个人的意愿与渴望，都是一种力量。千万人的渴望，在一起便是人间的力量。这种力量威力无穷，可以改变天地的容颜，可以对抗时间的流逝。

此时的宁缺，终于清楚地看到了那个字。他看到了朱雀大街上的很多人。成千上万的普通人，为了同一个目的，走到了一起来。他们用血肉，筑起一座新的城墙。众志，在此时，真的成城。此间的千万人，他们的意愿与渴望是那样地强烈一致。此间是人间的一部分。对长安城来说，这是最绝望愤怒的时刻。却是写出那个字最好的时刻。

宁缺现在需要思考的问题是，那个字该怎么写？看到那个字，不代表能够写出那个字。就像当年他初登旧书楼，看着满书架的珍贵典籍，看着那些明明见过无数遍的字，不要说写，连记都无法记住。他想起泛舟海上的那三个月时光，想起老师的那些谈话。

夫子说昊天并不是这个世界本身，而是这个世界最根本的规则集合。夫子说当规则掌控世界时，世界是稳定而乏味的，只有出现新的力量，打破旧的规则，这个世界才能重新拥有活力，并且有趣。夫子说人是这个世界的最伟大的产物，因为人有智慧，并且能够传承，人有对抗甚至打破这个世界根本规则的本能意愿。那种意愿是那般地顽固而强大，可以称之为渴望。所以人间与昊天必然走向对立，直至分出胜负。在这个世界过往的历史里，昊天获得了无数次胜利，人间迎来了无数次漫长的黑夜，那些传承的智慧凋落在寒冷的永夜里。但人间总会再次复苏，再次发起挑战。

现在是白天，天自然是白的。从空中落下的雪花也是白的。风雪中的朱雀大街一片洁白。街上积着的血，渐渐变得乌黑。倒在血泊里的唐人，都穿着深色的衣裳。散落在街面上的砖头、铁锅，还有夜壶，都是污秽而黑的。既然昊天选择了白色，人间便选择了黑色。这个世界在宁缺的眼里，变得黑白分明。光明与黑暗，圣洁与腌臜。黑白的世界，在他的眼中变成极简的画面，变成了两条绝对平行的直线，冷漠地遥望，绝不愿意接近。两条线缩短，便有了长度。这是宁缺很眼熟的图案，是他学会的第一道神符：二字符。紧接着，其中一根直线忽然偏转，刺进了另一根线条。这便是他昨夜在湖畔悟的第二道神符：乂字符。当两根直线相触，两个世界便相通，却不能相融，开始发生剧烈的冲突。一股凛冽的切割意，仿佛要把整个空间切开。与颜瑟大师的井字符不同，井字符有自己的规则，有自己平静的区域，乂字符则是向着四周漫无边际地蔓延，就像野草般狠狠地生长。乂字符很强大，切割之余，两个世界又能相通，自有一种生生不息之意，代表着人间与昊天的平衡。但这不是宁缺想要的，也不是如今的长安城需要的。

看着雪街上的那道乂字符，他仿佛看到了无数野草，又像是看到了两根枯柴，更像是看到一把柴刀插在肥沃的原野上。两根柴无法搭得牢固，有一根木柴缓缓垮塌。有一双手握着刀柄，想要把那把柴刀从原野间抽出来。野草里忽然出现了一块带着青苔的石头。那是魔宗山门前大明湖底的石头。小师叔破块垒阵时，在每块石头上斩出两道剑痕。两道剑痕，一个字。

宁缺真正地醒了过来。对于这种情况，他并不陌生，在魔宗山门里看着小师叔留下的剑痕，在烂柯寺里对着石尊者像时，他都有过类似的经验。今日在雪街上他沉思很短，获得的却是极多，即便有些现在不能为他所用，但只要他能活下去，必将成为他修行路上最宝贵的财富。他知道有一些事情已经发生。然后他听到了朝二伯那句"干你奶奶"。接着他听到观主问大师兄：苍天可曾饶过谁？他曾经听过这句话。在魔宗山门里，莲生曾经问过他同样的话。当时他的回答是：人定胜天，何须天来饶。但今日他不想这样回答。他和观主之间隔着数百名老弱妇孺。对他来说，这些老弱妇孺便是千万人。穿过这千万人，他看着观主的眼睛，说道："天若不从，灭了便是。"

和当年回答莲生相比，今日他的答案显得更加平静肯定。不是因为他有信心战胜观主，也不是他想表现自己的狂妄，而是因为他真的想明白了其中的道理，所以平静。因为人心所向为自由，天必然不从，那便只有灭天。无论是会胜利，还是会失败，这件事情总是要做的。因为所以，这就是书院的道理。说完这句话，他握住刀柄，准备把朴刀从地面上抽出来。随着这个动作，他腹内那颗缓缓旋转的液体猛地炸开，喷洒得到处都是，浩然气像野草般狂肆地生长，摇展着腰肢。长安城感应到了雪街上的变化。无数的天地元气，随着风雪落下，通过阵眼杵，灌进他的身躯。他的气息随之骤变，开始向着知命境的巅峰不断攀爬。

137

整座长安城的天地元气，磅礴浩荡，根本无法计算数量，此时通过阵眼杵，顺着宁缺的左手，不停灌进他的身体里。天地元气没有实体，没有质量，比最清的水还要清，比最轻的空气还要轻，但此时进入他体内的数量实在太多，自然带来难以承受的负荷。

此时的他就像大海深处的海贝，身体和灵魂承受着无比恐怖的压力，却不知何时才能凝缩出璀璨夺目的珍珠。这是一个非常痛苦的过程，他的脸上却没有什么表情，除了睫毛不停眨动，衣服上的残雪不停融化。他只是看着观主。他身上的伤口再次崩开，汩汩向外流着血，那些血水就像是红色的玉石一般晶莹，遇着街上的寒风便散化开来，变成极细的微粒。那些微粒离开衣服表面，游离在他身周的空气中，像极了火焰又像极了雾，他看上去就像燃烧的火人，又像是极寒冷的冰人。他继续抽刀。锋利的刀锋从朱雀大街的青石缝中缓缓上升，带出黑色的泥屑，眼看着便要离开雪面，长安城里随之发生了很多事情。

清晨，长安城落雪如幕，观主挥袖破块垒，飘然入城，连败书院大师兄和三师姐，然后有很多道神符出现在他的眼前，告诉他此路不通。从那一刻开始，直到在朱雀大道的风雪中看见观主，宁缺在长安城里走了很多地方，斩了与桑桑相关的很多过往，抹掉了昊天在惊神阵里留下的很多痕迹。虽然最终他没有完全修复惊神阵，但他留下了足够多道神符。那些神符由两道刀痕组成，看上去就像是一个"乂"字。

这些神符让观主有些狼狈，让观主无法直入皇宫毁掉惊神阵的阵眼，让观主必须走进朱雀大道的风雪中，必须选择先杀死宁缺。宁缺被七道天下溪神指重伤，他没有再继续写乂字符，因为已经没有意义，但他写下的那数百道乂字符并没有就此消散，而是在惊神阵的支持下，继续飘拂在长安城的大街小巷里，渐渐隐入风雪中。随着他拔刀的动作，数百道乂字符重新现出痕迹。拔刀是一个很简单的动作，宁缺这辈子不知道重复过多少次，他做得很熟练，所以在很短的时间内便完成了。长安城街头巷尾的变化，也是发生在极短暂之间。情势陡变，最先感觉到宁缺和长安城变化的，不是观主，也不是大师兄，更不是雪街上的人们，而是众人头顶的那片天空。巷口井底的水早已结冰，忽然间多出了两道刀痕，被雪覆盖的钟上出现了两道刀痕，雁鸣湖上也出现了两道刀痕。井水重新开始荡漾，钟声开始荡漾，雁鸣湖畔的柳枝也开始在寒风里荡漾，潭柘寺里的松树上厚雪簌簌落下，一只肥硕的松鼠把过冬的粮食坐在屁股下，不停地搓着前肢，不明白先前自己为什么被冻僵了。那道笼罩湖山塔寺的寂灭气息，随着数百道义字符的重现与变形，瞬间消失不见，即便是飘落的风雪也骤然停止，冰封的长安活了过来。那道不知来自何处的气息，随着宁缺的动作，继续向四周扩散，同时也向天穹冲去，狂野地冲散厚重的雪云，湛蓝的天空重新出现。

夫子离开人间，观主便是天下第一。天空最先感觉到这种变化，他第二个感觉到。他感觉到了危险。他的眼眸忽然变淡，比灰色更淡，直至淡到透明，仿佛水晶，里面有无数的光影在高速掠动，就像是有很多故事正在幕布上发生。他看到了一些片段，一些令他无法相信的片段。在长安城里，观主无法看清楚未来的事情，正如他从来没有看清楚过此后的书院会变成怎样，但他曾经看到过一些他坚信不疑的画面。但那些画面改变了。就在宁缺抽出刀的那一刻。雪停，风息。朱雀大道很是安静。观主看着宁缺，眼眸回复正常，却留下了一抹讶异。他信的是道，对于杀戮这种事情，无爱亦无憎。今日观主杀人无数，自有他的道理，他的需要。他先前要杀宁缺，也是基于需要。但他此时要杀宁缺，却是基于一种莫名的警惕。这份警惕是那般地强烈，甚至让他的道心有些微摇。他要杀死宁缺，这种渴望甚至快要变成本能。但他感知到，自己与宁缺之间的空气里，隐藏着一些什么。他不能晋入无距，便不能在最短的时间里杀死宁缺。那么他至少不能让宁缺举起那把刀。观主看着宁缺说道："凡信奉……"宁缺不知道他为什么这时候要说话。青峡前的书院弟子，听到这三个字，则一定能够联想起，天谕大神官诵读的那段西陵教典，那种与悬空寺讲经首座言出法随齐名的道门神术。宁缺没有死。因为观主只来得及说出这三个字。因为大师兄同时说了三个字："子不语。"说完这三个字，他脸色骤白，棉袄上溢出的血越来越多。便是阻了这么一瞬，宁缺终于拔出了刀。刀锋完全地离开了雪面。看着他手中的刀，观主退了一步。退便是走。千年以来，只有他杀入长安城。眼看着便能毁掉惊神阵，毁灭唐国和书院，成就不世之功业。只要能够杀死宁缺，便能做到这一切。对于观主来说，这是很简单的事情，自然是极大的诱惑。但他却要离开。没有丝毫犹豫，没有任何不舍。只有真正道心通明、不染尘埃的人，才能如此。街上无风亦无雪。观主不能前进，便向后退去，右脚退落地面，脚底便有风雪生。风雪中出现了一道无形的门。只有无距境界才能看到的门。观主的右脚踏进了那扇门，青衣顿时变得透明起来。下一刻，他便要踏入虚空之中。长安城里的天地元气，已被宁缺所乱，却依然无法阻止他离开。宁缺不准备让他离开。因为他已经拔出了刀。刀锋离开雪面，发出一声很轻微的声响，就像是蘸着油的毛笔抹过被篝火烤至滚烫的肉块，又像是蘸着墨的毛笔滑过雪白的纸面。

长安城的街头巷尾，柳下梅边，同时发出数百声轻响。像是琴声，像是弓弦振动的声音，最像刀锋出鞘的声音。那是撇与捺摩擦的声音。那是数百道义字符所发出的声音。紧接着，是更多道刀锋出鞘的声音响起。这一次则是真实的声音。东城猪肉铺墙上挂着的十余把杀猪刀，已经在皮革制成的刀鞘里寂寞了整整一天一夜时间，忽然间，那些杀猪刀破鞘而出。距离朱雀大道不远，某家宅院里的案板里插着把尖刀，刀上染着新鲜的血，不远处还有一锅炖肉冒着些微的蒸汽，忽然间，那把菜刀从菜板里跳了出来。

两名少年躺在朱雀大道旁的血泊里，身受重伤，无力地靠着被雪水打湿的墙，虽然没有死，却已经无法再拿着身旁的刀和叉。忽然间，那两把柴刀和菜刀从雪堆里蹦了出来，落在了他们的手边。宁缺拔刀。长安城里所有的刀都拔了出来。数百把，数千把，数万把刀开始展露锋芒。雁鸣湖畔的冬柳在飘。潭柘寺里的寒松躬着身。磨刀石上积着的雪飘了起来。数百道神符里的其中一根线条，很轻微地动了动。长街上残雪迷离，无数道凌厉的气息，陡现其间。

无形的门被瞬间斩成碎片。观主身上的青衣出现无数道细微的裂口。他强大的肉身上，同样出现了很多道裂口。观主开始流血，开始流很多血。宁缺举刀，说道："我想杀杀你。"说话间，有绝对凝结的天地元气从他的唇间喷出，变成半尺长的白雾，雾中有极小的雷电闪烁，还有他极为强烈的渴望。

138

宁缺没有说我要杀死你，说的是我想杀杀你，显得非常小意，但这种谨慎与平静，却代表了他真的很想做成这件事。因为这是长安城里所有人的渴望，他想要完成这种渴望，所以他很认真地说出那句话，同时发出自己的召唤或者说请求。

仿佛听到了他的召唤，长街南方忽然响起一声极为清亮的鸣啸。朱雀大道上风雪已消，积雪犹在。当年在春雨里曾经让宁缺和桑桑噤若寒蝉的朱雀绘像，此时便被埋在深雪之中，仿佛已经冻僵了般，没有任何生气。朱雀绘像是惊神阵的杀符，拥有某种难以想象的灵性，当它自行运转时，都能拥有近乎知命巅峰强者最强一击的威力。千年之前，它被夫子亲手雕刻在朱雀大道的南方，镇守着这座伟大的都城，无数妖邪阴祟，在漆黑的深夜里被它悄然焚成灰烬。

观主进入长安城，朱雀绘像有所感应，将要显形战斗之时，却被观主一脚踩在了它的翅膀上，只是简单的一脚，它便不敢动弹。因为朱雀感知到了境界之间的差距，它感到了恐惧，所以它畏惧地低下曾经高傲的头，把自己埋在了寒雪之中，无颜见人。

直到此时，一道声音忽然传进了它的灵魂最深处，那道声音说他想杀杀观主，所以他需要它的帮助。朱雀知道这声音来自何人，但它想不出来，在夫子离开人间之后，有谁能够杀死像观主这样的人，所以它依然怯懦。但那道声音不停地在它的灵魂最深处回荡、摩擦，如激荡的岩浆烧灼得它极为烦躁，直至它的血液都燃烧了起来。

终于，街面上生起一道磅礴的气息。朱雀绘像的双翼挣破冰雪与青石，显形于空中。只闻得一声极清亮的鸣啸，朱雀的身体尽数离开街面，腾空而起！朱雀千年未鸣。今日一鸣，能惊神否？

朱雀展开十余丈的羽翼，破空而飞，瞬间来到长安南门。城墙高耸入云，青砖苍老。朱雀便飞翔在这片城墙之间。它挥动殷红的双翼，仿佛拖着两道火焰，紧紧依着城墙，高速飞翔，只用了极短的时间，便来到北方。朱雀飞到了皇宫之上。皇后娘娘牵着小皇帝的手，看着天空微微躬身。皇城角楼里，余帘挑了挑眉。

朱雀飞越皇宫，降低高度，顺着朱雀大道，向南方扑去。这条世间最笔直宽阔的道路，是它的道路。朱雀在这条道路上，飞得无比迅疾，十余丈的火红羽翼，仿佛要把长安城给点着，所触之处，残雪骤然化为青烟。雪街上根本没有人能够反应过来。他们只听得一声清鸣，紧接着，便看到一片火影来到。

朱雀飞临雪街，双翼招展，炽热的火焰把空气都烧得噼啪作响。整个世界仿佛都变成了火红的颜色，就当唐人们满怀期望，看到朱雀扑杀观主，就在观主准备伸手把朱雀的火翼撕下来时，朱雀却再次发出一声清鸣。一道火光闪过。朱雀悄然无声敛去声威，化作一道火焰，落在了宁缺手中的刀上。一声轻微的灼烧声，就像是烙铁在某处印下。宁缺的刀上多了些焦黑的灼痕，还有一个非常鲜明的图案。那是一只浑身通红的火鸟。

宁缺的铁刀是曾经陪伴过他很多年的三把刀合而为一，就像元十三箭一样，是书院集体智慧的结晶，拥有难以想象的强度和重量。只有如此强的刀，才能承受他身体里强大的力量。但随着修为境界的提高，这把刀与当年的三把刀，还有如今的元十三箭以及用之不竭的符纸相比，对他的作用显得并不是那么大，甚至有时候反而成为他的弱项。

宁缺很擅长战斗，很清楚手中的武器与自身实力无法平衡，是多么麻烦的一件事情，但他始终没有放弃这把刀。因为冥冥中，他总觉得这把刀应该就是属于自己的，并且必将在某一天展露真正的锋芒。在此刀出炉时，他甚至拒绝了四师兄和六师兄建议的像以前那样，像世间绝大多数修行强者那样，在刀上刻上用以增加威力的符文。因为他觉得自己那时候写的符还不够强大，用在铁刀上等于是毁了这把刀，哪怕如今他已经能够写出神符，他依然觉得不够。没有什么理由，没有什么原因，他就是觉得有资格刻在这把刀上的，必然是一道非同一般的符文。于是这把铁刀便一直黯淡着，上面始终没有刻上任何符线，厚重的刀身显得那般朴实无华，只是任由无数鲜血不停地浸洗。

直到今日，长安城南一声清鸣，朱雀破空而至，化为一道火落在了刀上，然后黢黑的刀身上，多了一道鲜红的图案。宁缺这才明白，原来自己一直等的就是它。他这才明白，夫子离开人间前，让朱雀与自己相见的原因。能够与这把铁刀相配的，确实必须是一道不凡的符。这道符，就是朱雀。就是惊神阵里的杀符。刀已经从雪中拔出。宁缺举刀，雪粉骤散。黢黑刀身上的朱雀神符，骤然间明亮。一道鲜红的火焰，从刀锋处喷射而出，直刺天穹。此时风雪早消，青天展露在人间无数双眼睛之前。铁刀喷出的那道鲜红的火焰，竟有十余里长，随着宁缺举刀的动作，在碧蓝如瓷的青天上，由东北向西南拖动。火焰拖动，碧蓝的天穹上竟被烧出了一道痕迹，就像是有人拿了根像山峰般的巨笔，在天空上重重写下一笔。这一笔便横跨了半个天空，不知几万里。宁缺落刀，刀锋喷出的火焰随之下移，开始写第二道笔画。

皇城角楼里，余帘静静地看着天空，看着那道在天地之间移动的火焰。然后她看了一眼自己手里的那把刀。这是一把巨大的血色弯刀，甚至有她娇小的身躯两个长、两个宽。这把血色弯刀，正是魔宗的圣物，在荒人南迁之后，便一直由唐小棠保管。余帘身为魔宗宗主，拿到这把刀是很自然的事情。

观主在雪街上前行时，她来到皇宫，为的便是这把刀。如果只从外观上来看，她手里这把血色巨刀，绝对要比宁缺现在手里的那把刀更加恐怖，给人更强硬的震慑感。但她知道和宁缺手中的刀相比，自己的血刀差了些东西。宁缺的刀能够在天空上写字。

"你终于写出那个字了。"余帘看着碧蓝天空上那个渐渐成形的字，忽然深吸了一口气。皇城四周的积雪，随着她的呼吸，从地面上飘了起来。护城河里的冰面，咔咔作响，碎成无数块。无数的空气，在她的呼吸之间，灌进她娇小的身躯。她的胸脯微微起伏。她的眼睛渐渐明亮。雪街上所有人都在看着天。长安城里所有人都在看天。人们看着那道火焰形成的巨笔，在湛蓝的青天上写字。大师兄也在看天。没有雪落下，他的眼睛却有些微湿。他看着天空默默说道："老师，小师弟终于把那个字写出来了。"然后他深吸了一口气。雪街上没有任何变化。呼吸之间，就连落在积雪上的枯叶都没有颤动一丝。他的眼睛渐渐明亮。他身上的棉袄继续渗血。木瓢碎在葱岭之前，木棍被他握在手中。那卷旧书不知被他放在何处。棉袄上的腰带，再不用系那么多东西，那么多忧思。于是开始飘拂起来，画出道道残影。

宁缺看着观主，落刀。因为他手中的刀，必然要落在观主的身上。所以他要砍准一些。他的眼神与观主的眼神，在街中相遇。他没有在观主的眼中看到别的任何情绪，只看到了平静。空中飘着雪屑，也变得平静起来。雪堆挤压所发出的极微小的声音开始变得低沉。时间流逝的速度，开始变慢。然后他的识海里响起观主的声音。他的声音很感慨，情绪很复杂。

"好字。"

139

"我一直不明白为什么夫子会收你做关门弟子。虽然你连逢奇遇，很早便进了知命境，对于世间普通修行者来说，确实不凡，但莫要说李慢慢和君陌、林雾这三人，你连我儿皮皮都不如，有什么资格成为夫子在人间留下的最后痕迹？"观主说道，"直到你此时写出了这个字，我才明白夫子终究就是夫子，除了与昊天为敌，他就没有做过错误的选择。"

此时，街上雪屑如牵铅球，缓慢飘拂，时间依然行走得非常缓慢，宁缺听着识海里的声音，自然想起了如今依然在天上战斗的老师。观主看着宁缺，起始时他准备杀他，当他发现宁缺抽出那把刀时，他决定一定要杀死他，至少不能让他抽出那把刀来，当宁缺抽出刀来，他生出了退意，却被长安里的无数把刀困住，而当朱雀附在铁刀之上，宁缺用这把刀在青天之上开始书写那个大字，他决定选择另外一条退路。

他和宁缺的境界差距实在是太大，即便宁缺能够写出那个字，也不见得是他的对手，真正让他决意不惜一切代价退走的原因，还是因为他看到的那些画面。先前他看到了一片深沉的黑夜。"可惜你这个字的笔画顺序错了，而且你来不及写完，那么在我想要离开的时候，便没有人能够把我留下来。"观主说道，然后神情肃穆地张开双臂，仿佛要迎接什么。

随着他的动作，雪街上时间的流逝速度恢复了正常。观主的手指在寒风中微微颤动，左手被余帘用蝉翼斩落了三根手指，此时张开双臂抱天，便只有七指出现在天穹之下。便是七道天启。磅礴的力量与宁静的清光落在雪街上，落在观主的身上，更准确地说是落在他的手指上，七道清澈的光线。清光落指，陡然发生变化，落在观主右手拇指上的清光变成了红色，食指上的清光则变成了橙色，其余几根手指上的清光也同时变幻了颜色。红橙黄绿青蓝紫。七色的天光合在一起，便是彩虹。长安城里出现了一道彩虹。彩虹的一端在雪街之上，拔地而起，直通极高远的天空。

观主的身影从雪街上消失，御风而飞，顺着这道彩虹来到天空里。天空很大，宁缺用朱雀刀写出来的那个字虽然也很大，却没有办法占据全部，给那道彩虹留下了足够多的空间。他的刀还没有斩落，在青天上写的那个字还没有收笔。他的刀承载着千万人的渴望，这种渴望极为沉重。或许正是因为这种沉重，所以有些慢。而观主便要踏虹而去，去千里之外。此乃大神通。

但就在这时，一只手出现在天空里，握住观主的脚。那只手很干净，指甲剪得也很干净，没有血，没有泥垢。那只手很稳定、很坚定，就像弹琴时那样，没有丝毫颤抖。大师兄的手。伸手相握，是因为不想你离开。大师兄和观主在人间追逐七天七夜，眼看着便要到了最后，怎么能让你离开？

他是书院的大师兄，看似温和木讷，却拥有真正的智慧。他有一颗不染尘埃的心，比宁缺更清楚观主的真实境界，更明白观主的道心通明，知道宁缺写出那个字后，对方一定会不惜一切代价离开。所以他提前就做好了准备，吸了一口气。其时枯叶不颤，只有腰间的衣带拂出残影。那是进入无距的迹象。当观主脚踏彩虹，飞上青天的时候，他便追了上去。他从未距离青天如此近过，从未距离大地如此遥远。以无距登青天，却不见得能够安然回到地面。他拿自己的生命去追，一追再追。

提前做好准备的，不止大师兄一个人，还有余帘。她站在皇宫的角楼里，看着青天上那个渐渐完成的字，深吸了一口气。呼吸间，雪飘冰裂，她双膝微屈，把身躯里所有的力量，都送到脚下。轰隆声中，坚固的角楼垮塌，烟尘弥漫。一道娇小的身影像被投石机掷出的石头般，破烟尘而出，直上青天，她来到了青天之上。

在辽阔的天穹背景下，她的身躯显得格外娇小。她手中握着的血色弯刀，却还是那般夸张巨大。血色弯刀向着那道彩虹砍了下去。刀锋与彩虹相触，砍出如金似玉的碎屑。血色弯刀虽然是魔宗圣物，但与精纯的天启清光相抗衡，依然疾速烧蚀。一声清脆的破纸声。血色弯刀变成了一根铁棍。那道贯通长安城内外的彩虹桥，从中断裂，然后开始崩塌。观主从青天上跌落。大师兄依然握着观主的脚。余帘也开始下坠。如三颗陨石一般。轰隆一声巨响。三人落在了雪街之上。残雪骤散，烟尘大作。隐约可以看到，余帘把大师兄抱在怀里，如果不是如此，大师兄境界再高，从如此高的天空中摔落，只怕会被活生生地震死。然而即便她是当代魔宗宗主，拥有难以想象的力量与身体强度，如此恐怖的撞击，加上要护着师兄，她依然是受了极重的伤。鲜血从她的脚踝处流了出来，只怕已经骨折。观主不愧是千年道门第一人，自青天坠落，竟仿佛什么事情都没有，他伸手便又是一道天启，一股磅礴的力量自天穹落下。余帘玉手轻翻，两道透明的蝉翼，便出现在雪街之上。天启的力量，轰击在蝉翼之上。一声脆响，余帘的手腕尽碎。这是极难承受的痛楚，但她依然面无表情，继续保持着单掌托天的姿势。大师兄已经不行了。她必须要把这片天空托住。

幸运的是，就在这时，宁缺的刀终于到了。这把铁刀很黝黑，朱雀图案殷红无比。朱雀是知命巅峰全力一击的威力。而此时长安城里无数天地元气，经由阵眼杵进入宁缺的身体，再输送到铁刀之上，这一刀的威力，早已越过了五境！雪街之上飚风骤起。都是刀风。街上所有的杂物，都被这阵刀风卷起，向着观主砍了过去。街上的视线变得一片昏暗。观主的身影骤然淡渺，竟就这样消失不见。只能听到风声、撞击声、无数锋利的刀锋破空声。天地元气生出无数危险的湍流，有些地方甚至发生了大尺度的扭曲。

一片青衣碎布落到了街面上。观主落在街上。他浑身是血，不知被多少刀砍中。鲜血淌流，无数刀口。那些刀口有的深，有的浅，形状也不一样。他身上有些地方的肉，几乎被割光了，露出森森的白骨，看上去极为凄惨。当刀锋及体之时，观主动用了佛宗的无量境界，就如先前两次那样。然而这一次与前两次不同。因为宁缺的刀不止一把。他向长安城里每个人都借了一把刀。长安城里的所有刀，都落在了观主的身上。大海无量，刀数无算。观主在这条街上杀了千万人。所以他在这条街上被千刀万剐。他喊出一声极为尖厉的凄啸，痛苦万分。

图书在版编目（CIP）数据

将夜 7：精修典藏版 / 猫腻著 . -- 北京：作家出版社
2022.2

（网络文学名作典藏丛书）

ISBN 978 - 7 - 5212 - 1775 - 9

Ⅰ.①将… Ⅱ.①猫… Ⅲ.①长篇小说 - 中国 - 当代
Ⅳ.①I247.5

中国版本图书馆 CIP 数据核字（2021）第 275421 号

将夜 7：精修典藏版

总 策 划： 何 弘 张亚丽
主 编： 肖惊鸿
作 者： 猫 腻
责任编辑： 王 烨 袁艺方
装帧设计： 天行云翼·宋晓亮
出版发行： 作家出版社有限公司
社 址： 北京农展馆南里 10 号 **邮 编：** 100125
电话传真： 86 - 10 - 65067186（发行中心及邮购部）
　　　　　　86 - 10 - 65004079（总编室）
E - mail: zuojia@zuojia. net. cn
http: // www. zuojiachubanshe. com
印 刷： 唐山嘉德印刷有限公司
成品尺寸： 152 × 230
字 数： 410 千
印 张： 29.75
版 次： 2022 年 2 月第 1 版
印 次： 2022 年 2 月第 1 次印刷
ISBN 978 - 7 - 5212 - 1775 - 9
定 价： 45.00 元